KB123670

암왕

한국 무협 명작 컬렉션 1

암왕 2

2007년 10월 1일 초판 1쇄 인쇄
2007년 10월 5일 초판 1쇄 발행

지은이 장경
발행인 이종주

편집장 김진웅

발행처 (주)로크미디어
출판등록 2003년 3월 24일
주소 서울시 용산구 청파동3가 119-2 진여원BD 5층
Tel (02)3273-5135 Fax (02)3273-5134
홈페이지 rokmedia.com · E-mail rokmedia@empal.com

ⓒ 장경, 2007

값 13,900원

ISBN 978-89-257-0270-4(2권)
ISBN 978-89-257-0268-1 04810 (세트)

암왕

2

장경 무협 장편소설

로크미디어

차례

洞
定
湖

동정호

아무래도 밝음보다 어둠이 교도들의 더 친근한 벗인 듯했다.

매끈한 얼굴, 가지런한 수염, 세상일은 담을 쌓은 채 공맹孔孟이나 찾고 있을 듯한 자는 호북의 명두, 노기준盧琦俊이었다.

하루에 대강大江을 오가는 자가 있을까마는 그런 소문이 붙을 정도로 신출귀몰을 자랑하는 자가 바로 그였다. 그래서 정파인들이 그에게 붙여 준 별호는 비마飛魔. 배교에 환란이 닥치기 전부터 강남에 있었던 명두는 이제 그가 유일했다.

노기준은 흔들리는 배에 서서 깊어 가는 동정호의 어둠을 바라보고 있었다.

삐꺽! 삐꺽!

그의 주위에도 수십 척의 작은 배들이 움직이고 있었다. 각양각색의 복장에 굳은 얼굴로 앉아 있는 자들은 그와 같이 모두 군산으로 향하는 교군들이었다.

갑자기 강남에 떨어진 전교영기.

그 명을 받들어 오늘 강남의 교군들은 흑룡방을 상대로 혈전을 벌일 계획이었다.

노기준은 배에 탄 교군들을 쭉 살폈다. 강남의 모든 교군들이 다 모였는데도 그 수는 고작해야 이백여 명. 그중 반수는 자신이 이끌고 온 호북의 교군들이었다. 명이 갑작스럽게 떨어졌다고는 하나 너무도 적은 숫자였다.

최소한 그는 머릿수에서는 흑룡방을 압도할 줄 알았다. 참괴한 마음을 금할 길 없었다. 명옹에 대한 죄스러움이었다. 서너 명의 교군들만 온 성도 있었다. 강남에서 가장 교세가 컸던 곳은 호남이다. 범 같은 자들도 많다. 하지만 믿었던 호남의 교군들은 아예 모습도 보이지 않았다. 여 명두가 광명계로 떠난 후 교의 사정이 말이 아닌 모양이었다.

적들의 침탈도 침탈이지만 명사, 명전, 향당으로 이어지는 연락 체계가 무너진 데에 더 큰 문제가 있었던 듯했다.

노기준은 불안했다. 혼자라면 그다지 큰 걱정은 하지 않았을 것이다. 목이 날아간다고 해도.

배들의 선두에는 젊은 명옹이 있었다. 그의 불안은 명옹을 지킬 수 있을까였다. 그래서 교군들에게 명옹의 호위를 최우선으로 당부했지만 솔직히 자신은 없었다. 모태명을 상대할 자는 이곳에서는 명옹뿐임을 알고 있었기 때문이다. 자신도 모태명의 적수는 아니었다.

어제 회합 때 흑룡방을 치는 일을 좀 더 심사숙고하라고 말했어야 하지 않았나 하는 마음도 들었다. 그러나 그때는 그런 생각도 나지 않았다. 명옹을 보는 순간 이상하게 힘이 넘쳤다. 흑룡방 정도는 문제도 되지 않을 것 같았다.

명옹이 강남을 순회한 지는 몇 개월도 지나지 않았다. 그런데도 명옹은 너무도 변해 있었다. 마치 다른 사람을 보는 듯했다. 교를 걱정한 전대 명옹의 혼이 명계로 들지 않고 젊은 명옹의 혼에 도로 앉았는지……

노기준은 고개를 들었다. 군산으로 향하는 명옹의 모습은 여전히 늠름했다. 그 힘에 감화된 탓인지 비록 행색은 남루해도 교군들의 기세는 높았다. 그것만은 위로가 되었다.

'장호……'

노기준은 강서의 명두, 장호의 호탕한 모습을 떠올렸다. 그라면 명옹과 함께 싸운다는 사실만으로 모든 것을 만족했을 것이다.

'장호, 우리를 도와주게. 이대로는 끝날 수 없지 않는가.'

그는 동정호의 물 냄새를 깊게 마시며 가슴을 폈다.

어둠 속에 허연 목책이 보였다. 흑룡방 수채가 눈앞으로 다가오고 있었다. 간혹 병장기 부딪치는 소리가 들리는 가운데 교군들은 노질을 더 빨리했다.

노기준은 같은 배에 탄 교군들에게 손짓을 했다. 명옹을 앞장세울 수는 없었다. 그의 배가 맹렬한 속도로 선두로 나아갔다. 명두가 앞으로 쭉 나가자 호북의 교군들도 급히 그 뒤를 따랐다. 호북을 제외한 다른 교군들은 적은 숫자에 염치를 차릴 길 없어 하고 있었다. 때문에 호북에 선두까지 뺏길 수는 없었다. 특히 흑룡방에 명두를 잃은 강서와 절강의 교군들은 혼신의 힘을 다했다.

비록 작은 배들이지만 수십 척의 배들이 전력을 다해 일제히 물살을 가르자 동정호에는 갑자기 거센 파랑이 일어났다.

목책에는 이삼십여 명의 흑룡방도들이 있었다. 그들은 음담패설과 술로 날이 밝기를 기다렸다.

목책을 향해 노도처럼 몰려가는 배교도들의 배는 그들의 눈에 금방 띄었다.

"저놈들은 뭐야?"

앞니가 없는 흑룡방도 한 명이 몰려오는 배들을 가리켰다. 고작해야 나룻배였고 나룻배에 탄 자들의 행색도 지저분했다. 흑룡방을 상대로 달려드는 적이라 생각할 수 없었다.

"이곳에서 파시장을 열려나. 간이 큰 놈들이군."

누런 얼굴의 흑룡방도가 히죽 웃었다.

"아니야, 아니야! 저놈들 좀 봐! 전부 칼을 들고 있어!"

호로병을 들이켜던 자가 안색을 찌푸리며 소리쳤다.

"뭐라고?"

흑룡방도들이 우르르 목책으로 몰렸다.

"누군지 모르지만 겁이 없는 놈들이군. 당주에게 연락하고 철선鐵線을 올려라!"

제법 나이가 들어 보이는 자였다. 입은 옷도 다른 자들과 달랐다. 향주쯤 되는 모양이었다. 철선은 큰 배를 저지하기 위해 수채 입구에 쳐 둔 거대한 쇠사슬이다.

크르르르르.

흑룡방도 서너 명이 달라붙어 쇠사슬을 감았다. 쇠사슬이 물속에서 포말을 일으키며 모습을 드러냈다.

"철태궁!"

작자는 궁수들까지 포진시켰다. 그리고 여유 만만하게 수하가 들고 있던 호로병을 뺏어 입으로 가져갔다.

노도처럼 달려들던 배교도들의 배는 쇠사슬에 막혀 잠시 주춤거렸다. 밑으로 지나가고자 쇠사슬을 들었으나 너무 무거워 꿈쩍 않았다. 노기준도 합세해 용력을 써 보았으나 큰 배들을 가로막기 위해 쳐 놓은 쇠사슬이라 그로서도 무리였다. 방법은 물속으로 뛰어내린 후 배의 밑바닥을 들어 쇠사슬 위로 넘기는 수밖에 없었다. 하지만 그렇게 하자니 시간이 너무 지체될 듯했고 적들도 그것을 용납하지 않았다.

피핑! 핑! 목책에서 흑룡방도들이 철태궁을 당겼다. 화살이 쏟아지며 파문을 일으켰다. 그러나 다른 방도가 없는지라 노기준은 교군들로 하여금 물속으로 뛰어들어 쇠사슬 위로 배를 넘기도록 했다.

풍덩! 풍덩! 노기준의 명을 받은 교군들은 일제히 물속으로 뛰어들었다. 교군들이 화살에 몸을 피하며 쇠사슬 위로 배를 넘기려 할 때였다. 명강량을 태운 배가 다가왔다.

명강량은 배를 멈추지 않았다. 그는 쇠사슬을 향해 배를 그대로 항진하며 신장도를 번뜩였다.

쩡! 길게 늘여진 쇠사슬이 강물에 퉁기며 일제히 분수 같은 물보라를 일으켰다. 그와 동시에 쇠사슬은 반으로 동강나 물속으로 꼬르륵 가라앉았다.

"와!"

교군들은 함성을 질렀다. 그들이 물에서 빠져나와 배에 오르는 동안 명강량을 태운 배는 목책을 향해 홀로 질주했다. 노기준의 배가 그 뒤를 따랐다. 그러나 명강량을 태운 배와는 점점 거리가 멀어졌다. 원래 노기준은 명강량의 배에 강남에서 가장 날고뛴다는 교군들만 태운 터였다. 명옹의 명이 있었는지 아니면 힘자랑을 할 요량이었는지 배는 속도를 더하고 있었다.

그사이 목책에는 흑룡방도들이 더욱 불어나 있었다. 화살도 빗줄기처럼 쏟아졌다.

명강량은 선수船首에 서서 신장도를 휘둘렀다. 타당! 탕! 철태궁에서 쏟아진 화살이 신장도에 막혀 강물로 우수수 떨어졌다. 목책이 바로 눈앞이었다. 흑룡방으로 들어가는 수문은 굳게 닫혀 있었다.

"칼을 주시오."

명강량은 신장도로 화살을 막으며 손을 내밀었다. 배를 젓던 교군들은 영문도 모른 채 각자의 칼을 내밀었다.

팟! 명강량은 연이어 세 자루의 칼을 날렸다. 칼은 수문에 일정한 간격으로 나란히 박혔다.

명강량은 자세를 낮추었다. 목책이 가까워질수록 적들은 발악적으로 화살을 퍼부었다.

"조심하시오!"

명강량은 한 소리와 함께 몸을 날렸다. 그가 몸을 솟구치며 허공에서 화살들을 쓸어 갔다. 그는 교룡처럼 몸을 번뜩이며 수문에 꽂아 둔 칼의 손잡이에 정확히 착지했다. 놀란 흑룡방도들이 철태궁의 방향을 바꿀 때였다. 명강량은 다시 솟구쳤다. 그는 꽂아 둔 칼을 밟으며 단숨에 목책에 올랐다.

피 분수가 솟구치며 세 구의 시신이 강물로 떨어졌다.

"으, 으......"

졸지에 세 명의 동료를 잃은 흑룡방도들은 신음을 흘렸다. 명강량은 병아리를 노리는 매처럼 그들을 향해 달려들었다.

"으악!"

"악!"

목책에 선 적들은 제대로 된 저항 한 번 하지 못했다. 명강량의 기세가 워낙 등등했다. 언제 나타났는지 노기준까지 가세하자 적들은 살기 위해 다리가 부러지는 것도 감수하고 그 높은 목책에서 뛰어내렸다.

철컹! 철컹! 줄을 단 요구수撓鉤手(갈고리)를 목책에 걸치며 대여섯 명의 교군들도 목책을 타고 올랐다.

"수문을 열어라!"

노기준이 적들을 몰아치며 목책을 오르는 교군들을 향해 소리쳤다. 교군들이 발 빠르게 움직이며 수문을 열었다.

콰르르르. 수문이 포말을 일으키며 열렸다.

"와와아!"

벌 떼같이 수문을 들어서며 교군들은 일제히 횃불을 밝히고 고함을 질렀다.

흑룡방도들은 우왕좌왕했다. 공격을 받는다는 것은 상상도 못 했고 근자에 제대로 된 싸움 한번 한 적 없어 그들의 칼날은 무뎌질 만큼 무뎌져 있었다. 더해서 명강량과 노기준의 맹호 같은 위력을 본 후라 전의를 차리기도 힘들었다.

흑룡방도들은 전열을 갖춘 내당의 무사들이 나타나기 전까지 혼비백산 교군들의 칼날을 피해 다니기 바빴다.

노기준은 두 명의 흑룡방도들을 벤 후 명강량을 찾았다. 명강량은 벌써 외당을 향해 달려가고 있었다.

맞은편에서 십여 명의 흑룡방도들이 분주히 뛰어오고 있었다. 옷깃도 제대로 여미지 못한 채 허둥지둥 달려오는 민머리는 노기준도 아는 자였다. 채양도를 든 민머리 중년인은 바로 흑룡방의 외당당주 동태진이라는 자였다.

명강량의 신장도가 동태진을 향했다. 동태진은 놀라 황급히 두 자루의 비도를 날렸다.

쩽! 신장도가 비도에 튕기며 비도는 원래의 주인을 향해 되돌아왔다. 동태진이 던진 속도보다 더 빠른 속도였다. 동태진은 대경실색 고개를 숙였다.

"으악!"

"악!"

동태진을 비켜 간 비도가 그의 뒤에 있던 수하들의 심장을 사정없이 후벼 팠다.

"누, 누구냐?"

간담이 서늘해진 동태진이 채양도를 치켜들며 떨리는 목

소리로 물었다.

신장도는 말문을 여는 것을 싫어했다. 신장도의 그림자가 동태진을 덮쳤다. 동태진은 교연번신巧燕飜身의 수법으로 황급히 물러나며 채양도를 휘둘렀다.

쩡! 칼 부딪치는 소리가 나는가 싶더니 명강량의 좌수에서 붉은 그림자가 번쩍했다. 삼양장이었다.

"으윽!"

동태진이 신음을 흘렸다. 권으로 삼양장을 막기는 했으나 맥문으로부터 일순간에 열기가 솟구쳐 신형을 가눌 수 없었다.

"개자식……."

동태진은 미친 개같이 붉은 눈빛을 번뜩이며 신음 섞인 목소리를 내뱉었다.

"죽어라!"

그가 고함을 지르며 대풍기혜大風起兮로 채양도에 바람을 일으켰다. 그러나 그보다 더 빨리 명강량의 다리가 움직였다.

으드득.

뼈가 부러지는 소름 끼치는 소리가 나며 동태진의 몸은 뻣뻣이 굳었다. 뼛조각이 살과 장기를 후벼 파는 고통에 꼼짝도 할 수 없었을 것이다. 명강량은 한 번 더 삼양장을 뿌렸다.

"으아!"

동태진이 처량한 비명을 지르며 허공을 날았다. 쾅! 그의 신형이 땅바닥을 나뒹굴며 사시나무처럼 파르르 떨렸다.

명강량은 놀라 입을 딱 벌리고 있는 동태진의 수하들을 향해 신장도를 몇 번 더 휘둘렀다. 그가 뒤도 돌아보지 않고 어둠 속에 우중충하게 앉아 있는 흑룡방의 전각들로 뛰어들었다.

총관이 배교도들의 습격을 보고하기 위해 다급히 달려왔을 때 모태명은 이미 병기를 걸친 후였다.

전전반측輾轉反側 잠을 이루지 못하고 있었기 때문에 모태명은 철태궁의 시위 소리에 이미 자리를 차고 일어났다.

"잘됐군."

총관의 보고에 모태명이 혁화赫靴를 신으며 말했다.

"무슨 말씀이십니까? 잘됐다니요? 외당은 파훼되고 동당주는 이미 목숨을 잃었습니다. 내당도 간신히 버티고 있는 형국입니다! 배교 놈들의 공세가 상상 이상입니다!"

총관은 입에서 침을 튀겼다.

"단혈철각련의 방문보다 낫지 않느냐?"

철컥! 모태명은 좌측 손에 철갑 의수義手를 달고 있었다. 의수에는 보기에도 섬뜩한 한 자 길이의 비도가 세 자루 접혀 있었다. 모태명이 주먹을 쥐자 그 칼이 월광月光에 잔혹한 빛을 반사하며 일어섰다. 잔혼수殘魂手! 오른손에 든 일월아日月牙와 함께 모태명의 가장 믿음직한 분신이 되어 온 병기였다.

"물론 그렇기는 하지만……."

총관은 우물거렸다. 단혈철각련보다 배교의 침입이 몇 배 낫기는 나았다.

"유향경천문은 응조손을 자처하며 곽부의 일에 발을 빼고 구대문파는 원래 내 말이라면 먼저 뒤집어 놓고 생각하는 자들이니, 곽부의 출현이 거짓이 아님을 증명해 줄 자가 필요했다. 그런 차에 마옹이 직접 왔으니…….”

팟! 모태명은 잔혼수를 그었다. 작은 열매를 맺어 가던 도화桃花가 싹둑 세 동강으로 잘렸다.

“뿐이냐! 유향경천문이 정말 응조손이 맞다면 나는 그들에게 조금 잘 보일 필요도 있겠지. 능운공작이라는 그 어린 놈이 우리를 조사하겠다고 떠들기까지 했다니, 눈에 불을 켜고 찾고 있는 마옹을 넘겨주면 조금 예쁘게는 봐줄 것이다.”

모태명은 옅은 미소를 흘리며 허리띠를 질끈 감았다.

“생각보다 나쁘군.”

외당을 걸어가며 모태명이 말했다. 흑룡방은 산을 끼고 계단식으로 지어져 내당에서 보면 외당과 목책이 한눈에 들어온다. 배교도들은 벌써 외당까지 진격해 오고 있었다. 외당은 아수라장이었다. 내당당주가 동분서주하고 있었으나 배교도들의 공세는 갈수록 치열했다.

“쯥”

모태명은 눈살을 찌푸렸다. 그가 입을 모았다.

휙! 모태명은 휘파람을 불었다. 휘파람 소리는 호각보다 더 날카롭게 밤하늘을 갈랐다.

모태명이 서너 번 더 휘파람을 불자 흑룡방도들은 물론 배교도들까지 잠시 칼을 멈추고 시선을 모태명에게 돌렸다.

“배교의 애송이! 나는 여기에 있다!”

그가 짜랑하게 소리쳤다.

순간, 모태명은 날카로운 파공음을 느끼며 신형을 틀었다. 쐐액! 어둠 속에서 금검이 그를 쇄도하고 있었다. 모태명은 철판교로 휘청 몸을 눕히며 환영각幻影脚을 날리고 잔혼수를 뻗었다. 동작의 신속함과 출수의 날카로움은 모태명이 간계 하나로 사파 오대흉인에 든 것이 아님을 여실히 보여 주었다.

공격은 명강량이 했으나 뒷걸음질도 명강량이 쳤다.

"흐흐흐."

모태명은 음소를 흘리며 명강량을 바짝 육박했다. 잔혼수와 일월아가 난마로 명강량을 뒤덮었다. 허초와 실초를 섞어 가며 잔혼수와 일월아가 날자 명강량은 수세에서 벗어나지 못했다. 지면의 흙과 바위가 모태명의 발자국을 따라 산산이 부서져 흩날렸다.

양천등광도법과 간간이 뻗어 가는 삼양장에는 힘도 있었고 투로도 정연했다. 하지만 변화가 지나치게 단조로운 것이 문제였다. 양천등광도법과 삼양장을 익힌 지 얼마 되지 않기 때문에 명강량은 그 깨달음의 깊이가 낮았다. 모태명 같은 강호의 이무기를 상대하는 데는 역부족이었다.

노기준은 형세의 불리함을 읽고 손에 땀을 쥐었다. 명강량을 도와 협공을 한다고 해도 별 도움은 되지 않을 성싶었다. 명왕이 신력神力으로 명강량을 돕기를 기도할 수밖에 없었다.

파팟! 팟! 광풍으로 명강량을 거세게 몰아치던 모태명은 갑자기 훌쩍 일 장을 물러나 뒷짐을 졌다.

"애송아, 순순히 포박을 받아라. 더 이상 날뛰지 않는다면 곱게 네놈을 모셔 주겠다."

모태명은 비릿한 미소를 입가에 담았다.

명강량의 눈빛은 변함없었다. 방금 모태명의 공격을 받아 생사를 오간 일을 남의 일로 알고 있는 모양이었다. 그가 다시 신장도를 세웠다.

"당랑螳螂 같은 놈이군! 굳이 권주를 두고 벌주를 마시겠다면!"

말이 떨어지자마자 모태명은 일월아를 휘두르며 바로 명강량에게 덮쳐들었다.

신장도의 칼 빛이 유성처럼 빙그르 돌았다.

차장! 두 번째의 대결은 첫 번째 대결과 비교가 되지 않을 정도로 빨랐다. 신장도와 잔혼수, 일월아가 부딪치며 일으키는 괴상한 쇳소리에 중인들은 고막을 잡았다. 강풍이 회오리를 일으키고 뇌전이 번뜩였다.

갈수록 명강량의 그림자는 위태롭게 흔들렸다. 허점들이 곳곳에서 드러났다. 모태명은 일월아로 명강량의 심장을 찍어 가며 은밀히 잔혼수의 칼날을 접었다. 명강량이 일월아를 피해 신형을 비트는 순간 잔혼수가 기해혈氣海穴에 육박했다. 사로잡아야 했다. 단숨에 명강량을 제압하기 위한 일격 필중의 수법이었다. 명강량은 주저하지 않았다. 그는 일월아의 톱니바퀴가 자신의 심장을 쪼개 오는 것도 개의치 않고 신장도를 기해혈로 접근하는 잔혼수로 뻗었다. 죽으면 죽었지 녹록히 잡혀 줄 생각은 없었다.

찍! 일월아가 명강량의 옷을 찢으며 피를 튀겼다. 동시에 모태명은 황급히 잔혼수를 회수했다. 마옹의 심장과 자신의 손가락 하나도 바꾸기 싫은 모태명이었다. 또한 그는 지금 명강량을 사로잡아야 했다.

'호랑이 새끼는 역시 호랑이군.'

모태명의 눈빛이 독사처럼 빛났다. 비록 덜 익었다고는 하나 양천등광도법은 양천등광도법이었고 삼양장은 삼양장이었다. 초식의 대결로는 눈앞의 애송이를 쉽게 포획하지 못할 듯했다. 힘은 들더라도 내력을 진탕시키는 도리밖에 없었다.

채챙! 챙! 모태명이 잔혼수의 칼날을 가위질하듯 부딪쳤다. 그가 일월아와 잔혼수에 내력을 불어넣었다. 장포가 팽팽히 부풀어 오르며 일월아와 잔혼수가 은광을 뿌렸다.

"카핫!"

무거운 질타성과 함께 잔혼수가 격렬한 파공음을 내며 명강량을 휩쓸어 갔다.

카캉! 신장도와 잔혼수가 부딪치며 불꽃을 튀겼다. 그와 동시에 명강량의 신형이 비틀 흔들렸다. 바위 덩이 하나가 어깨에 쿵 떨어지는 느낌이었다. 단내도 울컥 치솟았다.

명강량은 되도록 잔혼수와 부딪치는 것을 피하려 했다. 하지만 원래 초식의 기교도 모태명이 뛰어났던 터였다. 역량과 기교가 약해 내력의 승부로 끌고 간 모태명이 아니었다.

몸으로 막지 않는 한 신장도로 막아야 했다.

챙! 챙! 챙! 모태명이 중수법을 연이어 펼치자 명강량의 입가에는 결국 선혈이 맺혔다. 귀가 윙윙거리며 단전의 기는 산산이 비산했다. 그러나 명강량의 눈빛은 여전히 변함없었다. 무심하게 모태명에 맞서는 모습이 정말 당랑이 수레를 향해 달려드는 모습이었다.

'틀렸다.'

노기준은 이를 악물었다.

모태명이 공격을 멈추고 있는데도 명강량은 몸을 불쑥거리고 있었다. 진탕된 내력을 수습하지 못할 지경까지 이르렀음에 틀림없었다.

노기준은 칼을 들었다. 모든 것이 예상대로 끝나는 듯했다. 광명계로 향하는 길에 명옹을 앞세울 수는 없었다. 자신이 먼저 가야 했다. 노기준은 모태명을 향해 신형을 날렸다.

"어딜!"

그러나 흑룡방의 내당당주라는 작자가 그가 가는 길을 막았다. 노기준은 먼저 작자와 싸워야 했다.

노기준과 내당당주가 어우러지자 잠깐 칼을 멈추고 있던 배교도와 흑룡방도들이 다시 서로를 향해 칼을 뻗었다.

명옹이 분사憤死하리라는 것을 알았어도 배교도들의 기세는 죽지 않았다. 너무 많은 패배를 당해 패배하는 싸움을 일상으로 겪고 있었기 때문인지 몰랐고, 군산의 패배를 이미 예감했기 때문인지도 몰랐다. 어쨌든 흑룡방도들에 대한 배교도들의 공세는 처음보다 더 격렬했다.

"으악!"

"악!"

팔다리가 날고 비명이 군산을 흔들었다.

"지독한 놈들!"

모태명은 안색을 일그러뜨렸다. 서둘러 마옹을 제압해야

했다. 그는 숨을 헐떡이며 구부정하게 서 있는 명강량을 향해 걸어갔다. 그가 뇌전 같은 출수로 명강량의 기해를 다시 노렸다. 반항할 힘도 없으리라 생각했다. 그런데…….

"엇!"

모태명은 놀라 다급히 손을 뺐다. 신장도가 벼락같은 기세로 그의 손목을 갈라 오고 있었다.

'이런 우라질!'

그는 식은땀을 흘리며 손목을 매만졌다.

"아직도 힘이 남아 있나 보구나!"

모태명은 노호를 터뜨리며 잔혼수에 전력을 실었다. 명강량은 당장이라도 쓰러질 것 같았다. 그러나 그는 망설이지 않고 모태명의 잔혼수에 부딪쳐 갔다.

쩡! 거친 쇳소리와 함께 모태명의 어깨가 휘청 흔들렸다. 얼굴에 핏줄이 솟는 것을 보면 이번에는 그도 적잖은 충격을 받은 듯했다. 명강량의 사정은 더 나빴다. 그는 피를 뿌리며 뒷걸음질을 쳤다.

모태명은 주춤했다. 방금 합을 겨루었을 때 느껴졌던 힘은 전과 현저히 달랐다. 다 쓰러져 갈 것 같이 보이는데 마옹의 힘은 더 불어난 듯했다.

'마지막 발악이겠지.'

모태명은 흉광을 흘리며 손목과 어깨에 찌릿하게 느껴지는 통증을 무시했다.

"웨엑!"

명강량은 한 덩이의 피를 내뿜었다. 그의 내부는 엉망이었다. 그를 괴롭히는 것은 모태명의 중후한 내력뿐만이 아니었다. 운기 중에 느꼈던 알 수 없는 힘. 모태명이 내력으로 짓눌러 올 때마다 그 힘은 반사적으로 치솟으며 전신을 들끓게 했다.

모태명의 공세도 감당하기 힘들었다. 그런데 내부에 서로 다른 내력들이 제멋대로 치닫자 명강량은 자신을 수습할 수가 없었다. 처음에는 어느 정도 제어가 가능했다. 그러나 모태명의 계속되는 공세에 명강량은 들끓는 기력을 억제할 수 없었다. 내부가 폭발해 자멸할 지경이었다.

만약 모태명이 명강량의 사정을 조금이라도 알았다면 계속 내력으로 명강량을 위협하는 어리석은 짓은 하지 않았을 것이다. 하지만 그는 잔혼수를 연이어 뿌렸다.

쩡! 쩡! 쩡!

"웩!"

명강량은 주르르 밀려나며 앞가슴이 질퍽하도록 피를 뿜었다. 더 이상 치솟는 힘을 억누르는 것이 불가능했다. 명강량은 심결心訣을 풀어 버렸다.

전신이 후끈 달아오르며 눈에 핏발이 섰다. 몸은 둥둥 떠다니는 느낌이었고 손과 발이 어디에 있는지도 몰랐다. 자신의 몸은 다른 사람의 것인 듯했다. 하지만 그의 손과 발은 모태명의 공세에 반사적으로 반응했다.

챙! 일월아에 불꽃이 튀었다. 일월아의 톱니가 박살 나며 모태명은 주르르 세 걸음이나 물러났다. 일월아를 들고 있는 손이 파르르 떨렸다. 일월아의 무게도 천근같이 느껴졌다.

그는 거친 숨을 몰아쉬었다. 믿어지지 않는다는 표정이었다. 마옹의 힘은 수를 더할수록 불어나고 있었다.

'죽여야 한다!'

모태명은 마옹을 사로잡겠다는 자신의 생각이 얼마나 잘 못됐는가를 깨달았다. 그러나 그의 판단은 조금 늦은 감이 있었다.

파팟! 신장도가 질풍노도로 밀려왔다. 모태명은 다급히 일월아를 들었다.

쨍깡! 정강으로 만들어진 일월아가 무처럼 토막 났다. 손도 갈라져 허연 뼈를 드러냈다.

"마, 마옹……."

모태명은 다급한 김에 명강량을 불렀다.

명강량의 귀에 그 소리가 들리지 않았음은 물론이다.

쐐액! 신장도가 수십 가닥의 뇌전을 번뜩이며 모태명의 전신을 쓸었다. 모태명은 죽을힘을 다해 잔혼수를 번뜩였다.

쨍그랑! 은빛 파편들이 월광 속으로 분분히 날았다. 잔혼수는 마치 유리가 박살 나듯 깨져 허공으로 흩어졌다.

"으으……."

모태명의 얼굴에 절망의 그림자가 내렸다. 어떻게 해서 상황이 이렇게 되었는지 도저히 알 수 없었다. 악몽이라도 꾸고 있는 듯했다.

"이, 이것 보게. 나, 나는……."

모태명은 뒷걸음질을 치며 억지웃음을 지어 보이려 했다.

잠시 흐름을 멈추었던 신장도가 다시 움직였다.

붉은 눈, 표정 없는 잔혹한 얼굴, 차가운 칼날.

꿈이 맞았다. 악신에게 쫓기는 꿈이었다.

모태명은 다급히 등을 돌렸다. 순간, 허리뼈가 토막 나는 고통에 그는 입을 딱 벌렸다.

"아……."

모태명은 애절한 비명을 흘렸다. 어깨와 등으로 불에 덴 듯한 통증이 찾아들고 몇 군데 더 도흔을 느꼈다. 그리고 그의 목은 하늘을 날았다.

뚝! 떼구르르르. 모태명의 목이 무엇인가 할 말이 있다는 듯이 얼굴을 일그러뜨리며 굴렀다.

명강량은 신장도에 핏방울을 떨어뜨리며 섰다. 그의 몸은 연방 폭죽같이 터지는 힘의 소용돌이 속에 놓여 있었다.

'바로… 이 힘이었어.'

우제준과 싸울 때는 들끓는 기력의 충격을 견디지 못해 정신을 잃었다. 그러나 지금은 의식의 한 가닥은 가지고 있었다. 그래서 명강량은 내부를 들쑤시는 힘을 똑똑히 느끼고 있었다.

명강량은 이를 악물었다. 뼈가 우두둑 일어섰고 역혈대법을 시전하지도 않았는데 피는 제멋대로 역류했다. 불덩이 속에 서 있는 것 같았다. 극심한 고통에 시달렸다. 그 고통 때문에 의식도 혼미했다.

"으웩! 웩!"

피도 몇 모금 토했다.

"아! 아!"

군산을 울리는 고함이 절로 터졌다. 가만히 있지 못하게 했다. 주체할 수 없는 힘이 방주를 잃고 우왕좌왕하고 있는 흑룡방도들 속으로 그를 내몰았다.

피비린내가 몰려왔다. 피비린내 속에 명강량은 결국 자신의 의식도 놓았다.

"크악!"

"칵!"

군산의 밤의 피의 제전이었다.

올 때에도 침묵 속에 왔지만 갈 때에도 침묵 속에 갔다.

흑룡방의 와해!

대환란 이후 가장 통쾌한 일이었다. 군산이 떠나갈 정도로 환호성을 질러야 옳았다. 그러나 교군들은 약속이나 한 듯 입을 꽉 다물고 있었다.

노기준은 칼집으로 갑판을 툭툭 쳤다.

배의 이물에는 명옹이 앉아 있었다. 지친 표정이었지만 의연한 자태였다.

그는 명옹에게서 시선을 떼고 흑룡방으로 눈길을 돌렸다. 활활 불타고 있는 목책과 전각, 불빛 사이로 무수히 보이는 시신들. 노기준은 자신의 팔을 쓰다듬었다. 피부가 꺼칠했다. 상처라도 났나 싶어 시선을 돌리니 소름이 촘촘히 돋아 있었다. 그는 퍼뜩 젊은 명옹에게 시선을 다시 돌렸다.

교군들이 침묵하는 이유를 알 것 같았다.

흑룡방에서의 한 장면이 떠올랐다. 그것은 도살이었다.

마치 아이들이 장난으로 개미를 짓밟아 버리듯.

광기로 번뜩이던 눈. 적들은 물론 교군들과 자신까지 명옹에 대해 두려움을 느꼈다. 나중에 자신과 교군들은 명옹이 펼치는 대학살극을 지켜보고만 있었다.

피의 복수는 원했다. 하지만 그런 사나운 장면까지 원한 것은 아니다. 패주하는 흑룡방 수족들의 목숨까지 야차같이 노릴 필요가 있었을까. 배교도들은 누가 뭐라도 세상의 밝음을 추구하는 자들이었다.

노기준은 고개를 숙였다.

주 명두와 여 명두가 생각났다. 주 명두와 여 명두라면 오늘 같은 날 젊은 명옹을 위해 분명 무슨 말인가를 해 주었을 것이다. 주 명두, 여 명두가 아닌 자신이라도 뭔가 해 줄 말은 있었다. 그러나 입이 쉽게 떨어지지 않았다.

젊은 명옹에게서 심한 이질감을 느꼈다. 솔직히… 그때는 사람이 아닌 그 무엇 같았다. 싸움이 끝난 후에도 그 인상은 너무도 강하게 남겨졌다. 그 인상이 너무도 강해 교군들에게서 승리의 흥취까지 뺏어 갔음이 틀림없었다.

휘익! 펑! 포향 소리에 노기준은 고개를 들었다.

불꽃이 허공에 튀었다. 누군가가 배교도들의 승리를 대신 축하해 주는 모양이었다.

그 순간, 노기준은 다시 생각했다.

'아무려면 어떤가? 우리는 참을 만큼 참았다! 주 명두, 여 명두도 더 이상 참으라고 하지는 않을 것이다. 우리를 죽음으로 몰던 자들은 같은 대가를 받아야 돼!'

명옹의 학살극을 두려워하고 적들을 동정하던 자신이 우스웠다. 그가 안광을 빛내며 주위를 살폈다. 교도들의 생각도 그와 같은 모양이었다.

"이겼다!"

비로소 승리의 환호성이 물결처럼 번져 나갔다. 눈빛도 승리감으로 빛나고 있었다. 하지만 싸워야 할 적은 아직 많았다.

❧

허공에서 작렬하는 불꽃은 푸른빛이었다.

"음."

언상영은 누대에 서서 학익선으로 손바닥을 가볍게 쳤다.

의외였다. 푸른빛은 배교도들이 흑룡방을 무너뜨렸다는 신호. 뿐만 아니라 마옹이 죽지 않고 살아 있다는 뜻.

'놈이 모태명을 죽였다는 말인가?'

믿어지지 않았다.

'모태명은 분명 흑룡방에 있다고 했는데…….'

불타는 흑룡방은 그의 눈에도 보였다. 흑룡방이 와해되는 것을 모태명이 지켜보고만 있었을 리 없었다.

언상영은 고개를 갸웃 저었다. 어둠 속이라 자세한 사정은 확인이 불가능했다. 어쨌든 포향은 배교도들의 승리와 마옹의 건재를 알렸다.

"불을 밝혀라!"

그가 고함을 질렀다.

누대에 횃불이 환하게 오르며 누선도 대낮처럼 불을 밝혔다. 언상영은 깃발을 들었다.

"으헤헤, 헤헤… 장목생!"

팽해만은 쾌선을 질주하며 수석향주를 불렀다.

구레나룻이 다가왔다.

"명강량이 살아 있어. 너는 어떻게 생각하느냐?"

팽해만이 대뜸 물었다.

"의외군요."

장목생이 말했다.

"모태명의 마음이 좋아졌나? 제 집을 불태운 놈을 살려 보내 주다니. 그렇지 않으면… 헤헤헤! 설마 명강량이 모태명을 죽인 것은 아니겠지?"

팽해만이 눈을 가늘게 뜨며 물었다.

"그럴 리가 있겠습니까? 모태명은 최소한 구대문파의 명숙들과 어깨를 나란히 할 정도는 됩니다."

"맞았어. 그럴 리가 없겠지. 그럼 저건?"

팽해만은 언상영이 누선에서 보내는 신호를 가리켰다.

"음."

장목생은 수염을 쓸었다.

"으헤헤, 신기한 일이야! 신기한 일!"

팽해만은 박수를 쳤다.

"나는 그놈을 잡으면 머리를 따고 배를 갈라 놈의 내부를 한번 들여다보아야겠어. 어떻게 생겨 먹은 놈인지. 어이, 어쨌든 이 지긋지긋한 추적도 오늘에야 끝나겠군! 명강량, 네 놈 덕분에 산천 구경은 실컷 했다! 서둘러라!"

그가 허공중에 묵편을 휘두르며 소리쳤다.

배교도들을 태운 작은 배들이 월광 속에 희끗희끗 보였다.

팽해만과 청룡당의 수하들이 배교도들을 협공하기 위해 쾌속으로 나아갈 때였다.

"뭐야?"

팽해만은 이물에 서서 고함을 질렀다.

어둠 속에 긴 부교浮橋가 보였다.

"동정호에 다리를 놓겠다는 미친놈이 있을 줄이야."

팽해만은 어이없다는 표정을 지었다.

아름드리 통나무로 얼기설기 엮은 부교는 너비가 마차 두 대는 족히 지날 정도, 길이는 십여 장에 달했다.

"부교가 아닙니다. 사천의 나무꾼들인 모양이군요."

장목생이 말했다.

"사천의 나무꾼?"

"사천의 산림에서 벤 나무들을 뗏목으로 묶어 금사강金沙江, 민강岷江을 따라오며 나무를 팔지요. 어떤 자들은 배를 타고 내려오는 동안 아예 저 뗏목 위에서 가축을 키우고 먹을 것도 가꾸고 한답니다. 보통 가족이나 서너 명이 한 조로 움직이는데 이번에는 엄청나군요."

"그래? 팔자 좋은 놈들이군. 어쨌든 빨리 비키라고 그래!"

팽해만이 소리쳤다.

"저자들을 비키게 하느니 돌아가는 것이 빠를 것입니다."

장목생이 말했다.

"이런 젠장……."

팽해만은 돌연한 장애물에 울화를 터뜨렸다. 돌아가는 것은 별문제가 아니지만 돌아가다 보면 대열이 흩어진다. 작은 배들이고 어둠 속이라 짜여진 선단을 다시 형성하기가 쉽지 않았다. 그러나 어쩔 수 없었다.

팽해만이 선단의 우회를 명하려 할 때였다.

뗏목에서 횃불이 환하게 오르며 허공으로 섬광이 날았다. 그와 동시에 뗏목에 사람들이 모습을 드러냈다. 허름한 차림에 긴 노를 들고 있는 자들은 영락없는 나무꾼들이었다.

"어이, 어디로 가시오?"

횃불 아래에서 장한 한 명이 소리쳤다. 원숭이처럼 전신에 털이 숭숭한 자였다.

"네놈의 목을 따러 간다!"

악에 받친 팽해만이 와락 고함을 질렀다.

"좋은 일을 하시는구려. 보답을 드릴까 하오."

장한은 느긋하게 말했다.

"어이!"

그가 횃불을 좌우로 흔들었다. 뗏목 위에 사람들의 그림자가 분주히 오가더니 돛대가 일어났다. 금사강, 민강의 험한 강물에서 놀던 자들답게 뗏목을 다루는 솜씨가 보통이 아니었다. 뗏목은 돛에 바람을 받아 항진을 시작했다. 뗏목이라도 순풍順風이 실리자 보통 속도가 아니었다.

"뭐 하는 게야?"

팽해만이 놀라 소리쳤다.

뗏목들은 일제히 꼬리를 틀고 청룡당을 태운 쾌선을 향해 돌진해 오고 있었다. 쾌선이 빠르기는 하나 지금은 돛을 달지 않았다. 그리고 물살을 거슬러 올라야 하는 터였다. 반면에 뗏목은 순풍에 물살까지 흐름을 도와주고 있었다.

뗏목은 곧장 쾌선을 들이받을 듯했다.

"어이, 어이, 사양하겠어! 가져가! 가져가라고! 장가갈 때 세 칸 집이나 지을 수 있도록 그때 달란 말이야! 화전火箭! 화전! 모두 죽여 버려!"

팽해만이 다급하게 소리쳤다.

청룡당 수하들이 급히 노를 들었다.

"좋은 데 쓰시오!"

횃불 아래 털북숭이 장한이 히죽 웃었다.

"끊어라!"

그가 고함을 질렀다.

몇 대의 뗏목만 남겨 두고 뗏목에 탄 자들이 일제히 통나무를 이은 끈을 끊었다. 줄이 풀린 통나무들이 동정호에 쫙 갈라졌다. 통나무는 이미 가속이 붙어 있었으므로 그물처럼 흩어지며 팽해만의 선단을 덮쳤다.

"아이고! 죽일 놈! 장가갈 때 달라니깐!"

팽해만은 동정호를 메울 듯 시커멓게 몰려드는 통나무를 보며 발을 굴렀다.

펑! 두 번째 포향이 울렸다.

'함정에 걸렸구나.'

누선의 환한 불빛도 눈에 들어왔다. 누대에 펄럭이는 깃발은 유향경천문의 깃발이 틀림없었다.

'근자에 조용하다 했더니 오늘을 준비하고 있었구나.'

노기준은 입술을 깨물었다.

"명두, 저쪽을 보십시오!"

교군 한 명이 소리쳤다.

수십 척의 배들이 배후와 좌측에서 밀려오고 있었다.

'우리를 동정호에 수장시킬 셈이구나. 우리는 수상전에 대비한 아무런 무기도 없다.'

노기준은 초조했다. 흘깃 명옹을 향해 시선을 돌렸다. 명옹은 여전히 무표정하게 이물에 서 있었다. 감추려 해도 지친 기색은 역력했다. 흑룡방에서 그토록 좌충우돌했으니……

노기준은 고개를 빼고 뭍을 바라보았다. 어둠 속이라 아무것도 보이지 않았다. 보이지는 않아도 그곳에는 커다란 올가미가 준비되어 있을 것임이 뻔했다. 그러나 물 위보다는 뭍으로 나아가는 것이 나을 듯했다.

"명옹의 주위로 대형을 밀집하라!"

그가 손짓을 하며 소리쳤다. 적들은 필경 쇠뇌나 화전으로 먼저 공세를 펼치리라. 우선 급한 대로 명옹을 보호하기 위해 인의 장벽이라도 쳐야 했다.

교군들도 사태의 심각성을 깨닫고 급히 물살을 헤쳤다. 잔잔하던 동정호에 다시 파랑이 일어나려는 순간이었다.

그때, 휘익 하며 허공에 다시 한 번 섬광이 번뜩였다.

노기준은 놀라 좌우를 살폈다. 허공을 수놓는 불꽃은 배교도들만 사용하는 폭죽이었다. 멀리서 횃불이 휘휘 도는 것이 보였다. 누군가 응원군을 보낸 모양이었다.

"저곳이다!"

노기준은 횃불이 흔들리는 곳을 향해 손짓을 했다.

"껄껄껄, 노기준! 네놈 꼴이 꼭 꼬리에 불붙은 쥐 같구나!"

돛을 단 세 척의 뗏목이었다. 뗏목에 선 털북숭이 장한이 노기준을 향해 호탕하게 소리쳤다.

"추秋 명두!"

노기준은 반색을 했다. 뗏목에 선 털북숭이 장한은 바로 사천의 명두, 추대괄秋大恝이었다. 근육질로 단단히 뭉친 체격, 전신에 무성한 털. 외관상으로 보기에는 추대괄의 나이는 노기준과 비슷해 보였다. 그러나 추대괄은 노기준보다 십 년이나 연상이었다. 만락군萬樂君이라 불릴 정도로 매사에 낙천적이라 나이가 들지 않는지 모를 일이었다.

"추 명두가 여기에 어떻게?"

노기준은 추대괄의 등장이 믿어지지 않는 모양이었다.

"노기준, 결국 큰일을 벌이고 말았군. 잘했다! 무사히 살아 돌아온 것을 보니 모태명의 목을 베었겠군."

"물론!"

노기준은 주먹을 들어 보였다.

"통쾌한 일인지고, 통쾌한 일이야. 싸움을 반대했던 주 명두, 여 명두는 이제 이 땅에 없고 어정거리던 자네까지 나섰다. 됐어! 이제 명웅께서는 어쩔 수 없이 전교영기를 들겠군. 크카카카!"

추대괄은 황소 같은 웃음을 터뜨렸다.

"모르셨습니까? 내가 아닙니다. 명웅께서 계십니다."

"뭣?"

추대괄은 눈을 크게 떴다. 그의 눈에 어둠 속에 서 있는 명강량이 보였다.

"아이고!"

그가 손뼉을 치며 명강량이 탄 배에 훌쩍 뛰어올랐다.

"명왕출세! 배교일세! 명웅광휘! 명웅이시여!"

추대괄은 급히 부복했다.

"추 명두, 꼭 이 년 만에 뵙는군요."

명강량은 가는 미소로 추대괄을 맞았다.

"흑룡방을 불사르고 모태명의 목을 딴 분은 명웅입니다. 우리들이야 흑룡방 놈들의 전각에 불장난이나 했을 뿐이지요."

노기준이 웃으며 말했다.

"잘하셨습니다! 잘하셨습니다! 중원에서 들려오는 소식에 애간장이 다 탔더이다."

추대괄은 명강량의 손을 덥석 잡고 흔들었다.

"반가움은 나중에 나누고… 추 명두, 빨리 이곳부터 벗어나야겠소. 유향경천문 놈들이 냄새를 맡았습니다."

노기준이 주위를 살피며 말했다. 청룡당은 통나무에 갇혀 아직도 허우적거리고 있었으나 현무당과 백호당은 쾌속으로 교군들을 압박해 오고 있었다.

"그럼세. 사실 나도 이상한 낌새를 느꼈기 때문에 이곳으로 온 것일세. 형산파, 하토문… 별의별 놈들이 쫙 깔렸더군."

"역시 저곳에도 매복이 있겠군요. 그러나 우리는 수상전을 벌일 처지가 아니니……."

"뚫고 나가면 되지 무슨 걱정을 하는가, 명옹도 계신데! 명옹은 이리로 모시게. 가자!"

추대괄이 손을 들었다.

명강량은 추대괄에게 끌려 뗏목에 몸을 실었다. 노기준도 뗏목에 올라탔다. 뗏목이 움직이고 나룻배들도 그 뒤를 따랐다.

"추 명두, 정말 이곳에는 어쩐 일이십니까?"

추대괄의 뗏목 위에서 노기준이 물었다.

"무산대전이 바로 코앞일세. 이왕 무산으로 가는 길, 나무나 좀 팔자고 생각했지. 중원과 강남의 교도들이 적들의 공세로 엉망이라 들었다. 달리 도울 방법도 없고 해서 나무를 팔아 은 냥이나 얹어 주리라 마음먹었지. 그러던 차에 아무래도 이곳의 조짐이 수상쩍어 동정호에서 하루를 묵었네."

추대괄은 원래 초부樵夫가 맞았다. 초부도 보통 초부가 아니라 사천에서 제법 알아주는 목재상이었다.

"그렇게 된 것이군요. 그런데 그 아까운 나무를 다 버리게 되었으니."

노기준은 뭉클한 감동을 느끼며 말꼬리를 흐렸다.

"자네는 나를 어떻게 보는가! 통나무 몇 조각이 아까워 동도들을 몰라라 할 사람으로 보이던가! 나무는 아직 많네. 총단이 불탔다는 소식을 듣고 사천의 각 향당에 명을 내려 질 좋은 나무들을 구하라 했지. 총단을 다시 지어야 할 것 아닌가. 성녀와 명옹께서 거주할 곳 없어 떠돌아다니게 해야 하다니! 교도들이 온 산을 헤집고 다녔다. 덕분에 지금은 황산총단의 두 배 정도 되는 총단을 지을 수 있을 정도의 나무를 모았네. 이번 나무는 그 나무들 중 질이 떨어지는 놈으로 조금 가져온 것뿐일세. 껄껄껄!"

추대괄이 호탕하게 웃었다.

노기준은 목이 메어 아무 말도 할 수 없었다. 누천년의 환란 속에서도 배교가 버텨 온 이유가 바로 여기에 있었다.

"명옹, 이번 무산대전에서는 전교영기를 드시겠구려."

추대괄이 은근하게 물었다.

"그렇게 될 것입니다."

명강량은 짧게 대답했다. 사실 그는 서 있기도 힘든 처지였다. 교군들에게 약한 모습을 보이기 싫어 억지로 버티고 있었지만 들끓던 기력이 가라앉으며 몸은 점점 무거웠다.

"잘 생각하셨소. 우리 교의 힘은 그렇게 약하지 않소. 항상 우리가 저울질하는 이상이지."

추대괄은 흡족한 표정으로 고개를 끄덕였다.

그때였다.

"명두!"

교군 하나가 추대괄을 다급히 불렀다. 유향경천문의 배들이 월광 속에 완연히 모습을 드러내고 있었다.

"빠르군. 이러다가 꼬리를 잡히겠어."

추대괄은 송충이 같은 눈썹을 꿈틀댔다.

"아우, 안 되겠네. 자네는 명옹을 모시고 뭍으로 오르게나. 나는 놈들의 배를 막을 테니."

"저 많은 배들을 무슨 수로?"

"걱정 마시게. 저게 있지 않는가."

추대괄은 씨익 웃으며 뗏목 한편에 있는 상자를 가리켰다. 상자에는 작은 호박만 한 묵환들이 가득 들어 있었다.

"어폭뢰漁爆雷라는 것일세. 민강, 금사강의 지류들은 비가 온 후면 온갖 것들이 나무들이 떠내려가는 것을 막지. 급류 속에 뛰어들어 일일이 그것들을 치워 낼 수는 없는 일이고. 그때 저 어폭뢰 한 방으로 물길을 튼다네. 내가 만든 것이지."

추대괄이 자랑스럽게 말했다. 그도 배교도답게 화기에는 밝았다.

"어폭뢰가 있다고 하더라도 놈들과 싸우는 것은 무리입니다. 어쨌든 뭍으로 나아갑시다."

노기준이 걱정스러운 표정으로 만류했다.

"나를 비롯해 여기 있는 교군들은 민강, 금사강, 삼협의 험한 물길 속에서도 잉어처럼 노니는 자들이다. 안 되면 물속으로 달아나면 그만이니 걱정 말게."

추대괄은 노기준의 어깨를 두드렸다. 그가 명강량을 바라보고 섰다.

"명옹이시여! 부디 몸조심하십시오. 무산에서 뵙겠습

니다."

그가 머리를 숙였다.

"아우, 뭐 하는가! 어서 명옹을 모시게!"

추대괄이 고함을 지르며 돛대를 잡았다.

노기준은 할 수 없다는 표정으로 명강량과 함께 나룻배에 올랐다. 뗏목이 방향을 틀었다.

"표정들이 왜 그런가? 모두 싸우러 가는 자들이 아니군! 기운을 돋워 줄까나."

추대괄은 히죽 웃었다.

"양백보다는 못하지만 내 북소리도 그런대로 괜찮을 것 일세."

그가 북을 들었다.

둥! 둥! 두두두두둥!

추대괄이 싸움을 독려하는 북을 힘차게 두들겼다.

"크카카카! 전성남戰城男 사곽북死郭北! 야사오가식野死烏可 食……."

성벽 남쪽에서 싸우고, 성벽 북쪽에서 죽었다.
들에서 죽어도 까마귀의 좋은 먹이 된다.

추대괄은 노래를 부르며 멀어져 갔다.

"전성남 사곽북……."

뭍으로 향하는 교군들도 이내 추대괄의 노래에 입을 맞추 었다. 동정호의 창파가 다시 술렁였다.

쾅! 쾅!

노기준은 폭음에 급히 고개를 돌렸다. 화전이 밤하늘을 가르고 있었다. 어뢰가 터지며 추대괄과 유향경천문의 배들이 접전을 벌이는 모양이었다.

노기준은 주먹을 쥐며 전면으로 시선을 돌렸다. 호변은 번뜩이는 빛으로 가득했다. 창검이 월광에 비쳐 나는 빛이 분명했다. 노기준은 높게 손을 들었다.

"가자!"

그가 고함을 질렀다. 배들이 전력으로 뭍으로 질주했다.

핑! 피핑! 호변에서 몇 대의 화살이 날아왔다. 화살의 소나기를 생각하고 있었는데 더 이상의 공격은 없었다. 다행히 호변의 적들은 궁노 같은 물건들은 준비를 못한 듯했다. 거리가 가까워지자 호변에 반원형으로 도열해 있는 적들의 모습이 보였다.

'잘됐어. 형산파 놈들이군.'

노기준이 인광을 빛냈다.

"쓸어버려라!"

그가 물속으로 뛰어들며 소리쳤다. 물은 허리춤까지 왔다. 그는 물살을 첨벙이며 형산파를 향해 달려갔다. 교군들이 그를 뒤따랐다.

반원형으로 도열해 있던 형산파는 숫자의 열세를 느꼈는지 아니면 기세에 질렸는지 대열을 밀집시켰다. 아마 배교도들이 자신들 앞까지 나타날 줄 몰랐을 것이다.

슥! 스슥! 형산파의 문도들이 칼을 뽑았다.

그때였다.

'쳐라!' 하는 고함과 함께 형산파의 배후가 갑자기 어수선 해졌다. 어둠 속에서 한 무리의 인영이 형산파의 배후를 비호처럼 습격해 갔다.

형산파 문도들이 의외의 적에 놀라 술렁거렸다.

'저들은 또 누구인가?'

노기준은 새로운 응원군에 놀라 전면을 주시했다.

'호남의 교군들이군.'

악양에 교군들이 모였을 때 호남의 교군들은 보이지 않았었다. 아마 사정이 있어 이제야 합류를 하게 된 모양이었다.

"호남의 동도들이다! 쳐라!"

노기준이 쾌재를 부르며 소리쳤다.

쩡! 채챙!

"으악!"

배교도들과 형산파의 문도들이 뒤섞이며 호변은 이내 핏물로 붉게 물들었다.

❦

"후후."

단원홍은 실소를 흘렸다. 그의 안광은 어둠을 훤히 꿰뚫고 있었다.

팽해만은 여전히 팽해만이었다. 이제야 간신히 통나무를 치우고 고래고래 고함을 지르며 배교도들을 추적하는 팽해만의 모습이 선했다.

　원하든 원하지 않든 팽해만의 주위에서 일어나는 일은 별수 없이 희극적이었다. 아마 그는 자신의 목이 날아가는 상황 속에서도 웃음을 잃지 않을 듯했다. 그래서 단원홍은 팽해만이 좋았다. 팽해만의 성격이 부러웠다.

　나머지 자들의 표정은 한결같았다. 유향경천문, 언상영이 동원한 군소방파, 그들과 싸우는 배교도들.

　그들이 지금 그들이 싸우는 내막을 알면 어떤 표정을 지을까. 몇몇 자들의 호사스러운 장난질에 자신들의 목숨이 오가고 있다는 것을 알면 말이다. 단원홍은 그 사실이 우스웠다.

　"으악!"

　"악!"

　싸움은 갈수록 치열했다.

　호변의 일전은 형산파의 붕괴로 끝나고 싸움은 악양 근교로 번져 갔다. 배교도들은 야산을 통해 달아나려는 모양이었다. 하토문이 저지선을 만들고 있었고 대오가 흩어진 형산파도 산발적으로 배교도들의 발길을 잡았다. 남궁기와 당예, 팽해만이 그 뒤를 따랐다. 언상영의 누선도 호변으로 접근하고 있었다. 언상영은 서두르지 않았다. 배교도들이 역습으로 퇴로를 만들까 걱정하는 듯했다.

　'제법이군.'

　단원홍은 뒷짐을 풀고 어깨를 폈다. 불타는 흑룡방, 허둥대는 추적자들. 적들에 둘러싸였어도 배교도들의 기세는 전혀 줄어들지 않았다.

단원홍의 시선은 한 청년을 쫓았다. 번쩍이는 금검. 배교도들이 작자의 주위를 철통같이 호위하고 있었다. 힘겹게 칼을 휘두르고 있는 작자는 마웅이 맞는 모양이었다.

단원홍은 점장대를 천천히 걸어 내려왔다. 이 우스운 싸움의 끝을 볼 때였다.

원상은 점장대를 걸어 내려오는 단원홍을 바라보고 있었다. 추錐는 주머니 속에서도 감추어지지 않는 법이다.

'혜명의 말이 맞겠구나. 앞으로 강호는 그의 일세가 되겠군. 백운룡, 제자조차 잘 거두었다.'

원상은 단원홍의 사부, 백운룡을 떠올렸다. 자신의 쌍장은 항상 무패만 기록한 것은 아니다. 곽부, 그리고 백운룡. 백운룡은 그도 찾아왔던 것이다.

'그건 그렇고 늙은 것이 망동을 부려 괜한 곳까지 왔구나. 이 일을 어쩌누.'

원상은 안색을 찌푸렸다.

봄이 오면 원상은 다시 개봉으로 발길을 돌린다. 그런데 이번에는 강남에서 계속 미적이고 있었다. 황학루, 악양루도 오르고 군산에도 가 보기 위해서였다.

황학루는 이미 들렀고 동정호는 이제야 도착했다.

이상한 마음 때문이었다. 어쩌면 이번 남행南行이 마지막이 될지 모른다는.

불현듯 자신이 늙었다는 생각이 들었다. 친구 철중달의 얼굴을 보는 순간 그런 생각이 났다. 벗의 얼굴은 바로 자신의 얼굴을 비추는 거울이다. 그는 철중달의 얼굴에서 속일 수 없는 세월의 노화老化를 보았다.

자신도 마찬가지리라.

그래서 황학루, 악양루, 군산의 정취를 잊지 않고 담아 두려 했다. 한데…….

원상은 동정호의 소요를 쭉 지켜보고 있었다. 몰려가는 배교도들 속에 이정인의 제자로 생각되는 아이도 발견했고 백운룡의 제자도 발견했다.

보아하니 명강량이라는 아이는 살아남지 못할 듯싶었다. 이미 지칠 대로 지쳐 있었고, 지치지 않았다 하더라도 능운공작이라는 아이의 상대가 되지 않을 듯싶었다.

원상은 이정인에게 목숨을 구함 받았다. 이정인이 그 보답을 바란다면 자신에게 무슨 부탁을 할 것인가. 십중팔구 위기에 처한 제자의 목숨을 구해 달라 할 것이다.

원상의 고민은 바로 그곳에 있었다. 배교의 일에는 정말 뛰어들기 싫었다.

보지 않았다면 모르는 일이다. 하지만 빚을 갚을 일을 보았는데 이정인의 은혜를 모른 척하기는 힘들었다.

'어찌 이런 우연이 있을 수 있을꼬. 그래, 내가 이곳에 온 것도, 명강량이라는 저 아이를 만난 것도 다 하늘의 뜻. 오늘만 배교도들을 위해 한 팔을 거들어 주리라.'

그는 결심을 굳혔다.

찌익! 원상은 걸랑을 찢어 복면을 했다.

휙! 그가 신형을 날렸다. 그는 단원홍을 뒤쫓았다. 이후의 일은 알 수 없는 일이고, 명강량이라는 아이를 향해 사신死神으로 다가가는 단원홍이라는 아이는 잡아 둘 생각이었다.

　　　　　　　　　　●

"크악!"

"악!"

진로를 막던 서너 명의 형산파 문도들이 피를 뿌렸다.

명강량은 한 무리의 교군들에 둘러싸여 산의 어둠 속으로 달리고 있었다. 그를 둘러싼 이들은 뒤늦게 합류한 호남의 교군들이다. 모두 신색이 출중한 자들이었다.

명강량은 그중 한 사람을 유심히 바라보고 있었다. 바로 그의 곁에서 달리고 있는 이제 갓 소년티를 벗은 청년이었다.

짙은 눈썹, 반듯한 콧날, 꽉 다문 입술. 재기가 넘쳐 보이는 청년이었다. 호남의 교군들은 여 명두의 뒤를 이어 새로 명두가 된 자라며 청년을 소개했다.

감악甘岳. 바로 새로 호남의 명두가 된 청년의 이름이었다.

호남의 교군들은 흑룡방과의 일전에 명두도 없이 참가할 수 없다고 생각했던 모양이다. 그래서 급히 향회가 열렸고 그때까지 미적거리고 있던 명두의 선임에 들어갔다.

마땅한 자가 있었다면 여 명두가 광명계로 입적한 후 바로 차기 명두가 선임되었을 것이다. 하지만 마땅한 자가 없었기 때문에 호남의 교도들은 급박함을 알고도 명두의 선임을 미루고 있었던 터였다.

교도들의 입에서 여러 사람이 거론되었다. 그중 가장 명두의 적임자로 떠오른 자는 감악이었다. 원래 감악은 여 명두의 뒤를 이어 호남의 명두가 될 자로 예측되어 온 청년이다. 문제는 여 명두가 불시에 변을 당하는 바람에 너무 어린 나이에 명두 자리를 넘보게 되었다는 것이었다.

세월의 연륜이 쌓여야 향당을 잘 이끌 수 있다는 뜻만 아니다. 배교도들에게 명두란 어떤 자리인가. 명두라는 자리는 바로 죽음의 자리다. 나이 어린 자에게 명두는 너무도 가혹한 자리였다. 특히 감악은 호남의 교도들이 아끼고 아끼던 청년이다. 쉽게 명두를 맡아라 할 수 없었을 것이다.

호남의 교도들은 감악을 후계자로 앉히는 문제를 두고 밤을 새며 갑론을박을 벌인 듯했다. 흑룡방과의 일전에 뒤늦게 교군들을 합류시킬 정도로.

그 결과 결국 감악은 호남의 명두가 되었다. 감악이 명두가 되겠다고 나선 모양이었다. 감악은 두 가지의 말로 호남의 교도들을 설득했다.

젊은 명옹의 일, 명강량 자신을 거론하며 젊은 명옹도 있으니 젊은 명두도 있을 수 있다고 말했고 또 하나는 교가 어려울 때 뒷짐을 지는 자는 이후에도 명두의 자격이 없다고 말했다 한다.

물론 명강량은 후계자로 내정된 상태였고 감악은 후계자로도 내정되지 않았다는 점에서는 달랐다. 하지만 감악의 열변에 호남의 교도들은 손을 들었고 그렇게 해서 감악은 호남의 명두가 되어 지금 자신의 곁을 달리고 있었다.

추상 같은 표정으로 적들을 쓸어 가는 감악을 바라보면 명강량은 이상할 정도로 마음이 편안해졌다. 피로도 풀리는 듯했다. 산서의 명두가 된 전우삼이라는 청년에게서 느꼈던 친근감을 그는 감악에게서도 느끼고 있었다.

전우삼과 감악의 기질은 서로 완전 다른 듯했다. 명강량이 전우삼에게 느낀 것은 불길의 사나움이었고 감악에게 느낀 것은 불길의 온기였다.

사나움이든 온기든 살아 있는 한 그들은 교의 큰 기둥이 되어 줄 것임에 틀림없었다. 특히 감악은.

명강량은 감악을 본 순간 또 다른 생각을 하나 하고 있었다. 마음까지 편한 이유는 그 생각 때문이었다.

"명옹!"

감악이 문득 명강량을 불렀다.

"칼 부딪치는 소리가 잠잠해졌습니다. 아무래도……."

그는 이를 악물었다.

수상에서 유향경천문의 추적을 막던 자는 추대괄이었다. 이제 유향경천문의 추적을 막고 있는 자는 노기준이다. 노기준은 감악과 호남의 교군들에게 명강량의 호위를 맡기고 자신의 나머지 배교도들과 함께 추적자들을 막고 있었다.

그러나 격렬하던 칼 소리가 잠잠해졌다는 것은 저지선이 뚫렸다는 뜻.

감악은 노기준과 교도들의 생사를 걱정하는 모양이었다.

"노 명두는 그렇게 쉽게 쓰러질 사람이 아니오. 그의 말대로 적들을 막지는 못해도 피할 수는 있을 것이오. 아마 적들의 기세가 거세 산개전散開戰으로 적들을 상대하는가 보오."

명강량이 감악을 위로했다. 추대괄은 자신의 수중공부를 자랑했고 노기준은 자신의 발을 자랑했다. 하지만 그 실력은 적들을 상대로 등을 돌릴 때 발휘되는 것. 불퇴전不退戰으로 싸웠다면 결과는 좋지 않을 것임에 뻔했다.

명강량의 발걸음이 다시 무거워졌다.

명강량과 감악을 비롯한 호남의 교군들이 묵묵히 발걸음을 옮길 때였다. 그들은 갑자기 약속이나 한 듯 일제히 발걸음을 멈추었다.

어둠 속을 울려오는 기이한 선율.

감악은 주위를 두리번거렸다. 전혀 들어 보지 못한 소리였다. 중원의 악기가 아닌 모양이었다.

처음에 감악은 투박하고 거친 선율에 적들의 신호음 정도로 생각했다. 그러나 어둠 속을 울려오는 선율은 애간장을 끊어 놓을 듯 너무 애절했다.

감악은 자신이 처한 지금의 처지도 잊고 괜스레 울적해지는 기분을 달랠 길 없었다. 그가 교군들에게 눈길을 돌렸다. 교군들의 표정은 그보다 더했다. 어떤 자는 당장이라도 눈물을 떨어뜨릴 것 같았다.

'마음魔音이다!'

감악은 황급히 고개를 저었다. 그가 교군들의 마음을 수습하기 위해 일갈을 터뜨리려 할 때였다.

"아!"

교군들이 찬탄을 터뜨렸다. 산봉우리에 하나의 인영이 나타났다. 옥빛 옷자락과 긴 머리칼을 날리며 달빛에 소소히 모습을 드러낸 인영.

선율이 들려오는 곳은 그곳이었다. 선녀가 하강한 듯했다. 피로 얼룩진 이곳과는 너무도 어울리지 않는 장면이었다.

감악은 명강량을 향해 퍼뜩 시선을 돌렸다.

명강량은 산봉우리를 바라보며 벼락을 맞은 듯 서 있었다. 그의 손과 입술이 덜덜 떨렸다. 그리고 그의 표정은 점점 악귀처럼 일그러져 갔다.

"성녀……"

명강량은 신음으로 중얼거렸다. 그의 눈에 핏발이 섰다.

휙! 그가 비호처럼 산봉우리로 신형을 날렸다. 피로에 지쳤던 몸이라 도저히 생각할 수 없는 엄청난 기세였다.

"명옹!"

감악은 황급히 명강량을 불렀다. 그러나 잠깐 사이 명강량의 모습은 산그늘 속으로 사라지고 없었다.

"성녀?"

감악은 같은 말을 되뇌었다. 순간, 그는 불에 덴 듯 놀랐다. 그가 급히 산봉우리로 고개를 들었다. 그의 몸도 명강량처럼 덜덜 떨렸다.

"서, 성녀시여!"

감악은 쥐어짜는 목소리를 내뱉으며 오체투지로 몸을 숙였다.

단원홍도 산봉우리에서 들려오는 선율을 들었고 산봉우리

의 인영을 보았다. 그의 밤눈은 야안공夜眼功을 익힐 필요도 없이 밝았다. 그래서 그는 누구보다 산봉우리의 인영을 자세히 볼 수 있었다. 그러나 처음에는 거리가 너무 멀었다. 여인이라는 것만 확인했을 뿐이었다. 음률에 조예가 무척 깊은 여인인 모양이었다. 그 음률에 취해 단원홍은 동정호의 일을 끝낸 후 같이 술이나 한잔했으면 하는 마음이었다.

마침 여인이 있는 곳은 마웅의 도주로와 같았다. 거리가 점점 가까워졌다. 이상하게 눈에 익은 여인 같았다.

그리고 어느 순간……

산봉우리의 여인은 뇌전을 마음대로 부르는 모양이었다. 단원홍도 같았다. 단원홍의 몸이 벼락을 맞은 듯 뻣뻣이 굳었다. 전신을 덜덜 떨고 있음도 물론이었다.

"사, 사매……"

그는 떨리는 손을 내밀었다. 곁에 있는 사람에게 손을 내미는 듯했다. 단원홍은 꿈이 아닌가 싶었다. 소매로 눈을 비볐다. 분명했다. 저렇게 닮은 여인이 있을 리 없었다.

단원홍은 이를 악물었다. 그가 산봉우리를 향해 신형을 날렸다. 마웅을 잡는 일은 문제도 되지 않았다. 간간이 배교도들의 저항이 있었으나 그의 발걸음을 멈추게 하지는 못했다.

'사매가 맞아, 사매가!'

가까이 갈수록 여인의 모습은 더욱 분명했다. 꿈속에서도 그리던 여인이 맞았다.

'어떻게 된 것일까? 어떻게 된 것일까?'

단원홍의 머리는 뒤죽박죽이었다. 분명 사부는 사매가

죽었다고 했다. 그런데… 자세한 사정은 만나 보면 알 일이었다.

산봉우리의 여인이 환하게 웃으며 팔을 벌렸다. 단원홍의 입가에 미소가 맺혔다. 당연히 자신을 맞아 팔을 벌리는 줄 알았다. 하지만 아니었다.

단원홍은 안색을 찌푸렸다. 여인이 반갑게 맞이하고 있는 자는 마옹이었다. 적개심이 끓어올랐다. 이제까지 마옹에 대해 느끼지 못했던 적개심이었다. 그는 사실 마옹이나 배교도들에 대해 연민의 감정까지 느끼고 있었던 터였다.

알 수 없었다. 사매가 왜 마옹을 향해 팔을 벌리는지. 그것도 만나 보면 알 일이었다.

단원홍의 발걸음이 빨라졌다. 그의 발걸음이 빨라지는 만큼 배교도들의 저항도 거셌다. 팔다리가 잘려 나가도 악착같이 달려들었다. 강철인鋼鐵人이 된 듯했다.

단원홍은 모르고 있었다. 배교도들은 크게 술렁이고 있었다.

― 성녀가 왔다!

입에서 입으로 은밀히 그 이야기는 전해져 배교도들은 죽음을 모르는 초인으로 다시 태어나고 있었다.

성녀가 왔다! 배교도들은 감동으로 울었고 그 감동은 그들을 초인으로 만들었다. 성녀 앞에서의 죽음은 정말 광명계로 입적이 보장되는 죽음이었다.

만약 단원홍이 산봉우리의 여인에게 마음을 뺏기지 않았다면 배교도들의 악착같은 공세에 잠시 뒷걸음질을 쳤을 것이다. 상대가 두려워서가 아니라 죽음도 개의치 않고 달려드는 용맹에 경의를 표하기 위해서.

그러나 단원홍은 지금 그런 마음의 여유가 없었다. 서둘러 만나야 했다.

"으악!"

"악!"

배교도들의 피가 단원홍을 혈인으로 만들었다. 배교도들의 죽음은 전혀 헛되지는 않아 단원홍은 조금 발길을 주춤거려야 했다. 그가 막 산자락에 이르렀을 때였다.

팟! 날카로운 경기가 단원홍을 덮쳤다. 이번에는 단원홍도 발걸음을 멈추지 않을 수 없었다. 그가 다급히 몸을 틀었다.

우르르, 소리와 함께 아름드리나무가 톱으로 자른 듯이 반듯하게 쓰러졌다. 초절정의 고수였다.

"잠깐 멈추시게."

복면인이 모습을 드러내고 있었다.

누구인가 생각해 보지도 않았다. 여전히 단원홍의 관심은 산봉우리의 여인에게 있었다.

단원홍의 신형이 번쩍 움직였다. 신형이 팔방으로 그림자를 드리는가 싶더니 단원홍은 한 줄기 희뿌연 선이 되어 복면인을 비켜 갔다.

"으헛!"

복면인은 놀라 헛바람을 터뜨렸다. 상대를 눈앞에 두고 놓친 적은 한 번도 없었다. 복면인은 다급히 단원홍을 쫓으며 쌍장을 뻗었다.

쐐액! 세찬 경기가 단원홍의 등으로 몰려왔다. 모르는 척할 수가 없었다. 단원홍은 신형을 질풍같이 돌렸다.

"비켜라!"

그가 광망에 이글거리는 눈빛으로 쌍수를 뻗었다. 손 그림자가 현기증이 날 정도로 어지럽게 복면인을 휩쓸어 갔다.

복면인도 쌍장으로 맞섰다.

콰쾅! 콰르르.

쌍수가 꿈틀거리는 대로 기류가 어지럽게 소용돌이치며 폭풍우를 일으켰다. 반경 이 장 내는 성한 것이 없을 듯했다.

단원홍과 일 합을 주고받고 난 복면인은 간담이 서늘해졌다. 단원홍의 무위는 소문보다 배는 더한 듯했다. 감탄만 하고 있을 때가 아니었다.

단원홍이 구룡백변九龍百變으로 멋지게 몸을 선회했다. 선풍이 일며 그 속에서 수백 개의 팔이 복면인의 요혈을 짓이겨 왔다.

평범한 수법으로 상대하다가는 낭패를 당하기 딱 좋았다. 정체가 드러나더라도 자신의 절예를 숨길 처지가 아니었다.

복면인도 뇌전 같은 쌍장을 날렸다.

타닥! 탁! 타타타타탁!

장력이 부딪치며 아름드리나무가 뿌리째 흔들렸다.

단원홍과 복면인은 개세의 무공을 선보인 후 각기 거리를 두었다. 복면인을 쏘아보는 단원홍의 눈빛이 붉었다.

"노선배… 왜? 왜 나를 막는 것이오?"

단원홍이 이글거리는 분노를 참으며 간신히 말했다.

복면인은 대답하지 않았다. 다시 쌍장을 들 뿐이었다.

"항룡장을 제대로 펼치는 자는 개방에 한 명밖에 없다고 사부는 말했소. 궁신! 왜 나를 막는 것이오?"

단원홍이 악 받친 고함을 질렀다.

복면인은 흠칫했다.

"허허허! 백운룡이 나를 그토록 치켜 주다니……. 맞았네. 나는 개방의 늙은 거지가 맞음세."

복면인은 복면을 벗었다. 꾀죄죄한 노인의 얼굴이 드러났다. 그는 원상이었다.

"자세한 이야기는 나중에 듣겠소!"

단원홍은 다급히 등을 돌렸다.

"잠깐 기다리시게. 무슨 그렇게 바쁜 일이 있다고……."

원상이 단원홍의 앞을 다시 막았다. 원래 그는 명강량으로부터 단원홍을 떨치기를 작정하고 나선 터였다.

단원홍의 눈빛이 차갑게 빛났다. 그가 산봉우리로 시선을 돌렸다. 마옹도 보이지 않았고 여인도 보이지 않았다. 산봉우리를 둘러싸며 늘어나는 배교도들만 보였다.

"비키지 않으시겠소?"

단원홍이 차갑게 물었다.

"젊은 자가 왜 그렇게 매정한가! 자네 사부도 나를 이렇게 매정하게 대하지는 않았네!"

원상은 오히려 큰소리를 쳤다.

단원홍은 입술을 지그시 깨물었다. 그가 천천히 자신의 검에 손을 가져갔다. 장포가 팽팽히 부풀어 오르고 있었다. 그가 검을 들었다.

"조심하시오!"

단원홍의 눈빛이 매정하게 빛났다. 말이 끝나기가 무섭게 그는 검을 뿌렸다.

쒜액! 푸른 섬광이 풍뢰를 일으키며 원상을 쏘아 갔다. 원상은 그 검을 막아 낼 방법이 없었다.

죽을힘을 다해 뒤로 물러났다.

쾅! 콰쾅! 쾅! 주위의 나무들이 마치 포화砲火를 맞은 듯 터졌다. 원상은 일 장여를 물러나 멍하니 서 있었다.

"검강劍罡… 검강… 이, 이럴 수가!"

그가 넋 나간 목소리로 중얼거렸다. 길이는 몇 치에 불과했지만 분명 검강이 맞았다.

휙! 단원홍은 시위하듯 경쾌하게 검을 휘둘렀다. 그가 원상을 냉랭히 바라본 후 산봉우리로 신형을 날렸다.

"으악!"

"악!"

단원홍은 배교도들과 뒤엉켰다. 배교도들의 저항은 완강했지만 단원홍을 막을 수 있는 시각은 일각도 되지 않았다. 하지만 그 일각은 단원홍에게는 수십 년이었다.

단원홍은 장포에 핏물을 뚝뚝 떨어뜨리며 산봉우리에 섰다.

'없다.'

없었다. 보이지 않았다.

'얼마 가지 못했을 것이다.'

단원홍은 신형을 뽑았다.

그때였다.

"멈추게!"

원상이 다시 그의 발목을 잡았다. 단원홍은 눈썹을 모았다. 그가 원상을 냉랭하게 쏘아보았다.

원상의 눈빛은 변해 있었다. 장난기 어린 표정은 찾아 볼 수 없었다. 단원홍은 그 눈빛이 무엇을 뜻하는지 알았다.

원상은 절대 비키지 않을 것이다. 노개의 눈빛은 정식 비무를 청하는 눈빛이었다. 검강을 본 순간, 나이도 지위도 체면도 생각나지 않았을 것이다. 비검에 대한 욕심만이 노개를 지배하고 있을 것임이 분명했다. 물러서지 않을 것이다.

사방을 둘러보았다. 단원홍은 검날을 쥐었다. 손바닥에 상처가 패며 혈조血槽를 타고 피가 주르르 흘렀다.

저 멀리 일타운보다 더 발 빠르게 달려가는 인영이 보였다. 여인은 그 인영의 등에 업혀 있었다. 그리고 인영과 여인은 한 덩이가 되어 이내 그의 시야에서 사라졌다.

조금 늦은 듯했다.

"으... 으......."

단원홍은 괴성을 흘렸다. 그는 양손에 검을 잡았다. 그의 검 역시 한철로 만든 검이다. 그가 원상을 노려보며 힘을 썼다.

쩽! 한철로 만든 검이 두 동강 났다. 단원홍은 동강 난 그 검을 원상 앞에 던졌다. 미칠 지경이었다.

얼마나 달렸는지 모른다. 명강량은 악약을 업은 채 털썩 무릎을 꿇었다. 폐가 찢어질 듯 아팠고 눈은 침침했다.

"우욱! 욱!"

명강량은 가쁜 숨을 몰아쉬며 토혈을 했다.

"강량……."

악약은 명강량의 어깨를 잡으며 발을 굴렀다.

명강량은 거칠게 악약의 손을 뿌리쳤다. 그가 벌떡 일어섰다. 그는 악약을 집어삼킬 듯 노려보았다.

악약은 창백한 안색으로 뒷걸음질을 쳤다.

"강량, 내가 말했잖아요. 강량의 곁에는 언제나 내가 있을 것이라고."

그녀가 겁먹은 표정으로 말했다.

명강량은 맥이 쭉 빠졌다. 그 한마디에 모든 것이 와르르 무너져 내렸다.

명강량은 급히 자신의 성채를 쌓으려 했다. 그러나 소용없었다. 악약이 알고 있었던 것처럼 그것은 애초부터 쌓일 수 없는 성채였다. 성벽이 쌓였다고 생각한 것은 그렇게 되기를 바라는 그의 허망한 착각일 뿐이었다.

명강량은 쉽게 그 사실을 인정했다.

"갑시다."

악약이 환하게 웃었다. 그녀는 기다렸다는 듯이 참새처럼 입을 열었다.

"강량, 오늘 사형을 만났어요. 알은 척도 하지 못했어요. 마음이 너무 급했답니다. 강량이 또 어디론가 훌쩍 떠나 버릴 것 같았거든요."

"아쉬웠겠군요."

"아쉬워요. 하지만 어쩌겠어요. 그때 내 마음이 그랬던 것을. 그리고 사형은……."

악약은 아미를 찌푸리며 입을 닫았다.

"호교신장은 성녀를 두고 떠날 수는 없습니다. 호교신장은 성녀를 지켜야 할 책임이 있으니까요."

명강량이 말했다.

"그런 말이 아니라는 것은 강량도 알잖아요. 어쨌든 강량은 두 번이나 떠나려 했어요. 약속해 주세요. 다시 그렇게 하지 않겠다고."

"모든 사람은 언젠가 헤어집니다."

"순간일 뿐입니다. 대천대계의 긴 시간 속에서 보면. 하지만 그 순간의 헤어짐도 가슴 아픈 고통일 것임에는 분명하겠죠?"

악약은 명강량을 가만히 바라보았다. 그녀가 명강량의 손을 꼭 쥐었다.

백운룡 白雲龍

"궁금할 것일세. 우리가 왜 대전왕을 모시는지."

방환이 차분한 목소리로 말문을 열었다.

"궁금하지 않소!"

전우삼이 퉁명스럽게 내뱉었다. 그의 얼굴은 꺼칠했고 눈도 충혈되어 있었다. 만인촌 사람들이 왜 대전왕을 모시게 되었는지 하는 궁금증보다 다른 생각할 것이 더 많았다. 우선 전우삼은 자신이 이곳에 있어야 하는지도 판단이 잘 서지 않았다. 구루 노관 방환이 던져 놓고 간 흡정술에 대한 유혹은 컸다. 비록 그것이 암가의 무공이라 하더라도. 하지만 이런저런 생각으로 그것도 눈에 잘 들어오지 않았다. 그렇게 갈피를 잡지 못하고 우왕좌왕거리는 사이 이레가 훌쩍 지난 것이다.

"우리는 대전왕에게 반기를 든 자들일세. 대전왕, 호교신 장은 어떤 분인가? 현세의 교법을 지키는 분이지. 그분에게 반역한다는 것은 가장 커다란 배교背敎. 죽인다고 하더라도 할 말은 없었다. 하지만 대전왕께서는 우리를 죽이지 않으셨네. 만인촌까지 세워 주시며 죄를 용서해 주셨지."

"초대 명옹께서는 원래 그렇게 자애로운 분이셨소! 당신들이 조금의 잘못이라도 느꼈다면 초대 명옹을 모신 것은 당연한 일이었겠지!"

"대전왕에게 반기를 든 자들의 꿈은 컸다네. 대전왕에게 반기를 들 정도로. 그런 자들이 대전왕이 용서를 해 주었다고 해서 감읍했을 것 같은가? 대전왕이야말로 그들의 꿈, 배교일세의 꿈을 무참히 짓밟은 장본인이 아닌가! 감사 같은 것은 꿈도 꾸지 않았을 것일세. 하물며 조상까지 지으며 모실 일은 더욱 없었겠지."

"하지만 지금 만인촌은 초대 명옹을 모시고 있지 않소!"

"그래서 지금 이야기하고 있다네. 정말 이해할 수 없는 것은 대전왕의 행보였지. 대전왕께서는 만인촌을 세워 주며 역도들의 죄를 용서해 주었을 뿐만 아니라 그분의 비전 절예까지 전수해 주셨다."

"엥?"

전우삼은 눈을 치켜떴다.

"아마 자네는 흡정술을 암가의 무공이라 해서 익히지 않았을 것일세. 하지만 안심하시게. 그 무공 역시 중원의 배교도들이 초대 명옹으로 받드는 대전왕의 무공이니."

"흡정술이 초대 명옹의 무공······."

"배교의 적자嫡子를 자처하는 중원의 배교에도 물려주지 않은 무공을 우리 만인촌에는 물려주신 것일세. 대전왕께서는 왜 그런 선택을 하셨을까."

"······."

"중원의 배교도들이 암왕의 추종자로 칭하는 우리 만인촌의 생각은 사실 별 대수로울 것이 없다네. 중원의 배교도들은 보권을 통한 교화로 명왕정토明王淨土를 꿈꾸지. 우리는 광명도光明刀를 통해 먼저 세상을 배교의 질서로 잡고 그다음에 보권을 통한 교화로 명왕정토를 꿈꾼다네."

"광명도? 헹! 이름은 좋군. 결국 칼과 피로 배교일세를 이루겠다는 말 아니오!"

"맞았네. 천축 십육천을 굴할 때 대전왕께서 가지고 계셨던 생각이었지. 보게나. 열사의 땅과 천축에서 누천년, 중원에서만도 천 년의 세월이 흘렀다네. 보권만으로 하계에 명왕정토가 세워지던가. 상황은 나빠지고만 있을 것일세. 우리 배교는 왜 윤보輪寶를 굴리며 세상의 악을 소탕할 전륜성왕轉輪聖王이 필요 없단 말인가? 악은 지천에 있다. 지금도 우리 교도들을 지글지글 불태우고 있는 저 적들!"

방환의 잔잔하던 눈빛에 한광이 번뜩였다.

전우삼의 얼굴도 험하게 일그러졌다. 적들에 대한 증오가 활화산처럼 활활 타올랐다. 맞는 말이다. 그의 마음에 쏙 드는 말이었다. 다만 암가에 대한 오랜 불신 때문에 박수를 치지 못하고 있을 뿐.

"그렇게 우리 만인촌은 힘을 추종하지. 그럼에도 대전왕은 그 힘을 제어할 생각은 않고 오히려 당신의 비전을 흘려 만인촌의 힘을 더욱 강하게 했다. 뿐인가! 대전왕에게 반기를 들고 음산으로 떠났던 또 하나의 지파, 일지국! 대전왕께서는 그들에게도 엄청난 힘을 주셨다. 사해를 화염지옥火焰地獄으로 만들 힘, 대화룡. 음산의 비처에 남기셨지. 지금 하나둘 대화룡이 붉은 눈을 뜨는 것으로 알고 있다."

'대화룡…….'

전우삼은 팽팽하게 솟아오르는 긴장감에 자신도 모르게 불끈 주먹을 쥐었다.

"대전왕께서는 얼마나 장난이 심한 분이신가. 광명도를 뺏은 일은 무슨 일이고 광명도에 더욱 힘을 불어넣어 돌려준 일은 또 무슨 일인가."

방환은 탄식조로 중얼거렸다.

"알 수 없네. 정말 알 수 없었다네, 대전왕의 뜻을. 대천대계의 신만 알고 있을 것일세. 만인촌의 조사들은 그 같은 혼란 속에 결국 한 가지 결론을 내렸네. 대전왕께서는 삼계三界를 살피는 혜안을 가지신 분이다. 범인으로서는 대전왕의 뜻을 알 수 없다. 때문에 만인촌의 조사들은 대전왕의 뜻에 무조건 굴복하기로 하셨다네. 대전왕께서는 만인촌에서 그렇게 받들어졌지."

그가 가는 한숨을 쉬며 다시 입을 열었다.

"만인촌의 낙성식落成式을 끝내고 떠나시던 날 대전왕께서는 말씀하셨다. 금제였지. 천 년의 금제. 천 년 동안 절대 만인촌의 힘을 세상에 보이지 말라는 명이셨다. 한 경우를 제외하고. 중원의 배교가 백척간두에 놓여 사멸의 위기에 빠졌을 때는 그들을 도우라 했다. 단 그것도 만인촌의 힘은 절대 드러내지 않고 중원 배교를 배후에서 돕는 정도. 우리 만인촌은 그렇게 천 년의 금제를 등에 업고 살아왔네."

방환은 만인촌에 얽힌 긴 비사를 끝냈다.

전우삼은 다급히 의자를 끌어당기며 얼굴을 방환의 코끝에 들이밀었다.

"초대 명옹께서 중원의 배교가 백척간두의 위기에 빠졌을 때 도우라고 명했다고? 방 노관, 지금이 바로 그때가 아니오?"

그가 마른침을 꿀꺽 삼키며 물었다.

"우리도 듣는 귀는 있으니 지금이 그때가 맞는 듯하네. 하지만……."

방환은 백미를 좁혔다.

"하지만은 무슨 하지만이오! 당신들은 대전왕… 아니, 초대 명옹의 명을 어길 셈인가!"

전우삼이 벌떡 일어섰다. 그는 불패혼 예광의 무학을 보았고 말로만 떠돌던 흡정술의 비기가 실린 책자도 보았다. 만인촌의 실력이면 유향경천문, 구대문파와 당당히 겨룰 수 있을 것 같았다.

"힘들 것 같네. 두 가지 이유 때문에. 첫째, 이제 대전왕이 명했던 인고의 천 년 금제가 끝이 났네. 만인촌의 돌로 된 표비가 문드러질 정도로 세월이 흘러 버린 게야. 만인촌은 더 이상 금제에 매일 필요가 없게 되었어. 둘째, 금제가 끝났어도 중원 배교를 도와줄 용의는 있었다네. 그러나 늦었어. 만인촌은 중원 배교를 도울 만한 아무런 준비가 되어 있지 않네."

"준비가 되어 있지 않다고? 쌍혼, 사방위, 십위병… 또 뭐라고 했나? 삼십, 삼십육… 그자들이 있지 않소!"

전우삼은 고함을 질렀다.

"맞았네. 모든 준비는 되어 있지. 천 년 동안 금제가 풀릴 날만 기다려 왔는데 준비가 되어 있지 않을쏜가. 하나만 제외하고……. 전왕! 만인촌에는 전왕이 없네. 일노, 쌍혼, 사방위, 십위병, 삼십육호교사를 움직일 분. 전왕은 하루아침에 태어나지 않는다네. 지금의 형세로 보건대 만인촌에 전왕이 탄생했을 때는 이미 중원 배교가 사라지고 없거나 이름만 근근이 이어 가고 있을 것일세."

방환이 노안을 찌푸렸다.

"방 노관! 저, 전왕이 꼭 있어야 하오? 지, 지금 있는 자들로도 중원 배교들 돕는 일은 충분할 것이오!"

전우삼은 흥분으로 말까지 더듬거렸다.

"자네는 우리 만인촌을 너무 우습게보는군."

"누가 만인촌을 우습게본단 말이오!"

"명왕이 없는 배교를 생각해 본 적이 있는가? 없을 것일세. 마찬가지로 전왕 없는 만인촌도 없다. 하늘은 명왕, 땅은 전왕! 변함없는 우리들의 생각일세."

방환의 표정은 완고했다.

"그토록 전왕이 중요하다면 그 자리를 당신들은 왜 비워 두고 있었소? 헹, 핑계가 좋군! 배교의 적자를 자처하기 위해서라도 중원 배교가 사멸하는 것을 은근히 바라고 있었겠지."

전우삼은 도끼눈을 했다.

"헐헐헐!"

방환은 곱사등을 흔들며 호탕하게 웃었다.

"대전왕의 금제를 잊었는가? 만인촌을 떠나지 말라던. 전왕은 광명도를 휘두르며 천하를 배교의 깃발 아래 복속시킬 분이네. 그런 분이 금제로 만인촌을 한 걸음도 벗어날 수 없게 된 게야. 전왕이 있을 필요가 있었겠나? 솔직히 전왕을 뽑을 마음도 생기지 않았네. 비참하지 않는가. 전왕이 된 당신이나, 날개 꺾인 새를 바라보듯 전왕을 바라보아야 하는 만인촌의 교도들이나……. 하지만 이제는 다르다. 금제는 풀리고 세상의 문은 활짝 열렸다. 전왕이 마음껏 본연의 사명을 다할 시기가 온 게야. 우리는 이제 전왕을 필요로 하네!"

"당신들은 좋겠군."

전우삼은 맥이 빠졌다. 그가 힘없이 고개를 숙였다.

"너무 실망하지 마시게. 중원 배교를 도울 방도가 전혀 없는 것은 아니니."

전우삼은 고개만 들었다. 방환의 말 한마디에 애락哀樂을 거듭하는 자신이 한심스러웠고 자존심도 상했다.

"사실 우리 만인촌은 중원의 배교에 전혀 무관심하지는 않았네. 대전왕께서 어려울 때 도와주라고까지 하셨으니. 나백염왕과 탈명마효를 기억하겠지. 그들은 바로 우리 만인촌의 도움을 받은 명옹들이었네.”

방환은 입가에 미소를 담으며 아무렇지도 않게 말했다.

전우삼은 멍한 표정을 지었다. 이미 놀랄 만큼 놀라 더 놀랄 일도 아니었는지, 너무 놀라 혼백이 날아갔는지는 모를 일이었다. 그는 침만 꼴깍 삼켰다.

“우리는 대전왕의 명에 충실했다네. 중원 배교가 어려움에 처하자 그들의 명옹을 찾아 우리의 비전을 전해 주었네. 그렇게 해서 나백이 되고 탈명이 되었지. 만약 대전왕이 중원 배교를 가장하고 힘을 행사하라는 명이 없었다면 우리는 나백과 탈명을 대신 내세우지도 않았을 것이다. 우리가 직접 나섰다면 나백과 탈명이 죽는 일도 없었겠지. 구대문파라 했던가? 그들은 아직 배교의 진정한 힘을 모른다! 헐헐헐! 마교라는 이름도 모자라 하오문이라 부르기까지 한다니…….”

방환은 크게 웃었다.

전우삼은 수치를 느낄 여유도 없었다.

“나, 나백과 타, 탈명도 만인촌의 사람이었단 말이요?”

그가 뒤늦게 재삼 물었다.

“그들은 원래부터 중원 배교의 명옹이었던 분들이다. 이후 교가 환란을 당하자 우리로부터 힘을 빌려 갔지. 그래서 반은 중원 배교의 교도고 반은 만인촌의 교도일세. 반은 명옹이었고 반은 전왕이었다. 전왕의 힘만 이었다면 그분들은 결코 패하지 않았을 것일세!”

방환이 빠르게 말했다.

“우리는 지금 전왕의 탄생을 원하네. 만인촌에 전왕이 될 만한 재목이 있었다면 금제가 해제되는 날 전왕이 탄생했을 게야. 그러나 불행히도 만인촌에는 전왕의 재목이 없었다. 그래서 중원으로 눈을 돌려 찾았지. 그 재목은 바로 여기에 있네. 바로 자네일세."

그가 전우삼을 직시했다.

"내, 내가… 전왕……."

전우삼은 정신을 차릴 수 없었다. 그가 허깨비를 쫓듯 머리를 크게 저었다.

"흑면호 전우삼! 이제 말해 주겠다. 그렇게 걱정하는 중원 배교를 도울 방법을. 중원 배교를 도울 방법은 간단하다. 전왕이 되면 된다. 만인촌에 명을 내릴 수 있는 자는 전왕뿐일세. 물론 전왕으로 태어나기까지 약간의 시일은 필요하네. 그 기간 중원 배교는 이름만 남기고 있을 수도 있겠지. 하지만 자네가 전왕으로 출관하여 중원을 배교일세로 만든다면 중원 배교의 부활은 시간문제가 아닌가."

방환이 은밀한 눈빛으로 말했다.

전우삼은 고개를 숙였다. 그는 잠깐 동안 생각에 잠기는 듯했다. 그가 다시 고개를 들었다.

"헤헤헤."

전우삼은 히죽 웃었다.

"헤헤헤! 으헤헤헤!"

그는 의자를 말을 타듯 끄떡거리며 갑자기 미친 듯이 웃었다. 그의 눈빛이 장난기로 번들거렸다.

방환은 전우삼의 돌연한 행동에 눈살을 찌푸렸다.

"방 노관, 맞아. 나는 머리가 돌이야!"

쾅! 전우삼은 탁자를 머리로 들이받았다. 탁자가 우지끈 동강 났다. 그는 머리를 쓱쓱 매만졌다.

"헤헤헤, 그렇지만 알 건 안다고. 전왕이 되어 중원을 배교일세로 만든다는 말은 광명도로 중원을 혈해에 빠뜨린다는 말이잖아. 우리 중원의 교도들은 그런 방법은 원하지 않아. 물론 나도 복수는 하고 싶어. 우리를 건드린 놈들을 갈가리 찢어 죽이고 싶단 말이야! 하지만 그 이상은 아니다. 나는 초대 명웅이 걸었고 우리 동도들이 걸었던 그 길을 걸어갈 것이다."

"헐헐헐! 허허허허!"

방환도 크게 웃었다.

"잘 생각해 보게. 자네 말이 얼마나 어이없는지를. 복수는 원한다고? 그리고 복수를 끝내면 칼을 놓을 것이라. 그 일이 가능하다고 생각하는가? 중원의 배교가 버텨 온 것은 당하면 당하는 대로 있었기 때문 아닌가? 꿈틀댔다면 더 큰 힘에 의해 짓밟혀 버렸을 게야. 그렇게 생각하면 중원 배교는 영원히 짓밟혀야 할 운명이지. 불쌍하게도…….""

"방 노관은 잊었나 보군. 나백과 탈명은 굉장했다고. 비록 그분들은 패하기는 했으나 배교는 말짱했지."

"이유가 무엇이라 생각하는가?"

"뻔하지! 비록 이기기는 했으나 얼마나 겁이 났겠어. 헤헤헤. 구대문파 놈들은 한동안 시비를 걸 엄두도 나지 않았을 것이다."

"헐헐헐! 허허허허! 정말 재미있는 친구군."

방환은 만면 가득 웃음을 지으며 자신의 무릎을 쳤다.

"자네가 잊었나 보군. 적들이 두려워하던 나백과 탈명의 그 힘은 바로 우리가 준 것일세. 그리고……."

그는 굵은 손마디를 만지작거리며 말에 뜸을 들였다.

"원래 자네는 나백과 탈명의 힘을 원했지. 원한 것은 피의 복수고 배교천하였다. 그런데 왜 갑자기 생각이 바뀌었나?"

"나에 대해 많이도 알고 계시군. 헤헤헤, 맞았어. 나는 원래 그런 생각을 했다. 그런데 당신들을 만나고 나서 생각이 달라진 게야. 나는 누가 그 일을 하라고 하면 죽어도 하지 않는 개망종이거든."

전우삼이 히죽댔다.

"역시……."

방환은 고개를 끄덕였다.

"재미난 이야기를 하나 들려주지. 나백과 탈명에 대한 이야기일세. 자네가 잘 모르는 이야기일 게야. 중원의 배교도들은 나백과 탈명의 이름조차 쉬쉬했을 터니. 나백과 탈명은 알고 있는 대로 구대문파 놈들에 의해 분사했다. 하지만 그 전에 이미 나백과 탈명의 죽음은 예견되었네. 무엇 때문인 줄 아는가?"

"내가 모른다고 생각했으니 이야기하는 것 아니오."

"나백과 탈명에 반기를 든 자들은 바로 같은 교도들이었다."

"뭣?"

전우삼의 눈썹이 치켜 올라갔다.

"처음에는 나백과 탈명의 호쾌한 복수극에 박수를 보냈지. 하지만 점점 나백과 탈명의 힘에 두려움을 느낀 게야. 그 놀라운 힘은 보권을 통한 교화만 주장해 온 중원의 배교도들에게는 너무 이질적이었겠지. 쌓여 가는 시신, 넘치는 피. 비록 그것이 적들의 것이라 하더라도……. 그래서 교도들은 나백과 탈명으로부터 점점 멀어져 갔다. 그리고 나중에는 나백과 탈명을 암류로 칭하며 적에게 협조까지 했지. 중원의 배교는 그 대가로 구대문파로부터 목숨을 부지받은 것은 아닌가? 나백과 탈명은 그렇게 고립되어 적들에게 죽임을 당했다."

"개소리!"

전우삼은 자리에서 벌떡 일어났다.

"개소린지 아닌지는 자네 스스로에게 물어보게. 왜 갑자기 마음이 바뀌었나? 그토록 원하던 나백과 탈명의 무공을 이곳에서 찾았는데 뿌리 깊은 이질감을 느꼈겠지. 중원 배교의 한계일세. 때문에 불패혼을 비롯한 대다수 만인촌의 교도들은 자네를 전왕으로 앉히는 것을 탐탁하게 생각하지 않았네. 그들은 중원 배교와의 관련은 어떤 것이든 거부하려 했다. 배신자가 더 무섭지. 동도라고 손을 내밀었는데 나백과 탈명처럼 배신을 당하면 어떻게 하겠나? 물론 중원의 배교도들은 암류라서 저버렸다고 당당히 말하겠지."

"흐흥! 그따위 말을 누가 믿을 줄 알고. 그리고 혹시 예전에 그랬다고 하더라도 지금은 아니다! 지금은… 나도 암왕을 기다렸어!"

전우삼이 숨을 씩씩거리며 소리쳤다. 그리고 곧 '아차!' 하는 마음에 안색이 변했다. 흥분해서 자신의 본마음을 드러내고 만 것이다.

방환은 빙그레 웃었다.

"하지만 우리는 한 번 더 믿기로 했네. 우리는 같은 신을 모시는 동도들이 아닌가. 저 열사의 땅에서부터 고락을 같이 한. 전왕의 자리를 낯모르는 이교도에게 맡길 수는 없었다. 나와 불사혼은 만인촌 교도들을 설득했다네. 결국 우리는 설득에 성공했네. 대신 전왕이 될 자를 찾는 일은 불패혼에게 맡겨졌다. 불패혼을 비롯한 반대자들은 이왕 그렇게 결정 난 것 최소한 자신의 마음에 드는 자를 찾기 원한 게야. 그 결과 자네가 선임되었지."

그가 잔잔하게 웃으며 말했다.

"헤헤헤, 그런 어려움이 있었군요. 하지만 미안해서… 나는 전왕이 될 마음이 없소!"

전우삼은 다시 뻗댔다.

"복수하겠다는 생각을 잊었는가? 나백의 힘도 여기에 있고 탈명의 힘도 여기에 있다. 중원 배교에는 그런 힘이 없다."

"방 노관, 장담하지 마시오. 일지국인가 뭔가에는 대화룡을 주셨고 당신들에게는 비전 절예를 주셨소. 당연히 우리에게도 뭔가 하나쯤은 주셨을 것이오. 헤헤헤, 초대 명옹이 가장 아꼈고 초대 명옹을 가장 따랐던 자들은 바로 우리 중원의 교도들이었지."

"헐헐헐! 그럴지도 모르겠네. 뭔가 안배가 있을 수도 있겠지. 그 안배를 찾는 일은 중원의 배교도들이 알아서 할 일이고 우리는 자네를 전왕에 앉혀야겠네."

"사양하겠소."

"허어, 이런 답답한 친구를 보겠나. 실없는 소리는 더 이상 하지 말게. 안배가 어디에 있단 말인가? 안배가 있었다면 중원이 저 지경이 되도록 놓아두었겠나. 복수를 원한다면 우리의 힘을 얻는 것뿐이다. 대전왕께서 중원의 배교도를 위해 펼쳐 놓은 안배는 바로 우리들일세!"

"헤헤헤, 알고 있소."

우악스럽게 뻗대던 것과는 달리 전우삼은 의외로 쉽게 방환의 말을 수긍했다.

"만인촌의 힘을 얻지 못하면 복수할 다른 방도를 찾기 어렵겠지. 그리고 만인촌의 입장도 조금은 이해하겠소. 그렇게 잘못되었다고는 생각되지 않아! 솔직한 나의 심정이오."

결국 전우삼은 자신의 본마음을 드러냈다.

"흐흠."

방환의 노안에 흡족한 미소가 절로 떠올랐다. 반대로 전우삼은 눈썹을 모으고 있었다.

"그런데… 그런데 말이오. 왠지 자꾸 전왕이라는 자리가 마음에 걸려. 음, 주 명두의 얼굴도 떠오르고… 그리고 방 노관, 성녀의 안위에 대해서는 왜 일언반구도 없지?"

아무리 복수가 중하다지만 가지가 다른 만인촌이라는 곳에 발을 들이는 게 주 명두에게 괜히 미안했고, 처음부터 성녀의 안부를 묻지 않는 데서 든 이질감이 전우삼이 뻗댄 이유의 전부였다. 그는 만인촌의 힘을 미친 듯이 원했다.

"성녀는 우리도 모신다네. 하지만 중원의 배교도들처럼 높게 받들지는 않지."

"있어도 그만 없어도 그만이라 이건가? 이래서 싫다니깐! 어이! 방 노관, 나는 가야겠소. 내 평생 소원이 성녀를 한 번 보는 것이었단 말이야. 여기 있는 동안 성녀께서 놈들에게 해를 당하면 천추의 한이 될 것 아니오."

전우삼은 석실을 나서려 했다.

방환의 안색이 급변했다.

"앉게! 자네는 갈 수 없다! 만인촌의 그 많은 비밀을 들고 어디로 가려는가!"

그가 냉랭하게 소리쳤다.

"내 혀를 자르시오."

"혀를 자를 필요도 없다. 우삼!"

"뭐야?"

전우삼은 고개를 돌렸다. 그가 한바탕할 각오로 험악한 인상으로 방환을 쏘아보았다.

'어?'

전우삼은 눈을 깜빡였다.

방환의 눈동자가 기이하게 빛나고 있었다.

'어, 어……'

전우삼은 그 눈동자 속으로 빨려 들어가는 듯했다. 그리고 갑자기 이상한 장면들이 눈앞을 스쳐 갔다. 적들을 호탕하게 쓸어 가는 장면도 보였고 도처에서 휘날리는 배교의 깃발도 보였다. 그 속을 달리는 자는 바로 전왕이 된 자신이었다. 마음 한편에 전왕에 대한 동경이 솟구쳤다.

　그 순간, 방환의 목소리가 유부를 흐르는 물처럼 들려왔다.

　"섭혼술攝魂術은… 들어 보았는가? 우리는… 섭혼술로도 자네의… 마음을 잡을 수 있다. 그러나 그것은… 우리도 자네도 원하지 않는 일… 우삼!"

　방환의 부름이 천둥처럼 귀를 때렸다. 전우삼은 퍼뜩 정신을 차렸다.

　"쉽게 이야기가 될 줄 알았더니 앞으로 많은 이야기를 나누어야 하겠군. 아직 시간은 많으니 섭혼술이 아니라도 그 세월이 자네의 마음을 바꾸어 줄지 모르지."

　방환이 씁쓸하게 말했다. 아마 그렇게 될 것으로 그는 확신했다. 지금도 저렇게 복수에 혈안이 되어 날뛰는데 전왕이 되고 난 후 출관을 하면, 폐허가 된 중원의 배교를 보면 다른 생각은 나지도 않을 것이다. 광명도가 몇 자루 더 있었으면 하고 바랄 것이 틀림없었다.

　"다른 마음은 버리게. 앞으로 자네는 우리와 같이 있게 될 것이야. 대전왕의 무공은 쉽게 배울 수 있는 것이 아니다. 자네의 재질과 성격을 탐내 불패혼이 선택은 했지만, 아무리 무골이라도 대전왕의 무공을 익히려면 뼈를 깎는 고통은 감수해야 할 게야."

　그가 자리에서 일어나 석실을 걸어 나갔다.

　전우삼은 급히 방환을 따라나서려 했다. 그러나 무슨 수법을 썼는지 몸이 움직이지 않았다.

쿵! 석실 문이 닫히자 전우삼의 몸은 비로소 자유를 찾았다.

"열어! 문을 열라고!"

전우삼은 석문을 발로 찼다. 그러나 한번 닫힌 문은 꼼짝않았다.

"젠장, 왜 말만 하고 가는 게야? 그렇게 전왕을 만들고 싶다면 섭혼술인가 뭔가로 만들면 되지!"

그가 어깨를 늘어뜨리며 중얼거렸다. 솔직한 심정이었다. 만인촌의 힘은 그렇게라도 얻고 싶었다.

"화정, 이게 어떻게 된 일이지? 나는 정말 이상한 곳에 와버렸다. 헤헤헤."

화산의 애송이를 만나면서부터 꾼 꿈이 계속되고 있는 듯했다. 머릿속은 방환이 내뱉은 수만 가지의 말들로 윙윙거렸다.

❀

동관潼關은 황하에 위치하고 있는 큰 관소다. 섬서와 산서, 하남성의 요충지로 성은 산허리에 세워져 있다. 예로부터 어느 병가兵家에서도 침을 흘리며 쟁취하고자 하는 땅으로 유명하다. 풍광이 좋은 곳에는 군의 주둔지가 있다. 그 말은 틀린 말이 아니었다. 산과 물이 어우러져 이루어 낸 동관의 풍광은 병장기가 번뜩이는 살벌함 속에서도 전혀 그 자태를 잃지 않았다.

투두두두두.

한 필의 말이 동관을 쏜살같이 달려가고 있었다. 흙먼지를 날리며 달리는 말은 가파른 산길을 오르는데도 전혀 속도가 줄지 않았다. 한눈에 보기에도 명마가 분명했다.

관산을 지키던 병졸들이 창을 들고 몰려들었다. 그러나 그들은 황급히 길을 열었다. 번쩍이는 휘장과 보인寶印(통행 허가증)은 그들이 저승사자보다 더 만나기 싫어하는 금의위 장교의 신분을 나타내고 있었다.

달리는 말은 일타운이었고 금의위의 장교는 단원홍이었다.

"젠장, 또 무슨 건수를 잡으려고."

병졸들은 투덜대며 관문을 열었다.

투두두두두.

일타운은 병영으로 가지 않았다. 관문을 지난 일타운은 바로 산을 넘었다. 동관은 작아 보여도 요소에 비처가 많다. 산을 넘고 길 없는 수풀을 한동안 달린 후에야 단원홍은 일타운의 고삐를 챘다.

푸르르.

일타운은 허연 거품을 입에 물며 투레질을 했다. 아무리 명마라 해도 쉬지 않고 달려온 터라 지친 기색이 완연했다.

맑은 계류가 흐르고 그 계류 양옆으로는 버드나무가 줄을 이어 서 있었다. 도화桃花, 행화杏花, 온갖 꽃들이 별천지를 이루고 있는 곳이었다. 바람이 불자 꽃잎이 우수수 휘날렸다. 장원은 꽃잎이 날려 가는 그곳에 있었다.

천화원.

바로 단원홍의 사부, 백운룡 운학추가 머무는 곳이었다.

단원홍도 그곳에서 어린 시절을 보냈다.

오랜만에 찾은 곳, 변한 것은 없었다. 그러나 너무 적막했다. 단원홍은 그 적막감을 느낄 여유도 없었다. 일타운에서 내린 그는 발 빠르게 천화원을 향해 걸어갔다. 길게 늘어진 버드나무 잎이 그의 얼굴을 간질였다. 단원홍은 버드나무 가지를 꺾어 질겅질겅 씹었다.

무과에 급제하고 급히 천화원으로 돌아온 날이었다. 그를 반갑게 맞아 줄 줄 알았던 여인은 없었다. 사부에게 물었다. 사부는 말했다. 사매는 자신이 경도로 떠난 일 년 전에 죽었다고. 무덤도 없었다. 시신은 불에 태워 황하에 뿌렸다고 했다. 단원홍은 철이 든 후 처음으로 눈물을 흘렸다. 꽃잎은 우수수 눈처럼 휘날리고…… . 그날 밤이었다. 사매가 찾아왔다. 자신은 다시 천화원으로 올 수 없는 먼 곳에 있다고 했다. 그래도 사형이 보고 싶어 찾아왔다고. 많은 이야기를 나눈 듯했다. 하지만 기억나는 말은 없었다. 단지 마지막으로 사매가 자신을 위해 불러 주던 노래. 그 노래는 귓가에 여전히 남아 있었다. 절양류折楊柳! 그 노래를 들으며 잠이 들었다. 그리고 눈을 떠 보니 아무것도 없었다. 만약 손에 버드나무 가지가 들려 있지 않았다면 정말 꿈으로 생각했을 것이다. 꿈이라 생각했는데 손에는 사매가 꺾어 준 그 버드나무 가지가 들려 있었다. 그래서 사부를 찾았다.

─사부님, 어제 사매를 만났습니다. 혹시 사부님은 보지 못했습니까?

─ 네 사매는 죽었다.

사부는 냉랭하게 말했다.

사매는 죽었다. 죽었어……. 한동안 그런 줄 알았다.

그런데…….

"공자님!"

천화원으로 들어서는 단원홍을 일로일녀가 놀란 표정으로 맞았다. 노인은 천노天奴라는 노복이었고 중년 여인은 도화桃花라는 사매의 유모였다.

"사부님은?"

"계십니다."

천노라는 노복이 말했다.

단원홍은 내당으로 서둘러 걸어갔다. 발걸음을 옮기던 그는 무슨 생각이 났는지 문득 고개를 돌렸다.

"천노, 도화, 그대들은 사매의 죽음을 보았소?"

"보지 못했습니다. 원주院主께서 죽었다고 하기에 그런 줄 알았지요."

도화라는 여인이 눈물을 글썽이며 말했다. 사매를 젖먹이로 키웠으니 친딸을 잃은 것 같은 아픔이 남아 있었을 것이다.

단원홍은 고개를 끄덕였다. 그는 다른 말 않고 곧장 내당으로 들어섰다.

"원홍이냐?"

귀에 익은 카랑한 목소리.

발소리로 자신이 왔다는 것을 알고 있었다.

단원홍은 옷깃을 여몄다. 그가 대청에 올라 방문을 열었다. 방은 두터운 휘장으로 둘러싸여 암굴과 같았다. 방문을 통해 스며든 빛이 그곳에 단정히 앉아 있는 사람을 비추었다.

　굵은 주름살, 검은 머리칼은 찾아볼 수 없었다. 깡마른 몸에 얼음장같이 차갑게 앉아 있는 자는 바로 구름 속의 용, 당대 강호의 최고 거인, 운학추였다.

　단원홍은 조금 놀랐다. 몇 년 보지 않던 사이에 사부는 수십 년은 늙은 듯했다. 여전히 흐트러짐 없는 모습이었지만 쇠한 기력은 숨길 수가 없었다. 그는 사부가 이렇게 촌로같이 늙어 갈 줄은 꿈에도 몰랐다. 가슴이 아팠다. 당신의 가장 큰 낙이었던 사매가 곁을 떠나고 난 후 멈춰 있던 세월이 갑자기 몰려들었을 것이다.

　단원홍은 조심스럽게 방 안으로 들어섰다. 그는 운학추를 향해 큰절을 올렸다. 그가 무릎을 꿇고 단정히 앉았다.

　"주작당주라는 자가 찾아왔었다. 너를 보자고 했지. 조금 늦었구나."

　운학추가 말했다.

　"죄송합니다. 맡은 일이 있습니다. 그 일을 끝마치고 사부를 모실 생각이었습니다."

　"나는 이렇게 홀로 있는 것이 편하다."

　"사부."

　단원홍은 고개를 들었다. 더 이상 마음속의 말을 참을 수 없었다.

　"사부, 사매를 보았습니다."

그가 거친 숨을 몰아쉬며 말했다.

운학추는 눈살을 찌푸렸다. 뼈마디만 남은 손이 경련을 일으켰다.

"사부, 사부……. 나는 사실을 알고 싶습니다. 내 눈으로, 내 눈으로 사매를 똑똑히 보았습니다. 말씀해 주십시오."

단원홍은 가슴을 쥐어짰다.

운학추는 눈을 감았다.

"결국… 만나고야 말았구나."

그가 허탈한 목소리로 중얼거렸다.

"사부, 사매는 원래 죽지 않았군요!"

단원홍이 그답지 않은 표정으로 소리쳤다.

"악약은 죽은 것이 아니다. 너를 보고자 한 이유도 악약 때문이었지."

운악약! 바로 백운룡 운학추의 금지옥엽이고 단원홍의 사매. 그 여인의 이름이었다.

"왜 거짓말을 했습니까? 내가 사매, 사매를……."

단원홍은 뒷말을 잇지 못했다.

"악약은 내 친딸은 아니다."

"짐작하고 있었습니다. 아버님은 절대 사부님이 가정을 가질 사람은 아니라 했습니다."

"강호를 주유할 때였지. 구화산九華山 해단림海丹林을 지나고 있었다."

구화산은 안휘성安徽省 남동부에 있는 산으로 마흔여덟 개의 봉우리, 두 개의 연못, 열네 개의 절벽, 다섯 개의 동굴,

열여덟 곳의 샘을 가진 영산靈山이다.

"구화산의 정경에 푹 빠져 걷고 있었다. 그런데 해단림 아래에서 갑자기 아이의 울음소리가 들려온 게야."

"사매였겠군요."

"그렇다. 세상의 사람이라 생각되지 않을 정도로 참으로 아름다운 미부美婦였지. 하지만 안타깝게도 그 미부는 이미 이 세상의 사람이 아니었다. 난산 끝에 간신히 탯줄을 끊고 아이에게 젖을 먹이려다 죽은 모양이야. 그 미부의 품속에서 악약은 울고 있었다."

"그 미부가 사매의 친모군요. 험한 산중에서 사매를 낳았다면 분명 내력이 있었겠군요."

"네 아버지의 말이 맞다. 나는 가정을 가질 사람이 못 돼. 아이들도 별로 좋아하지 않는다. 하지만 신기한 일이었지. 미부의 품에서 악약을 떼 껴안자 악약은 금방 울음을 그치고 나를 바라보며 웃는 게야. 이제 갓 태어난 핏덩이가."

운학추는 그때를 기억하며 입가에 희미한 미소를 떠올렸다.

"그 한 번의 웃음에 흠뻑 정이 들어 버렸다. 그러나 아이를 찾고 있을 아버지를 생각했지. 여러 군데 수소문을 했다. 하지만 결국 악약의 아버지를 찾을 수 없었다. 그렇게 수년이 흘렀다. 나는 그 아이의 아비를 찾아 주는 일을 포기했다. 찾을 수도 없었지만 그사이 너무 정이 들어 버린 게야. 떠나 보낼 수가 없었다."

그가 씁쓸한 미소를 흘렸다.

그때였다.

"원주!"

도화라는 여인이 운학추의 말을 끊었다. 그녀가 차를 가지고 들어왔다. 운학추도 단원홍도 찻잔에 손을 대지 않았다. 도화가 나간 후 운학추는 다시 입을 열었다.

"네가 과거를 준비하느라 경도에 머물 때였다. 하루는 악약이 울면서 말했다. 어머니가 찾아왔으니 이제 내 곁을 떠나야 한다고."

"무슨 소리입니까? 사매의 어머니는… 구화산에서 죽었다고 하지 않았습니까?"

"죽었지. 꿈으로 찾아온 게야."

"꿈?"

"어릴 때부터 악약은 사람을 놀라게 하는 능력을 많이 보였지. 사람의 방문과 죽음을 예측하고 불이 나는 곳도 미리 알아맞히고……. 지난번 이곳에서 악약을 보았다고 했지? 꿈이 아닐 것이다. 그것도 악약이 이상한 능력으로 꿈처럼 보이게 했을 것이다. 나는 물었지. 꿈속에서 찾아온 어머니라는 여인이 어떻게 생겼느냐고. 악약은 어머니를 이야기했다. 똑같았다. 구화산에서 내가 보았던 그 중년 미부와."

"……."

"제 어미를 이야기한 후 얼마 지나지 않아 악약은 또 말했다. 누군가가 자신을 찾아오리라고. 악약은 그자를 따라가야 한다고 했다. 그리고 그자는 찾아왔다. 이정인……."

"이정인? 설마 배교의……?"

단원홍은 놀라 눈을 부릅떴다.

"그렇다. 이정인, 배교의 호교신장! 그는 광명신장이라는 배교의 이상한 자로부터 서신을 받고 자신들의 성녀를 찾으러 왔다고 했다."

"그럼, 지금 배교의 성녀라는 여인이⋯⋯."

단원홍의 눈은 놀람으로 더욱 커졌다. 동정호에서의 일이 떠올랐다. 마웅을 향해 환하게 웃으며 팔을 벌리던 사매.

'그랬었구나. 그랬었구나⋯⋯.'

그의 혀는 바짝바짝 말라 갔다.

"나는 이정인이라는 자를 죽이고 싶었다. 원홍아, 악약은 이 늙은이에게 무엇이었겠느냐? 줄 수 없었다. 나는 정말 이정인이라는 자를 죽이려 했지. 배교라는 이상한 곳도 모두 불태워 버리고 싶었다."

단원홍은 눈에 핏발을 세우며 주먹을 불끈 쥐었다. 배교라는 이상한 곳은 모두 불태워 버려야 했다.

"나는 이정인이라는 자와 몇 번을 싸웠다. 마지막 싸움 때는 정말 나는 그를 죽여 버리려고 했어. 하지만 악약이 나타나 말리는 바람에 그를 죽이지 못했다."

"놈은 내가 죽여 버렸습니다!"

단원홍이 차갑게 말했다. 담백했던 기도, 현란한 무위. 이정인은 그것만으로도 호감이 가던 자였다. 그러나 그 호감도 일순간에 날아가고 없었다.

"원홍아, 나는 정말 두려웠다. 악약이 떠나는 것이⋯⋯."

운학추는 이마에 긴 주름살을 그렸다.

언제나 태산 같은 기도를 자랑하던 사부. 그러나 단원홍의 눈앞에 있는 사부의 모습은 너무 초라했다. 안타까움도 느꼈고 화도 났다. 사부를 초라하게 만든 자들에 대한 분노였다.

"밤중에도 몰래 방을 들여다보곤 했지. 혹시 훌쩍 떠나지 않았는가 해서. 몰래 떠나지는 않았다. 다만 먼 산만 바라보며 눈물만 흘릴 뿐이었지. 괴로웠다. 아끼는 딸의 눈물을 매일 보아야 하는 아비의 심정이 어떤지 너는 모를 것이다."

"사부……."

단원홍은 목이 콱 막혔다.

"정말로 내가 그 아이를 얼마나 좋아했던가를 느낀 게야. 그래서 불렀다. 나는 말했다. 둘 중의 하나를 선택하라고. 이정인이라는 자를 따라가면 다시는 나를 보지 못할 것이라 했다. 악약은 또 울더구나. 나의 마음을 알았을 게다. 나는 정말 악약을 보지 않을 생각이었지. 배교… 그곳에 가면 속인이 출가를 하듯 이제까지의 세상 인연이 모두 끊어진다는 것을 나는 느끼고 있었다. 며칠을 울더구나. 그러던 어느 날이었지. 악약은 보이지 않았다. 떠난 것이야. 이정인이라는 자를 따라."

"사부, 사부… 그렇게 보낼 수밖에 없었습니까? 왜 잡지 않았습니까?"

단원홍이 항의하듯 소리쳤다.

"꿈에서 제 어미를 보았다는 순간, 나는 운명 같은 것을 느꼈다. 사람의 힘으로는 막을 수 없는. 막아 보려 했지만 결국 실패했지. 원홍아."

운학추는 단원홍을 가만히 불렀다.

"세상의 실이란 희한하게 꼬이는구나. 네가 배교 타파의 깃발을 잡고 있다고 들었다."

"……."

"너를 보고자 한 이유는 그 때문이다. 악약은 배교도들이 성녀라 부르고 있지. 아마 성녀와 명웅은 너희들이 가장 노리는 자들일 것이다."

"사부, 나는 결국 자금성의 더러운 일들에 말려들고 말았습니다."

단원홍이 입술을 깨물며 말했다.

"악약을 잊기로 했지. 하지만 잊을 수 없구나. 너는 악약을 어떻게 할 생각이냐? 너를 보고자 한 이유는 그 대답을 듣기 위해서다."

"데려오겠습니다. 데려와서……."

"데려오겠다고? 껄껄껄!"

운학추는 허탈한 웃음을 터뜨렸다.

"다른 이야기를 하자고 부른 것은 아니다. 너는 악약을 지켜라. 저 먼 곳에 나보다 악약을 먼저 앞세울 수는 없다. 나의 부탁은 그것이 전부다."

그가 씁쓸한 미소를 흘리며 눈을 지그시 감았다.

"데려오겠습니다."

단원홍은 같은 말만 했다. 그가 자리에서 일어났다. 그는 운학추를 향해 절을 올리고 방문을 나섰다.

"공자님……."

도화가 눈물을 뚝뚝 떨어뜨리며 다가왔다. 밖에서 모든 이야기를 듣고 있었던 모양이다.

"유모, 걱정 마시오."

단원홍은 도화의 어깨를 두드렸다.

그가 굳은 표정으로 일타운을 향해 성큼 걸어갔다.

'더러운 것들!'

그는 연방 입술을 깨물었다. 배교, 모산파…….

'너희들은 모두 사라져 주어야겠다.'

그의 입가에 냉랭한 미소가 맺혔다.

사부의 침소를 나서는 순간, 단원홍은 멸계滅計를 떠올리고 있었다. 배교와 모산파를 한꺼번에 쓸어버릴…….

사매를 되찾기 위한 계획이었다.

단원홍은 일타운에 훌쩍 올랐다. 서둘러야 했다.

투두두두두.

일타운이 흙먼지를 일으키며 왔던 길을 달렸다.

🌰

마옹의 칼에 모태명이 죽고 흑룡방은 잿더미가 되었다!

강호인들은 만나면 그 이야기를 화제로 삼았다. 우제준의 죽음은 마옹의 간계, 배교의 사이한 술수 등으로 치부되었다. 하지만 모태명이 죽었다는 소식을 듣고 난 후 강호인들의 생각은 달라졌다.

마옹은 강하다.

모태명이 누구인가? 간계라면 누구 못지않게 뛰어난 자였고 무위 또한 이미 구파의 명숙들과 이름을 나란히 할 정도다. 그런 그가 다른 곳도 아닌 자신의 안뜰에서 죽은 것이다.

뿐인가? 동정호의 일전에는 유향경천문도 참가했다. 형산파, 하토문, 사대당주들이 모두 동원되었고 문주인 능운공작까지 직접 나섰다고 한다. 그런데도 마옹은 그 포위망을 유유히 뚫고 사라졌다. 포위망에 가담했던 형산파와 하토문에 괴멸에 가까운 타격까지 입히고.

마옹은 잡으려 해도 잡을 수 없는 흑운 속의 신룡인가? 벌써 일 년여 마옹은 유향경천문과 구대문파의 추적을 따돌리며 강호를 행각하고 있었다.

충격이었다. 강호는 크게 술렁였다. 특히 그간 배교 타파에 나섰던 군소방파들의 동요는 더욱 심했다.

신탄의 일전, 흑룡방의 괴멸. 의미하는 바는 분명했다.

배교는 칼을 빼든 것이다.

배교도들이 공세로 나섰다고 해서 그들의 운명이 바뀌리라 생각하는 강호인들은 아무도 없었다. 그러나 한 가지만은 확실했다. 흑룡방보다 강한 군소방파는 없다. 그 흑룡방이 잿더미가 되었다. 배교는 천하를 상대해서 이길 힘은 없어도 눈에 거슬리는 방파 하나쯤은 언제든지 초토화시킬 수 있는 힘은 있는 것이다.

마옹이 칼을 들었다. 그 칼은 다음에 누구로 향할 것인가? 군소방파들은 걱정을 하지 않을 수 없었다.

군소방파들 사이에 들불처럼 일어나던 배교 타파의 기운이 잠잠해지는 듯했다. 앞서 나서 마옹의 눈 밖에 나는 위험수를 자초할 용기 있는 군소방파는 없었다. 특히 배교 타파에 가장 열성으로 나섰던 형산파와 하토문 등은 봉문을 한다는 소문까지 들려오는 판국이었다.

군소방파는 그렇게 잠잠했고 구대문파, 유향경천문도 잠잠했다. 오랜만에 강호에 피비린내가 그치는 듯했다. 동정호의 일전 후 찾아온 무거운 침묵이었다.

🌑

여름을 준비하는 햇살이 제법 따가웠다. 등에 땀이 밸 정도였다. 명강량은 바위에 앉아 빛살을 쬐고 있었다.

맑은 계류가 졸졸 흐르는 곳이었다.

풍덩! 돌멩이가 날아와 물살을 튀겼다. 물방울이 차갑게 그의 몸을 적셨다.

"호호호! 강량……."

악약은 손뼉을 치며 좋아했다. 돌멩이로 물벼락을 일으킨 자는 악약이었다. 악약은 계류에 발을 담그고 물장난을 치고 있었다.

"들어오세요."

악약은 손짓을 했다. 명강량은 미소를 지으며 고개를 저었다.

"그렇게 앉아 있으니 꼭 늙은 자라 같단 말이에요."

"늙은 자라?"

명강량은 어이없어 했다.

"내가 살던 천화원에는 작은 연못이 있어요. 아버님이 만든 연못이죠. 그 연못에 어느 날 자라 한 마리가 자리를 잡은 거예요. 물속에서 어슬렁거리다 한낮이 되면 바위 위에 기어올라요. 그리고 해가 중천을 기울 때가 되어서야 물속으로 들어간답니다."

"하하!"

명강량은 웃었다.

"고개를 축 내밀고 눈만 끔벅거렸어요. 그래서 내가 자라에게 말했죠. 늙은 자라야, 너는 너무 게으르구나. 그러자 자라는 무척 화를 내며 말했어요. 내가 게을렀다면 황하를 열두 번 오르락거리지도 않았고 이 험한 산을 넘지도 않았다!"

"······."

"그래서 내가 다시 말했죠. 미안하다, 늙은 자라야. 그런데 너는 왜 황하를 열두 번이나 오르락거리고 험한 산도 넘었니? 자라는 말했어요. 나는 내가 쉴 가장 좋은 곳을 찾았다. 아하, 늙은 자라야, 그럼 너는 이곳도 곧 떠나겠구나. 이곳은 황하보다 좁고 작으니. 아니다. 나는 떠나지 않을 것이다. 나는 비로소 내가 쉴 가장 좋은 곳을 찾았다. 자라가 쉴 가장 좋은 곳은 햇빛 좋게 내리는 손바닥만 한 바위면 충분하다는 것을 깨달았으니. 늙은 자라는 그렇게 말하며 눈을 감았어요."

"신기한 일이군요. 말을 하는 자라가 있다니."

"호호호! 강량은 정말 바보군요. 자라가 무슨 말을 하겠어요? 나는 자라가 그렇게 말했으리라 생각했을 뿐이에요."

"하하하!"

명강량은 머쓱한 표정으로 다시 웃었다.

"강량, 들어오세요. 아주 시원해요. 목욕을 하지 않겠어요? 등을 밀어 드리겠어요."

"목욕은……."

명강량은 얼굴을 붉혔다.

"그러고 보니 몸을 씻은 지 정말 오래된 것 같아."

첨벙! 악약은 옷을 입은 채 바로 물속으로 뛰어들었다.

"강량, 강량이 내 등을 밀어 줄래요?"

악약이 겉옷을 벗으며 말했다.

명강량은 목까지 붉어졌다. 그는 슬며시 자리에서 일어나 계류를 따라 내려갔다.

"어디를 가는 거예요? 호랑이가 나타나요."

악약이 소리쳤다.

"멀리 가지 않습니다."

계류를 따라가며 명강량은 피식 웃었다.

"재미없어!"

악약의 투덜대는 소리가 들렸다.

"강량!"

악약은 물속에서 걸어 나오는 듯했다.

명강량은 고개를 뺐다.

악약이 전신에 물을 뚝뚝 흘리며 다가왔다.

"옷만 버렸어. 강량이 책임져야 해요."

그녀는 생트집을 부렸다.

"어떻게 책임져야 합니까?"

"옷이 젖어 걷지도 못하겠어요. 나는 언젠가 강량의 어깨에 한 번 앉아 보리라 마음먹었죠."

"업혀 가는 것이 더 편할 것입니다."

"아니에요. 나는 강량의 어깨에 한 번 앉아 보고 싶었어요."

"편하다면……."

명강량은 악약을 훌쩍 들어 어깨에 앉혔다.

"헤헤헤."

악약이 기분 좋게 웃으며 명강량의 목을 잡았다. 명강량은 발걸음을 옮겼다. 악약의 몸에서 흐르는 물이 그의 몸을 적셨다. 따뜻했다.

"강량, 기억나세요?"

"……."

"선물을 주기로 했잖아요. 화령주를 돌려주었다고 선물을 주지 않겠다는 것은 아니겠지요."

"무엇을 원하십니까? 배교의 호교신장은 주머니가 그렇게 넉넉하지 못하다는 것만 알아주십시오."

"비천쌍마飛天雙馬를 갖고 싶어요. 강량이 직접 깎아 만들어 준 것. 우리는 그것을 타고 저 하늘로 가는 거예요."

악약이 다리를 까딱거리며 기분 좋게 말했다.

"조각을 하란 말입니까? 나는 손재주라고는 없습니다."

"괜찮아요. 말인지 토끼인지 분간 갈 정도로만 만들면 되니."

"말인지 토끼인지도 분간 못할 겁니다."

"그럼 날개만 잘 만드세요. 말이든 토끼든 잘 날기만 하면 되잖아요."

"만들어 보겠습니다."

명강량은 하늘을 우러렀다. 구름 한 점 없이 맑은 날이었다. 모든 것이 이대로 멈추었으면 했다.

길을 가며 명강량은 문득 생각했다.

명왕정토는 어디인가? 성녀가 있는 곳이 바로 명왕정토였다. 암왕의 소굴은 어디인가? 암왕의 소굴은 성녀가 없는 모든 곳이었다.

'헛!'

명강량은 놀라 급히 눈을 떴다. 손등에 느껴졌던 차가운 기운, 환상이었을까? 매미 날개같이 하얗고 얇은 물체가 천음관 속으로 사라지는 것이 보였다.

명강량은 천음관을 찬 손에 다시 내력을 실었다. 천음관이 윙윙거리는 소리를 냈다. 그와 동시에 천음관으로부터 매미 날개처럼 하얗고 얇은 물체가 조금씩 튀어나왔다.

명강량은 그 물체를 유심히 살폈다. 길이는 한 자에 못 미쳤다. 모양은 칼이었다. 그러나 무슨 재질로 만들었는지 도저히 알 수 없었다.

성녀는 말했다. 천음관 속에 아직 튀어나오지 않은 그 무엇이 하나 더 들어있다고. 음관인지 모른다고 말했다.

명강량은 그 물체를 가볍게 휘둘러 보았다. 작은 움직임에도 쉽게 일그러질 듯했는데 그 물체는 전혀 바람을 타지 않았다. 윙윙거리는 소리만 요란했다. 야릇하게 사람의 마음을 후벼 파는 소리였다. 정말 음관이라서 그런 소리가 나는지 몰랐다. 탁자에 가볍게 대어 보았다.

'헛!'

명강량은 놀라 두 번째 헛바람을 터뜨렸다. 매미 같은 그 물체가 닿자 탁자는 두부 잘리듯 잘려 나갔다.

'연검軟劍이었구나.'

명강량은 그렇게 단정했다. 그러나 그는 곧 생각을 바꾸었다. 음관이면서 연검인지 모를 일이었다. 윙윙거리는 소리가 아무래도 음관 같았기 때문이다. 성녀가 들려준 하희족의 고사도 생각났다.

하희족의 즐거움은 음관으로, 분노는 검으로…….

음관이면서 연검이 맞는 듯했다. 명강량은 내력을 풀었다. 매미 날개 같은 물체가 천음관으로 쑥 사라졌다.

그는 그 날카로움이 마음에 들었다. 신장도는 호교의 칼이라는 상징성이 우선해 병기로는 둔중함을 느끼던 터였다.

'좋아, 앞으로 너를 천음검天音劍이라 부르겠다.'

명강량이 사물에 이름을 붙이는 수준은 그 정도였다. 어쨌든 그는 천음검이 마음에 들었다. 날카로움은 물론 사람의 심혼을 빼앗는 듯한 소리까지.

'그런데…….'

명강량은 연유를 찾았다. 군산으로 가기 전까지 천음관은 내내 그의 손목에 있었다. 그때까지 천음관은 천음검을 보여 주지 않았다.

'역시…….'

명강량은 고개를 끄덕였다.

천음검은 내력으로 뽑아 드는 검이 분명했다. 이전에는 내력이 부족했기 때문에 천음검은 자신을 보이지 않은 듯했다.

무엇 때문인지는 모른다. 그러나 명강량은 자신의 내력이 나날이 불어나고 있음을 느끼고 있었다. 기혈 곳곳에 자리 잡은 이질적인 내력은 융화될 기미가 전혀 보이지 않고 있었다. 그러나 모래알 속에 물이 스며들 듯 조금씩 원래의 내력과 합류해 갔다. 특히 큰 싸움을 한 번 치른 뒤면 내력이 여실히 달랐다.

천음검은 그 늘어난 내력 때문에 이제야 모습을 보였으리라. 그렇다면 길이도 꼭 한 자는 아닌 듯했다. 내력이 늘어나면 길이도 그만큼 늘어날 것 같았다.

무사들에게 좋은 병기는 열 친구보다 낫다. 위급함을 당했을 때 친구들은 못 구해 주는 경우가 있어도 병기가 못 구해 주는 경우는 없기 때문이다.

명강량도 칼을 든 자다. 기분이 좋았다.

그는 머리를 긁적였다.

낮에 물놀이를 한 탓인지 성녀는 깊이 잠들어 있었다. 결전의 날은 점점 다가오고, 그만큼 헤어짐의 시간도 가깝게 다가오고 있었다. 싸움을 피할 수 있다면 가장 좋은 일이다. 그러나 이왕 든 전교영기, 싸움을 피할 방도가 없었다. 교도들은 자신이 무산대전에서 건곤일척의 승부수를 띄울 것임을 굳게 믿고 있을 것이다. 명강량은 그 믿음을 들어 주어야 할 책임이 있었다.

성녀는 원래의 계획대로 황기명사를 따라 안락국으로 갈 것이다. 아쉬움과 안타까움은 여전했다. 그러나 마음의 번민은 덜했다. 이미 너무 많은 괴로움을 겪었기 때문에 마음이 무뎌졌는지 모를 일이다.

상황이 나쁘게만 흘러가리라는 생각도 들지 않았다. 새로운 칼도 생겼고 내력은 점점 불어나고 있었다. 그동안 적들의 추적도 잘 피해 왔고 목숨까지 걸었을 정도로 어렵게 생각했던 흑룡방도 잿더미로 만들었다.

또한 강호는 가마솥같이 들끓다가도 눈 한 번 돌리는 사이 언제 그런 일이 있었더냐 하는 곳이다. 이유도 알지 못하고 환난을 당하고 있는 것처럼, 이유도 모르는 다른 일에 강호인들이 관심을 돌릴지 모르는 일이었다. 교는 실제 그런 경우를 몇 차례 겪은 적도 있었다.

마음을 편안히 가지려 노력했다. 깊은 잠에 빠져 있는 성녀의 평온한 얼굴이 그의 마음을 그렇게 가라앉혔다. 따지고 보면 성녀의 안위만 보장된다면 다른 걱정할 일도 없었다.

명강량은 한동안 잠든 악약의 얼굴을 바라보고 있었다. 그가 갑자기 씨익 웃었다.

'비천쌍마라.'

만들어 볼 생각이었다.

명강량은 허리춤에 차고 있던 혁랑革囊을 풀었다. 혁랑 속에는 윤기로 반짝이는 두부만 한 크기의 오단목烏檀木이 들어 있었다. 그는 오단목을 정 중앙에 놓고 비도를 꺼냈다.

명강량은 비도에 정신을 집중했다.

사각! 사각! 오단목이 조금씩 떨어져 나갔다.

척!

아란하는 지하에서 솟아오른 물을 머리부터 발끝까지 들어부었다. 얼음처럼 찬물이다. 그러나 그 물도 그녀의 열기를 식히지는 못했다.

아란하는 줄줄 물방울을 떨어뜨리며 욕실에서 걸어 나왔다. 모든 것이 나무로 이루어진 거실이었다. 덩그렇게 걸린 화살, 패검. 분홍빛 휘장을 제외하고는 여자의 거소라는 느낌은 전혀 없었다.

탁자 위에는 그녀가 벗어 놓은 옷이 아무렇게 널려 있었다. 그녀는 그 탁자에 딸린 의자에 벌거벗은 채로 앉았다. 몸의 굴곡을 따라 흐르는 물방울이 바닥을 적셨다.

아란하는 옷을 입을 생각도 않았다.

매일 밤 그녀는 시달리고 있었다.

한 남자가 온다. 분하에서 혈투를 벌였던 그자, 중원의 호교신장. 명강량이라 했다.

매일 밤 그 남자는 꿈속에서 찾아와 자신을 사정없이 유린하고 갔다. 잠을 깨면 주체할 수 없는 정념에 시달렸다. 때문에 그녀는 자신이 색기色氣로 미쳐 버리는 것이 아닌가 생각이 들 정도였다. 성녀를 모시고 하란산으로 돌아올 때부터의 일이었다.

아란하는 가만히 자신의 머리칼을 쓸었다. 그녀는 이해할 수 없었다. 왜 자신이 중원의 호교신장에게 그렇게 마음을 뺏기고 있는지. 솔직히 호감은 갔다. 천하의 적들을 상대로 중원 배교의 성화를 지키는 자! 하지만 그 외의 감정은 없었다. 그런데 어느 순간, 그녀는 그 남자에게 모든 마음을 뺏기고 있었다.

아란하는 한숨을 쉬었다.

'한번 만나 보아야겠구나.'

그녀는 비로소 자신이 얻은 마음의 병이 시간이 흐르면 절로 치유될 병이 아니라는 것을 깨달았다.

아란하는 아버지와 사부에게 중원행을 말할 적당한 핑곗거리를 찾으려 했다.

그때였다.

"어이, 아란하!"

걸걸한 목소리와 함께 사내 한 명이 불쑥 그녀의 거실로 들어섰다. 작은 눈, 히죽거리는 미소를 단 누런 얼굴, 머리를 말총처럼 묶은 자는 둘째 사형 창파強巴였다. 강족의 날쌘 전사로 이루어진 철기대를 맡고 있는 자.

"이런!"

창파는 작은 눈을 번쩍 뜨며 두 손을 번쩍 들었다.

"아란하, 고맙다! 이런 황홀한 장면을 보여 주다니."

그가 소리쳤다.

아란하는 옷으로 몸을 가리지 않았다. 그녀는 다리를 꼬아

국부만 감추었다. 하지만 그 모습이 창파에게는 더욱 유혹적으로 비쳤을 것이다.

"무슨 일이에요?"

그녀가 싸늘한 목소리로 물었다.

"월영궁의 궁주께서 도통 모습을 보이지 않으시는데 어찌 걱정이 되지 않았겠소. 와하하! 보고 싶어서 왔다."

창파는 큰 소리로 웃었다.

"이제 얼굴을 보셨으니 소원을 풀었겠군요. 그만 나가 주실까요, 이사형!"

아란하가 쌀쌀하게 말했다.

"나를 너무 박정하게 대하지 마라. 나는 정말 네가 걱정이 되었다. 사부께서는 너무 심하셨지 않으냐? 그깟 계집을 놓쳤다고 뺨까지 때리시다니."

"그깟 계집이라니… 취소하세요. 나는 물론 아버지도 그런 언사는 참지 못할 거예요."

"와하하! 미안, 미안. 성녀라 했지. 어쨌든 사부에게 조금 구박을 받았기로서니 두문불출한다는 것은 너무 심하지 않으냐?"

"삼사형이라면 그렇게 하겠지요. 사부님으로부터 구박을 받았다고 바깥출입도 하지 않을……."

"흐흥. 그렇다면 역시 셋째 때문이냐? 조구완과 너는 제법 각별했지. 하지만 솔직히 말해서… 조구완이라는 놈은 그렇게 죽게 되어 있는 놈이었다. 사막의 모래 바람에도 뒤집어질 정도로 약한 놈이었지. 고작 마옹이라는 애송이에게 죽다니 우리 단혈철각련의 수치다!"

창파가 작은 눈을 게슴츠레 좁히며 말했다.

"이사형의 일도 아니니 걱정하지 마세요. 빨리 이곳에서 나가나 주시겠어요. 홀떡 벗고 있자니 춥군요."

"옷을 입지 말라고 말하지 않았다. 사실 내가 이곳에 온 것은 사부의 명을 전하기 위해서다."

"성녀를 다시 잡아 오라고 하던가요?"

"아니다. 이미 그 일은 끝났어. 듣지 못한 모양이군. 마옹 이란 놈은 시키지도 않았는데 모태명의 목을 베어 버렸어."

"옛?"

아란하는 눈을 크게 떴다.

"귀찮은 일을 깨끗이 처리해 준 게지. 조구완을 죽인 대 가를 크게 갚은 것이다. 사부님은 그놈을 업어라도 주고 싶 겠지."

"……"

"우습게 생각했던 놈인데 조구완은 물론 모태명까지 죽이 다니, 사부님은 그놈과 손을 잡을 방도를 다시 생각하고 계 신 모양이야."

'명강량.'

아란하는 입술을 지그시 깨물었다. 불덩이가 다시 전신을 후끈 스쳐 가고 있었다.

"그렇게 모태명이라는 놈이 죽었으니 우리의 진로를 방해 할 장애물은 대충 없어진 셈이지. 아란하, 사부께서는 중원 진출을 의논하고자 한다. 드디어 그날이 온 게야."

창파는 좁은 눈을 번쩍였다.

"단혈철각부로 오라. 모두 모일 것이다."

그가 등을 휙 돌렸다.

아란하의 거실을 나가던 그는 문득 발길을 멈추었다.

"아란하, 너는 정말 가면 갈수록 예뻐지는구나. 다음번에도 그런 모습을 보인다면 참지 못할 것 같다."

창파는 아란하의 위아래를 바라보며 음충한 미소를 흘렸다.

"아란하, 아직 기회는 있다. 네가 내 마누라가 되겠다고 한다면 지금껏 얻은 계집들을 모두 사막의 전갈 밥으로 던지겠다고 약속하마."

창파는 여섯 명의 아내를 두고 있었다.

"좋은 제안이군요. 생각해 보겠어요."

아란하는 냉랭히 말하며 손을 저었다.

"사형도 네게 관심이 있는 모양이더구나. 단혈철각련의 계승자도 사형이 되고 너까지 사형에게 뺏긴다면 나는 초원의 늑대처럼 잠도 자지 않고 발광을 하며 돌아다닐 게야."

쾅! 창파가 문을 닫고 나가며 소리쳤다.

아란하는 꼬인 다리를 풀었다. 그녀는 의자에 길게 몸을 기댔다. 사부는 드디어 중원 진출을 결심한 모양이었다. 그녀도 무척 기다리던 날이었다. 그러나 중원 진출이라는 말에도 아무 감흥이 없었다. 단지…….

아란하는 사타구니 사이에 손을 묻었다. 그녀는 손이 으스러질 정도로 허벅지에 힘을 모았다. 몸은 점점 열기로 후덥지근했다.

구전지단 九轉之丹

악약은 물었다.

"이제 싸움은 시작되었다. 이 싸움을 멈출 수 없는가?"

광명신장은 대답했다.

"멈출 수 없다. 누천년을 쌓여 온 한이다. 한을 등에 업고 새로운 배교가 시작될 수는 없다. 모든 것을 씻는 해원무解寃舞가 필요하다. 지금이 바로 그때다. 긴 싸움이 시작될 것이다."

악약은 말했다.

"나의 어머니의 어머니, 어머니인 먼 천 년 전의 어머니는 대천밀계大天密計로 싸움을 멈추었다. 나도 대천밀계로 싸움을 멈추고자 한다."

광명신장도 말했다.

"그대, 성녀의 어머니의 어머니, 어머니의 어머니인 먼 천 년 전의 성녀는 자신의 피로써 초대 명옹에게 천 년의 시간을 유예받았다. 유예받은 천 년의 세월도 인고의 세월이었다. 변한 것은 없다. 보권을 지켜야 할 노관들도 칼을 들기를 원하는 때가 온 것이다."

"왜 하필이면 그때가 나의 대代이어야 하는가?"

"성녀여, 우리 교의 딸이여. 그 대답은 신만이 알 뿐이다."

"왜 하필이면 해원무를 출 사람이 강량이어야 하는가?"

"지금 있는 자들 중 누군가 한 사람은 그 일을 해야 한다. 명옹은 그 사람으로 선택된 자일 뿐이다. 그는 이미 천 년을 내려온 초대 명옹의 힘, 광정光精을 수계受繼했다."

"왜 강량이 그런 선택을 받아야 했는가?"

"성녀여, 나는 그대의 물음을 알 수 없다. 명옹이 선택된 일이 그렇게 중요한 일인가? 나는 누군가는 선택되었어야 했다고 말했다."

"나는 강량을 좋아한다."

중원 배교 천 년의 비밀을 간직한 자, 광명신장! 그는 악약이 한 의외의 말에 호흡을 멈추었다.

그가 바위처럼 다시 입을 열었다.

"성녀는 만물을 두루 사랑할 책임이 있다. 성녀의 사랑이 특별한 한 사람에게 향하는 것은 이전에도 없었고 앞으로도 없어야 할 것이다."

악약은 말했다.

"나는 강량을 좋아한다. 나는 그를 위해 천상제天上祭를 펼칠 것이다."

감정의 티끌이라고는 찾아볼 수 없던 광명신장의 얼굴이 만 가지 상들로 흔들렸다. 광명신장은 수천 년의 시간 속에 침묵하는 듯했다.

그가 부스스 몸을 움직이며 말했다.

"성녀여, 그대는 알 것이다. 천상제는 교도를 상대로 절대 펼칠 수 없다. 그대, 성녀는 왜 스스로 신성을 내팽개치려 하는가?"

"광명신장이시여, 나는 신성이 무엇인지 알 수 없다. 나는 받들려 높임을 당하기보다 낮추어 받드는 쪽이 좋다. 잘 보이지도 않는 먼 곳의 신의 마음을 닮는 것보다 가까이 있는 사람의 마음을 닮는 것이 좋다."

배교에서 가장 지혜로운 자, 광명신장. 그의 눈빛이 심유하게 빛났다. 그가 천천히 말했다.

"성녀여, 그대는 다른 어떤 성녀들보다 영력靈力이 뛰어난 자. 나는 그대가 가는 길을 간섭할 능력이 없다. 그대는 그대의 선택을 따르라."

악약은 말했다.

"광명신장이시여, 다시 약속해 주십시오. 모든 것이 뜻대로 이루어질 것이라고."

광명신장은 말했다.

"성녀여, 우리 교의 귀여운 딸이여! 걱정 마라. 그것만은 약속한다. 모든 것이 잘될 것이다."

악약은 몸을 깨끗이 씻고 산 정상에 올랐다. 그녀는 하늘을 향해 불을 피우며 사흘 밤낮을 기도했다.

　　　　　　　　　　●

"우리는 오랫동안 참아 왔소. 참고 기다리면 명왕의 정토가 이루어지리라 생각했소. 하지만 누천년이 지나도 변한 것은 아무것도 없소이다. 우리들의 궤적軌跡을 다시 생각해 보게 되었소. 결과는 우리들의 궤적을 증명하오. 가만히 있으면 역시 아무것도 주어지지 않으리라는 것을 느꼈소. 나는 명옹의 결단에 찬성하오. 만약 이 싸움에서 패해 우리 교가 사라진다면 그것도 명왕의 뜻일 터. 불평 없이 받아들이겠소."

감숙甘肅의 명두 황견黃堅은 명두들 중 가장 나이가 많은 자다. 백여 세를 넘었다고 했고 그가 있는 동안 명옹만도 다섯 명이 바뀌었다. 명강량은 바로 황견이 대하는 다섯 번째 명옹이었다.

황견은 이제 거동도 불편해 후계자의 부축을 받으며 무산 대전에 참가했다. 그러나 이목은 아직 밝았고 이지도 말짱했다.

원래 나이 든 자들은 웬만한 일도 예전의 관습을 따라 그냥 넘어가려 하는 법이다. 무산에 모여든 명두들은 그 점을 걱정했다. 그들은 황견이 강하게 싸움을 반대할 줄 알았다. 하지만 황견은 그 같은 말로 간단히 명강량이 전교영기를 든 데에 대해 찬성을 표했다.

이왕 들린 전교영기, 반대를 해 보아야 소용없을 줄 알고 차라리 힘을 모아 주기로 마음을 먹었는지 모를 일이었다.

어쨌든 원로 중의 원로인 황견까지 싸움을 찬성하고 나서자 무산대전은 일사천리로 진행되었다.

명강량과 명두들은 유향경천문을 칠 구체적인 방법과 일자까지 잡은 후 옥녀봉玉女峯에 올랐다.

승리를 기원하는 초제醮祭를 지내기 위해서였다.

그들이 줄을 이어 옥녀봉으로 올라갈 때였다.

"명옹!"

급박한 목소리가 그들의 발걸음을 잡았다.

"노기준!"

추대괄이 반색을 하며 소리쳤다.

옥녀봉을 급히 달려오는 자는 호북의 명두, 노기준이었다.

명강량도 반가운 마음에 씨익 웃었다.

추대괄도 살았고 감악도 살았고 노기준까지 살았다. 노기준은 무산에 모습을 보이지 않아 죽은 줄 안 터였다.

동정호의 일전에 참가했던 명두들 중 죽은 자는 아무도 없었다. 명강량은 그것을 길조로 생각했다.

"어떻게 된 게야? 속을 태우려고 일부러 늦게 나타났군."

추대괄이 소리쳤다.

"추 명두께서 발에 지느러미를 달고 있다면 저는 발에 날개를 달고 있지 않습니까. 껄껄껄! 아! 감 명두도 무사했군."

노기준이 뒤편에 서 있던 감악을 바라보며 반갑게 손을 들었다. 감악은 포권으로 머리를 숙였다. 감악의 안색은 무거웠다.

사실 노기준과 추대괄이 살아날 수 있었던 이유는 명강량 덕분이었다. 유향경천문은 물론 형산파, 하토문도 노기준과 추대괄을 상대로 시간을 끌기를 원하지 않았다. 명강량을 잡는 일이 가장 컸다. 때문에 그들은 노기준과 추대괄을 악착같이 쫓지 않았다. 그러나 지척에서 명강량을 호위하던 감악은 달랐다. 적들의 정면 공세에 맞서야 했다. 뿐만 아니라 명강량이 사라졌을 때는 적들의 분풀이 대상도 되어야 했다.

감악은 살아나기 힘들었을 것이다. 그런 상황 속에서도 감악이 살아남을 수 있었던 것은 호북의 교군들이 그를 대신해 몸을 던졌기 때문이다. 덕분에 감악은 목숨을 건질 수 있었다. 그러나 호북의 교군들은 모두 죽음을 면치 못했다. 감악의 표정이 어두운 이유였다.

"노 명두, 무사해서 다행입니다."

명강량이 쓴웃음을 지으며 말했다. 목숨은 지켰으나 한쪽 눈이 없었다. 얼굴에 흉측한 상처와 함께 노기준은 할자割者가 되어 그의 앞에 모습을 보이고 있었다.

그러나 정작 노기준은 자신의 한쪽 눈이 없어졌다는 것을 느끼고 있지 못한 모양이었다.

"성녀께서는……?"

그가 조심스럽게 물었다.

"편안히 계십니다."

"다행입니다! 다행이오!"

노기준은 환하게 웃으며 좋아했다.

"아!"

그가 갑자기 손뼉을 쳤다.

"급한 일이 있습니다. 지금 강호에 떠돌고 있는 소문을 들은 분 계십니까?"

그가 중인을 둘러보며 급히 물었다.

명두들은 멀뚱한 눈으로 서로만 바라보았다.

노기준은 고개를 끄덕였다. 무산에 모인 명두들은 감악을 제외하고 모두 외진 곳에 있는 명두들이다. 그리고 산길을 택해 무산에 도착했을 테니 강호의 소문을 당연히 듣기 힘들었을 것이다.

"양 명두는?"

노기준은 양백을 찾았다. 양백은 누구보다 강호 소문에 빠른 자였다.

"양 명두는 오지 않았소."

명강량이 씁쓸한 표정으로 말했다.

"원래부터 수상쩍은 자였어! 그 작자야 오든 말든 무슨 상관인가?"

추대괄이 물었다.

"아쉽군요. 양 명두라면 나보다 강호의 소문을 더욱 소상히 알리라 생각했는데. 강호에 이상한 소문이 떠돌고 있습니다. 무산대전에 늦은 이유는 그 소문의 진위를 파악하기 위해서였습니다."

노기준이 말했다.

"무슨 소문입니까?"

황견이 물었다.

"유향경천문과 구대문파가 우리 교에 칼을 들이민 이유를 찾았습니다!"

"뭣?"

명두들의 표정이 일제히 변했다.

"천천히 이야기를 해 봅시다."

명강량이 말했다. 그는 무산대전이 열리던 임시 목채로 발길을 돌렸다. 명두들도 급히 발길을 옮겼다.

모영茅盈은 어린 시절부터 보통의 아이들과 다른 바가 있었더라. 그가 장성하매 속세에서의 일상생활을 싫어하게 되어 열여덟 살에 가출을 하게 된다.

집을 나간 그는 항산恒山에 들어가 창출蒼朮을 먹으면서 수행에 전념하게 된다. 그러던 중에 왕군王君에게서 도의 깊은 뜻을 전수받고 서왕모西王母에게서 한 권의 비전을 전해받았다.

…공부를 마친 그는 마흔 아홉에 다시 고향에 돌아오게 된다. 그런데 당시까지 건재하던 아버지는 그에 대해 가출하여 집에 돌아오지 않는 자식이라 하여 늘 섭섭하게 생각하고 있었던 바, 들고 있던 지팡이를 힘껏 내리치고 말았다. 그런데 그 지팡이가 토막토막 부서지더니 그 부서진 조각들이 사방으로 날아가 집의 벽에 부딪치자 벽에 구멍을 내고 기둥에 맞자 그곳이 움푹 파이고 하는 것이었다. 기세등등하던 아버지

는 그 모양을 보고서 놀라서 멈추었다.

…집에서 그럭저럭 얼마간의 세월이 흘렀다. 그의 두 동생이 출세하여 각각 군의 장관이 되었기 때문에 주위의 사람들이 모두 모여 성대한 환송회를 거행하게 되었다. 그 자리에 있던 모영은 자기는 장관이 되지는 못하나 내년 사월 삼일에 선인이 되어 하늘에 오르기 때문에 오늘과 마찬가지로 그때도 성대한 환송회를 해 달라고 했다. 사람들은 한편으로는 놀라고 한편으로는 궁금해하며…….

…마침내 그날이 왔다. 푸른 비단이 쳐지고 하얀 융단이 깔렸다. 각지에서 많은 사람들이 모여 연회가 열렸는데 대리석으로 만든 술잔, 금으로 만든 접시, 본 적이 없는 음식, 향기로운 술. 아름다운 음악도 들리고 좋은 향내가 사방 수십 리까지 풍겨 사람들을 놀라게 했다.

잔치가 한창 무르익을 무렵이었다. 수백 명의 붉은 옷을 입은 천관天官들이 어마어마하게 무장한 많은 수의 천병天兵들을 거느리고 하늘에서 내려왔다. 이를 본 모영은 가족들과 친구들에게 작별 인사를 나누고 수레에 올랐다. 그리고 천관과 천병의 호위를 받으며 하늘로 올라가고 말았다.

…멀리서 그 사실을 전해 들은 두 동생은 장관 직도 내던져 버리고 돌아와 어떻게든 형을 만나 하늘로 올랐으면 하고 바랐다. 얼마 지나지 않아 그들 앞에 나타난 형은 불사의 법을 가르쳐 주고 구전九轉의 환단을 주었기 때문에 그들도 선인이 되어 모산茅山에 있게 되었다. 그래서 이들 세 사람을 삼모군三茅君이라 한다.

"…모영을 비롯한 세 형제, 삼모군이 바로 모산파의 개조開祖입니다."

노기준은 모산파에 얽힌 긴 이야기를 끝냈다.

명두들은 서로를 바라보며 어리둥절했다. 교에 환난이 닥친 이유를 밝히겠다더니 노기준은 엉뚱하게 모산파의 연원을 장황하게 이야기하고 있었다.

노기준은 중인들의 의아해하는 시선을 눈치 채고 서둘러 말을 이어 갔다.

"이 년 전쯤이었을 것입니다. 모산파에서 옛터에 웅장한 도관을 새롭게 지었다고 합니다. 그 와중에 우연히 그곳에서 녹각鹿角으로 만든 비급이 발견되었다고 합니다. 모영이 두 동생에게 전해 준 불사의 법과 선인이 될 수 있는 구전지단九轉之丹을 만드는 비결이 적힌 녹각이었다고 합니다."

"단환 하나가 사람을 죽지도 않게 하고 선인으로 만든다고? 모산파, 과연 미친놈들의 소굴이군."

추대괄이 가소롭다는 표정을 지었다.

"사람의 생각이 어디 추 명두와 같겠습니까. 세상의 사람들이 모두 추 명두와 생각이 같다면 모산의 문도는 한 명도 없을 것이고 모산의 문턱을 넘나드는 자들도 없었을 것입니다."

노기준이 말했다.

"맞는 말일세. 사람의 욕심은 끝없는 욕심을 부르지. 미련하게 느껴질 정도로."

노명두老明頭, 황견이 노기준의 말을 거들었다.

"그 녹각을 얻은 모산파의 장문인은 문도들에게 녹각을

얻은 사실을 절대 함구하라 명한 후 다급히 자금성으로 갔습니다.”

“신이 났겠군. 불사의 비법으로 자금성의 금을 긁어낼 절호의 기회가 생겼으니. 당금 모산파의 장문인은 누구인가?”

추대괄이 물었다.

“현천도장 풍도라는 작자입니다. 그 작자는 원래 자금성에 제법 연분을 많이 두고 있었지요. 그는 자금성의 노환관 우득용을 찾아 녹각을 얻은 사실을 말하고 협조를 구했다고 합니다.”

“우득용, 나라를 망쳐 먹는 추괴한 늙은이. 끼어들지 않는 곳이 없군. 협조라면?”

“불사의 단을 만들 약재들을 구하고… 그런데 이 일이 우리 교와 관련이 있습니다.”

노기준은 안광을 빛냈다.

조금 지루한 기색을 보이던 명두들의 시선이 다시 노기준에게 집중되었다.

“불사의 단을 만드는 데는 수백 종의 약재가 들어갑니다. 백복령白茯苓, 천문동天門冬, 숙지황熟地黃, 구기근피枸杞根皮 같은 간단한 것에서부터 설삼雪蔘, 천년적하수오, 백하수오, 인면지주, 천년대망 같은 구하기 어려운 것까지……. 이것들을 한꺼번에 연단해야 하는데 연단하는 과정에 약 기운이 섞이며 엄청난 독무毒霧를 내뿜는다고 합니다. 그 독무를 완전 불태워야 비로소 단환이 만들어집니다. 그런데 문제는 세상의 불로는 그 독무를 태울 수 없다는 것입니다.”

"풍도, 그 작자는 애초부터 불사의 단환인가 구전지단인가 하는 것이 얻어질 수 없도록 수작을 부려 두었군. 설혹 불사의 비법이 있다고 하더라도 설삼이나 천년대망을 어디에서 구하겠나. 구했다고 하더라도 독무 때문에 되지 않는다고 하니……. 바람은 듬뿍 넣고 금 냥만 챙기겠다는 수작이겠지."

추대괄이 비아냥거렸다.

"그렇지 않습니다. 나는 강호의 소문이 맞는가를 확인하는 과정에서 모산파에서 그런 약재들을 모두 구입해 갔음을 알았습니다. 얼마 전에는 천년대망까지 잡았다고 하더군요."

"아!"

노기준의 말에 명두들은 탄성을 터뜨렸다. 모산파에서 흘러나오는 말은 콩을 콩이라 해도 믿지 않는 그들이지만, 일이 그 정도까지 흘러갔다고 하자 효능과는 별도로 불사의 비법이 적힌 녹각을 얻긴 얻은 모양이구나 하는 생각도 들었다.

"문제는 독무를 제거하는 방법입니다. 한꺼번에 독기를 깨끗이 태울 화기……."

"그렇게 무시무시한 독무가 흘러나온다면 불도 보통의 불로는 되지 않겠군. 독무를 태우다가 자칫 약재까지 태울 수 있지 않겠소. 모산파는 태상노군太上老君의 화덕이라도 있어야 되겠구려."

황견이 말했다.

"맞습니다. 아주 신령스러운 불이 필요하지요. 독무도 태울 수 있고 약재들의 기를 보호할… 강호에 그런 불이 있습니까?"

노기준이 문득 물었다.

"강호에 그런 불이……."

명두들은 자신들의 강호 견문을 되살리며 그런 화기가 있는가를 찾았다. 그러나 입을 여는 명두들은 없었다. 그런 신기한 물건이 세상에 있을 리 없었다.

하지만 노기준은 단호하게 소리쳤다.

"있습니다!"

명두들의 시선이 모였다.

"잊었습니까? 우리 교의 꺼지지 않는 불, 화령주."

명두들은 흠칫 놀란 표정을 지었다. 맞는 말이다. 화령주에는 분명 그런 힘이 있었다. 교의 성스러운 불, 세상 밖의 물건이라 생각했기 때문에 화령주를 떠올리지 못한 것뿐이었다.

"풍도는 우득용이라는 자에게 말해 유향경천문을 만들게 했습니다. 다른 이유는 없습니다. 바로 우리들로부터 화령주를 뺏어 가기 위해서입니다. 우리 교에 주어진 환난은… 화령주를 얻기 위한 놈들의 수작일 뿐입니다!"

노기준이 외눈에 살광을 번뜩이며 소리쳤다.

명두들은 아무 말도 못 했다. 그들의 표정은 각양각색이었다. 어이없어하는 자도 있었고 적들에 대한 분노로 흉광을 번뜩이는 자도 있었다.

무거운 침묵이 계속되었다. 그 침묵을 깬 자는 가장 성격이 급한 자였고, 명두들 중 가장 성격이 급한 자는 추대괄이었다.

"죽일 놈들!"

추대괄이 자리에서 벌떡 일어났다.

"용서할 수 없습니다! 먼저 우득용을 육시하고 모산파를 잿더미로 만들어 버립시다!"

그가 노로도 곧잘 사용하는 긴 낭아봉狼牙棒을 치켜들며 소리쳤다.

"다른 말이 있겠소!"

서너 명의 명두들도 추대괄을 따라 자리를 박찼다.

"앉으시게. 찬찬히 이야기함세."

황견이 그들을 말렸다.

추대괄을 비롯한 그들이 숨을 씩씩대며 자리에 털썩 앉았다.

"노 명두, 알고 싶습니다. 그들이 노린 것은 화령주라 했습니다. 화령주만 가져가면 될 일이지 시끄럽게 왜 '배교 척결'의 기치까지 내걸었다고 합니까?"

오랜만에 들린 젊은 목소리였다. 낮은 목소리로 물음을 던진 자는 감악이었다.

"뻔한 일 아니겠소. 화령주가 어떤 것이오? 모산파 놈들이 화령주를 가져갔다면 감 명두는 가만히 계시겠소? 생명을 걸고라도 되찾아 오려 하지 않았겠소. 풍도, 그놈은 그 사실을 안 게지. 어차피 벌어질 싸움, 우리 교의 표적이 되느니 그들이 먼저 우리를 제거하기로 마음먹은 것이겠지요. 강호에 영원한 비밀은 없으니."

노기준이 말했다.

명두들은 고개를 끄덕였다. 모산파는 원래 소문만 요란하지 문파의 힘은 정말 하오문보다 약했다. 그런 자들이 배교에서 생명처럼 아끼는 귀보貴寶를 가져갔다. 후환이 두려웠을 것이다. 그래서 유향경천문을 세워 아예 교를 없애 버릴 계책을 세웠을 것이다.

모든 것은 밝혀졌다.

불사의 비법이 적힌 녹각, 그 녹각으로 모산파의 영예를 노리는 풍도, 수명만 늘릴 수 있다면 더 이상 세상에 바랄 것이 없는 자금성의 고관들, 배교를 없애고 화령주를 뺏으라는 명을 받은 그들의 충실한 주구인 유향경천문, 내막을 아는지 모르는지 덩달아 깨춤을 춘 구대문파와 군소방파.

그들이 한통속이 되어 벌이고 있는 일이 교가 처한 환난의 전부였다.

"화령주는 어디에 있습니까?"

황견이 물었다. 그도 화령주에 대한 걱정이 앞서는 듯했다.

"성녀께서 가지고 계십니다."

명강량이 말했다.

"다행이오. 화령주는 그 누구도 가져갈 수 없소. 그것은 명왕이 이 흑암을 밝히고자 우리에게 준 불이오."

황견은 눈을 지그시 감았다.

"명옹, 어떻게 하시겠습니까? 모산파 놈들을 내버려 두실 생각이십니까?"

추대괄이 다시 소리쳤다.

"맞습니다! 우리의 칼은 먼저 모산파 놈들을 향해야 할 것입니다!"

　다른 명두들도 이구동성이었다. 그들은 모산파와 풍도에 대해 이를 갈았다. 뿐만 아니라 현인賢人이라 생각하던 삼모군에게까지 악의를 드러냈다. 장내는 모산파에 대한 이 갈린 성토로 한동안 시끄러웠다.

　"결정을 내려 주십시오."

　그 소요 속에 노기준이 명강량을 향해 은밀하게 말했다.

　명강량은 고개를 끄덕였다.

　탁! 탁! 탁!

　노기준이 탁자를 세 번 세차게 두들겼다.

　"명옹께서 하실 말씀이 계시다고 하오!"

　그가 주위의 이목을 집중시키며 소리쳤다.

　"좋습니다. 모산파를 먼저 쳐 풍도의 죄를 묻겠소. 날짜는 유향경천문을 치기로 한 날 그대로 하겠소. 유향경천문은 모산파를 친 후 내가 연락하겠습니다. 혹 모산파를 불 지르고 유향경천문으로 바로 몰려갈 수 있으니 준비는 그렇게 해 두시오."

　명강량의 말은 간단했다.

　명두들은 당연하다는 듯 명강량의 결정을 받아들였다.

　명강량과 명두들은 노기준의 등장으로 중지된 초제를 올리기 위해 부산히 자리에서 일어났다.

　그때였다.

　"잠깐만 기다리십시오!"

　누군가가 소리쳤다. 감악이었다.

"명옹께서는 너무 간단히 이 일을 처리하려 하시지는 않습니까?"

"다른 할 말이 있소?"

명강량이 물었다.

"있습니다."

감악은 고개를 끄덕였다.

명강량은 명두들을 다시 자리에 앉게 했다.

"명옹께서는 모산파를 불 질러 얻고자 하는 것이 무엇입니까?"

감악이 당돌하게 물었다.

"감 명두는 무슨 그런 말을 하시는 게요. 얻고자 하는 것이 무엇이냐니, 유향경천문을 쳐서 얻고자 한 것은 무엇이오?"

추대괄이 감악을 나무라듯 말했다.

"유향경천문을 치는 것은 힘의 대결이었습니다. 건곤일척의 승부를 통해 그간의 한도 풀고 앞으로 더 이상 그런 짓을 하지 못하도록 막자는 것이었지요. 모산파는……."

"아하! 감 명두께서는 닭 모가지 비틀 힘도 없는 상대에게 칼을 겨누게 된 것이 불만이었던 모양이군! 하지만 감 명두, 모산파는 자신들의 약함을 동정받기에는 우리 교에 너무 많은 짓거리들을 자행했소!"

추대괄이 감악의 말을 넘겨짚으며 말했다.

감악은 자신을 애송이로 치부하는 듯한 추대괄의 말에 씁쓸하게 웃었다.

"나는 그 이야기를 하고자 함이 아닙니다. 모산파는 쳐 없애야 합니다. 도관을 불태우는 정도가 아니라 거들먹거리던 자들이 한 명도 살아남을 수 없을 정도로 깨끗이!"

그가 한광을 쏟으며 소리쳤다.

감악의 냉랭한 눈빛에 그를 보는 명두들의 눈빛도 달라졌다.

"솔직히 유향경천문과 구대문파를 상대로 한 싸움이 얼마나 승산 없는 싸움인가 하는 것은 여기 모인 분들이 더 잘 알고 계실 것입니다. 모산파를 불태우고 유향경천문을 불태우고 구대문파를 불태우고, 소문대로라면 자금성까지 불태워야 할 판국입니다."

"음."

명두들은 신음을 흘렸다. 감악은 들추기 싫은 아픈 곳을 들추고 있었다.

"그럼 그 방법 말고 다른 방법이 있소? 다른 방법이 있었다면 벌써 그 방법을 택했을 것이오."

노기준이 말했다. 이 싸움이 이란투석以卵投石임을 모르는 명두는 없었다.

"있습니다. 그토록 험한 싸움을 하지 않아도 될! 환난이 시작된 원인을 없애면 우리 교가 처한 어려움도 없어집니다! 화령주가 필요 없게 되었는데 그들이 왜 우리 교를 처치하는 헛된 일에 심신을 소비한단 말입니까!"

감악이 흥분하며 소리쳤다.

명두들은 퍼뜩 서로의 얼굴을 마주 보았다. 어떤 자는 감악의 말뜻을 알아채고 '아!' 하며 탄성을 터뜨렸고 어떤 자는 아직 꿈속에서 헤어나지 못해 주위의 눈치를 살피느라 정신없었다.

"먼저 구전지단을 만드는 비법이 적힌 삼모군의 녹각을 불태워야 합니다. 다음에 그 비법을 아는 모산의 말코 나부랭이 도사들을 모두 죽여야 합니다. 마지막으로 놈들이 단환을 만들기 위해 준비한 약재들을 모두 없애면 됩니다. 그렇게 한다면 놈들은 더 이상 화령주를 찾고자 우리 교를 들쑤시지 않을 것이오."

감악이 자신의 생각을 밝혔다.

"호오!"

"아!"

명두들은 어둠 속에서 빛을 발견한 듯 희색을 띄었다. 어찌 그런 생각도 하지 못했던고. 그들은 자신들의 아둔한 머리를 탓했다. 싸움을 해야 한다는 당위성에 매여 머리가 굳어 있었던 모양이었다.

"방금 밝힌 세 가지의 일은 쉬워 보이는 듯해도 어렵습니다. 지금 우리는 녹각이 어디 있는지, 단환을 어디서 연단하는지도 모릅니다."

감악이 말했다.

"어렵지 않게 찾을 수 있을 것이오. 모산의 놈들은 경망스러워 입이 가볍소. 특히 금붙이 몇 개면 그들의 입을 더욱 가볍게 할 수 있을 것이외다."

노기준이 큰소리쳤다. 모산파와 무슨 연줄이 있는 듯했다.

명강량은 명두들을 쭉 살폈다. 명두들은 모두 기대에 찬 표정으로 감악을 바라보고 있었다. 방금까지 굳어 있던 분위기와는 달랐다. 활로가 보이기 시작한 것이다.

"몇 가지 더 생각할 문제는 있습니다. 이제껏 잠잠하던 모산파와 관련된 소문이 갑자기 왜 터져 나오게 되었는지……. 만약 모산에서 단환이 만들어지고 있다면 모산의 사정도 상세히 알아야 할 것입니다. 단환이 잘못될까를 걱정한 우득용이라는 자가 모산을 유향경천문보다 더 범의 소굴로 만들어 놓았을지 모르니까요."

그 짧은 순간, 감악은 많은 생각도 하고 있었다. 그는 자신의 걱정까지 보탰다.

"녹각의 비밀이 강호에 흘러나온 이유를 나는 이렇게 들었소. 모산파의 장문인 풍도는 녹각에서 얻어질 성과를 모두 제 몫으로 돌리려 한 모양이오. 부와 명성을 풍도 못지않게 밝히는 다른 장로들이 가만히 있었겠소? 풍도와 장로들 간에 심한 알력이 생겼다고 합니다. 그래서 종종 싸움이 벌어졌고 그 과정에 내부는 물론 외부에까지 녹각의 비밀이 흘러나오게 되었다고 합니다. 물론 이것도 강호의 소문으로 들었소."

노기준이 말했다.

"모산의 놈들이라면 충분히 그럴 만하지! 아마 풍도라는 놈은 녹각의 비밀을 아무에게도 말하지 않고 혼자 쥐고 있을 수도 있을 게야. 그렇다면 일은 더 수월할 텐데……."

추대괄은 주먹을 불끈 쥐었다.

"명옹!"

황견이 명강량을 불렀다.

"사정이 이러하오. 서둘러 결단을 내려 주어야겠소. 소문이 강호에 널리 퍼졌음을 알면 우득용이란 자와 모산파는 다른 조치를 취할 것이오. 그전에 감 명두가 말한 세 가지의 일을 이루어야 하오."

"알겠습니다."

명강량은 황견에게 읍한 후 명두들에게 시선을 돌렸다.

"지금 우리가 해야 할 일은 감 명두께서 모두 말씀해 주셨소. 먼저 녹각이 있는 곳과 구전지단을 연단하는 곳을 찾도록 합시다. 모산의 사정에도 촉각을 기울입시다. 나도 황기명사와 적기명사에게 명해 모든 것을 알아보도록 할 것이오. 모이는 장소와 일시는……."

"칠월 칠석이 좋을 것 같습니다. 그날 모산파에서는 서왕모가 전한前漢의 무제武帝를 방문한 날을 기념하는 대회향제大回香祭가 열립니다. 모산파 놈들은 한 놈도 빠짐없이 참가할 터이니 놈들을 쓸어버리기에는 더없이 좋은 날이지요."

노기준이 말했다. 전한의 무제는 불로불사의 도를 좋아했으며 모산파의 초석을 튼튼히 하는 데 기여한 자 중의 한 명이다. 그래서 모산파는 특별히 그날을 기념했다.

"좋습니다. 그날로 합시다. 모산파는 어차피 칠 것입니다. 강호의 소문이 전혀 근거 없는 것이 아니라면 말입니다. 시일이 촉박합니다. 서둘러 주십시오."

명강량은 자리에서 일어났다.

명두들도 서둘러 자리를 박찼다.

잠시 후, 무산에 한 줄기 연기가 피어올랐다. 배교도들이 하늘에 제를 올리고 있었다.

　"부르셨습니까?"

　명강량은 노 명두, 추 명두와 잠시 밀담을 나눈 후 황견 앞에 모습을 보이고 있었다.

　"허허허! 불렀습니다. 이 미천한 것이 늙었다는 핑계 하나로 명옹을 오라 가라 합니다."

　황견이 얼굴에 굵은 주름살을 그리며 웃었다.

　모든 명두들은 무산을 서둘러 떠나가고 없었다. 명강량은 옥녀봉 기슭에서 황견의 초대를 따로 받고 있었다.

　"특별한 일은 없소이다. 그저 명옹을 한 번 더 보고 싶어… 모산에는 가기 힘들 것 같습니다. 가 봐야 짐만 될 것이고. 그래서 모산에는 이놈이 갈 것입니다."

　황견은 그의 곁에 있는 자를 가리켰다. 황견을 부축하고 온 자로 그 역시 이놈 저놈 소리를 들을 나이가 오래전에 지난 백발노인이었다.

　"나는 백 년을 살았소. 온갖 일을 다 겪었소이다. 그래도 아직까지 살아 있소. 잘될 것이오. 명왕께서 지켜보고 계시오."

　황견은 그 이상 다른 말을 하지 않았다. 명강량의 손을 잡고 가만히 바라보기만 할 뿐이었다.

　"명두, 명옹께서는 바쁜 분이십니다. 그만 길을 가시도록 해 드리지요."

　지켜보고 있던 황견의 후계자, 백발노인이 말했다.

　"허허허! 그렇지, 그래."

황견은 명강량의 손을 놓았다.

"명옹이시여, 부디 몸을 살피소서."

그가 노구를 굽혔다.

명강량은 황송한 마음에 황급히 그의 팔을 잡았다. 그러나 황견은 고집스럽게 머리를 땅에 찧었다. 일어날 때는 백발노인의 부축을 받았다.

황견은 많은 말을 눈빛으로 던졌다. 그리고 그는 자신의 품속을 뒤졌다. 그가 은사銀絲로 동여맨 족자를 꺼냈다.

"가져가십시오. 총단이 불탔을 때 소실되지 않았을까 걱정했습니다. 그래서 행여 하는 마음에 가져왔습니다. 오늘 대전에 걸리지 않았던 것을 보니 역시 소실된 듯합니다."

황견이 족자를 건넸다.

"무엇입니까?"

"풀어 보십시오."

명강량은 은사를 풀고 족자를 펼쳤다.

초상화였다.

팔 척에 가까운 키, 딱 벌어진 어깨, 무릎까지 길게 은발을 늘인 벽안 노인의 초상화였다. 한 손에는 보권을 들고 한 손으로는 먼 길을 가리키는.

'엇!' 초상화를 바라보던 명강량은 흠칫 놀라 초상화를 떨어뜨릴 뻔했다. 그림 속의 인물은 그가 꿈속에서 보았던 사람과 똑같았기 때문이다.

"누구입니까?"

"명옹께서는 그분이 누구인지 아직 모르고 계셨습니까?

허어, 이런 일이… 호교전護敎殿에 걸려 있었을 텐데."

"호교전은 명옹의 거소입니다. 내가 명옹이 되었을 때는 호교전이 불타고 없었습니다. 사부께서 나를 그곳으로 부른 적도 없고……."

"그렇군요. 타할룬! 그분이 바로 중원 배교의 초대 명옹이십니다."

"아!"

명강량은 탄성을 터뜨렸다. 그는 족자를 땅바닥에 펼친 후 구배를 올렸다.

"가져가십시오. 총단을 세울 때 모시기 바랍니다."

황견이 말했다.

"황 명두, 감사합니다."

명강량은 읍했다.

"이제 그만 가 보아야겠소."

황견은 내키지 않는 발걸음을 돌렸다. 그가 백발노인의 부축을 받으며 무산을 내려갔다.

"건강하십시오."

명강량은 황견의 등 뒤에 대고 머리를 숙였다.

황견을 보낸 후 명강량은 초대 명옹의 초상화에 다시 눈길을 돌렸다. 그가 초상화를 뚫어지게 살폈다. 두 번 보아도 틀림없었다. 초대 명옹은 그가 꿈속에서 본 벽안 노인과 같았다.

'나는 정말 초대 명옹의 초상을 한 번도 본 적이 없는가?'

명강량은 먼저 자신의 기억을 의심했다. 보지 않고서야 어떻게 그렇게 생생한 모습으로 꿈속에 나타날 수 있겠는가. 호교전에 부름을 받고 간 적이 있던가도 생각했다. 그러나 아무리 머리를 쥐어짜도 호교전에 간 기억은 없었다. 총단에 있을 때 줄곧 그가 있었던 장소는 대화로였다. 사부가 임의로 후계자로 내정한 후에야 몇 번 대성전大聖殿에 들렀을 뿐이었다.

'어디선가 보긴 보았을 것이다. 내가 기억을 되살리지 못하고 있을 뿐.'

명강량은 그렇게 단정했다. 그가 족자를 접었다. 아직 미심쩍은 부분이 조금 있기는 했으나 꿈속의 인물이 초대 명옹으로 밝혀지자 마음이 후련했다. 솔직히 꿈속의 벽안 노인에 대한 그의 인상은 별로 좋지 않았다. 꿈을 꾸고 나면 어떤 중압감 같은 것을 느꼈던 터였다. 그 중압감은 세상을 향해 뻗어 가는 칼날 같은 것이었다. 그래서 그는 이른 새벽 신장도의 칼날을 만지며 살기를 억누르기 위해 몇 번이나 고심해야 했었다.

명강량은 족자를 접어 소매에 넣었다. 그는 발길을 서둘렀다. 만나야 할 명두가 한 명 더 있었다.

"부르셨습니까?"

명강량을 기다리고 있던 명두는 감악이었다.

"지금부터 내가 하는 말을 그대로 따르게."

명강량이 씨익 웃으며 말했다. 그는 감악에게 말을 놓고 있었다. 명강량과 감악은 무산에 조금 일찍 도착했다. 그 며칠 동안 같이 지내며 호형호제하는 사이가 되었다. 공식적인 자리에서는 말을 높였으나 사적인 자리에서는 말을 텄다.

"명옹이 명을 내리면 따라야겠지요. 그런데 무슨 말씀을 하시려고 만나자마자 그런 말을 하십니까?"

감악이 의아한 표정으로 물었다.

"우선 이것부터 받게."

명강량은 신장도와 전교영기 그리고 방금 황견으로부터 받은 초대 명옹의 초상화가 그려진 족자를 내밀었다.

"이것은?"

감악은 눈을 둥그렇게 떴다.

"나는 그동안 무척 바빴다. 뒷일을 생각할 겨를도 없었지. 하지만 근자에는 조금 시간이 남아 교의 향후에 대해 생각해 볼 여유도 있었다. 생각하니 가장 중요한 일을 잊고 있었더군. 후계자를 지정하지 못한 각 성이 명두들이 없어 고심하는 것을 보고도 말일세."

"그럼 형님은 뜻은… 안 됩니다!"

감악이 신장도를 뿌리치며 와락 고함을 질렀다.

"호북의 교도들에게는 조금 미안하게 생각한다. 그들이 애써 뽑은 명두인데……. 하지만 우리 교 전체의 위함을 생각한다면 그들도 이해하리라 믿네. 명옹에게는 그럴 권리도 있고… 받게."

명강량은 명옹의 물건들을 다시 내밀었다.

"안 됩니다!"

감악은 검미를 꿈틀대며 소리쳤다.

"형님, 왜 그런 약한 생각을 하고 계십니까? 모산파 놈들쯤은 문제 될 것이 없습니다. 유향경천문, 구대문파를 상대해서도 잘 버텨 왔지 않습니까?"

"생각하니 천행天幸이었다. 그런 천행이 언제까지 이어지겠나. 모산파는 분명 유향경천문과 구대문파보다는 가벼운 상대다. 강호의 소문이 맞기를 정말 나는 바라고 있다. 하지만……."

명강량은 감악의 어깨에 손을 얹었다.

"만약 우리가 모산파를 쳐서 이 되지도 않은 싸움을 끝장낸다고 치자. 그렇다고 해서 적들이 순순히 물러나겠나? 최소한 그들은 자신들의 체면은 지키려 할 것일세. 그리고 분풀이도 해야 하고. 당분간 교에 대한 공세는 계속되겠지. 특히 나를 죽이기 위해 광분할 것일세. 나의 목을 얻어야 놈들도 조금의 위안은 얻을 것이고."

"……."

"아우는 현명한 자일세. 내 말을 이해하지 못하리라고는 생각하지 않네. 동정호에서 자네를 보자마자 먹은 마음이다. 받게."

"안 됩니다!"

감악은 결단코 신장도와 전교영기를 거부했다.

명강량은 눈살을 찌푸렸다.

"그럼 이 귀한 물건들이 적들에게 넘어가도 좋단 말인가?"

그가 목소리를 높였다.

감악은 다시 침묵을 지켰다. 명강량의 판단이 틀리다고 생각되지는 않았다. 신장도와 전교영기를 받으면 명강량의 죽음을 예고하는 것 같아 받기 싫을 뿐이었다.

"명옹으로서 명일세."

"안 됩니다!"

감악은 요지부동이었다.

명강량은 감악을 가만히 바라보았다. 꺾일 고집이 아니었다.

"할 수 없군. 그럼 이렇게 하세. 신장도와 전교영기를 잠시 보관해 주게. 내가 다시 달라고 할 때까지."

그가 한발 양보했다.

감악은 미간을 좁혔다. 그 부탁까지는 거절할 수 없었다.

"알겠습니다. 분명 잠시 맡아 두는 것뿐입니다."

그는 명강량에게 다짐을 받으려 했다.

"알겠네."

명강량은 웃으며 신장도와 전교영기, 초대 명옹의 초상을 건넸다.

"굉장히 무겁군요. 이렇게 무거운 물건들을 들고 다녀야 하는데 누가 명옹이 되려 하겠습니까."

감악이 쓴웃음을 지으며 말했다.

"그 물건이 얼마나 무거운지 모르고 날뛴 자도 있다네."

명강량도 웃음으로 답했다.

"모산의 일전에는 빠지려 하지 않겠지?"

"당연한 말씀입니다. 사해의 교군들이 다 모이는데 어찌 명두라는 자가 모습을 보이지 않을 수 있겠습니까!"

감악이 소리쳤다.

"그렇겠지."

명강량은 감악의 어깨를 가볍게 두드렸다. 그의 심정은 감악이 당분간 싸움판에 끼지 말았으면 했다. 하지만 감악이 그의 말을 들을 리 없었다. 명강량은 그런 경우를 대비해 미리 생각해 둔 바가 있었다.

노 명두, 추 명두와 밀담을 나누었다. 감악을 후계자로 삼겠다는 뜻을 비쳤다. 그들도 길길이 날뛰었지만 결국 승낙을 받아 냈다. 현실적으로 후계자는 진작 내정되었어야 함을 그들도 알고 있었다. 모산의 일전에서 감악을 안전한 곳으로 빼돌릴 방도에 대해서도 입을 맞춘 터였다.

감악을 바라보는 명강량의 표정은 느긋했다. 어깨가 가벼웠다. 정말로 신장도와 전교영기는 무거운 물건이었나 보다.

"그럼, 모산에서 보는 일만 남았나?"

"모산에서 뵙겠습니다."

감악은 머리를 숙였다.

"명왕출세! 배교일세! 명옹광휘!"

황기명사는 무릎을 꿇었다.

"성녀께서는 잘 계십니까?"

"계십니다. 그런데……."

"무슨 일이 있었습니까?"

"며칠 동안 또 보이지 않으셨습니다."

황기명사가 송구한 표정으로 말했다.

"형주에서 성녀의 종적을 놓친 일도 있고 해서 이번에는 정신을 바짝 차렸습니다. 그런데 갑자기 운무가 피어오르고 천지가 깜깜하더니 사방을 가릴 수 없었습니다. 정신을 차리고 보니 성녀는 계시지 않았습니다. 두 번이나 이런 실수를 하다니……."

황기명사는 고개를 못 들었다.

"너무 자책하지 마십시오. 제가 깜빡한 것이 있습니다. 성녀께서는 한동안 둔갑법에 재미를 붙이고 있었습니다."

"둔갑법?"

"화령술에 재미를 붙이시다가 둔갑법에 빠지셨지요. 재미로 익힌 것이라 성취가 대단치 않으리라 생각했는데……."

매번 성녀의 놀라운 능력을 보고도 성녀를 아이처럼 생각하는 자신에 대해 명강량은 실소를 흘렸다.

둔갑은 하늘의 기, 땅의 기가 옮기고 변하는 것을 방위 속에서 파악하는 학문으로, 동動으로 보는 법과 정靜으로 보는 법이 있다.

주로 군사의 움직임, 포진이라 하는 것이 천지의 기가 어떻게 변하는지 살피기 위해 생각해 낸 것이다. 가령 아무리 대군을 투입해도 지리가 나쁘면 이길 수 없다. 그런데 지리가 좋아도 때로는 격파당할 때가 있다.

원인을 파고들 때 보이지 않는 천지의 기의 영향이라는 문제가 나온다. 요컨대, 나날이 천지자연의 기는 변동하고 그것이 각 방위의 다름으로 해서 사람에게 영향을 끼친다는 것을 알게 된 것이다. 거기서 법칙을 찾아낸 것이 바로 둔갑법이다.

일반적으로 둔갑은 방위에 의한 천지의 기의 좋고 나쁨을 보는 점占으로 되어 있는데, 진짜 둔갑의 명인은 돌이라든가 여하한 물건을 놓아두고도 자유자재로 천지의 기를 조절할 수 있다.

성녀의 둔갑법의 경지는 그 정도까지 이른 모양이었다.

"백기명사에게는 연락을 취했습니까?"

명강량이 물었다. 그는 이번에야말로 성녀를 안락국에 보낼 생각이었다. 원래 황기명사에게 그 일을 맡길 생각이었으나 역시 황기명사는 할 일이 많았다. 백기명사에게 맡기기로 했다. 안락국으로 가는 길도 백기명사가 아무래도 나을 테니.

"한중漢中에서 기다리기로 했습니다."

"백기명사에게 다시 연락을 취해 서너 명의 날쌘 여교도들도 준비하라 하십시오. 성녀께서 둔갑법을 또 펼칠지 모르니 항상 같이 있을 사람이 필요합니다."

"알겠습니다."

"모산파에 얽힌 강호의 소문은 들은 바 있습니까?"

"모산파에 대한 소문이라니요? 저는 성녀를 모시느라 다른 곳에 신경을 쓸 틈이 없었습니다."

"그랬지요."

명강량은 노기준에게 들은 강호의 소문을 황기명사에게 그대로 전해 주었다. 황기명사도 모산파의 짓거리에 이를 으드득 갈았다.

"서둘러 조사해 주십시오. 그리고 양 명두께서 무산에 오지 않았습니다. 양 명두의 거취에 대해서도 알아봐 주십시오. 저는 한중에 갔다가 모산으로 갈 것입니다."

명강량은 한중까지 성녀를 호위할 생각이었다. 그 먼 안락국을 그냥 보내기 아쉬워 아무리 바빠도 한중까지는 배웅을 해 주기로 결심했다.

"중도에 남경 막수호莫愁湖에서 보기로 합시다. 적기명사에게도 조사를 부탁하고 그도 막수호로 오라 하십시오."

"존명!"

황기명사는 명을 받았다.

"막수호에서 뵙겠습니다."

그가 바람처럼 신형을 날렸다.

명강량은 한동안 초옥 주위를 서성였다. 그가 조심스럽게 방문을 두드렸다.

"강량!"

악약이 고함을 지르며 반갑게 맞았다.

명강량은 머쓱한 표정으로 미소를 지었다.

"며칠 동안 어디 갔었다고 들었습니다. 어디를 갔었습니까?"

"허락을 받으러 갔었어요."

"무슨 허락을?"

"강량과 혼인을 하기로 마음먹었죠!"

악약은 어리둥절해 있는 명강량의 품에 와락 달려들었다.

단원홍의 안색은 병을 앓고 있는 사람처럼 창백했다. 잠을 제대로 이루지 못하는 듯 눈도 항상 충혈되어 있었다. 뿐만 아니라 행동도 어수선했다. 예전의 빈틈없던 모습은 어디로 갔는지 없었다.

'무슨 일이 있다.'

정자를 오르는 단원홍을 바라보며 언상영은 안광을 빛냈다.

'설마 마옹을 놓쳤다는 충격 때문은 아니겠지.'

전혀 그런 이유 때문은 아닐 것임을 알고도 갑갑한 마음에 언상영은 별 추측을 다하고 있었다.

갑자기 내린 명 또한 이해할 수 없었다.

'무슨 생각을 하고 계신지?'

언상영은 자리에 앉는 단원홍을 바라보며 오늘은 그 해답을 들을 수 있겠지라고 생각했다.

단원홍은 역시 무엇에 쫓기듯 다급했다.

"언상영, 어떻게 되었느냐? 내가 강호에 퍼뜨리라 한 소문이 배교도들의 귀에 들어갔겠느냐?"

그는 앉자마자 물었다.

"누구보다 빨리 그 소문을 들었을 것입니다. 강호의 소문에 가장 촉각을 세우고 있는 자들이 그놈들일 테니."

언상영이 말했다.

"문주가 시켜서 하긴 했지만 웬 그런 해괴한 소문을 퍼뜨려라 한 게요?"

팽해만이 퉁명스럽게 물었다.

"해괴한 소문이 아니다. 그 소문은 사실이다."

"옛?"

팽해만은 놀라 입을 딱 벌렸고 언상영, 남궁기, 당예의 표정도 변했다.

"뭐야? 그럼 우리는 우득용이라는 그 늙은 환관 놈의 영생불멸을 위해 모산파의 깨춤에 놀아났단 말이군! 으헤헤헤, 재미있군! 재미있어!"

팽해만의 눈이 찢어졌다.

"사실입니까?"

언상영의 표정도 심각했다.

"사실이다."

단원홍이 끊어 말했다.

사대당주들은 할 말을 잃었다. 어느 정도 수상한 냄새는 맡았다. 그러나 '배교 타파'가 '마교 척결'이라는 최소한의 명분 정도는 있으리라는 것이 그들의 생각이었다. 그러나 그 '배교 타파'의 목적이 몇몇의 불로장생을 위한 것임을 안 순간 언상영을 비롯한 사대당주들은 무사로서 견딜 수 없는 수치심을 맛보아야 했다. 농락을 당해도 철저히 농락을 당한 기분이었다.

"제기랄! 풍도, 그 개자식!"

팽해만은 자리에서 벌떡 일어났다.

"헤헤헤, 유향경천문. 이름이 좋군! 정말로 하늘이 놀랄

문파다! 시황始皇께서 나는 왜 저런 문파를 만들지 못했을까 하고 통곡을 하고 있겠군! 나를 잡지 마!"

그가 소리쳤다. 그의 말대로 그를 붙잡는 자는 아무도 없었다. 단원홍은 충혈된 눈으로 먼 곳을 응시했고 언상영은 생각에 잠긴 얼굴로 고개를 숙인 채 있었다. 남궁기는 무표정한 얼굴로 석상처럼 앉아 있었고 당예는 입가에 비릿한 미소를 연방 흘리고 있었다.

"나를 잡지 마! 나를 잡지 말란 말이야!"

팽해만은 다시 소리쳤다. 아무도 움직이지 않았다. 팽해만은 엉거주춤한 자세로 서 있을 수밖에 없었다.

"좋아!"

팽해만은 마지못한 듯 털썩 다시 자리에 앉았다.

"갈 때 가더라도 몇 가지는 물어 봅시다. 왜 갑자기 그 사실을 밝힌 게요? 알아서 쓱싹 처리하고 우리에게는 구대문파의 자리만 주었다면 서로 좋은 일인데. 으헤헤, 굳이 비밀을 밝힌 이유는 우리 간장을 뒤집어 놓기 위해서요?"

"팽해만, 나는 추궁을 당하고 싶지는 않다."

"잉?"

팽해만은 흠칫 놀라는 시늉을 했다.

"이런 경우에 쓰는 적당한 말이 바로 적반하장賊反荷杖이지. 으헤헤! 문주, 정말 너무하는 것 아니오."

사람을 끝까지 치근덕거리는 팽해만의 뒤틀린 심사가 발동되고 있었다.

"나를 이해해 달라는 말은 하지 않겠다. 내가 원해서 한 일이 아니라는 것만 알아주었으면 한다."

"배교의 뿌리를 뽑는 일에 미적거린 이유가 그 때문이라 말씀하고 싶은 것이군요."

언상영이 말했다.

"나는 마지막으로 한 가지 일을 더 하고자 한다. 언상영, 남궁기, 팽해만, 당예, 나를 도와 다오."

단원홍은 지나간 일에 대해 더 이상 가타부타 하고 싶지 않은 듯했다. 그는 자신의 이야기만 했다.

"도와 달라니… 이런 경우에 그런 말을 할 수 있는 것인가? 아무래도 소면각저께서 능운공작이 되고 능운공작께서 소면각저가 되어야 하겠군."

팽해만이 입에 침을 튀겼다.

"문주, 무슨 부탁을 하고 싶은 것입니까?"

침묵을 지키고 있던 남궁기가 비로소 물었다.

"모산파를 없애 버릴 것이다. 배교도 역시!"

사대당주들은 서로를 바라보았다.

"강호에 이상한 소문을 퍼뜨린 이유는 그 때문이었군요. 나는 생각했습니다. 강호에 이런 소문이 퍼져 나가면 틀림없이 배교도들이 모산으로 몰려들 것이라고. 환난의 원인을 발견했는데 가만히 있을 리는 없겠지요. 그래서 저는 문주께서 모산파라는 덫을 이용, 배교를 소탕할 계획을 가지고 계시구나라고 생각했습니다. 그런데 모산파까지 없애려 하실 줄은……."

"그들도 죽어야 한다!"

단원홍이 강경한 어조로 언상영의 말을 잘랐다.

"우리들처럼 개같이 부림을 당한 일에 화가 나서입니까? 문주께서는 원래부터 이 일의 전말을 알고 있었지 않았습니까. 이제 와서 모산파를 불태워야겠다고 생각한 이유는 무엇입니까?"

"언상영, 더 이상의 물음은 허용하지 않겠다. 내가 듣고 싶은 것은 너희들이 내 계획을 따라 줄 것인가 말 것인가 뿐이다."

단원홍은 안광을 빛내며 시선을 고정시켰다.

"아이구! 단 천호께서는 정말 너무하시는군."

팽해만이 어깨를 젖히며 다리를 쭉 폈다.

"알겠습니다, 문주. 저는 문주의 뜻을 따르겠습니다."

남궁기가 무심한 표정으로 말했다.

"저 자식 좀 봐! 살랑대는 꼬리에 폭풍이 일어날 정도잖아!"

팽해만이 남궁기를 바라보며 눈을 흘겼다.

"나도 문주의 뜻을 따르겠습니다. 모산파, 조금 우스운 곳이군요."

당예가 하얗게 웃으며 고개를 들었다.

"개자식들! 자존심도 없는 것들! 으헤헤, 문주! 저런 아첨만 일삼는 자들에게 둘러싸여 즐겁겠소. 유향경천문의 대들보 썩는 소리가 벌써부터 들리는군. 안 되지, 안 돼! 어쨌든 나는 능운공작 나리를 끝까지 쫓아다녀 오늘의 이 치욕을 갚아 줄 참이야! 으헤헤, 아무렴!"

팽해만이 다리를 까불거리며 소리쳤다.

"모두 문주의 뜻을 따르기로 한 모양이군요. 저는 한두 가지 걱정이 있습니다. 그 답은 문주로부터 들어야겠습니다."

"무엇인가?"

"강호에 영원한 비밀은 없습니다. 모산파를 우리가 없앴다는 소문은 언젠가는 우득용에게 전해질 것입니다. 우리 사대세가는 자금성을 상대로 싸울 자신은 없습니다."

"특별히 은밀하게 모산파를 칠 생각은 없다. 공공의 귀에 사실이 알려지는 것을 개의치 않는다. 모산파를 불태운 후 공공을 찾아가겠다. 그리고 요구할 것이다. 강호의 일에 더 이상 관부를 개입시키지 말라고."

"우득용이 문주의 말을 고분고분 들어주리라 생각하십니까? 불로장생의 꿈이 한순간에 날아간 판인데……."

"나는 공공을 조금 안다. 명철보신明哲保身하는 분이지. 득되는 일이 있더라도 위험한 일이면 발을 들이지 않는다. 하물며 득 되는 일도 아닌데 발을 들일 이유는 더욱 없을 것이다. 구전지단은 이제 아무리 노력해도 얻을 수 없다. 나를 상대로 싸우겠다는 것은 구전지단을 얻지 못한 분풀이뿐인데, 공공은 나를 비롯한 강호인들이 얼마나 다루기 힘든 상대인가를 잘 안다. 쉽게 다룰 수 있는 자들임을 알았다면 벌써 구대문파를 발아래 두었을 것이다. 나는 공공이 위험 수를 두지 않을 것을 확신한다."

"동감입니다. 그렇게 되리라 믿습니다. 그 때문에 또 하나의 문제가 생기는데… 사실 사대세가가 유향경천문에 모인 이유는 구대문파 대신 사대세가가 강호의 패주가 될 수 있도록 해 주겠다던 우득용의 약속 때문이었습니다. 만약 문주가 뜻대로 모산파를 불태운다면 우리 사대세가에 대한 우득용의 지원은 물 건너가는 것 아니겠습니까?"

어떤 일이 벌어져도 개의할 생각은 없었다. 그러나 사대세가가 강호의 패주로 자리 잡는 일은 반드시 이루어야 할 꿈이었다.

"언상영, 그 일은 걱정 마라! 다른 곳에서는 몰라도 강호에서의 힘은, 나의 힘이 공공보다 못하지는 않을 것이다."

"문주께서 유향경천문을 전폭적으로 지원해 주시겠다는 말로 믿어도 되겠습니까?"

언상영이 안광을 빛내며 물었다.

"금의위를 떠나겠다. 강호로 돌아올 것이다."

"알겠습니다."

언상영은 머리를 숙였다.

"모두 끝난 거야?"

팽해만이 단원홍과 언상영을 번갈아 바라보며 물었다.

"끝났다. 이제 모산에서 모산파와 배교도들을 어떻게 처리할 것인가 하는 문제만 남았지."

언상영이 미소를 지으며 말했다.

"호오, 그래! 그럼 지금 나는 칼을 갈아 두어야겠군. 모산파 놈들은 수은水銀 같은 별 해괴한 것들을 다 처먹는다고 하니 틀림없이 살점이 질길 게야."

팽해만은 벌떡 일어섰다. 그가 정자를 내려갔다.

당예도 슬며시 일어났고 남궁기도 단원홍에게 읍한 후 정자를 내려갔다.

"내려가지 않겠습니까?"

단원홍은 고개를 끄덕였다.

"그럼 저는… 모산의 지도도 한 장 구해야겠고 배교도들의 동정도 알아보아야겠습니다."

언상영도 정자를 내려갔다.

단원홍은 정자의 기둥을 잡고 자리에서 일어났다. 날씨가 심상치 않았다. 장마가 시작되려는 듯했다.

단원홍은 먹구름으로 덮여 가는 하늘을 우러렀다.

'사매, 조금만 기다려라.'

그는 피곤에 지친 눈을 비볐다.

❧

"강량, 우리는 어디로 가는 것인가요?"

악약이 물었다.

명강량은 이제 말할 때가 되었다고 생각했다.

"안락국으로 갑니다."

악약은 놀라지 않았다.

"드디어 우리는 안락국으로 가는군요."

그녀는 담담히 말했다.

"우리가 아닙니다. 저는 안락국에 가지 않습니다. 먼저 가 계십시오. 나중에 찾아가겠습니다."

혹시 가시 않겠다고 할까 싶어 명강량은 조심스럽게 말했다.

다행히 악약은 떼를 쓰지 않았다.

"알고 있었어요. 안락국에서 기다리겠습니다."

"만약 내가 늦게 오더라도……."

악약은 명강량의 말을 막았다.

"찾아가겠습니다. 그곳이 지옥의 불구덩이, 도산검림이라 하더라도."

얼굴을 짐짓 굳히고 자신을 흉내 내는 악약의 말에 명강량은 말을 이을 수 없었다.

"강량은 안락국으로 가는 길을 아시나요?"

"모릅니다."

"그럼 왜 묻지 않으세요?"

"……."

"가르쳐 드릴 테니 꼭 오세요."

악약은 명강량의 손을 잡았다. 그녀는 눈을 감았다.

명강량은 '앗!' 했다. 손의 촉각을 통해 머릿속으로 긴 길이 그려지고 있었다. 그 길은 너무도 선명했다. 말을 타고 가며 보는 듯한 장면들이 한동안 쭉 스쳐 갔다. 마지막으로 명강량이 본 것은 첩첩 산들에 둘러싸인 신전이었다. 머릿속을 스쳐 가는 장면들은 그곳에서 끊겼다.

악약은 명강량의 손을 놓고 있었다.

"기억하겠어요?"

그녀가 물었다.

명강량은 고개를 끄덕였다.

"비가 오려고 해요."

악약이 힘없이 말했다.

비는 그녀의 말이 끝나자마자 후드득 쏟아졌다. 굵은 장대비였다. 명강량은 비를 피할 곳을 찾았다. 작은 관목림들만 총총한 곳이라 비를 피할 마땅한 곳이 없었다. 그는 악약을 껴안고 뛰었다.

잠시 후, 그들은 움푹한 바위 아래 비를 피할 곳을 찾았다. 하지만 그때는 이미 전신에 비를 흠뻑 맞은 후였다. 바위 아래는 너무도 좁아 악약과 살갗을 맞대고 있어도 명강량은 한쪽 어깨를 고스란히 빗물에 씻겨야 했다.

음산한 바람은 연방 불고 빗물은 바위를 타고 폭포수처럼 흘러내렸다.

악약은 조금 추운 모양이었다. 그녀는 안기듯 명강량에게 몸을 기댔다. 그들은 서로의 온기를 느끼며 묵묵히 쏟아지는 비를 바라보고 있었다.

빗줄기는 좀체 가늘어질 기색을 보이지 않았다. 비는 땅을 파고 금방 붉은 물이 흐르는 내를 만들었다.

"강량, 비천쌍마는 다 만들어졌나요?"

악약이 문득 물었다.

"아직 한쪽 날개를 다듬지 못했습니다. 한중에 도착할 때면 다 만들어질 것입니다."

"다 만들어지지 않아도 괜찮아요. 지금 주세요. 불완전한 것이 더 아름다워요. 서로를 받쳐 줄 수 있으니까."

악약은 손을 내밀었다.

명강량은 망설이다 겸연쩍은 표정으로 아직 덜 깎은 비천 쌍마를 내밀었다.

"야!"

악약은 비천쌍마를 잡고 환호성을 터뜨렸다.

"고마워요. 강량, 나도 선물을 드릴 게 있어요."

"화령주라면 사양하겠습니다. 화령주는 안락국에 꼭꼭 숨겨 두십시오."

"화령주가 아니에요."

악약은 몸을 틀었다. 그녀는 명강량의 어깨를 잡았다. 그녀의 얼굴이 다가왔다. 입술이 닿았다. 차가웠다. 그리고…….

명강량은 자신의 기분이 어떤 기분인지 몰랐다. 그는 자신도 모르게 악약의 허리를 껴안았다.

빗줄기 속에 모든 것이 흔들리고 있었다.

성녀는 떠났다. 저 먼 안락국으로.

명강량은 물었다. 성녀를 다시 볼 수 있을 것인가.

그는 대답했다. 다시 만날 것이다. 지옥의 불구덩이, 도산검림에 있다고 하더라도 찾아갈 것이다.

그래서 그는 반드시 살아남을 생각이었다. 이전처럼 막막하기만 한 것도 아니었다. 희망이 보였다. 명강량은 모든 것이 잘되리라 믿었다.

대회향제를 앞둔 모산은 시끄러웠다. 개기름이 줄줄 흐르는 사내들과 온갖 장신구로 치장을 한 여인들이 거드름을 부리며 모산에 올랐다. 그들을 맞이하는 모산의 도사들도 바빴다.

도관 곳곳에 화환이 걸쳐지고 돈다발이 쌓였다.

풍도는 제법 엄숙하게 초제를 지냈고 도사들은 긴 분향을 했다. 신도들은 개인의 영달을 빌었다.

대회향제가 끝난 후 모산은 난전이었다. 도사들은 영단과 부적을 팔기에 바빴고 신도들은 은자를 뿌리며 상춘객처럼 모산의 도관을 오갔다.

어둠이 내렸다.

모산을 찾았던 신도들은 화려한 물결을 그리며 모산을 내려갔다. 두터운 모산의 산문이 굳게 닫혔다.

정적이 찾아왔다.

그 정적 속에 새로운 일군의 사람들이 움직이고 있었다. 굳은 표정에 눈빛이 형형하게 빛나는 자들이었다.

천상제 天上祭

"어김없군."

"무엇이 어김없다는 말이오?"

"칠석에는 비가 오지. 이번 만남은 특별했던가 보이. 어지간히도 퍼붓는군."

추대괄은 손으로 하늘을 받쳤다. 손바닥에 이내 빗물이 듬뿍 고였다.

"만남이 특별했던 것이 아니라 헤어짐이 특별히 괴로웠던 것은 아니고요?"

감악이 물었다.

"만남도 헤어짐도 모두 괴로움이다. 그건 그렇고 명옹께서는 왜 이렇게 늦나?"

추대괄은 얼굴을 줄줄 타고 흐르는 빗물을 닦으며 주위를 두리번거렸다.

사위는 깜깜했고 비 내리는 소리만 요란했다. 그 정적 속에 철벅이는 발소리가 들렸다. 모여 있던 명두들은 긴장된 표정으로 각자의 병기를 잡았다.

"오십니다!"

어둠 속에서 불쑥 얼굴을 들이미는 자는 노기준이었다. 그 뒤로 죽립과 전의를 걸친 명강량이 나타났다.

"명왕출세! 배교일세! 명옹광휘!"

명두들은 일제히 부복했다.

"날씨가 좋습니다."

명강량이 죽립을 벗으며 말했다.

"하하하! 아주 좋은 날씨입니다. 명옹의 얼굴은 더 좋아 보입니다. 무슨 좋은 일이 있었습니까?"

추대괄이 이를 드러내고 웃으며 낭아봉을 흔들었다.

명강량도 씩 웃었다.

감악이 입을 열었다.

"모든 게 강호의 소문과 다름없습니다. 풍도, 그놈이……."

"알고 있소. 명사들로부터 보고를 받았소."

명강량은 막수호에서 황기명사와 적기명사로부터 상세한 내막까지 듣고 온 터였다.

"녹각이 어디 있는지, 연단을 어디서 하는지는 아직 밝혀지지 않았습니다."

노기준이 말했다.

"모산파에 있는 것만은 확실하지 않소?"

"모산파에 있는 것만은 확실할 것입니다. 구전지단을 만들 약재가 모두 모산파로 실려 간 것으로 파악되었습니다."

"그럼 됐소. 모산파 어디에 있을 것이오. 풍도를 잡아 물어봅시다."

스릉! 명강량은 장도를 빼 들었다. 신장도 대신 임시로 사용하라고 황기명사가 구해 준 것이었다.

"서북, 서남의 교군들은 나와 함께 모산파의 산문을 넘어 정면으로 쳐들어갈 것이오. 강북의 교군들은 배후를 공격해 주시오. 강남의 교군들은 모산파를 에워싸고 한 놈도 도주하는 놈이 없도록 해 주시오. 내가 포향으로 신호를 알리겠소. 그때 일제히 공격을 시작하면 됩니다."

"존명!"

명두들이 소리쳤다.

"왜 우리 강남의 교군들은 뒷짐을 지게 하십니까?"

감악이 불만스러운 얼굴로 물었다.

"강남은 그간 피해가 적지 않았소. 지금 동원된 교군들도 많지 않음을 아오. 그리고 놈들의 도주를 막는 일은 누군가는 해야 하오. 자, 서둘러 주시오."

명강량은 장도를 들었다.

명두들이 빗속을 바쁘게 움직였다.

"배교도들이 드디어 움직이기 시작했습니다."

언상영이 말했다.

"좋은 날씨군."

단원홍은 우산을 접었다.

"더러운 모든 것들이 이 빗물과 함께 씻겨 내려갈 것이다. 언상영, 사대당을 움직여라. 놈들의 퇴로를 철저히 차단하라. 모산파든 배교도든 한 놈도 살려 보내지 마라."

그가 성큼 어둠 속을 걸어갔다.

"어디로 가십니까?"

언상영이 물었다.

"모산파! 놈들의 도관에서 신호를 보내겠다. 공격은 그때 시작하라."

"위험합니다! 혼자 가시다니… 내가 모시겠습니다!"

언상영이 소리쳤다. 그러나 단원홍은 이미 어둠 속으로 사라지고 없었다.

✱

풍도는 이마에 굵은 주름살을 그렸다. 생각할수록 장로들의 행동이 괘씸했다.

'혼자서 공을 삼킬 생각을 말라고? 녹각을 얻을 수 있었던 것은 내가 천복을 타고 태어났기 때문이다. 그렇지 않다면 왜 내가 장문인일 때 녹각이 나왔단 말인가.'

풍도는 우득용의 힘을 빌려 장로들을 조금 전제剪除해야겠다고 마음먹었다.

"아이, 무슨 생각을 그토록 오래 하세요."

계집의 목소리였다. 풍도의 뒤에는 눈망울이 또랑또랑한

어린 계집 하나가 젖가슴을 드러낸 채 누워 있었다. 앳된 얼굴이었으나 몸매는 터질 듯이 풍부한 계집이었다.

"흐흐흐."

풍도는 계집의 도톰한 엉덩이를 만지며 음산한 미소를 흘렸다. 원래 모산의 도사들은 속된 자들이 많고 또한 유해섬劉海蟾, 장자양張紫陽의 남파南派 쌍수법방중술雙修法房中術로 단수丹修를 한다는 그럴듯한 구실까지 있었으므로 도관에 곧잘 여인을 불러들였다.

"구전지단에 매달리느라 네 살맛을 잊은 지 오래되었구나. 오늘은 쏟아지는 빗줄기만큼 질퍽하게 놀아 보자꾸나. 합환산合歡散을 써 볼까 미녀일소산美女一笑散을 써 볼까?"

풍도는 계집의 몸매를 훑으며 소매를 뒤졌다.

"합환산은 너무 강렬해서 재미가 없고 미녀일소산은 너무 약해 재미가 없어요. 나는 철야자정산徹夜姿情散이 좋던데."

계집이 데굴거리며 말했다.

"미녀일소산이 약하다니… 네년은 필경 나의 뼈를 말려 죽이겠구나."

풍도는 계집의 엉덩이를 철썩 때린 후 소매에서 꺼낸 알약 하나를 계집에 주고 자신도 한 알을 먹었다.

"진인, 그런데 근자에 제 몸이 좀 이상한 것 같아요. 경도經度도 없고……."

"뭐야?"

풍도는 놀라 미간을 좁혔다.

"양생養生의 요체는 정精을 발출하지 않는 데 있다고 들었는데, 진인께서는 항상 제 몸에 정을 남기셨잖아요."

"그래서 소녀채전素女採戰을 가르쳐 주지 않았느냐?"

풍도는 버럭 화를 냈다.

"한참 그 일을 하고 있을 양이면 정신이 오락가락해 손이 발인지도 모르는데 무슨 소녀채전을 기억한단 말이에요."

어린 계집은 입을 삐죽였다.

"그래, 내 탓이다. 내 탓이야. 내가 너무 재미에 빠져 너를 잘못 가르쳤다."

풍도는 한숨을 쉬었다.

"너무 걱정하지 마세요. 만약 정말 아기가 생겼다면 산폐독産廢毒으로 깨끗이 지워 버릴 테니."

계집이 '흥!' 하며 말했다.

풍도는 철야자정산에 취해 벌써 촉촉이 젖어 가는 계집을 보며 머리를 굴렸다.

"산폐독을 쓰지 마라. 이왕 맛본 세간의 재미, 자식을 키우는 재미 또한 느껴 보고 싶구나."

"정말이에요?"

계집이 젖가슴을 출렁이며 벌떡 일어섰다.

"물론!"

풍도는 남은 껍질을 벗으며 계집을 무릎 위로 끌어당겼다. 그가 계집의 촉촉한 곳을 더듬어 갔다. 계집은 풍도의 무릎 위에 앉아 엉덩이를 흔들며 교태를 부렸다.

그들이 가진바 재주를 뽐내며 서로를 탐닉해 갈 때였다.

피잉! 펑! 포향이 울렸다.

무릎에서 삽신揷身한 후 계집을 반듯이 눕히던 풍도는 이상한 기분에 밖으로 시선을 돌렸다.

　"무슨 일이냐?"

　그가 계집을 희롱하며 물었다.

　"무슨 일이라니요? 제자는 잘……."

　밖에서 어눌한 목소리가 들려오는 순간, '악!' '으악!' 하는 비명이 풍도의 귓가를 때렸다.

　풍도는 놀라 급히 계집의 몸에서 떨어졌다.

　"무슨 일이냐?"

　그가 다시 고함을 지르며 후다닥 도복을 걸쳤다.

　"으악!"

　"커억!"

　비명이 사방에서 꼬리를 물고 터졌다.

　'배교! 배교 놈들이 어떻게……?'

　풍도는 빗속을 달리고 있었다. 손이 떨리고 발은 생각보다 빨리 움직여 주지 않았다.

　'배교 놈들이 본문을 찾았다는 것은 구전지단의 비밀을 알았다는 뜻인데… 어떻게 알았을까?'

　그가 두려움에 찬 눈길로 고개를 돌렸다. 장대비 속에서도 화광은 충천했다. 성난 배교도들은 도관을 불태우고 모산의 제자들을 소, 돼지처럼 도축하고 있었다.

　'비밀을 아는 자는 장로들과 공공, 단 천호뿐인데……. 그놈들이, 그놈들의 입이 화를 불렀구나.'

풍도는 이를 으드득 갈았다. 그는 장로들을 의심하고 있었다.

'어쨌든 서둘러 비동秘洞을 봉쇄해야 한다.'

풍도는 죽을힘을 다해 달렸다. 그가 가는 곳은 녹각이 보관되어 있고 구전지단을 연단하는 비동이었다.

반 각을 달리자 칼을 찬 오륙 명의 무사들이 그를 맞았다.

풍도는 반색을 했다. 무사들은 우득용이 만일의 사태에 대비해 보내 준 동창의 고수들이었다.

"무슨 일이오?"

무사 한 명이 불타는 모산의 도관을 바라보며 물었다.

"배교 놈들이 몰려왔소!"

풍도가 다급하게 소리쳤다.

"뭣이?"

동창의 무사들은 도관을 향해 달려가려 했다. 풍도는 그들을 말렸다.

"배교 놈들의 공세가 예사롭지 않소. 도관은 우리 제자들이 어떻게든 지킬 테니 검우劍友들은 비동을 지키는 데만 만전을 기해 주시오. 놈들이 노리는 곳도 바로 이곳이오."

제자들이 어떻게 되든 알 바 아니었다. 중요한 것은 녹각과 자신이 보호받아야 한다는 것이었다.

"알겠소."

동창의 무사들이 눈빛을 흉흉하게 빛내며 풍도를 따라 비동으로 되돌아왔다. 싸움을 피하고 싶은 마음은 그들도 같았다.

비동에는 십여 명의 무사들이 더 있었다. 풍도는 그들에게 인사를 하는 둥 마는 둥 비동으로 뛰어들었다.

'가만있자, 가만있자.'

풍도는 유등에 불을 밝힌 후 주위를 두리번거렸다. 동창에서 보낸 자들도 믿기 힘들었다. 그는 기관을 발동해 비동을 굳게 닫을 생각이었다.

마음이 급하니 기관을 발동할 장치가 어디 있는지도 잘 기억이 나지 않았다.

'아하!'

그가 손뼉을 쳤다. 동굴 한편에서 기관을 발동시키는 빗장을 발견했기 때문이다. 그가 빗장에 손을 댔다.

그때였다.

"현천도장."

누군가가 풍도를 불렀다.

풍도는 대경실색 퍼뜩 고개를 돌렸다.

"단 천호!"

그의 앞에 긴 그림자를 드리고 있는 자는 단원홍이었다.

"단 천호, 때맞추어 잘 오셨소!"

풍도는 쌍수를 들었다.

단원홍은 풍도의 반가움에 무심했다.

"녹각은 어디 있소?"

그가 짧게 물었다.

"녹각은 왜?"

"녹각은 어디 있소?"

단원홍의 목소리는 싸늘했다.

"저, 저기 있소."

풍도는 그 기세에 눌려 자신도 모르게 손가락을 가리켰다.

"앞장서시오."

단원홍이 말했다.

풍도는 엉거주춤한 몰골로 단원홍을 인도했다. 그가 비동의 끝에 자리한 석부를 열었다.

문을 열자 여러 가지 약재 냄새가 코를 찔렀다. 구전지단을 만들기 위해 모아 둔 약재인 모양이었다.

"녹각은 안전한 곳에 놓아두었소. 단 천호가 걱정하지 않아도 되오."

단원홍의 심상치 않는 기색에 질려 연단실까지 왔지만 녹각을 보여 주기는 꺼림칙했다.

단원홍은 한광을 뿌렸다.

풍도는 단원홍의 눈빛에 심장이 얼어붙는 듯했다.

"여, 여기 있소."

그가 석벽 한 곳에 손을 댔다. 석벽이 빙글 돌아가며 금함金函이 모습을 드러냈다.

풍도는 이번에는 시키지도 않았는데 재빨리 금함을 열었다.

"아무래도 단 천호가 보관하는 것이 낫겠지요."

그가 어색한 미소를 흘리며 금함에 든 물건을 단원홍에게 건넸다.

녹각은 발처럼 엮어져 있었다. 그 녹각에는 빽빽이 전서篆書가 적혀 있었다.

단원홍은 녹각을 말아 소매에 넣었다.

"풍도!"

그의 입가에 싸늘한 미소가 맺혔다.

"다, 단 천호, 왜, 왜 이러시오?"

풍도는 직감적으로 위기를 느끼고 뒷걸음질을 쳤다.

"구전지단을 만드는 수고를 하지 않더라도 영원히 죽지 않는 비법이 있다."

"그, 그런 방법이… 악!"

장검이 번뜩이는 순간 풍도의 목은 허공을 날고 있었다.

단원홍은 떨어지는 풍도의 목을 들었다. 그는 유등을 약초 더미에 던졌다. 잘 건조된 약초 더미는 이내 불길에 휩싸였다. 붉고 푸른 오색 연무가 석실을 채우는 것을 보며 단원홍은 비동을 걸어 나왔다.

"한 번 죽은 자는 다시 죽지 않는다."

그가 비동의 입구에 서 중얼거렸다. 그의 발아래에는 동창의 무사들이 시신으로 빗물에 씻기고 있었다.

단원홍은 한창 칼부림으로 요란한 모산의 도관을 향해 천천히 걸어갔다. 그가 불타고 있는 모산의 도관 앞에서 최초로 만난 자는 정신없이 모산의 제자들을 베고 있는 배교도였다.

단원홍은 그자의 앞에 섰다.

"너희들이 찾는 두 가지 물건이 여기 있다."

그는 먼저 어리둥절해하는 배교도 앞에 풍도의 목을 던졌다. 그리고 소매에서 녹각을 꺼냈다. 그가 내력을 끌어 올렸다. 녹각이 가루가 되어 흩어졌다.

단원홍은 아직도 무슨 일이 일어났는지 감을 잡지 못하고 있는 배교도를 지나쳤다. 그가 불타는 도관들 사이를 천천히 거닐며 품속을 뒤졌다.

펑! 유성탄이 허공에 작렬했다.

"명옹, 큰일났습니다!"

창백한 안색으로 달려오는 자는 외곽에서 도주하는 적들의 목을 베고 있어야 할 노기준이었다.

"무슨 일입니까?"

장도의 핏물을 빗물에 씻으며 명강량이 물었다. 그도 상황이 이상하게 돌아가고 있다는 것은 들려오는 비명으로 감지하고 있었다.

"유향경천문 놈들입니다! 놈들이 우리는 물론 모산파 놈들까지 닥치는 대로 주살하고 있습니다!"

"유향경천문! 모산파까지……?"

추대괄은 영문을 몰라 했다.

"천라지망이 펼쳐졌습니다! 상세한 연유는 나중에 따지기로 하고 서둘러 이곳을 벗어나야 합니다!"

노기준이 급하게 소리쳤다.

"녹각도 찾지 못했고 연단실도 찾지 못했소. 처치해야 할 모산파 놈들도 아직 많습니다."

명강량도 사태의 심각성은 깨닫고 있었지만 이대로 물러

나기가 싫었다.

"어물거릴 여유가 없습니다. 공세의 주도권은 놈들이 잡고 있습니다. 일단 이곳을 벗어난 후 차후를 다시 논의합시다!"

노기준이 사방을 두리번거리며 말했다.

"으악!"

"악!"

비명은 점점 모산의 도관으로 가까워지고 있었다.

"포위망이 더 좁혀지기 전에 서둘러야 합니다."

노기준은 발을 굴렸다.

"명옹, 노 명두의 말대로 합시다. 일단 이곳을 벗어난 후 정세를 보고 모산파 놈들을 처리할 방도를 찾읍시다."

추대괄도 위험을 느꼈다. 그는 명강량의 호위를 맡고 있었다. 명강량의 안위가 걱정되는 모양이었다.

명강량은 미간을 좁혔다. 마음 같아서는 끝장을 내고 싶었지만 그 역시 걱정은 다른 교군들의 안위였다.

"좋습니다. 일단 한발 물러납시다."

그가 명을 내렸다.

"물러난다! 모두 명옹을 호위하시오!"

추대괄이 소리쳤다.

각 성의 명두들과 교군들이 명강량을 에워싸며 몰려들었다.

"갑시다!"

명강량은 그들의 선두에 서 달렸다.

"크악!"

"아악!"

비명은 끊임없이 터졌다.

"감 명두는 어떻게 되었소?"

산을 내려가며 명강량이 물었다.

"감 명두와 저는 너무 떨어져 있어서… 저는 유향경천문의 움직임을 발견하는 즉시 명옹에게 연락을 취하느라 다른 사람들을 돌볼 틈이 없었습니다."

"무사해야 할 텐데…….."

명강량은 안색을 찌푸렸다. 위험을 피한 자리에 배치한다는 것이 가장 위험한 자리에 배치한 꼴이었다.

그가 감악을 걱정하며 모산파의 산문을 지날 때였다.

철컹! 철컹!

도검을 철컹이며 한 무리의 무사들이 달려오고 있었다.

선두에 선 자는 비쩍 마른 체구에 껑충 키가 큰 자였다. 무심한 눈빛에 잘 벼린 칼처럼 날카로운 기도를 뿜어내고 있는 자. 그는 현무당주 남궁기였다.

현무당은 명강량이 이끌고 있는 교군들보다 숫자가 적었다. 그러나 남궁기와 현무당은 바람처럼 달려들었다.

명강량은 장도를 세웠다. 그도 벼락같이 움직였다.

선두에 선 자가 선두에 선 자를 향해 칼을 날렸다.

쨍! 쨍! 쨍! 검화劍花가 피어오르며 불꽃이 현란하게 피었다.

남궁기의 눈빛이 달라졌다.

"명옹, 이놈들은 내가 막겠습니다! 명옹께서는 서둘러 하산하십시오!"

추대괄이 소리쳤다.

"마옹이었군."

남궁기의 무심하던 눈빛이 이채로 번뜩였다. 그는 명강량의 모습을 자세히 본 적은 없었다. 그가 마옹으로 기억하는 것은 금검이었다. 신장도.

남궁기는 검을 세웠다. 다른 말이 필요 없었다. 그의 검이 풍운백변으로 명강량을 몰아쳤다.

파팟! 수백 가닥의 검영이 검망을 그렸다.

추대괄이 어쩌고 할 자가 아니었다.

명강량은 양천등광도법을 번뜩였다.

챙! 챙! 챙! 검파劍波가 폭사되며 굵은 빗줄기가 안개비로 흩날렸다.

명강량과 남궁기는 한 치의 양보 없이 도검을 주고받았다. 호적수였다. 도검이 어우러지며 뻗어 나가는 기세가 워낙 험해 다른 자들은 간섭을 하려 해도 할 수 없었다. 천 합 내에 승부가 나지 않을 듯했다. 그러나 명강량은 승부를 오래 끌 처지가 아니었다. 그는 위험을 무릅쓰고 남궁기를 육박했다.

몇 군데 혈구가 생기며 피가 튀었다.

남궁기는 명강량이 단합에 승부를 결정지으려 함을 알았다. 물러날 이유가 없었다.

쐐액! 누구라 할 것 없이 명강량과 남궁기는 도검을 뻗었다. 전력을 다한 절초였다. 도검이 뇌전으로 서로를 갈라 갔다.

쩡! 도검이 부딪치는 소리가 중인들의 고막을 흔들었다. 누구 하나는 피를 뿌리리라 생각했다. 그러나 다친 자는 아무도 없었다. 명강량과 남궁기의 칼 사이에는 또 한 자루의 칼이 걸려 있었다. 두 사람이 전력을 다해 펼친 절초를 가볍게 막아 낸 다른 한 사람이 있었던 것이다.

"문주……."

남궁기는 검을 거두었다.

명강량은 안색을 찌푸렸고 교군들은 무거운 신음을 흘렸다.

능운공작 단원홍! 바로 그자였다.

남궁기는 현무당의 수하들을 이끌고 몇 발걸음 물러났다. 추대괄을 비롯한 배교도들은 단원홍의 기세에 압도되어 목상처럼 굳어 있었다.

비가 세차게 흩날렸다.

단원홍은 명강량의 장도를 누른 채 비스듬히 몸을 틀었다. 그가 명강량을 정면으로 응시했다.

꽉 닫혀 있던 그의 입술이 열렸다.

"사매는 어디 있느냐?"

명강량의 눈썹이 꿈틀 움직였다. 그가 장도를 뒤집으며 천두제탄天斗齊彈으로 단원홍의 허리를 노렸다.

번쩍! 단원홍의 검이 따라서 움직였다.

'챙!' 하는 소리와 함께 은빛 파편들이 물방울처럼 허공에 흩어졌다. 명강량은 자신의 칼을 들여다보았다. 칼은 손잡이만 남아 있었다. 단원홍의 일 검에 그의 장도는 산산조각이 나고 없었다.

남궁기는 턱을 매만졌다. 마옹은 분명 만만치 않은 상대였다. 그 상대를 문주는 마치 아이 다루듯 상대하고 있었다.

끝도 없는 능운공작의 능력!

기뻐해야 할지 괴로워해야 할지 남궁기는 몰랐다.

'괴, 괴물이다!'

노기준의 안색도 사색으로 질렸다.

'다른 방법이 없다.'

그는 재빨리 허리춤을 뒤졌다.

명강량은 이를 악물었다. 그는 자신의 내력을 모두 장력에 쏟았다. 장심에 붉은 기운이 피어올랐다.

팟! 그가 삼양장을 연환으로 펼쳤다. 붉은 기운이 화룡처럼 움직이며 단원홍을 휘감아 갔다. 이전과는 비교할 수 없을 강한 힘이었다. 배교도들과 현무당의 수하들은 쏟아지는 빗줄기 속에서도 후덥지근한 열기를 느껴야 했다.

단원홍은 붉은 장영이 지척으로 다가올 때가 되어서야 움직였다. 좌수뿐이었다. 좌수에서 황금빛 광채가 찬연히 피어오르며 삼양장의 거센 기운에 부딪쳤다.

쾨쾅! 쾅!

뿌연 증기와 함께 기파의 반탄력에 빗방울이 파편처럼 튀었다. 명강량은 어깨를 부들거리고 있었다. 얼굴은 창백했고 두 손은 충격으로 뼈마디가 살갗을 뚫고 돌출해 있었다. 입가로 피가 주르르 흘렀다. 정신이 혼미했다.

개세무적蓋世無敵이었다.

명강량은 단원홍이 자신을 죽이려 마음먹었다면 그 한 수로 자신을 충분히 죽일 수 있었을 것이라 생각했다. 처참한

심경이었다. 모든 것이 나락으로 구르는 듯했다.

단원홍은 신룡처럼 서 있었다. 그는 명강량으로부터 알아
내야 할 일이 있었다.

"악약은 어디 있느냐?"

그가 냉랭하게 물었다.

단원홍이 펼친 천룡사의 반심고장에 내상을 입고 눈빛이
흐릿해져 가던 명강량의 눈빛이 반짝 빛났다.

"악약은 어디 있느냐? 악약은 네놈들같이 더러운 놈들과
어울려 다닐 여자가 아니다!"

단원홍이 광인처럼 소리쳤다.

'쌍륙을 가르쳐 준 사형이 있다더니… 후후후!'

명강량의 눈빛이 차갑게 번들거렸다. 그는 으스러진 손에
다시 내력을 끌어올렸다.

"누가 성녀의 이름을 함부로 부르는가!"

명강량은 사자처럼 포효했다. 그가 광풍을 일으키며 단원
홍을 재차 육박했다.

"안 됩니다!"

노기준이 다급히 소리쳤다. 그와 함께 그는 허리춤의 묵환
들을 새카맣게 뿌렸다.

단원홍은 손바닥을 하늘로 받들며 주먹을 쥐었다.

우웅! 웅! 경기의 폭풍을 일으키며 그가 주먹을 뻗었다.
사자철권이었다.

펑! 펑! 펑! 명강량은 사자철권의 위맹한 공세를 감당하지
못했다. 그의 신형이 실 끊어진 연처럼 허공을 날았다. 그와

동시에 노기준이 던진 묵환이 허공에서 작렬했다. 흑무가 가뜩이나 어두운 밤을 더욱 암흑 세상을 만들었다.

"추 명두, 길을 여시오!"

노기준이 피 화살을 뿜으며 날아오는 명강량을 받으며 소리쳤다. 추대괄은 그제야 정신을 차렸다.

"현황탄玄黃彈을 가진 자는 있는 대로 던져라! 길을 열어라!"

그가 소리치며 발끝도 분간할 수 없는 어둠 속을 전진했다.

펑! 펑! 다행히 노기준 외에도 현황탄을 가진 자가 몇 명 더 있었던 모양이었다. 현황탄이 터지며 사위는 더욱 어두워졌다.

길을 열려는 배교도들의 발소리만 요란했다.

단원홍은 일순 당황했다. 야안공으로도 꿰뚫을 수 없는 어둠이었다. 배교도들의 잔수가 이 경우는 너무 시의 적절한 듯했다. 단원홍도 남궁기도 선이 굵은 싸움에만 익숙한 자라 이런 잔수에는 잘 대처하지 못했다.

"위치를 넓혀라! 다가오는 자는 무조건 쳐라!"

남궁기는 다급히 소리쳤다.

쨍! 쨍! 쨍!

"크악!"

"으악!"

흑무 속에서 비명이 터지고 도검이 난무했다.

노기준의 얼굴에도 누구의 피인지 모를 핏물이 확 튀었다. 그는 기원했다. 군산에서처럼 명옹이 벌떡 일어나 다시 한 번 신위를 보여 주기를. 암왕보다 더 험악한 모습으로 부활

해도 괜찮았다.

그러나 등에 업혀 있는 명옹은 호흡조차 미약했다.

믿을 것은 자신의 빠른 발밖에 없었다.

'모든 것이 유향경천문의 술수였다. 모산파까지 끌어들이면서 왜?'

노기준은 물었다. 하지만 그의 물음은 야차처럼 달려드는 유향경천문의 공세에 맞서느라 길게 이어지지 못했다.

"으악!"

"악!"

비명은 천지를 흔들었다. 상대를 알아보고 칼을 휘두르는지 알 수도 없었다.

🌸

"헉! 헉! 헉!"

감악은 물살을 첨벙였다. 원래 산기슭을 휘감아 흐르는 작은 계류에 불과했을 물은 허리춤까지 불어 있었다. 물살도 거세 감악은 뒤뚱거리며 간신히 그 계류를 건넸다.

빗줄기가 약해지기는 했으나 비는 여전히 내렸다.

감악은 타는 목을 얼굴에 흐르는 빗물로 적셨다. 폐부는 찢어질 듯 아팠고 등에 업은 명옹의 몸무게는 태산이었다.

그는 힐끔 고개를 돌렸다. 멀리 왔다고 생각했으나 모산은 지척이었다. 사실 모산을 벗어난 것만 해도 천행이라 할 만했다. 현황탄, 천화분이 고비 고비를 넘겨주었고 마지막에는 노 명두의 기지가 있었기 때문에 이만큼이나 도주하는 것이 가능했다.

노기준은 명옹의 옷을 갈아입히고 자신에게 맡겼다. 그러고는 명옹과 비슷한 체구의 교군에게 명옹의 옷을 입힌 후 그를 업고 다른 방향으로 퇴로를 열었다. 적을 속이기 위해 추명두도 그쪽으로 따라갔다.

그 때문에 적의 예봉은 피할 수 있었다. 그러나 그 속임수도 오래가지 못할 것은 뻔했다. 아니나 다를까, 한 떼의 무사들이 길을 되돌아오고 있었다.

감악의 인상이 험하게 일그러졌다. 피도 눈물도 없는 철갑인처럼 움직이며 교군들의 목을 베던 자! 하북, 산동, 섬서의 명두가 차례로 목숨을 잃었다. 적개심에 앞서 본능적인 공포를 느꼈다. 이제는 그림자만으로도 작자를 식별할 수 있을 듯했다.

능운공작 단원홍!

거리가 있었기 때문에 단원홍인지 확실하지도 않았다. 그러나 감악은 단원홍의 시선이 자신을 쫓고 있다는 착각에 시달렸다.

감악은 물살을 다시 헤쳤다. 한 걸음이라도 더 멀리 떨어져야 했다. 그러나 몸은 점점 더 무거워졌다. 고맙게도 의지와 무관하게 발이 움직여 준 것도 오래였다.

감악은 다리를 후들거리며 간신히 물을 건넜다. 이제는 산을 넘어야 했다. 별로 높지도 않는 산이었다. 그러나 감악에게는 그 산이 천장절애보다 더 높았다.

땅도 미끄러워 엉금엉금 기다시피 했다. 전신이 흙투성이
였다. 정말 단원홍은 자신을 발견한 모양이었다. 점점 자신
을 향해 다가오고 있었다.

'아! 아! 이대로 끝나는가!'

감악은 절망감에 눈물을 글썽였다. 너무도 분해 대성통곡
이라도 하고 싶었다. 그 와중에도 감악은 벌레처럼 꿈틀대며
조금씩 산을 오르고 있었다. 하지만 마음만 앞설 뿐 몸은 뜻
대로 움직여 주지 않았다. 결국 그는 명옹을 가지런히 눕힌
후 자신도 털썩 주저앉고 말았다.

미련하게 움직이느니 잠깐이라도 쉬며 힘을 축적하는 것
이 나을 듯했다. 그는 빗줄기에 몸을 맡긴 채 숨을 헐떡였다.

그때였다.

"일어나세요."

맑은 목소리였다.

감악은 놀라 퍼뜩 고개를 들었다.

뒤축 높은 꽃신에 꽃무늬가 수놓인 연황색 치마를 입은 여
인이었다. 화려한 우산을 쓰고 있었고 어깨에는 본 적 없는
새 한 마리가 한가롭게 앉아 있었다.

여인의 갑작스러운 출현에 놀라워하던 감악은 문득 눈앞
의 여인이 어디서 본 여자라는 것을 깨달았다.

'어디서… 앗!'

그는 눈을 크게 떴다. 동정호에서 가슴을 저리던 음률을
연주하던 그 여인이었다. 명옹은 그 여인을 성녀라 했다.

'성녀!'

감악은 후다닥 자리에서 일어났다.

"성녀시여!"

그가 오체투지로 부복했다.

감악의 눈앞에 나타난 여인은 백기명사를 따라 안락국으로 가고 있어야 할 악약이었다.

"처음 보는 분이군요. 누구예요?"

악약이 물었다.

"저, 저는 호남의 새로운 며, 명두가 된 가, 감악이라 합니다."

감악은 성녀의 돌연한 출현에 감격해 말도 제대로 못 했다.

"아란하도 있고 감 명두도 있고… 강량은 그렇게 외롭지는 않겠군요."

악약은 뜻 모를 소리를 했다.

"성녀시여! 여기는 위험합니다! 어서 피해야 합니다!"

감악은 아픈 것도 잊고 자리에서 벌떡 일어났다.

"괜찮아요. 감 명두, 나를 좀 도와주시겠어요?"

"위험합니다. 서둘러 떠나야…….."

"강량을 좀 데려다 주세요."

"명옹을? 명옹을 어디로……?"

"따라오세요."

악약은 사뿐하게 발걸음을 옮겼다. 감악은 입술을 깨물며 힘을 냈다. 그가 명강량을 다시 업었다.

악약은 산봉우리를 올랐다.

능선은 신형이 쉽게 노출된다. 감악은 애가 탔다. 그러나 다행히 성녀는 산 정상에 오르기 전에 발걸음을 멈추었다.

"이곳이에요."

악약은 손가락으로 한 군데를 가리켰다.

작은 동굴이었다. 호랑이나 곰이 머물던 곳 같기도 했다.

악약은 그곳으로 들어갔다. 감악이 그 뒤를 따랐다.

"어!"

동굴을 둘러보던 감악은 놀란 표정을 지었다. 동굴은 마치 여인의 규방처럼 정갈했다. 야광주도 은은하게 빛을 발하고 있었다.

"감 명두, 강량을 여기에 눕혀 줘요."

두툼한 풀 위에 백색의 모피가 깔려 있었다. 감악은 그 위에 명강량을 눕혔다.

"감 명두, 수고했어요. 이제 그만 가 보세요."

악약이 말했다.

"성녀시여, 사방이 적들입니다. 이곳에 있으면……."

"걱정하지 마세요."

악약은 웃으며 감악의 손을 잡았다.

'이, 이것은?'

감악의 머릿속으로 한 장의 지도가 펼쳐지고 있었다.

"길을 기억하시겠지요? 생문生門은 그곳뿐이에요. 방금 감 명두가 들어온 그 길도 닫아 버렸거든요. 감 명두!"

악약은 감악을 불렀다. 악약의 눈동자와 감악의 눈동자가 부딪쳤다. 악약의 눈빛이 반짝 빛났다. 순간, 감악의 눈빛이 꿈길에 선 듯 몽롱해졌다.

"잊으세요, 나를 만난 기억을. 감 명두는 나를 기억하지 못할 거예요."

악약이 말했다.

감악은 고개를 끄덕였다.

"안녕히 가세요."

악약은 손을 저었다.

감악은 등을 돌렸다. 그가 동굴을 걸어 나갔다. 그의 발걸음이 어둠 속에 묻혀 갔다.

악약은 감악을 보낸 후 동굴 한편에 있던 청수清水를 들고 왔다. 그녀는 명강량의 옷을 벗겼다.

명강량은 나신이 되었다. 상처투성이의 몸이었다. 그 상처는 명강량이 그녀와 교를 위해 몸을 던진 흔적이었다.

악약은 그 상처가 자신의 상처처럼 아팠다.

"강량……."

그녀는 눈물을 떨어뜨렸다. 그리고는 피와 흙으로 범벅이 된 명강량의 몸을 청수로 깨끗이 닦기 시작했다. 머리도 감겼다. 명강량은 점점 사람의 모습을 찾아갔다.

명강량을 깨끗이 닦고 난 악약은 그의 곁에 앉았다.

그녀는 눈을 감고 장심을 모았다. 그녀의 손에서 은은한 청광이 피어올랐다. 그녀는 그 손으로 명강량의 전신을 어루만졌다. 그녀의 손길이 지나는 곳에 명강량의 끊어졌던 뼈와 혈맥이 이어지고 떨어졌던 근육에 새살이 돋았다.

악약은 이마에 땀을 흘리며 활생법으로 명강량을 치료했다.

"개자식! 이놈 때문에 고생한 것을 생각하면……. 목을 자르기 전에 숨겨 둔 다리가 따로 있는가 볼 것을, 에잇!"

팽해만은 들고 있던 목을 내동댕이쳤다.

눈을 감지 못한 수급 하나가 떼구르르 굴렀다. 한 눈이 없는 할자의 목이었다.

호북 명두 노기준!

감지 못한 그의 눈에 안개비가 흩날렸다.

남궁기도 그 곁에 목 하나를 던졌다. 최후까지 저항하던 추대괄의 목이었다. 그는 입을 헤벌쭉 벌리고 있었다. 죽는 순간까지 적들을 조롱하며 호탕하게 싸운 것이 틀림없었다.

"포위를 끝냈습니다."

언상영이 말했다.

"이만한 산에 포위는 무슨 포위! 후다닥 올라가서 잡아 버리면 될 것을."

팽해만은 꽥꽥거렸다.

"모산파는?"

단원홍이 물었다. 그는 조금 지친 표정이었다.

"잔당이 조금 남은 것으로 압니다. 당예가 남은 놈들을 처리하고 있습니다."

"그럼 이제 명강량이란 놈밖에 남지 않았군. 어이, 빨리 일을 끝내고 뜨끈뜨끈한 곳에서 몸을 좀 녹여야겠다. 종일 비를 맞았더니……."

팽해만이 말릴 틈도 없이 산으로 뛰어올랐다.

단원홍과 남궁기는 팽해만을 잡지 않았다. 마옹이 회생 불능의 상처를 입었다는 것을 그들은 알고 있었다.

단원홍이 팽해만의 뒤를 천천히 따랐다. 겉으로는 태연을 가장하고 있었지만 사실 그의 마음은 급했다. 이상한 초조감에 시달리고 있었다. 그가 팽해만을 따라 몇 걸음 걸었을 때였다.

"앗!"

언상영이 신음을 터뜨렸다.

단원홍은 고개를 들었다.

무슨 일인지 산을 오르던 팽해만은 제자리를 벗어나지 못하고 허둥거리고 있었다. 그는 악을 쓰고 고함을 지르며 헛된 곳에 칼을 휘둘렀다.

"문주, 멈추십시오! 누군가 기문奇門을 설치해 놓았습니다."

언상영은 단원홍의 발걸음을 붙잡았다.

"누가 오라를 가진 자는 없느냐?"

그가 주위를 둘러보며 소리쳤다.

수하 한 명이 요구수를 건넸다.

"남궁기, 팽해만을 낚아채라!"

그가 요구수를 남궁기에게 건넸다.

휙! 남궁기가 요구수를 멋지게 날렸다. 요구수는 정확히 팽해만의 허리춤에 걸렸다.

"어, 어! 놔! 놓으라고!"

남궁기가 버둥대는 팽해만을 고기를 낚듯 단숨에 밖으로 끌어냈다.

"이, 이……."

팽해만은 기문 밖으로 나온 후에도 정신을 차리지 못하고 칼을 휘두르려 했다.

"정신 차려라!"

남궁기가 한 소리 한 후에야 팽해만은 정신을 차렸다.

"어이, 남궁기, 너도 들어가 봐! 재미있는 것들이 많더라고. 으헤헤, 예쁜 여자도 있을걸."

팽해만이 쑥스러운 표정으로 중얼댔다.

"파해법破解法을 찾을 수 있겠느냐?"

단원홍이 언상영에게 물었다. 다행히 언상영의 진주언가는 기관과 토목에 관한 한 천하가 알아주는 곳이었다.

"잠시만 기다려 보십시오."

언상영은 무릎을 세우고 앉았다. 그가 질퍽한 땅바닥에 돌멩이로 주위의 지형들을 그리며 무엇인가를 한동안 생각했다.

"둔갑법에 상당한 조예를 가진 자입니다. 배교에 이런 자가 있을 줄은……."

언상영은 고개를 절레절레 저었다.

"파해법을 찾을 수 없단 말인가?"

"아닙니다. 팔괘八卦에 변화를 첨삭한 듯한데, 비로 인해 기문이 더 복잡해졌을 뿐입니다. 비가 그친다면 반나절 내에 파해법을 찾을 수 있을 것입니다."

"비가 그치지 않으면?"

"죄송합니다. 한 이틀은 씨름해야 할 것 같습니다."

언상영은 자리에서 일어났다.

"천하의 수재, 언상영의 골머리를 이틀이나 싸매게 할 기문이 있단 말인가?"

팽해만이 놀라워했다.

"반나절에서 이틀… 너무 길다. 언상영, 남궁기, 팽해만, 너희들에게 이곳을 맡기겠다."

단원홍은 검을 뽑았다.

"어떻게 하시려고……?"

언상영이 묻는 순간 단원홍은 신형을 날렸다. 그가 기문 속으로 뛰어들었다. 기다릴 여유가 없었다. 마음은 점점 조급했다.

주위의 풍물이 바뀌고 있었다. 그리고 그는 소리도 없고 냄새도 없으며 어떤 방향도 없고 형체도 없는 태극太極의 한가운데에 망망하게 놓였다.

단원홍은 수일로 정신을 집중하며 기를 모았다.

'자세를 바꾸지 않는다.'

방향은 알 수 없었으나 자신이 서 있는 몸의 방향은 분명 산 정상을 향하고 있을 것임에 분명했다. 그가 천천히 발걸음을 옮겼다.

돌연 천장절애가 나타났고 돌덩이가 굴렀다. 이수가 포효하고 뇌광이 번쩍이며 그의 길을 막았다. 거상巨像들도 움직였다.

허상이라 생각했지만 단원홍의 심신은 어쩔 수 없이 그 허상에 시달려야 했다. 그도 팽해만처럼 검을 휘둘렀다. 그러나 그가 팽해만과 다른 점이 있다면 단원홍은 한 걸음씩 앞으로 전진한다는 것이었다. 주위의 모든 것을 초토화시키고 있었다. 어떤 허상이든 그의 검이 용서하지 않았다.

　단원홍은 그렇게 천천히 숲을 헤쳤다. 그의 신형이 검풍의 폭풍우에 흔들리는 수풀 사이로 사라졌다.

　　　　　　　　　✿

　"강량."

　악약은 명강량의 머리칼을 쓰다듬었다.

　명강량은 고른 호흡을 내쉬며 깊은 잠에 빠져 있는 듯했다.

　"강량, 일어나세요."

　악약은 명강량의 손을 잡고 힘을 주었다.

　명강량의 몸이 움찔 흔들렸다. 그가 천천히 눈을 떴다. 일체의 감정을 찾을 수 없는 투명하고 무심한 눈빛이었다.

　"강량, 일어나세요."

　명강량은 부스스 일어나 악약을 마주 보고 앉았다.

　"강량, 나는 이제 우리 성녀 일족의 피 내림의 비밀, 천상제에 대해 말하고자 합니다."

　명강량을 바라보는 악약의 눈동자가 빛을 발했다.

　"천상제의 비밀은 바로 여기 있습니다."

　그녀의 눈동자에서 강렬한 빛이 뻗어 나왔다.

　명강량의 입가에 미소가 떠올랐다. 그 미소는 악약의 눈빛을 따라 점점 짙어졌다.

악약은 눈을 깔며 자리에서 일어났다.

명강량도 그녀를 따라 일어섰다. 그는 악약의 허리를 껴안고 입술을 맞추었다. 악약의 작은 어깨가 가늘게 떨렸다.

명강량은 악약의 몸을 가린 천들을 하나씩 벗겼다.

부드러운 어깨선이 드러나고 수밀도水蜜桃가 드러났다. 나긋한 세류요細柳腰가 드러나고 옥주玉柱 같은 허벅지가 드러났다.

악약은 눈을 감았다.

명강량은 그녀를 조심스럽게 안아 모피 위에 눕혔다.

악약의 눈까풀이 파르르 떨렸다. 비림秘林을 가리던 마지막 천 한 장이 명강량의 손에 떨어져 나가고 있었다.

명강량은 악약의 곁에 나란히 누웠다. 그가 팔베개를 하며 악약과 밀착했다. 그는 악약을 입 맞추며 한 손은 선율을 탔다.

수밀도가 출렁이고 비림이 거친 폭풍에 시달렸다. 명강량은 능숙한 악공처럼 악약의 몸을 연주했다.

"하, 하……."

악약은 달뜬 신음을 터뜨렸다. 그녀는 명강량의 목에 매미처럼 매달렸다. 그녀의 몸이 촉촉하게 젖어 갔다.

명강량은 서두르지 않았다. 악약이 옥주 속에 감추어 둔 비동을 스스로 열 때까지 참을성 있게 기다렸다. 그는 팔베개를 하고 있던 나머지 한 손도 자유롭게 푼 후 악약의 전신을 남김없이 누볐다.

'하, 아…….'

악약의 호흡은 높은 파고를 탔다. 그녀의 몸은 새로운 여
정에 대한 견딜 수 없는 요구로 꿈틀댔다.

명강량은 그 요구를 따랐다. 그는 악약의 나긋한 나신 위
에 자신의 몸을 실었다.

악약은 아미를 모았다. 하복부에 닿는 이질적인 촉감에 그
녀는 두려움을 느꼈다.

명강량은 부드러운 손길과 입맞춤으로 악약의 두려움을
덜어 주었다. 그가 악약의 나신 위에서 파랑을 일으켰다.

악약은 입술을 깨물었다. 이제까지 부드러웠던 명강량의
손길과 입맞춤은 전부 거짓인 듯했다. 격렬한 통증에 그녀는
몸을 퍼덕였다.

"아!"

결국 그녀는 그 아픔을 견디지 못하고 비명을 터뜨렸다.
하지만 명강량은 멈추지 않았다. 악약은 명강량이 일으키
는 파랑에 견뎌 내기 위해 그의 목을 꽉 껴안고 떨어질 줄
몰랐다.

밤은 흐르고 하늘에서 펼쳐지는 두 사람의 축제는 그칠 줄
을 몰랐다.

새벽이 왔다.

비는 더 이상 내리지 않았다.

악약은 명강량의 품속에서 천천히 몸을 뺐다.

모피는 가지런했다. 지난밤의 격렬했던 기억은 붉은 꽃으
로만 남아 있을 뿐이었다.

명강량은 깊은 잠에 빠져 있었다. 사흘 동안의 긴 잠이 될 것이다. 잠에서 깨어나도 밤의 기억을 되살리지 못할 것이다. 그래서 그녀는 어젯밤의 일을 명강량의 귀에 대고 살짝 이야기하고 싶은 충동을 느꼈다. 그러나 그녀는 명강량에게 입맞춤하는 것으로 모든 것을 대신했다.

촤악! 촥!

악약은 한 동이의 물을 전신에 끼얹으며 지난밤의 흔적을 씻었다. 그녀는 몸을 깨끗이 닦은 후 옷을 걸쳤다.

악약은 소매에서 비천쌍마와 화령주를 꺼냈다. 그녀는 비천쌍마는 소매에 소중히 다시 감추고 화령주는 명강량의 머리맡에 놓았다.

"강량, 너무 우울해 하지 마세요. 우리는 곧 다시 만날 수 있을 거예요."

명강량을 바라보는 악약의 눈빛이 흔들렸다. 그러나 그녀는 곧 환한 미소를 지었다.

"안녕히 계셔요, 강량……."

악약은 등을 돌렸다. 그녀는 동굴을 걸어 나왔다. 여명이 밝아 오고 있었다. 그녀는 치맛자락을 끌며 산을 내려갔다.

단원홍은 빗물에 젖은 머리칼을 쓸었다. 그는 황량한 벌판에 서 있었다. 끝도 없는 곳이었다.

단원홍은 비로소 자신이 방향을 잃었음을 알아챘다. 언상영 등이 자신의 모습을 보고 있을까? 누추한 모습을 보이지 않았는지 모를 일이었다.

그는 호흡을 가다듬었다. 피곤함이 그의 온몸을 짓눌렀다. 몸의 피로보다 마음의 피로가 더 그를 괴롭혔다.

　단원홍은 그 피로를 떨치고 다시 몸을 움직였다. 그가 황량하기만 한 벌판을 허허롭게 걸어갈 때였다.

　"사형."

　지평선 저 멀리서 귀에 익은 목소리가 들렸다.

　단원홍은 고개를 들었다. 황량한 벌판은 아지랑이처럼 사라지고 없었다. 그를 부른 자도 멀리 있지 않았다. 숲 한가운데였다. 그를 부른 자는 그곳에 서 있었다.

　"사매……."

　단원홍의 목이 잠겼다.

　악약은 단원홍을 향해 걸어갔다.

　"사매, 네가, 네가 이곳에 웬일이냐?"

　단원홍은 악약의 돌연한 출현에 자신의 감정을 수습하지 못하고 있었다.

　"사형, 그동안 잘 있었어요?"

　악약은 미소를 지으며 물었다.

　단원홍은 세차게 머리를 흔들었다. 문득 또 다른 환각일지 모른다고 생각했다.

　악약이 다가와 단원홍의 팔을 잡았다. 촉감이 느껴졌다. 단원홍은 악약을 뚫어지게 바라보았다. 분명 환각은 아닌 듯했다.

　"사형, 나는 사형에게 할 말이 있어요."

　"무슨 말을……."

악약은 단원홍의 손을 잡았다.

단원홍은 미간을 좁혔다. 악약의 손을 통해 자신의 머릿속으로 그녀의 날들이 그림처럼 그려지고 있었다.

그리고 어젯밤, 단원홍은 그들의 축제를 보았다.

단원홍의 얼굴이 악귀처럼 일그러졌다.

"이, 이런… 이런 일을……!"

그가 짐승 같은 신음을 흘렸다. 그는 악약의 손을 으스러지도록 쥐었다.

"사형, 미안해요."

악약이 담담하게 말했다.

단원홍은 충혈된 눈을 번쩍 들었다. 그가 악약을 집어삼킬 듯 노려보았다.

"사형, 사형은 나를 죽일 것인가요? 나는 아직 죽을 수 없어요. 할 일이 있어요."

단원홍은 아무 말도 못했다. 그는 전신을 사시나무처럼 떨고 있을 따름이었다.

악약은 눈빛을 빛냈다. 그녀의 눈동자가 충혈된 단원홍의 눈동자에 담겼다. 단원홍은 뇌전을 맞은 듯 몸을 흠칫 떨었다. 악의에 찬 그의 눈빛이 조금씩 풀려 갔다.

"사형, 이제 연희의 긴 한 장면이 끝났습니다. 기억하세요. 당신이 찾는 마옹은 죽었습니다. 당신의 칼에 의해. 우리는 이대로 물러가는 거예요."

악약이 말했다.

단원홍은 고개를 끄덕였다. 악약이 시선을 거두자 단원홍의 눈빛은 다시 험악하게 되살아났다.

"으아!"

그가 가슴속의 광기를 함성으로 터뜨렸다. 모산이 우르르 흔들렸다.

악약은 단원홍의 손을 끌었다. 단원홍은 악약의 손에 끌려 병자처럼 몸을 비틀거리며 산을 내려갔다.

❦

좋은 아침이었다.

명강량은 상쾌한 기분으로 눈을 떴다.

팔을 움직여 보았다. 몸도 가뿐했다. 그러나 그는 곧 자신이 처한 상황을 인식했다. 그가 급히 주위를 둘러보았다.

'어디인가?'

잘 꾸며진 작은 동굴이었다. 동굴을 살피던 명강량은 놀라 눈을 크게 떴다. 요요한 빛을 발하고 있는 물체, 화령주였다.

'이것이 어떻게 여기에?'

명강량은 후다닥 자리에서 일어났다. 동굴 밖으로 뛰어나가던 그는 문득 자신이 알몸임을 깨달았다. 그는 급히 옷을 걸쳤다.

햇살이 눈부셨다.

'어떻게, 도대체 어떻게 된 일이지?'

모산은 눈앞이었다. 그는 급히 모산으로 달려갔다. 아무도 보이지 않았다. 시체도 없었고 병장기도 없었다. 모든 것이 깨끗했다. 모산파도 마찬가지였다. 폐허가 된 도관뿐. 움직이는 것은 아무것도 없었다.

'어떻게, 어떻게 된 일이지?'

명강량은 감을 잡을 수 없었다. 무엇보다 화령주가 왜 그곳에 있어야 하는지 알 수 없었다. 화령주는 분명 성녀가 가지고 있어야 했다.

'성녀가 왔다 갔는가? 분명 안락국에 가기로 했는데…….'

전혀 가능성이 없는 이야기는 아니었다. 동정호에서도 그랬다. 등골이 오싹하고 머리칼이 섰다. 그는 쫓기듯 모산을 내려왔다. 성녀를 찾았다.

― 성녀께서는 결국 놈들에게 사로잡히고 말았습니다. 놈들은 성녀를 화형에 처했다고 합니다. 흑흑흑! 명옹……!

― 화, 화형을 당하는 것을 본 자는 있다고 하오?

― 보지는 못했습니다. 하지만 끌려가는 것은…….

감악이었던가? 누가 그런 말을 했는지 기억이 나지 않았다.

명강량은 하늘을 우러렀다.

염천炎天이었다.

모든 것이 바짝바짝 타들어 갔다. 초여름이 이렇게 더운데 한여름은 얼마나 더울 것인가로 사람들은 걱정했다.

명강량은 방문榜文 앞에 서 있었다.

"세상을 어지럽혔던 사교, 배교는… 선량한 풍속을 지키기 위해 배교의 요녀를 화형에 처하고 수괴, 마옹을 참함으로써… 살펴 요사한 생각에 물들지 않도록……."

그는 방문을 띄엄띄엄 읽었다. 머리가 간지러웠다. 그는 머리칼을 긁적이며 씨익 웃었다. 세상은 정말 모르고 있었다.

'성녀는 안락국에 있지.'

그가 터벅터벅 염천을 걸었다.

명강량은 화령주로 안락국의 문을 열었다.

성녀가 반가운 얼굴로 그를 맞아 주리라 생각했다.

그러나 그를 반겨 주는 얼굴은 없었다.

'잠시 자리를 비우셨구나.'

명강량은 천천히 안락국을 거닐었다.

성녀가 지내기에 참 좋은 곳이라 생각했다.

그 후로도 오랫동안…….

명강량은 기다렸다.

그러나 성녀는 결국 오지 않았다.

명강량은 창천이 싫었다. 푸른 하늘은 누군가의 눈빛과 같았다. 기억나는 것이 싫었다. 그래서 그는 어둠을 찾았다.

깊고 깊은 어둠이었다. 그 어둠의 끝에서 그는 한 사람을 만났다. 목소리로만 남은 자였다.

어서 오라, 후인이여!

나는 천축 십육천을 무릎 꿇게 하고 중원으로 성스러운 불길을 옮겼던 자, 타할룬!

천 년 동안 그대를 기다렸다.

우리의 한, 누천년을 쌓아 온 우리 교의 한!

아버지가 죽고 어머니가 죽고 형제가 죽고 동료들이 죽고……

죽고 죽는 일이 어디 그대 세대만의 일이었던가. 나의 아버지도 죽었고 나의 어머니도 죽었고 나의 누이도 죽었다. 죽음은 줄줄이 이어졌고 나는 호교신장이 되었어도 그 죽음의 행렬을 막지 못했다.

후인이여, 누천년의 한을 풀어 줄 우리의 후인이여!

나는 뒤늦게 알았다. 우리를 지킬 자는 우리뿐임을. 우리의 세상을 이룰 자는 바로 우리임을.

고행으로 설산雪山에 올랐노라. 후인이여, 그리고 나는 그곳에서 눈물로 얻고자 했던 힘을 얻었노라. 세상 밖의 힘 '금단禁斷의 서書'……

나는 돌아왔다. 천축 십육천을 하나하나 나의 칼에 무릎 꿇게 했다. 최후에 천축 십육천은 그들의 마지막 힘을 모아 영산의 대회전을 요구했다. 하지만 그들이 어찌 나를 이기리. 나는 영산에서도 십육천의 깃발을 모두 꺾었다. 배교의 세상을 선언했노라. 그러나 아니었다.

배교일세의 꿈을 우리들의 어머니, 성녀가 막은 것이다.

영산에 홀연히 나타난 성녀는 말했다.

"호교신장이시여, 그대는 무엇을 하려 하는가? 한 시대에 흘린 피는 다음 시대에 그 배의 피값을 요구한다."

"성녀시여, 우리는 더 이상 피를 흘리지 않을 것이다."

"호교신장이시여, 그대는 그대의 힘이 영원하리라 생각하는가? 세상은 불완전해 보여도 균형 속에 흘러가는 것! 한 시대의 힘 또한 그다음 시대에 이르면 그 힘에 상응하는 힘이 생긴다. 호교신장이시여, 그대는 그대가 떠난 후 우리 교에 가해질 세상의 힘을 어떻게 책임지려 하는가?"

"성녀시여, 나는 이제 더 이상 그대의 말을 듣지 않겠다. 비록 그대의 말이 옳다고 하더라도 나는 지금까지 쌓여 온 우리 한이라도 풀어야겠다."

"우리들의 한! 너무도 마음이 아프구나. 그렇지만 호교신장이시여, 아직은 우리는 우리의 한을 이야기할 때가 아니다. 하늘이 감응感應해야 한다. 하늘의 마음을 움직일 수 있는 천 년 세월의 유예를 부탁한다."

"천 년? 너무 길다. 들어줄 수 없다!"

"호교신장이시여, 그대는 나의 부탁을 들어주게 될 것이다. 나는 대천밀계를 펼치겠다."

대천밀계! 하늘을 속이고 땅을 속이는 성녀들의 신력.

성녀는 대천밀계를 펼쳐 천축 십육천의 기억 속에서 나를 없앴다. 우리 교군들에게 무참히 짓밟혔던 기억들도 없앴다. 그리고 천축 십육천이 흘린 피는 모두 성녀, 당신의 책임으로 천축 십육천의 뇌리에 심어 놓으셨다. 성녀께서는 천축 십육천의 기억에 스스로를 마녀로 자리 잡게 한 것이었다.

마지막으로 성녀는 천축 십육천의 눈앞에 피 흘리며 쓰러지는 당신의 모습을 보여 주었다. 우리들이 짊어져야 할 피 값을 그 죽음으로 대신한 것이다.

천축 십육천은 그것으로 우리들에 대한 공포와 증오를 모두 잊었다.

아아! 후인이여, 성녀는 대천밀계로 당신을 그렇게 보냈고 이제 나는 나의 일을 남겼다.

후인이여, 그대라면 어떻게 했을 것인가?

성녀께서 피로써 부탁한 약속! 그 약속을 도저히 나는 저버릴 수 없었다.

천축을 떠나기로 했다. 성녀의 피가 배인 그곳에 더 이상 머물 수 없었다. 중원에서 천 년의 세월을 기다리기로 했다.

후인이여! 이제 그 긴 기다림의 세월 천 년이 지났는가?

그대는 이미 비동에서 나의 힘, 광정을 얻었을 것이다. 나의 또 다른 힘 '금단의 서'는 이곳에 있다. 부단히 연공하여 그 힘을 그대의 힘으로 만들라.

세상에도 두 가지 안배를 마련해 두었다.

만인촌을 그대의 교군으로 써라. 대화룡을 그대의 신물로 삼아라.

위대한 우리 배교의 후예여, 이제는 일어날 때가 되었다.

가라! 가서 누천년 쌓여 온 교의 한을 씻어라! 누천년 쌓여 온 교의 염원을 풀어라!

세상을 불로 휩쓸 우리 교의 신장이여!

명강량은 예정된 자신의 운명을 깨달았다.

광정, 금단의 서, 만인촌, 대화룡……
그것이 왜 자신에게 주어졌던가.
타할륜의 말은 귀에 들어오지도 않았다.
명강량은 자신에게 주어진 힘을 정말 사용할 곳이 있었다.
성녀는 오지 않았다.
앞으로도 영원히 오지 않을 것이다.
성녀가 없다면 세상도 없다.
아직 세상이 있다면 그것은 사라져야 한다.
사라질 것이다.
누구인가, 세상을 파멸로 이끌 자!
그는 꿈속에서 몇 번 그를 본 적이 있었다.
전신에 두른 검은 철갑, 허리에 길게 늘어진 칼, 악마 상이 새겨진 요대, 붉은 두 눈을 제외하고 모든 것이 검은 자였다.
그자는 피 냄새를 물씬 풍기며 자신의 꿈속을 드나들었었다.
암왕!
괜찮다고 생각했다. 자신의 영혼을 암왕의 검은 전포로 감싸는 것도.

명강량은 그 깊고 깊은 어둠 속에서 그보다 백배 더 깊은 어둠을 심장에 각인했다.

初
現

초현

"사백조!"

등중용은 자리에서 벌떡 일어났다.

"사백조……."

그가 사백조, 원상을 찾으며 주위를 두리번거렸다. 컴컴한 관제묘. 몸을 뒤척이며 이를 갈거나 코를 가는 방도들만 보일 뿐 사백조의 모습은 보이지 않았다.

등중용은 눈살을 찌푸렸다.

꿈이었다.

'무슨 일이 있어서 그렇게 다급하게… 도통 꿈에 나타나지 않으시더니…….'

그는 지난밤의 꿈을 더듬었다.

'나의 몰인정함을 탓하려 나타나신 겐가? 음, 그동안 사

백조를 너무 잊고 있었군.'

등중용은 자신의 무심함을 자책했다. 생각해 보면 사부인 등장평보다 더 끔찍이 자신을 귀여워했던 사백조였다.

한때 궁신으로 천하에 협명을 날리던 분!

그러나 사백조, 원상은 이미 이 세상의 사람이 아니다. 탈명마효 이후 가장 치열했던 싸움으로 기억되는 단혈철각련과의 싸움에서 목숨을 잃었다. 단혈철각련의 암수에 빠져 허둥대던 방도들을 위기에서 구하기 위해 동분서주하다가 목숨을 잃은 것이다. 벌써 기억에도 까마득한 십여 년 전의 일.

그 세월 동안 기이할 정도로 등중용은 사백조의 꿈을 한 번도 꾸지 않았다. 그런데 이른 새벽, 등중용은 사백조를 꿈속에서 만난 것이다.

무척 다급하게 자신을 불렀다. 그 표정이 마음에 걸려 등중용은 곰곰이 주위의 우환거리를 찾았다.

세상은 조용했고 개방 내부에도 어려운 문제는 없었다. 아무리 찾아도 걱정거리는 없어 보였다.

'이 세상보다 저세상의 비럭질이 더 힘드신 모양이구나. 아무래도 오늘 개 한 마리를 잡아 드려야겠군.'

등중용은 용두봉龍頭棒을 들고 관제묘를 나섰다.

새벽 공기가 차가웠다. 중추절仲秋節이 코앞으로 다가오고 있었다.

등중용은 긴 숨을 들이쉬며 허리에 매듭을 지었다.

하나, 둘, 셋, 넷… 아홉!

그는 아홉 개의 매듭을 지은 후 허리를 툭툭 두들겼다.

구결九結. 개방의 용두방주를 나타내는 표식.

손에 들고 있는 타구봉에도 용머리가 새겨져 있었다.

등중용은 개방의 용두방주였다.

사부 등장평도 죽었기 때문에 그는 약관에 용두방주의 자리에 오를 수 있었다.

생각하면 등장평의 죽음은 너무도 어이가 없는 일이었다. 술에 취해 잔다고 누웠는데 하필이면 독사 굴 근처였다. 잠결에 뒤척이다가 발을 독사 굴 안에 들였다. 막 겨울잠을 준비하던 독사들이 가만히 있을 리 없었다. 사부 등장평은 그렇게 독사들에게 물려 돌아갔다. 독사주毒蛇酒를 즐기더니 업보를 받았는지 모를 일이었다.

상을 치르는 날, 삼황오해의 방도들이 다 모여들었다. 그들은 방주를 죽게 한 독사들을 원망했고 특히 술을 원망했다. 그래서 그들은 독사 굴을 쑤시고 다녔고 독사를 안주로 대취하도록 술을 마셨다.

등중용이 방주가 된 것은 그다음 날이었다.

그때의 기억은 아직도 생생했으나 따져 보니 그것도 벌써 삼 년이나 지난 일이었다. 무겁게 느껴지던 용두봉도 이제 무겁지 않았고 허리에 아홉 매듭을 묶는 일도 능숙해졌다.

세월이란 무엇인가라고 누군가가 묻는다면 등중용은 대답할 것이다. 익숙해지는 것!

어린 마음에도 구속받는 것 같아 죽도록 싫던 방주라는 자리도 이제는 해 볼 만했다. 불만이 있다면 자신의 세대가 너무 따분하다는 것뿐.

단혈철각련과의 일전은 강호에 많은 변화를 가져왔다. 그중 가장 큰 변화는 구대문파의 쇠락과 유향경천문의 부상이다.

　구대문파는 단혈철각련과의 일전으로 숱한 정예들을 잃었다. 만약 유향경천문이 뒤늦게 단혈철각련과의 일전에 힘을 보태 주지 않았다면 구대문파는 곽부의 손에 의해 폐허가 되었을지도 몰랐다. 뒤늦게 단혈철각련과의 일전에 뛰어든 유향경천문은 능운공작의 신위에 힘입어 곽부를 죽이고 이족의 힘까지 등에 업은 단혈철각련을 와해시켰다.

　그 일로 유향경천문은 강호의 패주로 떠올랐음은 물론이다.

　구대문파의 쇠락, 절세의 신위를 자랑하는 능운공작 단원홍의 전폭적인 후원, 그들의 본가인 사대세가의 지원.

　유향경천문의 사대당주들은 강호를 네 곳으로 분할하여 각각의 패주로 자리 잡았다.

　언상영의 단심원丹心院, 남궁기의 숭무각崇武閣, 팽해만의 승룡방乘龍幇, 당예의 맹호전猛虎殿!

　바야흐로 사패四覇의 시대가 된 것이다.

　다른 것은 몰라도 능운공작이 뒤를 받치고 있는 한 사패에 의해 유지되는 강호의 질서는 흔들리지 않을 듯했다.

　등중용은 그것이 불만이었다. 구대문파처럼 강호의 주도권을 사패에 빼앗긴 데에 대한 불만은 아니었다.

　꿈틀거리는 무사의 피!

　가끔 용두봉으로 천하를 호령했으면 했고 그런 일이 일어나기를 은근히 바라기도 했다. 특히 근자에는 더욱 그랬다.

'음.'

생각이 그곳까지 미치자 등중용은 안색을 찌푸렸다.

– 좋은 날은 세상이 조금 따분하게 느껴지는 그날이 가장
좋은 날이지.

사백조, 원상의 말이 떠올랐다.

등중용은 맞는 말이라 생각했다.

'사백조는 그 때문에 꿈에 나타나신 모양이군. 나의 경박
함을 경계하기 위해.'

그는 용두봉을 들고 팔을 쭉 폈다.

해몽은 그렇게 했으나 지난밤의 사백조의 다급한 얼굴이
다시 떠오르자 영 기분은 개운치 않았다.

🐛

"오호호호! 이거 재미있군! 재미있어!"

눈썹이 매처럼 매섭게 올라간 자였다. 그는 허리를 흔들며
키득키득 웃었다.

"재미있는 것은 네놈이다. 돈을 잃고도 좋다고 까부는 놈
은 처음이야."

텁석부리가 지패紙牌를 섞으며 말했다.

"이 바닥에 구르는 놈치고는 정말 희한한 놈이야. 이제야
마조패를 배웠다니."

하관이 재빠른 자도 한마디 거들었다.

"히히히, 도박이라면 밥 먹다가도 일어나는 나야. 쌍륙은 지치도록 했지. 하지만 마조패는…… 십자, 만자, 색자, 문전, 외워야 할 끗발이 너무도 많다. 별수 없이 눌러앉아 있어야 할 처지가 아니었다면 나는 평생 가도 마조패를 배우지 못했을 것이야. 아직 헷갈리는 것도 많다. 무송패가 높은가, 송강패가 높은가?"

눈썹이 매섭게 올라간 자는 고개를 갸우뚱했다.

"캬하하! 네놈은 원래 석두石頭였구나!"

쥐꼬리 수염은 손뼉을 쳤다.

"내 머리가 석두라고? 이럴 수가! 나도 모르는 나의 비밀을 네가 알고 있다니… 고맙다, 고마워. 가르쳐 주어서. 음, 으히히히! 기억해 두마!"

매 눈썹은 히죽 웃었다.

"그만 떠들고 패나 받아!"

텁석부리가 지패를 돌렸다.

"나는 잠깐 쉬겠어."

매 눈썹은 자신 앞에 떨어진 패를 되돌렸다.

"육전 같은 끗발로도 달려들더니 결국 은자를 다 잃은 모양이군. 어쨌든 은자를 보태 주어서 고맙네. 살림에 유용하게 쓰겠어. 다른 놈, 끼어들 놈 없어?"

텁석부리가 소리쳤다.

송충이 눈썹이 판에 끼어들었다.

"어이, 내 자리를 잘 지키라고. 금방 돌아오겠다."

매 눈썹은 송충이의 어깨를 치며 자리에서 일어났다.

"이 밤에 은자가 나올 데가 있는가? 우리의 귀하신 고객들은 밤길을 싫어하신다네."

텁석부리가 말했다.

"자네들은 헛살았어. 진정한 흑산의 인물이라면 고객을 기다리지 않고 찾아가지. 찾아가기 힘들면 가까운 곳에서 고객을 만드는 게야."

매 눈썹은 히죽 웃으며 방문을 나섰다.

"아이고! 이 일도 보통 일은 아니군."

방문을 나선 매 눈썹은 허리를 두들겼다.

"이곳도 슬슬 지겨워지기 시작하는군. 밖은 좀 조용해졌을까? 조용해졌겠지. 산을 내려가 볼까나."

그는 목과 어깨를 툭툭 두드리며 목채를 향해 걸어갔다. 그가 마조패로 놀던 찬바람이 들어오는 엉성한 목채와 달리 아담하고 잘 짜인 목채였다.

매 눈썹은 그 목채의 문을 활짝 열었다.

"킁킁킁! 냄새가 좋군. 쾨쾨한 놈들 틈에 한동안 있었더니 별천지의 냄새로다."

캄캄한 목채 안은 여인의 방향芳香으로 진했다.

"누구냐?"

짜증 섞인 사내의 목소리와 함께 등불이 켜졌다.

침상에는 일남 일녀가 누워 있었다.

변발辮髮을 한 중년인과 십칠팔 세의 고운 여인이었다.

"네놈은… 네놈은 새로 들어온 마삼馬三이란 놈이 아니냐?"

변발 중년인이 인상을 쓰며 소리쳤다.

　그는 옥문관에서 조금 떨어진 바로 이곳 소호산小虎山의 채주였다. 천산을 오가는 표물을 털어 먹고사는 녹림의 수괴가 바로 그였다. 이름은 주위周衛.

　주위는 무척 화가 난 모양이었다. 그는 홧김에 손에 잡히는 대로 잡은 등잔을 매 눈썹에게 던지려 했다.

　매 눈썹은 슬쩍 움직이는가 싶더니 등잔을 든 주위의 손을 잡았다.

　"채주! 채주의 수하들은 너무하더군요. 그들은 서로 짜고 마조패로 나의 돈을 다 우려먹었소."

　"미친놈!"

　주위는 등잔을 던지려 힘을 썼다. 그러나 그는 '아!' 하며 비명을 질러야 했다.

　매 눈썹의 완력은 엄청나 손목이 끊어질 정도였다. 그제야 주위는 매 눈썹이 예사로운 자가 아님을 깨달았다.

　"으, 은자는 저기 있다. 피, 필요한 만큼 마음대로 쓰게."

　그가 허둥대며 눈짓으로 보석과 은자가 든 함을 가리켰다.

　"고맙소."

　매 눈썹이 쌍수를 번뜩였다.

　퍽! 주위의 뇌수가 터지며 침상보를 질퍽하게 적셨다.

　여인의 얼굴은 새하얗게 질렸다. 비명을 지르고 싶었으나 그녀는 숨만 캑캑거렸다.

　"나는 계집의 비명은 합환의 즐거움으로 내지르는 비명만 좋아한단 말이야."

매 눈썹은 우수로 여인의 목을 꽉 움켜쥐고 있었다. 그가 닭 목을 흔들 듯 여인을 이리저리 흔들었다.

여인은 흰자를 드러내며 당장이라도 숨이 끊어질 듯했다.

"시끄럽게 굴지 마라."

매 눈썹은 목을 쥔 손을 놓았다. 여인은 겁에 질려 아무 소리 못하고 고개를 처박았다.

"어디 보자."

매 눈썹은 함을 뒤졌다.

"이거야, 원! 소호산의 살림살이는 엉망이군. 네가 살림을 이만큼 거덜 내었느냐?"

매 눈썹의 물음에 여인은 급히 고개를 저었다.

"할 수 없지."

매 눈썹은 값이 나갈 만한 물건들만 주섬주섬 혁랑에 쑤셨다.

"너는……."

매 눈썹이 오들오들 떨고 있는 여인에게 다가갔다. 그가 여인의 몸을 가린 이불을 치웠다.

"아얏!"

여인은 참았던 비명을 질렀다.

매 눈썹이 그녀의 가랑이를 짝 벌리고 있었다.

"쯔쯔, 어지간히도 해 댔군. 너의 그곳이 불이 났겠구나. 빨리 닦고 옷을 입어라."

그가 여인의 다리를 놓았다.

여인은 얼굴을 붉히며 허겁지겁 옷을 걸쳤다.

"가자."

매 눈썹은 여인을 끌고 목채를 나섰다. 그는 마조패를 하던 곳으로 향했다.

덜컹! 매 눈썹은 마조패로 열중인 방문을 열었다.

"어!"

"뭐야?"

마조패를 하던 녹림도들은 매 눈썹이 끌고 온 여인을 보고 어리둥절했다.

"소호산에서는 여자의 값이 얼마냐? 적당하게 가격을 쳐 다오. 나는 이번 판에 이 여자를 걸겠다."

매 눈썹이 말했다.

"미친놈!"

"채주가 알면 어쩌려고."

소호산의 비적들이 한마디씩 내뱉었다.

"걱정은 나중에 하고 패나 돌려라. 그리고 그 자리는 원래 내 자리였으니 너는 비켜 다오."

퍽! 매 눈썹이 맹하니 앉아 있던 송충이를 발로 찼다.

"으악!"

송충이가 비명을 지르며 날아갔다.

쾅! 그가 문짝에 부딪혀 피를 주르르 쏟으며 쓰러졌다.

소호산 비적들의 안색이 변했다. 그들은 매 눈썹의 미친 듯한 행동에 어떻게 대응해야 할지 몰랐다. 떼 지어 달려들지 않는 것을 보면 매 눈썹에게서 심상치 않은 분위기는 느낀 듯했다. 원래 녹림도들이야 눈치가 생명인 자들이니…….

"패를 돌리지 않고 뭐 하는 게야?"

매 눈썹은 짜증을 냈다.

패를 잡고 있던 자는 쥐꼬리 수염이었다.

쥐꼬리는 손을 덜덜 떨며 황급히 지패를 섞었다. 그가 패를 돌렸다.

매 눈썹은 여인을 자신의 무릎에 앉혔다. 그는 여인으로 하여금 패를 쥐게 한 후 그의 눈앞에 펴 보이게 했다. 그리고 그는 느긋하게 여인의 사타구니 사이와 젖가슴을 희롱했다.

"패가 어떠냐? 내가 보기에 저놈은 나에게 너무 심한 패를 돌린 것 같은데……."

매 눈썹이 여인에게 물었다.

여인은 매 눈썹의 거친 손길에 울상만 지었다.

"패, 패를 다시 도, 돌리겠소."

매 눈썹의 눈이 돌아가자 당황한 쥐꼬리는 마조패를 다시 돌리려 했다.

"나는 돌 머리라서 그렇다 치지만 너는 돌 머리도 아닌 놈이 패를 왜 이 모양으로 돌리는 게냐?"

매 눈썹은 히죽 웃었다.

순간, 매 눈썹의 이마가 구부정하게 고개를 숙인 채 패를 거두던 쥐꼬리의 머리를 향해 날아갔다.

퍽! 쥐꼬리는 몸을 움칠했다. 그가 오공에서 피를 흘리며 천천히 뒤로 쓰러졌다.

"과연! 네놈의 말이 맞구나. 나는 돌 머리야, 돌 머리!"

매 눈썹은 자신의 이마를 툭툭 쳤다.

일이 이쯤 돌아가자 비적들은 더 이상 그 자리에서 우물거릴 수 없었다. 그들은 매 눈썹의 눈치를 살피며 목채를 조심스럽게 빠져나가려 했다.

매 눈썹은 마조패를 들었다.

파팟! 마조패가 날았다.

"으악!"

"악!"

종이로 된 패가 목채를 나서려던 비적의 등판을 사정없이 꿰뚫었다.

소호산 비적들의 발이 얼은 듯 묶였다.

"쯔쯧! 두 장을 버리고 말았구나. 마조패는 마흔 장으로 치는 것이잖아. 서른여덟 장으로 마조패를 칠 수 있어?"

매 눈썹이 텁석부리에게 물었다.

텁석부리는 칠 수 없다며 황급히 고개를 저었다.

"그럼 이건 어쩌지?"

매 눈썹은 마조패를 손바닥 위에 올렸다.

"필요 없는 것, 너희들이나 가져라!"

파파팟! 그는 마조패를 뿌렸다. 마조패가 살바람을 일으키며 목채를 휘저었다. 종이로 된 마조패의 위용은 마조패에 그려진 양산박의 호걸들만큼 위맹했다.

"으악!"

"악!"

"커억!"

소호산의 비적들은 마조패에 눈과 이마, 심장이 꽂혀 피를 뿌리며 쓰러졌다.

살아남은 비적들은 없었다.

"일어나라."

매 눈썹은 무릎에 앉은 여인의 엉덩이를 툭 쳤다.

혼이 반쯤 나간 여인이 비틀거리며 일어섰다. 피는 질퍽하게 목채를 적시고 피비린내는 코를 찔렀다.

"별로 보기 좋은 장면은 아니군. 나는 심약해서 이런 장면은 잘 보지 못해. 서둘러 밖에 나가야겠다. 저놈들 수중에 있는 은자들은 네가 챙기라고. 알겠지! 그리고 만약 저놈들 몸에서 행여 남은 은 부스러기가 나온다면… 나는 너를 동료나 속이며 횡령을 일삼는 의리 없는 자로 알 거야."

매 눈썹은 여인의 볼을 톡톡 두들기며 목채를 나섰다. 여인은 쫓기듯 시신들의 몸을 뒤졌다.

"너는 이곳의 계집이 아니구나. 이곳의 계집들은 새로운 남자에 대해 단 두 가지의 태도만 취하지. 주먹을 들고 달려들든가 아니면 엉덩이를 흔들며 달려들든가. 이것도 저것도 아닌, 통나무처럼 뻣뻣이 남자를 대하는 경우는 없지. 정말 가르쳐 줄 게 많은 계집이야."

매 눈썹은 바지를 올리며 쓴맛을 다셨다.

여인의 몸은 매 눈썹에게 얼마나 시달렸는지 깨물린 자국과 화인火印투성이였다. 그녀도 지친 얼굴로 옷을 찾았다. 매 눈썹의 성급한 손길에 찢길 대로 찢긴 옷은 걸레가 되어 있었다.

"나는 원래 중원의 이름 있는 집안의 요조숙녀랍니다. 어

쩌다가 운이 나빠 이 꼴이 되었지요. 그러니 제발 저를 싼 여
자로 취급하지 말아 주세요라고 말하고 싶겠지. 헤헹, 웃기
는 생각을 하고 있군. 예전이야 어쨌든 지금 네 처지는 네가
입고 있는 그 옷과 같다. 그러니 빨리 자신의 처지를 깨달아
라. 그러지 않으면 이 험한 곳을 버티기 힘들걸."

　매 눈썹은 들고 있던 칼로 여인의 이마를 툭 쳤다. 너비가
세 치나 되어 보이는 칼이었다.

　처지가 입고 있는 옷과 같다는 말에 충격을 받았는지 여인
의 눈빛은 자포자기로 더욱 짙어졌다.

　"네가 믿을지 모르겠다만 나도 예전에는 제법 잘나가는 집
안의 귀한 아들이었어. 우리 아버지는 황하에서 가장 큰 표
국을 했다니깐. 어, 믿지 못하겠어?"

　여인은 가만히 있었다. 그러나 매 눈썹은 괜히 여인에게
시비를 걸었다.

　"믿어! 믿으라고."

　매 눈썹은 광도로 여인의 머리를 목탁처럼 두들기며 말을
이어 갔다.

　"그런데 몇 년 전에 아버지는 쫄딱 망했다. 개망나니 같은
자식 하나가 있었기 때문이야. 주색잡기에 사람 죽이기까지
좋아하는 놈이었어. 형제 중에 누가 그런 개잡종이었냐고?
물론 척 보면 알았을 게다. 바로 나였지. 내가 아버지의 귀한
아들임이 알려지고 나서 우리 아버지는 쫄딱 망해 버리고 만
게야."

　매 눈썹은 우울한 표정을 지었다.

"아버지는 울화로 죽고 어머니는 몸져누웠다고 한다. 형님들은 알거지가 되어 떠돌고. 개망종의 형제들이라고 거지 소굴인 개방에서도 받아 주지 않는 모양이야. 어디서 굶어 죽지는 않았는지……. 아이고! 나는 정말 죽일 놈이야, 죽일 놈!"

그는 통한에 가슴을 치는 듯했다.

"그런데 사실 나는 조금 억울하다. 모든 잘못이 내 탓만은 아니거든. 죽일 놈의 할아비가 있었다. 나를 개망종으로 만든……."

그가 한광을 빛냈다.

"무공을 가르쳐 주긴 왜 가르쳐 줘! 그저 그런 무공만 익혔다면 그저 그런 잡놈들과 그저 그렇게 어울리며 아버지, 어머니 속만 태우고 말았을 텐데. 사람 죽이는 데 도통한 무공을 가르쳐 주어 간도 커졌잖아. 그리고 그 무공도 이왕 가르쳐 주려고 했으면 끝까지 가르쳐 주든가. 중도에서 죽긴 왜 죽어! 히히히, 물론 그 영감의 시신을 보았을 때는 꿈인가 싶을 정도로 좋긴 좋았지만."

매 눈썹은 히죽 웃었다.

"어쨌든 어영부영 무공을 익혔기 때문에 나는 매양 쫓기는 신세가 된 거야. 황량한 이곳까지……. 참 더러운 팔자지. 그러니까 너는 동병상련의 마음으로 나를 이해해야 해."

그가 여인을 끌어안으며 다정한 척했다.

"앞으로 잘 지내보자. 부부인 척하면 나를 쫓는 놈들의 눈을 속이기 쉽겠지. 객고를 풀기 위해 이 담, 저 담 궁상스럽게 엿볼 필요도 없고. 뿐이냐. 서역에는 이상한 놈들도 많다고 하더라고. 금은을 우습게 여기는 곳도 있대. 하지만 어디 가도 여자를 우습게 여기는 곳은 없지. 나를 위한 든든한 재산도 되어 주어야겠다.”

매 눈썹은 징그럽게 웃으며 여인의 입술을 핥았다.

“합밀哈密로 갈까, 돈황敦煌으로 갈까?”

매 눈썹은 안서安西에서 화전和田으로 갈 것인가 토로번吐魯番으로 갈 것인가로 망설였다.

“가까운 곳으로 가지.”

그는 토로번으로 방향을 잡았다.

“빨리 걷지 못해!”

그가 고함을 질렀다.

여인은 걷기도 힘든 듯했다. 심한 기온차, 다른 풍토에 처음 하는 긴 여행, 밤에도 시달려야 했다. 때문에 여인은 지칠 대로 지쳐 있었다. 병색은 얼굴에도 완연히 나타났다.

“젠장, 제값을 받기는 이미 힘들겠군. 합밀에서 팔아넘겨 버려야겠다. 빨리 걸어! 나는 뭐든 짐이 되는 물건은 없애 버리는 성격이란 말이야!”

매 눈썹이 흉광을 번뜩였다.

여인은 이마에 땀을 흘리며 발걸음을 뗐다.

그들은 황사풍을 맞으며 합밀을 향했다.

“지금쯤 중원에는 홍엽이 물들고 있겠지. 재작년 이맘때는 참 좋았는데. 악양에서 열 명의 계집을 붙들고 매일 밤을 지새웠지. 아, 아! 지금은 이 무슨 꼴인가?"

매 눈썹은 한숨을 쉬었다. 그가 지난날의 즐거움을 회상하며 반 시진가량 걸어갔을 때였다.

매 눈썹은 문득 전신이 미치도록 가려웠다. 모래알이 온몸을 자글자글 굴러다니는 듯했다. 며칠을 사풍砂風에 시달렸으니 모래알이 굴러다닐 만했다.

안서에는 녹주綠州(오아시스)가 많다. 매 눈썹은 적당한 곳에서 몸을 씻고 가기로 마음먹었다.

그는 녹주를 찾았다. 순간 기다렸다는 듯이 첨벙첨벙하는 물소리가 들렸다. 이미 귀가 물소리를 들었기 때문에 몸을 씻고 싶다는 생각이 들었는지 몰랐다.

매 눈썹은 물소리가 들리는 곳을 향했다.

지하에서 솟아난 물이 파랗게 고여 있는 작은 호수였다.

매 눈썹은 눈빛을 빛냈다. 호수에는 작은 계집 하나가 앉아 있었다. 첨벙거리던 물소리는 그 계집이 손과 발로 물장난을 치고 있었기 때문에 난 소리였다.

"호오!"

매 눈썹은 탄성을 터뜨렸다. 계집의 몸뚱이는 작았으나 허리는 세류요였고 엉덩이는 터질 듯이 팽팽했다.

어제 데리고 다니던 계집으로 신나게 객고를 풀었는데도 견딜 수 없는 색욕을 느꼈다.

"어디, 어디 얼굴도 그만한가 볼까."

매 눈썹은 작은 계집에게 다가갔다.

그가 계집 옆에 쪼그리고 앉으며 얼굴을 힐끗 보았다.

작은 얼굴에 또렷또렷한 이목구비, 한입에 삼켜도 비린내 하나 나지 않을 계집이었다. 얼굴은 아이 같았으나 젖가슴은 터질 듯이 풍만했고 피부도 까무잡잡해 매 눈썹은 한눈에 오금을 저려야 했다.

'이런 곳에 이런 계집이 있다니.'

매 눈썹은 뜻밖의 횡재에 입이 절로 벌어졌다.

계집은 누가 오든 말든 물장난만 열심히 치고 있었다.

매 눈썹도 계집처럼 소매와 바지를 걷고 물을 첨벙였다.

"귀여운 소저, 그대는 무슨 일로 혼자 이곳에 왔는가?"

그가 수작을 붙였다.

"화가 나서 이리저리 다니다 보니 이곳까지 오게 되었어요."

작은 계집이 종달새처럼 말했다. 억양이 조금 이상한 한어였다. 까무잡잡한 얼굴에서 혹시 이족의 여인이 아닐까 생각했는데 이족의 여인이 맞는 듯했다. 하지만 이족이라도 이곳 강족의 여인은 아닌 것 같았다.

"누가 이렇게 귀여운 소저를 화나게 했나?"

매 눈썹은 은근슬쩍 계집에게 몸을 붙였다.

"여자를 화나게 하는 물건은 남자밖에 없어요. 우리 남편!"

계집이 첨벙 물을 튀겼다.

"잉? 벌써 남편이 있는 몸이라고?"

매 눈썹은 자신의 얼굴까지 튀어 오른 물을 훔치며 놀라워했다.

"혼인을 한 지 벌써 삼 년인 걸요."

"아하! 그럼 소저가 아니라 부인으로 불러야겠군."

매 눈썹은 고개를 끄덕였다.

"아리따운 부인, 그대의 남편은 왜 그대를 화나게 했을까? 내 마누라가 부인같이 예뻤다면 매일 업어 주어도 모자랐을 텐데. 어이, 너는 저리 꺼져!"

그가 소호산에서 끌고 왔던 여인에게 꽥 고함을 질렀다.

여인은 지친 표정으로 호반 주위의 나무 그늘에 몸을 풀었다.

"나는 저 멀리서 시집을 왔어요. 신랑에 대해 들은 것은 이름뿐이었다고요. 친영親迎을 올 때 처음 얼굴을 보았지 뭐예요. 계집 같은 얼굴에 계집 같은 행동. 나이도 서른이 훨씬 넘었어요."

"아이고! 부인의 부모는 남편이란 작자의 재물이 탐나 부인을 놈에게 넘겼구려."

매 눈썹은 짐짓 애석해하는 척했다.

"맞았어요! 우리 아버지는 신랑의 명성을 탐내 나를 시집보내고 만 거예요. 그렇게 신랑을 따라 중원으로 왔어요. 많이 울었지만 그래도 처음에는 신랑이 잘 대해 주어 그런대로 참을 만했어요. 신랑은 손재주가 좋아요. 노리개도 많이 만들어 주었어요."

"이후에 변했구려. 원래 남자들은 다 그렇소. 처음에는 누구나 다 잘해 주지. 나도 처음에는 저기 저 계집을 잘해… 잘해 주려고 무척 노력은 했소."

"일 년이 지나자 살이 찌기 시작했어요. 돼지처럼. 나중에는 배가 하돈河豚(복어)처럼 부풀어 잠자리도 정상적으로 치를 수 없었어요. 내 얼굴이나 가슴보다 등과 엉덩이를 바라보기를 더 좋아하는 거예요. 나는 누가 등 뒤에 서 있는 것을 무척 싫어하는데 말이에요."

"아하! 부인의 불만은 바로 그것이었구려!"

매 눈썹은 손뼉을 쳤다.

"하지만, 하지만… 음, 그래도 전혀 재미가 없지는 않았기에 참기로 했죠. 그리고 아이도 낳아야 하잖아요. 그런데 한두 해가 지나자 신랑은 그 짓도 하지 않는 거예요. 나는 무척 화가 났어요."

"저런 우라질 놈을 보았나! 이런 아리따운 부인을 눈물로 밤을 새우게 하다니!"

매 눈썹은 고함을 질렀다.

"무슨 일이 그렇게 바쁜지 모르겠어요. 나는 생각했죠. 네가 그렇게 바쁘면 나도 바쁘다. 남만의 여인들은 중원의 여인들과 달라 가만히 있는 성격이 아니거든요."

'흐흠, 남만의 계집이었군. 가만 있자. 남만의 계집은 처음 식食하는 것 같은데…….'

매 눈썹은 손은 더 이상 점잖은 체를 못 했다. 그의 손이 계집의 말랑한 엉덩이를 더듬었다. 하지만 계집은 아무 반응이 없었다. 자신의 말만 이어 갔다.

"나의 일을 시작하기로 마음먹었어요. 다행히 나도 조금 재주는 있거든요. 친가의 아버지에게서 배운 재주도 있고 시집와서 신랑에게 배운 재주도 있고. 음, 그런데 당신 지금 무슨 짓을 하는 거예요?"

계집이 눈을 똑바로 뜨고 매 눈썹을 바라보았다.

"흐흐흐, 보고도 모르느냐?"

매 눈썹은 계집의 말랑한 살을 움켜쥐며 본색을 드러냈다.

"너무 서두르는 것 아니에요? 나는 당신과 좀 더 이야기를 나누고 싶었는데."

계집은 아미를 살짝 찌푸렸다.

"이야기는 나중에 들어주마. 우선 급한 불부터 끄고."

매 눈썹은 작은 계집을 쓰러뜨리려 했다. 그러나 작은 계집은 무슨 수를 썼는지 그의 손에서 쪼르르 빠져나갔다.

"너무 서두르고 있다니깐! 당신이 서두른 덕분에 나는 백화정분百花精粉까지 사용하고 말았잖아요."

"뭐? 백화정분!"

매 눈썹은 어리둥절하며 주위를 살폈다. 하얀 꽃가루 같은 것이 주위를 휘휘 날고 있었다. 계집이 몸을 뺄 때 이상한 분향粉香 같은 것이 났는데 그것인 모양이었다.

"계집아, 어디서 그런 이상한 물건의 이름을 주워들었느냐? 이리 오너라."

매 눈썹은 흰 가루가 대수롭지 않은 듯 손을 저으며 작은 계집에게 다가갔다.

"나를 믿지 못하는군요. 누구에게 이름을 주워들었을까요? 누구긴 누구예요. 우리 아버지지. 우리 아버지는 남만 독문毒門의 문주라고요. 당신이 첨벙이던 그 물에는 견혼수牽魂水를 조금 섞었어요. 공력만 약간 상할 정도로."

"겨, 견혼수?"

매 눈썹은 장난이 아님을 깨달았는지 급히 자신의 쌍수를
살폈다. 손은 벌써 푸른빛으로 변색되고 있었다.

"더 안타까운 일은, 옷에는 화기소골산化肌消骨散이 묻어
있었어요. 물장난만 쳤으면 좋았을 텐데 엉덩이는 왜 만져
요? 그래서 내가 말했잖아요. 서두르지 말라고. 이제 당신은
큰일 났어요. 견혼수에 화기소골산, 나를 안으려 하는 바람
에 백화정분까지 쏘였으니 아무리 당신이 좋아도 나는 당신
을 살려 줄 수 없게 되었어요. 불쌍한 마충현!"

작은 계집은 눈물을 뚝뚝 떨어뜨리려 했다.

매 눈썹의 안색은 흙빛으로 변했다.

계집의 이름에서 튀어나온 이름, 마충현!

원래 그의 출신은 제법 명문으로 알려진 교타방의 소방주
였다고 한다. 그러나 전전대의 악인, 무외도로부터 무공을
전수받은 후 살인귀에 색마로 변신, 강호에 흉명을 떨치기
시작했다. 그 때문에 교타방은 강호인들의 지탄 속에 폐가가
되었고 마충현은 공적으로 몰려 추살령에 쫓기는 신세가 되
었다. 쫓기는 중에도 마충현의 악행은 계속되었다. 수백 명
의 부녀자들이 겁간을 당해야 했고 수백 명의 죄 없는 자들이
놈의 만할도에 목숨을 잃어야 했다. 마충현의 악행이 멈춘
것은 일 년여 전, 개봉에서 정파 무림인들의 기습에 걸려 혼
쭐이 난 후부터다. 그 이후로는 종적이 묘연했다.

그런데 안서의 작은 녹주에서 작은 계집은 마충현의 이름
을 들먹이고 있었다.

"너, 너는 누구냐?"

매 눈썹은 너무 놀라 말을 더듬거리며 물었다.

마충현. 숨겨 둔 그의 이름이 분명했다.

"나는 천독미호千毒美狐 요연瑤燕이라고 해요. 아직 잘 기억하지는 못할 거예요. 말했잖아요. 이제 나도 나의 일을 시작했다고. 나의 꿈은 남편보다 더 큰 명성을 얻는 거예요. 두고 보세요. 조만간 강호인들은 남편인 천독미랑보다 천독미호를 더 기억하게 될 거예요. 마충현, 고마워요. 당신의 협조로 나는 한발 쉽게 나의 미명을 강호에 알릴 수 있게 되었으니."

작은 계집은 하얀 이를 드러내며 요사스럽게 웃었다.

'남편이 천독미랑? 그럼 저 계집은 사패 중 하나인 맹호전, 당예의……?'

마충현은 둔기로 머리를 얻어맞은 듯했다. 문득 그는 당예가 늦장가를 갔으며 변황까지 세를 확대시킬 목적으로 독문 문주의 딸을 아내로 맞아들였다는 강호의 소문을 기억해 냈다.

백화정분, 견혼수, 화기소골산. 그 또한 독문과 사천당가의 독이 분명했다.

의심의 여지가 없었다. 눈앞의 작은 계집이 사패의 하나인 맹호전의 안주인이라는 것은.

마충현은 미색에 홀려 눈치 없이 깝죽댄 자신에게 울화가 치밀었다. 그러나 화를 내기 전에 독부터 치료해야 했다. 벌써 전신이 벌레가 기어가는 듯한 이상한 감촉으로 스멀거렸다. 독이 전신을 지배하기 전에 빨리 움직여야 했다.

"해독약을 내놓아라!"

마충현은 외조부 무외도로부터 물려받은 광도, 만할도를 빼 들었다.

"어머! 무서워요. 나는 독은 조금 다룰 줄 알아도 싸움은 잘 못해요. 대신 싸워 줄 사람들을 부르겠어요."

천독미호 요연은 호들갑을 떨며 신형을 뺐다. 당문은 암기와 독 못지않게 신법도 일절로 통한다.

요연이 비영표飛影漂를 펼치자 마충현은 허둥댔다. 역시 이럴 때 가장 후회가 되는 것은 왜 할아버지 무외도의 무공을 죽자고 익히지 않았는가 하는 것이었다.

그러나 후회는 아무리 빨라도 늦은 법!

마충현은 독기로 침침해지는 눈을 크게 떴다.

녹주의 좌우에서 몇몇의 자들이 불쑥 모습을 드러내고 있었다. 전포에 비호를 그린 일곱 명의 황의인과 짧은 옷에 짧은 칼을 든 다섯 명의 무사들이었다.

'아, 아!'

마충현은 절망했다. 이제껏 잘도 도망 다녔는데 이번에는 빠져나갈 구멍이라고는 없을 듯했다.

황의인들은 맹호전의 금호령金虎令들이었다. 당예가 수족으로 부리는 자들.

짧은 옷에 짧은 칼을 든 자들은 마충현에게 더 나쁜 자들이었다. 천산오응天山五鷹! 천산파天山派의 실력이 아직 녹슬지 않았음을 간간이 중원에 알리고 있는 자들이 그들이었다.

마충현은 선택을 해야 했다. 요연이라는 계집에게 끌려가 맹호전에서 온갖 수모를 당한 후 죽느냐, 이 자리에서 자결로 깨끗하게 죽느냐.

누가 보아도 후자의 선택이 백배는 나아 보일 것이다. 하지만 목숨에 대한 사람의 애착이 어디 그런가.

마충현도 후자가 백배 나음을 알면서도 쉽게 자신의 목에 만할도를 들이밀지 못하고 망설였다.

소호산에서 끌려온 여인은 나무 그늘에 멍하니 앉아 있었다. 매 눈썹이 쩔쩔매는 꼴이 보였다. 작자가 자신에게 한 일을 생각하면 통쾌해야 옳았다. 그러나 여인은 어떤 감정도 일지 않았다. 타인의 입장을 헤아릴 여유는 그녀에게 없었다.

매 눈썹이 사라진다고 하더라도 찢길 대로 찢긴 자신의 마음을 기울 수 없을 듯했다.

'어떻게 할 것인가?'

그녀는 물었다.

그러나 아무런 답도 나오지 않았다. 그래서 그녀의 눈빛은 다시 공허함으로 비워져 갔다.

반짝하는 빛이 그녀의 눈동자에 닿은 것은 그때였다.

소호산의 여인은 무심결에 시선을 그곳으로 던졌다.

백양나무 가지와 물풀로 무성한 곳이었다. 그 때문에 사람들은 그를 발견하지 못한 모양이었다.

한 사내가 있었다. 몇십 년을 입었을 듯한 금의를 입은 자였다. 하지만 귀한 금의라 애지중지 입었는지 차림은 말쑥했다.

사내는 열심히 손을 놀리고 있었다. 반짝이는 빛은 사내의 손에서 뻗어 나오고 있었다. 쇳조각으로 무엇을 다듬는 듯했다.

쨍! 쨍! 쨍!

칼 부딪치는 소리가 들렸다. '개 같은 년!' '죽어라! 흉적!' 하는 악에 받친 소리도 들렸다.

소호산의 여인은 그런 장면에는 별반 놀랄 일이 없었기 때문에 얼굴을 돌리지도 않았다. 그녀는 아무 생각 없이 사내를 바라보고만 있었다. 편안했다. 반짝반짝하는 빛이 너무도 규칙적이라 단조로움 속에 그녀는 잠이 올 듯했다.

몸도 나른했다. 몽롱하게 풀려 가는 그녀의 눈동자 속에 사내가 일어서는 것이 보였다. 그녀는 피로를 견디지 못하고 결국 수마에 몸을 맡겼다.

"으아악!"

마충현은 미친 듯이 몸을 바동거렸다. 전신이 근질거려 미칠 지경이었다. 선택을 잘했어야 했는데 결국 그는 자신의 목숨에 연연하다 험한 꼴을 당하고 있었다.

"이 더러운 잡부雜婦! 빨리 나를 죽여라!"

"당신같이 멋진 사람을 왜 죽여요. 죽일 마음이 있었다면 견혼수를 좀 더 풀든가, 화기소골산으로 더 진한 화장을 했을 거예요. 나와 같이 맹호전으로 가요. 당신을 위해 좋은 침상을 준비해 놓았어요. 칠성판七星板! 깔깔깔깔!"

요연은 허리를 붙잡고 웃었다.

"아, 아! 제발, 제발 나를 죽여 주시오. 죽이기 싫다면 마혈이나 짚어 주든가."

마충현은 이제 눈물을 흘리며 애원했다. 독에 중독된 곳은 요연이 혈도를 찔러 더 이상 독기가 번지지 않았다. 그러나 이미 독이 침투한 곳은 살이 가려워 견딜 수 없었다. 살점이 떨어져 나가도 긁을 수 있다면 그래도 조금은 나았을 것이다. 그러나 요연은 수족도 꼼짝 못하게 해 놓은 상태였다.

"그기에 누가 나쁜 짓을 하래요. 당신이 그런 꼴을 당하는 것을 불쌍히 여길 사람은 당신밖에 없을 거예요. 인과응보라 생각하세요."

요연은 모른 척했다. 그녀는 어깨를 나란히 하고 서 있는 천산오웅에게 시선을 돌렸다.

"저희들의 일을 도와주셔서 감사합니다."

그녀는 머리를 숙였다.

"아니요. 어찌 이 일이 맹호전만의 일이겠소. 감사해야 할 자는 오히려 우리입니다. 중원은 사패의 등극으로 평화를 누리고 있을지 모르지만 우리는 골치가 아픕니다. 이놈처럼 사패를 피해 새외로 빠져나오는 자들이 한둘이 아니니. 그런 차에 맹호전에서 이곳까지 사람을 보내 사파 척결의 의지를 보이시니… 특히 부인께서 오실 줄은 저희들은 꿈에도 몰랐습니다."

천산오웅의 첫째가 도리어 감사의 말을 했다.

"그렇게 생각해 주시니 고마워요. 아! 전주께서 장문인을 한번 뵈었으면 하던데……."

"전주께서 장문인을? 무슨 일로……."

첫째는 부지간에 미간을 좁혔다. 그는 사패의 야심을 떠올리고 있었다. 그들은 자신들의 기반을 더욱 단단히 하기 위해 새외로, 새외로 세력을 진출시키고 있었다. 맹호전의 세력권에 가장 가까이 있는 천산파로서는 그 일만은 걱정되지 않을 수 없었다. 지금 안주인도 안서까지 와 있었다.

"다른 일은 아니고 역시 새외로 도주한 자들을 처리하는 문제입니다. 추살대追殺隊를 같이 꾸렸으면 해서요. 맹호전이 놈들을 처치하고자 하는 마음은 있다고 하나 지리를 전혀 모르니."

"그 일이었습니까? 그런 일이라면 장문인께서도 마다하지 않으실 것입니다."

첫째는 가슴을 쓸었다.

"그럼 조심해 가십시오."

"안녕히 가셔요."

천산오응과 요연은 포권으로 인사한 후 등을 돌렸다.

그때였다.

천산오응은 흠칫 발걸음을 멈추었다.

낡고 낡은 금의를 입은 자였다. 눈은 깊이를 알 수 없을 정도로 무심했고 안색은 창백했다. 오른 팔목에는 차가운 한기가 느껴지는 비구를 차고 있었다.

언제 가까이 온 줄도 몰랐다.

"누구냐?"

셋째가 물었다.

순간, 붉은 장영이 그들의 눈앞을 번뜩이며 둔중한 울림이 귀를 때렸다. 피와 뇌수가 사방으로 흩어졌다.

"셋째!"

"사형!"

천산오웅은 고함을 질렀다. 하지만 그 고함에 대답해야 할 셋째는 없었다. 있다면 후드득 쏟아지고 있는 핏줄기와 육편뿐!

천산오웅은 반쯤 혼이 나간 상태에서 각자의 칼을 잡았다. 그들이 칼을 뽑아 들 때 붉은 장영은 뇌전처럼 그들의 코앞을 다가서고 있었다.

픽! 픽! 퍼픽! 픽!

육타음이 연이어 둔중하게 울리며 혈우가 쏟아지고 육편은 우박처럼 떨어졌다.

요연이 이상한 소리에 고개를 돌리는 순간 본 장면이었다. 방금까지 이야기를 나누던 천산오웅은 없었다. 질퍽한 피, 조각난 살점들.

철담鐵膽을 자랑하던 요연도 이런 끔찍한 장면 앞에서는 자신이 여자임을 깨달은 듯했다. 그녀는 해쓱한 얼굴로 어깨를 부르르 떨었다.

먼저 움직인 자들은 금호령이었다. 강호의 패주, 사패의 하나인 맹호전의 충복들답게 그들은 일제히 칼을 세우고 요연을 호위했다.

낡은 금의를 걸친 사내가 발을 내디뎠다. 신형이 흐릿해진다 싶더니 그는 금호령을 지척으로 다가서고 있었다.

금호령은 반사적으로 칼을 휘둘렀다. 하지만 그들의 칼은 철벽에 부딪힌 듯 사내의 근처를 뚫지 못했다.

쩌쩡! 쨍! 창그랑!

칼이 얼음처럼 조각나 떨어졌다. 표정 없던 금호령의 눈빛이 공포로 물들었다.

붉은 장영이 번뜩였다.

퍼퍽! 퍽! 퍽! 퍽!

육타음이 들릴 때마다 요연은 오줌을 찔끔거렸다. 혈우가 그녀를 덮고 육편이 그녀의 옷을 더럽혔다. 금호령도 가볍게 처치하고 난 사내는 요연을 향해 천천히 걸어왔다.

떨고 있던 요연은 눈물을 주르르 흘렸다. 고의는 오줌에 젖어 질퍽했다.

"악마!"

그녀는 울며 고함을 질렀다.

피핑! 핑! 그녀의 소매에서 백호정白虎釘이 날고 학우침, 유령전幽靈錢, 추혼전追魂箭, 준자표俊子鏢가 날았다. 화기소골산, 백화정분, 단장색혈지독斷腸索血之毒, 백보쇄혼독百步碎魂毒, 염백음분炎魄陰粉…….

까맣게 쏟아지는 암기, 독분과 독무 속에 상대가 죽었는지 살았는지 확인할 길도 없었다. 여러 독을 한꺼번에 쓸 경우 독이 상응을 해 시전자도 해독하지 못하는 독성이 생긴다는 것을 기억하지도 못했다.

무섭고 두려울 뿐이었다.

요연은 독문의 문주인 아버지가 지참금과 함께 소중히 넣어 준 혈갈마시독血蝎魔屍毒까지 뿌렸다. 신랑인 당예가 위급할 때 쓰라고 한 진천뢰震天雷도 던졌다.

쾅! 화염과 함께 사풍이 몰아쳤다.

짙은 연무가 바람에 이리저리 휘날렸다.

요연은 눈물을 닦았다.

"대라신선이라 해도 살아나지 못할걸!"

그녀는 억지로 한 소리 고함을 질렀다.

간절한 바람이었다. 그러나 바람은 바람일 뿐이었다.

연무 속에서 사람의 형체가 어른거렸다. 바로 그자였다. 상처 하나 없었다. 옷깃도 말짱했다.

요연은 사시나무처럼 떨었다. 다시 눈물이 볼을 타고 줄줄 흘렀다.

사내가 다가섰다.

"엉! 엉! 엉! 엉엉엉엉!"

요연은 목을 놓았다. 달아날 생각도 못했다.

사내의 우수가 천천히 움직였다.

요연의 눈동자는 사내의 손끝을 따라가며 눈물을 쏟았다.

"엉! 엉! 엉! 살려 주세요! 아저씨, 살려 주세요!"

그녀는 용기를 내어 애원했다. 살아오면서 가장 큰 용기였다. 말을 붙이기도 힘든 자였다. 악마가 있다고 해도 눈앞의 자보다는 순할 듯했다. 요연의 애원에도 불구하고 사내의 눈빛은 무심함으로 더욱 깊어졌다.

"당예는… 어디… 있느냐?"

그가 물었다. 천장절애에 몇백 번 부딪혀 되돌아오는 메아리 같은 목소리였다.

"집에, 집에 있어요."

요연은 엉겁결에 말했다.

사내는 가만히 있었다.

요연은 곧 자신의 실수를 깨달았다.

"맹호전! 민산岷山에 가면……."

그녀는 자신의 말을 끝내지 못했다. 그녀의 눈빛은 묻고 있었다. 나같이 어리고 귀여운 여자를 꼭 죽여야 했느냐.

사내의 손은 요연의 가슴에 깊숙이 박혀 있었다.

요연은 눈까풀을 파르르 떨었다. 사내가 손을 뺐다. 피 분수가 치솟았다. 핏줄기는 사내의 근처에 닿자 튕겨 요연의 몸으로 되돌아갔다.

"아……."

요연은 애처로운 비명을 토해 냈다. 그녀가 핏물 속에 서서히 쓰러졌다.

간지럽지 않았다. 방금까지 살을 도려내도 시원치 않을 정도로 간지럽더니.

'이런 일이 있나.'

마충현은 침을 꼴깍 삼켰다. 이유야 간단했다. 호랑이에게 생살을 씹히는 사슴은 무척 아플 듯해도 아픔을 못 느낀다. 공포가 모든 것을 잊게 하기 때문이다.

마충현도 마찬가지였다.

그는 공포에 질려 간지러움도 깨끗이 잊고 있었다.

'저자는 나를 죽일 것이다.'

살기가 심장을 찔렀다.

마충현은 요연이란 계집처럼 떨지 않으려고 무척 노력했다. 어찌 계집과 같을 수 있겠는가. 그러나 그는 요연보다 더 떨고 있었다. 그토록 죽기를 바랐으니 그를 향해 점점 다가오는 사내에게 고마워해야 할 터인데.

"으으……"

신음은 절로 입에서 흘러나왔다.

사내는 손을 들었다.

'끝장이다.'

마충현은 자신의 주검이 어떤 형태가 될 것인가를 잠시 생각했다. 그리고 그 순간, 마충현은 눈을 번쩍 떴다.

눈에 익은 자였다. 세월이 흐르고 흘러도 결코 잊을 수 없는 얼굴이었다. 왜냐하면 눈앞의 공포 마왕은 자신이 이 꼴이 된 데 적지 않은 책임을 져야 할 자였기 때문이다.

십여 년 전, 분하에서 할아버지는 말했다.

─이정인의 제자는 저렇게 컸다. 그런데 네놈은 지금 무슨 꼴이냐!

노기충천한 할아버지는 그 한마디를 던지고 지옥 같은 훈련을 시켰다. 그래서 마충현은 장문천이라는 화산파의 애송이와 함께 눈앞의 마왕에 대해서도 매일 밤 이를 갈았다. 그러니 어떻게 잊을 수 있으랴!

마왕은 손을 들었다. 붉은 장영이 어른거렸다.

"마, 마왕!"

마충현은 황급히 소리쳤다. 마왕의 무심하던 눈빛이 짧은 순간 이채로 번뜩였다. 그러나 그는 이내 장영을 뿌리려 했다.

"나, 나는 당신의 카, 칼을 가진 자를 본 적이 있소!"

마충현은 부들부들 떨며 소리쳤다. 왜 그런 말이 튀어나왔는지는 마충현 자신도 몰랐다. 삶에 대한 애착이 자신의 모든 기억들을 낱낱이 떠오르게 한 모양이었다.

다행히 마왕은 장영을 거두었다.

"그, 금검이 아니오? 나와 비슷한 연배의 자였소. 그도 쫓기고 있었고 나도 쫓기고 있었소. 분명 그자가 든 칼은 당신의 칼이 맞았소!"

마충현은 한발이라도 늦을세라 두서없는 고함을 질렀다.

"삼 년 전 이수伊水에서… 이수에서 보았소!"

그는 요연처럼 눈물을 흘리지는 않았다. 대신 땀구멍을 통해 그녀보다 많은 물을 쏟고 있었다.

마왕은 무엇인가 생각하는 듯했다. 그가 다시 손을 뻗었다. 차가운 그의 손이 마충현의 팔에 닿았다.

"으악! 악! 살려 주시오! 아, 아……."

마충현은 바동거렸다. 그도 결국 요연처럼 바지를 더럽히고 눈물, 콧물을 쏟았다.

"아, 아……."

그의 비명이 처량했다. 견딜 수 없는 고통이었다. 불덩이가 그의 내부를 광란으로 돌아다녔다.

"나, 나를, 빠, 빨리, 주, 죽여 주시오!"

마충현은 눈물로 애원했다. 내부로부터 뼈와 살이 탔다. 분근착골의 고통도 이보다는 심하지 않을 듯싶었다.

"죽어라, 마왕!"

나중에는 너무 고통스러워 팔다리로 마왕을 가격했다. 그러나 보이지 않는 두꺼운 벽은 자신의 팔다리가 마왕의 근처에 이르는 것을 불허했다. 이야기로만 전해 오는 호신강기護身罡氣를 익힌 모양이었다.

"으히히, 으히히히……."

고통이 너무 심해 마충현은 미친 자가 되어 갔다. 마왕이 조금 더 화기를 쏟았다면 마충현은 정말 미치고 말았을 것이다. 다행히 마왕은 마충현에게서 떨어졌다.

마충현은 땀과 눈물, 콧물로 범벅이 된 얼굴로 마왕의 얼굴을 바라보았다. 살아 있고 의식을 가지고 있다는 것이 너무도 불행한 일로 느껴졌다.

"찾아라, 십 개월… 북망산北邙山에서 기다리겠다."

마왕이 말했다. 그리고 그는 마충현의 혈도를 몇 곳 눌렀다.

"으악! 악! 쾌액!"

마충현은 다시 떼굴떼굴 굴렀다. 이번에는 더 고통스러웠다.

"달아날 생각은 하지 마라. 만약 달아난다면… 십 개월 후, 그 꼴로 죽을 것이다."

"아, 아… 제발! 달아나지 않겠소."

마충현은 자신이 저지른 악행의 대가가 이토록 험할 줄은 생각도 못 했다. 다시는 나쁜 짓을 하지 않으리라 굳게 마음을 먹은 순간 고통은 뚝 그쳤다.

마충현은 질린 눈빛으로 고개를 들었다. 없었다. 공포의 마왕, 공포의 대왕은 사라지고 없었다.

마충현은 벌떡 일어났다. 뒤도 돌아보지 않았다. 무조건 달렸다. 서너 시진을 달린 후에야 그는 가쁜 숨을 몰아쉬며 털썩 주저앉았다.

주위를 두리번거렸다. 마왕은 따라오고 있지 않았다.

'살았다. 나는 살았어.'

닭똥 같은 눈물이 뚝뚝 떨어졌다. 웬일로 어머니의 얼굴도 떠올랐다. 그러나 마충현의 얼굴은 이내 해쓱해졌다.

'십 개월 후 북망산! 달아나면 그 꼴로 죽을 것이라고? 아이고! 찾아야 해! 금검을 든 그놈을.'

마충현은 자리에서 벌떡 일어났다.

십 개월이면 금검을 찾기에 너무 촉박한 시간이었다. 그는 황급히 온 길을 되돌아갔다. 후닥닥 달려가던 마충현은 무슨 생각인지 몇 걸음도 못 가 우뚝 발걸음을 멈추었다.

"십 개월, 너무 길다. 그 전에 나는 그 계집이 뿌린 독으로 죽고 말 것이야."

그가 처량한 표정으로 독에 중독된 자신의 쌍수를 들었다.

"응?"

마충현은 놀라 자신의 눈을 비볐다. 독기에 쏘여 푸르스름하게 변색되어 있던 자신의 손은 원래의 색으로 깨끗했다. 다른 곳도 황급히 살폈다. 독에 중독된 흔적은 다른 곳에도 없었다.

"아하!"

마충현은 이마를 쳤다. 내부로 밀려들던 그 뜨거운 기운! 마왕은 삼매진화三昧眞火 비슷한 것으로 자신의 독기를 몰아 내 준 모양이었다.

생각하니 자신은 요연에게 혈도가 제압당해 꼼짝조차 못 하는 신세였다. 마왕이 혈도도 풀어 주고 독기도 몰아내어 주었음이 틀림없었다.

그러나 고맙다는 생각도 들지 않았고…….

'금검을 찾아야 해!'

마충현은 충견처럼 한 가지 명만 기억했고 그 명을 지키기 위해 발길을 서둘렀다. 금호령과 천산오웅을 일순간에 한 줌 의 핏물로 만들어 버리던 마왕의 신위가 눈앞에 생생했다.

●

운대봉의 가을은 생각 없이 찾아왔다. 언제나 계절은 생각 없이 찾아오지만 성질 급한 몇몇 잎들은 벌써 붉게 스스로를 치장하고 있었다.

장문천은 오랜만에 동부에서 빠져나와 초가을의 햇볕을 쬐고 있었다.

이사형 오세악이 수행하던 그 동부에서 장문천은 몇 번째 가을을 맞고 있는지 몰랐다. 그동안 딱 한 번 운대봉을 내려 갔다. 사부 숭양진인의 상을 당했을 때였다.

장문천은 놀랐다. 사부의 관을 지키고 있어야 할 사형제들이 의외로 적었기 때문이다. 한 분의 사숙, 그리고 대사형과 육사형 영호준. 그들이 전부였다. 동부에서 세상과 벽을 쌓고 수행에 몰두하는 동안 큰일이 있었고 그는 그 일을 들었다.

　단혈철각련의 발호!

　벌써 오 년 전의 일이라 했고 그 싸움에서 이사형 오세악을 비롯한 나머지 사형제들이 모두 죽었다고 했다. 배교의 마웅이 죽고 마녀가 화형을 당한 것은 그 이전의 일.

　장문천은 물었다. 왜 자신을 부르지 않았느냐고.

　육사형 영호준이 대답했다. 이사형 오세악이 절대 외부의 소식을 운대봉에 가져가지 말라는 엄명을 내렸다.

　육사형 영호준은 말이 나온 김에 이사형에 대해서도 이야기했다. 이사형은 곽부의 손에 죽었다고 한다. 무모한 싸움임을 뻔히 알면서도 당랑처럼 곽부에게 달려들었다고 했다. 이사형의 행동을 화산파의 의기를 보여 준 호쾌한 행동이라 평하는 제자도 있고 만용이라 평한 제자도 있다고 한다.

　장문천은 육사형 영호준의 이야기를 모두 들은 후 가만히 고개를 끄덕였다. 그는 알고 있었다. 이사형 오세악의 행동은 의기도 만용도 아니었음을.

　이사형은 자신을 포기했다. 이미 삶의 의미를 잃었기 때문에 곽부를 상대로 목숨을 버린 것이다.

　이사형의 명에 의해 동부에 발을 들인 후 운대봉을 찾는 자는 아무도 없었다. 단 한 명을 제외하고.

　동부에 몸을 담은 지 반년도 지나지 않아 이사형이 초췌한 얼굴로 찾아 왔었다.

　－나는 패했다. 능운공작 단원홍! 나는 그의 일초지적도
아니었다. 부끄럽구나. 하늘 높은 줄 모르고 날뛴 꼴이. 문천,
나는 결코 그를 이기지 못할 것이다. 그는 벌써 검강을 사용하
고 있다. 이제 그를 꺾을 자는 너뿐이다. 그를 꺾을 수 있다고
생각하기 전에는 산을 내려오지 마라. 구소신공으로는 그에게
이기지 못한다. 여기 자하신공이 있다. 사부에게 간청을 해서
얻어 낸 것이다. 익혀라! 익혀서 반드시 그를 꺾어라.

　이사형은 그 말을 남기고 산을 내려갔다. 사형의 뒷모습이
무척 쓸쓸해 보였다. 검에 대해 누구보다 애착이 강했고 누
구보다 자존심이 강했던 사형이다. 아마 단원홍에게 패했을
때 이사형은 이미 죽은 목숨이었을 것이다.
　사부의 상을 마친 후 장문천은 곧장 동부로 돌아왔다.
　자하신공과 죽영파사검법에 매달렸다.
　자하신공이야 평생을 수련해야 하는 것이고, 이사형은 오
년이면 죽영파사검법을 모두 익힐 수 있을 것이라 말했다.
하지만 장문천은 십여 년이 지난 지금에야 죽영파사검법의
오의奧義를 얻을 수 있었다.
　이사형이 자신의 재질을 너무 과대평가해서 오 년을 이야
기했는지는 모른다. 그러나 그렇게 말하기에는 스스로를 너
무 낮추는 것 같고.
　이사형은 죽영파사검법을 익히지 않았다. 대충 겉만 훑고

말았던 것이다. 아마 그래서 오 년을 말했을 것이다.

죽영파사검법은 이사형이 생각한 몇 배 이상 패도적인 무공이었다. 무당, 공동과 함께 천하 삼대검문三大劍門 중의 하나로 꼽히는 화산에서 수용하지 못했을 정도로 강맹한 검초.

만약 죽영파사검법이 오 년 안에 익힐 수 있는 무공이었다면 자존심 강한 화산의 조사들은 그 무공에 겁을 내어 사장시키려 들지도 않았을 것이다. 구소신공도 남겨 둔 조사들이었다.

장문천은 이사형이 죽영파사검법의 진정한 위용을 알았다면 죽음을 택했을까, 라고 생각했다. 절대 죽음을 택하지 않았을 것이다.

죽영파사검법!

어쨌든 그 무공을 장문천은 익혔다. 지금.

동부를 내려갈 때가 된 것이다.

장문천은 검신을 드러내며 내력을 끌어 올렸다.

웅웅웅! 검이 울며 자색 강기가 그의 전신에서 무럭무럭 피어올랐다.

경기의 폭풍이 휘몰아치며 나뭇잎들이 우수수 날렸다.

검 끝에서는 푸른 섬광이 자라고 있었다. 한 치, 한 치.

푸른 섬광을 키워 내는 그 검의 상대는 예전부터 정해져 있었다. 능운공작 단원홍. 그리고…….

강호는 정말 모르는 곳이다. 화산의 도장에서 그 검의 또 다른 상대에 대한 이야기를 듣게 될지는 알 수 없었다.

천화원 天花院

예령叡鈴은 가슴을 내밀며 숨을 들이쉬었다. 청정한 기운들이 그녀의 전신을 상쾌하게 했다.

그녀는 소옥小屋 앞에 서 있었다.

아담하고 정갈하게 꾸며진 집이었다. 소옥의 담은 여러 종류의 나무와 화단으로 꾸며져 있었다.

예령은 바람에 흔들리는 나무와 꽃들을 살피며 소옥을 거닐었다. 가끔 울창한 삼림 너머의 먼 곳으로도 시선을 던졌다. 예령은 그곳에는 가 보지 못했다. 갈 수 없었다.

언젠가 한 번 바깥세상이 너무 그리워 밖을 나간 적이 있었다. 칼을 든 무시무시한 사람들이 떼로 모여들며 그녀의 발길을 막았다. 그녀는 그때 그들이 너무도 무서워 울었다.

할아버지와 파파婆婆도 절대 소옥 밖으로 나가지 마라 했다. 그래서 그 이후 그녀는 한 번도 밖으로 나가지 않았다.

소옥에서도 재미있는 일은 많았다. 서가에는 항상 새로운 책들이 놓였고 매일 다르게 자라는 나무와 꽃들을 가꾸고 살피는 것도 즐거움이었다.

하지만 그럼에도 예령은 오늘처럼 가끔 밖을 넘보았다. 가보지 못한 세상에 대한 막연한 동경 때문은 아니었다.

누군가가 손짓하며 오라 하는 것 같았다. 가슴 저리게 부르는 목소리였다. 때문에 그녀는 언젠가 그 목소리를 따라 밖으로 나가게 되리라 예감했다.

삼림을 부는 바람은 벌써 소슬했다. 그녀는 갓 떨어진 나뭇잎들을 주우며 뒤뜰로 향했다.

뒤뜰에는 예순을 넘은 노인이 마른 잎을 태우고 있었다.

예령의 눈빛이 빛났다.

"할아버지!"

그녀가 환하게 웃으며 달려갔다.

"아가씨, 그을음이 묻습니다. 다가오지 마십시오."

노인이 말했다.

그는 천노라는 노복이었다.

태어날 때부터 자신의 곁에 있었다던 가노로서, 예령은 신분의 차이에도 불구하고 할아버지라 불렀다. 천노는 뒤뜰에 보이는 작은 별채에 홀로 기거하고 있었다.

"잠깐만 놀다 가겠어요."

예령은 불 옆에 섰다.

그녀가 불을 쓰다듬듯 손을 저었다. 불길이 마른 짚 더미를 던진 듯 확 치솟았다.

예령은 그 불에 취한 듯 두 눈을 반짝였다.

천노는 안색을 찌푸렸다.

"아가씨, 그만 들어가십시오!"

그가 노한 목소리로 말했다.

"왜 그러세요? 할아버지는 이상해요. 파파도 마찬가지고. 불 곁에 왜 서 있지도 못하게 하는 거예요?"

예령도 화를 내며 토라진 목소리로 물었다.

파파는 이순耳順을 바라보는 그녀의 유모다. 천노와 같이 태어날 때부터 그녀를 지켜보았던 여자다.

예령은 소옥에서 천노, 파파와 함께 줄곧 살아왔다.

"아가씨는 이제 어린아이가 아닙니다. 불장난을 좋아할 나이가 아니지요. 불장난을 좋아하는 여자는 없습니다."

천노가 무뚝뚝하게 말했다.

"비키십시오. 그을음이 날립니다."

그는 들고 있던 대 대빗으로 아예 불길을 잡아 버렸다.

"쳇!"

예령은 입을 삐죽이며 등을 돌렸다. 그녀는 떨어진 나뭇잎을 몇 장 더 주웠다. 오늘은 하루 종일 몸이 이상했다. 따뜻한 물에 나뭇잎을 띄우고 놀며 몸을 풀 생각이었다.

"앙! 앙! 앙!"

저녁을 준비하던 도화는 예령의 울음소리에 놀라 급히 들고 있던 식칼을 놓았다.

울음은 욕실에서 들렸다. 그녀는 허둥지둥 욕실로 달려갔다.

"아가씨!"

도화는 욕실의 문을 와락 열었다.

뿌연 수막 속에 예령이 알몸으로 서 있었다.

"앙! 앙! 앙! 파파…….."

그녀가 겁에 질린 표정으로 도화를 바라보았다.

"아가씨, 무슨… 흉한 벌레라도 나타났습니까?"

도화는 급히 욕실 주변을 살폈다. 욕실에는 나뭇잎과 창포를 제외하고는 아무것도 없었다.

"파파."

예령은 겁에 질린 얼굴로 눈길을 떨어뜨렸다.

도화의 시선이 황급히 예령의 시선을 따랐다. 도화의 굳었던 얼굴이 밝아졌다. 그녀는 안도로 가슴을 쓸었다.

"아가씨, 겁내지 마세요. 아가씨는 이제 어른이 되었답니다. 다 큰 여인은 누구나 한 달에 한 번은 이런 일을 경험하지요."

도화는 빙긋 웃으며 예령을 감싸 안았다.

그녀는 예령을 깨끗이 닦인 후 새 옷을 입혔다.

"오늘은 일찍 주무십시오."

그녀가 예령의 손을 끌고 욕실을 나섰다.

"무슨 일이오?"

소옥 밖에는 천노가 서 있었다. 욕실 안에서 일어난 일이라 들어오지 못하고 발을 굴리고 있었던 모양이다.

"천노, 아무 일도 아니니 걱정 마세요. 아가씨는 이제 어른이 되었답니다."

도화가 웃으며 말했다.

"아가씨가 어른이?"

천노는 이마에 주름살을 그렸다. 그는 처음에는 도화의 말이 무슨 말이지 이해를 못 하는 듯했다. 그러나 그는 곧 고개를 끄덕였다.

"벌써… 세월이 그렇게 흘렀군."

천노는 하늘을 우러렀다. 그의 눈빛이 회한으로 흔들렸다.

그날 밤 예령은 꿈속에서 누군가를 만났다.

푸른 공단 옷에 꽃무늬가 수놓인 연분홍 치마, 뒤축 높은 꽃신을 신은 여인이었다.

예령은 이전에도 꿈속에서 몇 번 그녀를 만난 적이 있었다.

어머니.

어머니는 말했다.

"나의 귀여운 아기, 이제 누군가가 너를 찾아올 것이란다. 모든 사람이 그를 무서워해도 너는 그분을 무서워하면 안 된단다. 너는 그분을 위해 그것을 준비해 두렴."

그녀는 예령을 꼭 껴안으며 그 물건이 있는 곳을 가르쳐 주었다.

"알았어요, 어머니."

예령은 어머니의 품속에서 고개를 끄덕였다. 어머니의 눈빛이 너무 애잔해 그녀는 다른 말은 물을 수도 없었다.

방환은 천공에서 시선을 거두었다. 초가을의 밤은 깊고 아름다웠다. 그러나 천공에서 시선을 거둔 방환의 표정은 별로 밝지 못했다.

방환은 오랫동안 하늘을 바라보고 있었기 때문에 허리에 통증을 느꼈다. 그는 곱사등을 툭툭 두드리며 생각에 골몰했다.

발소리가 들렸다.

"방 노관!"

어둠 속에 나타난 자는 불사혼 도예와 불패혼 예광이었다.

"주무시지 않고 무엇 하고 계십니까?"

도예가 물었다.

"이제 아흔이 넘었소. 밤잠도 없고 낮잠도 없소이다."

방환이 말했다.

"우리도 이미 고희를 넘겼습니다. 나이가 들면 잠이 많아진다는데 방 노관만 다른 듯합니다."

도예는 잔잔하게 웃었다.

"나는 원래 늙기를 잘못 늙은 자라 잠이 없다지만 쌍혼께서는 왜 잠을 이루지 못하고 계시오?"

"잠이 올 리 있겠습니까. 전왕의 출관이 코앞인데."

불패혼 예광이 무뚝뚝하게 말했다.

"한두 달, 그 정도 시일밖에 남지 않았지요. 나의 걱정은 전왕께서 과연 우리 만인촌의 원을 풀어 줄 것인가 하는 것입니다. 원래 엉뚱한 분이시라…….”

도예는 쓴웃음을 흘렸다.

“그의 선택은 더 이상 다른 것이 없소! 중원 배교는 이미 사라졌소이다. 의리를 지키려 해도 지킬 수 없음 아니오. 성녀는 화형에 처해지고 명웅은 참수당했다는 소식을 들은 후 무공에 몰두한 것만 보아도 알 수 있소!”

예광이 냉랭하게 말했다.

“그것이… 중원 배교의 불씨가 완전히 꺼진 것은 아니라네. 호교사들이 근자에 중원 배교가 멸하지 않았다는 흔적을 발견한 모양이야.”

“저도 들었습니다. 있으나 마나 한 처지로 있겠지요. 신경 쓸 필요도 없습니다.”

예광은 도예의 노파심을 탓했다.

“전왕의 행보에 대해서는 더 이상 걱정을 마시오. 전왕께서 중원에 광명도를 들이댈 것은 분명하지 않소. 중원 배교의 복수를 위해서라 할지라도. 걱정하는 것은 전왕께서 중원에 배교일세를 이룬 후 다시 보권의 시대로 돌아가지 않을까 하는 것이겠지요. 그런 일은 없을 것이오. 복수에 혈안이 된 적들이 가만히 있겠소? 전왕께서는 보권으로는 적들의 공세를 막아 내지 못하리라는 것을 금방 깨닫게 될 것입니다. 적들의 저항이 완전히 사라질 때까지 전왕께서는 모든 것을 광명도에 의지할 것이오.”

방환도 도예의 걱정을 불식시켰다.

“말이 나온 김에 묻겠습니다. 일지국의 행방은 아직도 묘연하오? 대화룡은 우리에게 꼭 필요한 물건인데……."

"아직은… 호교사들이 행방을 찾는 데 총력을 기울이고 있습니다."

예광이 말했다.

"서둘러 주시오. 그것은 전왕의 물건이외다."

"알겠습니다."

도예와 예광은 읍을 했다.

"방금 천문을 보았소."

"아하! 전왕의 행로를 점쳐 보셨군요."

도예는 안광을 빛내며 호기심을 표했다.

"천체의 운행이 이상합니다."

"좋지 않은 일이라도……?"

도예와 예광의 안색이 굳어졌다.

"자미궁이 크게 침범당하고 있소. 대변란의 예고이외다."

"좋은 일 아닙니까?"

예광이 그답지 않게 조심스럽게 물었다.

"허허허! 불패혼께서는 자미궁을 지금 중원의 주도권을 잡고 있는 자로 생각하는 모양이지요. 그럼 우리는 무엇입니까? 자미궁을 흔들고 있는 성좌는 천살성인데, 우리가 우리 스스로를 살성이라 할 참입니까?"

"험!"

예광은 헛기침을 했다.

"천문은 보는 사람마다 조금씩 다르기는 합니다. 어떤 자는 편한 대로 자미궁을 자기 세력으로 끌어들이곤 하더군요.

그러나 천제의 궁이 어찌 몇몇 사람의 운명을 대변하겠소. 자미궁이 흔들린다는 것은 삼라만상의 운행이 순리가 아니라 역리로 흐른다는 징조입니다."

"무슨 뜻입니까?"

듣고만 있던 도예가 눈살을 찌푸리며 물었다.

"우리가 도모하는 일이 하늘의 뜻을 거스르는 일이 될 수도 있다는 뜻이지요."

방환은 단도직입적으로 말했다.

쌍혼은 불쾌한 기색으로 입을 닫았다.

"또 하나 이상한 것은 전왕의 별이 벌써 빛을 발하고 있습니다."

"출관을 앞두었으니 당연한 일 아니오?"

"태동이 아니라 벌써 움직이기 시작했소. 그리고 지금은 천살성과 일렬로 합쳐 자미궁을 압박하고 있소이다. 전왕께서는 아직 출관도 않으셨는데……."

"그럼 또 다른 전왕이 있다는 말이오?"

쌍혼은 입을 모았다.

"모르겠소이다."

방환은 고개를 저었다.

침묵이 흘렀다. 큰일을 앞둔 터라 별일에도 다 신경이 쓰이는 그들이었다.

도예가 그 침묵을 깼다.

"방 노관, 천문이란 원래 할 일 없는 자들이 심심풀이로 보는 잡학일 따름이오. 우리에게는 명왕이 있소. 우리의 길은 명왕께서 가르쳐 줄 뿐이오."

"맞소! 형님의 말씀이 옳습니다."

예광은 목소리를 높였다.

"허허허, 늙은 것이 괜한 짓을 했소이다. 이제 노관의 자리는 불사혼께서 맡아야겠소. 옳은 말이오. 옳은 말이야. 우리가 의지할 곳이 명왕 말고 그 누가 있겠소."

방환도 고개를 끄덕였다.

"자, 전왕의 출관도 코앞이니 만인촌이 중원으로 나아가는 일에 빈틈이 없도록 준비를 철저히 합시다."

그가 말했다.

"물론입니다!"

쌍혼은 포권으로 명을 받았다.

우워워!

늑대 울음이 사납게 곤륜의 산줄기를 뒤흔들었다.

새외로 줄달음치는 곤륜의 깊은 산중에는 소림, 무당, 화산, 아미와 함께 천하 오대문파로 꼽히는 곤륜파가 있다.

이역에 떨어져 있으면서도 항상 중원에 영향을 끼치는 곳.

낮은 점점 짧아지고 밤은 점점 길어지는 계절이었다. 곤륜의 도관에는 벌써 짙은 어둠이 내려앉아 있었다.

각자의 일로 분주하던 제자들도 하나 둘 숙소로 모습을 감추고 곤륜의 도관들 사이로는 찬 바람만 나뭇잎을 휘저었다.

산문에는 십여 명의 제자들이 불을 피워 놓고 곤륜의 밤을 지키고 있었다. 그들은 도란도란 모여 무슨 이야기인가에 열중하고 있었다.

"…곽부는 엄청난 자였지. 원래 전전대의 고인들도 상대하기 힘들어하던 자였다. 파죽지세로 공동, 종남을 휩쓸고 화산으로 나아갔어."

말을 하고 있는 자는 이십 대 후반의 도장이었다. 곤륜의 장문인, 광화자光華子의 제자 홍일도장弘逸道長이 그랬다. 홍일을 비롯한 제자들과 조금 떨어진 산문 한편에는 청수한 얼굴의 중년인이 가만히 산길을 바라보고 있었다. 그는 홍일의 사형, 홍현도장弘玄道長이었다.

홍현은 항상 말이 많은 사제, 홍일에게 뭐라고 한마디 하고 싶었으나 참았다. 천성이 그랬고 배분 낮은 제자들과 흉허물 없이 어울린다고 책할 노릇도 아니었다. 근엄한 얼굴의 사숙이 있으면 친구 같은 사숙도 있어야 할 터이니.

"우리 곤륜을 비롯한 구대문파는 뒤늦게 '아차!' 하고 농관籠關으로 모여들었어. 곽부의 단혈철각련을 막기 위해."

"대응이 왜 그렇게 늦었습니까?"

홍일의 이야기를 듣고 있던 제자 한 명이 안타까운 표정으로 물었다.

"음, 각 문파에서 서둘러 제자들을 동원하지 못할 사정들이 조금 있었지. 하나는 자신의 문파를 지키는 일이 급했을 테고 다른 하나는 배교의 뿌리를 뽑는 일로 제자들이 강호에 많이 흩어져 있었거든."

"배교?"

제자들은 서로의 얼굴을 바라보았다. 조금 낯선 이름이었다.

"그런 곳이 있다. 하오문의 사교인데 뿌리가 고래 심줄처럼 질겼던 곳이다."

홍일이 말했다.

"하오문의 일인데 왜 그렇게 많은 제자들을 하산시켰습니까?"

또 다른 제자 한 명이 물었다.

"강호는… 겁화가 일어도 서로 미동도 않는 경우가 있고, 작은 불씨에도 민감하게 반응하는 경우가 있다. 각 문파 사이에… 서로를 의식해야 하는 일이 적지 않기 때문이다."

홍일은 홍현의 눈치를 보며 조심스럽게 말했다.

제자들은 듣지 않아도 알겠다는 듯이 고개를 끄덕였다.

"어쨌든 농관에서 대접전이 벌어졌어. 삼백 년 내 강호 최대의 혈투였지. 단혈철각련도 엄청난 타격을 받았지만 더 타격을 받은 쪽은 바로 우리 구대문파였다. 이전 세력을 그 한판에서 반이나 꺾여 버렸으니…….."

"농관 혈전에 대해서는 저희들도 누차 들은 바 있습니다."

제자들이 말했다. 그들이 듣고자 하는 이야기는 원래 다른 것이었다.

"그래, 농관의 싸움은 그렇게 끝났고… 단혈철각련은 승기의 여세를 몰아 화산으로 나아갔다. 화산의 도림새桃林塞에서 두 번째 혈투가 벌어진 게야. 구대문파를 비롯한 정파의 제 세력은 사활을 걸었지만 상황은 역시 좋지 않았다. 그때 유향경천문이 나타났다. 능운공작 단 대협께서 나타나신 게지."

"아!"

제자들은 찬탄을 터뜨렸다.

"상상을 초월한 무위였다. 사대호법, 십장로… 곽부의 수졸들은 짚단처럼 줄줄이 쓰러졌다."

홍일은 입에 침을 튀겼다.

제자들 중에는 도림새의 일전도 몇 번이나 들은 자가 있었다. 그러나 익덕공益德公의 장판 싸움처럼 언제 들어도 질리지 않는 이야기라 모두 눈을 빛내며 귀를 기울였다.

떨어진 곳에서 한 귀로 홍일의 이야기를 듣던 홍현은 달랐다. 그는 안색을 찌푸렸다.

"홍일, 자리를 지켜라!"

그가 냉랭하게 소리쳤다.

홍일은 사형의 목소리에 흠칫 놀라 제자리로 돌아갔다. 제자들도 산문에 일렬로 섰다. 한참 이야기가 재미있을 판인데 산통을 깬 홍현의 심보를 그들은 몰랐다.

"홍일, 네가 무엇을 안다고 그때의 일을 이야기하느냐? 너는 그때 검도 받지 못했던 어린아이가 아니었더냐! 유향경천문이… 조금 일찍 싸움에 뛰어들었다면 우리는 농관에서 그런 대패를 당할 이유가 없었다. 세력의 오할이나 꺾여 그 후유증을 지금까지 지니고 있을 필요도 없겠지. 사패에게 만약 무슨 일이 생긴다면… 그들은 절대 우리의 늑장을 탓하지 말아야 할 것이다!"

홍현은 냉랭하게 자신의 심경을 밝혔다.

"기억하라! 강호를 지켜 온 곳은 언제나 구대문파였다. 사패의 세상은 지금 순간일 뿐이지. 물론 능운공작이 있는 한 사패의 세상이 흔들리지 않을 것이라는 것은 나도 안다. 그렇다고 너희들이 능운공작이나 사패의 추종자처럼 꼭 왕왕거려야 하겠느냐! 대곤륜의 자존심은 어디에 두고 왔느냐!"

이왕 꺼낸 말, 홍현은 제자들을 엄하게 질책했다.

홍일을 비롯한 제자들은 고개를 떨어뜨렸다.

"내가 걱정하는 것은 사패가 그들의 야심을 우리 산문까지 들이대지 않을까 하는 것이다. 사패의 세력은 하루가 다르게 커 가고 있지. 그러나 본문을 비롯한 구대문파는……."

홍현은 미간을 좁혔다. 더 이상 말도 하기 싫었다.

화톳불만 활활 타올랐다.

산바람 소리와 귀뚜라미 울음소리. 적막이었다.

중추절을 앞둔 달은 중천으로 흐르고 있었다.

그때였다.

홍현은 눈을 번쩍 떴다.

웅웅웅!

긴 쇠관이 울리는 듯한 소리가 그의 귀에 닿았다. 그리고 그 소리는 곧 음률을 이루었다.

홍현은 눈살을 찌푸렸다.

간장을 후벼 파는 애절한 음률이었다. 그 소리는 온갖 회한들을 다 불러일으키며 점점 산문을 향해 다가오고 있었다.

홍현은 눈을 질끈 감았다가 떴다. 더 이상 그 소리에 빠져 들다가는 제자들 앞에 터무니없이 약한 모습을 보일 것 같았다.

'야심한 밤에 누가?'

그는 야안공으로 주위를 살폈다.

가랑잎만이 바람에 날리고 있을 뿐이었다.

소리는 가까이 들리나 사람은 없다. 소리가 들리는 방향도 모호했다. 마치 사방에서 환청으로 웅웅 울리는 듯했다.

'심상치 않다!'

홍현의 검인劍人으로서의 직감이 발동했다. 그는 급히 시선을 제자들에게 돌렸다. 그의 안색이 변했다.

홍일은 눈물을 흘리기 일보 직전이었고 나머지 제자들은 줄줄 닭똥 같은 눈물을 떨어뜨리고 있었다. 그중 내력이 약한 제자 한 명은 슬픔을 이기지 못한 듯 몸을 부들부들 떨고 있었다.

그 제자가 갑자기 피를 토했다.

"웩!"

"으웩!"

연이어 제자들이 피를 토했다. 홍일은 머리를 껴안고 고통스러워하고 있었고, 홍현도 머리가 터져 나갈 듯 울리는 것을 느꼈다.

간장을 후벼 파던 음률은 정말 간장을 후벼 파고 있었다.

'마, 마음魔音이다!'

"아아아!"

그가 창룡음을 터뜨렸다. 하지만 그의 창룡음은 마음에 맞서기에 너무 내력이 약했다.

"홍일!"

홍현이 격음激音으로 홍일을 불렀다.

홍일은 충혈된 눈으로 간신히 고개를 들었다.

"종을 울려라! 적이다! 무서운 적!"

슥! 홍현은 검을 빼 들었다.

홍일은 비틀거리며 산문에 달린 종을 향해 걸어갔다.

털썩! 제자들이 오공에서 피를 흘리며 산문을 굴렀다.

"어디 있느냐? 오라!"

홍현은 악에 받친 고함을 질렀다.

"으으으……."

홍일은 이빨을 딱딱 부딪치며 한 손으로 귀를 막고 종을 잡았다. 그가 종을 울리려 할 때였다.

머리를 울리던 굉음이 뚝 그쳤다.

홍일은 순간적인 안도감에 고개를 들었다.

"아!"

그가 탄성을 터뜨렸다.

달은 중천을 넘어가고 은한은 총총했다. 그 사이로 유성처럼 그림자 하나가 흐르고 있었다. 그 그림자는 점차 자신을 향해 다가왔다.

홍현도 그 그림자를 보고 있었다.

"능공허도凌空虛渡!"

그가 경악에 찬 함성을 질렀다.

"홍일, 뭐 하느냐? 타종打鐘!"

파파파파팟!

옷깃이 바람을 가르는 소리가 바람이 대나무 숲을 지나는 소리보다 더 요란했다.

인영은 삽시간에 홍현을 덮쳐 오고 있었다. 홍현은 허공에서 태산이 눌러 오는 듯한 압박감을 느꼈다. 어물거리다가는 경기의 압박으로도 폭사할 듯했다.

홍현은 곤륜이 자랑하는 신법으로 신형을 뽑았다. 그가 용미초풍龍尾招風으로 비스듬히 치솟아 오르며 분광뇌풍검법分光雷風劍法을 펼쳤다.

검 끝에 월광이 찬연하게 폭사되며 홍현의 검은 기세등등하게 허공을 짓눌러 오는 인영을 향해 날아갔다.

검영에 맞서 붉은 그림자가 번뜩하는 듯했다.

좌악! 은한이 갑자기 붉게 물들었다.

홍일은 보았다. 피와 살점, 조각난 검의 파편들이 은린銀鱗처럼 우수수 쏟아져 내리는 것을.

파파팟!

옷깃이 바람을 가르는 소리는 계속해서 들렸다. 자신을 향해 날아오고 있었다.

홍일은 염왕을 보듯 허공을 날아오는 인영을 바라보았다. 등을 돌리고 싸울 생각도 못 했다.

땡! 땡! 땡! 땡!

그는 종만 깨져라 울렸다.

붉은 장영은 그의 머리 위에도 떨어졌다.

단식 수행 이레째가 되는 날 밤, 홍인弘仁이 파랗게 질린 모습으로 달려왔다.

"장문인! 크, 큰일 났습니다! 마성魔星이, 본문에 마성이 출현했습니다!"

홍인은 숨이 넘어갈 듯한 목소리로 소리쳤다.

홍인이 저토록 호들갑을 떨 정도면 가벼운 일은 아니라 생각했다. 광화자는 검을 들었다. 단혈철각련과의 대혈전 이후 처음으로 드는 검이었다.

"광운光運, 광정光正 사숙께서 혼신을 다해 막고 있으나… 좋지 않습니다!"

도관을 향해 내려가며 홍인이 말했다.

광화자의 눈빛이 흔들렸다. 광운, 광정까지 나섰는데 사태가 험하다니, 생각보다 사정이 더 나쁜 듯했다.

광화자는 땅을 박찼다.

팟! 그가 한 줄기 그림자로 번쩍였다. 곤륜의 무상절예, 운룡대팔식雲龍大八式이 펼쳐지고 있었다.

도관을 향해 쏘아 가며 광화자는 이상하다는 생각을 했다. 칼 부딪치는 소리도 비명도 들리지 않았다. 곤륜은 깊은 밤 속에 고요하기만 했다.

광화자는 일각 만에 도관에 이르렀고 곤륜이 침묵하는 이유를 알게 되었다.

곤륜의 제자들은 모두 대성전大聖殿에 모여 있었다.

"사형!"

"사부님!"

사제 광정과 대제자 홍명弘明이 황급히 다가왔다.

광화자는 광정과 홍명을 비켜서게 했다.

산문까지 이르는 길이 광화자의 눈에 쭉 들어왔다.

질퍽한 핏물투성이였다. 벌써 한차례 싸움이 있은 듯했다. 그 길 위에 한 사내가 산책을 하듯 천천히 걸어오고 있었다. 손에는 아무런 병기도 없었다.

광운이 보였다. 그는 일향문一珦門에서 야행인과 한판 싸울 준비를 하고 있었다.

광정에게 용호풍운대진龍虎風雲大陣을 펼치게 한 후 자신은 직접 적을 상대하러 나선 듯했다. 막을 수 있다면 곤륜의 도관에 발을 들이기 전에 막고 싶었을 것이다. 하지만 광운은 이미 자신이 적의 상대가 아니라는 것을 안 모양이었다. 꺾을 수 있는 자였다면 대성전까지 물러난 후 용호풍운대진을 펼치라고 광정에게 지시하지도 않았을 테니.

"광오光吾, 광성光成 사숙, 홍현, 홍양弘陽, 홍청弘淸, 홍일… 이미 모두 놈에게 당했습니다."

홍명은 비분을 터뜨렸다.

광화자는 아무 말 없이 일향문에만 눈길을 두었다.

핏물만 흥건한 곤륜으로 들어오는 길.

광운을 불러들이고 싶었다. 그러나 부르기에는 늦은 듯했다.

파라락! 광운은 도포를 휘날리며 허공을 비상하고 있었다. 그가 허공을 자유자재로 꿈틀대며 야행인을 향해 검을 뻗었다. 운룡무궁雲龍無窮의 멋진 신법에 태청검법太淸劍法이었다.

광운다웠다.

검파는 현기를 뿌리며 도도하게 야행인을 휩쓸어 갔다.

야행인은 어깨를 가볍게 흔들었다. 그의 신형이 얼음을 타듯 미끄러졌다. 발 없는 유령의 움직임이었다. 그는 그 한 번의 동작으로 광운의 검망을 무위로 만들었다.

"으핫!"

광운은 상대가 자신의 공세를 너무 쉽게 비껴가자 노호를 터뜨리며 몸을 회전시켰다. 신룡선무神龍旋舞를 펼쳐 회전력으로 검의 위력을 배로 하고 있었다.

쐐액! 그는 검을 일자로 세운 채 선풍을 일으키며 야행인을 공격했다.

야행인은 선 자세 그대로 우수를 내밀었다. 비구에서 백선白線이 번쩍하는 것을 본 자는 광화자뿐이었다.

광화자는 광운에게 위험을 경고하려 했다. 그러나 경고하기에는 시간이 너무 짧았다. 비구에 숨겨진 것은 바람을 가를 정도로 날카로운 연검이었다.

사삭! 가벼운 움직임과 함께 허공에서 피가 솟았다. 운룡대팔식을 펼쳐야 할 광운의 두 다리가 육신에서 떨어져 나가고 있었다. 사삭! 삭! 팔이 날아가고 목이 날아가고 몸통이 조각났다.

백선으로 화한 연검은 마치 봄날의 간지러운 햇살처럼 움직이며 광운을 조각조각 내고 있었다. 움직임이 너무 부드럽고 빨라 조각나고 있는 광운조차 자신의 처지를 깨닫지 못할 것임에 틀림없었다. 찰나지간에 광운의 형체는 사라졌다.

육편만이 우수수 떨어지고 있었다.

연검을 볼 능력이 없는 홍명 등은 광운이 절로 육편이 되어 흩날리고 있는 것으로 알았을 것이다.

"사술! 장문인, 놈은 사술을 쓰고 있습니다!"

아니나 다를까, 홍명이 하얗게 질려 소리쳤다.

사술이 맞다 하더라도 광운을 조각낼 사술이면 이미 사술이 아니다.

밤의 침입자는 광운을 조각낸 후, 일향문을 바라보고 섰다.

소매를 휙 뿌리는가 싶더니 손에서 불기둥이 확 일었다. 불기둥은 맹렬한 기세로 일향문을 휘감으며 불꽃을 휘날렸다.

광화자의 표정이 굳었다. 그도 이번만은 야행인이 무슨 수법을 썼는가를 알 수 없었다.

세상에는 많은 수의 열양공이 있다.

화염장火焰掌, 삼양신지三陽神指, 열염홍심장熱炎紅心掌, 천염뇌화장天焰雷火掌…….

모두 무서운 극양기공極陽奇功들이다. 그러나 그 기공들 중 어느 것도 실제로 불을 뿜는 무공은 없었다.

타탁! 탁! 탁!

일향문은 기와를 태우며 이내 잿더미로 화해 갔다.

야행인의 눈길이 대성전에 닿았다.

광화자는 제자들의 안색을 살폈다. 제자들은 모두 공포에 질려 꼼짝 않고 있었다.

"진성지명盡性至命!"

광화자가 태상노군의 본지本旨를 창룡음으로 외쳤다. 홍현의 창룡음과는 비교도 안 될 정도로 맑고 높은 음이었다. 곤륜산이 윙윙거리는 소리로 화답했다.

제자들은 장문인의 창룡음에 화들짝 정신을 차렸다. 그들은 일제히 검을 빼며 자신의 방위를 지켰다.

야행인이 완보로 대성전을 오르고 있었다. 걸음걸이는 느렸으나 한 걸음에 전각 하나가 휙휙 지나갔다. 야행인이 스쳐 간 전각에는 매서운 불길이 뒤따랐다.

"광정, 문로를 알겠느냐?"

광화자가 물었다.

"장문 사형, 죄송합니다. 저로서는 도저히······."

광정은 머리를 숙였다.

"너는 지금 태청전太淸殿에 올라 조사들께서 남겨 준 귀한 유물들을 수습하라. 그리고 조사동으로 가라. 홍명, 너는 후미에 선 정자배正字輩 아이들을 이끌고 조사동에서 네 사숙을 기다려라. 내가 부르기 전까지 일절 밖을 내다보지 마라."

광화자가 말했다.

광정은 퍼뜩 고개를 들었다.

"장문 사형, 그 말은······."

"광정, 더 긴 이야기를 할 시간이 있느냐?"

광화자가 냉엄한 눈빛으로 광정과 홍명을 바라보았다.

광정의 얼굴이 험하게 일그러졌다.

"홍명! 아이들을 데려오라!"

휙! 그가 뒤도 돌아보지 않고 신형을 날렸다.

홍명도 이를 질끈 깨물었다. 그는 광화자를 향해 포권으로 깊게 머리를 숙였다.

"너희들은 나를 따른다!"

홍명이 후미의 제자들을 향해 소리쳤다.

한 무리의 어린 제자들이 홍명을 따라 우르르 움직였다.

광화자는 계단을 내려가 용호풍운대진의 중심에 섰다.

야행인도 대성전의 계단을 올랐다. 의외로 젊은 자였다. 신분도 밝히지 않았고 곤륜을 피로 물들이려는 이유도 밝히지 않았다.

비구에서 은광이 번쩍 빛났다.

비구에 숨겨진 연검의 길이는 얼마나 되는지 몰랐다. 매미 날개처럼 가는 연검은 화살처럼 날아가 대성전에 일렬로 선 네 명의 제자를 단번에 꿰뚫었다.

제자들의 도포가 붉게 물들었다. 그러나 제자들의 얼굴에는 변화가 없었다. 연검이 너무도 날카롭고 빨라 제자들은 고통은커녕 자신이 찔렸다는 사실조차 느끼지 못하고 있는 듯했다.

광화자의 안색이 변했다. 그는 흰 수염을 부르르 떨었다.

"무간지옥無間地獄에 백 번 떨어져도 모자랄 악귀!"

그가 태청진력太淸眞力을 전력으로 끌어 올렸다.

검 끝에 청광이 맺혔다.

그 순간, 야행인은 우수를 움직였다.

"으아!"

"악!"

연검에 관통된 제자들이 뒤늦게 애처로운 비명을 질렀다.

사삭! 삭! 연검은 채대綵帶처럼 움직이며 곤륜의 제자들을 쓸었다. 무슨 재질로 만들었는지 부드럽기도 한없이 부드러웠고 날카롭기는 검을 짚단처럼 잘랐다.

용호풍운대진이 무용지물이었다. 연검은 부딪치는 모든 것을 잘랐다.

"으악!"

"컥!"

팔, 다리, 토막 난 검이 어지럽게 날았다. 잠깐 사이에 대성전은 피바다를 이루었다.

"멈춰라!"

광화자는 청광을 뿌렸다.

웅웅웅! 비구가 야릇한 굉음으로 울며 연검의 길이를 줄였다. 연검이 은광을 뿌리며 광화자의 검영에 부딪쳐 갔다.

채챙! 챙! 챙!

맑은 울림 속에 광화자는 두 치 깊이의 족적을 남기며 비틀비틀 뒷걸음질을 쳤다.

야행인의 신형이 팟, 사라지며 일순간 광화자의 코앞에서 형체를 그렸다. 내력도 짐작할 수 없었고 빠르기도 짐작할 수 없었다. 열기가 훅 불어오며 붉은 장영이 일렁였다.

광화자는 짧은 호흡을 삼킬 틈도 없이 태청진기를 극성으로 담은 종학금룡수從鶴擒龍手를 펼쳤다.

펑! 쌍장이 교차하며 광화자는 다시 서너 걸음을 물러섰다. 얼굴은 대춧빛으로 달아올랐고 입가에는 선혈도 언뜻 비쳤다. 기혈은 역류하고 혼백은 비산했다. 하지만 광화자는 대곤륜의 장문인이다. 의연한 모습을 잃지 않았다. 그는 수세에서 곧 공세로 전환했다.

야행인은 손바닥을 펼쳤다. 그가 손목을 가볍게 흔들자 손 그림자가 십여 개로 불었다. 그는 노룡출담怒龍出潭으로 취해 오는 광화자를 향해 그 손 그림자를 뿌렸다. 십여 개의 붉은 손 그림자가 중추절 황하에 띄운 유등처럼 느릿하게 광화자의 장영에 차례로 부딪쳐 갔다.

타닥! 탁! 탁! 탁!

장영이 부딪칠 때마다 광화자는 뇌전을 맞은 듯 몸을 흠칫 흠칫 떨었다.

야행인은 펼쳤던 손바닥을 움켜쥐었고 광화자는 허공을 두 바퀴 선회한 후 제자리에 섰다.

광화자의 허리가 점점 구부러졌다. 내부가 불타고 있었다.

"대, 대단한……."

확! 불길이 치솟았다. 광화자의 몸에서 치솟아 오른 불길이었다. 그 불길은 삽시간에 광화자를 한 줌의 재로 만들었다.

곤륜의 제자들은 얼어붙은 듯 움직이지 않았다.

야행인의 비구에서 연검이 뻗어 나왔다. 빠르지 않고 가까이 있기 때문에 곤륜의 제자들은 이제 모두 그 검을 볼 수 있었다. 매미 날개 같은 그 연검은 곤륜의 제자들에게는 이수의 허연 이빨보다 더 흉포해 보였다.

연검이 물결처럼 움직였다.

"으악!"

"악!"

찢어지는 비명.

대성전, 노군전, 천존전天尊殿, 태청전……. 곤륜의 밤은 붉은 화마와 함께 붉은 피로 물들어 갔다.

🌑

"음, 음, 으음……."

딱 벌어진 어깨, 아름드리나무 같은 팔뚝, 역발산力拔山 국태열國太悅은 눈을 게슴츠레하게 뜬 채 손가락으로 탁자만 두들겼다.

다그락! 다그락!

그가 손가락으로 탁자를 두들길 때마다 탁자에 놓인 물건들은 현란한 빛을 내며 들썩였다.

탁자에는 금, 은으로 만든 패물들이 수북이 쌓여 있었다.

"귀찮게 하지는 않겠소. 잠깐 동안만 뵙고 나올 것입니다."

국태열의 앞에는 백발노인이 앉아 있었다. 풍상에 지친 꾀죄죄한 몰골, 만면에는 주름살이 가득한 노인이었다. 여느 곳에서 볼 수 있는 촌로의 얼굴이었으나 노인에게는 근접할 수 없는 위엄이 있었다. 천하의 국태열을 앞에 두고도 흔들림 없이 깊게 빛나는 눈빛, 알게 모르게 사람을 압박하는 말투.

소싯적에 한가락 했을 노인이 틀림없었다. 노인은 한쪽 팔이 없었다. 그 없는 팔이 타인으로 하여금 노인에 대한 그런 인상을 더욱 강하게 받게끔 했다.

때문인지 안하무인으로 알려진 국태열의 태도도 노인에 대해서는 정중했다. 사실 외모가 아니라도 국태열은 노인을 함부로 대할 처지가 아니었다.

"노야, 여기까지 온 사정을 꼭 원주를 찾아 밝혀야겠습니까? 나에게 이야기하면 내가 전달해 주겠습니다. 원주께서는 외인을 만나기를 극히 꺼려하십니다."

그가 탁자에 쌓인 패물들을 힐끔 보며 말했다.

"국國 대주隊主의 입장을 곤란하게 하지는 않겠소. 잠깐만 뵐 수 있도록 해 주시오."

외팔이 노인은 같은 말만 반복했다.

"아이고, 이거…….."

국태열은 의자를 까딱거리며 난색을 표했다.

외팔 노인은 소매를 뒤졌다. 그가 소매에서 주먹만 한 금 송아지를 꺼내 탁자에 올렸다. 눈에 금강석까지 박힌 금송아 지였다.

"험, 험, 험!"

국태열은 다시 헛기침을 했다.

'정말 사람 미치게 만드는군. 가만, 가만. 내가 왜 이렇게 고민을 하고 있지? 저자는 강호인도 아니잖아. 원주를 잠시 뵙겠다고 하는 것뿐이고.'

그는 금송아지를 바라보며 마른침을 꼴깍 삼켰다.

'에잇, 모르겠다. 설마 원주께서 일없는 늙은이 한 번 초 대했다고 나를 나무라시기야 하랴! 그리고 그는 모든 사람의

존경을 받고 있는 자가 아닌가.'

국태열은 결국 재물에 굴복했다.

그가 '좋소!'라고 말하려 할 때였다.

"대주!"

사자코에 위맹한 인상의 청년이 덜컹 문을 열었다. 그는 천위대天衛隊의 부대주인 한고韓高였다.

천위대는 호위대. 작금 강호에 홀로 천상천하유아독존天上天下唯我獨尊을 외칠 수 있는 능운공작의 장원, 천화원을 지키는 친위대가 그들이었다.

"무슨 일이냐?"

국태열은 인상을 썼다.

"소림, 나한당의 상좌上座 정각이라는 자가 원주를 뵙기를 청하고 있습니다. 설치는 모양이 아무래도……."

"비무를 청하러 왔다 이 말이지? 한동안 잠잠하다 했더니 이번에는 소림인가!"

국태열은 한광을 쏟으며 자리에서 벌떡 일어났다.

"나가 있거라!"

그가 소리쳤다.

한고는 읍을 한 후 밖을 나갔다.

"노야, 미안하오. 원주께서 외인을 꺼리시는 이유는 바로 이런 일 때문이오. 제 실력도 모르는 것들이……."

국태열은 주먹을 불끈 쥐었다.

"나한당의 상좌라면 만만한 상대가 아니오. 제법 몇 초식은 겨루어야 할 듯하니 나 대신 한고를, 방금 저놈을 따라가시오. 원주에게 안내해 줄 것이오.”

그는 뒷짐을 지며 탁자에 놓인 재보들에 슬며시 눈길을 돌렸다. 그가 딴청을 부리는 척하며 탁자의 재보들을 함에 재빨리 쓸어 담았다.

“나갑시다!”

그가 함을 한구석에 놓은 후 호쾌하게 소리쳤다.

국태열과 외팔 노인은 문을 나섰다.

“한고, 너는 이분을 원주께 안내해 드려라. 나는 소림의 돌중을 상대하고 오겠다.”

국태열이 말했다.

산을 내려가려던 그가 문득 발걸음을 멈추었다.

“누구요?”

국태열이 문 앞에 선 자를 바라보며 외팔 노인에게 물었다.

문 앞에는 날렵한 기형도畸形刀를 찬 자가 서 있었다. 작은 키에 곱슬곱슬한 머리, 피부가 갈색으로 짙은 이족의 사내였다.

“내가 보표로 데리고 있는 자외다. 천축의 원주민이오. 예전에 상단을 끌고 천축에 간 적이 있지요. 병과 굶주림으로 죽어 가던 그와 그의 가족들을 구해 주었습니다.”

“흐흥, 천축의 원주민이라… 노예 아니면 소처럼 부림을 당하는 하층민이었겠군.”

국태열이 천축의 사정에 대해 알은척을 했다.

“그 일을 까맣게 잊고 있었소. 그런데 두 번째 천축에 갔을 때 다시 만나게 되었습니다. 지금처럼 변해 있더군요.

밀승密僧을 만나 기연을 얻었다고 하더이다. 그리고 은혜를 갚아야 한다면 나를 따라 중원까지 왔소. 몇 번이고 만류를 했는데도… 타랍하打拉下, 인사드려라. 천화원의 국 대주이시다."

외팔 노인이 기형도를 찬 이족 사내에게 손짓을 했다.

이족 사내는 제자리에서 가볍게 머리를 숙였다.

국태열은 안광을 빛내며 이족 사내의 위아래를 훑었다.

"노야께서는 좋은 보표를 두고 있군요."

그가 히죽 웃으며 산을 내려갔다.

외팔 노인은 이족 사내의 곁으로 다가갔다.

"어떠냐?"

그가 미소를 지으며 물었다.

"능운공작이라는 분은 좋은 보표를 두고 있군요."

이족 사내가 능숙한 한어로 말했다.

"때맞추어 잘 온 것 같다. 중원 무학의 뿌리는 소림에 있다고 하지. 내가 듣기로 정각은 근자에 소림의 산문을 지키는 무승 중 가장 뛰어난 자라 하더구나. 그리고 그와 싸우려하는 국 대주는 작금 천하제일인인 능운공작의 비전을 제법 이어받았다고 하는 자, 괜찮은 구경거리가 될 게야."

외팔 노인은 이족 사내의 어깨를 툭툭 쳤다.

"노야, 갑시다."

천위대의 부대주 한고가 외팔 노인을 불렀다.

외팔 노인은 한고를 뒤따랐다.

"양 노야를 이렇게 가깝게 뵐 수 있어서 영광입니다."

내당으로 향하며 한고가 말했다.

"나를 아십니까? 나 같은 촌부를 알아주시다니 오히려 영광입니다."

외팔 노인은 빙긋 웃었다.

"양 노야를 모르는 자가 누가 있겠습니까? 을축년乙丑年 황하 대홍수 때 재산을 풀어 수만 명의 목숨을 구해 주신 분인데."

한고는 존경의 염으로 외팔 노인을 바라보았다.

한쪽 팔이 없는 노인은 하남의 소상小商으로 출발, 지금은 중원 제일의 거부가 된 금적보의 보주 양백이라는 자였다.

"…미각지당춘초몽未覺池塘春草夢 계전오엽이추성階前梧葉已秋聲. 계전오엽이추성……."

단원홍은 눈을 들었다. 창밖으로는 정말 나뭇잎이 떨어지고 있었다. 또 한 계절이 흘러가고 있었다.

단원홍은 읽고 있던 책을 덮었다. 사방을 둘러보았다. 수천 종의 책만 빼곡한 그곳에 한 자루의 검이 덩그렇게 걸려 있었다. 먼지가 차곡히 쌓여 있는 검이었다.

단원홍은 자리에서 일어나 그 검을 뺐다. 검신은 금방 지난날의 위용을 기억해 내며 청광을 뿌렸다.

지나간 한 시절이 담겨 있었다. 단원홍은 그 한 시절을 원래의 자리에 걸었다.

'계전오엽이추성이라…….'

서재를 서성이던 단원홍은 거울 앞에 섰다. 거울에는 백발이 성성한 한 사내가 서 있었다.

단원홍은 그 백발을 만졌다. 촉감이 전해져 왔다. 백발인 은 바로 그였다. 그는 거울 앞에 서 이미 하얗게 세어 버린 자 신의 머리칼을 단정히 했다.

오랜 세월이 흐른 듯했다. 하지만 그 오랜 세월을 단원홍 은 기억하지 못했다. 언제나 그는 서재에 앉아 있었다. 수천 권의 책을 읽었지만 그 기억도 없었다.

그날 이후, 단원홍의 기억은 모두 끊겨져 버린 것이다.

그는 포행으로 천천히 서재를 거닐었다.

이제 일어날 때가 아닌가 하고 스스로에게 물어본다. 그러 나 세상 밖으로 부르는 목소리가 없었다. 그래서 그는 다시 서탁을 찾았다.

덮어 둔 책을 펼쳤다.

그때였다.

"원주, 하남 금적보의 양 노야께서 원주를 뵙고자 합니다."

한고가 뜰 앞에서 소리쳤다.

단원홍은 고개를 들었다.

한고와 함께 한쪽 팔이 없는 노인이 뜰 앞에 서 있었다.

오랜만에 만나는 외인인 듯했다. 방금 한 계절을 보았음인 지 이상하게 술 생각이 났다.

"정자로 모셔라."

단원홍은 그 외인을 맞았다.

연못 위에 세워진 정자였다.

단원홍과 양백이 정자에 오를 때는 가만히 있더니 시비들이 술상을 가지고 다가오자 바위에서 햇볕을 쬐던 늙은 자라는 물속으로 풍덩 사라졌다.

쪼르르.

단원홍은 송자주松子酒의 맑은 향을 양백의 잔에도 채우고 자신의 잔에도 채웠다.

"세상과 담을 쌓고 살았습니다. 그러나 청명淸名은 바람을 타고 날아와 어쩔 수 없이 귓가에 그 이름을 알려 주고 가더군요. 양 보주에 대한 이야기는 많이 들었습니다."

단원홍은 잔을 들었다.

"과찬입니다."

양백도 잔을 들었다.

단원홍과 양백은 각기 일 배를 나누었다.

이번에는 양백이 단원홍의 잔을 채우고 자신의 잔을 채우려 했다. 순간, 펑! 펑! 하는 둔중한 소리가 멀리서 들려왔다.

단원홍은 정자로 이어지는 부교 입구에 시립해 있는 한고를 바라보았다.

"소림 나한당의 상좌 정각이라는 자가 원주를 찾아왔습니다. 행세하는 양이 원주를 상대로 비무 운운할 것 같아 국 대주께서 내려갔습니다. 아마 정각은 국 대주를 상대로 비무를 벌이고 있는 모양입니다."

한고가 말했다.

단원홍은 고개를 끄덕이며 양백이 권하는 잔을 받았다.

"국태열은 내가 금의위에 있을 때 위사衛士로 있던 자입니다. 나를 무척 따랐지요. 내가 금의위를 그만두자 같이 그만두고 따라와 천화원의 문지기를 자처했습니다. 성격이 급해… 양 노야에게도 결례를 저지르지 않았는가 모르겠습니다."

"허허허, 조금 만나기 힘들었습니다. 관부인이었음을 몰랐다면 저도 원주를 만나지 못했을 것입니다."

"껄껄껄! 국태열이 좋아했겠군요. 그를 찾아오는 자들은 모두 싸우려 하는 자들뿐이었을 텐데 양 보주 같은 분이 찾아왔으니. 천화원은 궁한 곳입니다. 위사로 있을 때의 재미가 한 번쯤은 생각났을 것입니다."

단원홍은 보지 않아도 양백과 국태열 사이에 오간 거래를 모두 아는 듯했다.

"어쨌든 원주께서는 칩거를 지켜 주기에는 더없이 좋은 사람을 두었습니다. 국 대주로 인해 천화원은 전혀 귀찮은 일이 일어나지 않겠더군요."

"천화원에 발을 들이지도 못하고 물러난 강호 동도들도 그같이 생각할지 모르겠습니다. 껄껄껄!"

단원홍은 다시 잔을 들었다. 그가 연못에 떨어지는 나뭇잎을 바라보며 술잔을 기울였다.

양백도 가만히 술잔을 들었다.

"장사치만큼 사람의 마음을 잘 읽는 자도 드물지요. 주제넘은 말일지 모르나, 원주께서는 그토록 외로움을 타시면서 왜 세상 밖으로 천화원의 문을 열어 두지 않습니까?

단원홍은 양백을 향해 시선을 돌렸다.

"보주께서는 무슨 일로 한낱 강호의 무부에 불과한 저를 찾아오셨습니까?"

그가 말꼬리를 돌렸다.

"한두 마디 드릴 말씀이 있습니다. 원주께서 유쾌하게 들을 이야기는 못 되는 것 같군요."

양백이 씁쓸하게 말했다.

"괜찮습니다. 양 보주께서 친히 오셔서 하고자 하는 이야기인데… 귀를 씻고 듣겠습니다."

양인대작兩人對酌했으나 양백의 잔이 비워지지 않자 단원홍은 홀로 일배일배부일배一杯一杯復一杯했다. 산에 꽃도 피지 않았고 나뭇잎만 줄곧 떨어졌다.

"화북과 중원의 상인들이 나로 하여금 대표로 원주를 찾아봐라 했습니다."

"화북과 중원의 상인?"

"승룡방의 팽 방주께서 근자에 저희 상인들에게 지나친 요구를 하고 있습니다. 상로商路를 보호한다는 구실로 매달 과도한 금액의 상납을 요구하고 있습니다."

"팽해만이 표국의 일까지 손을 댔다고 합니까?"

"표국이 아닙니다. 표국에도 상납을 요구하고 있으니……."

"그래요? 알아보고 사실과 맞으면 조치를 취하겠습니다."

단원홍은 눈살을 찌푸렸다.

"우리들이 그 말을 원주께 고했다고는 말하지 말아 주시기 바랍니다."

"이후를 두려워해야 할 정도로 팽해만이 나빠졌습니까?"

양백은 말없이 잔을 들었다.

"세상이 많이 변했군요. 팽해만은 거친 구석이 있기는 하나 명예를 알고, 재물을 밝히는 자는 아니었는데……."

단원홍은 쓴맛을 다셨다.

"세월이 변하게 하지 않는 것이 있겠습니까. 저도 많이 변했습니다."

양백이 술잔을 들이켜며 말했다.

단원홍은 고개를 끄덕였다. 누가 이 나이에 자신의 머리가 백발이 될 줄 알았겠는가. 스스로도 예측 못 했던 그 일을 이룬 것은 세월의 부침이었다.

"원주, 이제 제 이야기를 하고자 합니다. 저도 많이 변했다고 했지요. 많이 변했습니다. 예전에 저는 배교에 적을 두고 있었습니다."

양백은 자작으로 술잔을 들었다.

"양 보주는 원래 배교도였군요. 놀랐습니다."

단원홍도 자작으로 술잔을 들었다. 말은 놀랐다고 했지만 놀란 기색은 별반 없었다.

"벌써 오래전 일입니다. 원주께서 배교 척결의 깃발을 잡았을 때 나는 두려워 천축으로 도망을 갔습니다. 그런데 세상은 참으로 요지경이더군요. 그때 천축은 교를 배신하고 도망 온 배덕자背德者에게 엄청난 부를 안겨 주었습니다. 덕분에 나는 중원 제일 거부의 소리를 듣게 되었지요."

"맞습니다. 오래전 일이군요. 그런 일인데 왜 양 보주께서는 그때의 일을 꺼내십니까?"

"젊었을 때는 꽤 풍채가 좋았습니다. 나이가 들수록 자꾸 쪼그라들더군요. 세월 탓이라 생각했는데 의생醫生은 고황膏肓이 들었기 때문이라 하더이다. 길어야 일 년을 살기 힘들다고 하더군요. 육신의 병이야 이미 고칠 수 없는 일이고… 죽기 전에 마음의 병이나 고쳐 볼까 해서 원주를 찾았습니다."

"내 마음의 허함을 말씀하셨지요. 내 마음도 내가 고치지 못하고 있습니다. 그런데 내가 어찌 보주의 마음을 치료할 수 있겠습니까."

쪼르르.

술병이 바닥을 보이며 단원홍의 잔을 채웠다.

"원주께서는 저의 병을 고쳐 줄 능력이 있습니다. 이미 한 번 배신한 교, 다시 돌아갈 수 없는 일이고… 교에 대한 배신은 활빈으로 사죄할까 합니다."

"배교라는 곳은 좋은 곳인가 보군요. 배교자背敎者에 대한 용서를 활빈으로 하게 하니."

단원홍은 한 병의 술을 더 개봉했다.

"교가 싫어 교를 떠날 생각은 해 본 적이 없습니다. 나를 떠나게 한 것은 세상의 풍파지요."

양백의 눈빛이 음유하게 빛났다.

"양 보주의 말씀이니 믿기로 하지요. 아! 나도 배교의 보권은 몇 번 본 적이 있습니다. 무척 궁금했지요. 도대체 무엇이 들어 있기에… 후후후!"

단원홍은 꿀꺽 술잔을 비웠다.

"내가 들어줄 수 있는 부탁이면 들어주겠습니다. 말씀하십시오. 고황이 든 분에게 술을 권해도 될지 모르겠군요."

그는 새 술로 양백의 잔을 채웠다. 백건아였다.

양백은 백건아를 좋아했다.

"일찍 죽는 것보다 좋은 술을 두고 죽는 것이 더 억울하지요."

그는 백건아를 연이어 석 잔 마셨다.

양백의 얼굴이 가을날의 잎처럼 붉어졌다.

"마음에 걸리는 일은… 우리 어리신 성녀와 명옹… 불귀의 객이 되신 그분들의 영혼 한 번 제대로 위로하지 못했다는 것입니다. 돌아가신 그 자리에 위령비라도 세웠으면 합니다."

울컥하는 그 무엇이 있었는지 양백의 목소리가 가늘게 떨렸다. 술잔을 드는 양백의 손도 마찬가지였다.

단원홍은 술잔을 따르던 손을 우뚝 멈추었다. 술병에서 조금씩 조금씩 백건아가 흘렀다. 잔이 넘치려 했다.

"위령비가 서 있는 것을 알면 강호인들이 가만히 있지 않을 것입니다. 위령비를 부수겠지요. 내가 위한다고 한 일도 성녀와 명옹을 모독하는 꼴이 되지 않겠습니까. 원주의 한마디면 위령비를 지킬 수 있을 것입니다. 노부의 부탁은 그것이 전부입니다."

양백은 단원홍을 향해 깊게 포권했다.

단원홍은 술병을 놓았다. 그가 넘쳐흐르는 술잔을 입으로 가져갔다.

"성녀라는 여자를 죽인 자와 마웅이라는 자를 죽인 자는 바로 나외다. 둘에 대한 정성이 그토록 지극하니 양 보주는 나를 죽이고 싶겠군요."

"원주가 아니더라도 누군가는 배교에 손을 댔어야 할 상황이었겠지요. 원주께서 공명을 위해서 우리 교도들을 죽이지 않았다는 사실로 만족합니다. 공명을 위함이었다면 천화원이 아니라 지금 자금성에 앉아 있겠지요. 그리고 이미 십여 년이 지난 일입니다. 죽은 자들도 추억으로 이야기할 세월이지요."

"양 보주에게는 추억입니까? 나는 추억이 아닙니다. 그리고 나는 양 보주가 생각하는 그런 사람이 아닙니다. 맞습니다. 공명으로 배교도들을 처치하지는 않았지요. 그것보다 더 나쁜 이유 때문이었습니다. 사감! 나는 배교를 멸하지 않을 수 없는 개인적인 감정이 있었습니다. 그 감정 때문에 나는 수십, 수백 명을 죽였습니다."

단원홍의 말투는 여전히 차분했다. 그러나 양백은 단원홍의 말에서 거센 감정의 기폭을 느꼈다.

양백은 한숨을 쉬며 술잔을 잡았다. 호방한 자라 쉽게 일이 풀어질 줄 알았더니 오지 않음만 못한 꼴이 될 듯했다.

단원홍은 술잔을 빙빙 돌렸다.

"성녀라는 여자는 어떤 여자였습니까?"

그가 흥미로운 표정으로 물었다.

"성녀가 기뻐할 때는 아주 기뻤습니다. 성녀가 슬퍼할 때는 아주 슬펐지요. 세상의 희로애락을 그렇게 느끼게 해 준 분입니다. 귀여웠지요. 내가 성녀에 대해 말할 수 있는 것은 그것이 전부입니다."

"왜 신성을 이야기하지 않소?"

"저는 느끼지 못했습니다. 느끼지 못했기 때문에 더욱 그분이 생각나고 그리워지더군요."

"성녀라는 자리에 있으면서도 교도들로부터는 신성을 인정받지 못한 불쌍한 여자였군."

양백은 입을 닫았다. 인간의 말에는 한계가 있다. 성녀를 대하지 못한 자는 성녀를 느낄 수 없다.

"위령비는 어디에 세울 작정입니까?"

단원홍의 물음이 궤도에 올랐다.

"바로 그곳입니다."

양백은 단원홍이 성녀를 화형에 처하고 명옹을 참수한 그곳을 말했다.

"모산에서 떨어진 조그마한 야산?"

"근동의 촌로들은 재접봉裁接峯이라 하더군요."

"찾기는 제대로 찾았군."

단원홍이 혼잣말로 중얼거렸다.

"성녀라는 여자의 위령비를 세우는 것을 허락하겠소. 비를 절대 손대지 못하도록 조치도 취하겠소. 하지만 마옹이라는 자는 아니 되오. 내 이야기는 이것이 끝입니다. 그리고 앞으로는 배교에 대해 더 이상 말하지 마시오. 나도 오늘 일은 잊겠소. 양 보주, 그만 가 보십시오."

그는 냉랭하게 말한 후 연못으로 시선을 돌렸다.

양백은 더 이상 말을 붙이기 힘들다는 것을 알아챘다.

"원주, 노부의 청을 들어주어서 고맙소이다. 이것은 나의 정성입니다. 천축에서 구한 물건이지요."

그는 단도를 탁자에 놓았다. 금사, 은사, 온갖 보석으로 치장된 칼이었다. 장식으로 위엄을 상징하기를 좋아하는 자들이라면 미친 듯이 탐을 낼 물건이었다.

단원홍은 눈길 한 번 주지 않았다.

"원주, 안녕히 계시오."

"배웅하지 못함을 용서하시오."

단원홍이 뒤도 돌아보지 않고 말했다. 그는 시선을 연못에 고정시킨 채 술만 들이켰다.

양백은 정자를 내려왔다.

그가 한고의 배웅을 받으며 천화원을 나설 때였다.

"원주! 어디에 있소? 소림의 정각이 왔소이다!"

우락부락한 인상의 납자衲子 한 명이 천화원을 들어서고 있었다. 승포는 흙투성이였고 무척 지친 표정이었다.

그 뒤로 천위대의 무사들이 뛰어오고 있었다.

"부대주, 대주께서 당했습니다!"

그들이 한고를 향해 소리쳤다.

한고는 퍼뜩 단원홍을 향해 고개를 돌렸다. 정각도 정자에 선 단원홍을 본 모양이었다.

정각은 단원홍을 향해 뭐라 한 소리 하려고 했다.

순간, 정자에서 황금 광채가 번쩍했다. 그와 동시에 쾅, 하는 굉음이 울렸다. 연못가의 커다란 정원석이 가루로 풀풀

날리고 있었다. 늙은 자라가 햇볕을 쬐던 바로 그 바위였다.

　정각의 인상이 일그러졌다. 그가 푹 고개를 숙였다.

　"부대주, 나는 그만 가야겠소."

　양백은 쓴웃음을 흘렸다. 능운공작의 위용은 해가 갈수록 늘어나는 듯했다.

　단원홍은 밤늦게까지 술을 마셨다.

　마지막 술잔을 비우고 나서야 그는 자리에서 일어났다.

　정자를 내려가던 그는 문득 달빛에 찬연하게 빛나는 물체를 보았다. 보석으로 치장된 현란한 단도였다.

　단원홍은 문득 양백이 자신에게 무엇인가를 남기고 갔다는 것을 기억했다. 그는 그 단도를 뺐다. 역시 그는 무사였다. 장식보다 도신에 더 관심이 가는 모양이었다.

　도신도 제법 날카롭고 튼튼해 보였다. 그러나 그는 단도에는 별 관심이 없었다. 그가 단도를 탁자에 내던졌다.

　정자를 내려오던 단원홍은 무슨 생각인지 다시 정자를 올라 단도를 들었다.

　그는 어둠 속을 바쁘게 걸어갔다.

　그가 걸어가는 곳은 내당이 아니었다. 그는 산허리를 쭉 돌아 황하가 지척으로 보이는 산굽이에 섰다.

　"누구냐?"

　서너 명의 무사들이 그의 길을 막았다.

　"원주!"

　단원홍임을 안 그들은 급히 머리를 숙였다.

단원홍은 그들을 뒤로하고 몇 걸음을 더 걸었다. 유등이 반짝반짝 빛나고 있었다. 작은 소옥이었다.

단원홍은 바깥에 서 좌측 창문을 열었다. 달빛이 방 안을 비쳤다.

작은 계집이 작은 침상에 곤하게 자고 있었다.

단원홍은 양백이 남긴 단도를 들었다. 단도가 창을 넘어 방으로 둥실 떠갔다.

그는 격공섭물로 단도를 작은 계집의 허리 곁에 놓았다. 생각하니 단도는 노리개로 딱 어울릴 듯했다. 침상 위에 단도가 놓였다.

단원홍은 한동안 작은 계집을 바라보고 있었다.

계집이 부스스 움직였다.

단원홍은 급히 등을 돌렸다.

"아저씨!"

계집은 침상에서 벌떡 일어나 단원홍을 불렀다.

"그만 자라!"

단원홍은 소리쳤다. 자신의 생각보다 높고 노한 목소리였다. 그는 성큼성큼 소옥을 걸어 나갔다.

"아저씨!"

계집은 창에 매달려 그를 불렀다.

단원홍은 뒤를 돌아보지 않았다.

심장이 부글부글 끓고 있었다. 그는 울화가 치밀어 견딜 수 없었다. 양백이라는 자는 왜 왔는가. 이제 잊을 만했는데…….

그가 나무를 쳤다.

쾅! 아름드리나무가 우르르 쓰러졌다.

나무들은 벌써 가을 소리를 내기는 하는데, 그 역시 아직 봄풀의 꿈에서 벗어나지를 못하고 있었다. 잠의 뿌리는 생각보다 깊었다. 신의 전당으로 나아가던 특별한 여자였기 때문인지도 몰랐다.

구룡선 九龍船

　"오랫동안 우리는 교의 부흥을 위해 일해 왔습니다. 전혀 성과가 없었다고는 말하지 못할 것입니다. 그러나 우리의 교세는 지금 보는 바와 같습니다. 적들의 공세 때문이었습니까? 물론 아직도 놈들은 우리를 사교, 마교로 칭하며 어둠 속에 가두어 두려고 하고는 있습니다. 그러나 유향경천문에 의한 모산 대참극 이후, 교에 대한 적들의 직접적인 공세는 사라졌다고 보아도 좋을 것입니다. 예전과 같이 어둠 속을 활보하는 상황에 놓인 것이지요. 옛 교도들은 언제나 그 같은 상황 속에서 교세를 확장해 갔습니다. 그렇게 따지면 우리도 성과가 보일 정도로 교세가 확장되어야 옳습니다. 그런데 아닙니다. 우리는 발만 부르트도록 동분서주했지 진정으로 교세의 확장을 위해 노력하지 않은 것은 아니었을까요?

다른 형제들은 모르겠습니다. 그러나 고백하건대 사실 저는 어느 정도 그 같은 생각을 가지고 있었습니다. 무엇 때문이었겠습니까? 성녀… 우리를 저 하늘로 이어 줄 성녀가 없었기 때문에, 교의 꺼지지 않는 불, 교의 신성한 피가 영원히 단맥되었다고 생각했기 때문에 나는 교의 부흥을 자신하지 못했습니다. 가끔 메울 수 없는 공허함으로도 시달려야 했습니다. 삼황오해에 모래알처럼 흩어져 버린 교도들이 다시 모여들지 않는 이유도 그 때문은 아니었겠습니까. 백 개의 성전을 짓고 그 성전을 보화로 장식해도 성녀가 없는 교는 이미 교가 아닙니다. 옛일을, 옛사람의 은혜를 잊지 못하는 우리 같은 자들만 모여드는 곳일 뿐……."

그는 잠시 말을 멈추고 창밖으로 시선을 돌렸다. 공허한 바람 속에 나뭇잎이 날리고 있었다.

나머지 네댓 명의 자들, 여인도 한 명 있었다. 그들은 고개를 숙인 채 무겁게 침묵했다.

성녀가 없는 교는 존재할 수 있는가? 십여 년간 교의 부흥을 위해 밤잠을 가리지 않았던 그들이 가끔 가슴 걸리게 묻던 말이었다. 대답을 할 수 없기에 그 문제를 회피해 왔다. 그런데 오늘 그 문제가 돌출하고 있었다.

나머지 사람들은 그에게 마음속으로 물었다.

그대여, 그대는 갑자기 왜 그 문제를 끄집어내는가. 성녀가 없으면 교도 존재할 수 없다! 답이 그렇게 내려진다면 그대와 우리는 어떻게 해야 하는가? 이제껏 피 흘린 우리들의 노력은?

창밖을 무심히 바라보던 그는 우울해하는 사람들을 향해 시선을 돌렸다.

"한 통의 서신을 받았소. 광명신장으로부터 온 서신이었소. 성녀가 있다고 하오. 성녀를 찾으라 했소. 하남 동관⋯⋯."

이 말을 할 수 있었기 때문에 그는 성녀에 대한 문제를 끄집어낼 수 있었다.

우울함으로 침묵하던 사람들은 고개를 번쩍 들었다. 그들은 그에게 다시 한 번 같은 이야기를 해 주기를 원하고 있었다. 가을바람이 나뭇잎을 쓸어 가는 소리가 거세 잘못 들었는지 모를 일이었다.

"나는 아무것도 믿어지지 않았소. 신성인神聖印이 찍힌 광명신장의 서신조차. 눈으로 확인해야 했소. 동관으로 갔습니다. 동관에는 천화원이라는 능운공작의 장원이 있소. 그곳에서 산허리를 돌아 한 마장쯤 떨어진 곳에 금옥禁屋이라는 절대 금역이 있음을 확인했소. 금옥을 지키는 자들은 능운공작의 친위대인 천위대였소. 나는 그곳을 지키는 천위대 무사 한 명을 은자로 매수한 후 물었소. 금옥의 주인은 누구인가? 그자는 대답했소. 어린 계집 한 명이 노복들과 함께 머물고 있다고. 나이를 물었소. 금옥의 어린 아가씨는 전대 성녀께서 우리들로부터 사라진 그해와 비슷한 해에 태어났소."

그는 차분한 자다. 성녀와 명옹이 사라지고 원로들이 모두 사라진 교에 젊은 나이에 홀로 남아 흔들림 없이 교세를 이만큼이나 일군 자다. 폭풍이 몰아치고 뇌전이 앞길을 막아도 바위처럼 묵묵히 교의 앞길을 열었다. 그런 그가 흥분으로 쉿소리를 내고 있었다. 무척 감정이 격양되는 모양이었다.

나머지 자들도 마찬가지였다. 그들도 눈시울을 붉혔다.

그곳의 유일한 여인이 한 방울의 눈물로 모든 이들의 감정을 대신했다.

"전전대 성녀께서도 전대 성녀를 그렇게 낳았고 전대 성녀께서도 지금의 성녀를 그렇게 낳은 모양이오. 전전대 명웅께서 광명신장의 서신을 받고 전대 성녀를 찾아온 것처럼 우리도 이제 성녀를 우리 곁으로 모셔 와야 하오. 나는 그 일을 위해 여러분을 불렀소."

그가 말했다.

당연한 일이었다. 그들의 눈빛이 빛났다.

"먼저 청기명사께서는 무산 옥녀봉 아래 풍림風林으로 가주시오. 성녀를 찾은 후 그곳에 숨길까 하오. 예전에 대전大典을 그곳에서 연 적이 있소. 적들의 추적을 피하기에는 더없이 좋은 곳이었소."

그가 여인을 보고 말했다.

여인은 두말없이 고개를 끄덕였다.

"유 명두께서는 동관 아래 빠른 배 몇 척을 준비해 두시오. 성녀를 구한 후 뱃길로 놈들의 추적을 따돌리겠소."

그곳에 모인 자들의 나이는 대체로 삼십 대였다. 유 명두라는 자는 그중 가장 나이가 많아 보였다. 그러나 그도 사십여 세에 불과했다. 유 명두라는 자도 포권으로 명을 받았다.

"나머지 분들은 나와 함께 금옥으로 갑니다. 많은 교군들을 동원하지는 마시오. 날쌘 자들만 몇 명 데리고 오십시오.

천화원이 지척입니다. 능운공작이 눈을 뜨면 모든 것은 수포로 끝나고 말 것입니다. 이 사실을 잊지 마십시오. 관문에서 좌측으로 반 마장 떨어진 곳에 허물어진 수신당이 하나 있을 것이오. 중양절重陽節, 어스름이 졌을 때 모두 그곳에서 만나기로 합시다."

탁! 그가 탁자를 치며 자리에서 일어났다.

나머지 사람들도 의자를 박찼다.

그들이 어둠 속으로 뿔뿔이 흩어졌다.

서둘러 길을 가는 각자의 발걸음에 이슬이 맺혔다. 보는 자가 없자 누구나 할 것 없이 눈물을 쏟고 있었다.

암흑 세상을 밝혀 주는 배교의 성스러운 불, 신성한 피는 끊어진 것이 아니었다.

❦

쩡! 섬광과 함께 손이 저렸다.

여인은 괭이를 던지고 다급히 손으로 흙을 팠다.

흙 속에서 검은 물체가 드러났다.

"부궁주!"

여인은 소리쳤다.

"무엇이냐?"

팔척장신의 여인이 패검을 철렁이며 달려왔다.

"비늘입니다!"

여인은 검은 물체를 가리켰다. 검은 물체는 분명 비늘이었다. 흙 속을 막 꿈틀대며 기어갈 듯한 이수의 비늘.

팔척장신의 여인은 허리를 굽히며 손으로 흙을 팠다. 검은 비늘이 빛살에 번뜩이며 점점 모습을 드러냈다.

"궁주를 불러라!"

팔척장신의 여인이 소리쳤다.

팔등신으로 쭉 뻗은 몸매, 뚜렷한 이목구비, 새외의 거친 바람 속에 우뚝 서 한 곳을 뚫어지게 응시하고 있는 이족의 미인은 아란하였다.

세월은 아란하의 풋풋하던 젊음을 앗아 간 대신 다른 아름다움을 남겨 주었다. 그녀는 만개한 국화처럼 완숙한 아름다움으로 자신을 치장하고 있었다.

그의 곁에 서 있는 팔 척 여인은 물론 하라사였다.

"궁주!"

하라사가 흥분으로 푸른 눈을 빛냈다.

이글이글 불타는 붉은 눈, 긴 수염과 함께 화룡은 마침내 가을 햇살 아래 모습을 드러내고 있었다.

"조심해라! 자칫 기관을 건드리면 이곳은 불바다가 된다!"

하라사가 소리쳤다.

문도들은 장대를 지렛대로 이용 화룡을 일으켰다.

크르르르! 살아 있는 용이 우는 듯한 소리와 함께 화룡은 전모를 보였다.

아홉 번째 대화룡의 발견!

아란하는 팔짱을 꼈다. 아버지 구륜전왕이 그렇게 찾았고 사부로부터 뺏기지 않기 위해 목숨을 걸었던 대화룡은 결국 그녀의 손에 의해 모두 세상에 모습을 드러내고 있었다.

아란하는 아홉 번째 대화룡 곁에 섰다. 그녀는 대화룡에 묻은 흙을 툭툭 떨었다.

"엉?"

그녀는 아미를 모았다.

흙 속에 숨어 있던 대화룡에 새겨진 글이 드러났다.

구룡하생九龍下生 배교일세拜敎一世.

아홉 마리의 용이 땅에서 깨어나면 세상은 배교의 것이 되리라!

전설의 바로 그 말이었다.

아란하는 쓴웃음을 흘렸다.

대화룡에는 엄청난 화마가 숨어 있다고 한다. 그 말이 사실일지라도 대화룡만으로 배교의 한세상을 꿈꾸기는 요원했다. 대화룡이 홀로 적들을 향해 불을 뿜을 것도 아니요, 스스로 자신을 지킬 것도 아니었다.

아란하는 대화룡을 어떻게 할 능력이 없었다. 오히려 지금 대화룡은 죽음을 부르는 물건일 뿐이었다.

대화룡을 가지고 있다는 소문이 세간에 알려지면 대화룡을 얻고자 하는 자나 대화룡을 없애고자 하는 자나 상관없이 먼저 대화룡을 가진 자부터 죽이려 들 테니.

그럼에도 아란하는 음산을 누비며 대화룡을 찾았다. 아버지의 소망이자 일지국 모두의 오랜 소망이었기 때문이다.

그 소망을 이루었으나 아란하는 별반 기쁜 감정을 느끼지 못하고 있었다. 아홉 마리의 대화룡 무게만큼의 짐만 느꼈을 따름이었다.

"비궁秘宮으로 대화룡을 옮겨라."

아란하가 쓸쓸한 표정으로 말했다.

휘잉! 횡!

황사의 폭풍이 불고 있었다.

아란하는 따뜻한 물로 노독을 푼 후 마유주馬乳酒를 마시며 부는 바람을 바라보고 있었다.

월영궁의 풍경은 언제나 이렇다. 누런 모래흙, 누런 바람.

아란하는 자신도 그런 색깔로 고사하고 말 것이라는 생각에 비감했다.

무엇 때문에 이 황량한 곳을 지키고 있는가?

중원으로 나아가겠다던 일지국의 꿈은 사부의 죽음과 함께 사라진 지 오래였다. 아니, 일지국의 꿈을 빼앗아 간 사람은 바로 사부였다.

농관에서 승리를 거두었지만 사부는 정파의 반격이 만만치 않으리라는 것을 예상했다. 아버지에게 대화룡을 요구했다. 당연히 아버지는 사부의 청을 받아들이지 않았다. 대습격이 펼쳐졌다. 사방위, 십위병이 죽고 아버지도 죽었다. 일지국의 모든 자들이 죽음의 칼날 아래 놓여 있었다.

아란하는 사부를 배신할 수밖에 없었다.

하라사로 하여금 어린 월영궁의 제자들과 함께 대화룡을 미리 준비해 둔 비처에 숨기게 했다. 그리고 그녀는 사부, 곽부에게 칼을 들이밀었다.

처음부터 상대가 아니었다. 그녀는 곽부의 힘을 너무 과소평가했고 그녀의 힘을 너무 과대평가했던 것이다. 싸움에 나섰던 월영궁의 전 문도들이 옥쇄했다. 수치스럽게 그녀는 살아남았다.

마지막에 그녀에게 칼을 들이댄 자는 이사형, 창파였다. 이사형은 정 때문에 차마 자신을 죽이지 못했다. 주위의 시선 때문에 칼을 휘두르기는 했지만 요혈과 심장은 긋지 않았다. 후일 이사형을 만나면 그 일에 대해서는 고맙다는 말 한마디를 하려 했다. 하지만 이사형은 없다. 소문으로 듣기에 화산의 도림새라는 곳에서 능운공작의 칼에 목숨을 잃은 모양이었다.

그렇게 그녀는 가슴에 끔찍한 상처를 남긴 채 살아났다.

사부도 이루지 못한 중원 진출의 꿈, 자신은 더욱 이룰 수 없는 일이고.

일지국의 부흥만은 생각했다. 하지만 남자들이 없었다. 전왕이 될 자도 없었고 노관이 될 자도 없었고 사방위, 십위병… 그 자리를 지킬 자는 아무도 없었다. 사부의 악랄한 칼이 일지국의 남정네들을 모두 쓸어버린 것이다.

여인왕국을 꿈꾸었다. 그러나 어디 남자가 끝까지 여자들의 말에 순종할 물건들인가. 처음에는 일지국 부흥의 꿈에 오냐오냐해도 나중에는 야욕을 드러낼 것이 틀림없었다.

중원 진출의 꿈도 일지국 부흥의 꿈도 없었다. 그 속에서 그녀는 맹목적으로 대화룡만 찾았다.

이제 아홉 번째의 대화룡은 나타나고…….

아란하는 정말 자신이 할 일이 없을 듯했다.

가끔 이런 생각을 했다. 하라사를 따라 피난했던 어린 제자들은 이제 모두 성숙한 여인이 되었다. 짝을 찾을 나이가 된 것이다. 월영궁을 해체한다. 제자들은 자신들의 짝을 찾아 떠나게 한다. 그리고 자신은…….

대화룡이 모셔진 비궁에는 수천 근의 폭약이 매장되어 있다. 적들에게 넘겨주느니 산더미 속에 묻어 버릴 생각으로 매설해 둔 폭약이다.

아란하는 그 폭약을 다른 데 사용할 방도를 찾았다. 월영궁을 해체하고 제자들을 떠나보낸 후 그녀는 비궁의 폭약을 터뜨려 대화룡과 함께 영원히 묻는다.

그때가 언젠가 하면 지금이 그때인 것 같기도 했다. 그러나 아니었다. 아직은 버릴 수 없는 희망이 있었다.

기다림.

젊었을 때는 열정으로 기다렸고 지금은 지난날의 그 열정에 대한 아련한 그리움으로 기다렸다.

올 것이다. 한동안 보이지 않더니 근자에는 자주 보였다. 지난밤 꿈에도 찾아왔다.

분하의 창파 속에 금검을 들고 오연히 서 있던 사내.

죽었다는 소문은 들었으나 그녀는 믿지 않았다.

그 죽음이 정말 사실이라고 믿어지는 그 어느 날, 그녀는 비궁 속에서 대화룡과 함께 잠들 생각이었다.

"궁주!"

아란하는 잠에서 벌떡 깨어났다.

"큰일 났습니다!"

하라사가 목채를 쿵쾅거리며 들어왔다.

'올 것이 온 것인가.'

아란하는 머리를 가지런히 쓸며 일어났다. 그녀는 사패의 하나인 맹호전을 생각했다. 맹호전이 근자에 새외로 점점 세를 넓혀 가고 있음은 모두가 아는 사실이다. 그 와중에 월영궁이 드러난 듯했다.

"밖을 보십시오!"

하라사가 손짓을 했다.

아란하는 옷을 입고 패검을 차며 창밖으로 시선을 돌렸다. 수백 개의 횃불이 귀화처럼 흐르고 있었다.

"활로는?"

"없습니다. 사방이 적들입니다."

하라사는 죄스러움에 고개를 숙였다. 적들이 지척으로 올 때까지 동정을 눈치 채지 못한 책임은 그녀가 져야 했다.

"모든 제자들을 비궁 앞으로 모이게 하라."

옷을 추스르며 아란하는 말했다.

하라사의 말대로 사방이 적들이었다. 사패는 아닌 모양이었다. 기마대가 조직된 사패는 들어 본 적이 없었다. 그러나 병마를 동원했는데 좋은 일로 왔을 리 없었다. 싸워야 할 적임에는 분명한 듯했다.

포위를 뚫는 일은 생각하기도 힘들었다. 설혹 뚫을 수 있다고 하더라도 살아남을 자는 몇 명에 불과할 것 같았다. 그래서 아란하는 당당히 싸우기로 작정했다. 다행히 그녀의 뒤에는 수천 근의 폭약이 있다. 당하는 이상의 피해를 적들에게 줄 자신은 있었다.

횃불이 쫙 갈라졌다.

탁! 탁! 탁!

둔중한 말발굽 소리와 함께 세 필의 말이 다가왔다. 후미에 선 두 명의 기마인은 횃불을 들고 있었다. 횃불이 선두의 기마인을 비췄다.

그때까지는 까맣게 몰랐다. 그러나 선두의 기마인이 일 장을 격하고 우뚝 섰을 때 아란하는 눈을 크게 떠야 했다.

작은 눈, 불쑥한 광대뼈, 강인한 턱. 듬성듬성한 수염들은 제법 위엄 있게 길러져 있었다.

"대사형!"

아란하는 꿈인가 했다. 밤중에 찾아온 기마인은 단혈철각련 내 몽고의 푸른 늑대, 파벽전을 이끌던 첫째 사형 치치터루棋特魯였다.

"많이 찾아다녔다. 이렇게 가까운 곳에 있을 줄은 꿈에도 몰랐다."

치치터루는 씩 웃으며 말에서 내리려 했다. 수하 한 명이 뽀르르 달려와 말 아래 등을 숙였다. 치치터루는 수하의 등을 밟고 말에서 내렸다.

"아란하, 너는 여전히 예쁘구나."

그가 채찍으로 가죽신을 툭툭 치며 말했다.

"대사형, 어떻게 된 일이에요? 도림새에서……."

"죽은 줄 알았더냐? 도림새까지 갔었지. 그러나 그 싸움이 시작되었을 때 나는 바로 초원으로 발길을 돌렸다. 먼 곳에서 그 싸움을 지켜보고만 있었지."

"……."

"나도 너도, 둘째도 셋째도 사부가 어떤 자라는 것은 다 알고 있었지. 자신만을 생각하는 위인. 이용만 당하다가 죽을지 모른다는 생각은 진작 했다. 그러나 미련을 떨치지 못했어. 단혈철각련을 나에게 넘겨줄지 모른다는. 그리고 사부를 벗어나는 것이 겁도 났다."

"그런데 왜?"

"일지국과 월영궁을 없앤 자는 둘째와 진 호법이었지. 도림새로 가는 도중 둘째와 합류했다. 둘째를 보자마자 사부는 노발대발했다. 둘째를 죽이려고까지 하더군. 우리는 이유를 몰랐다. 배신자는 죽이는 것이 우리의 법이 아니냐. 둘째와 진 호법을 보낼 때 모두의 앞에서 분명 너를 죽이라는 명도 내렸다. 명을 잘 수행하고 온 둘째에게 왜 저렇게 화를 낼까. 그래서 진 호법에게 은근슬쩍 물었다. 사부가 저토록 화를 내는 이유가 무엇이냐고. 진 호법이 웃으며 이야기하더군. 일지국으로 가기 전에 연주가 은밀히 불러 다른 명을 내렸다고 하더구나. 너를 죽이지 말라는. 모처에 곱게 모셔 놓아라 했다고 한다. 왜? 중원을 평정한 후 사부는 너를 통해 후세를 얻고 싶었던 게야. 호법들과 갈인후에게는 예전부터 그런 의중을 밝힌 모양이다. 혹시 그 늙은 것들도 너에게 눈독을 들일까 염려되어… 핫핫하!"

치치터루는 짜랑하게 웃었다.

아란하는 안색을 찌푸렸다. 그 말을 듣자마자 그녀는 온몸에 소름이 끼쳤다.

'이사형이 그간의 정리도 아랑곳 않고 험하게 칼을 쓰고 나를 죽음까지 몰고 간 이유는 또 달리 있었구나.'

그녀는 이사형 창파에게는 또다시 고마웠다. 생각하니 창파는 성격이 직선적이고 불같아 포악해 보일 뿐 음흉함과는 거리가 먼 쾌남자였다.

"셋째와 너는 조금 사이가 좋았지. 생각해 보니 셋째가 쓸데없는 흑막이라는 곳까지 보내진 이유도 너 때문인 듯하더구나. 너와 셋째를 떨어지게 하기 위해. 너도 알다시피 흑막은 십장로들 중 한 명이 맡아도 충분한 곳이었지. 후후후, 사부는 그런 자다. 하지만 나는 사부의 그런 점은 이해할 수 있었어. 능력 있는 남자라면 그만한 권리는 향유할 수 있다고 생각하지. 문제는 나였다. 네가 아닌 다른 여자에게서라도 사부는 후세를 얻으려 할 것이다. 그 후세에게 당신의 모든 것을 물려주려 하겠지. 그럼 나는 무엇인가? 실컷 이용만 당하다 내팽개쳐지는 신세가 되는 거야. 사부와의 정이 싹 떨어지더군. 등을 돌렸다. 멀리서 능운공작의 칼에 사부의 목이 날아가는 것을 보았다. 세상의 모든 것이 달라 보이고 좋아 보이더구나.”

치치터루는 채찍을 흔들며 미소를 지었다.

“내가 살아 있다는 것은 어떻게 알았나요? 이사형이 말해 주던가요?”

“둘째가 나에게? 흐흥, 둘째는 사부 못지않게 나도 싫어 했지. 너를 죽이지 않았다는 이야기를 할 리가 없지. 단지 나는 진 호법의 이야기에서 네가 죽지 않았다는 것을 눈치 챘다. 창파는 너를 죽이는 일도 너를 데려가는 일도 싫었을 것이다. 당연히 창파는 뒷짐을 지고 있어야 했고 너를 상대하는 일을 진 호법에게 맡겼어야 옳았다. 그런데 스스로 나서 너를 죽였다고 하더군. 앞뒤가 맞지 않아. 창파가 너를 빼돌리기 위해 죽인 척한 것이구나라고 생각했지. 그리고 돌아와 시신들을 확인해 보니 당연히 너는 없더군.”

“나를 찾기 위해 시신을 뒤적이는 수고까지 하다니, 무슨 이유로 나를 그렇게 찾아다녔나요?”

아란하가 가슴을 펴며 물었다.

“몰라서 묻나. 나는 네가 필요하다. 지난 세월에 대한 덤으로 대화룡까지!”

치치터루는 안광을 빛냈다.

아란하는 패검의 손잡이를 만졌다.

“아란하, 보아 다오!”

치치터루는 우수를 들었다. 장심이 검게 변하며 묵기가 귀기스럽게 물씬 피어올랐다. 묵기는 금방 치치터루의 전신을 덮었다. 그리고 다시 그의 장심으로 쏜살같이 빨려 들어

갔다.

'아!'

아란하는 속으로 탄식을 터뜨렸다.

묵령장법! 대사형은 예전 사부의 위용과 비교할 만한 무공의 성취를 이룬 듯했다.

아란하는 패검을 뽑는 것을 포기했다. 그녀는 등을 돌렸다.

"하라사!"

그녀가 부르자 하라사는 고개를 끄덕했다. 이미 그녀와 하라사 사이에는 약속된 바가 있었다. 하라사는 횃불과 함께 심지를 들었다. 수천 근의 폭약에 이어진 심지였다.

아란하는 다시 등을 돌렸다.

"대사형, 무엇인지 아시겠지요. 내 대답은 저것이에요. 오랜만에 옛정을 되살리며 불꽃놀이를 해 보는 것도 괜찮겠지요."

그녀는 어깨를 으쓱했다.

치치터루의 안색이 일그러졌다.

"아란하, 너는 항상 만일을 위한 대비가 되어 있구나. 할 수 없군. 선택을 네게 돌리겠다. 너와 대화룡을 내게 준다면 나머지 자들은 살려 주겠다. 선택하라! 일각의 시간을 주겠다."

휙! 그가 등을 돌렸다. 그는 훌쩍 말에 올랐다.

"네가 폭사의 협박까지 하며 나를 거부할 줄은 몰랐다!"

그가 냉랭히 소리치며 말의 고삐를 챘다.

히히힝! 치치터루는 수하들의 곁으로 돌아갔다.

"철궁!"

그가 곁에 선 수하에게 소리쳤다.

그는 수하로부터 받은 커다란 철궁에 강전을 매겼다.

핑! 강전이 비궁을 훨씬 지나 어둠 속으로 사라졌다. 폭발의 범위 밖에서도 언제든지 월영문의 문도들을 죽일 수 있다는 경고였다.

"궁주, 우리는 걱정하지 마십시오!"

하라사가 우렁차게 소리쳤다.

하지만 아란하는 고민을 하지 않을 수 없었다. 이미 벌어진 싸움이라면 문도들의 목숨은 각인의 책임으로 돌릴 수 있다. 그러나 지금 문도들의 생명은 치치터루로 인해 그녀의 선택에 맡겨진 상태였다.

'어쩔 수 없구나.'

아란하는 마음을 굳혔다. 대화룡과 자신을 위해 문도들의 목숨을 내놓아라 할 수 없었다. 그렇다고 치치터루에게 자신과 대화룡을 바칠 수도 없었다.

"대사형!"

그녀는 치치터루를 불렀다.

"문도들을 안전한 곳까지 보내 주세요. 그다음 대사형의 청을 받아들이도록 하겠어요!"

"너는 끝까지 나를 믿지 못할 자로 만드는구나. 좋다! 약속하겠다. 문도들을 보내라!"

치치터루가 냉랭하게 말했다.

아란하는 문도들을 향해 등을 돌렸다. 그녀는 문도들로 하여금 빨리 이곳을 벗어나라고 말하려 했다.

하라사가 먼저 단호한 어조로 소리쳤다.

"안 됩니다! 단혈철각련에 연루된 자는 누구를 불문하고 우리들의 원수입니다. 어찌 궁주를, 대화룡을 놈에게 내어놓을 수 있겠습니까?"

"안 됩니다! 오히려 죽는 것이 낫습니다!"

문도들도 이구동성으로 외쳤다.

아란하는 하라사를 설득하기 위해 곁으로 다가가려 했다.

"가까이 오지 마십시오! 그 자리에서 싸우겠다는 답을 주십시오! 그렇게 말하지 않는다면 폭약에 불을 붙이겠습니다!"

그녀는 횃불을 심지 가까이 대며 위협했다.

문도들도 아란하가 심지를 빼앗지 못하도록 하라사 주위를 몸으로 벽을 쌓았다. 말은 싸움을 외쳤으나 죽음에 대한 두려움을 숨길 수 없어 하던 문도들의 표정도 변해 있었다. 단혈철각련에 연루된 자라는 하라사의 말이 죽은 부모와 형제에 대한 복수심에 활활 불을 지핀 모양이었다.

원래 아란하는 문도들을 피신시킨 후 자신은 폭약을 터뜨려 대화룡과 함께 묻히고자 했다. 그러나 하라사와 문도들이 결사항전을 주장하자 그 방법도 쓸 수 없었다.

아란하는 한숨을 쉬며 치치터루를 마주 보고 섰다. 그녀는 싸울 수밖에 없음을 말하려 했다.

그때였다.

"으악!"

"악!"

갑자기 비명이 터지며 횃불이 미친 파도처럼 이리저리 흩날렸다.

치치터루는 퍼뜩 고개를 돌렸다. 어둠에 밝은 그의 눈은 후미에서 일어나는 일을 단번에 포착했다.

유령처럼 한 사내가 움직이고 있었다. 그는 바쁘게 움직이지도 않았다. 산책을 하듯 유유히 움직이며 손목만 까딱였다. 손목이 움직일 때마다 은선이 번쩍이며 수하들의 팔, 다리, 동강 난 칼이 날았다.

치치터루가 자랑하는 몽고의 푸른 늑대, 죽음을 모르는 용맹한 수하들은 변변한 저항 한 번 하지 못하고 쓰러졌다.

치치터루의 안색이 변했다. 그는 적개심으로 이를 드러내며 느닷없이 찾아온 살귀를 향해 신형을 뽑으려 했다.

확! 불길이 치솟았다. 불길이 치솟아 치치터루의 발길을 막았다. 수하들이 쓰러지며 놓친 횃불이 마른 잎에 옮겨 붙어 화마를 불러오고 있었다. 바람까지 일어 주위는 순식간에 초열지옥으로 변했다.

"으악!"

"악!"

꺼먼 연기와 불덩이 속에 수하들이 애처롭게 날뛰고 있었다. 불길은 한순간에 모든 것을 태웠다.

타탁! 탁! 타탁!

수하들의 비명도 들리지 않았고 붉게 이글거리는 화마의 구덩이 속에서 생나무 타는 소리만 요란했다. 대자연의 위용

앞에 인간의 힘이란 얼마나 초라한가! 미련한 적도 갑자기
불어 닥친 화마에 몸을 자글자글 태우고 있는 듯했다.

그러나 그것은 치치터루의 생각.

"나는… 모두 들었다. 누가 나의 물건을 탐내는가?"

천공을 윙윙거리며 들려오는 목소리.

치치터루는 머리칼이 쭈뼛 섰다.

훅! 강한 바람과 함께 불기둥이 치솟았다. 그와 동시에 초
열지옥 사이로 평평한 길이 생겼다. 그 길을 살귀는 걸어오
고 있었다. 화마는 그의 곁에 근접도 못했다.

그가 좌수를 들었다. 그의 손에는 검은빛의 구슬이 들려
있었다. 구슬이 채홍색으로 빛을 내기 시작했다. 주위의 화
기들이 구슬로 모여들었다. 구슬이 화기를 삼키고 있었다.

묵주에서 쏟아지는 채홍색 빛이 더욱 짙어졌다.

중천을 밝히는 태양 같았다.

살귀는 구슬을 둥실 띄웠다. 그가 격공섭물로 기마대를 향
해 구슬을 날렸다. 훅! 훅! 뜨거운 열기가 폭풍처럼 몰아치
며 구슬은 지나치는 모든 것을 고사시키고 불을 일으켰다.

치치터루도 그 맹렬한 화기는 견디지 못했다. 먼저 그의
애마가 혀를 빼며 뒷걸음질을 쳤다.

"피하라!"

그가 다급히 소리쳤다.

순간, 구슬이 유성처럼 붉은빛으로 흐르며 치치터루의 수
하들 사이를 휘돌았다. 치치터루의 수하들은 비명조차 지르
지 못했다. 그들은 목내이木乃伊처럼 고사하며 인광과 함께

금방 한 줌의 재로 사라졌다.

수하들을 간단히 처리하고 난 살귀는 격공섭물로 구슬을 거두고 있었다.

"이, 이……."

두려움 반 적개심 반, 치치터루는 주먹을 쥐고 어깨를 부들부들 떨었다. 그는 칼을 가슴에 대고 장심을 그 앞에 세웠다. 묵기가 흑운처럼 피어오르며 치치터루의 몸을 완전히 가렸다.

살귀도 우수를 들었다. 붉은 장영이 천수관음의 손으로 불어났다.

치치터루와 살귀는 누가 먼저라 할 것 없이 신형을 날렸다.

콰쾅! 쾅! 쾅!

뇌음雷音에 아란하는 머리가 아찔했다.

바람은 불을 부채질한다. 바람으로 불을 잡을 수 있는 것은 파초선밖에 없을 것이다. 그러나 치치터루와 돌연한 방문자는 경기의 여파만으로도 그들의 등 뒤에서 맹렬하게 타오르는 불길을 잡고 있었다.

아란하는 대사형에게 갈채를 보내지 않을 수 없었다. 그가 어떻게 용맹정진했는가는 지금 이 한판에서 여실히 보여 주고 있었다. 그에게 조금의 시간만 더 주어진다면 석년의 사부가 지녔던 무위를 초월할 듯했다. 하지만 그에게는 더 이상의 시간이 주어지지 않을 듯했다.

아란하는 불청객이 순식간에 수백 명에 이르는 대사형의 수하들을 불귀의 객으로 만들었을 때 이미 사람으로서는 상대할 자가 아님을 눈치 챘다.

예상대로 붉은 장영은 치치터루의 묵기를 완전 압도하고 있었다. 아란하는 모르고 있었지만 치치터루는 버틸 만큼 버틴 것이었다. 불청객의 손에 대곤륜 장문인이 어떻게 당했는가를 알았다면 그녀는 패색이 짙어 보이는 지금 이 순간에도 치치터루에게 박수를 보냈을 것이다. 대곤륜의 장문인은 불청객을 상대로 몇 합도 견뎌 내지 못했다. 그러나 치치터루는 자신의 기예를 제법 선보이고는 있었다.

갑자기 붉은 장영이 사라졌다. 묵령공墨靈功으로 펼치는 대사형의 묵기는 여전했다. 대사형은 물론 불청객까지 덮고 있었다.

아란하는 알 수 없었다. 갑자기 왜 전세가 역전되었는지.

그녀는 손에 땀을 쥐었다. 두려움은 그녀도 느꼈지만 호의는 처음부터 이상하게 대살성大殺星 쪽이었다.

대사형이 위기에 처했을 때는 그간의 정리 때문에 물론 대사형이 죽지 않기를 바랐다.

아란하가 이제 그 반대의 염려를 하고 있을 때였다. 흑운처럼 피어오르던 묵기가 급속하게 줄어들고 있었다. 그리고 묵기가 사라지며 대사형과 불청객의 모습이 어둠 속에 드러났다.

불청객의 완강한 등과 대사형의 일그러진 얼굴이 보였다.

"아!"

아란하는 창백한 안색으로 뒷걸음질을 쳤다.

대사형의 머리를 불청객의 좌수가 매의 발톱으로 움켜쥐

고 있었다. 손가락이 두부頭部를 뚫은 듯 대사형의 이마를 타고 피가 줄줄 흘렀다. 불청객의 우수는 대사형의 단전에 밀착되어 있었다. 대사형은 가끔 거친 숨을 내쉬며 몸을 거세게 떨었다. 마치 거미줄에 걸린 나방이 거미줄을 벗어나기 위해 날개를 파닥이는 것 같았다. 그러나 대사형은 불청객의 손에서 벗어나지 못하고 있었다.

대사형 치치터루의 눈빛이 흐릿해졌다. 그 눈빛은 그녀에게 말하고 있었다. 나를 도와 다오.

아란하는 정말 도와주고 싶었다. 그러나 발이 움직이지 않았다. 아버지에게 들었고 사부에게 들었던 말이 생각났다.

상대의 기를 자신의 내력으로 빨아들이는 무서운 인단의 술, 방중을 통한 채양, 채음의 사술과는 비교도 되지 않는 술법이었다. 흡정술!

아버지도 말했고 사부도 말했다. 흡정술은 배교가 자랑하던 독문 절예 중 하나라고.

아란하를 바라보던 치치터루의 눈빛이 반짝 빛을 뿌렸다. 그것이 마지막이었다. 그는 입을 헤벌리며 눈을 스르르 감았다.

대살성이자 불청객은 대사형을 맛있게 포식한 후 등을 돌렸다. 손가락에서 뚝뚝 떨어지는 피. 거미줄을 뽑아내는 그 손은 다음에는 누구를 노릴 것인가.

아란하는 공포에서 벗어나기 위해 몸부림쳤다. 그 와중에 그녀는 살귀, 대살성, 마왕, 인면주人面蛛의 얼굴이 겹쳐 조각조각 보이던 불청객의 얼굴을 짜 맞출 수 있었다.

아란하의 굳건하던 다리가 후들후들 떨렸다. 그녀는 주저앉고 싶었다. 만 가지의 생각들이 질풍노도처럼 그녀의 머릿속을 휘젓고 지나갔다.

"명옹……."

아란하를 바라보는 불청객의 눈빛이 반짝 빛을 뿌렸다.

"나를… 명옹이라 부르지 마라. 그는, 그는… 누구인가?"

불청객은 천둥 같은 소리로 우르릉거렸다.

대사형과 싸울 때에도 무심하던 그의 눈에 핏발이 서는 것을 아란하는 보았다.

불길을 잡고 어지럽게 널린 병장기와 시신들을 정리했을 때는 이미 계명성이 빛을 내는 새벽이었다.

아란하도 지쳐 있었고 하라사와 문도들도 모두 지쳐 있었다. 그러나 누구 하나 눈을 붙이는 자가 없었다.

구르는 나뭇잎에도 깔깔거리던 문도들은 입을 딱 붙였다.

무거운 침묵.

아란하는 자신이 기다리던 사람을 문도들이 음울한 분위기에서 맞는 것을 원하지 않았다. 그녀 역시 생각할 것이 많아 침묵하고 싶었지만 어쩔 수 없이 입을 열어야 했다.

"그분은 중원 배교의 호교신장이었다. 우리와 같은 뿌리를 가진 분이지. 두려워할 필요는 없다."

아란하의 말에 문도들은 일제히 몸을 부스스 일으켰다. 살아 있어도 살아 있다고 말하지 못하던 그들이었다. 문도들은 왜 진작 그 같은 말을 하지 않았느냐는 원망의 눈길을 아란하에게 보냈다. 그러나 문도들의 눈빛에는 아직도 두려움과 불안이 가시지 않고 있었다. 부모와 형제들이 쓰러지는 그 처참한 모습도 목도한 그녀들이었는데도.

아란하는 이해했다. 그녀도 중원의 호교신장이 사람 아닌 그 무엇으로 느껴졌다.

"그분은 정말 배교도가 맞습니까?"

생각에 잠겨 있던 하라사가 갑자기 물었다. 하라사에게는 이미 말해 주었다. 그런데 그녀는 다시 묻고 있었다.

아란하는 고개를 끄덕였다.

하라사는 눈을 번쩍 떴다.

"궁주, 그분이 혹시 전설을 실현시켜 줄 그분이 아닐까요? 아홉 번째 용이 발견되자마자 그분은 나타났습니다!"

그녀가 큰 눈을 빛내며 소리쳤다.

하라사는 줄곧 그 생각에 골몰하고 있었던 듯했다.

"대화룡의 전설!"

"그분이…….'"

하라사의 말에 문도들이 웅성거리기 시작했다. 그녀들의 눈빛에 두려움과 불안 대신 어떤 흥분된 열기들이 끓어오르고 있었다. 하라사도 마찬가지였다.

"모르겠다."

아란하는 자리에서 일어났다.

갑갑한 마음이었다. 바람이라도 쐬었으면 했다.

그녀는 천천히 밤길을 걸었다.

돌아온 자의 엄청난 무위, 대화룡, 배교일세…….

그 말들은 지금 아란하에게는 스쳐 가는 말들일 뿐이었다.

무척 기다렸다.

내가 그렇게 기다렸으므로 상대도 그만한 기다림의 무게로 올 줄 알았다. 그러나 착각이었다.

생각하니 정말 자신은 착각 속에 살아 온 것이다. 기다려 달라고 청해 오지도 않았고 기다리겠다고 말하지도 않았다. 정담을 나누기는커녕 얼굴 한 번 제대로 본 적이 없었다.

그런데 무슨 미련으로 기다렸을까.

성녀를 태우고 황하를 오르던 십여 년 전, 그때부터의 일일 것이다. 그때부터 그녀는 이유도 모른 채 기다림으로 가슴 졸였다. 무조건 기다리기만 하던 자신의 마음이 이상하다고 이제야 느끼는 것도 참으로 이상한 일이었다.

아란하는 머리칼을 쓸었다.

달빛 아래 긴 그림자가 보였다. 긴 그림자는 십여 년을 기다렸던 중원 배교의 호교신장, 바로 그였다.

그는 먼 하늘을 바라보고 있었다.

아란하의 가슴은 다시 뛰었다. 이지는 분명 이상한 일투성이라고 의문을 달고 있었으나 마음은 그렇지 않은 모양이었다.

그녀는 두근거리는 마음을 달래며 발걸음을 멈추었다.

"이름이 무엇이냐?"

호교신장은 돌아보지도 않고 물었다.

"아란하! 일지국 전왕의 딸이었습니다."

아란하는 얼굴을 붉히며 대답했다.

"알고 있다."

호교신장은 우수를 들었다.

'어!'

아란하의 몸은 허공으로 둥실 떴다. 그녀는 강력한 흡인력에 끌려가고 있었다. 호교신장의 품 안이었다. 그의 깊이를 모르는 무심한 눈빛이 아란하의 눈동자에 닿았다.

아란하는 매에 채인 병아리처럼 꼼짝도 못했다.

파팟! 호교신장은 쌍수를 번뜩였다. 그의 손이 그녀의 옷을 거칠게 헤치며 옥당혈玉堂穴과 명문혈命門穴에 흡반처럼 달라붙었다. 옥당혈은 젖가슴 사이에 있고 명문혈은 치부恥部 위에 있었으므로 아란하는 목까지 붉어졌다.

'헉!'

아란하는 아찔한 현기증을 느꼈다. 내력이 썰물처럼 주르르 흘러 나가고 있었다.

그녀의 눈빛은 절망으로 흔들렸다.

호교신장은 그녀에게조차 흡정술을 펼치고 있었다.

'아, 아……'

내력을 뺏기는 데에 대한 고통보다 배신의 고통이 그녀의 마음을 더욱 갈가리 찢었다.

그녀는 절망했고 체념했다. 처음의 느낌대로 이제 배교의 호교신장은 사람이 아닌 마물魔物로 귀향한 것이다.

눈이 스르르 감겼다. 이런 죽음을 맞기 위해 그토록 그를 기다렸던가. 모든 것이 끝이었다. 끝이라 생각했다.

순간, 아란하는 명문혈을 파고드는 고통에 눈을 번쩍 떴다. 엄청난 내력이 다시 그녀의 기혈로 흘러 들어오고 있었다. 흘러 나갔던 내력과는 비교가 되지 않았다.

다행히 같은 종류의 내력이었다. 그녀는 그 내력이 호교신장이 흡정술로 빨아들였던 대사형의 내력과 자신의 내력이 합쳐진 것임을 알아챘다.

내력은 두 갈래로 나뉘어 폭풍처럼 임맥任脈의 회음혈會陰穴에서 승장혈承漿穴까지를 꿰뚫고 독맥督脈의 장강혈長强穴로부터 신정혈神庭穴까지도 꿰뚫었다.

양맥을 광풍으로 휘몰아치던 내력이 서로를 향해 맹렬히 부딪혀 갔다.

쾅! 아란하는 고통으로 입을 딱 벌리며 몸을 부르르 떨었다. 그리고 그녀는 의식을 잃는 순간 느꼈다. 임독이맥任督二脈이 너무도 쉽게 타통되어 버린 것을.

아란하는 눈을 번쩍 떴다.

임독이맥이 타통된 것이 맞았다. 샘물 솟듯 내력이 넘쳐 흐르고 있었다. 그녀는 너무도 상쾌해 어깨를 우쭐거리고 싶었다.

자리에서 벌떡 일어났다. 여명이 밝아 오고 있었다. 아란하는 급히 주위를 살폈다.

중원 배교의 호교신장은 처음 그 자세 그대로 서 있었다. 소음마消陰魔를 익혔는지 잠이 없는 모양이었다.

"아란하!"

중원 배교의 호교신장은 그녀를 불렀다.

천장절애를 웅웅 울리는 메아리같이 음습한 목소리였지만

아란하에게는 그 목소리가 너무도 달콤하게 들렸다.

그가 최초로 자신의 이름을 불러 준 것이다.

"아홉 마리의 화룡을 실어라. 민산……."

호교신장은 말했다.

"민산이라면 맹호전……."

호교신장은 더 이상 말하지 않았다.

"알겠습니다."

아란하는 머리를 숙였다.

머리를 숙이며 아란하는 자신의 옷이 파헤쳐져 젖가슴이 다 드러난 것을 발견했다. 그녀는 얼굴을 붉히며 옷을 추슬렀다. 촉감은 남아 있었다. 좋아질 것이라 믿었다.

이 장여 크기의 배였다.

육지를 질주하는 배!

아홉 마리의 대화룡을 싣고 이것저것 장식을 하다 보니 처음의 의도와는 달리 교자轎子가 아니라 배가 되어 있었다.

아란하와 하라사가 특별히 모양에 신경을 썼고 모두 여인들의 손으로 만들어진 물건이라, 육지를 종횡할 배는 웬만한 꽃배와 비교가 되지 않을 정도로 화려했다.

색깔도 오색五色으로 울긋불긋했다.

후미에 두 마리의 대화룡을 장착했다. 좌우에 각기 세 마리. 마지막 한 마리의 대화룡이 선수에 장착되자 배는 완전한 모습을 갖추었다.

구룡선九龍船!

중원이라는 대해를 질주할 배였다.

선두에는 황색, 청색, 백색, 흑색, 적색의 독전기督戰旗를 든 다섯 명의 여인이 섰다. 그 뒤를 하라사가 이끄는 십여 명의 청의 여인들이 받쳤다.

노처럼 된 부목을 좌우 각기 열 명의 녹의 여인들이 들었다.

구룡선의 뒤에는 오십여 명의 홍의 여인들이 오 열로 나란히 시립했다. 여인들은 모두 경장 차림이었고 패검을 차고 있었다.

살성으로 출현했던 배교의 호교신장은 선루船樓의 태사의에서 먼 산을 오시했다.

꽃무늬가 수놓인 백의를 입은 아란하가 패검을 차고 그 곁에 서 있었다.

"민산! 가자!"

그녀가 소리쳤다.

독전기가 바람에 펄럭이며 길을 열고 구룡선은 그 뒤를 물결처럼 움직였다.

"이게 무슨 짓이오?"

비응보주 악진웅은 영문을 몰랐다.

중추절을 맞아 오랜만에 예전의 호기를 찾아 사냥을 다녀온 터였다. 그사이 비응보는 사패의 하나인 승룡방의 무사들에 의해 모두 장악당한 상태였다.

문도들의 시체도 몇 구 보였고 나머지 수하들은 칼을 푼 채

죄인처럼 무릎을 꿇고 있었다.

"으헤헤, 학郝 선생! 보주께서 묻고 계시오. 정중한 설명을 부탁하오."

길다란 수염을 꼬며 메기입을 씰룩거리는 자는 물론 사패의 하나인 승룡방의 방주, 팽해만이었다.

악진웅이 팽해만을 마지막으로 본 것은 팽해만이 승룡방을 세우고 개파대전開派大典을 열 때였다. 그 이후 처음 얼굴을 대하고 있었다.

수년의 세월이 흘렀으나 메기 얼굴에 어울리는 수염이 길게 자란 것을 제외하고 팽해만은 여전히 동안이었다.

팽해만의 곁에는 문건을 쓴 말쑥한 차림의 중년인이 서 있었다. 근엄한 표정에 청수한 외양을 하고 있었으나 어딘가 모르게 가벼워 보이는 자였다.

그는 팽해만이 지낭으로 부리는 학대통郝大通이었다.

학대통은 팽해만의 말에 고개를 끄덕였다.

"보주께서는 우리를 너무 얕잡아 보는 것 같소. 우리는 이미 알 것은 다 알고 왔소이다. 우리는 보주께서 흑산의 무리들과 손을 잡았다는 결정적인 증거를 찾았소."

그가 근엄하게 말했다.

"내가 흑산의 무리들과 손을? 어불성설이오! 이 나이에 무슨 욕심이 있어……."

악진웅은 수염을 부르르 떨었다.

"재물에 대한 욕심은 나이와 비례하지. 악 보주께서는 이번에 새로운 금침까지 깔았다고 하더군요."

학대통이 웃으며 말했다.

"그것은… 수하들이 권해… 내가 어린 계집을 들인 것과 흑산의 무리들과 손을 잡았다는 것이 무슨 상관이오!"

얼굴을 붉히던 악진웅은 생각하니 남의 잠자리까지 간섭하는 학대통의 언사에 울화가 치밀어 버럭 고함을 질렀다.

"아, 아! 물론 상관은 없소."

짝! 짝! 학대통은 뒤들 돌아보며 손뼉을 쳤다.

승룡방의 수하들이 봉두난발의 사내 한 명을 결박 지어 끌고 왔다.

"물론 악 보주께서는 이자를 모른다고 하시겠지요. 하지만 이놈은 악 보주를 안다고 했소. 이놈은 수룡표국水龍鏢局의 표물을 노린 놈들 중의 한 놈이오. 표물을 털라고 명한 자는 바로 악 보주라 하더이다."

학대통은 덤덤하게 말했다.

수룡표국은 교타방이 망한 후 황하에 새롭게 뿌리를 내리기 시작한 표국으로 승룡방의 분타나 같은 곳이다.

"그런 터무니없는! 네놈에게 언제 내가 그 같은 명을 내렸다는 말이냐? 나는 네놈을 본 적도 없다!"

악진웅은 봉두난발의 사내를 향해 악을 썼다.

봉두난발의 사내는 이를 악다물고 고개를 숙였다.

"당연히 그렇게 나오실 줄 알았소! 여봐라!"

학대통도 목청을 높였다. 그가 손짓을 하자 승룡방의 수하들이 비웅보의 창고를 활짝 열었다.

"저 물건도 악 보주의 물건이오?"

학태통이 가소롭다는 듯이 웃으며 창고 내의 물건들을 가리켰다. 비단과 옥.

악진웅은 눈을 크게 떴다. 보지 못했던 물건들이었다.

"자기 발로 걸어 들어왔다고 말씀하시구려. 그렇게 말씀하신다면 우리는 더 이상 할 말은 없소이다."

학대통은 눈을 게슴츠레하게 감으며 뒷짐을 졌다. 악진웅의 얼굴이 험하게 일그러졌다. 그가 고개를 푹 숙였다.

"한 자루의 칼에 의지해 산림을 종횡했다. 머리가 희끗해졌을 때 비로소 산서의 패자로 군림했다. 그 와중에 더럽고 야비한 짓도 많이 저질렀지. 그래서 나는 언젠가 검하劍下의 고혼이 되리라 생각했다. 하지만 무슨 일인지 죽음을 앞둔 이제까지 잘 버텨 왔다. 그렇게 살다가 그렇게 죽으리라 생각했다. 그런데 이 꼴이라니… 차라리 검하의 고혼이 됨만 못하겠구나."

악진웅은 고개를 숙인 채 혼잣말로 중얼거렸다.

그가 고개를 번쩍 들었다.

"팽해만, 일전에 나에게 서신을 보내 비응보를 승룡방의 분타로 삼고 싶다고 말한 적이 있었지. 나의 불찰이 있다면 그때 그 서신에 숨은 말들을 너무 쉽게 넘겼다는 것이다. 몰랐다. 네가 이렇게 야심이 클 줄은. 몰랐다. 네가 이런 더러운 방법까지 동원하며 비응보를 삼키려 들 줄은. 아, 아! 나는 사패가 최소한 공작孔雀의 꼬리는 될 줄 알았는데 참새의 꼬리만도 못 되었다니. 팽해만! 비응보를 삼키려면 먼저 나를 죽여라!"

악진웅은 사자처럼 포효하며 감산도를 빼 들었다.

팽해만은 머리를 쓱쓱 긁었다.

"저 늙은이는 무슨 소리를 하는 게야!"

그가 깨지는 소리를 냈다.

"자신의 죄를 죽음으로 씻겠다고 하는군요."

학대통은 짐짓 큰 한숨을 쉬었다.

팟! 악진웅은 비호처럼 팽해만을 향해 달려들었다.

쩡! 감산도와 유엽도가 얽혔다. 악진웅의 칼을 가로막은 자는 팽해만이 아니라 외당당주 장목생이었다.

"비켜라!"

악진웅은 고함을 지르며 팽해만을 노리고자 했으나 장목생이 그를 놓아주지 않았다.

팽해만은 악진웅과 장목생의 싸움을 뒤로한 채 등을 돌렸다. 학대통이 그를 따라붙었다.

"어이, 영 기분이 아니군."

팽해만은 묵편으로 마른땅을 툭 쳤다.

"이왕 벌어진 판, 약한 마음은 버리셔야 합니다. 분하를 수중에 넣기 위해서는 반드시 비응보가 필요합니다."

학대통이 말했다.

"방금 저 늙은이가 나를 참새 꼬리만도 못한 자라 했잖아! 으헤헤, 돼지 꼬리보다 못하다면 몰라도 참새 꼬리라니……."

팽해만은 영 입맛이 쓴 듯했다.

"구대문파의 세력은 점점 약해지고 있습니다. 조만간 사패와 구대문파 간의 경쟁은 끝이 난다고 보아야지요. 사패간에 강호의 주도권을 놓은 싸움이 벌어질 것은 명약관화한 일입니다. 단심원주께서는 자신의 그릇을 아는 분입니다. 더 이상의 욕심을 내지는 않을 것입니다. 숭무각주께서는 천화원의 공작처럼 검로를 찾아 걸어가실 분입니다. 세상의 아귀다툼에는 별 관심을 가지지 않겠지요. 남은 분은 방주와 맹호전주……."

"으윽!"

비명이 학대통의 말을 끊었다.

"팽해만, 죽어서도… 잊지 않겠다."

장목생의 칼에 악진웅이 피 분수를 쏟으며 쓰러지고 있었다.

"저 늙은이는 끝까지 자신을 모르는군요. 그에게는 방주를 쫓을 시간도 없을 텐데. 그는 죽어서도 잊지 않고 기다릴 자가 자신에게도 많다는 것을 잊은 모양입니다."

학대통은 실소를 흘렸다.

웬만하면 메기입을 씰룩거리며 학대통의 말에 대꾸라도 해 주련만 팽해만은 굳게 입을 다물고 있었다. 악진웅 주위에 일어난 불행한 일은 당연히 모두 학대통이 꾸민 일이었다. 침묵을 지키고 있는 것을 보니 모략은 아직 팽해만의 적성에 맞지 않는 듯했다.

처음 하는 일은 언제나 어렵다. 학대통은 팽해만이 곧 이런 일에도 익숙해지리라 믿었다. 남을 속이는 일만큼 재미있는 일이 또 어디 있을까.

"맹호전주께서는 독문의 딸과 혼인을 한 후 독문을 기반으

로 남만에서도 급속히 세력을 넓혀 가고 있습니다. 서쪽으로
는 천산파까지 넘본다는 소문입니다. 달리는 두 마리의 말
중 멈추는 말이 집니다. 수단과 방법을 가리지 않고 달리는
말에 채찍질을 해야 합니다. 지지 않기 위해서는."

학대통은 흔들리는 팽해만의 마음을 붙잡기 위해 이미 몇
번이고 들려주었던 이야기를 반복하고 있었다.

"알았어. 알았다고."

팽해만은 귀찮다는 듯 손을 저었다.

"황하 대상련大商聯의 일은 어떻게 할 생각이야? 이번 일
로 원주께서 강호에 관심을 가진다면 정말 내 입장은 곤란하
게 된다고."

"원주를 찾아갔던 자가 금적보의 보주라 했지요. 양백! 겁
많은 장사치들이 어떻게 해서 원주를 찾아갈 생각까지 했을
까 해서 알아보니 이번 일은 양백, 그자가 모두 꾸민 일이더
군요. 대상련의 상인들에게 헛바람을 넣어 충동질을 하고 스
스로 대표를 자처 원주를 찾아가 고자질을 하고."

학대통은 미간을 좁혔다.

"학 선생, 어떻게 할 것인가를 묻고 있다!"

팽해만이 짜증을 냈다.

얼마 전 천화원으로부터 한 통의 서신이 왔었다. 팽해만이
젊은 날을 충심으로 따랐던 천화원의 원주로부터 온 서신이
었다. 당장 대상련에 대한 상납을 금하라는.

단원홍에 대한 팽해만의 마음만은 아직도 붉었다. 모든 사
람들이 알아주지 않아도 단원홍에게만은 잘 보이고 싶은 그

였다. 그런데 그런 서신을 받았으니.

"그렇지 않은 이야기도 자주 들으면 그렇게 믿어집니다. 특히 좋지 않은 이야기는 더 그렇지요. 그리고 한 번 입을 나불거린 자는 다시 입을 나불거리게 되어 있지요. 원주께서 주위의 좋지 않은 소문에 고개를 끄덕이기 전에 입을 막아야 합니다."

"죽이겠단 말이오?"

"양백은 대상련의 중심에 선 자입니다. 황하 대상련을 길들이기 위해서도 어쩔 수 없는 조치입니다. 빠를수록 좋지요."

"으헤헤, 이제 장사치까지 죽여야 한단 말이지."

"강호는 패도覇道 다음에 정도正道를 놓습니다. 정도에 마차를 올리는 기간은 빠를수록 좋습니다. 어물거리면 방주께서는 더욱 하기 싫은 일도 계획하게 될 것입니다."

"어쩔 수 없는 일이라… 학 선생, 표시 나지 않게 잘해야 해."

팽해만은 이마에 주름살을 그렸다.

"쉬운 일이지요."

학대통은 미소를 지었다.

팽해만은 나루터를 향해 묵묵히 걸었다.

"학 선생, 나의 마차가 정도에 오르면 무엇이 달라지지?"

그가 문득 물었다.

"다른 자들을 패도, 사도邪道라 명할 수 있지요."

"으헤헤, 그것 참 좋은 일이군."

팽해만은 비로소 그답게 웃었다.

"방주, 저는 비응보로 돌아가 보겠습니다. 처리해야 할 일들이 많습니다."

"알았소. 가 보시오. 아, 학 선생!"

팽해만이 등을 돌리는 학대통을 불렀다.

"내가 정도라는 그 이상한 길에 오르면 제일 먼저 무엇을 할 것 같소?"

"내가 어찌 방주의 마음을 알겠습니까? 원하던 좋은 일을 하시겠지요."

학대통이 눈웃음을 지었다.

"가 보시오."

팽해만은 심드렁하게 말했다.

'으헤헤, 학대통! 내가 그 길에 오르면 제일 먼저 네놈의 목부터 벨 것이다.'

그는 선착장으로 발걸음을 옮기며 히죽 웃었다.

'죽일 놈! 괜히 허파에 바람을 넣어 귀찮은 일만 만들어 놓고. 원주를 따라 강호를 누빌 때가 좋았지. 엉? 지난 추억을 그리워하면 나이가 든 징조라는데……. 그렇지. 짧은 세월은 아니었다.'

팽해만은 한숨을 쉬었다. 동안이지만 눈가에 주름살이 늘어나는 것은 어쩔 수 없었다.

狂風

광풍

사삭! 삭!

이십여 명의 인원이 능선을 오르고 있었다.

구름이 달을 가려 주는 좋은 날이었다.

사위는 조용했고 바람 따라 가랑잎은 우수수 떨어졌다.

어둠 속에 소옥 한 채가 보였다.

그 소옥을 앞에 두고 다섯 명의 무사가 한담을 나누고 있었다. 천위대의 무사들이었다.

능선을 오르던 자들은 나무 사이에 급히 몸을 숨겼다.

"생각보다 경비가 허술한 것 같지 않소?"

선두의 자가 뒤에 선 각진 얼굴의 중년인에게 물었다.

"누가 감히 천화원의 안뜰을 침입해 오리라 생각하겠소. 그리고 금옥의 비밀이 외부에 알려졌으리라 생각하는 자들도 아무도 없을 것이오."

각진 얼굴의 중년인이 말했다.

선두에 선 자는 고개를 끄덕였다.

"고高 명두는 여기서 교군들과 함께 기다리시오. 장張 명두와 내가 성녀를 모셔 오겠소."

그가 낮은 소리로 말했다.

각진 얼굴의 중년인은 주먹을 쥐어 보이며 명을 받았다.

선두에 선 자가 손짓을 했다.

우락부락한 대한을 비롯, 다섯 명의 교군이 선두로 나섰다. 교군들 중에 날고뛴다는 자들이었다.

그들의 손에는 튼튼한 포승이 들려 있었다.

선두에 선 자가 다시 한 번 손짓을 하자 그들은 일제히 산개했다.

잠시 후, '억!' '헛!' 하는 신음과 함께 소옥을 지키던 천위대의 무사들이 쓰러졌다.

"갑자기 많은 사람들이 나타나면 성녀께서 놀라실 것이오. 장 명두만 나와 함께 갑시다."

교군들을 이끌던 자가 언월도를 든 우락부락한 대한에게 말했다.

대한은 고개를 끄덕이며 성녀가 놀랄까 언월도를 등 뒤에 숨겼다.

그들이 소옥으로 나아갔다.

소옥은 어둠 속에 잠겨 있었다.

그러나 그들이 다가서자 등불이 켜지며 창문이 열렸다.

두 명의 명두들은 함정인가 싶어 급히 주위를 살폈다.

아무도 없었다. 창문에 그림자만 어른거렸다.

둘의 시선은 퍼뜩 그림자에 고정되었다.

십삼사 세의 계집이었다. 허리에는 보화가 찬란한 단도를 차고 있었고 오른손에는 작은 함 하나를 들고 있었다.

예령, 금옥의 주인.

예령은 두 명의 명두들을 바라보며 빙그레 웃었다.

"기다리고 있었어요. 오늘쯤 오실 줄 알았죠. 내려가겠어요."

그녀는 창틀 위에 훌쩍 올라섰다.

"그럼……."

두 명의 명두들은 서로의 얼굴을 바라보았다.

"성녀시여! 호남 명두, 감악이 이제야 성녀를 모시러 왔습니다."

"사천 명두, 장탄張坦이 성녀를 뵙습니다."

그들은 격앙된 목소리로 급히 부복했다.

선두에 선 자는 감악이었다. 성녀와 명옹이 사라지고 난 후 교의 실질적 책임자로 교의 부흥을 위해 밤낮을 잊었던 자!

장탄은 사천 명두였던 추대괄로부터 명두의 인을 물려받은 자다. 그는 감악을 도우며 서북 지역의 교세 확장을 위해 노심초사하고 있는 중이었다.

예령은 창틀에서 폴짝 뛰어내렸다.

감악은 주체하지 못하는 감동으로 고개를 들었다.

'아아!'

틀림없었다. 벌써 십여 년 전의 일이다. 그때 그는 동정호에서 성녀의 얼굴을 처음이자 마지막으로 보았다. 그 뒤에 한 번 더 본 것 같기는 한데 그때는 꿈인 듯했고……. 어쨌든 그때 동정호에서 본 성녀의 얼굴은 지금도 감악의 기억에는 생생했다. 눈앞의 어린 성녀는 그때의 성녀와 똑같은 얼굴이었다. 성녀가 아님을 의심하려 해도 의심할 수가 없었다.

감악도 장탄도 더 이상의 말은 못했다. 그 어려웠던 시절이 주마등처럼 지나갔다. 이날이었다. 이날을 위해 끝까지 버텨 온 것이다. 가슴은 벅찬 감동으로 터질 것 같았다. 그들은 내색을 숨기기 위해 누구라 할 것 없이 입술을 깨물었다.

예령은 감악과 장탄의 마음을 전혀 모르는 듯 천연덕스럽기만 했다.

"그분을 만나러 가는 길이죠?"

그녀가 뒷짐을 지며 장난스럽게 물었다.

'그분이라니?'

감악과 장탄은 서로의 얼굴을 마주 보았다.

순간, 나뭇가지 하나가 그들 앞으로 툭 떨어졌다. 강서 명두 고명상高明像이 보낸 서두르라는 신호였다.

"업히십시오."

장탄이 넓은 등을 내밀었다.

예령은 십여 년간 지내 온 소옥을 애잔한 눈길로 빠짐없이 둘러보았다.

"잘 있어라."

그녀가 손을 흔들며 장탄의 등에 찰싹 업혔다.

감악과 장탄은 곧 강서 명두 고명상과 합류했다.

"서두릅시다!"

감악이 발걸음을 재촉했다.

그가 선두에서 길을 열었고 장탄은 예령을 업은 채 중간을 지켰다. 후미는 고명상이 맡았다.

성녀를 처음 본 고명상은 다른 말도 못 했다.

'성녀시여, 성녀시여…….' 라고 되풀이했을 뿐이었다.

뒤를 돌아보지 않아 확인할 수 없었다. 그러나 감악은 필경 고명상이 눈물을 흘리며 성녀의 뒤를 따르고 있으리라 생각했다.

어둠 속에 황하의 물굽이가 보였다.

현재 교의 명두들 중 최연장자인 섬서 명두 유공경俞恭敬이 빠른 배로 성녀를 기다리고 있을 것이다.

모든 것이 순조로웠다. 범의 아가리를 이렇게 쉽게 빠져나올 줄 감악은 몰랐다. 명왕께서 지켜 주시기 때문이라 믿었다.

그러나…….

"멈추어라!"

어둠 속에서 한 떼의 무사들이 길을 막았다.

사자코에 위맹한 인상의 청년이 삼사십 명의 천위대 무사들과 함께 모습을 드러냈다.

"한韓 아저씨!"

장탄의 등에 업혀 있던 예령이 앞뒤 모르고 반갑게 손을 들었다. 예령은 사자코 청년을 알고 있었다. 백발 아저씨와 함께 가끔 소옥에 들렀기 때문이다. 우스갯소리를 잘하는 아저씨였다. 그래서 무턱대고 반가웠다. 그러나 그녀는 곧 그 아저씨가 이곳에 나타난 이유를 알았다.

"아가씨, 이쪽으로 오십시오! 저놈들은 사악한 무리들입니다!"

사자코 청년이 소리쳤다. 그는 천위대의 부대주 한고였다.

"아니에요. 이분들은 사악한 분들이 아니에요."

예령은 한고의 고함에 놀라 겁먹은 표정으로 말했다.

"고 명두!"

장탄이 고명상을 불렀다.

긴 이야기를 나눌 시간이 없었다.

고명상은 장탄의 생각을 읽었다.

"성녀, 저에게 오십시오."

그가 장탄에게서 예령을 받아 안았다.

"성녀? 역시 네놈들은 배교의 잔당들이었군!"

한고가 눈에 불을 켰다. 금옥을 노리는 자들이 있다면 그들은 배교도들일 것이라는 원주의 말이 맞았다. 성녀 운운하며 찾아올 것이라 했다.

더 이상 자초지종을 물을 필요가 없었다.

슥! 그가 검을 빼 들었다.

그 순간 장탄의 낭아봉이 날았다.

파팟! 한고의 검도 빛을 발했다. 검영이 나뭇잎을 날리며 장탄의 낭아봉 사이로 교묘히 파고들었다.

"헉!"

장탄은 놀라 황급히 뒷걸음질을 쳤다. 그는 능운공작으로부터 직접 몇 수의 지도를 받은 한고의 상대로는 실력이 모자랐다.

휙! 감악이 장탄의 앞을 막았다.

"장 명두, 고 명두! 여기는 내가 책임지겠소! 빨리 성녀를 강으로 모시시오!"

그가 고함을 지르며 한고를 상대했다.

"어디를 달아난단 말이냐! 한 놈도 달아나지 못하게 하라!"

한고가 비호처럼 감악을 덮치며 소리쳤다. 천위대의 무사들이 빠른 걸음으로 움직이며 교군들의 길을 막았다.

챙! 챙! 챙!

여기저기서 칼 부딪치는 소리가 들렸다.

"으악!"

"악!"

비명이 터지며 피도 확 치솟았다.

예령은 보아야 했다. 교가 어떤 길을 걸어왔는가를.

"싸우지 마세요!"

그녀는 파랗게 질려 소리쳤다. 그러나 그녀의 목소리에 대답하는 자는 아무도 없었다.

번뜩이는 칼, 치솟는 피, 터지는 비명.

예령은 그들이 싸우지 말았으면 했다. 그들이 서로의 피를 탐하지 말았으면 했다. 왜 그들은 각자의 생각, 각자에게 주어진 길을 걷지 않고 각자의 길을 막고 침범하는 데 더 바쁠까.

가슴이 아팠다. 싸움을 멈추고 싶었으나 그녀에게는 그럴 능력이 없었다.

그렇게 생각했다. 순간, 예령은 문득 꿈속의 은자隱者, 어머니의 말을 떠올리고 있었다.

－나의 귀여운 아기, 원하는 것이 있다면 간절히 염원하라. 초목의 마음에 그대 마음의 뿌리가 닿고 동물과 사람의 마음에 그대 마음의 뿌리가 닿도록 간절히. 예령, 우리 성녀 일족의 힘의 비밀이다.

예령은 손을 모았다. 그녀는 염원했다. 간절히. 서로 싸우지 말도록, 서로가 서로의 피를 탐하지 말도록.

예령의 눈빛이 몽롱하게 흐려져 갔다. 그리고 어느 순간, 그녀의 눈빛이 반짝 빛을 뿌렸다.

"감 아저씨, 한 아저씨!"

그녀가 감악과 한고를 불렀다.

속삭임 같은 부름이었으나 그 목소리는 갈대밭을 흔드는 미풍처럼 물결치며 모든 이의 귓가에 닿았다.

철천지원수로 싸우던 감악과 한고는 동시에 예령을 바라보았다. 그들의 눈동자에 예령의 맑고 밝은 눈동자가 담겼다.

"우리는 모두 각자의 길을 가는 거예요. 바람에 몸을 맡긴 꽃잎처럼."

예령이 말했다.

미간을 좁히던 한고는 무엇인가에 찔린 듯 흠칫 어깨를 떨었다. 그의 눈빛이 점점 투명하게 침잠되었다.

철컹! 한고는 검을 검집으로 거두었다.

한고가 검을 거두자 모든 자들도 약속이나 한 듯 일제히 도검을 거두었다.

한고는 한편에 물러섰다. 천위대의 수하들이 그의 뒤로 물러서며 시립했다.

"한 아저씨, 안녕히 계셔요. 감 아저씨, 가요."

예령은 조금 지친 표정으로 머리칼을 쓸었다.

가슴을 찌르는 애잔한 감정에 잠시 다른 세계로 가 있던 감악은 예령의 말에 퍼뜩 고개를 들었다.

어떻게 되었는지 알 수 없었다. 어떻게 되었는지 묻지도 않았다. 성녀! 성녀의 일이었으므로.

"갑시다!"

감악은 긴 잠에서 막 깨어난 것처럼 덜 깬 목소리로 말했다.

교군들이 퍼뜩 고개를 들었다. 그들도 막 잠에서 깬 듯 주위를 두리번거렸다.

감악이 움직였다. 그제야 그들은 자신들의 임무를 깨닫고 감악을 황급히 뒤따랐다.

어둠에 잠긴 황하의 물결이 보였다.

"빨리!"

강가에서 발을 구르고 있던 유공경이 반색을 하며 손을 흔들었다. 그는 교군들에게 배를 묶은 줄을 끊어라 한 후 자신은 성녀를 맞으러 뛰어갔다.

유공경은 교도들 사이에 석년의 호남 명두 여양의로 불리는 자다. 외양도 비슷했고 생각도 행동도 비슷했다. 그래서 교도들은 그를 가끔 착각했다. 그가 섬서의 명두가 아닌 호남의 명두인 줄.

유공경은 심안으로 고명상에 업혀 오는 소녀가 분명한 성녀임을 알아챘다.

"성녀시여!"

그는 진흙 밭도 마다 않고 털썩 무릎을 꿇었다.

그때였다.

파파파팟!

나뭇잎이 암기처럼 날아와 진흙 밭에 가지런히 꽂혔다.

감악과 교군들은 놀라 고개를 돌렸다.

방해자는 또 있었다.

허리가 구부정한 노인과 오십 줄에 이른 여인이었다.

"아가씨, 어디를 가시려 하십니까?"

노인이 카랑한 목소리로 물었다.

"할아버지! 파파!"

예령은 고명상의 등에서 폴짝 뛰어내렸다.

그들은 천노와 도화였다.

"감 아저씨, 인사하세요. 우리 할아버지와 파파예요."

그녀는 천노와 도화를 향해 걸어가려 했다.

감악이 그녀의 팔을 잡았다. 그는 금옥에 성녀 외에 두 명의 가복이 더 머무르고 있음도 알고 있었다. 그러나 가복이라 생각했기에 별 염두에 두지 않았다. 하지만 나뭇잎을 날린 솜씨나 기도를 보건대 방금 싸운 자보다 강하면 강했지 약하지는 않을 듯했다.

사실 도화의 실력은 한고에 버금갔고 천노의 실력은 천위대의 대주 국태열이 비할 바가 아니었다. 운학추와 단원홍! 두 명의 천하제일인을 수십 년간 가주로 모셔 왔던 그들이다. 운학추도 단원홍도 천노와 도화를 노복으로만 생각하지 않았을 것이다. 당연히 몇 수의 무공은 가르쳐 주었다.

소옥에서 감악 일행을 막고자 했다면 천노와 도화는 그들을 충분히 막을 수 있었을 것이다. 단지 예령이 아끼는 소옥에 피를 묻히기 싫어 여기까지 따라왔을 뿐.

"배교의 아이들은 아가씨의 그 팔을 놓아라! 큰아가씨를 데려가고도 모자라 이제 어린 아가씨까지 데려가려 하느냐!"

천노가 창노한 목소리로 소리쳤다.

그가 우수를 번쩍 들었다.

천노의 손이 황금빛으로 물들어 갔다.

"황금신공……."

감악은 안색을 찌푸렸다. 단원홍이 곽부와 싸울 때 발휘했던 신력으로 이제 모든 강호인들이 알고 있는 무공이었다.

감악은 금옥의 가복들이 상당한 실력자라는 것은 알고 있었으나 황금신공까지 익힌 줄은 생각도 못 했다. 달아나기도 불가능하다는 것을 깨달았다.

성녀를 모셔 가지 못하면 어떻게 되는가. 성녀가 없었을 때는 몰랐지만 성녀가 있음을 안 지금 모셔 가지 못한다는 것은 죽음뿐이었다. 두 번의 기회는 주어지지도 않을 것이기 때문에.

감악은 당랑거철의 심정으로 칼을 들었고 황금신공을 장심에 끌어 올린 천노는 사자철권으로 모든 배교도들을 일격에 박살 내려 했다.

살기가 냉랭하게 서로의 심장을 압박했다.

예령은 또 분위기가 이상하게 흘러감을 깨달았다. 앞으로 자주 겪게 될 일이라 명왕께서 미리 그녀에게 보여 줄 것을 보여 주고 있는지도 몰랐다.

"할아버지, 멈춰요!"

예령이 날카롭게 소리쳤다.

철권을 휘두르려던 천노는 흠칫했다. 어린 아가씨가 저렇게 화를 내는 것은 처음이었다.

"할아버지, 파파! 알잖아요. 지금 내가 가는 길을 누구도 막지 못하리라는 것을. 어머니도 그렇게 떠났듯이 나도 떠나야 해요. 마음은 아프지만……."

예령이 작은 손을 움켜쥐며 말했다.

천노와 도화의 눈빛이 흔들렸다.

막을 수 있는가? 어린 아가씨의 말이 맞는 듯했다. 지금은 어떻게 막을 수 있을지 몰라도 다음은 장담할 수 없었다. 큰 아가씨도 떠나려 했다. 전대 원주께서는 그들처럼 보내지 않으려 했고. 그러나 결국 전대 원주께서는 큰아가씨를 보내고 말았다.

전대 원주도 막지 못한 천화원 아가씨들의 길을 그들이 어떻게 막을 수 있을 것인가. 막을 수 없다. 그렇지만 보낼 수 없는 것이 그들의 입장이었다.

"어머니가 불러서 가는 길이에요. 할아버지, 파파, 길을 비켜 주세요."

예령은 간청했다.

천노와 도화의 눈빛이 더욱 흔들렸다.

그들은 예령을 너무 아꼈다. 그래서 예령의 마음의 뿌리가 뻗치기 전에, 그들의 마음에 예령의 마음이 자랐다.

마음이 먼저 움직인 자는 역시 여자인 도화였다.

도화는 눈을 질끈 감았다가 떴다.

"천노, 큰아가씨는 내가 젖먹이로 키웠습니다. 그런데 말도 않고 훌쩍 떠났지요. 원망도 많이 했습니다. 배교라는 곳은 더욱……. 그리고 지나서 곰곰이 생각해 보았지요. 큰아가씨가 그렇게 매정한 분이었나, 배교가 그렇게 나쁜 곳이었나. 배교라는 곳은 아직도 모르겠습니다. 그러나 큰아가씨가 매정한 분이고 사교에 현혹되어 잘못된 곳에 발을 들일 분이라는 것은 도저히 믿어지지 않습니다. 천노, 나는 큰아가씨가 어떤 길을 갔는지는 모릅니다. 어린 아가씨가 어떤 길을 가려 하는지도 잘 모릅니다. 하지만 한 가지 분명한 것은 그 길이 나쁘지는 않을 것이라는 생각입니다. 세상의 어떤 것들보다 아가씨들을 더 믿습니다. 그리고 언제까지 어린 아가씨를 소옥에 붙잡아 둘 수도 없는 일 아니겠어요. 소옥이 아가씨에게는 감옥일 수도 있습니다. 천노, 나는 아가씨를 보낼 생각입니다. 보내기만 할 뿐만 아니라 따라가겠어요. 이제는 늙어 예전처럼 큰아가씨를 기다리듯 어린 아가씨를 기다리지도 못하겠군요. 아가씨, 나는 이제 아가씨에게 의지하려 합니다. 괜찮겠지요?"

그녀가 물었다.

"물론이에요, 파파."

예령은 활짝 웃으며 양팔을 벌렸다.

"천노……."

도화는 천노를 바라보았다.

천노의 백미가 꿈틀거렸다. 그가 돌연 광풍을 일으키며 사자철권을 휘둘렀다.

쾅! 홍엽으로 물들던 아름드리나무가 우수수 쓰러졌다.

"도화, 아가씨를 잘 모시게!"

천노는 구부정한 등을 보였다. 그가 소옥을 향해 성큼성큼 발길을 옮겼다.

"할아버지, 같이 가요!"

예령이 소리쳤다.

그러나 천노는 뒤돌아보지 않았다.

도화가 예령의 손을 잡았다.

"아가씨, 천노는 무척 아가씨와 함께 가고 싶을 것입니다. 그러나 그는 지금 아가씨와 함께 떠나지 못합니다. 천노는 원주를 생각하고 있을 것입니다. 큰아가씨, 아가씨도 떠나고 나도 떠나고… 천노, 당신까지 떠나면 원주를 위로해 줄 자는 아무도 없다는 것을 생각한 것이지요."

"원주라는 분은 누구예요?"

"잊었습니까? 가끔 책과 옷, 노리개를 보내 주시던 하얀 머리의 그분……."

"아!"

예령은 탄성을 터뜨렸다.

"할아버지! 곧 모시러 오겠어요. 그동안 안녕히 계셔요. 그리고 백발 아저씨에게도 전해 주셔요. 인사드리지 못하고 떠나 죄송하다고!"

그녀가 손을 모으고 소리쳤다.

천노는 들었는지 못 들었는지 묵묵히 산길만 올랐다.

감악은 허도를 지나서야 조금 마음을 놓았다. 천위대의 추적이 더 이상 감지되지 않았다. 도주를 치밀하게 준비한 덕에 천위대의 질긴 추적을 어느 정도 떨친 듯싶었다.

배와 말, 마차를 번갈아 사용했다.

지금은 마차를 사용하는 중이었다.

감악이 어자로 말을 몰았고 성녀는 도화라는 여자와 함께 마차 안에 타고 있었다. 유 명두, 장 명두, 고 명두를 비롯한 교군들은 보이지 않는 곳에서 성녀에 대한 호위와 미리 길을 준비하느라 열심이었다.

감악은 마차 안으로 시선을 돌렸다.

도화라는 여자는 눈을 지그시 감고 있었다. 성녀는 함을 정성스럽게 닦고 있었다.

언제나 손에서 놓지 않는 함이었다.

"귀중한 물건이 들어 있는 모양이지요?"

감악이 물었다. 혹시 그는 함에 든 물건이 교의 꺼지지 않는 불, 화령주가 아닐까라고 생각하고 있었다.

"이 함에는 어머니로부터 받은 물건이 들어 있어요. 얼마 전에 찾았죠. 나무 밑에서 찾았는데도 전혀 벌레가 먹지 않았어요."

예령이 함을 닦으며 말했다.

그녀의 말에 감악은 실망했다. 화령주라면 벌레가 먹으려 해도 먹을 수 없었다.

'성녀가 오셨으니 화령주도 찾아야 하는데……'

감악은 화령주에 대한 걱정을 잠시 했다.

"그 단도는 어떻게 해서 생긴 것입니까? 아주 귀한 물건으로 보입니다."

그가 예령의 허리춤에 달랑거리는 단도에 시선을 던졌다.

함에 든 물건과 함께 예령이 가장 아끼는 것이었다.

"백발 아저씨가 준 것이에요. 정말 좋은 분이에요. 항상 화난 눈빛을 하고 있지만……"

예령은 단도를 탁탁, 두들기며 미소를 지었다.

"백발 아저씨라… 그분은 누구입니까? 소옥을 자유롭게 드나들 정도면 보통 분이 아니겠군요."

감악은 그 이름을 금옥 아래서도 들은 적이 있었다. 그때 나누던 이야기를 돌이켜 볼 때 심상치 않은 내력을 가진 사람이라 생각되었다. 백발 아저씨라 칭하는 것을 보니 성녀는 그자를 잘 모르는 듯했다. 그래도 물은 이유는 도화라는 여자에게서 그 답을 기대했기 때문이다.

아니나 다를까, 도화라는 여자가 눈을 감은 채 입을 열었다.

"능운공작! 강호인들은 그분을 그렇게 부르지."

배교에 대한 악감정은 여전한지 도화가 냉랭하게 말했다.

감악의 표정이 굳어졌다.

'묘한 일이군.'

그는 고개를 돌렸다.

그의 궁금증이 늘고 있었다.

화형을 당했다던 전대 성녀가 어떻게 성녀의 핏줄을 이을 수 있었는지, 지금의 성녀는 무슨 이유로 하필 천화원을 요람으로 삼게 되었는지, 더해서 단원홍은 배교도라면 이를 갈던 자다. 그런 자가 어떻게 해서 성녀의 자상한 아저씨가 되었는지.

성녀의 핏줄임을 몰라서가 아니었다. 금옥을 설치한 것을 보면 단원홍은 예전부터 소옥의 어린 아가씨가 대를 이을 성녀임을 알고 있었던 것이다.

알 수 없는 일이었다.

궁금증과 함께 걱정도 늘었다.

누가 뭐라고 해도 단원홍은 교도들의 가장 큰 적이다. 그리고 지금도 가장 위협적인 존재. 그런 자를 성녀는 좋아하고 있다. 곤란한 일이 발생할 가능성이 전혀 없지 않았다.

'묘한 일이군, 정말 묘한 일이야.'

감악은 교와 단원홍 사이의 질긴 인연을 느꼈다.

지금까지는 악연이었다. 앞으로도 악연일 가능성이 더 높았다. 그래서 그는 단원홍과의 모든 인연이 끊어졌으면 했다.

"이랴! 이랴!"

그가 마차의 속도를 높였다.

당예는 숨이 가쁠 정도의 포만감을 느낀 후에야 식탁에서 물러났다. 그래도 조금 아쉬움이 남았는지 건채乾菜를 들고 와삭거렸다. 그는 건채를 씹으며 자신의 배를 툭툭 두들겼다.

"흐흠, 음⋯⋯."

며칠 사이에 뱃살이 더 늘어난 듯했다.

"정말 하돈이 따로 없군."

당예는 한숨을 쉬며 일어섰다.

그는 자신의 방을 향했다.

"누가 이것을 가져 놓았어!"

방으로 들어서던 당예는 날카로운 고함을 질렀다.

차와 함께 방에도 과일과 건포乾脯, 화과자가 소반 위에 수북이 쌓여 있었다.

시비는 놀라 소반을 치우려 했다.

"놔두어라!"

당예는 시비의 손을 휙 뿌리쳤다.

그는 건포를 쭉 찢어 씹으며 비스듬히 누웠다. 정면으로 걸린 거울에 자신의 모습이 보였다. 뒤룩뒤룩한 살에 개기름이 줄줄 흐르는 사내 한 명이 누워 있었다.

"젠장!"

당예는 씹고 있던 건포를 거울을 향해 던지며 등을 돌렸다. 젊은 날, 가장 혐오하던 자의 모습이 거울 안에 들어 있었다.

어떻게 지내던 사이 저런 모습이 되고 만 것이다.

당예는 창가에 내리는 어둠을 물끄러미 바라보았다. 오늘도 무척 바빴던 하루인 듯했다. 몽고를 오가는 대상으로부터 보호를 요구받고 그 대가를 챙겼으며 작은 표국 간의 싸움에 뛰어들어 표국 하나를 없애 버렸다. 그리고 내친김에 흑산의 목채 하나도 불태우고.

생각해 보니 굳이 자신이 나서야 할 일은 하나도 없었다. 그럼에도 그는 누구에게 보이기라도 하듯 바쁘게 움직였다.

팽해만도 방파의 세를 확장시키기 위해 바쁘다고 한다. 자신이 천하제일문을 세우는 일에는 전혀 관심이 없음을 알아도 팽해만은 여전히 바쁠 것인가.

당예는 맹호전을 천하제일문으로 키우겠다는 생각은 처음부터 하지 않았다. 솔직히 자신은… 바쁨으로 해서 자신을 둘러싼 끈적한 피의 향을 지우고 싶을 따름이었다.

태어나기를 잘못 태어난 것이다. 당문에서 태어나지 말아야 했고 강호인이 되지 말아야 했다. 묵향墨香을 마시며 꽃과 자신을 가꾸는 일에 모든 시간을 보내야 옳았다.

지금이라도 그렇게 살면 되지 않느냐고 누군가가 말한다면 당예는 그 작자를 비웃을 것이다. 자신이 하고 싶은 일을 할 수 있는 강호인은 천하에 단 한 명밖에 없다.

천하제일인!

그자를 제외하고는 누구도 자신의 운명을 마음대로 처분하지 못하는 곳이 강호라는 것을 당예는 알고 있었다. 당문은 그것을 일찍부터 그에게 가르쳐 주었다.

당문의 가주 자리를 놓고 벌였던 치열한 혈투. 암계暗計와 귀계鬼計가 난무했다. 패한 자는 그 어떤 것도 보장받지 못하고 쓸쓸히 사라져 주어야 하기 때문이다. 경우에 따라서는 당문의 비전이 밖으로 새어 나가는 것을 막기 위해 중심에서 밀려난 자에게는 살수도 뻗쳤다.

그곳에서 자란 당문의 아이들은 사갈같이 독하고 강하다. 당예는 그 아이들 중에서도 제법 뛰어난 축에 속했다. 그러나 그는 처음부터 다른 아이들과 다른 점이 있었다. 승자의 환희보다 패자의 고통에 더 눈길을 두었던 것이다.

당문의 가주, 나아가 천하제일인이 되지 못하면 언젠가는 쓴잔을 마셔야 한다!

당예가 기억하는 강호의 전부였다. 그래서 제법 바동거려 지금 이 자리까지 왔다.

하지만 그는 천하제일인은 아니었다. 천하제일인이 될 가능성도 없을 듯했다. 자신의 의지와는 상관없이 자신의 운명이 마음대로 뒤바뀔 불안한 자리에 앉아 있는 것이다.

당예가 보기에 세상에서 가장 용감한 자들은 하오문의 오합지졸들인 듯했다. 그들은 상대가 되지 않는다는 것을 알면서도 달려드니……. 예전 배교의 교도들이 그랬던 것 같았다.

소심하다. 맞는 말이다. 그는 그 정도로 용감하지 않았고 스스로에 대해 당당하지도 않았다. 지나치게 패배를 걱정하는 용렬한 자임이 분명했다.

'어쩔 수 없는 일 아닌가. 내가 그렇다는데.'

모든 것이 강한 자의 칼끝 아래 이슬처럼 사라져 갈 허망한 것들이라면 애착을 두지 않기로 했다. 집착한 것을 잃는 것만큼 가슴 아픈 일은 없으므로.

자리, 세력, 재보, 여자……

당예는 봄날의 꿈 같은 것으로 그것들을 대했다. 그리고 그 허망함의 뿌리, 자신의 소심함을 숨기기 위해 무척 바쁜 척해 왔던 것이다.

어둠은 더욱 짙어졌다.

바쁜 일상으로 모든 것을 잊고 지내다가 오늘처럼 문득 허망함을 느낄 때에는 여자가 생각난다.

'요연…….'

당예는 자신의 손가락에 낀 반지를 가만히 바라보았다. 요연이 직접 옥을 갈아 만든 반지로 하나는 자신이 끼고 하나는 그에게 주었다.

요연이 끼고 있던 반지는 요연과 함께 흙 속에 매장되었다.

'귀엽고 괜찮은 여자였지.'

가슴 한편이 저렸다.

시신을 보았다. 겁먹은 얼굴. 늑골이 부서지고 심장이 뚫렸으니 무척 아팠을 것이다.

당예의 눈빛이 한광으로 번뜩였다.

요연, 천산오웅, 금호령.

그들을 한꺼번에 죽일 자라면 대단한 실력자가 분명할 것이다. 요연이 뿌린 맹독猛毒에도 무사했던 자다. 요연의 실력이야 별 볼일 없었지만 독공을 무시할 자는 드물다.

한동안 강호에는 신성新星이 출현하지 않았다. 새로운 개방의 방주가 된 등중용이 고작. 그러나 등중용은 풍운을 일으킬 자는 아니다. 안서에서 요연과 천산오응, 금호령을 처치한 자는 제법 풍운을 일으킬 듯했다.

'수하들이 종적을 찾고 있으니 곧 소식이 오겠지.'

당예는 천장을 보고 누웠다.

몸이 나른하고 잠이 밀려왔다.

요연의 아버지인 독문의 문주에게는 이미 소식을 전했다. 딸의 죽음을 애도하며 그녀의 아버지는 그에게 새로운 딸을 보내겠다고 전해 왔다.

이제 열다섯이라 했던가.

당예는 승낙했다. 독문의 문주가 그를 필요로 하는 것처럼 그도 독문의 문주를 필요로 했다. 독문의 문주는 언제나 바쁜 일을 많이 만들어 내는 사람이니. 또 누가 알겠는가. 이렇게 나가다 보면 천하제일의 자리가 주어져 있을지.

독충과 독물이 우글거리는 남만도 좋았다. 이번에 신부를 데리러 독문에 내려갈 때는 한 몇 개월 그곳에서 머무를 생각이었다. 빙부도 내친김에 분명 처리해야 할 몇 개월의 일거리를 맡길 테고.

당예는 손바닥을 펼쳤다.

요연이 준 반지가 불빛에 반짝였다.

요연은 불쌍한가?

죽은 자만 불쌍하지는 않다. 살아 있는 자도 불쌍하지 않다. 불쌍하다고 느끼는 자가 불쌍한 자다.

당예는 손가락에서 반지를 뺐다. 벌써 버려야 할 물건인데 잊고 있던 것이다. 그가 반지를 창밖으로 휙 던졌다.

잠이 노곤하게 밀려왔다.

어둠은 온갖 것들을 만들어 낸다.

'기이한 것도 다 있군.'

당예는 맹호전의 입구에 선 울긋불긋한 배 한 척을 보고 있었다. 이국의 여인들이 끌고 온 그 배에는 당장 하늘로 치솟을 것 같은 아홉 마리의 용이 붉은 눈을 이글거리고 있었다.

당예는 그것이 너무 화려해서 상여 같다는 생각이 들었다.

'한번 타 보았으면 좋겠군.'

그가 시선을 돌렸다.

금호령, 은호령銀虎令, 철호령鐵虎令……. 정신없이 움직이고 있었다.

무서운 것이 많다지만 세상에서 가장 무서운 것은 사람이다. 기이한 일이 많다지만 역시 세상에서 가장 기이한 일은 사람이 만드는 일이다.

"으악!"

"악!"

금호령, 은호령, 철호령의 팔, 다리, 목이 피 분수를 쏟으며 하늘로 치솟고 있었다.

어디서 떨어진 마물인지 몰랐다.

그 배를 타고 육지를 항행해 온 마물은 삼호령三虎令들을 닥치는 대로 주살하고 있었다. 은선이 번쩍일 때마다 수하들의 목이 날아갔고 붉은 기운이 몰아칠 때면 수하들은 바위에 부딪힌 계란처럼 한 줌의 피로 퍽퍽 터졌다.

'요연을 죽인 자는 바로 저자군.'

느낌이었다. 그러나 묻지 않아도 될 듯했다.

"전주, 빨리 조치를……."

총관은 사색이 된 얼굴로 말했다.

은호령주의 목이 날아가고 있었다.

"나보고 어떻게 하라는 말이오. 저런 마물은 천화원의 원주께서도 상대하기 힘들 텐데."

당예는 고개를 설레설레 저었다.

"그럼 퇴각의 명이라도……."

"미친놈!"

팟! 당예의 손에서 은사가 번쩍였다.

총관의 목이 날았다.

당예는 예감했다. 오늘이 바로 그날이었다. 자신의 운명이 뒤바뀌게 되는 그날. 다행한 일이었다. 항상 이런 날이 올 줄을 생각하고 있었던 탓인지 별다른 정회는 없었다. 두려움도 없었고 아쉬움도 없었다. 피할 생각은 더욱 없었다.

그는 자신이 일군 기업을 여유 만만하게 둘러보았다. 그리고 싸움의 한가운데로 신형을 날렸다.

그의 손에는 여덟 자루의 붉은 비수가 번뜩이고 있었다.

투풍혈아표透風血牙鏢!

내가강기를 전문적으로 부순다는 투풍표를 조금 더 개량

한 것이다. 당예는 십여 년 동안 그 한 가지만을 준비했다. 단 한 사람을 상대로 삼고.

천화원의 원주, 능운공작 단원홍!

그를 꺾을 수 있다면 자신의 삶은 달라지리라 믿었다. 그런데 지금 그는 다른 자를 상대로 투풍혈아표를 사용하려 했다.

팟! 여덟 자루의 투풍혈아표가 한꺼번에 날았다. 혈아표는 느리지도 빠르지도 않은 속도로 천천히 호교신장을 팔방으로 노리며 날아갔다.

아란하는 맹호전의 전주 당예라는 자에 대해 조금 실망했다. 비록 혈아표의 방향이 팔방을 완전 점하고 있다고는 하나 그녀라 해도 못 피할 정도는 아니었다.

휙! 호교신장은 소매 바람을 일으켰다. 강풍이 휘몰아쳤다.

당예라는 자에 대한 평가가 잘못되었다는 것을 안 것은 그때였다. 투풍혈아표는 강풍에도 전혀 진로를 바꾸지 않았다. 오히려 속도를 달리하며 호교신장을 붉은 이빨로 물어뜯으려 하고 있었다. 마치 이기어검술以氣御劍術을 펼친 듯 혈아표는 자유롭게 움직였다.

네 자루의 투풍혈아표는 사대요혈을 노리며 그대로 나아갔고 나머지 네 자루는 눈 깜짝할 사이에 형체가 사라졌다.

호교신장은 다섯 손가락을 내밀었다. 그가 코앞으로 다가온 투풍혈아표를 움켜잡듯 손을 내밀며 세찬 경력을 뿌렸다.

기류가 격렬히 소용돌이치며 귀신의 호곡성 같은 기괴한

소리가 들렸다. 네 자루의 투풍혈아표가 허공중에 흩어졌다. 그와 동시에 사라졌던 네 자루의 혈아표가 섬전으로 달려들었다.

파팟! 팟!

호교신장은 바람 가르는 소리를 내며 장영을 뿌렸다.

쨍! 쨍! 쨍! 비구에 부딪힌 혈아표가 불꽃을 튀며 흩어졌다. 그러나 한 자루의 혈아표는 미처 피하지 못한 듯 호교신장의 팔뚝에는 피가 솟고 있었다.

사패의 한 사람인 당예는 역시 대단한 자였다. 그 누구도 호교신장을 수세에 빠뜨리지 못했고 그 누구도 피를 보게 하지는 못했다.

하지만 당예의 저항도 그 이상은 되지 못할 듯했다. 아란하가 그렇게 생각한 순간, 당예는 소매를 뿌렸다.

투풍혈아표는 소매에도 숨겨져 있었다. 소매를 벗어난 여덟 자루의 혈아표는 이번에는 거의 빛줄기도 보이지 않을 정도로 빠르게 날아갔다. 아란하의 민활한 눈도 여덟 갈래의 붉은 선밖에 보지 못했다.

호교신장은 소매를 가볍게 털었다. 그가 반수反手로 손을 흔들며 장력을 겨루듯 손을 뻗었다.

채홍색 빛이 부챗살로 확 퍼지며 그 중앙에 묵기를 빛내는 원구圓球 하나가 혈아표를 향해 유영하듯 나아갔다.

당예도 아란하도 원구에서 쏟아지는 빛살이 너무 밝아 눈을 제대로 뜨지 못했다. 원구는 화령주였다.

빛이 점점 강해지며 당예는 후끈한 열기에 호흡을 가누기도 힘들었다.

화령주와 투풍혈아표가 허공에서 부딪쳤다.

당예의 얼굴이 일그러졌다.

치직! 칙! 치지지직!

팽해만이 그렇게 자랑하던 한철에 정강과 오철烏鐵을 섞어 수백 번 넘게 제련한 투풍혈아표가 얼음처럼 녹고 있었다. 그리고 어느 순간, 투풍혈아표를 둘러싼 강기의 벽도 사라져 버렸다. 화령주가 빛을 더욱 내며 광채 속에 당예의 모습까지 사라지게 했다.

빛살에 허우적대던 당예는 단전에 둔중한 물체가 부딪쳐 옴을 느꼈다. 엄청난 열기가 기경팔맥을 삽시간에 돌아 백회혈百會穴에서 뜨끔하며 멈추었다.

당예는 그 짧은 찰나 생각했다. 요연의 반지를 버리지 말 것을. 이렇게 빨리 만나게 될 줄은 몰랐다.

훅! 당예의 전신에 불길이 치솟았다. 그의 신형은 이내 한 줌의 재로 변해 가을바람 속에 흩어졌다.

호교신장은 열기를 누르며 화령주를 회수했다.

그가 등을 돌렸다.

"으, 으… 전신戰神이다! 달아나자!"

당예의 수하들도 등을 돌렸다. 그들은 아등바등 맹호전을 벗어나려 했다.

호교신장은 구룡선으로 되돌아왔다.

"비켜라!"

그가 냉랭하게 소리쳤다.

아란하는 영문도 모르고 서둘러 문도들을 구룡선 뒤로 물러나게 했다.

호교신장은 바람처럼 구룡선을 돌았다. 아홉 마리의 대화룡이 꼬리를 틀며 각각의 방향으로 맹호전을 붉은 눈으로 응시했다.

훅! 후훅! 훅!

이상한 소리가 들려 왔다. 유황 냄새도 코를 찔렀다. 순간, 아란하는 뜨거운 열기를 견디지 못하고 문도들과 함께 몇십 걸음을 더 물러났다.

대화룡의 검은 비늘이 붉게 물들고 있었다. 그와 동시에 아홉 마리의 용은 일제히 불길을 토해 냈다.

화르르륵! 우지직! 콰쾅!

불길은 너무도 거세 담장은 물론 전각까지 날려 버리며 화마를 이글거렸다.

순식간이었다. 위용을 자랑하던 맹호전의 전각들은 불바다 속에 잿더미로 변해 가고 있었다. 살려고 바동대던 자도 아무도 보이지 않았다.

대화룡이 모든 것을 날려 버린 것이다.

"후후후후, 으하하하하!"

호교신장은 불타는 맹호전을 지켜보며 광소를 터뜨렸다.

아란하는 눈을 질끈 감았다. 눈 하나 깜짝 않고 수백 명을 불구덩이 속에 던져 버리는 저 마성! 배교일세의 꿈이 사실이라고 하더라도 기분이 좋지 않았다.

이 순간만은 달콤한 꿈도 없었다. 다시 두려움이 밀려왔다.

아란하는 문도들을 향해 시선을 돌렸다. 하라사와 문도들의 안색도 창백하게 질려 있었다. 한 번도 아닌 벌써 두 번째.

그녀들도 대화룡의 전설이 이런 무지막지함으로 드러날 줄은 몰랐을 것이다.

"흐흐흐흐, 으하하하하!"

호교신장의 광소는 민산을 뒤흔들고, 아란하는 그 웃음소리가 자꾸 귀에 거슬렸다.

"으하하하! 캬하하!"

만인촌이 짜랑짜랑 울렸다.

도열해 있던 삼십육호교사들은 귀를 막았고 십위병의 안색은 창백해졌다.

방환과 도예, 예광은 안색을 찌푸렸다.

표정과 말투, 원래 검은빛이라 얼굴이 변한 흔적도 별로 없었다. 달라진 것은 야수처럼 번들거리는 눈.

만인부가 우수수 내려앉을 정도로 광소를 터뜨리고 있는 자는 이제 전왕으로 막 출관한 전우삼, 바로 그였다.

"흐흐흐! 방 노관, 제대로 찾아보기는 했소?"

전우삼이 음소를 흘리며 물었다.

"물론이오. 호교사들이 모두 동원되었소이다. 와사곡의 숯 굽는 터는 흔적도 찾을 수 없었다고 하더이다. 그곳은 이제 초부들이 잠시 쉬는 초막으로만 사용되고 있다 하오."

"산서의 교도들에게는?"

"물어보려고 해도 물어볼 수가 없었소이다. 산서에 배교의 세력이 남았다는 흔적을 우리 힘으로는 밝혀낼 수 없었소."

"모두 죽었다는 말인가?"

전우삼은 앉아 있던 의자를 불끈 쥐었다. 돌로 된 의자가 부스스 떨어져 나가며 가루로 날렸다.

"글쎄… 숨도 쉬지 않고 명맥만 유지하고 있을지는 모르지요. 하지만 이후의 정황으로 짐작하건대 교의 조직이 완전 와해되었으리라 보는 것이 옳을 듯합니다. 산서의 패주를 자처하던 비응보라는 곳에서 광란으로 산서의 교도들을 추살한 모양입니다."

"비응보! 그 죽일 늙은이!"

전우삼은 벌떡 일어났다. 그가 의자를 걷어찼다.

쾅! 의자가 돌가루를 날리며 흩어졌다.

"헤헤헤! 으헤헤헤!"

전우삼의 눈동자가 기이하게 돌아가며 붉게 충혈되었다.

"그래, 성녀도 죽고 명웅도 죽고 화정까지 죽었겠군. 방노관은 좋겠어. 소원대로 광명도로 모든 것을 쓸어 주지!"

그가 짐승처럼 으르렁거렸다.

전우삼은 신형을 날렸다.

콰쾅! 쾅! 쾅!

그가 엄청난 경기의 폭풍을 일으키며 만인촌을 휩쓸었다. 전왕은 어이없게도 자신의 위용을 먼저 만인촌을 상대로 보이고 있었다. 한 마리의 검은 호랑이가 만인촌을 한순간에 폭풍이 휩쓸고 간 폐허로 만들었다.

"으헤헤헤!"

전우삼은 충혈된 눈을 빛내며 어깨를 건들거렸다.

만인촌을 박살 낸 것으로 화가 풀리지 않는 듯했다. 그는 그가 수련을 하던 만인부를 향해 걸어갔다.

만인부는 만인촌의 성지다.

도예와 예광은 설마 하는 마음으로 전우삼을 지켜보았다. 그러나 전우삼은 보란 듯이 만인부의 현판을 박살 냈다.

도예와 예광은 눈썹을 꿈틀거리며 동시에 방환을 바라보았다.

방환은 도예와 예광의 시선을 피했다.

"원래 저런 분이 아니오. 십여 년간 쌓인 분노외다. 모른 척해 두시오."

그는 한숨을 쉬었다. 생각보다 다루기가 어려울 것 같았다.

"나는 참지 못하겠소! 전왕이라 하더라도 우리의 오랜 성전을 부술 권리는 없소!"

불패혼 예광이 소리쳤다.

도예가 그를 막으려 했으나 소용없었다. 불패혼은 이미 전우삼의 지척으로 다가서고 있었다.

"멈추시오!"

불패혼은 전우삼의 앞을 막았다.

"이거 뭐야, 비켜!"

전우삼은 보이는 것이 없었다. 그가 번천양장翻天陽掌을 번뜩였다. 삼양장과 원류는 같았으나 삼양장과 비교가 되지 않았다.

예광은 그의 별호대로 만인촌에서 무적을 자랑하는 자다. 만인촌에서 무적을 자랑한다는 것은 강호에서도 그를 대적할 수 있는 자가 손가락 꼽을 정도라는 뜻.

자신에 대한 자부심이 강한 만큼 예광은 또한 싸움을 피하는 자가 아니었다.

쾅! 쾅! 쾅!

전우삼과 예광은 용호상박으로 얽혔다. 그러나 승부는 곧 가려졌다.

"헉!"

예광은 튕기듯 만인부를 비틀거리며 걸어 나왔다.

"죽일 놈의 늙은이!"

전우삼은 그 정도로 만족하지 않았다. 그는 혈안을 번뜩이며 아예 예광을 죽이려는 듯 쌍장을 교차했다.

"전왕!"

"멈추시오!"

방환과 도예는 놀라 동시에 몸을 날렸다.

파팟! 전우삼은 방환과 도예에 대해서도 수도를 그었다. 수도가 천공을 획분하며 방환과 도예의 가슴을 짓눌러 갔다. 방환과 도예는 감히 상대하기를 포기하고 급히 몸을 틀었다. 아슬아슬하게 전우삼의 쌍수가 비켜 갔다. 그러나 그들은 전우삼이 뿜어낸 경기의 여파에도 신음을 흘려야 했다.

"전왕을 키운 것이 아니라 미친 자를 키웠구나!"

잠깐 사이에 숨을 돌린 예광이 얼굴을 붉히며 대노했다.

"불패혼!"

"현제!"

방환과 도예가 다급히 말렸으나 이미 불패혼의 칼은 전우삼의 요혈을 노리며 뻗어 가고 있었다.

"헤헹!"

전우삼의 신형이 흐릿하게 움직였다. 예광의 칼은 갑자기 사라진 전우삼을 찾느라 허둥댔다.

맹렬한 살기가 지척에서 느껴졌다. 예광은 상대를 보지도 않고 칼을 날렸다. 그러나 마음뿐 칼은 날아가지 않았다.

어느 틈에 전우삼은 금나擒拿로 예광의 팔목을 꽉 붙들고 있었다. 전우삼은 히죽 웃으며 손아귀에 힘을 실었다.

으드득! 으득!

손목뼈가 파열하며 예광은 칼을 쥔 손에 힘을 잃었다.

땡그랑! 그는 결국 전우삼의 악력을 견디지 못하고 칼을 떨어뜨렸다.

"천방지축도 모르는 놈!"

예광은 뼈마디가 으스러지는 고통도 참으며 조공爪功으로 전우삼의 거골巨骨을 찍으려 했다.

전우삼은 예광의 팔목을 비틀었다. 예광의 몸이 팔목을 따라 돌며 등을 보였다. 때문에 예광의 좌수는 허공만 찢었다.

전우삼은 예광의 등에 바짝 붙었다.

"헤헤헤, 처음부터 기분이 좋지 않았어!"

그는 번천양장으로 단번에 예광의 머리를 박살 내려 했다.

"참으시오!"

"전왕!"

방환과 도예는 전우삼의 팔에 매달렸다.

"전왕, 전왕… 이 늙은이를 좀 보시오."

방환은 통사정을 했다.

"뭐야, 귀찮은 늙은이들!"

전우삼은 방환의 노안에 시선을 돌렸다.

순간, 방환은 안광에 힘을 주었다. 섭혼술! 통할지 장담할 수 없었지만 방환은 그 수법에 희망을 걸었다. 미친 자를 전왕으로 받드느니 차라리 시키면 시키는 대로 따르는 실혼인을 전왕으로 받드는 것이 나을 테니.

하지만 섭혼술은 역시 예전에 써야 했을 수법이었다.

'헉!'

방환은 눈을 질끈 감았다. 눈동자가 깨질 듯 아팠다. 조금만 더 눈을 마주치고 있었다면 심혼을 제압당한 자는 바로 그가 되었을 것이다.

제령술制靈術, 부처의 마음까지 움직인다는 심마술心魔術! 섭혼술에 비할 바가 아니었다. 전왕의 무공은 별스러운 곳까지 다 미쳐 있는 듯했다.

"하핫!"

전우삼은 예광의 등을 밀치며 팔을 쭉 폈다.

예광은 피를 쏟으며 밀려났고 방환과 도예는 반탄력에 허공으로 튕겨 났다.

"헤헤헤, 또 막아 보시지!"

전우삼은 성큼 만인부로 들어갔다.

콰쾅! 쾅! 콰르르!

만인부가 부서져 내리고 있었다.

방환과 도예, 예광은 지켜보고만 있을 수밖에 없었다.

도열해 있던 사방위, 십위병, 삼십육호교사도 당황해하는 기색이 역력했다. 천 년의 기다림은 너무도 허망했다. 차라리 전왕이 출관하지 않았으면…… 같은 마음이었다.

우르르르! 만인부가 무너져 내리고 있었다.

"카핫!"

날카로운 외침과 함께 흙더미가 치솟으며 검은 물체가 모습을 드러냈다.

방환과 쌍혼의 눈동자가 커졌다.

석상이었다. 이 장여 크기의 거대한 석상.

전우삼이 흙더미 속에서 들고 나온 것은 자신보다 몇 배나 큰 대전왕의 석상이었다.

"헤헤헤, 여기는 너무 좁아. 중원 한가운데 초대 명옹을 모실 것이다."

그는 소매로 석상을 쓱쓱 닦으며 히죽 웃었다.

방환은 안도의 한숨을 쉬었다. 그 한마디로 이제까지의 걱정은 어느 정도 사라졌다.

"호교사들은 들어라! 전왕께서 대전왕의 조상을 옮길 마차를 원하신다! 서둘러라!"

그가 소리쳤다.

삼십육호교사들은 긴 악몽에서 깬 듯 화들짝 움직였다.

"방 노관, 도끼도 가져와!"

"도끼라니요?"

"내가 쓰던 대월을 잊었어?"

"아! 알겠습니다."

방환은 도예에게 눈짓을 했다. 그 도끼가 아직 있을 가능성은 없었다. 굳이 도예에게 눈짓을 보낸 이유는 알아서 그 도끼와 비슷한 것을 가져오라는 뜻이었다.

도예는 방환의 눈짓을 금방 눈치 챘다.

'도끼 하나에도 이렇게 눈치를 봐야 하다니.'

그는 씁쓸한 마음에 고소를 흘렸다. 앞으로 전왕이 만인촌 사람들을 어떻게 대할지 눈에 선했다. 아니나 다를까, 전왕은 방 노관을 향해 소리쳤다.

"방 노관, 내게 간섭할 생각 마! 내게 간섭할 사람은 천하에 단 한 명뿐이다! 헤헤헤, 주 명두……."

만인촌에서의 난동으로 전우삼의 광기는 조금 가라앉고 있었다. 그러나 주 명두를 떠올리자 그는 다시 울컥 분노를 느꼈다.

"여기가 어디야?"

"대파산大巴山입니다."

"대파산이라고? 종남산인 줄 알았는데. 헤헤헤, 알았어! 가까운 곳부터 쓸어 주지!"

전우삼의 혈안이 이글이글 빛났다.

안서에 이어 대파산에서 시작되는 바람이었다.

"음, ㅎㅎㅎ."

밖을 힐끔거리던 마충현은 음소를 흘렸다.

"왜 웃나?"

"죽이는 끗발을 든 모양이지."

일층은 반점이고 이층은 객실이 주루였다.

마충현은 밖이 트인 이층의 객실에서 근동의 파락호들과 함께 마조패를 만지고 있었다.

"저 엉덩이 좀 봐! 으, 으… 살이 다 떨리는군."

마충현은 침을 꿀꺽 삼켰다.

"어디, 어디!"

계집이라면 오금부터 지리는 자들이다. 그들은 마조패를 놓고 고개를 뺐다. 그러나 계집은 코흘리개 아이조차 없었다.

"뭐야? 끗발이 안 좋으니 별 수작을 다 부리는군."

"어이! 이 자식, 우리 눈을 딴 곳으로 돌리게 한 후 수작을 벌였을지 모르니 패를 다시 돌리라고."

고개를 뺐던 작자들은 한마디씩 했다.

"눈이라고는 없는 놈들이군. 저기 보이지 않아. 소면을 먹고 있는 계집."

마충현은 반점 한구석을 가리켰다.

작자들은 다시 고개를 뺐다.

"엉덩이는 정말 멋지군. 어이, 그러나 우리는 남자에게는 별 관심이 없어!"

"생긴 것처럼 이상한 놈이군. 빨리 엉덩이를 가려! 자칫하면 저놈이 엉덩이에 불을 내겠다."

"나는 타고 온 암노새의 엉덩이부터 살펴보아야겠어!"

그들은 마충현을 향해 모두 너저분한 한 소리를 내뱉었다.

마충현이 가리킨 자는 남자였다.

"쩝, 그 눈에 마조패는 잘 보이는 모양이군. 남장을 했다고 계집임이 숨겨지나."

마충현이 시큰둥하게 말했다. 그는 들고 있던 마조패를 슬쩍 놓았다.

이런 곳에서 눈먼 파락호들과 어울리고 있는 자신이 처량했고 계집을 보고도 손을 뻗지 못하는 자신이 한심스러웠으며 몇 개월 후면 피를 토하고 쓰러질 자신의 처지가 한탄스러웠다.

'이 넓은 중원 천지에 놈이 어디 있는 줄 알아서 그날까지 놈을 찾을 수 있단 말인가.'

마충현은 벽에 몸을 기대며 한숨을 쉬었다.

하필이면 만나기로 한 곳도 망산이었다. 묏자리 걱정은 하지 않아도 될 듯싶었다.

마충현은 소매를 뒤져 작은 봉지를 꺼냈다. 그 봉지에는 독약이 들어 있었다. 안서에서 당한 고통을 두 번 당하기 싫었다. 그래서 이판사판으로 몰렸을 때 독약을 털어 넣기로 작정한 터였다. 그가 마왕과의 망산 만남에 대해 준비한 모든 것이었다.

일이 그 지경이니 술을 마셔도 마신 것 같지 않았고 마조패를 들어도 마조패를 들었는지 쌍륙을 들었는지 분간이 되지 않았다. 걱정으로 살도 쭉 빠졌다.

'차라리 그때 죽었으면······.'

회자수劊子手의 칼에 목이 날아가기를 기다리는 사형수의 심정이 이와 같을 것이다.

마충현은 벽에 쿵쿵 머리를 처박으며 심장을 바글바글 태웠다. 그러던 한순간, 그는 인상을 험하게 쓰며 머리칼이 빠질 정도로 머리를 긁적였다.

'이봐! 마충현, 뭐 하고 있어?'

그가 문득 자신에게 물었다.

'어차피 죽을 각오를 한 거 아냐! 그럼 이대로 끙끙 앓다가 꼭 죽어야겠어?'

그의 눈이 게슴츠레하게 돌아갔다.

'마충현, 너답게 굴라고. 일각이 여삼추인데 봉놋방에서 냄새나는 놈들과 어울려 한숨이나 쉬고 있다니. 그리고 그놈을 찾는 일은 놀아 가면서 찾아도 되잖아! 어이구!'

마충현은 자신의 소심함에 주먹으로 머리를 쳤다. 왜 스스로 주눅 들어 아까운 시간을 허비했는지 몰랐다.

그놈의 눈빛, 마옹의 그 눈빛 때문에 한동안 다른 생각은 꿈도 꾸지 못한 듯했다. 한동안 겁에 질려 잊고 있었을 뿐, 제 버릇을 개에게 주지도 않았고.

"좋았어!"

마충현은 스스로의 기운을 돋우기 위해 손뼉을 쳤다. 물론 죽음에 대한 공포는 여전했지만 이제 추운 겨울의 개구리처럼 움츠려 있지만은 않을 생각이었다.

그가 자리에서 벌떡 일어났다. 이왕 그렇게 마음먹은 것, 소면을 먹고 있는 일층의 저 계집부터 냠냠거려 볼 생각이었다.

온갖 계집을 다 건드려 보았으나 아직 남장 여인은 건드려 보지 못했던 터였다. 별난 계집이니 별스러운 아취雅趣가 있을지 모를 일이다.

"어디 가?"

"저 자식, 웃기는 놈이군. 남의 동네에 와 은자를 다 긁어 놓고 그냥 가려고 해!"

마조패를 돌리던 자들은 마충현이 자리를 떠나려 하자 눈을 부라렸다.

"여기 놈들은 셈을 거꾸로 하는 모양이군. 누가 누구의 은자를 긁었다고? 어이, 선생들! 오늘 나는 인생의 새로운 전기를 마련했다고. 그러니 나를 건드리지 마. 옛 본성이 나오면 곤란한 것은 자네들뿐이라고."

마충현은 히죽 웃으며 만할도를 어깨에 걸쳤다.

"이놈이 보자 보자 하니."

마조패를 돌리던 자가 벌떡 일어섰다. 마충현의 혁랑엔 은자가 제법 있어 보였다. 호구에 들어온 은자를 놓칠 그들이 아니었다.

작자는 마충현의 멱살을 잡으려 했다.

마충현의 매 눈썹이 더욱 치켜 올라갔다.

"곱게 가려 했더니!"

그가 술 냄새를 풍기며 달려드는 작자의 뺨을 후려쳤다.

짝! 하는 소리와 함께 작자가 피를 뿜으며 쿵 쓰러졌다.

"개자식!"

나머지 작자들이 우르르 마충현에게 달려들었다.

"좋아, 좋아! 개처럼 죽을 목숨, 나도 개처럼 남들을 한번 죽여 보자!"

으득득! 마충현은 달려드는 작자들의 목을 닭 목 비틀 듯 차례로 비틀었다.

마충현과 함께 마조패를 돌리며 시시덕거리던 자들은 한 명만을 제외하고 모두 불귀의 신세가 되었다.

마충현은 홀로 살아남은 작자를 향해 걸어갔다.

공포에 질린 작자는 비명을 지르려 했으나 마충현이 그의 아가리를 꽉 잡아 꼼짝 못하게 했다.

"이게 정말 제대로 효능을 발휘할지 모르겠단 말이야. 만약 그놈이 돌팔이라서 몸에 좋은 약으로 지었다면 곤란한 일이 벌어지겠지. 네가 한 번 먹어 봐."

마충현은 작자의 딱 벌린 아가리에 봉지에 든 독약을 조금 털어 넣었다.

작자는 필경 몸에 좋은 약이 아니라는 것을 눈치 챘기 때문에 삼키지 않으려고 바동거렸다. 그러나 입에 들어온 약은 신묘하게 침에 스르르 녹으며 목구멍을 부드럽게 타고 내려 갔다. 역시 몸에 좋지 않은 약은 먹기도 편한 모양이었다.

약을 삼킨 작자는 몇 번 헛구역질을 했다. 그리고 길바닥에 내동댕이친 개구리처럼 몸을 파르르 떨었다.

마충현은 작자의 입에서 손을 뗐다.

"웩! 웩! 웩!"

작자가 혈전을 쏟으며 스르르 쓰러졌다. 그의 몸이 거센 경련을 일으키더니 그대로 굳었다.

"확실하군."

마충현은 히죽 웃으며 독약이 든 봉지를 소매에 넣었다. 이곳저곳 굴러다니는 은자까지 챙긴 그는 객실을 나섰다.

"잉? 어디 갔지?"

소면을 먹던 남장 여인이 보이지 않았다.

"멀리 가기야 했겠어."

마충현은 느릿한 걸음으로 계집을 찾았다. 성시를 빠져나가는 길은 몇 되지 않았다.

"호오, 호!"

마충현은 길가의 바위에 앉아 탄성을 터뜨렸다.

엉덩이만 탱글탱글한 것이 아니라 얼굴도 꽤 미인이라 할 수 있었다. 분칠까지 한다면 사내들의 애간장을 녹일 만했다. 한 가지 아쉬운 것은 뒷모습과 달리 나이가 너무 많다는 점. 이십 대 중반이나 삼십 대 초반 정도로 보였다.

"나이 든 계집은 나이 든 대로 재미가 있지."

마충현은 씨익 웃으며 바위에서 일어났다.

남장 여인도 마충현의 존재를 깨달은 듯했다. 숨소리가 낮아졌고 보폭은 자로 잰 듯 정확하게 움직였다.

'그렇지. 혼자 길을 가는 계집이 내력이 없을 리는 없지. 어느 무문의 계집인가? 아미의 속가제자?'

마충현은 만할도로 손바닥을 툭툭 쳤다. 무문의 여자라 해도 별걱정은 하지 않았다. 자신의 이름은 개 같다고 해도 무공을 가르쳐 준 무외도라는 이름은 장난이 아니다. 그리고 구대문파, 사패의 추적 속에서도 살아온 그다. 비록 지금 초라한 몰골로 떠돌고 있다고는 하나 계집 하나 어쩌지 못할 실력은 아니었다.

'무공을 익힌 계집이라면 더욱 좋지. 살맛이 쫀득쫀득할 테니. 무른 계집과 무른 잉어는 질색이다.'

마충현은 길을 턱 막아섰다.

"샛서방을 찾아 야반도주를 하는 계집인가, 아니면 도둑 서방을 금침에 끌어들였다가 들켜 쫓겨나는 계집인가. 이런 이유든 저런 이유든 사내는 급할 테니 나를 통해 급한 불을 끄고 가라. 은자 없이 호쾌하게 빌려 주겠다."

그가 육담을 늘어놓으며 비릿한 미소를 흘렸다.

남장 여인은 아미를 찌푸렸다.

"네놈 같은 음적淫賊을 상대할 만큼 한가하지는 않다!"

그녀가 기다렸다는 듯이 냉랭하게 말했다. 날카로운 음성은 역시 여인의 목소리가 맞았다.

"호의를 호의로 받아들이지 못하는 계집이군. 하지만 나는 네년과 멋진 한판을 벌여야겠다. 오랫동안 계집들에게 적선을 베풀지 못했더니 몸이 부풀어 터질… 헉!"

마충현은 다급히 몸을 틀었다.

남장 여인이 들고 있는 장대에는 날카로운 협도狹刀가 숨어 있었다. 그 협도에 마충현은 '아차!' 하는 사이에 목숨을 잃을 뻔했다.

"채화음적採花淫賊 마충현! 새외에서 까마귀밥이 된 줄 알았더니 이곳에 있었구나!"

여인은 이미 마충현의 정체를 알고 있었다. 그녀뿐만 아니라 강호의 여인들은 다른 자는 몰라도 마충현만은 기억했다. 그로 인해 제대로 피워 보지도 못하고 꽃잎을 떨어뜨린 여인이 몇 명이던가. 기습으로 단번에 죽이려 했다. 여인은 자신이 마충현의 상대로 조금 힘듦을 알고 있었다. 그러나 마충현은 아슬아슬하게 몸을 비키고 있었다.

만할도가 빛을 뿌렸다.

'하필이면 이런 때 저런 자를 만나다니……'

기습이 실패로 끝나자 여인은 입술을 깨물었다.

"흐흥, 나를 알고 있었구나. 그렇다면 순순히 옷부터 벗을 일이지. 너를 백 번 겁탈하고 죽인 후 시간屍姦을 서른 번 더 하겠다! 고마워하라! 본 공자는 너같이 늙은 계집은 손도 대본 적이 없다. 그런데 시신까지 즐겨 주겠다고 하니."

마충현은 만할도를 들며 한광을 번뜩였다. 계집의 일도에 너무 놀라 이마에 식은땀이 주르르 흐르고 있었다.

'구대문파의 계집이나 사패와 관련 있는 계집이 틀림없겠구나. 서두르는 것이 좋겠군.'

그는 인정사정없이 여인을 상대하려 했다. 상처 하나 없이 삼키려다 도리어 자신이 봉변을 당할지 모를 일이었다.

그가 만할도를 거세게 휘두르려는 순간, 여인의 협도가 먼저 날아왔다.

여인은 실력의 불리를 깨닫고 선기를 먼저 잡으려 했다.

파파팟! 협도가 경쾌하게 뻗어 나갔다. 절제된 검초였다. 군더더기는 찾아 볼 길이 없었다.

그러나 역시 만할도에 쏟아지는 마충현의 무공을 감당하기에는 역부족이었다. 아무리 거꾸로 무공을 익혔다고 하나 마충현의 만할도에는 전전대 사파 고수, 무외도의 유학이 깃들어 있었다.

쨍! 쨍! 쨍!

만할도는 쾌풍快風으로 협도가 나아가는 방향을 차단하며 여인을 위협했다. 처음 몇 초는 그럴듯하게 어울렸으나 이후 여인은 만할도의 그림자에서 벗어나지를 못했다.

"히히히, 지금이라도 옷을 벗는다면 시체는 온전히 보전해 주겠다!"

마충현은 득의에 찬 고함을 질렀다.

여인은 마충현의 개소리에 대꾸할 여유도 없었다. 기습적인 검초로 순간순간을 넘기고 있으나 그런 행운도 오래가지는 못할 듯했다. 손목이 저렸고 팔에 힘이 빠졌다. 그녀는 주춤주춤 물러나기만 했다. 응원군이 나타나지 않으면 이 순간을 모면하기 힘들 것 같았다. 그러나 천우신조天佑神助는 늘 있는 일이 아니다. 동귀어진, 양패구상을 각오하고 마지막 힘을 쏟을 도리밖에 없었다. 정 안 되면⋯⋯.

피를 역류시켜 단번에 심장을 파열시켜 버리면 그만이었

다. 역혈대법, 교의 비밀을 사수하기 위해 명전 이상의 자들에게만 전해지는 배교의 비공!

여인은 배교도가 맞았다. 감악으로부터 무산에 성녀가 쉴 자리를 만들라는 명을 받고 서둘러 길을 가던 배교의 청기명사가 바로 그녀였다. 마충현에 대해 실력이 미치지 못함을 알면서도 구차하게 바둥거린 것은 명을 끝까지 완수하겠다는 사명감 때문.

하지만 결국 힘이 밀리자 그녀는 최후의 절초에 모든 희망을 걸려 했다.

그녀는 협도에 전력을 실었다.

그녀가 쾌도난마快刀亂麻로 마충현을 쓸어 가려 할 때였다.

갑자기 쾌풍으로 휘감아 오던 만할도의 도세가 눈에 띄게 느려졌다.

여인은 처음 마충현이 수작을 부리거나 그녀를 희롱하기 위해 일부러 그렇게 하는 줄 알았다. 그러나 아니었다. 정작 흐느적거리는 자신의 도세에 당황해하고 있는 자는 마충현 본인이었다. 마충현은 얼굴에 땀을 줄줄 흘리며 당혹감을 감추지 못하고 있었다. 몸도 새우처럼 점점 구부러져 갔다.

"헉, 헉, 헉!"

가쁜 숨을 몰아쉬며 전신에 흠뻑 땀을 흘렸다. 얼굴과 팔뚝에 심줄이 툭툭 불거지고 있었다.

여인은 급히 주위를 살폈다. 이인의 도움이라도 있나 해서였다. 하지만 주위에는 아무도 없었다.

여인은 마충현의 돌연한 변화에 영문을 몰랐다. 그러나 정말 영문을 몰라 하고 있는 자는 마충현 본인이었다.

근맥이 자꾸 오그라들며 팔다리가 찢어질 듯 아팠다.

땡그랑! 결국 그는 꼽추처럼 몸을 웅크리며 만할도까지 떨어뜨리고 말았다. 격렬한 고통이 밀려왔다. 한 번 맛본 적이 있었던 듯한 고통이었다.

'아, 아……'

그제야 마충현은 자신의 변화를 조금 짐작했다. 자신에게 가해진 금제를 잊고 있었던 것이다.

마왕의 점혈수법! 지금 전신을 엄습하고 있는 고통은 안서에서 마왕이 혈도를 점했을 때 느낀 고통과 같았다.

혈도를 제압당했다는 것도 잊고 무리하게 내력을 끌어 올렸으니 몸이 성할 리 없었다.

입술이 돌아가고 팔이 비틀렸다. 고통은 머리칼이 삐쭉거릴 정도로 심했다.

두려움이 밀려왔다.

망산이 아닌 이 자리에서 그 고통에 시달리다 죽는 것은 아닌가. 이 고통이 일시적이라고 하더라도 그 순간 때문에 눈앞 계집의 마수를 벗어나지 못할 듯싶었다. 계집은 협도를 세운 채 점점 다가오고 있었다. 구대문파나 사패의 앞에 끌려가면 자신은 어떻게 될 것인가. 지금의 고통 못지않은 고통이 주어질 것이다.

'선택, 선택!'

마충현은 다시 죽음을 갈등했다. 손이 닿는 곳에는 편한 죽음을 보장해 주는 물건까지 있다.

"아, 아!"

그는 고통을 이기지 못해 처량한 비명까지 질렀다. 그 고통을 참을 수 없어 마충현은 마침내 억지힘을 썼다. 떨리는 손으로 떨리는 입술에 독약을 털어 넣었다. 반은 밖으로 흘리고 반은 삼켰다. 계집은 자신의 행동을 수상쩍게 생각했는지 아무런 제지도 않았다.

독약이 침에 섞여 목구멍으로 조르르 흘렀다.

'이제 끝이다.'

마충현은 하늘을 보고 털썩 누웠다. 개망나니들이 대체로 그렇듯이 그는 자신을 탓하기보다 남을 먼저 탓했다. 자신을 이 지경으로 몰고 간 세상이 원망스러웠다. 그래서 입으로 절로 독설이 흘러나왔다. 다행히 입은 제자리로 돌아와 있었다.

"더러운 계집년! 네년은 얼마나 살 듯싶으냐. 흐흐흐, 마옹이 돌아왔다. 마왕으로. 죽은 줄 알았겠지. 나는 내 눈으로 똑똑히 보았다. 분하에서 본 마옹이 분명했어. 천산오웅, 금호령을 한순간에 핏물로 만들어 버리고 요연이라는 당예의 계집까지 죽였다. 흐흐흐, 흐흐흐흐! 누구도 죽음을 피하지 못한다. 구대문파, 사패……. 나는 보았다. 마왕의 그 무서운 힘까지! 흐흐흐, 흐흐흐흐……. "

마충현은 저주의 주문을 외듯 말했다.

여인의 안색이 변했다.

"명옹, 명옹을 보았다고? 명옹이 살아 있다고?"

그녀가 급히 물었다.

"흐흐흐, 내가 거짓말을 하고 있는 것 같으냐. 네년이 구대문파나 사패의 문 앞에서 나를 잡았다고 자랑하는 꼴이 보기 싫어 방금 독약을 마셨다. 흐흐흐, 죽음을 앞둔 자는 거짓말을 하지 않지."

"누가 너를 구대문파나 사패의 문 앞으로 끌고 간단 말이냐? 나는 배교도다! 다시 말하라! 정말 명옹을 보았느냐?"

"엉? 배교도라고?"

마충현은 눈을 치켜떴다. 자신을 바라보는 계집의 눈빛은 너무도 진지했다. 장난을 치는 것 같지 않았다. 굳이 배교도를 자처하며 장난을 칠 이유도 없었다.

"으, 으……."

마충현은 신음을 흘렸다.

자신의 성급한 판단에 울화가 치밀어 죽을 지경이었다. 죽을 지경이 아니라 죽어 가고 있었다.

뿐만 아니라 입이 제자리로 돌아오더니 팔다리도 서서히 펴지고 있었다. 마왕의 수법은 마충현을 잠시의 고통에만 빠뜨렸을 뿐이었다. 망산의 약속을 지키게 하기 위해서라도 죽일 처지까지 만들어 놓지 않았으리라는 생각도 들었다.

안서에서 호된 꼴을 당한 후 지레 겁을 먹어 성급한 판단을 한 것이 졸지에 몇 개월의 생명을 내던져 버리고 만 꼴이 된 것이다. 생명에 대한 애착이 되살아났다.

다급했다.

"마옹, 마왕은 살아 있소. 아, 안서에서 분명 그, 그를 만났소. 나, 나를 살려 주시오. 해, 해독약을……."

마충현은 급한 대로 여인에게 애원했다.

"아악!"

그가 배를 움켜쥐고 갑자기 떼굴떼굴 굴렀다. 배가 찢어지는 듯한 고통이 엄습하고 있었다. 독기가 퍼지는 모양이었다.

'그, 그놈은 가, 간단히 죽었는데 나는 왜⋯⋯?'

마충현은 배를 껴안고 뒹굴며 물었다. 불행히도 그 독약은 범인에게는 바로 효력을 발휘하나 마충현처럼 독물에 내성을 어느 정도 갖춘 자에게는 바로 죽음을 선사하지 않았다. 그는 안서에서 요연에 의해 이미 별 독을 다 경험한 터였다.

"으악! 악!"

마충현은 비명을 지르며 굴렀고 여인은 여인대로 발을 굴렀다. 아직 마충현에게 물어볼 말이 많았다. 물어보기 위해서라도 해독약을 찾고 싶었다. 그러나 해독약을 어떻게, 무슨 수로 구한단 말인가. 어떤 독에 중독되었는지도 모르고 있었다. 그리고 이미 시간도 늦은 듯했다.

마충현의 전신은 퍼렇게 변색되고 있었다.

"해, 해독약! 나, 나는 마, 마왕과 마, 만나기로 했소. 그, 그가 부, 부탁을⋯ 해, 해독약을 구, 구해 주면, 만, 만나기로 한 장소를⋯⋯."

마충현은 앞뒤 가리지 않고 해독약만 찾았다. 그는 죽음을 눈앞에 두고서도 흥정을 하려 했다.

여인은 고개를 저었다. 어떻게 할 방도가 없었다.

"으악! 으, 으⋯⋯."

마충현은 비명을 지르며 피가 나도록 전신을 벅벅 긁었다. 요연이 뿌린 독 중 타지 않고 남아 있던 독이 상응하며 마충현의 육신을 더욱 괴롭히고 있는 듯했다.

만약 그녀가 강호의 풍파를 조금 더 겪었다면 마충현을 단 칼에 목 베어 죽였을 것이다. 그것이 지금 마충현을 가장 위하는 길일 테니. 하지만 여인은 그런 생각을 못 하고 있었다.

"으, 으……."

피투성이로 구르던 마충현의 신음소리가 점점 작아지고 전신의 뒤척임도 늦어졌다.

그가 하늘을 보고 반듯이 누웠다.

"우웩! 웩! 웩!"

마충현은 하늘을 향해 혈전을 뿌렸다. 하늘을 바라보는 그의 눈빛이 맑아졌다.

여인은 마충현의 최후를 예감했다.

마충현은 하늘을 바라보며 무엇인가를 잠시 생각하는 듯했다.

"아, 아!"

그가 애처로운 탄성을 터뜨렸다. 그리고 암흑. 그의 목이 툭 꺾였다.

희대의 탕아, 마충현의 최후였다. 죽음의 고통이 염왕전閻王殿의 판관이 그의 죄를 감하는 데 조금은 도움이 되었을지…….

마충현의 시신을 바라보며 여인은 아미를 찌푸렸다. 정말 그는 독을 먹고 죽었다. 이제까지의 말이 내키는 대로 떠든 말이 아니라는 것을 마충현은 죽음으로 증명하고 있었다.

'일단 무산에 성녀의 거처를 마련한 후, 저자의 말이 사실

인가를 확인해 보아야겠다.'

획! 여인은 신형을 날렸다. 여인의 신형은 이내 소로에서
사라졌다.

만추의 서정과는 전혀 어울리지 않는 마충현의 시신만이
그 길을 지켰다.

마인거 魔人車

　"출당黜黨을 명해야 합니다!"

　"그 정도 일로 출당이라니, 너무하지 않소!"

　"상商 장로께서는 어찌 그 일을 그 정도 일이라 하시오! 분타주라는 자가 가죽신을 신고 다니다니, 도대체 있을 법한 일이오!"

　"비록 그가 가죽신을 신은 것은 문제가 되기는 하나, 그는 제자들이 비럭질한 돈을 훔쳐 가죽신을 산 것이 아니오. 우연히 멧돼지 한 마리를 잡아 판 돈으로 가죽신을 샀다고 하지 않소. 그런데 어찌 출당을 명해야 한다고 하오?"

　"대개방의 분타주라는 자가 본업을 버리고 장사치가 되다니! 그 죄만 묻더라도 출당의 사유는 정당하오!"

　"맞는 말이오! 만약 개방의 방도가 장사를 했다는 사실을 알면 어느 장사치가 우리 개방에 적선을 하겠소."

"그것은 모르는 말씀이오. 그럼 이李 장로께서는 천하에
부업이라는 말이 없어야 옳다는 말 아니오. 나는 가끔 장사
치들도 비럭질을 하는 것을 보았소!"

"아니, 어느 장사치가 비럭질을 했다는 말이오? 상 장로
께서는 그자의 이름이 누구인가를 똑똑히 밝혀야 하오!"

"똑똑히 밝히리다! 허도에서 마전을 하는 이유달李有達이
라는 자요."

"방주, 이유달이라는 자를 처단해야겠소. 감히 장사치가
비럭질을 하다니! 방도들에게 명을 내려 때도 없이 그놈의
문전을 들락거려 개방의 무서움을 보여주도록 합시다!"

"생짜를 부릴 곳이 따로 있지, 오죽 갑갑했으면 비럭질을
나섰겠소! 처단이라니? 언어도단이외다!"

"왜 하필이면 비럭질을 한다는 말이오! 다른 일도 많은데!"

장로들의 목소리가 다시 높아졌다.

등중용은 한숨을 쉬었다. 장로들은 이제 이유달이라는 자
를 어떻게 할 것인가로 한동안 옥신각신거릴 듯했다.

원래 사건의 발단은 강서의 분타주가 가죽신을 신고 다닌
다는 사실이 총타에 보고되고서였다. 사대장로 중 한 명인
이 장로가 순찰巡察을 통해 그 사실을 확인하고 장로회의를
요구했다. 강서의 분타주를 처단할 것인가 말 것인가.

이 장로와 마馬 장로는 강서 분타주의 출당을, 상 장로와
정鄭 장로는 반대를.

네 명의 장로들은 두 명씩 패를 지어 결론을 낼 기색을 보

이지 않았다. 결론이 날 듯 하다가도 때 아닌 옆길로 새어 버리는 그들이었다. 이제 이유달이라는 자의 처단 문제가 튀어나왔으나 그 일로 한동안 티격태격할 것이 분명했다.

등중용은 서둘러 회의를 파하고 싶었으나 장로들은 그가 말을 할 기회도 주지 않고 있었다. 그러나 배가 고파서라도 등중용은 장로회의를 파하려 했다. 그는 몇 번 이런 일을 당했기에 회의를 파할 수 있는 쉬운 방법을 알고 있었다.

짝! 짝! 짝!

등중용은 손뼉을 쳤다.

장로들은 말을 멈추고 시선을 모았다.

"모처럼 장로들께서 한자리에 모였습니다. 마침 총타에 약간의 개고기와 술이 준비되어 있으니……."

"개고기! 술!"

장로들은 눈을 번쩍 떴다. 마 장로와 정 장로는 말을 꺼내기가 무섭게 입에 침을 주르르 흘리고 있었다.

"밖에 있느냐? 장로들께서 출출해 하신다!"

등중용이 밖을 내다보고 소리쳤다.

"헤헤헤, 개고기를 말씀하시는군요. 들어갑니다. 조금만 더 늦게 불렀다면 벌써 우리가 요절내고 말았을 것입니다."

이결제자 한 명이 살살거리며 삶은 개 다리 두 쪽을 어깨에 걸치고 들어왔다. 또 한 명의 제자는 한 동이의 술을 들고 있었다. 관제묘는 금방 구수한 개고기 냄새와 술 냄새로 가득 찼다.

"허허허! 방주, 뭐 이런 것을……."

마 장로가 소매로 침을 닦으며 개 다리에 손을 대려 했다.

등중용은 마 장로의 손을 정중히 뿌리치며 술과 개고기를 자신의 앞으로 당겼다.

"먹는 것은 먹는 것이고 일은 일! 회의를 파한 후 같이 먹도록 합시다."

그가 점잖게 말했다.

"맞는 말이오. 맞는 말이야. 아무렴, 일에는 순서가 있지."

장로들은 고개를 끄덕였다.

"내가 생각하기에 이렇소. 가죽신을 신은 것이 문제가 되기는 하나 비럭질한 돈을 훔쳐 가죽신을 산 것도 아니고, 짐승을 잡아 판 돈으로 샀다고 하니 이번 한 번만 덮어 둡시다. 원래 강서 분타주는 나쁜 자는 아니었소."

목에 핏대를 올리며 출당을 주장하던 이 장로의 말이었다.

"아무렴! 대개방의 분타주가 본업을 잊고 장사질을 하다니. 당연히, 당연히 출당이오!"

출당을 목 높여 반대하던 상 장로의 말이었다.

그들은 크게 고함을 지른 후, 서로의 말에 놀라 했다.

"말씀이 서로 다르시군요."

등중용은 술동이를 손으로 툭툭 쳤다. 술이 찰랑거리며 진한 주향을 뿜었다.

"이 장로는 줏대 없이 무슨 말씀을 하신 게요! 출당을 시켜야 하오. 그렇지 않으면 무결제자로 방에 발을 붙이게 한다든가!"

원래 출당을 주장하던 마 장로의 말이었다.

"그만한 일로 무슨 출당! 비록 그 일이 잘못이라 하더라도 한 번 실수는 병가兵家의 상사常事라 하지 않았소. 출당은 있을 수 없소!"

원래 출당을 반대하던 정 장로의 말이었다.

그들은 크게 고함을 지른 후, 서로의 말에 다시 놀라 했다.

"말씀이 또 서로 다르시군요."

퉁! 퉁! 등중용의 손에 술 방울이 튀었다.

장로들이 침을 꼴깍거리는 소리는 개봉 부중府中까지 들릴 듯했다. 그들은 서로의 눈치를 보며 미적거렸다. 또 서로 다른 말을 내뱉을까 걱정하는 투가 역력했다.

이 장로는 눈을 지그시 감았다.

"우리는 이제 늙었소. 사물을 보는 눈이 예전처럼 공평무사하지 못함을 솔직히 인정하오. 삶의 연륜만큼 편견도 자라나 버린 것이오. 나는 이 일의 옳고 그름은 세상의 편견에 적게 물든 방주께서 가려 주어야 한다고 생각하오."

그가 탄식조로 말했다.

"아무렴! 옳은 말씀이요, 옳은 말! 아, 아! 더럽구나! 나라는 이름으로 자란 아집이여!"

상 장로가 박자를 맞추어 주었다.

"우리는 진작 그같이 말해야 했소. 방주께서 들고 계신 용두봉은 이런 일을 처리하라고 있는 것 아니겠소."

마 장로도 한마디 보탰다.

정 장로 역시 한마디 보태려 했다. 그러나 그는 다른 장로들의 눈치를 받고 입을 합, 닫았다. 장로들은 이 순간만큼은 말이 많은 자를 찢어 죽일 듯 미워했다.

"그럼, 강서 분타주의 일은 내가 평결을 내려도 되겠습니까?"

등중용이 물었다.

"물론이오!"

장로들은 입을 맞춰 소리쳤다.

"조사께서 말씀하셨습니다."

등중용은 운을 뗐다.

"오! 조사께서……."

"조사의 말씀이라면 천붕지복天崩地復이 된다고 하더라도 따라야지."

"아무렴, 조사의 말씀을 거역한다는 것은……."

따라서 한마디 거들려던 정 장로는 다시 다른 장로들의 눈짓에 입을 다물었다.

"이 세상에 내 물건이란 있는가? 강서 분타주는 과연 그 멧돼지를 자신의 물건이라 할 수 있습니까? 하늘이 내려 주고 땅이 키워 주었습니다. 그런데 강서 분타주는 어찌 염치없이 그 멧돼지를 모두 제 물건이라 한단 말입니까."

"맞소이다! 생각하니 강서 분타주는 너무 염치가 없군. 그럼 출당을……."

이 장로가 조심스럽게 말했다.

"그러나 조사께서는 또한 말씀하셨습니다. 하늘, 땅의 공이 아무리 크다 하나 애써 그 물건을 얻은 사람의 공만 하라!"

"맞소! 그 말이 정말 맞소이다! 나는 돼지가 홀로 고기로 변해 사람 입으로 들어오는 것을 보지 못했소! 그럼 용서를……."

상 장로가 물었다.

"하늘, 땅이 내려 준 물건! 나눌 수 있으면 나누어야 합니다. 그러나 애써 개인이 얻은 것, 또한 스스로 쓸데가 있으면 써야지요. 나는 강서 분타주가 과연 나누고 쓰는 일을 공평하게 했는가 묻고자 합니다."

"호오, 맞는 말이오. 맞는 말이야!"

장로들은 입을 모았다.

"장로들께서는 강서 분타주께서 가죽신을 사 신은 이유를 아십니까?"

등중용이 물었다.

"모르오."

이 장로는 고개를 저었다.

"발싸개로는 겨울을 넘길 자신이 없었겠지요."

상 장로가 말했다.

"강서에 있는 놈이 그런 걱정을! 발싸개도 없이 겨울을 지내는 감숙의 방도들도 있는데!"

마 장로는 버럭 화를 냈다.

"그 이유 때문이 아닙니다. 내가 알아본 바에 의하면 강서 분타주는 멋을 부리고 싶었던 모양입니다. 멋을 부려 환심을 사야 할 여자가 있었습니다."

"잉?"

장로들은 모두 황당해했다.

"아니, 그런… 정말 거지발싸개 같은 놈이군. 너덜너덜한

누더기에 가죽신만 뎅그러니 신은 모습을 보면 계집이 환심
은커녕 배를 째고 웃었을 것이다."

"나 같으면 가죽신 대신 동냥 그릇에 은 칠을 했겠다. 아
무렴, 그게 더 능력이 있어 보이지. 설마 은 칠한 동냥 그릇
에 찬밥을 던지겠어."

"문제야, 문제. 어디서나 여자가 문제라니까. 그 멀쩡하
던 놈이 갑자기 왜 가죽신을 사 신었는가 했더니 결국 여자가
있었군, 여자가."

장로들이 한마디씩 내뱉었다.

"강서 분타주는 마흔이 넘도록 아직 여자 손 한 번 잡아 보
지 못했다고 합니다. 그런 차에 마음에 혹하는 여자가 나타
났으니 가죽신이고 뭐고 정신을 못 차릴 만하지요."

등중용이 말했다.

"나는 그놈의 마음을 이해하겠다. 밤은 길어지고 얼마나
신세가 처량했으랴. 나도 예전에는 남자, 여자 빨래가 나란
히 널린 것만 봐도 밤잠을 못 잤다."

"아무렴, 나 역시 마찬가지다! 댓돌 위에 남녀의 신발이
나란히 놓인 것만 봐도 화가 났지!"

정 장로가 기회를 놓치지 않고 소리쳤다. 그가 득의양양한
표정으로 주위를 살폈다. 마침내 한마디 끼어들고 만 것이
다. 그러나 그가 좋아하기는 아직 일렀다.

"아무것도 부러울 것 없다지만 여자만은… 아! 우리 개방
의 방도들이 평생을 업고 가야 할 업보다. 방주, 나는 제자들
이 불쌍해서 못 참겠소!"

이 장로는 갑자기 술동이를 들었다. 그가 심화를 참지 못하겠다는 듯 술을 꿀꺽꿀꺽 들이켰다.

"나 역시 마찬가지일세!"

상 장로가 이 장로의 술동이를 받아 재빨리 술을 들이켰다.

정 장로가 술동이에 손을 뻗을 때 등중용은 술동이를 자신의 앞으로 가져와 팔을 올렸다.

"늙은 자들이 안주도 없이 술을 마시다니! 속을 다 버리고 말 것일세! 자, 여기 있네!"

마 장로는 개 다리를 쭉 뜯어 이 장로와 정 장로에게 눈곱만큼 주고 나머지는 도로 놓을까 어쩔까 하다가 자신이 꿀꺽 삼켰다. 술도 안주도 먹지 못한 정 장로는 황하의 물이 불어날 정도로 침만 줄줄 흘렸다.

"강서 분타주의 처지가 그와 같았소. 장로들께서도 어느 정도 그를 동정하리라 믿습니다. 하지만 가죽신을 신은 것은 분명 본방의 규율을 어긴 것! 벌은 내려야 한다고 생각합니다. 그리고 벌을 내리지 않으면 가죽신 다음에 금의를 입겠다고 할지 모르니까요."

"방주의 말씀이 옳소!"

장로들이 한입으로 소리쳤다.

"분타주의 자리는 그대로 두겠습니다. 직위를 없애면 시간은 더 남아돌 테고 시간이 남으면 옳다구나 하고 멧돼지나 잡으러 다닐 테니까요."

"아무렴, 작자는 그렇게 하고도 남을 놈이지. 강서의 멧돼지들을 위해서도 놈은 분타주를 계속 맡아야 하오."

상 장로가 말했다.

"대신 올 겨울을 발싸개도 없이 맨발로 지낼 것을 명하겠습니다. 어떻습니까, 제 생각이?"

등중용이 물었다.

"오, 오! 사백, 궁신께서 방주의 이름을 중용으로 지은 이유를 알겠소. 그야말로 편편부당偏偏不當함이 없는 판결이외다. 중용이오, 중용."

"염왕전의 판관이라 하더라도 방주와 같이 명쾌한 판결은 내리지 못할 것이오."

"개방의 홍복이외다. 술만 밝히던 사형, 천일취개는 일찍 죽음으로써 개방을 이롭게 했소이다."

정 장로를 제외한 장로들이 나오는 대로 각각 한마디씩 탄사를 터뜨렸다.

"그럼 강서 분타주의 일에 대해서는 발싸개 없이 겨울을 지내는 것으로 하겠습니다."

등중용은 용두봉을 들었다. 그가 용두봉을 세 번 내리쳤다.

용두봉이 떨어지기가 무섭게 장로들은 빠른 손놀림을 과시했다. 손이 제일 빠른 이 장로는 술동이를 안았고 상 장로, 마 장로는 각기 개 다리 한쪽씩을 들었다.

정 장로는 그때까지 방주에 대한 칭찬의 말을 찾고 있었다.

"개방의 홍복으로 염왕전의 판관이라 하더라도 편편부당으로 좋아할 것이오!"

사태가 급하게 돌아가자 다급히 고함을 지르며 자기 몫을 찾았으나 이미 늦은 후였다.

가죽신 하나가 개방 전체를 뒤흔드는 중요한 일이 될 만큼 평화로운 날들의 연속이었다. 장로들은 그 뻔한 일에도 아이처럼 목소리를 높여 일거리를 만들려 하고.

개방의 한가로움이 이와 같았다.

관제묘를 나선 등중용은 하늘을 우러렀다. 맑은 가을 햇살이 눈을 부시게 했다.

"방주, 방주께서도 한 점 하셔야지요."

총타, 총순찰이 잘 삶은 개고기를 들고 왔다.

등중용은 선 자리에서 개호주답게 날름 총순찰이 들고 온 개고기를 해치웠다.

"고기 맛이 좋군요."

그가 총순찰이 주는 호로병의 술을 들이키며 말했다.

"대사백에게 바치고자 한 개입니다. 잘 먹인 황구를 골랐지요."

"사백조께서 좋아하셨을 것입니다."

등중용은 웃었다.

사백조, 원상이 그의 꿈에 나타난 일은 그때 한 번만이 아니었다. 그 후에도 몇 번 침울한 얼굴로 나타났다. 그래서 등중용은 정말 개 맛이 그리워 나타났나 해서 방도들로 하여금 개 한 마리를 잡아 사백조의 영전에 받친 터였다.

지금 장로들과 그가 먹고 있는 개는 바로 그놈이었다.

"집법당 당주께서 안 보이십니다."

등중용이 개고기를 짭짭거리는 방도들을 둘러보며 말했다.

"집법당주께서는 먹지 않겠다고 하더군요. 아무리 대사백이 생전에 개를 좋아했다고는 하나 죽은 자의 영전에 살아 있는 개를 죽여 바치는 법이 어디 있느냐 하며 무척 화를 내셨습니다."

"흐흠, 그럼 개를 잡은 일이 잘못된 일이란 말입니까?"

"너무 신경 쓰지 마십시오. 집법당주가 괜히 집법당주이겠습니까? 자신에게 한마디 상의도 않고 개를 잡았다고 화가 난 것이겠지요."

"물어보고 개를 잡을 걸 그랬습니다."

등중용은 씁쓸한 미소를 흘렸다.

개방이 방도들에게 요구하는 법도는 수백 가지가 넘는다. 구걸할 때, 밥 먹을 때, 조사들을 모실 때…….

그 모든 것까지 등중용은 기억하지 못했다. 영전에 개를 바치지 않는다는 법도도 있는 모양이었다.

"어쨌든 올해는 포식으로 겨울을 맞게 되었으니 추위는 덜 탈 듯합니다."

총순찰은 입에 묻은 개기름을 닦으며 흐뭇해했다.

그때였다.

"방주!"

누군가가 후다닥 달려왔다. 뭐도 제 말하면 온다더니 바로 집법당주였다.

"무슨 일입니까?"

등중용이 조금 켕기는 마음을 숨기며 물었다.

"빨리 저쪽으로… 구결전九結傳이 도착했습니다!"

"구결전!"

등중용과 총순찰이 동시에 놀라 소리쳤다.

개방은 허리에 묶인 매듭에 내용을 적고 다시 매듭을 묶어 소식을 전한다. 통상적으로 삼결전三結傳은 각 분타의 분타주들이 향주들에게 보내는 전결傳結, 오결전五結傳은 분타에서 총타 각 당의 당주들에게 전해지는 전결, 칠결전七結傳은 방주와 장로들에게 보내는 전결이다.

결이 올라갈수록 전결을 전하는 데 동원되는 방도의 수가 늘어나고 속도도 빨라진다. 칠결전 정도 되면 마필은 물론 반 이상의 방도가 결을 전하는 데 동원된다.

하물며 구결전이야…….

전결을 빨리 전할 수 있는 방법이 있다면 수단, 방법을 가리지 말아야 하고 전결이 지나가는 모든 분타는 오로지 전결을 빨리 보내는 일에만 매달려야 한다. 전결 하나에 개방 전체가 떠들썩하게 되는 꼴이었다. 때문에 어지간해서는 구결전을 잘 띄우지 않았다.

구결전이 떴다는 것은 천하대란天下大亂의 예고!

등중용과 총순찰이 펄쩍 놀라는 것도 무리는 아니었다.

"어디서 구결전을 띄웠습니까?"

구결전을 받으러 가며 등중용이 물었다.

"청해青海 분타인 듯한데……."

구결전에 놀라 집법당주도 자세히 보지는 못한 듯했다.

"청해라면……?"

등중용은 안색을 찌푸렸다.

구결전은 십여 년 전에도 한 번 떴었다. 곽부의 단혈철각련!
등중용은 단혈철각련 잔당들의 재발호를 생각하고 있었다.

구결전을 읽고 난 등중용의 안색이 창백했다.

소식을 듣고 모인 장로들과 총순찰, 집법당주는 긴장으로
침을 삼켰다. 구결전은 방주를 제외하고 그 누구도 읽을 수
없다. 방주가 공개하기 전에는.

"보십시오."

등중용이 긴장으로 가슴을 태우는 장로들에게 구결전을
건넸다. 장로들이 구결전으로 우르르 모여들었다.

청해 분타주가 방주께 전합니다.

곤륜 장문인 광화자의 대제자, 홍명이 각 문파에 급히 사
실을 알려 달라며 본 분타에 전한 소식입니다.

칠월 모일, 곤륜에 대마성大魔星이 출현했다고 합니다. 문
로는 모른다고 합니다.

금의에, 우수에는 연겸이 나가는 비구를 차고…….

장문인 광화자, 광운, 광오, 광성… 곤륜의 명숙들이 모두
그자의 칼 아래 목숨을 잃었습니다. 곤륜의 전각은 모두 불
타고 살아남은 자는 광정을 비롯한 몇몇 제자들에 불과…….

홍명은 곤륜의 봉문封門을 선언했습니다.

대마성의 무공은 비견하건대 세 명의 곽부도 당해 내지 못
할 것이라 했습니다. 수족들도 없었다고 합니다.

방주께서는 속히 각파의 장문인들에게 이 같은 사실을 전

해 대회맹大會盟을 개최하시고…….

"이, 이런 일이!"

장로들의 안색은 흙빛으로 변했다.

"방주!"

그들은 모두 등중용에게 시선을 돌렸다.

"총순찰, 이 사실을 각 산문에 급히 전해 주시오! 대회맹도 개최할 것이오! 각 분타에는 구결전으로 비상령을 내려 주십시오. 특별한 명이 없는 한 놈을 발견하더라도 싸움을 걸지 마라 하시오! 단 일인으로 곤륜을 쑥대밭으로 만든 자입니다!"

등중용이 명을 내렸다.

"알겠습니다."

총순찰은 급히 명을 받았다.

"도대체 단신으로 곤륜을 쑥대밭으로 만든 자가 있다니!"

"세 명의 곽부라… 한동안 조용하다 했더니…….'"

장로들의 표정이 점점 무거워졌다. 가죽신으로 논란을 벌이던 때가 아득히 먼 옛날 같았다. 정 장로는 벌써 이렇게 취했나 하고 자신의 뺨을 꼬집어 보기도 했다.

그러나 그날 밤, 사천 분타에서 도착한 전결에 비하면 청해의 전결은 약과였다.

사천 분타주가 방주께 전합니다.

근자에 민산에 큰불이 있었고 그곳이 맹호전과 가까웠던

바 행여 무슨 일이 있었을까 해서 제자 몇을 보냈습니다.

…맹호전은 그렇게 잿더미가 되어 있었습니다. 연유를 알기 위해 생존자를 찾았으나 생존자조차 찾을 수 없었습니다. 전 제자들을 풀어 근동의 초부들에게 물어본 결과…….

겁을 잔뜩 먹은 초부는 아무 말도 하지 않으려 했으나 설득에 설득을 거듭, 입을 열게 했습니다.

초부가 말하기를…….

아홉 마리의 용이 실린 배 모양의 커다란 교자였다고 합니다. 모두 여자들이 들고 있었고 남자는 단 한 명이었는데… 너무 멀어서 모습은 제대로 보지 못했고 작자의 날뛰는 모습만 보았는데… 한순간에 시산혈해를 만들었다고 합니다.

…마지막에 배 같은 교자에 장착된 아홉 마리의 용이 불을 뿜었는데 너무 지독한 화염이라 멀리 떨어져 있던 그도 숨이 막혀 얼굴을 돌렸다고 합니다. 눈을 떠서 다시 보니 아무것도 없었다고 했습니다. 잿더미 외에는…….

사패의 하나인 맹호전이 그렇게 사라졌다는 것을 보고 드립니다. 방주께서는 속히 총타의 인원을 보내 주시어 맹호전을 불태운 자들의 정체를 밝혀 제자들의 동요를 막아 주시기 바랍니다.

등중용은 생각했다. 악재는 언제나 연속해서 일어난다고. 그는 더 이상의 일이 없기만을 진심으로 바랐다. 하지만 사천으로부터 또 하나의 구결전이 바람처럼 총타를 향해 달려오고 있었다.

사천 분타주가 방주께 대지급으로 전합니다.

점창파의 유일한 생존자, 등조鄧朝, 연상평延上平, 저속楮謖의 전입니다.

시월 초순, 열여섯 마리의 말이 번갈아 끄는 팔륜거八輪車가 대파산 어디에서 돌연 출현, 점창에 도착했다고 합니다.

오십여 명의 무사들이 호위하는 그 팔륜거에는 특이하게 이 장여 크기의 석상이 실려 있었다고 합니다.

허리에는 긴 칼, 태양처럼 둥근 호심경, 사자 상이 새겨진 요대, 갑주로 무장하고 있는 석상으로 흑요석으로 만든 듯 전신은 검은색이었다고 합니다.

석상 곁에는 석상과 비슷한 복장을 한 자가 타고 있었다고 했습니다. 검은 얼굴, 팔 척 장신에 대월을 든 자로 점창파의 연상평은 처음 그를 본 순간 전설의 치우蚩尤를 연상했다고 말했습니다.

그자는 팔륜거가 점창의 문 앞에 이르자마자 대월을 휘둘러 산문을 부수고 바로 점창의 문전으로 쇄도했습니다.

점창의 전 문도는 용맹분투 기습자에 맞섰으나 그를 감당하지를 못했습니다. 그자뿐만 아니라 그자의 수하들로 보이는 자들 또한 하나같이 개세의 마공을 익혔다고 합니다.

문로는 정확히 확인할 길 없고……

저속이 말하기를 놀라운 일은 점창파가 오십여 남짓한 적들에게 무너진 것은 한 시진에 불과했다고 합니다. 점창파가 적들에게 입힌 피해는 고작 경상자 몇 명뿐이었습니다.

등조, 연상평, 저속이 살아난 것은 점창의 멸문을 막기 위한 명숙들의 눈물겨운 노력 덕분이었습니다.

살아남아 본 분타에 도착, 전후 사정을 밝히고 난 등조 대협은 말했습니다. 사숙부들의 유지가 복수보다 점창의 맥을 먼저 잇는 일이니 당분간 봉문을 하고 은둔으로 점창의 이름을 강호에 잠시 지우겠다고 했습니다. 등조 대협은 솔직히 자신들은 복수할 능력도 없다고 한탄했습니다.

점창의 문도들이 사실을 밝히고 피눈물을 흘리며 본 분타를 떠난 후 저희들은 팔룬거의 행방을 급히 추적했습니다.

그사이 몇 개의 군소방파가 흔적도 없이 팔룬거에 의해 사라진 것을 확인했습니다.

용두방주여, 팔룬거를 모는 자들은 사람이 아닙니다. 그들은 사천의 무문들을 정사 가리지 않고 초토화시키고 있습니다. 마인들입니다. 팔룬거에 세워진 거대한 석상은 바로 마인상魔人像! 그래서 사천의 동도들은 이제 팔룬거를 모두 마인거魔人車라 부르고 있습니다.

용두방주여, 총타와 강호 동도들의 급한 도움을 바랍니다. 사천의 동도들은 이제 마차가 구르는 소리에도 깜짝깜짝 놀라고 있습니다.

사천 분타주의 직인이 찍힌 구결전이 총타로 향하고 있을 때 이미 사천 분타는 마인거에 불타고 없었다. 아미파도 불탔다.

우르르르!

사천을 눈 깜짝할 사이에 광마狂馬로 질주하고 난 마인거가 섬서를 향하고 있었다.

"감 명두, 전교영기와 신장도는 어디에 두셨소?"

유공경이 물었다.

산은 첩첩으로 쌓여 있었고 나뭇잎은 붉디붉었다.

감악과 유공경을 비롯, 예령을 호위하는 자들은 이미 무산에 발을 들이고 있었다.

"안전한 곳에 두었습니다."

감악이 앞을 바라보며 말했다.

선두에서 길을 여는 자는 사천의 장 명두와 강서의 고 명두였다. 성녀는 파파라는 여자의 곁에 붙어 그 뒤를 따르고 있었다.

교자를 준비했는데도 두 발로 산행을 고집한 성녀였다. 가파른 산길을 오르는 것이 성녀에게는 조금 힘든 듯했다. 이마에 송골송골한 땀이 맺혀 있었다. 그러나 성녀는 무산의 가을 정취에 빠져 연방 탄성을 터뜨렸다.

흥분된 목소리로 파파라는 여인에게 계속 말을 걸었다. 금옥이라는 좁은 곳의 정경만 바라보다 무산의 광활한 산림에 발을 들였으니 그 정감이 남다를 것이 분명했다.

특히 성녀의 감성이 얼마나 예민한가는 이곳까지의 여행을 통해 감악은 이미 알고 있었다.

맑은 하늘, 화려한 홍엽, 계류를 흐르는 물처럼 청량하게 울려 퍼지는 성녀의 음성.

감악은 마음의 충만함을 만끽했다. 성녀의 목소리를 듣는 것만으로도 즐거웠다. 무산의 변화무쌍한 안개만큼이나 새로운 충족감들이 샘물처럼 솟고 있었다.

그래서 조금 불안하기도 했다. 십여 년 전의 그때처럼 성녀를 혹시 잃지 않을까. 만약 이번에도 성녀를 지키지 못한다면 감악은 자신이 다시는 일어서지 못하리라 생각했다.

"여기서 멀리 떨어진 곳에 두셨소?"

섬서 명두 유공경은 별스럽게 전교영기와 신장도에 대해 물고 늘어졌다.

"아닙니다. 지금 우리가 가고 있는 곳에 두었습니다. 그곳만큼 안전한 곳을 찾지 못했습니다."

"잘되었군요. 진작부터 말씀드리려 했습니다만……."

유공경은 시선을 돌리며 잠시 말에 뜸을 들였다.

"성녀께서도 오셨소. 이제야말로 호교신장이 필요할 때이외다. 호교신장의 위를 계승하시오."

그가 말했다.

"무슨 말씀을… 자격이 있었다면 벌써 명옹이 되었을 것입니다. 저는 호남의 명두 노릇도 제대로 못하고 있는 자입니다."

감악은 마치 무슨 듣지 못할 소리를 들은 것처럼 급히 손을 저었다.

"감 명두, 호교신장의 자리는 어떤 자리요? 물론 성녀를 가장 가까이 모실 수 있는 가장 영광된 자리이기는 하외다.

하지만 그 자리를 제대로 끝까지 지킨 명옹들이 드물다는 사실만 보아도 그 자리가 어떤 자리인지 알 수는 있을 것이오. 영광보다 형극荊棘을 더 요구하는 자리이외다. 감 명두에게 형극의 길을 가라고 떠밀고 싶지는 않소. 그러나 솔직히 나는 감 명두보다 성녀와 교를 더 생각하지 않을 수 없소. 성녀와 교를 위해서 호교신장의 위를 계승하시오."

감악은 아무 말도 못 했다.

"감 명두는 광명신장의 서신을 받은 분이오. 광명신장께서 왜 감 명두를 선택해 서신을 보냈겠소? 나는 광명신장께서 감 명두를 이미 명옹으로 생각하고 있기 때문에 그 서신을 보냈다고 믿고 있소. 다른 교도들도 같은 생각을 하고 있을 것이외다."

"저는 아직······."

"명옹이 돌아올 것 같다고 말하고 싶은 게요? 명옹이 적들에게 목숨을 잃었다는 것은 모두가 아는 사실이오. 그런데 왜 자꾸··· 호형호제하며 무척 친했음은 압니다. 그러나 현실은 현실. 이제 미련을 버리십시오."

"유 명두, 내가 생각해도 이상합니다. 왜 내가 명옹이 아직 살아 있다고 생각하는지. 모산 일전 때 명옹을 내가 모셨습니다. 분명 내가 모셨는데 정신을 차리고 보니 명옹은 없고, 중간의 기억이 없어졌습니다. 없어진 기억 가운데 언뜻 성녀를 만난 것 같기도 하고, 성녀로부터 명옹에 대한 당부의 말도 들었고······. 명옹이 죽었다면 성녀께서 명옹의 이후를 당부할 까닭이 없지요. 생각할수록 꿈은 아니라는 생각이

듭니다. 시일이 지날수록 선명해지는 꿈도 있습니까?"

감악이 한숨을 쉬며 물었다. 한숨을 쉬는 그의 얼굴에 잔주름이 가득했다. 세월의 무상함을 그 역시 피해 갈 수는 없었다.

"감 명두는 그때 강호의 풍파를 많이 겪지 못했던 젊은 나이였소. 몸도 극히 피로한 데다가 너무 정신적 충격을 받았기 때문에 잠시 가수假睡 상태에 빠져 있었던 것이 틀림없소. 환상도 보였을 테고. 그렇게 생각하고 잊으시오. 명옹이 살아 계시다면 아직 모습을 보이지 않을 까닭이 없지 않소."

"알겠습니다. 생각해 보겠습니다."

감악이 마지못한 듯 말했다.

"생각을 해 보겠다는 말로 될 일이 아닙니다. 어차피 모두 모인 터, 성녀께서도 돌아오셨으니 교를 재조직해야 합니다."

"모두의 뜻이 그렇다면… 그렇게 해야지요."

감악은 씁쓸한 미소를 흘렸다. 이제 새로운 성녀께서 돌아오셨으니 옛일에 대한 애착은 모두 잊어야 할 때가 된 듯도 했다.

"무슨 말을……."

섬서 명두 유공경은 어이없어했다.

방금 전까지 감 명두에게 무슨 말을 했던가. 호교신장의 위를 계승할 것을 요구하고 있었는데 명옹이 살아 있다니?

"트, 틀림없습니까?"

사천 명두 장탄이 물었다.

명옹 명강량! 짧은 기간 호교신장의 자리에 앉아 있었으나 교도들이 가장 기억하고 있는 인물이다. 가장 최근의 호교신장이었기 때문만은 아니다. 그가 호교신장으로 활약할 때는 교가 가장 어려운 때였다. 모산에서 패해 비록 참수를 당하기는 했으나 이 년여 동안의 활약은 교에 아직도 하나의 전설로 살아 있었다. 그가 사패의 전신前身인 유향경천문, 구대문파를 비롯한 천하를 상대로 분투를 벌여 주었기 때문에 교는 패했어도 자존심을 지킬 수 있었다. 실제 강호인들은 이제 사라져 버렸다고 생각하는 배교를 평할 때, 예전처럼 쉽게 하오문이라는 호칭을 붙이지는 않는다. 명옹의 위신력을 대다수가 보았고 들었기 때문이다. 명옹은 그렇게 교의 자존심을 지켰고, 그 자존심은 아직 살아남은 교도들을 지탱하는 큰 힘이 되고 있었다.

장탄도 마찬가지였다. 때문에 명옹이 살았다는 소식을 들은 순간 그의 심장은 터질 듯이 뛰고 있었다.

"아직 장담은 할 수 없습니다. 마충현이 비록 죽음 직전에 남긴 말이라고는 하나 마충현의 그간의 행보를 보건대 그의 말을 모두 받아들이기에는 힘듭니다."

삼십 대 초반의 여인이 말했다.

그녀는 원래 산서의 명전이었다. 아버지의 죽음으로 비게 된 산서의 명전 자리를 이어받았다. 그녀 역시 산서의 교세를 확장시키기 위해 동분서주했다. 그 와중에 감악을 만났다. 그리고 그녀는 감악에 의해 청기명사를 맡아 주도록 청

받고 청기명사가 되었다. 여자인 그녀로서는 교도들을 회합하고 교세를 확장시키는 데는 무리가 있었다. 때문에 그녀는 당장 급한 청기명사의 자리를 수락한 것이다.

청기명사 신화정. 교도들에겐 철의 여인, 무정화無情花로 더 잘 알려진 여자가 바로 그녀였다.

"죽음을 앞두고 갑자기 왜 그런 이야기를 꺼냈다고 합니까? 악에 받쳐 겁이라도 줄 요량으로 그런 이야길 했다면, 솔직히 단혈철각련의 재발호 같은 이야기를 내던지는 게 나았을 것입니다."

강서 명두 고명상도 마충현이 실없는 소리를 했다고는 믿지 않은 눈치였다.

"죽었다는 사람이 다시 살아나다니… 그것도 천산오옹, 금호령을 단숨에 핏물로 만들어 버릴 절세고수로 변해……."

유공경은 눈을 지그시 감았다.

"세상에는 비슷한 사람도 많습니다. 마충현이라는 자가 착각을 했을 수도 있소. 그러나 전혀 아니라고 할 수는 없으니 내가 사실 여부를 확인해 보겠소."

감악이 그렇게 말하며 자리에서 벌떡 일어났다. 명옹의 생사 여부를 확인하는 것은 한시도 미룰 수 없는 일이었다. 만약 명옹이 살아 있다면, 모산파의 풍도 같은 엉뚱한 자가 엉뚱한 수작을 부리지 않는 한 교세는 십 년 안에 예전의 세를 찾을 수 있을 것이라고 감악은 장담했다.

"그런 이야기를 듣고 나니 이상하기는 하오. 개방의 움직임이 왠지 모르게 바빠 보이지 않았소?"

고명상이 안광을 빛내며 물었다.

"흐흠, 정말 그랬던 것 같소."

장탄은 수염을 만지며 고개를 끄덕였다.

"명옹인지 확인할 수 없으나 어쨌든 강호에 풍파를 일으킨 누군가는 있는 모양이오. 한동안 잠잠하다고 했더니……."

유공경은 안색을 찌푸리며 생각에 잠겼다.

"성녀를 부탁합니다."

감악은 더 이상 미적거릴 수 없었다. 그가 목채를 나섰다.

"명옹을 찾아 가신다고요? 감 아저씨가 바로 명옹이잖아요."

색깔 고운 나뭇잎을 줍고 있던 예령이 말했다.

"저는 명옹이 아닙니다. 호남의 명두일 뿐이지요. 원래 우리 교를 지키던 호교신장은 따로 있습니다. 오래전에 실종이 되셨습니다. 그런데 지금 그분을 보았다는 자가 나타났습니다."

감악은 명옹이 죽었다는 말은 하지 않았다.

"이상하네. 어머니는 나를 지켜 줄 호교신장은 감 아저씨라 했는데. 광명신장도 아저씨가 호교신장인 줄 알고 있을 걸요."

"제가 호교신장? 전대 성녀께서 저를 호교신장이라 하셨다고요?"

감악은 어리둥절해했다.

"맞아요. 아저씨가 호교신장. 그런데 또 무슨 명옹을 찾아

간단 말이에요?"

예령이 오히려 이상해 했다.

"사실은 명옹을 보았다는 사람이 있습니다. 그자의 말이 전혀 거짓말 같지 않기에……."

"아하! 어머니의 호교신장을 말씀하시는 것이군요."

이것은 또 무슨 말인가. 어머니의 호교신장이라니? 감악은 예령을 바라보고만 있었다.

"이상해하지 말아요. 원래 그분은 우리 교의 호교신장이 아니었어요. 원래부터 어머니의 호교신장이었고 지금도 그렇죠. 그분이 오고 있다고 합니까?"

"저는 무슨 말인지 도저히……."

감악의 머릿속은 헝클어진 실타래와 같았다. 그도 모든 호교신장들이 처음 성녀를 만났을 때 겪는 혼란을 겪고 있는 중이었다. 감악은 모르겠지만 이정인도 그랬고 명강량도 그랬다.

"어쨌든 그럼 명옹께서… 살아 계시다는 말입니까?"

감악이 자신 없는 목소리로 물었다.

"그분은 살아 있어요. 아마 곧 보게 될 것입니다. 나도 무척 보고 싶어요."

"정말 명옹께서 살아 계시다는 말입니까?"

감악은 미간을 좁히며 다시 물었다.

"찾아가실 필요 없어요. 이곳으로 오고 있으니까."

예령은 나뭇잎을 줍기 위해 다시 허리를 숙였다.

감악은 숨이 탁 막혔다.

"성녀, 어떻게 명옹이 여기를⋯⋯?"

말도 제대로 나오지 않았다.

"그분은 하늘로 숨어드는 길, 천잠로를 따라 안락국으로 갔죠. 이제 반대로 하늘에서 세상으로 나오는 길을 밟을 테니 틀림없이 이곳으로 올 거예요."

예령은 아무렇지도 않게 말했다.

감악은 계속 생각의 갈피를 잡지 못하고 서 있었다.

"감 아저씨, 나는 조금 걱정이 됩니다. 어머니께서 나보고 그분을 두려워하지 말라고 하셨거든요. 얼마나 무서운 분이면 두려워 말라고까지 하셨을까요. 아! 감 아저씨는 그분을 잘 알겠네요. 정말 그렇게 무서운 분이셨어요?"

예령이 고개를 들며 문득 물었다.

"그분을 무서워한 교도들은 아무도 없습니다. 우리를 괴롭혔던 적들은 조금 그분을 무서워하기는 했지요."

감악은 딴생각을 하며 말했다.

"그럼 그동안 많이 변했나?"

예령은 고개를 갸웃했다.

"살아 계시다면 물론 많이 변했겠지요."

감악은 여전히 혼란 속에 대답했다.

금 술동이의 맑은 술은 한 잔에 천 냥이요.
옥쟁반의 좋은 안주는 한 접시에 만 냥이라.

잔을 놓고 수저를 던지며 마시지 못하고

칼을 빼어 들고 사방을 둘러보아도

마음만 망연하구나.

황하를 건너려니 얼음이 가로막고

태행산을 오르려니 눈발이 가득하네.

한가로이 푸른 냇물에 낚시를 드리니

해님 곁으로 달려갔네.

인생길 어려워라, 인생길 어려워라.

갈림길도 많으니 지금 어디 계신가.

큰바람 물결쳐도 임을 만날 수 있다면

구름에 돛을 달고

곧장 창해를 건너가리.

대화로의 불이 창궁蒼穹까지 활활 타오르고 있었다. 그 앞에는 작은 계집이 불을 지피고 있었다. 노래는 바로 그 계집이 부르고 있었다.

명강량은 그 앞으로 다가갔다.

작은 계집이 발딱 일어나 고개를 돌렸다. 웃고 있었다.

노래를 부르던 십삼 세의 작은 계집은 악약이었다.

"강량……."

그녀는 팔을 벌렸다.

명강량은 굳은 듯 악약을 바라보았다.

"오랜만이에요. 강량! 제 노래가 어떻던가요? 나는 강량의 마음이 그럴 것이라 생각했는데."

"……."

"음, 역시 기분이 좋지 않은 모양이군요. 주강의 꽃배 이야기를 해 드릴까요, 늙은 자라 이야기를 해 드릴까요?"

악약은 다가와 명강량의 팔에 어깨를 기댔다. 작은 계집은 간 데 없고 놀랄 만큼 아름다운 이십여 세의 여인이 명강량의 앞에 서 있었다.

명강량은 악약의 체온을 느끼며 머쓱해했다.

"이야기가 재미없나요? 쌍륙이나 할까요?"

악약은 몸을 돌려 명강량을 정면으로 마주 보았다.

"강량, 강량은 역시 재미없는 사람이에요."

그녀는 상큼하게 아미를 찌푸렸다.

명강량은 비로소 입을 열었다.

"그동안 어디 갔었습니까?"

"재미있는 곳을 찾아다녔죠. 강량을 불러오기 위해."

악약은 명강량의 목에 매달렸다.

"강량, 미안해요."

"혼자 재미있는 곳을 돌아다녔기 때문입니까?"

"음, 그 일도 있고, 그리고 앞으로 미안해할 일도 있는 것 같아요. 저를 미워하지는 않으시겠지요?"

"미워하리라 생각합니까?"

"하하하!"

악약은 웃었다. 그리고 그녀는 명강량의 입에 자신의 입을 가볍게 맞추었다.

명강량은 눈을 번쩍 떴다.

가슴이 통증으로 시달리고 있었다. 그 통증 때문에 눈을 뜬 듯했다. 명강량은 자신의 주위를 살폈다.

아홉 마리의 용으로 장식된 화려한 배. 배라고 생각했는데 배는 아니었다. 육지를 항행하는 배는 없으니.

그는 흔들리는 거대한 교자에 앉아 있었다. 역시 화려한 옷을 입은 여인들이 그의 주변을 둘러싸고 있었다.

'이것들은 무엇인가?'

낯설었다.

명강량은 태사의에 길게 몸을 기댔다.

꿈이 아닌가? 여인의 체향은 여전했다. 바람이 옷자락을 날려 그의 어깨를 간질였다. 비로소 명강량은 그의 뒤에 서 있는 이족의 미녀를 발견했다.

그녀만은 이상하게 낯설지 않았다.

"아란하."

명강량은 여인을 불렀다.

아란하는 놀라 급히 명강량의 곁에 섰다. 잠긴 목소리이기는 하나 그 목소리에는 부드러움이 배어 있었다. 그 부드러움이 아란하를 놀라게 했다.

"아란하, 나는 잠을 잤더냐?"

"예! 아주 깊은 잠에 빠지셨습니다."

아란하는 조금 흥분된 목소리로 말했다.

아마 다른 느낌이었을 것이다.

"얼마나?"

"한 시진가량 주무셨을 것입니다. 저는 대전왕께서 눈을 붙이시는 것을 이번에 처음 보았습니다."

"대전왕? 대전왕이 누구냐?"

명강량이 물었다.

"명옹이라고도 호교신장이라고도 부르지 말라 하셨기에……."

아란하는 큰 잘못을 저지른 것처럼 당황해했다.

명강량은 아란하의 걱정과 달리 시비치 않았다.

"이곳은 어디냐?"

"섬서로 접어들고 있습니다."

"섬서? 벌써 여기까지……."

모산의 대파국 이후 모든 기억들이 토막토막 이어지고 있었다.

많은 세월이 흘렀을 것이다. 아란하에게 그 세월을 물어보려 하다가 그만두었다. 대신 그는 아란하에게 거울을 요구했다.

아란하가 거울을 건넸다.

창백한 얼굴이었다. 오랫동안 햇빛을 보지 못했으니… 수염도 무성했다.

그는 아란하에게 거울을 넘겼다.

"대화룡이겠지?"

그가 자신의 옷에 묻은 핏자국을 살피며 물었다.

"대화룡입니다. 벌써 한 번 사용한 적이 있습니다."

"그랬군."

명강량은 고개를 끄덕였다.

"어디로 가고 있느냐?"

"종남산으로 가자고 하시지 않았습니까?"

"종남산? 제대로 가고 있는 것이냐?"

아란하는 무슨 말을 해야 할지 몰랐다.

"머리가 너무 길게 자랐다. 아란하, 결발結髮을 해 다오."

명강량은 아란하에게 머리를 맡기고 눈을 감았다.

아란하는 머뭇거리다가 명강량의 긴 머리칼에 손을 댔다. 내력이 사람의 한계를 벗어나 청정지신淸淨之身을 항상 유지하는 것이 가능한지, 몸을 씻는 것을 한 번도 보지 못했는데도 머리칼은 깨끗하고 부드러웠다.

명강량은 아란하에게 머리를 맡기고 아이처럼 가만히 있었다.

더 이상의 말도 없었다. 무슨 생각을 하는지 몰랐다. 혹시 피의 행로를 멈출 생각을 하고 있는 것은 아닌지, 숨을 막히게 하던 살기는 어디에도 찾을 수 없었다.

아란하는 그렇게 하기를 바랐다. 모든 것이 이대로 멈춰 영원히 흘렀으면 하는 것이 그녀의 마음이었다.

콰쾅!

사람의 몸이 어떻게 저런 소리를 일으킬 수 있는지 몰랐다. 두 개의 산이 부딪쳐 나는 소리 같았다. 만산의 홍엽들이 잠깐 침묵을 지키다가 우수수 떨어졌다. 그리고 세찬 경기의 여파에 휘말려 허공으로 뿔뿔이 흩어졌다.

몇 장의 낙엽은 천공으로 치솟았다가 바로 떨어졌다.

"좋군."

언상영은 머리 위로 떨어지는 낙엽에 손을 내밀었다.

"어이, 언제 왔던가?"

중년 대한이 언상영을 향해 손을 번쩍 들며 다가왔다. 만면에 가득한 웃음, 허술한 옷차림에 어눌한 표정. 노류장화에 섞여 가산이나 탕진하고 있을 대가의 공자 같은 자는 바로 숭무각주 남궁기였다.

사패를 쭉 지켜보아 왔던 강호인들은 사패 중 가장 부침이 심한 자를 당예로 뽑았다. 계집같이 소심한 자로 보였는데 야심만만하게 세력을 확장하고 있었기 때문이다. 그러나 정작 언상영은 가장 부침이 심한 자를 남궁기로 뽑았다.

당예의 독기는 새삼스러운 바는 아니다. 하지만 바람을 가르는 표범, 남궁기가 이렇게 어눌한 자로 변해 버릴지 누가 알았으랴.

— 언상영, 오래전에 원주가 한 말을 기억하는가? 당신은 당신의 문로를 만들고 싶다던. 나는 이제야 그 말을 할 수 있게 되었다네. 무척 노력했는데도…….

언젠가 남궁기가 씁쓸한 표정으로 말했었다. 그리고 그 이후 그는 변했다. 긴장으로 항상 흐트러짐 없는 태도, 잘 벼린 칼같이 날카로운 기도. 섬전비표에 딱 어울리는 그런 모습을 더 이상은 볼 수 없었다.

천화원의 원주 단원홍. 넘지 못할 벽이라는 것을 알고 결국 손을 들고 만 것임에 분명했다.

때문에 언상영은 이제 남궁기가 스스로를 위로하기 위해서라도 팽해만이나 당예처럼 강호에 눈길을 두리라 생각했다.

남궁기가 강호에 관심을 둔다면 숭무각의 위용이 곧 천하를 뒤엎으리라. 그렇게 생각했는데 남궁기는 강호에 관심을 두지 않았고 여전히 검에 매달렸다. 역시 검로를 걷는 자들에게는 검을 잡고 노는 일 이상의 즐거움은 없는 듯했다.

"좋아졌군."

"부끄럽다. 지켜보았는가?"

"멀리서. 겁이 나서 가까이 가지도 못했다."

"원주를 이기려고 바둥거릴 때는 몰랐다. 소일거리로 검을 잡고 나니 그동안 보이지 않던 것도 몇 가지 보이더군."

남궁기는 어깨를 으쓱했다.

"비검을 하던 저 친구는 누구인가? 나이도 얼마 되지 않은 것 같은데 상당한 무공을 지니고 있군."

"인사를 나누겠나?"

"별로 나를 반기는 눈치가 아닌 듯한데……."

"하하하, 맞아! 숭무각을 찾아오는 친구들은 그들의 친구만을 제외하고 사람들을 잘 만나려 하지 않지."

"그들의 친구라면… 자네도 그들 속에 포함되겠군."

"모르고 있었던 모양이군. 나는 제법 많은 친구들을 사귀었네. 연공으로 하루를 소일하는 자들은 나뿐만이 아니더라고. 가끔 자신의 검로를 누구에게 묻고 싶기도 하고 확인받고 싶기도 하지. 소문을 듣고 이리저리 찾아가고 찾아오다 보니 그 와중에 열한 명이나 되는 친구들을 사귀었다네. 모두 논검으로 사귄 친구들일세."

"열한 명이나 되는 친구들을… 나는 갑자기 자네가 두려워지는군."

언상영은 돌멩이를 툭 찼다. 농으로 한 말은 아니었다. 강호 제 세력의 배후를 지탱해 주는 힘 중 가장 큰 힘은 뭐니 뭐니 해도 가문과 친구다. 특히 남궁기가 친구로 삼을 자라면 각 개인의 힘은 보지 않아도 훤했다.

"우리는 우리를 십이지우十二支友라 부르지. 나를 제외하고 모두 강호에 이름을 알리기 싫어하는 친구들이야."

"십이지우? 멋진 이름이군. 자네는 십이지十二支 중 무엇인가?"

"나이순으로 십이지를 정하지 않았네. 무공 서열로 정한 것도 아니고. 그저 그렇게 정했을 뿐이다. 십이지 중 자검子劍이 바로 날세. 저기 저 친구는 해수亥手지."

"어쨌든 첫째는 자네이군."

언상영은 쓸쓸한 미소를 흘렸다.

"해수라는 저 친구의 문로를 알겠던가?"

"전혀."

언상영은 고개를 저었다.

"아하! 자네는 저 친구가 쌍수를 날리는 모습을 보지 못했군. 정말 가관이지. 특히 지금처럼 만산에 홍엽이 가득할 때는. 연환분뢰수, 저 친구의 절학일세."

"연환분뢰수? 그는 적염날수 철중달의 제자?"

언상영이 놀라 물었다.

"맞았어! 철 노야의 모든 비전을 이어받았네."

"적염날수의 제자까지… 굉장하겠군, 십이지우는."

언상영은 한숨을 내쉬었다.

"그런데 자네는 갑자기 무슨 바람이 불어 여기까지 왔는가?"

"마치 못 올 곳을 온 사람처럼 이야기하는군. 이 정도의 말은 해 주어야지. 먼 곳의 친구가 찾아왔으니 이 또한 반갑지 아니한가!"

"싱거운 소리는 그만 하고."

남궁기는 언상영의 어깨를 툭 쳤다.

"술은 있나?"

"술? 이거 정말……."

남궁기는 별스럽다는 표정으로 언상영을 쳐다보았다. 언상영은 원래 술을 가까이 하는 친구가 아니었다.

"술이 없는가?"

"있기야 있지."

"여기까지 왔으니 한잔 얻어먹고 가야겠네."

언상영이 먼저 지우당知友堂으로 걸어갔다.

쪼르르.

남궁기는 언상영의 잔을 채우고 자신의 잔도 채웠다.

"자네는 정말 아무것도 모르고 있군."

"무엇을 모르고 있다는 말인가?"

"이 술이 무슨 술인지 아는가?"

"보면 모르나, 죽엽청이지."

"이 친구… 이 세상에 살고 있으면 그 값을 생각해서라도 세상에 조금의 관심은 두게. 지금 우리가 마시고 있는 이 술은 친구의 혼령을 위로하는 술일세."

남궁기는 미간을 좁혔다.

"당예가 죽었다네. 맹호전은 한 줌의 재로 변해 버렸어."

꿀꺽! 언상영은 단숨에 술잔을 비웠다.

남궁기는 손안에서 술잔을 빙글빙글 돌렸다.

"애석한 일이군."

그도 단번에 술을 들이켰다.

"같은 자의 짓인가는 아직 확인이 되지 않고 있으나, 곤륜은 그 이전에 불탔고. 그들은 봉문은 선언했네."

언상영이 소매를 걷으며 남궁기의 잔과 자신의 잔을 채웠다.

"놀라운 일이군. 당예는 물론 곤륜파까지. 곽부의 잔당들이 벌인 짓인가?"

"곽부의 잔당들… 후후후, 강호의 소문으로 그자의 무공은 세 명의 곽부가 와도 당해 내지 못할 정도라 하더군."

"어느 산에서 그런 마물이?"

남궁기의 안광이 번쩍 빛났다.

"문로도 모른다네. 구미가 동하는가 보군."

언상영이 머리를 숙여 잔에 입을 맞추며 말했다.

"어디에 있다고 하던가?"

"모르지. 사천을 지나고 있는지, 아니면 벌써 섬서에 이르렀는지. 지금쯤 또 다른 문파 하나가 작자의 손에 사라지고 없을 수도 있을 것이다."

"천화원에는 사실을 알렸나?"

"아니, 알리지 않았어."

"나보다 먼저 원주를 찾아갔어야 옳았던 것 아닌가? 세 명의 곽부도 당해 내지 못할 자라 했으니."

"원주께서는 강호를 우리 사패에 맡기셨네. 급하다고 뽀르르 달려가 이미 은거를 택한 분에게 나와 달라고 떼를 쓸 수는 없는 일 아닌가."

"이유가 그뿐인가?"

언상영은 대답 없이 술잔을 비웠다.

"원주께서 강호에 발을 들이는 것을 자네는 물론 팽해만도 바라지 않고 있겠지. 일단 강호에 발을 들인 이상 어떤 형태로든 강호를 재편하고 천화원으로 돌아가실 테니. 팽해만과 당예의 과수過手는 이미 강호에 알려질 만큼 알려져 있으며, 나는 강호의 일을 전혀 모른 척하고, 자네 홀로 원주께서 바란 사패의 영역을 지키고 있을 뿐이다. 나중에는 자네 홀로 모든 사패의 일을 다 짊어질 수 있을지 모르나 지금은 아니지."

"알고 있었나?"

"껄껄껄! 천하의 언상영이 지금의 세력에만 만족하리라고 누가 생각하겠는가. 자네는 당예와 팽해만의 화무십일홍花無

十日紅을 즐기며 차곡차곡 세를 쌓아 가고 있었을 것일세.”

“모두 맞았다. 평생 가도 원주나 자네만큼의 힘을 가지지 못함은 안다. 하지만 나는 강호의 패자覇者가 되고 싶다. 강호의 패자가 하는 일이 별일인가. 강호의 분쟁을 잘 조정하는 자가 진정한 패자지. 힘은 없더라도 나에게는 모든 사람의 환심을 살 수 있는 웃음과 탁월한 식견이 있네.”

언상영은 쓴웃음을 흘리며 잔을 채웠다.

“좋아. 나도 자네의 그 웃음과 탁월한 식견은 좋아하니. 또한 누구도 자네가 힘이 없다고는 말하지 않을 것일세. 모처럼 강호는 인의대협仁義大俠을 패자로 모시겠군.”

“어떻게 들으니 비웃는 소리로 들리는군.”

“나의 일이 아니라 자네의 일일세. 비웃을 일이 무엇 있겠나. 관심도 없다. 그런 일에 관심이 있었다면 팽해만과 당예가 필요 이상으로 날뛸 때 벌써 한마디 했을 게야. 일단 잔이나 한잔 나눔세.”

남궁기와 언상영은 잔을 높여 술을 비웠다.

“어쨌든 잘했네, 원주에게 알리지 않은 것은. 하지만 자네가 알리지 않는다고 해서 원주가 모르겠나. 천화원의 천위대들도 귀가 없지는 않을 텐데.”

“천위대주 국태열이라는 자를 조금 아는 편이지.”

“잘됐군. 잘됐어. 모처럼 피가 끓는 것 같다.”

남궁기는 잔을 놓으며 씨익 웃었다.

“내가 사상검수들과 오행검수, 삼십육동인三十六銅人들을 붙여 주겠네.”

"이 친구, 또 다른 물건을 만든 모양이지. 전 재산을 나에게 주겠다고 하는 것을 보니."

"자네에게만 알려 주지. 구십구사령기九十九死靈騎라는 것을 만들어 보았다. 예전에 곽부의 단혈철각련에 철기대라는 것이 있었지. 무척 부럽더군. 그래서 나도 한번 기마대를 만들어 보았다."

"그것뿐인가?"

"모두 말을 해 버리면 다음에는 무슨 이야기로 술을 마실 텐가. 솔직히 나는 그것을 쓸 일이 없기만을 바랄 따름이다. 나에 대한 강호인들의 평도 생각해야 되니."

"대단한 것이겠군. 천기수사天機秀士께서 쉬쉬할 정도의 물건이라……."

"언제쯤 사상검수들과 오행검수, 삼십육동인들을 보내 줄까?"

"필요 없다. 상대가 그렇게 강하다고 하니 친구들의 도움이나 조금 얻겠네."

"십이지우들?"

"그래. 그중의 몇은 정말 놀랄 만한 친구들이다. 곽부를 능가하는 자가 나타났다고 하면 호쾌하게 나를 따라 줄 것일세."

"알았어. 자네만 믿네."

언상영의 굳었던 표정이 조금 풀렸다. 작금 강호의 이인자가 남궁기임은 그 누구도 부정하지 못할 터였다.

"구대문파도 난리겠군. 무슨 소식을 듣지 못했나?"

남궁기가 물었다.

"아직… 단혈철각련과의 일전에서 우리는 의도적으로 뒤늦게 싸움에 합류했지. 그 일이 계속 앙금으로 남는 모양이더군."

"생각하니 그때 우리는 조금 심했어."

남궁기는 쓴맛을 다셨다.

"강호가 사패의 세상이 된 것도 불만일 테고. 아무런 연락이 없다. 독자적으로 움직일 모양이야. 분명 이런 생각들을 하고 있겠지. 이번 대마두의 출현을 계기로 자신들의 힘을 보여 주어 강호의 주도권을 되돌려 받겠다는."

"쯧쯧, 강호는 정말 복마전일세. 곤륜이나 맹호전이 무너진 것을 보고도 그런 생각을 하다니. 잘하면 내가 사패와 구대문파를 동심同心으로 묶어 줄 수도 있겠군."

"무슨 말인가?"

"내가 놈에게 진다고 생각해 보게. 각기 멋대로 움직이려 하겠나? 껄껄껄!"

남궁기는 어깨를 흔들며 웃었다.

"이 친구, 무슨 그런 소리를……."

언상영은 검미를 꿈틀거렸다.

"팽해만은?"

"여전하겠지, 별다른 움직임이 없는 것을 보면. 그가 데리고 있는 학대통이라는 자는 잔재주는 뛰어나도 먼 곳까지는 보지 못하는 자야. 강호의 대란을 보고도 목전의 이익이 없는 한 쉽게 움직이려 하지 않을걸."

"그 작자가 그렇게 말한다고 팽해만은 그 말을 그대로 듣나?"

"팽해만은 예전에도 탐욕이 강했지. 하지만 그때는 그런 대로 순진한 구석이 있었다. 그러나 이제는 완전 달라졌네. 무엇이 그를 저렇게 만들었는가? 세 치 혀끝일세. 세 치 혀끝의 무서움이 팽해만을 저렇게 만들었지. 이번에도 별수 없이 학대통의 세 치 혀끝에 놀아날 것이다."

"음."

남궁기는 수염을 쓸며 잠깐 생각에 잠겼다.

"지금 내가 팽해만에게 걱정이 되는 것은, 그가 황하 대상련을 상대로 시비를 걸고 있다는 것이다."

"황하 대상련?"

"엄청난 재력을 가진 자들이지. 팽해만의 뜻대로 손에 넣을 수만 있다면 세상의 반은 이미 그의 것일세. 하지만……."

언상영은 말에 뜸을 들었다.

"상인들을 우습게보고 달려들었다가는 큰 피를 볼 것이다. 돈은 귀신도 부린다. 거짓말이 아닐세."

그가 눈살을 찌푸리며 말했다.

"팽해만은 조금 심하군. 상인들까지 물고 늘어지다니. 상인들을 들쑤시겠다는 것도 학대통이라는 자의 생각인가?"

"당연하겠지."

"왜 그런 놈을 가만히 두었는가?"

"내 일이 아니라 팽해만의 일일세."

"흐흠, 그렇겠군. 학대통이라는 자는 팽해만에게는 도움이 되지 않아도 자네의 일에는 무척 도움이 될 테니."

남궁기는 술잔을 기울였다.

"나를 지나치게 용렬한 자로 생각하지 말게. 팽해만이 좋은 길을 가겠다면 나는 당연히 박수를 쳐 주지. 나쁜 길을 간다면… 어쩔 수 없는 일 아닌가. 그가 선택한 길. 그리고 원래 팽해만은 누구의 간섭도 싫어하네."

"그럼 됐어."

"무엇이?"

"대마두인가 하는 자를 만나러 가는 길에 팽해만도 한번 만나 보겠다. 옛정을 생각해 그를 위해 한 가지 일은 해 줄 생각이야."

"무슨 일을 하려는지 알겠군."

언상영은 쓸쓸히 웃으며 잔을 들었다.

"불만은 없겠지?"

"남궁기, 언상영은 원래 그런 자일세!"

언상영이 남궁기를 직시하며 잔을 기울였다.

"미안, 미안!"

남궁기가 웃으며 언상영이 들고 있던 술병을 뺏어 권주했다.

"불혹不惑이 바로 코앞일세."

언상영은 잔을 들며 허망한 눈빛으로 먼 산을 바라보았다.

"가장 변한 사람을 자네라 생각했는데 이제 보니 가장 변하지 않은 사람은 바로 자네야. 솔직히 언상영이라는 자는 그런 자로 변했네."

"변하지 않는 것을 칭송해야 할 세월이 있고 변하는 것을 칭송해야 할 세월이 있다. 변하지 않는 것을 칭송하는 것을 보니 지금이 무척 어수선한 세월은 분명한가 보군."

남궁기는 사람 좋은 미소로 건배를 청했다.

"조금 서둘러 주게. 나는 불안하네. 대마두의 출현은 그의 출현만으로 끝나는 것이 아니다. 그가 강호의 균형 잡힌 질서에 쨍, 하고 부딪쳐 온 순간, 그 소리는 심산유곡의 메아리처럼 걷잡을 수 없이 울려 어둠 속을 활보하던 온갖 것들까지 불러올 것일세. 십여 년 동안 너무 조용했어."

언상영은 안색을 찌푸리며 술을 들었다.

"알았다. 잔을 비우고 곧장 출발을 준비하지."

남궁기는 술잔을 탁자에 꽂듯이 놓았다.

휘잉!

가을바람이 소소히 지우당을 돌아 마른 잎을 날렸다.

❦

"왜수!"

잠깐 낮잠을 자고 있었다. 상유는 자신을 부르는 소리에 눈을 게슴츠레하게 떴다.

조용했다.

'벌써 환청에 시달릴 나이인가.'

상유는 다시 눈을 감았다. 듣기 좋아하는 별호가 아니다. 자신의 별호를 부를 자는 전무했다.

"상유!"

이번에는 별호가 아닌 이름이었다.

상유는 자리에서 일어났다. 즐겨 입는 흑의를 걸쳤고 두 손에는 박피薄皮로 된 수투手套(장갑)를 꼈다. 수투의 손끝에는 새의 발톱처럼 날카로운 철편이 달려 있었다. 외문外門의 무공인 백골박조를 익힌 그로서는 나이가 들면서 무뎌지는 손끝의 매운맛을 철편으로 대신할 수밖에 없었다.

나이를 드러내는 것 같아 별로 보기 좋은 모습은 아니었다. 그러나 어쩔 수 없는 일 아닌가. 밖에서 부르는 놈처럼 틈만 나면 자신의 자리를 노리는 새파란 애송이들이 부지기수인데.

우드득! 우드득!

상유는 손가락과 손목뼈를 풀었다.

한동안 조용했다. 오랜만에 찾아온 상대였다. 갈가리 찢어 놓을 생각이었다. 그래야 또 한동안 조용할 테니.

상유는 방문을 나섰다.

후닥닥! 서너 명의 수하들이 급히 그의 앞에 섰다.

"누구냐?"

"도견鍍犬 사마신司馬信입니다. 대강 남북의 십삼채주들까지 같이 왔습니다!"

"뭐야?"

상유의 작은 눈에 매서운 한광이 번쩍였다. 흑산의 무리들은 그들 사이에 놓인 험한 길만큼 사이가 멀어 지리멸렬이었다. 그런데 떼거지로 몰려들다니…….

'도견, 이놈이 무슨 수작을 벌였구나. 진작 놈을 처치해야 했었는데.'

상유는 '아차!' 했다.

도견 사마신은 황산의 채주다. 모태명의 흑룡방이 무너졌을 때 남은 무리들을 끌어 모아 황산에 자리를 잡았다. 별로 신경 쓸 일도 없어 그냥 두었는데 어느 순간 소채小寨만도 십여 개를 거느린 표파자가 되어 있었다. 그래서 한번 세를 꺾어 놓아야겠다고 생각하던 참인데, 그가 먼저 찾아온 것이다. 다른 산의 무리들까지 이끌고.

"앞장서라!"

상유가 냉랭하게 소리쳤다.

"왜수, 오랜만이오."

얼굴에 금가루를 섞은 짙은 분칠을 한 자였다. 유곽의 퇴기처럼 보이는 그가 바로 도견 사마신이었다.

"무슨 일이냐?"

상유는 사마신을 음산하게 노려보았다.

"따로 무슨 일이 있겠소. 이 많은 녹림의 호걸들이 당신 같은 늙은이를 예쁘다고 찾지는 않았을 테고……."

사마신은 히죽 웃었다.

상유는 눈을 게슴츠레하게 뜬 채 주위를 살폈다. 사마신의 뒤에는 흑산의 무리들이 비릿한 미소를 지은 채 쭉 서 있었다. 그리고 좌우에는 백인회의 수하들이 시립했다.

수하들이 자리한 위치를 보며 상유는 눈살을 찌푸렸다. 왼쪽에는 염노로 활약할 때부터 그를 따랐던 수하들이 서 있었다. 오른쪽은 북명왕을 처치하고 흑사회에 본격적으로 진출하며 끌어들인 수하들이었다.

상유는 오른편에 선 수하들을 천천히 훑었다. 오른편에 선 수하들은 찔끔하며 그의 시선을 외면했다.

상유는 시선을 돌렸다. 사마신은 오늘을 위해 제법 공을 들인 듯했다. 백인회에까지 영향력을 미치고 있었으니 말이다.

흑도의 논리는 철저한 힘의 논리다. 싸움이 벌어지면 오른편에 선 수하들은 방관을 하거나 아니면 사마신의 편에 붙을 것이 확실했다.

"도견, 꽤 많은 준비를 했구나."

상유는 박피로 된 수투를 손에 꽉 끼게 끌어 올렸다.

"나는 별로 준비를 한 것이 없소. 당신이 준비를 하게 도와주었지. 정파 놈들에게 달라붙어 아양이나 떨고 푼돈을 받아먹는 일에 만족하는 당신을 누가 따르려 했겠소."

사마신이 입가에 비릿한 미소를 담았다.

"그런 면도 조금 있었지. 내 잘못을 알았으니 너는 사패와 구대문파를 상대로 싸우겠구나."

상유가 조롱조로 말했다.

"물론! 놈들의 도관과 절을 뺏고 우리가 그 자리에 앉을 것이다. 어둠 속으로만 기어 다니는 데 이제 질렸다!"

사마신은 자신 있게 소리쳤다.

"간이 크구나. 사패와 구대문파를 상대로 싸울 생각을 하다니. 너는 너를 너무 모르고 있다고 생각하지 않느냐?"

"아하, 물론 우리의 힘으로는 사패와 구대문파를 상대로 감히 싸울 수 없지. 그러나 구룡선과 마인거가 있다면 다르지."

"구룡선? 마인거?"

"잘 모르는 모양이군. 천하가 발칵 뒤집혔다. 사패와 구대문파는 구룡선과 마인거에 모두 매달려 있지. 이번 기회에 놈들을 뒤엎지 못하면 우리는 영원히 어둠 속을 기어 다닐 수밖에 없다. 우리를 위해서라도 왜수, 당신은 비켜 주시오. 천하가 어떻게 돌아가도 당신은 당신의 것만 안전하다면 절대 움직이려 하지 않을 것 아닌가. 그럼 진흙탕 속에 놓여 있는 다른 흑도의 동지들은?"

상유는 눈을 지그시 감았다. 사패와 구대문파를 상대로 싸우겠다는 사마신의 말은 거짓이 아닌 듯했다. 흑산의 놈들이 정파에 대한 공격을 말할 정도로 세상은 어지러운 듯한데, 그는 전혀 그 사실을 모르고 있었다. 당연했다. 그의 눈과 귀가 되어 주던 수하들이 오른편에 서 있으니.

상유는 자신이 정말 늙었다고 생각했다. 사마신의 처치에 굼뜨게 행동했다. 눈과 귀를 수하들에게만 전적으로 의존했다.

"왜수, 순순히 그 자리에서 물러나시오! 그럼 목숨만은 살려 주리다! 지난날을 생각해 보시오! 당신이 그 자리에 있을 자격이 있는가를. 단혈철각련이 흑도천하를 부르짖으며 호호탕탕 중원으로 진출할 때도 당신은 침묵으로 일관했소!"

사마신의 뒤에 서 있던 염소수염의 사내가 소리쳤다. 구의 산九疑山의 채주였다.

상유는 눈을 번쩍 떴다.

사태는 이와 같았다.

"누가 누구를 물러나라 하느냐!"

상유는 백골박조로 비호처럼 사마신을 덮쳤다. 일단 사마신을 죽이고 기를 꺾은 후 다시 이야기를 시작해야 할 국면이었다. 그러나 사마신은 이미 상유의 출수를 예측하고 있었다.

"흥!"

그가 주르르 뒤로 물러나며 소리쳤다.

"죽여라!"

십삼채주들은 기다렸다는 듯이 일제히 칼을 뽑았다. 머릿수는 흑도의 오랜 무기였다. 그들은 도, 창, 부, 봉을 치켜들며 한꺼번에 상유를 향해 달려들었다.

때를 같이하여 흑산의 수하들도 염노 출신의 상유의 수하들을 향해 달려들었다.

쨍! 쨍! 쨍!

백인회에 피바람이 몰아쳤다.

"크악!"

"악!"

상유의 백골박조는 처음에는 제법 위용을 발휘하는 듯했다. 그러나 흑산에서 온 자들의 머릿수가 워낙 많았다.

"억!"

수투와 함께 오른팔이 날아갔다. 그리고 다리. 마지막으로 상유의 목이 날았다.

염노로 출발, 북명왕을 죽이고 흑사회의 총수로 떠올랐다. 백인회를 세워 흑도의 인물로는 드물게 수십 년간 흑사회를 지배하던 상유의 최후였다.

상유가 죽자 그때까지 저항하던 자들도 와르르 무너졌다.

사마신은 피 묻은 칼을 치켜들었다.

"가자!"

그는 패를 두 패로 나눠 형산파와 하토문에 대한 진격을 명했다. 흑산의 무리들이 노도처럼 형산파와 하토문으로 밀려갔다.

언상영의 예측은 틀림없었다. 구룡선, 마인거의 출현으로 깨어진 힘의 균형 사이로 숱한 어둠의 것들이 솟구치고 있었다. 사마신이 이끄는 화북, 화남의 흑산 무리들만 준동한 것은 아니었다. 관중關中에서도 한 떼의 마적들이 들고 일어섰고 흑룡방의 와해 이후 잠잠하던 장강의 각 수채도 급속히 세를 모아 가고 있었다.

피가 치솟고 살점이 튀는 강호의 혼란은 순식간에 찾아오고 있었다. 대암흑기大暗黑期의 시작이었다.

晚秋

만추

"사형, 가을이 지고 있어요."

눈망울이 또렷또렷한 십칠팔 세의 여인이었다. 그녀는 추풍에 우수수 떨어지는 잎들을 보며 우울한 표정을 지었다.

"그렇군."

그녀의 뒤에 서 있던 청년이 무뚝뚝하게 말했다.

청년은 종남파 장문인인 북당北堂 한탁정韓琢正의 여섯 번째 제자 서인학徐仁學이었고, 가을을 이야기하던 여자는 그의 사매인 주연화朱蓮花였다.

"야색추광공일란夜色秋光共一闌, 포수풍로입비간飽收風露入脾肝……."

주연화는 낮은 소리로 시를 읊었다.

서인학은 안색을 찌푸렸다.

'여인의 마음은 어쩔 수 없구나. 구룡선과 마인거가 언제 들이닥칠지 모르는 상황인데 추사秋思에 빠지다니.'

그는 장검을 매만지며 한숨을 쉬었다.

서인학의 뒤에는 자연 동굴이 있었다. 그 동굴에는 어린 제자들이 한창 잠을 자는 중이었다. 구룡선과 마인거가 언제 닥칠지 모르므로 사부는 어린 제자들을 이곳에 피신시킨 후 그에게 맡겼다.

종남파는 요지에 자리 잡고 있어 사천, 감숙, 섬서 어디를 통해 들어온다고 하더라도 새외의 사마외도들이 반드시 짓밟고 지나가려 하는 곳이다.

구룡선과 마인거도 예외는 아닐 듯했다. 점점 종남으로 다가오고 있다는 급전이 산문으로 치닫고 있었다. 때문에 사부는 개봉의 개방 총타에서 열리는 대회맹에도 당신 대신 사숙을 보낸 터였다.

"사형, 사형은 취옹醉翁의 시를 좋아하잖아요. 한 구절 들을 수 있을까요?"

주연화는 다소곳이 서인학을 바라보며 이제 구양수歐陽修를 들먹였다.

가뜩이나 마음이 심란한 판이었다. 그런데 사매가 계속 엉뚱한 소리를 하자 서인학은 벌컥 화를 냈다.

"사문의 존망이 오가는 판인데 사매는 시 나부랭이가 생각나는가! 그만 들어가서 자라!"

그가 냉랭하게 소리쳤다.

주연화의 얼굴이 빨개졌다.

"죄, 죄송해요, 사형."

그녀는 허둥지둥 한편으로 물러났다.

나무에 머리를 기대며 그녀는 눈물을 찔끔거렸다. 육사형은 너무 자신의 마음을 몰라주는 듯했다. 그녀는 서인학을 좋아하고 있었다.

'검문劍門의 평화는 언제 오리. 아아! 검문에 평화가 와도 내 마음은 평안하지 못하리라.'

주연화는 서인학을 힐끔거리며 소매로 눈물을 닦았다.

서인학도 눈치 채지 못하게 주연화를 힐끔거렸다. 나이는 거저먹은 것은 아니니 그도 주연화의 마음을 전혀 모르는 것은 아니었다. 조금 미안하다는 생각이 들었다.

"사매."

서인학은 주연화를 불렀다.

주연화는 화들짝 놀란 토끼처럼 그를 바라보았다.

"호랑이가 나온다. 이쪽으로 와."

서인학이 얼굴을 슬쩍 붉히며 객쩍은 소리를 했다.

주연화가 조심스럽게 다가왔다.

"<산간추야山間秋夜>라는 시였지?"

"예."

"음, 취옹의 시는 그렇고… 잠도 오지 않는데 장괘장권구식長掛掌拳九式을 같이 한번 펼쳐 보는 것은 어떻겠어?"

대체로 구대문파의 제자들은 남녀의 상사에 밝은 편이 아니었다. 서인학의 입에서도 분위기를 모르는 엉뚱한 소리가 튀어나왔다. 아무리 마음이 어수선해도 주연화의 기분을 생각해 구양수의 시를 한 구절 들려줄 수 있으련만.

하지만 주연화는 서인학의 그 말만으로도 만족했다.

"좋아요, 사형."

그녀는 나비처럼 몸을 날려 궁보弓步를 취했다.

서인학도 같은 자세로 그녀의 곁에 섰다.

그들이 손을 맞춰 막 장괘장권구식을 펼치려 할 때였다.

"으악!"

"악!"

비명이 밤하늘을 찢었다.

서인학과 주연화의 안색이 창백해졌다.

"왔다! 사매는 빨리 동굴 안으로 숨어라!"

서인학이 소리쳤다. 그리고 그는 다급히 전망 좋은 나무 위로 올랐다.

인광처럼 푸른 불이 산문을 향해 천천히 오르고 있었다. 그리고 그곳에서 조금 떨어진 곳에는 붉은 불빛 아래 거대한 마차 한 대가 서 있었다. 불빛에 비쳐 붉고 검은빛으로 이글거리는 석상. 서인학은 몸을 부르르 떨었다. 마인거! 마인거가 틀림없었다.

서인학은 휙, 나무에서 뛰어내렸다.

"마인거다! 사매, 빨리 동굴 안으로 숨지 않고 무엇 하고 있느냐!"

그는 등을 돌리고 멍하니 서 있는 주연화의 어깨를 잡았다.

"사형, 저기……."

주연화가 넋 나간 사람처럼 중얼거리며 손가락을 들었다.

"뭐야?"

서인학은 주연화의 앞으로 나섰다.

'헉!'

그는 심장이 뚝 떨어지는 듯했다. 마인거의 석상과 차림새가 비슷한 자였다. 기분 나쁜 대월, 검은 얼굴, 히죽거리는 웃음만 다를 뿐.

"누, 누구냐?"

슉! 서인학은 지체 없이 장검을 빼 들었다.

"헤헤헤, 너희들이 잘도 도망가서 말이야. 도망가는 놈부터 때려죽이려고 일부러 길도 없는 곳으로 올랐지."

흑면 괴한이 히죽거리며 말했다. 그토록 검은 얼굴을 가진 자는 세상에 많지 않다. 전우삼이었다.

전우삼은 동굴 입구를 대월로 쾅, 내리쳤다.

잠을 자던 종남의 제자들은 그 소리에 놀라 벌떡 일어났다.

"마인거의 마인이구나!"

서인학의 검이 현기를 뿌리며 날았다.

종남의 절학, 천하삼십육검天河三十六劍이 은한처럼 현란한 빛 무리를 뿌리며 전우삼의 전신을 덮었다.

"흐흐흐."

전우삼은 몸을 슬쩍 비켰다. 그의 신형이 흐릿하게 사라졌다. 천하성산天河星散으로 휩쓸어 가던 서인학의 검은 허공만 갈랐다. 서인학은 허둥대며 상대의 종적을 찾으려 했다.

순간, 그는 정수리에 격렬한 통증을 느꼈다. 뒤였다.

팟! 뇌수와 피가 튀고 내장이 주르르 흘렀다. 전우삼의 대월이 서인학을 위아래로 정확히 양분하고 있었다.

검을 잡아 가던 주연화의 몸이 굳었다. 검문의 평화는 영원히 없었다.

우르르르. 하늘이 무너져 내리며 처참하게 동강 난 서인학의 시신만 그녀의 눈동자에 잡혔다.

"사형!"

"무슨 일입니까?"

그제야 종남의 어린 제자들이 밖을 향해 뛰어나오고 있었다.

"어린것들이구나. 다행히 피비린내가 적겠군."

전우삼이 밖으로 뛰쳐나오는 종남의 제자들을 향해 대월을 휘둘렀다. 종남의 어린 제자들이 마치 도축장에서 도부의 망치에 의해 차례로 쓰러지는 돼지들처럼 줄을 지어 쓰러졌다. 비명 한 번 제대로 지르지 못한 시신이 피를 낭자하게 뿜으며 동굴 입구를 나뒹굴었다.

"흐흐흐."

피를 본 전우삼의 눈은 광기로 더욱 붉어졌다. 그가 주연화를 향해 미끄러지듯이 다가가 손을 내밀었다. 주연화는 반항하지 않았다. 전우삼은 닭 목을 잡듯 주연화의 목을 잡고 끌어당겼다. 주연화가 코밑으로 끌려왔다.

전우삼은 대월을 들었다.

"헤헤헤, 나를 원망하지 마라. 산서의 비응보 놈들은 우리 배교의 여자들에게 어떻게 한 줄 아느냐? 겁간을 한 후 죽이거나 유곽에 팔아넘겼지. 흐흐흐, 우리는 아직 그런 짓은 하지 않아. 아직은. 나중에는, 나중에는 어떻게 할지 모르지. 지금은 곱게 죽여 주마."

그의 대월이 움직였다. 그러나 그는 말처럼 주연화를 단번에 죽이지 못했다.

눈빛이 충혈된 그의 눈동자를 뚫고 심장을 찌르고 있었다.

자신을 바라보는 주연화의 눈빛! 공포도 체념도 없었다. 애잔하고 맑게 빛나고 있을 뿐이었다. 그 눈빛은 그 누구의 눈빛과 너무도 유사했다.

'맞았어.'

자신을 떠나보내던 화정의 눈빛이었다. 언뜻 보니 얼굴도 비슷한 것 같았다.

전우삼은 부지불식간에 손을 떼며 주연화의 눈빛을 피했다.

주연화의 눈빛은 계속 전우삼을 쫓고 있었다.

"왜 죽이지 않는 거죠?"

"헤헤헤, 젖비린내 나는 애송이에 냄새나는 계집까지……. 재수 없다! 네년은 다음 기회에 죽여 주겠다!"

전우삼은 이를 드러내며 으르렁거렸다.

"당신은 아직 완전히 마성에 물들지는 않았군요."

주연화의 눈빛은 전우삼의 심장을 찌르고 내면까지 닿은 모양이었다. 서인학을 뜬눈으로 보낸 끝없는 애절함이 그녀의 몸에 새로운 힘을 주었음이 틀림없었다.

"기억해 주기 바라요. 당신이 죽인 사람들도 당신만큼의 가슴속 이야기들은 하나 둘 가지고 있다는 것을. 그 이야기를 펼쳐 보지도 못하고 죽는다면 얼마나 가슴 아프겠어요."

주연화는 힘없이 등을 돌렸다.

"사형."

그녀는 서인학의 곁에 서 장검을 빼 들었다. 슉! 장검이 빛을 발했다. 그녀의 목에 피가 주르르 흘렀다. 피는 그녀의 여린 젖가슴 사이로 흘러 이내 발등으로 뚝뚝 떨어졌다.

주연화의 가냘픈 몸이 서인학의 동강 난 시신 위로 스르르 쓰러졌다.

전우삼의 표정이 일그러졌다. 그는 자신의 목을 만졌다. 장검이 자신의 목을 스쳐 간 것처럼 뜨끔했다.

"헤헤헤, 헤헤헤헤."

쾅! 그가 히죽거리며 대월로 나무를 찍었다.

"별 미친 계집을 다 보겠군! 누가 너를 죽였느냐? 나는 아니다! 바로 네년의 사부, 구대문파, 사패, 정파를 자처하는 모든 놈들이 너를 죽였다! 헤헤헤, 배교는 누가 건드리기 전에 먼저 이빨을 보인 적이 없지. 그래서… 크캬캬캬! 모두 죽여주지! 모두 유부에서 만나게 해 줄 테니 그곳에서 펼치지 못한 이야기들을 실컷 나누라고!"

휙! 전우삼은 신형을 날렸다. 서둘러 피 냄새 속에 묻히고 싶었다. 말은 그렇게 했으나 주연화의 맑고 애잔한 눈빛도 마음에 걸렸고 그녀의 마지막 말도 윙윙거리며 귓가를 맴돌았다.

종남의 전각들을 향해 달려가며 전우삼은 생각했다. 다음에는 무조건 눈 맑은 계집부터 죽이리라.

종남파 장문인, 북당 한탁정은 산문을 지나 느릿하게 밀려오는 한 떼의 무사들을 보고 있었다. 숫자는 많지 않았다. 오륙십 명 정도. 하지만 그들은 이미 산문 앞의 일전에서 자신들의 실력을 유감없이 보여 준 터였다.

"장문인!"

문도들은 장검을 들썩이며 산문 앞에서 죽은 사형제들의 복수를 빨리 해 줄 수 있도록 요구하고 있었다.

그러나 한탁정은 바위처럼 움직이지 않았다.

물 흐르듯 잔잔한 기도, 제자백가를 두루 섭렵한 당대의 재사답게 피비린내 속에서도 묵향은 절로 배어났다. 대체로 다식多識한 자들은 몸으로 행동하기보다 혀끝으로 놀기 좋아한다. 그러나 한탁정은 달랐다. 무실역행務實力行을 아는 문무겸전의 초인이 바로 그였다.

세상을 떠들썩하게 하는 마인거의 등장에도 별 놀라는 기색이 없었다. 성품 탓도 있지만 이미 구룡선이나 마인거에 대한 대비를 철저히 해 두었기 때문이다.

멸문을 막기 위해 여러 제자들을 안전한 곳에 분산시켜 숨겼다. 몇 명의 사제들에게는 본산本山의 진보珍寶를 맡겼다. 본산에서 뻗어 나간 각 지파나 속가제자들에게는 세상의 소요가 진정되면 본산의 중흥을 위해 힘써 달라는 통문까지 보냈다.

주춧돌까지 불타더라도 멸문을 당할 일은 없었다. 비록 다른 구대문파에 비해 세가 약하다고는 하나 종남파의 뿌리도 얕은 편은 아니었다.

한 가지 걱정은, 지금 같이 있는 제자들의 목숨은 장담하기 힘들다는 것이다. 그것은 정말 한탁정으로도 어쩔 수 없는 일이었다. 강한 적이 나타날 때마다 매번 꼬리를 빼면 종남의 정기는 지켜지기 힘들 것이다. 죽음으로써 그 정기는 지켜야 했다. 화려한 전각, 뛰어난 제자가 많아도 정기를 뺏긴 문파는 삼대를 이어 가기 힘들다. 종남에 남은 자들은 죽음으로써 살아남은 자들에게 종남의 정기를 알릴 의무가 있었다.

곤륜 장문인 광화자가 죽음을 알면서도 무모한 싸움에 제자들을 끌어들인 까닭도 같은 이유였다.

그리고 바로 그것에 구대문파의 제자들이 훌륭하다고 칭송받는 이유가 있었다. 죽음을 알면서도 본문의 정기를 지키기 목숨을 흔쾌히 내놓는다는 점! 오랜 문풍門風이 그들을 그렇게 만들었고, 그들이 다시 죽음도 불사하며 문풍을 지켜 가고.

사마외도는 물론이고 한때 반짝했던 문파들이 결국은 구대문파의 위세에 무릎을 꿇게 되는 이유였다.

"셋째."

한탁정은 사제, 심성남沈成南을 불렀다.

심성남이 발소리를 죽이며 다가왔다.

"마인거에 대한 소문이 조금 과장된 것 같지 않느냐?"

"글쎄요. 진면목을 아직 보이지 않고 있을 수도……."

"그런가? 내가 보기에 앞선 두 늙은이와 그 뒤의 구루 노인을 제외하고는 특별한 자가 없는 듯한데……."

한탁정이 점점 가까이 다가오는 마인거의 마인들을 바라

보며 말했다. 앞선 두 늙은이는 물론 쌍혼이었고 구루 노인은 노관, 방환이었다.

"장문 사형께서는 승리를 장담할 수 있겠습니까?"

심성남이 조심스럽게 물었다.

"힘들겠어. 하지만 마인거에 아미파가 불탔다는 것은 이해가 되지 않는군. 우리는 단혈철각련에 의해 세가 많이 꺾인 상태이나 아미는 세력을 보존할 수 있었다. 그리고 아미산에는 아직 구름 속에서 한담을 즐기는 노니老尼들도 적지 않은데……. 저들이 비록 우리보다 뛰어나다고는 하나 철중쟁쟁에 불과하다. 마인거는 절대 화산은 넘지 못할 것이다!"

한탁정은 단언했다.

그때였다.

쿵! 종남을 뒤흔드는 소리가 태극전太極殿에서 들려 왔다.

태극전은 종남파의 본전本殿이다. 태극전을 협시挾侍하듯 서 있는 네 개의 전각이 사상각四象閣.

우르르르!

지붕이 빙글 돌더니 태극전이 무너지고 있었다.

콰쾅! 자욱한 먼지와 함께 기왓장이 날며 사상각도 흔들렸다.

부동심을 자랑하는 한탁정도 일순간에 태극전이 무너지는 데는 놀라지 않을 수 없었다.

"사제!"

그는 심성남을 불렀다.

심성남은 한탁정이 부르는 것과 동시에 태극전을 향해 몸을 날렸다.

쿵! 우르르르.

일진각日進閣도 눈 깜짝할 사이에 무너졌다. 먼지가 먹장
구름처럼 더욱 피어올라 시야를 가렸다.

"멈춰라! 악적!"

심성남의 고함 소리가 들렸다. 침입자가 있음이 분명했다.
칼 부딪치는 소리, 그리고 바로 그 뒤를 이어 들리는 비명!

"크카카카카! 으하하하하!"

광소가 짧은 비명을 덮었다.

"장문인!"

제자들의 안색이 해쓱해졌다.

월영각月迎閣에 한 사내가 서 있었다. 대월을 든 팔척장신
의 사내였다. 입고 있는 옷은 마인거의 석상과 비슷했다. 그
는 왼손에 피가 뚝뚝 흐르는 수급 하나를 들고 있었다.

사제 심성남의 목이었다.

'저자다! 저자가 점창과 아미를 무너뜨렸구나!'

한탁정의 검이 섬광으로 검집을 빠져나왔다.

'저것은……?'

아란하의 눈이 빛났다.

구룡선의 앞을 가로막고 있는 것은 이 장여 크기의 석상이
우뚝 서 있는 거대한 팔륜거였다.

"누구냐?"

네 명의 사내가 팔륜거에서 뛰어내리며 팔륜거의 뒤를 지

켰다. 사방위들이었다.

구룡선을 이끄는 자들도 마인거를 이끄는 자들도 자신들의 길만 갔지 주위의 소문에는 전혀 귀를 기울이지 않았다. 때문에 그들은 배교라는 같은 뿌리를 공유하고 있는 줄 몰랐다.

명강량이라면 알 수 있었을까. 등을 보이고 있었지만 눈썰미가 빠르다면 그 석상이 초대 명옹의 석상임을 알 법도 했다.

방환만 있었어도 확실히 서로의 뿌리가 같음을 확인할 수 있었을 것이다. 방환이라면 배처럼 생긴 거대한 교자에 실린 아홉 마리의 용이 무엇인지 단번에 알았을 테니.

아란하는 명강량에게 눈길을 던졌다. 그러나 명강량은 종남으로 이어진 길만 응시하고 있었다.

머리를 묶어 달라고 한 그 이후 한마디의 말도 없었다.

사삭! 삭!

그사이 사방위들은 장도를 치켜들고 바람처럼 구룡선을 육박해 왔다. 마인거의 법은 걸리는 것은 우선 쓸어버리는 것!

하라사는 독전기를 든 문도들을 뒤로 물러나게 했다. 그리고 그녀가 앞으로 나섰다.

구룡선을 육박하는 네 명의 적들은 하라사가 상대하기에는 벅찬 자들이라는 것을 아란하는 알았다.

"하라사, 비켜라!"

아란하는 허공으로 신형을 솟구쳤다.

파파파파팟! 그녀는 닭을 노리는 매처럼 하강하며 사방위들을 향해 산수散手를 뿌렸다.

묵기가 소낙비를 부르는 검은 구름처럼 피어오르며 사방

위를 휘감았다. 산수가 비켜 가는 곳에 움푹움푹한 구덩이가 생길 정도의 위맹한 출수였다.

사방위들은 장도를 휘두를 틈도 없었다. 그들은 정수리를 눌러 오는 묵기에 맞서 급히 장영을 뿌렸다.

따닥! 딱! 딱!

장심과 장심이 부딪치며 대나무가 불에 타는 소리가 났다.

아란하는 장력의 대결에서 생긴 반탄력을 이용, 멋지게 회전하며 하라사의 곁에 선녀처럼 하강했다. 그녀는 사방위와의 장력 대결에서 전혀 손해를 보지 않은 듯했다. 얼굴에 살짝 홍조만 어렸다. 그것도 적들의 공격으로 피가 역류해서가 아니라 스스로에 대한 흥분 때문이었다.

아란하의 무공은 자신이 깜짝 놀랄 정도로 발전해 있었다. 명강량이 치치터루의 내공과 함께 임독이맥을 타통시켜 주었기 때문이다.

사방위들의 안색은 백지장처럼 창백했다. 그들은 비틀비틀 물러나며 결국 입가에 피를 주르르 흘렸다.

획! 아란하는 재차 도약했다. 그녀가 다시 묵령장법을 뿌리자 사방위는 제대로 저항 한 번 하지 못하고 풀썩풀썩 쓰러졌다. 사방위의 무공은 만인촌에서 일노, 쌍혼 다음이다. 구대문파의 명숙들에 버금가는 실력을 가지고 있었다. 그러나 그들은 아란하의 상대가 되지 못했다. 지금 아란하의 실력은 지난날의 철심흑사 곽부에 버금가거나 비등할 정도였다.

파팟! 아란하는 소매를 펄럭이며 명강량 곁으로 되돌아 왔다. 사방위를 죽일 수 있었는데도 그녀는 죽이지 않았다. 사람을 죽이는 일은 대전왕만 해도 충분했다.

"하라사!"

아란하는 손을 저었다.

"치워라!"

하라사가 문도들에게 길을 막고 있는 팔륜거를 옮기도록 했다. 문도들이 우르르 달려갔다.

순간, 명강량이 손을 들었다.

"아!"

아란하를 비롯한 월영궁의 문도들은 탄성을 터뜨렸다.

거대한 석상까지 실은 팔륜거가 명강량의 손짓을 따라 허공으로 둥실 뜨고 있었다. 그리고 명강량이 휙 손을 내젓자 팔륜거는 길 한편에 우지끈, 나무 부서지는 소리를 내며 뒹굴었다.

팔륜거는 부서졌으나 석상은 단단한 흑요석으로 만들어져 있어 부서지지 않았다. 그러나 흙먼지를 뒤집어쓰며 볼썽사납게 구르는 것은 면치 못했다.

하라사는 문도들의 진용을 가다듬었다.

"가자!"

그녀가 손을 들며 소리쳤다.

구룡선이 종남파의 산문을 향해 천천히 움직였다.

"우욱!"

종남파 장문인, 한탁정의 입에서 혈전이 치솟았다.

"헤헤헤, 가라!"

전우삼은 혈안을 번뜩이며 번천양장을 날렸다. 장영이 상가의 홍등처럼 흐르며 연속해서 한탁정을 덮쳤다.

한탁정은 현청건강기玄淸乾罡氣로 오뢰정인五雷正印을 일으키려 했으나 손가락만 까딱할 뿐이었다. 이미 그의 몸은 아득한 나락으로 구르고 있었다.

펑! 퍼펑! 격렬한 육타음과 함께 한탁정의 몸이 날았다.

"장문인!"

제자들이 신형을 날려 피를 뿌리며 날아가는 한탁정을 붙들었다. 그러나 그때는 이미 한탁정은 이승의 사람이 아니었다.

"죽일 놈!"

종남의 제자들이 눈에 불을 켜고 전우삼에게 달려들었다. 하지만 그들은 전우삼의 상대가 전혀 되지 못했다.

"으악!"

"커억!"

전우삼은 달려드는 종남 제자들을 장작 패듯 처치했다.

"잉? 방 노관, 쌍혼! 뭐 하는 게야? 당신들은 특별한 사람들이야? 계속 뒷짐을 지고 있으면 영원히 뒷짐을 지게 해 주겠어! 한 놈도 남기지 말고 죽이란 말이야!"

이미 끝난 승부였다. 방환과 쌍혼은 한주먹도 되지 않는 종남의 제자들을 상대하기가 멋쩍어 뒷짐을 지고 있었다. 그런! 그들을 향해 전우삼은 피 묻은 대월을 들며 꽥 고함을 질렀다.

방환과 쌍혼은 한숨을 쉬었다. 괴로운 일이었다. 전왕으로 받드는 자는 그들을 싸움을 위한 도구 외에는 아무것으로도 인정해 주려 하지 않았다. 하지만 그의 말을 따르지 않을 수 없는 것이 그들의 처지였다.

방환과 쌍혼은 죽음을 불사하고 달려드는 종남 제자들을 향해 신형을 움직였다.

두서너 명의 종남 제자를 처치하고 난 방환이 또 다른 상대를 찾을 때였다.

방환은 미간을 좁혔다. 종남의 산문을 향해 마치 상여와 같은 거대한 교자가 천천히 올라오고 있었다. 울긋불긋한 깃발, 화려한 의상의 이족의 여인들. 절로 신비스러움을 자아내는 교자였다.

상여 같은 교자는 종남의 전각들을 한눈에 바라보는 곳에서 우뚝 멈췄다. 여인들만 있는 줄 알았는데 교자 위의 태사의에는 한 명의 사내가 있었다. 그의 곁에 있는 여인이 고개를 숙이며 무엇인가를 이야기했다. 사내는 손을 저었다. 사내로부터 명을 받은 여인은 교자 주위에 둘러선 여인들을 모두 뒤로 물러나게 했다.

사내와 이야기를 나누던 교자 위의 여인이 바람처럼 움직였다. 교자 위에 장착된 거무튀튀한 용을 움직이고 있었다.

잠시 후, 용의 입에서 연기가 피어오르며 용의 몸체가 점점 붉어져 갔다.

'저것은!'

방환은 안광을 빛냈다. 순간, 그의 머릿속으로 섬광처럼 떠오르는 생각이 있었다.

방환의 안색이 흙빛으로 변했다.

"대화룡! 피하라!"

그가 종남이 떠나갈 정도로 고함을 질렀다.

"대화룡?"

불사혼 도예, 불패혼 예광도 퍼뜩 고개를 돌렸다. 거대한 교자, 비늘을 붉게 물들여 가는 아홉 마리의 용, 그 용의 입에서는 불꽃과 함께 검은 연기가 짙게 피어오르고 있었다.

"피하라!"

그들도 고함을 질렀다.

방환과 쌍혼은 체면도 잊고 놀란 토끼처럼 뛰었다. 십위병과 삼십육호교사도 사태의 심각성을 알고 죽을힘을 다해 방환과 쌍혼을 뒤따랐다.

"무슨 수작들이야?"

전우삼만 대월에 묻은 피를 털며 여유를 부렸다.

"전왕! 대화룡이오! 피하십시오!"

방환이 악을 썼다.

"뭐? 대화룡! 그것이 무엇이었더라?"

전우삼은 머리를 긁적였다. 그때였다.

확! 아홉 가닥의 불기둥이 종남의 전각들을 향해 맹렬한 기세로 뻗어 왔다.

"억!"

전우삼은 대경실색 신형을 날렸다. 그는 출관 이후 최초로 죽을힘을 다해야 했다.

화르르! 불기둥은 종남파를 순식간에 화염지옥으로 만들었다.

천공을 가리는 꺼먼 연기와 함께 불길은 삼천대계三天大界를 다 태울 듯 활활 타올랐다.

"도대체 이것은……!"

천하에 두려울 것이 없다던 전우삼도 대화룡의 위력 앞에서는 혀를 차야 했다. 불길이 스쳐 지나간 곳은 폐허뿐이었다.

그리고 어느 순간, 불길은 잦아들고 연기만 치솟았다.

"찢어 죽일!"

놀라 두 눈을 둥그렇게 뜨고 불길만 지켜보고 있던 전우삼은 살광을 번뜩였다. 조금만 늦었으면 자신도 그 폐허의 잿더미로 가라앉아 있었을 것이다. 전포도 불길에 닿아 군데군데 꺼멓게 탄 터였다.

"모두 어디 있는 게야?"

전우삼은 방환 등을 찾았다.

"헤헤헤."

그는 혈안을 번뜩이며 히죽 웃었다. 꺼먼 연기 속에 소매가 바람을 가르는 날카로운 소리가 들려왔다.

종남파의 제자들과 싸울 리는 없고 방환 등은 이미 화염으로 종남을 불태운 자들과 한판 승부를 벌이고 있는 듯했다.

"내가 네놈들을 타닥타닥 태워 주마!"

한소리 고함과 함께 전우삼도 구룡선을 향해 신형을 날렸다.

방환과 쌍혼은 대화룡이 왜 이곳에 나타났는지, 대화룡을 찾은 자가 누군지, 지금 대화룡의 주인이 누군지를 묻고 싶어 했다. 그러나 이번에는 아란하가 이유를 묻지 않고 먼저 장영을 뿌렸다.

아란하는 사방위를 상대할 때와 마찬가지로 천공을 비상하며 선두에 선 방환과 쌍혼을 향해 쌍장을 번뜩였다.

파파팟! 소매에서 이는 바람부터가 예사롭지 않았다. 그 바람은 방환과 쌍혼의 머리칼을 뽑아 버릴 정도로 거셌다.

방환은 쌍혼을 향해 눈짓을 했다. 한번 싸워 보라는 눈짓이었다. 대화룡에 대한 궁금증을 풀기 전에 대화룡을 지닌 자들의 실력을 알아보는 것도 좋을 듯했다.

불패혼 예광이 나섰다.

휙! 그가 허공을 눈부시게 갈라 오는 아란하를 맞아 신형을 솟구쳤다.

허공을 격하고 아란하와 예광이 부딪쳤다.

타타타타탁! 장권을 주고받는 아란하와 예광의 손은 보이지 않을 정도로 빨랐다. 묵운, 홍운만 자욱하게 피어올랐다.

찰나지간에 아란하와 예광은 수십 합을 주고받는 듯했다. 그리고 어느 순간, 예광의 신형이 급속히 추락했다. 지면에 내려서며 예광은 노안을 험하게 찌푸렸다. 상당한 통증을 느끼고 있었다. 기혈도 제멋대로 움직였다.

파파팟! 팟! 아란하는 마치 바람을 희롱하는 연작燕雀과 같았다. 그녀는 허공에서 크게 두 바퀴 신형을 회전한 후 몸을 비틀며 하강했다.

그 모습이 너무도 우아하고 아름다워 방환과 도예는 예광의 처지도 잊고 속으로 탄성을 터뜨렸다. 십위병과 호교사들도 눈을 뺏기기는 마찬가지였다.

그러나 아란하는 선녀 같은 자태와는 달리 쌍장에 태산의 무게를 싣고 예광의 정수리를 눌러 갔다.

"현제!"

그제야 도예는 예광의 위기를 깨달았다. 그가 예광에게 쏟아지는 힘을 분산시키기 위해 아란하의 요혈腰穴을 취해 갔다.

임독이맥이 타통된 아란하는 내력을 자유자재로 조절했다. 그녀는 한 손으로 여전히 예광을 눌러 갔고 나머지 한 손으로는 측면을 공격해 오는 도예에 맞섰다.

쾅! 쾅! 격렬한 파공음이 종남산을 울렸다.

쌍혼의 일 장을 골고루 받은 아란하는 반탄력을 이용, 허공을 선회하며 삼 장 밖에 섰고 쌍혼은 비틀거리며 다섯 걸음을 물러났다. 쌍혼은 물러나며 각기 세 치 깊이의 발자국을 남기고 있었다.

'이, 이, 이럴 수가!'

방환은 백미를 모았다. 쌍혼의 패배였다. 쌍혼의 몸은 무거워 보였다. 그러나 여인은 안색만 창백해졌을 뿐이었다. 벌써 공세로 나서고 있었다.

방환의 놀람은 쌍혼을 상대하는 여인 때문만이 아니었다. 아홉 마리의 대화룡을 마필 삼아 태사의에 앉아 있는 사내! 아무런 기도도 느껴지지 않았다. 그러나 쌍혼을 상대하는 여인을 수하로 부릴 정도면 그 실력은 보지 않아도 훤했다.

'아아! 강호는 넓고 기인은 황하의 모래알보다 많다더

니······.'

그러나 방환은 감탄만 하고 있을 수 없었다.

여인의 공격은 점점 날카로워졌다. 쌍혼은 도예가 위기에 처하면 예광이 양패구상의 수법으로 구해 주고, 예광이 위기에 처하면 도예가 같은 수법으로 구해 주는 방법으로 간신히 동수를 이뤄 가고 있었다. 하지만 그 수법들도 오래가지는 못할 듯했다. 쌍혼의 손발은 이미 투로를 잃고 허우적댔다.

염치 불구하고 방환까지 협공에 나서야 했다.

획! 방환이 쌍혼을 응원하기 위해 신형을 날렸다. 방환이 움직이자 십위병과 삼십육호교사들도 움직였다.

하라사도 문도들에게 전열을 갖추기를 명했다.

구룡선과 마인거가 부딪치는 일촉즉발의 순간!

"비켜!"

선풍을 일으키며 달려드는 자는 전우삼이었다.

방환과 쌍혼은 경기의 폭풍의 질려 다급히 물러났다.

아란하도 풍백風伯처럼 달려드는 검은 얼굴의 사내를 보고 있었다. 그녀는 쌍혼을 몰아치던 장영을 급히 선회했다. 전우삼의 붉은 장영이 이미 상가의 등처럼 붉은빛을 뿌리며 그녀의 코앞으로 다가오고 있었다.

쌍수가 벼락처럼 얽혔다.

콰! 천지를 울리는 굉음과 함께 아란하의 옥주 같은 다리가 휘청 흔들렸다. 그녀는 네댓 걸음을 물러난 후에야 자세를 갖추었다. 눈앞이 아찔했다. 철벽에 부딪히고 난 기분이었다.

호흡을 고르기도 전에 붉은 장영이 다시 그녀를 휩쓸어 왔다. 아란하는 권, 장, 각을 모두 동원, 연이어 날아오는 붉은 장영을 막아 내려 했다. 곽부의 묵령장법은 빠르기와 날카로움에 있어 전우삼의 번천양장에 못지않다. 아란하는 번천양장을 봉쇄할 수는 있었다. 그러나 내력의 차이가 현저했다.

방금까지 승리의 기쁨은 한순간에 날아갔다.

권장이 얽힐 때마다 아란하는 뼈마디가 욱신거리고 기혈이 역류하는 고통에 머릿속이 텅 비는 느낌이었다. 목에서 익히지 않은 콩을 씹은 것 같은 비릿한 냄새가 치솟았다.

전우삼은 마치 술 취한 제왕이 궁녀를 희롱하듯 아란하를 몰아붙였다.

"헉!"

결국 아란하는 짧은 비명을 터뜨리며 한 모금의 선혈을 쏟았다.

손발은 점점 어지러워지고 몸은 반사적으로 움직였다. 그 와중에 갑자기 서러운 생각이 들었다.

'왜 도와주지 않는가?'

전우삼의 번천양장은 점점 위력을 더하고 있었다. 나중에 보이는 것은 자신을 조상弔喪하는 것 같은 홍등뿐이었다. 아란하는 몇 번 명강량을 향해 시선을 던졌다. 하지만 명강량은 꼼짝 않았다. 그때까지도 아란하는 명강량이 도와줄 것이라는 사실을 의심하지 않았다. 그러나 명강량은 끝내 도와주지 않았다. 뿐만 아니라 시선까지 돌려 버렸다.

아란하는 입술을 깨물었다.

'대전왕은 나의 죽음을 개의치 않는구나.'

죽음의 공포보다 그 같은 생각이 아란하를 더욱 절망에 빠뜨렸다. 혼연일체로 싸워도 전우삼에게 이길까 말까 한데 정신까지 어수선하니 감당할 리 없었다.

쾅! 어디를 가격당했는지 모른다.

아란하의 신형은 허공으로 치솟았다. 아득하게 정신이 흐려졌다. 볼썽사납게 쓰러지는 것밖에 남지 않은 듯했다. 순간, 그녀는 자신의 몸이 한곳으로 질풍같이 빨려 감을 느꼈다. 익숙한 체향. 자신을 껴안고 있는 사람은 대전왕이었다. 안도와 원망을 교차하며 아란하는 정신을 잃었다.

명강량은 한 손으로 아란하를 껴안고 한 손은 내밀었다.

무형의 강기가 벽을 이루며 전우삼이 뿌린 장영에 부딪쳤다.

파팟! 홍등처럼 흐르던 번천양장이 바람에 등불이 꺼지듯 일순간에 차례로 사라졌다.

"엉?"

전우삼은 눈을 크게 떴다. 번천양장을 한순간에 날리는 자가 있다니! 그는 퍼뜩 고개를 들며 눈앞의 사내에게 혈안을 고정시켰다.

"어?"

어디선가 많이 본 듯한 자라 생각했다.

순간, 무형의 압력이 그의 전신을 덮쳤다.

"으, 으, 으……."

전우삼은 밀려나지 않기 위해 기를 썼다. 그러나 그는 열치 깊이의 발자국을 남기며 쿵쿵 물러나야 했다.

"이거, 이거……."

전우삼은 자신이 밀려났다는 것을 믿지 못하고 있었다. 그러나 그것은 약과였다.

훅! 더운 바람이 불었다. 붉은 장영이 날아왔다. 번천양장처럼 화려하지 않았다. 손 그림자는 단 하나뿐이었다.

'삼양장!'

명옹의 절학! 분명했다.

떠받는 소 같은 성질의 전우삼에게 이미 주화청도 손을 들은 바 있다. 내력의 대결에서 한 번 진 바 있으므로 전우삼은 다른 생각은 접고 번천양장부터 번뜩였다.

명강량의 홍장과 전우삼의 홍장이 부딪쳤다. 전우삼의 수십 개의 홍장은 차례로 명강량의 장을 가격했다. 그러나 명강량이 뻗은 장은 일광日光처럼 이글거리며 전혀 흔들림이 없었다. 오히려 어느 순간 흐릿한 그림자를 그리더니 폭죽처럼 수백 개의 장영을 띄웠다.

방환과 쌍혼 등은 너무도 강한 빛살에 눈을 깜박여야 했다. 수백 개의 장영이 일광으로 타오르며 전우삼의 전신을 난마로 쓸어 가고 있었다.

'헛!'

전우삼은 이마에 식은땀을 흘렸다. 그는 극성의 내력을 끌어올려 명강량의 홍장에 맞섰다. 그러나 번천양장으로는 그 많은 홍장을 감당하기에는 무리였다.

가슴에 후끈한 열기가 느껴졌다.

전우삼은 급히 고개를 떨어뜨렸다. 명강량의 장심이 그의 심장에 찰싹 달라붙어 있었다.

　"헤헤헤헤."

　전우삼은 머리를 긁적이며 머쓱한 웃음을 흘렸다.

　명강량은 전우삼의 심장에서 손을 뗐다.

　"명옹, 못 보는 사이 잔재주가 많이 늘었소."

　전우삼이 히죽댔다.

　'명옹?'

　방환과 쌍혼은 놀라 서로의 얼굴을 바라보았다.

　"이것도 받아 보시오!"

　전우삼이 돌연 쌍장을 섬전처럼 내밀었다. 쉽게 패배를 인정하지 않는 전우삼이었다.

　명강량은 여전히 한 손에 아란하를 껴안고 있었다. 그는 전우삼에 맞서 우수를 가볍게 뿌렸다.

　쾅! 장심이 부딪치며 흙먼지가 폭풍처럼 일고 돌가루가 날았다. 나뭇잎들은 우수수 날렸고 방환과 쌍혼 등은 경기의 여파에 밀려 주춤주춤 뒷걸음질을 쳐야 했다.

　흙먼지가 가라앉으며 명강량과 전우삼의 모습이 드러났다.

　"헤헤헤헤."

　전우삼은 여전히 히죽거리고 있었다. 그러나 그의 옷은 너덜너덜 했고 입가에는 피까지 주르르 흘렀다.

　명강량은 요지부동이었다.

　"졌어! 졌어!"

　전우삼은 소매로 흐르는 피를 닦았다.

"아이고! 명옹, 죽었다더니 어떻게 살았소?"

그가 고함을 지르며 털썩 부복했다.

"방 노관, 쌍혼! 명옹은 죽었다고 했잖아! 어떻게 된 게야?"

그는 부복한 채 방환 등을 향해 눈을 부라렸다.

정말 영문을 몰라 하는 자들은 방환 등이었다. 전우삼이 갑자기 미쳐 눈앞의 자에게 명옹이라 할 리 없고. 죽었다는 중원 배교의 호교신장이 어떻게 살아났는지, 어떻게 전왕을 능가하는 무공을 지닐 수 있게 되었는지, 게다가 대화룡은……

모든 것이 의문투성이였다.

"명옹, 어떻게 된 게요? 삼양장은 원래 그렇게 무서운 무공이었소?"

전우삼은 발딱 일어나 명강량에게 매달렸다. 그는 싸우던 때와 달리 오랫동안 떨어져 있던 혈육을 만난 듯 명강량에게 곱살스럽게 굴었다.

"우삼, 만인촌에 있었던가?"

"만인촌은 또 어떻게 아시우. 별일이네. 그리고 왜 갑자기 반말이오. 이름을 기억해 주는 것은 고맙지만……"

전우삼이 도끼눈을 뜨며 퉁명스럽게 말했다. 말은 그렇게 했으나 전우삼의 행동으로 보건대 명강량을 만났다는 사실이 여간 반갑지 않은 듯했다. 다리를 종종거리며 가만히 있지를 못했다.

"저 작자들에게 잡혀 만인부라는 곳에서 죽도록 고생은 했지. 명옹이 살아 있는 줄 알았다면 당장 그곳을 뛰쳐나왔을 텐데."

전우삼은 멍하니 서 있는 방환 등을 매 눈으로 노려보았다.

"명옹은 어떻게 된 일이오?"

그가 다시 물었다.

명강량은 다른 말 없이 등을 돌렸다.

"저, 저… 그, 그 여자는 누구요? 설마 부인은 아니겠지. 그렇다면… 음, 음… 진작 이야기를 해 주어야 했지 않소! 설마 그 일로 삐친 것은……."

명강량이 껴안고 있는 아란하에게 시선이 가자 전우삼은 크게 허둥댔다.

명강량은 구룡선을 향해 묵묵히 발길을 옮겼다.

"이봐, 이봐! 저… 부인이 맞아?"

전우삼이 하라사에게 물었다.

궁주와 대전왕을 상대로 죽자고 싸우던 팔척장신 흑면귀黑面鬼가 갑자기 왜 대전왕과 절친한 척을 하는지는 하라사도 몰랐다. 각별한 사이였다는 것만 짐작할 뿐. 그래서 그녀는 전우삼의 물음에 대답은 해 주었다.

"부인은 아닙니다."

"그래, 그래… 헤헤헤헤! 명옹!"

전우삼은 좋아라 하며 명강량을 따라갔다.

"뭐라고 이야기 좀 해 보시오. 젠장! 잘난 척하는 것은 예나 지금이나 똑같군!"

그는 연방 주절댔다.

"전왕, 어떻게 된 일입니까?"

방환이 물었다.

"듣고도 몰라! 이야기를 하지 않는데 나라고 알 수가 있어! 제길! 전왕의 무공 중에는 왜 타심통이 없는 게야!"

전우삼은 명강량이 들어라 소리쳤다.

"전왕, 이제 우리는 어떻게 해야 하오?"

정신이 없기는 불사혼 도예도 마찬가지였다.

"어떻게? 뭘 어떻게? 명옹을 만났으니 이제부터 명옹을 졸졸 따라가야지!"

전우삼은 고함을 지르며 정말 명강량을 졸졸 따랐다.

방환과 쌍혼은 전우삼의 마음을 몰랐다. 어느 날 상전벽해가 되어 버린 마음에 담던 곳이 있다고 치자. 주화청, 화정, 진금구, 신 노인, 화 노인…… 사람도 벽해碧海 속에 모두 파묻혀 버린 줄 알았다. 그런데 우연히 그 상전桑田 속의 사람을 만났다. 반가움이 어떻겠는가! 만난 사람도 다른 사람이 아니다. 자신의 목숨을 한 번 구해 주었고, 마음의 기둥으로 생각해 온 주화청이 죽음으로써 따르라 했던 사람이다. 명옹! 존경의 염까지 가지고 있었다.

때문에 방환 등이 전우삼의 마음을 이해하려면 전우삼이 만인촌을 부수려 할 때 예광이 가졌던 마음의 열 배의 마음으로 전우삼을 이해해야 했다. 분노가 아니라 기쁨의 마음으로.

"방 노관……."

도예는 이번에는 방환에게 어떻게 해야 할지를 물었다.

돌아가는 사정은 방환도 몰랐다.

"지켜봅시다."

그 말 외에 달리 할 말도 없었다.

방환과 쌍혼은 팔륜거를 향해 돌아갔다.

구룡선 위에는 전우삼이 명강량이 듣거나 말거나 연방 헤헤거리며 수다를 떨고 있었다. 만인촌에 들어가기부터 출관까지의 이야기를 하는지.

"엉?"

구룡선을 조심스럽게 지나 팔륜거에 이른 방환은 눈살을 찌푸렸다.

"쩝!"

도예는 쓴맛을 다셨다. 팔륜거는 부서져 있고 사방위는 몸을 일으키기 위해 끙끙거리고 있었다.

"서둘러 수리하라!"

예광이 신경질적으로 소리쳤다.

순간, 방환은 손을 들어 호교사들의 움직임을 막았다.

"저분이 중원의 호교신장이 맞다면 대전왕을 모를 리 없을 터. 대전왕의 석상을 내던진 것은 너무한 일 아니오?"

그가 눈살을 찌푸렸다.

"못 볼 수도 있었겠지요."

도예가 말했다.

"그랬을까요? 아마 그 말이 맞겠지요."

방환은 눈을 지그시 감으며 고개를 끄덕였다. 도예의 말이 맞기를 바랐다. 그러나 일부러 보지 않으려 하지 않는 이상 대전왕의 석상은 너무도 분명한 형상을 보이고 있었다. 모르고 내던졌다고 하더라도 이후에는 볼 수 있었다. 보았다면 당연히 바로 세워 놓았어야 했다.

방환은 교의를 지켜야 하는 노관이다. 그는 노관이기 때문에 자신이 중원 배교의 호교신장이 대전왕의 석상을 쓰러뜨린 데 대해 지나치게 민감하게 반응하고 있는 것이 아닌가라고 스스로를 질책했다. 대전왕으로 부르든 초대 명옹으로 부르든, 타할륜은 배교의 어느 지파에서도 명왕 다음으로 받들어져야 하고 받들어지는 분이었으므로.

　아란하는 숱한 악몽과 허상, 혼돈에 시달리다 눈을 떴다.
　"궁주!"
　아란하의 이마에 맺힌 땀을 닦던 하라사는 반색을 했다.
　아란하는 주위를 둘러보았다. 작은 목채였다.
　"여기가 어디냐?"
　"종남파에서 조금 떨어진 곳입니다. 궁주께서는 이레 만에 눈을 떴습니다."
　"이레?"
　아란하는 쓸쓸한 미소를 흘렸다. 아픈 기억이 되살아났다.
　"대전왕께서는?"
　그녀는 일어나려 했다. 그러나 아직 몸은 말을 듣지 않았다.
　"조금 있으면 오실 것입니다."
　"오신다고?"
　"궁주의 내상을 치료하고 계신 분은 대전왕이십니다."
　"그가 무슨 마음으로?"
　아란하의 눈빛이 심연으로 가라앉았다. 병 주고 약 주고, 더욱 놀림을 받은 기분이었다.

하라사는 아무 말도 못 했다.

"팔룬거를 몰던 자들은?"

"그들은 모두 대전왕의 추종자가 되었습니다. 여기서 조금 떨어진 곳에서 대전왕이 출발하기를 기다리고 있습니다. 궁주와 싸웠던 자는… 이름이 전우삼이라고 하더군요. 그 역시 중원의 배교도였다고 합니다. 만인촌이라는 우리 교의 한 지파에서 그런 힘을 얻었던 모양입니다."

"대전왕의 힘은 더욱 강해졌군. 이제 우리를 필요로 할 일은 전혀 없겠구나."

내상으로 입은 상처의 고통도 컸지만 마음의 고통은 배로 더했다. 그녀는 손을 저었다. 조용히 혼자 있고 싶었다.

하라사는 머리를 숙이며 밖으로 나가려 했다.

명강량은 그 순간에 들어왔다.

아란하는 눈을 감으며 명강량을 외면했고 하라사는 한편으로 물러나 머리를 조아렸다.

명강량은 아란하의 곁에 섰다. 그는 아란하를 감싸고 있던 이불을 벗겨 던졌다. 아란하는 나삼羅衫 차림이었다.

명강량의 손은 거칠 것 없이 아란하의 몸을 더듬었다.

아란하는 불로 지지는 듯한 고통에 눈을 번쩍 떴다. 그러나 고통보다 여자로서의 자존심이 더 컸던 듯했다. 은밀한 곳까지 무자비하게 짓밟아 오는 명강량의 손길에 그녀는 저항했다. 하지만 그녀는 도마 위의 고기처럼 꼼짝할 수 없는 신세였다.

명강량의 장심은 불덩이처럼 뜨거웠다. 뼈까지 녹는 듯한 통증에 아란하는 이를 딱딱 마주쳤다. 전신은 물에 빠졌다가 나온 사람처럼 땀으로 흠뻑 젖었다.

명강량의 무심한 목소리가 들려왔다.

"곽부의 묵령공은 쓸 만한 무공이다. 익히기도 쉽고 위력도 적지 않은 줄 안다. 그러나 그 이상은 아니다. 묵령공을 폐기했다. 앞으로 너는 개천양일진력開天陽逸眞力, 등천양광도법, 삼양장, 칠양지七陽指를 익히게 될 것이다. 요체는 물론 개천양일진력이다. 잘 들어라."

아란하를 난타하던 명강량의 손길이 조금 느슨해졌다.

"일조내명日照內命 연방환허煉神還虛……."

명강량은 뚜렷한 목소리로 구결을 외웠다.

아란하는 그것이 개천양일진력의 구결임을 알아챘다. 정신을 집중시킬 필요도 없었다. 명강량의 목소리에는 생각을 전하는 심심상인心心相印의 묘법이 있는 듯했다. 아란하는 편안하게 듣기만 하면 되었다.

명강량은 기식법氣息法에 대해서도 상세히 가르쳐 주었다. 그의 목소리가 물 흐르듯 이어졌다.

"나는 오래전에 비동에서 타할륜의 광정을 얻었다. 광정은 타할륜의 양신陽神이다. 그는 누구나 원하는 기화氣化를 하지 않고 양신으로 광정을 만들었다. 천 년 후의 나에게 물려주기 위해. 오랜 원념 때문이었다. 배교도들의 오랜 원념……."

운기를 오래 하면 기의 덩어리가 생긴다. 이것을 선태仙胎라 한다. 이 선태가 출신出神의 행으로 점점 자라 또 하나의 자신을 내놓는데 양신은 바로 그것이다. 오기조원五氣朝元, 삼화취정三花聚頂, 적사귀신赤蛇歸神, 천화란추天花亂墜를 맛보아야 이룰 수 있는 경지이다.

아란하는 명강량의 이야기를 들으며 무의식중에 개천양일진력을 일으키고 있었다. 폭풍같이 화마가 훅 덮치며 그녀는 순간적으로 정신을 잃을 뻔했다. 그러나 명강량은 이미 그녀의 사정을 잘 알고 있는 듯 혈맥을 어루만져 화마를 조절해 주었다.

"이제 광정은 나의 몸에 있다. 아란하, 타할륜처럼 나도 광정을 누구에게 물려줄 것 같은가? 나는 물려주지 않을 것이다. 물려줄 수도 없다. 광정을 남길 수 있는 동천복지洞天福地는 많지 않다. 타할륜이 광정을 남겼던 동천복지는 내가 광정을 얻던 그날, 수맥이 터지면서 사라져 버렸다."

동천복지란 기가 분출하는 좋은 땅이다. 광정이라는 어마어마한 기의 덩어리가 지켜지기 위해서는 동천복지도 예사로운 동천복지가 아니면 안 되었다. 그런 곳이 또 있다고는 명강량은 생각하지 않았다. 있다고 하더라도 찾을 생각이 없었다.

"타할륜은 광정의 순청純淸을 지키기 위해 수십 년간 손에 피를 묻히지 않았다. 나는 그렇게 하지 않을 것이다. 아란하, 기억하라. 내 손에 피가 마르는 날은 내 몸에 피가 마르는 날이라는 것을."

명강량의 목소리가 메마르게 목채를 울렸다.

아란하는 명강량을 바라보았다. 시선이 얽혔다. 그녀로서

는 명강량을 정면으로 응시하는 것은 최초였다. 명강량은 명
강량의 생각이 있었고 아란하는 아란하의 생각이 있었던 듯
했다.

"왜 나를 죽게 내버려 두었나요?"

아란하가 물었다. 그녀는 운기를 하며 다른 생각은 물론
말도 할 수 있었다. 개천양일진력도 양의심공兩意心功과 같은
효능이 있는 모양이었다. 아니면 명강량이 도와주고 있기 때
문인지.

"나는 너를 죽이려 했다."

명강량은 아무렇지도 않게 말했다.

"왜 죽이려 하셨나요?"

"묻지 마라!"

"살려 주는 이유에 대해서는 물어봐도 될까요?"

"묻지 마라!"

아란하는 눈을 감았다. 명강량의 말대로 그녀는 더 이상
묻지 않았다.

기혈을 돌고 있는 화마는 점점 잠잠해졌다.

한 식경이 지났을 때였다. 아란하는 전신에 묘한 쾌감을
느꼈다. 화마는 짜릿한 온기로 바뀌어 그녀의 몸을 촉촉이
적시고 있었다.

아란하는 눈을 떴다. 긴 세월을 기다렸던 그 사람은 여전
히 같은 얼굴로 그녀의 곁에 서 있었다.

아란하의 얼굴은 붉어졌고 눈빛도 흔들렸다. 묘한 감촉은
묘한 감흥을 일으키고 있었다.

명강량의 안색이 굳었다.

"아란하! 나는 네가 어떤 심마를 불러들여도 상관하지 않겠다. 그러나 지금과 같은 심마를 불러들인다면 나는 너를 죽일 것이다!"

그가 냉랭하게 소리쳤다.

아란하의 눈빛이 얼어붙었다. 그녀는 다시 눈을 감았다.

명강량은 아란하의 몸에서 손을 뗐다. 그는 목채를 뚜벅뚜벅 걸어 나갔다.

"아란하, 나는 지금 어디로 가는가?"

목채를 나서며 그가 문득 물었다.

"어디로 가겠다고 말씀하지 않았습니다."

"아란하, 나는 어디로 가는가?"

같은 물음이었다.

아란하는 입을 닫았다. 스스로가 물었고 스스로가 답할 수밖에 없는 물음이었다.

"파국 이후는 한 번도 생각해 본 적이 없다! 만약 파국 이후에도 내가 해야 할 일이 있다는 것을 기억한다면, 살아남을 유일한 사람은 네가 될 것이다!"

명강량의 목소리가 목채를 웅웅 울렸다.

대전왕이 무슨 말을 했는지 이해가 가지 않았지만 아란하의 기분은 이전보다 나쁜 편은 아니었다.

창밖에는 무슨 일이 일어나고 있는가.

만추였다.

휘잉! 횡!

바람은 마른 잎을 채홍색 꽃잎으로 휘날렸다.

"뭐 하는 거야? 빨리 서둘러, 빨리!"

팔륜거에 선 전우삼은 꽥꽥 고함을 질렀다.

"대화룡이 앞질러 가면 우리는 죽일 놈도 없게 된단 말이야! 서둘러, 서둘러!"

그는 팔륜거가 부서져라 발을 굴렀다. 초대 명옹의 석상이 들썩들썩 흔들렸다.

아직도 창백한 안색의 사방위가 후다닥 전부로 나섰다. 방환은 전우삼의 곁에 서 있었고 쌍혼은 마부석에 앉아 말고삐를 쥐었다. 십위병은 다섯 명씩 팔륜거의 좌우에 서고 삼십육호교사는 팔륜거를 교대로 몰고 갈 말과 함께 후미에 도열했다.

팔륜거 뒤는 구룡선이었다.

구룡선의 진용은 원래와 마찬가지였다.

하라사는 아란하를 바라보았다.

아란하는 긴 소매를 늘어뜨리며 손을 수평으로 들었다.

"무산!"

그녀가 소리쳤다.

대전왕이 가자고 한 곳이었다.

"잉? 화산으로 가는 줄 알았더니, 무산? 방 노관, 무산! 무산!"

전우삼은 호들갑을 떨었다.

"무산!"

방환이 황모黃髦를 들며 소리쳤다.

히히힝! 히힝!

여덟 필의 말이 땅을 박찼다.

크르르르르. 뿌연 흙먼지와 함께 팔륜거가 움직였다. 만추의 잎처럼 울긋불긋 화려한 구룡선도 독전기를 앞세운 채 그 뒤를 따랐다.

강호인들이 구룡선과 마인거라 부르는 강호의 폭풍, 구룡선과 팔륜거! 하나만 하더라도 강호인들의 간을 덜컥거리게 하던 그들이 같은 대열로 무산으로 나아가고 있었다.

"어서 오십시오."

등중용은 깍듯이 머리를 숙였다.

"모두 다 오셨소?"

깡마른 체구, 지친 표정으로 배 위를 오르는 노도장은 공동파의 장문인 현청도장玄淸道長이었다.

"몇 곳은 오지 않았습니다. 아마 오시기 힘든 상황일 것입니다."

"그렇겠지요."

현청도장은 고개를 끄덕였다.

"어쨌든 방주께서 고생이 많으셨소. 모두 왔다고 하니… 자, 같이 들어갑시다."

그가 등중용의 소매를 끌었다.

등중용은 현청도장과 함께 배 위에 올랐다.

뱃전에는 승, 도, 속, 각양각색의 인물들이 안광을 빛내며 서 있었다. 각 문파의 장문인들을 호위해 온 문도들이었다.

등중용과 현청은 선실로 들어갔다.

"어서 오시오."

"오랜만이오, 현청도우."

소림의 방장 혜각慧覺, 무당파의 장문인 양진자陽眞子, 청성파의 장문인 일진도장—眞道長, 화산의 장문인 이건李建, 종남의 명숙 사덕성史德聲······.

선실에 앉아 있던 자들이 등중용과 현청도장을 맞았다.

곤륜, 아미, 점창의 사람들은 보이지 않았다. 결국 그들은 대회맹에도 사람을 보내지 못할 정도로 딱한 처지가 된 듯했다.

모두 침통한 표정들이었다. 그중 개봉으로 오는 도중 종남의 멸문 소식을 들은 사덕성의 표정은 안쓰러워 바라볼 수도 없을 지경이었다.

이런 무거운 분위기를 가볍게 풀어 나가는 자는 언제나 개방의 방주다. 등중용은 서두를 열기 위해서라도 무엇인가 말을 하고 싶었다. 그러나 분위기에 압도되어 결국 입을 떼지 못했다.

결국 먼저 입을 연 자는 최연장자인 무당의 양진자였다.

"모두 오신 듯하오만······."

양진자는 좌중을 둘러보았다.

"여유가 없을 줄 아오. 그간의 안부는 나중에 묻기로 하고 바로 이야기를 시작해 봅시다. 먼저 등 방주께서 종남파와의 일 이후 다른 일이 있는가를 말씀해 주시기 바랍니다. 각자 서둘러 오신다고 강호의 새로운 소문을 못 들었을 수도 있었을 것이오."

그가 등중용을 바라보며 말했다.

"워낙 큰 사건이기 때문에 모르시는 분은 없으시리라 생각합니다. 구룡선, 화룡거가 한 대열을 이루었습니다. 원래 그들의 뿌리가 같았는지, 아니면 중원 진출을 앞두고 밀약을 맺었는지는 좀 더 알아봐야 할 것 같습니다. 그들은 지금 무산으로 향하고 있습니다."

"그들이 힘을 합하다니. 각개로 싸우기에도 힘든 상대였는데……. 그들의 정체에 대해서는 아직도 알려진 바가 없소?"

청성파의 일진도장이 한숨을 쉬며 물었다.

"그것이… 짐작도 할 수 없게 하고 있습니다. 특히 구룡선은… 구룡선을 이끄는 자들은 이족의 여인들입니다. 남자는 단 한 명뿐인 것으로 알려져 있습니다. 바로 우리가 마왕이라 부르는 자이지요."

등중용이 말했다.

"이족의 여인들을 문도로 거느린 자라… 혹시 환희밀전은 아닐까요?"

양진자가 소림의 혜각에게 물었다.

"아미타불! 환희밀전은 아니오. 한 명의 남자에게만 매달리는 밀전의 여자들이 있다는 소리를 나는 아직 들은 적이 없소. 그들은 원래 난교亂交를 좋아하오. 그리고 환희밀전은 떠들썩하게 돌아다니는 것을 좋아하는 자들이라 금방 표시가 납니다."

"소림의 장경각에는 만류萬流가 정리되어 있는 것으로 알고 있소. 짐작 가는 곳도 없습니까?"

"보기 전에는… 곤륜의 동도들이 한 분이라도 와 주었으면 좋았을 텐데."

소림의 혜각이 아쉬움을 표했다.

"내가 곤륜에 급히 들렀다가 왔습니다. 마군에 대해 이것 저것 물어보았소. 시원한 대답이라고는 아무것도 듣지 못했소이다. 광오, 광성, 광운… 곤륜의 쟁쟁한 명숙들이 그 마군의 손속을 단 몇 합도 견뎌 내지 못했다고 하오. 무엇을 볼 틈이 있었겠소."

공동의 현청도장은 눈살을 찌푸렸다.

"나 역시 점창에 들렀다가 왔습니다. 강호에 전해지지 않은 이야기를 하나 들었는데, 마인거에는 세 명의 노물老物이 따르고 있답니다. 그 노물들이 사용하는 장법이 어딘가 배교의 삼양장과 비슷했다고 말하더군요."

청성파의 일진도장이 말했다.

"배교?"

"삼양장!"

좌중들은 일진도장의 말에 어이없어했다. 구룡선, 마인거라는 절대 마물들의 이름 앞에 사멸하고 있는 하오문의 이름을 거론한 것이 황당했기 때문이다. 사실 점창도 그 때문에 쉽게 삼양장에 대한 이야기를 꺼내지 않았을 것이다. 그러나 그들의 머릿속에 담긴 세월이 조금 더 길다면, 그들은 살아남은 점창의 문도가 한 말을 쉽게 넘기지만은 않았으리라.

나백염왕! 탈명마효!

구대문파의 영수들은 중요한 순간에 강호의 한 세월을 피로 장식했던 배교도의 이름을 까맣게 잊고 있었다. 십여 년 전, 토끼처럼 몰리다가 해체된 그 배교에 대한 인상이 더 강하게 남아 있었기 때문이다.

"배교의 삼양장이라고 하지 않았습니다. 배교의 삼양장을 닮았다고 하더군요. 혜각대사, 강호에 삼양장과 비슷한 무공은 무엇이 있소?"

일진도장은 서둘러 말을 돌렸다.

"음양수陰陽手, 자사장紫邪掌, 유홍장流紅掌……. 몇몇 있기는 하나 점창을 어떻게 할 장법은 없는 것으로 아오."

혜각이 대답했다.

"두 마두가 중원인이 아니라면 어디 새외에서 툭 불거진 문파로나 알 텐데… 정말 오리무중이외다."

일양도장은 탄식을 터뜨렸다.

"어차피 물어도 나오지 않는 대답, 앞으로 할 일이나 이야기합시다. 구룡선과 마인거가 합쳤소이다. 각자의 산문만 지키자고 이야기하지는 않으시겠지요."

양진자는 결말을 서둘렀다.

좌중들은 침묵했다. 당연한 말에 가타부타할 필요가 없

었다.

"십일월 중순에 의창에서 봅시다. 공동파와 청성파는 길이 멀 줄 아오. 의창에 같이 모였으면 하나 시일이 촉박하니 다른 일을 맡겼으면 합니다. 근자에 구룡선과 마인거의 출현으로 사마외도들이 때를 만난 듯 일어서고 있다고 하오. 서천으로부터 놈들을 하나씩 소탕하며 동진東進해 주셨으면 합니다."

"아미타불, 좋은 이야기입니다."

혜각이 양진자의 말에 쌍수를 들었다.

다른 문파들도 별다른 의견이 있을 리 없었다.

"그럼, 수고를 부탁하오."

일진도장이 소림, 무당, 화산의 장문인들을 바라보며 포권했다.

"자, 그러면 개봉의 대회맹은 이것으로 마쳤으면 하오만……."

양진자가 다른 의견이 있나 해서 좌중을 둘러보았다.

"싸우는 일 말고 다른 무슨 일이 있겠습니까? 나는 길이 멀어 먼저 일어나겠습니다."

공동파의 현청도장이었다.

"저 역시……."

일진도장도 일어섰다.

"모두 조심해서 가십시오."

양진자가 서로에 대한 인사를 대신했다.

구대문파의 장문인들이 선실을 나섰다. 개봉 대회맹의 끝이었다. 강호를 받드는 기둥들의 모임으로서는 너무도 싱거운 감이 있었다.

사실 이번뿐만 아니라 가까이 배교 타파를 위해 대회맹을 열었을 때도 이같이 끝나기는 마찬가지였다.

구대문파의 연륜만큼 대회맹이 열렸던 역사도 길었다. 맹회를 누가 주관하느니, 적들을 맞서 싸우는 데 각 문파에서 몇 명의 문도들을 보내느니 하는 일들은 이미 관례로 굳어진 터였다. 그리고 굳이 관례가 아니더라도 적들을 치는 데 자신의 문파만 생각하는 인색한 문파도 없었다.

구대문파가 구대문파인 것은 평상시에는 아옹거려도 외부의 적들에 맞서서는 무서운 단결력을 과시하기 때문이다.

'이, 이거…….'

장문인들을 배웅하며 등중용은 맹회에서 가장 중요하게 다루어야 할 이야기 하나가 빠졌음을 깨달았다. 그 중요한 일을 장문인들이 잊고 있다고 생각할 수는 없었다. 그래서 그는 왜 그 이야기를 거론하지 않느냐고 묻기가 힘들었다.

별수 없이 등중용은 가장 연배가 가까운 화산파의 장문인 이건의 소매를 잡았다.

"구룡선, 마인거의 무서움은 들은 바와 같습니다. 왜 능운공작, 사패와 손을 잡을 이야기는 전혀 하지 않습니까?"

"방주의 걱정은 그곳에 있었습니까?"

이건은 사람 좋게 웃었다.

"우리 구파일방은 십여 년 동안 강호의 주인 자리를 사패에 내주고 있었습니다. 모든 장문인들이 이제는 원래의 자리를 찾아야 한다고 생각하고 있는 모양입니다. 저 역시 마찬 가지이고. 강호의 주인이 공功과 과過로써 결정 난다면 공도 우리의 것으로 과도 우리의 것으로 할 필요가 있지요. 사패 도 아마 그런 우리의 생각을 읽고 있으리라 믿습니다. 사패 로부터 특별한 연락이 없었지요?"

"없었소."

등중용이 안색을 찌푸리며 말했다. 구룡선, 마인거라는 전대미문의 대살성들이 출현한 이 마당에 세력 다툼을 염두 에 두고 있는 구대문파나 사패를 어떻게 생각해야 할지…….

사부의 말대로 정말 강호는 복마전이었다.

"사패와 손을 잡지 않아도 구룡선과 마인거를 처치할 방도 가 있는 모양이지요?"

"다른 문파는 모르겠습니다. 저희 화산파는 조금 준비가 되어 있습니다. 하하하!"

이건은 소탈한 웃음을 터뜨렸다.

등중용은 고개를 끄덕였다. 아미, 곤륜 등이 무너졌다고 는 하나 아직 소림, 무당, 화산은 건재하다. 그 세 문파는 나 머지 여섯 문파의 힘을 모두 합한 것보다 몇 배는 강하다. 그 리고 사패를 이기기 위해 십여 년간 두문불출, 실력을 키우 는 데 주력해 온 그들이다.

패한다는 생각은 절대 하지 않고 있을 것이다. 그러나 어 디 패하리라고 생각하고 싸우는 싸움이 있는가.

"쩝."

등중용은 총총히 걸어가는 구대문파의 장문인들을 보며

쓴맛을 다셨다. 사패는 그렇다고 치지만 최소한 능운공작에게는 작금의 사정을 논하는 것이 옳지 않겠는가 하는 것이 등중용의 생각이었다. 사패의 후견인이든 어쨌든 지금 강호의 가장 큰 힘은 바로 그였으므로. 그러나 이건의 말을 들어 보건대 구대문파는 능운공작까지 도외시할 것임에 분명했다.

해후 邂逅

　단원홍은 여명이 밝아 오기 전에 운기를 끝냈다. 간단한 몇 가지 동작으로 몸을 풀고 천화원으로 돌아왔다.

　벌써 따뜻한 물이 그리울 때였다. 그는 따뜻한 물에 전신을 푹 담그고 새벽을 맞았다.

　새 옷을 갈아입고 시비가 가져다준 잣죽을 비운 후 서재에 들어섰다. 해는 늦게 뜨고 일찍 져, 창으로 들어오는 햇살은 책을 수월하게 읽을 만한 빛을 보내 주지 않았다. 그러나 그의 눈은 밤낮을 가리지 않기에 쉽게 글자를 가려냈다.

　책을 펼쳤다. 그리고 읽던 책의 장을 바꾸었을 때 해는 떴다. 맑은 가을 햇살에 바람은 소소히 불고… 책을 넘기는 소리가 가랑잎 날리는 소리와 좋게 어울렸다.

　단원홍은 매일 그렇게 오후를 맞았다. 그러나 그날, 그는 책을 일찍 덮었다. 참기 위해 무척 노력했는데 더 이상 참을 수 없었다.

거울 앞에 서서 백발을 가지런히 했다.

서재를 나온 그는 천화원의 뜰에 서서 잠시 하늘을 우러렀다. 기러기의 행렬은 이미 보이지 않고 낙엽만 꽃잎처럼 날리고 있었다. 그는 휘날리는 낙엽을 헤치며 천화원을 나섰다.

천위대의 부대주 한고가 소리 없이 그의 뒤를 따랐다.

산을 가로질러 그가 이른 곳은 금옥이었다. 천위대들이 허겁지겁 그를 영접했다.

단원홍은 그들을 지나 금옥에 들어섰다. 낙엽 타는 냄새가 코끝에 닿았다. 불을 피우고 있는 자는 천노였다.

단원홍은 그의 곁에 묵묵히 섰다.

"아가씨의 소식은 없던가요?"

천노가 불길을 일으키며 표정 없는 얼굴로 물었다.

"예령을 보내 준 사람은 천노가 아니었습니까? 그런데 왜 묻습니까?"

"아가씨를 보낸 사람은 내가 아니오. 아가씨는 아가씨의 발로 떠났소."

"제 발로 떠난 아이입니다. 소식을 더욱 보내올 리 없지요."

"그렇겠군요. 말은 다시 온다고 했으나… 언제나 아가씨들이 떠난 길은 다시 올 수 없을 정도로 먼 길이었지요."

천노의 눈빛이 공허함으로 물들었다.

"천노, 기분이 이상합니다. 나는 근자에 무척 자주 화가 납니다. 예령은 나에게 어떤 아이였소?"

"쯔쯔쯔, 원주께서는 부정하고 계셨군요. 어린 아가씨는 원주께서 키웠지요. 화가 나실 것입니다. 노원주께서도 큰아가씨가 떠났을 때 무척 화를 냈습니다."

"예령이 내가 키운 아이라… 후후후, 나는 그 아이가 타는 낙엽처럼 어느 날 한순간에 사라져 버렸으면 하고 수백 번을 더 염원했던 사람입니다."

"자신을 속이려 들지 마십시오. 더 큰 상처만 받을 뿐입니다. 떠날 수밖에 없는 분들입니다. 이제 두 분의 아가씨들을 잊으십시오."

"천노까지 그렇게 이야기할 줄은 몰랐군."

단원홍은 씁쓸한 미소를 지으며 백발을 손으로 쓰다듬었다.

"돌아가시기 전에 사부께서 말씀하셨소. 당신의 운명은 사매를 키워 주는 바로 그것에 있었다고. 품 안을 벗어나려 할 때 자유롭게 풀어 주었다면 사매의 재롱을 몇 번 더 볼 수 있었을 것이라 했지."

"그런 분이 왜 죽음에 이르러서도 큰아가씨를 보지 않으려 하셨답니까?"

"천화원의 원주들은 어떤 운명도 거부하고자 하는 운명을 타고 태어났소. 피할 수 없는 운명이라 느끼는 그 순간에도."

단원홍의 입가에 옅은 미소가 맺혔다.

"아가씨를 찾아올 생각이시군요."

"물론!"

"잡을 수 없는 분입니다."

"붙잡아 둘 수 없다고 생각한다면 내가 어떻게 할 것 같소? 나는 사부와 조금 다르오. 인고의 세월로 만족하지 않지. 죽여 버릴 것이오. 예령을."

부지깽이로 불길을 헤집던 천노의 몸이 굳었다. 그가 단원홍에게 시선을 던졌다.

단원홍은 턱을 매만지고 있었다.

천노의 심장이 쿵 떨어졌다. 가늠할 수 없는 생각으로 애매하게 빛나는 눈빛, 옅은 미소. 천노는 단원홍의 표정에서 단원홍이 농담으로 그 같은 말을 하지 않았음을 깨달았다.

휘잉! 횡!

가을바람이 불붙은 낙엽을 이리저리 흩날렸다.

'경망스럽군.'

단원홍은 실소를 흘렸다. 금옥에 무슨 별일이 있었을 것이라고. 예령이 돌아왔다면 천노가 한달음에 보고를 해 주었을 것이다. 그것조차 기다리지 못한 것이다.

'경망스럽군, 경망스러워.'

스스로가 가소롭고 가소로웠다. 죽인다는 말은 왜 했을까? 그는 자신의 성격을 알고 있었다. 사부와 마찬가지로 한번 내뱉은 말은 잘 취소하지 않는 성격을.

'원홍, 너는 정말 웃기는 놈이구나! 그 어미 때문에 그렇게 마음을 태우더니 그 딸 때문에 또 구렁에 발을 들이려 하고 있다니…….'

자신의 경망스러움은 모두 예령 때문이었다. 천노의 말이 맞았다. 예령은 자신이 키웠다. 정을 끊기는 어려웠다. 그 정이 없었다면 이렇게 허둥대고 있지도 않았을 것이다.

언제나 그는 예령을 냉랭하게 대했다. 예령은 그의 젊은 날, 그가 입었던 가장 큰 상처의 흔적이었다. 죽이겠다는 마음을 먹은 적이 한두 번은 아니었다. 죽여야 할 온갖 이유는 다 준비되어 있었다. 그러나 결국 죽이지 못했다.

몇 년은 사매의 혼령이 그가 예령을 죽이는 것을 막았고 나머지 몇 년은 이미 그의 눈에 맺혀 버린 예령의 밝은 눈빛이 죽음을 막았다. 좋게 대하지 않았건만 예령은 항상 반갑게 그를 맞았다. 천하에 누가 자신을 위해 그런 웃음을 지어 주었단 말인가. 아무도 없다.

단원홍의 두 눈에 한광이 번뜩였다. 그래서 절대 뺏기지 않을 생각이었다.

"한고!"

천화원을 향해 걸어가며 단원홍은 한고를 불렀다.

한고가 머리를 조아리며 그의 곁으로 다가왔다.

"국태열로부터 다른 소식은 없느냐?"

"아직… 그러나 지금쯤 아가씨의 종적을 찾았을 것입니다."

"국태열이 예령을 데려올 수 있다고 생각하느냐?"

"아가씨를 데려간 놈들 중 대단한 자는 없었습니다. 단지 아가씨의 이상한 눈빛에 현혹되어…… . 국 대주는 충분히 아가씨를 데려올 수 있을 것입니다."

"대단한 자가 없었다고? 명강량! 그자도 별 대단하지 않앗지! 하지만 그는 천화원에 있는 모든 이의 운명을 바꾸어 놓았다."

"명강량이라는 자는 누구입니까?"

단원홍은 대답하지 않았다. 짙은 살기만 내뿜었다.

"언상영은 왜 말이 없느냐?"

묵묵히 발길을 옮기던 단원홍이 갑자기 차갑게 가라앉은 목소리로 물었다.

"무슨……?"

"팽해만은 왜 말이 없고 남궁기까지 왜 말이 없느냐?"

그는 격노를 참지 못하고 목소리를 높였다.

한고는 목을 자라처럼 움츠리며 무슨 말을 어떻게 해야 할지 몰라 했다.

"너희들은 나를 바보로 아는구나."

"저희들이 어찌 감히 원주를……."

한고는 이마에 식은땀을 주르르 흘렸다.

"좋다, 그렇게 생각해도 좋다! 세상 밖으로 향하는 천화원의 모든 통로에 높은 담장을 쌓은 자는 바로 나이니. 세상 밖의 누가 나를 어떻게 부른들 무슨 상관이 있으리! 하지만 이번만은 다르다. 예령이 사라졌다."

단원홍은 먼 곳을 응시하며 입술을 깨물었다.

"배교도들에게는 성녀의 부활이지. 그리고 기다렸다는 듯이 구룡선, 마인거가 나타났다."

한고는 속으로 '헉!' 했다. 국태열이 절대 입 밖에 내지 말라고 해서 조개처럼 입을 다물고 있던 사실이었다.

"저희들은… 저… 사패께서 알아서 처리하겠다고……. 은거를 택한 분인데 괜히 심란한 말씀을 드려… 청정이 방해될까를 걱정하셨습니다."

그가 허둥댔다.

단원홍은 구룡선과 마인거에 대해 보고를 하지 않은 사실을 더 이상 문책하지 않았다.

"구룡선, 마인거……. 기분이 좋지 않다. 왜 그곳에서 배교의 냄새가 나는지."

"그렇다면 구룡선, 마인거가 배교도? 설마 배교에 그런 힘이 있겠습니까?"

"아니기를 바란다. 아니라면… 강호의 뜻에 따르겠다. 언상영, 팽해만, 남궁기, 구대문파… 아무도 나를 찾아오지 않았다. 아무도 나에게 구룡선과 마인거에 대해 이야기하지 않았다. 앞으로 나도 구룡선과 마인거에 대해 아무 이야기도 하지 않을 것이다. 구룡선과 마인거가 예령과 나를 비켜 간다면……."

단원홍은 천화원으로 발 빠르게 걸어갔다.

한고는 멍하니 서서 칼자루만 매만졌다.

'원주는 알고 있다. 모든 것을.'

맹호전 전주, 당예의 이름은 거론도 않고 있었다. 당예가 죽은 것까지 알고 있는 것이 분명했다.

한고는 알 수 없었다. 강호에 대해 원주의 귀와 눈이 되어 줄 사람은 국 대주와 자신밖에 없었다. 그런데 어떻게 세상 밖의 일을 저토록 상세히 아는지. 천화원을 나서는 것도 한 번도 보지 못했었다.

'원주의 눈과 귀가 되어 주는 또 다른 자가 있었나?'

한고는 고개를 갸웃했다. 그러나 그 궁금증보다 걱정이 앞섰다. 구룡선, 마인거! 무지막지한 기세로 중원을 난타하고 있었다. 가면 갈수록 그들은 더욱 자신의 힘을 드러내고 있었다. 구룡선, 마인거의 힘이 처음부터 저 정도임을 알았다면 과연 언상영은 원주께 구룡선과 마인거의 출현을 알리지 말라고 했을까? 어쩌면 지금 언상영은 원주께 구룡선, 마인거의 출현을 알리는 급보를 보내오고 있을지 모를 일이었다. 벌써 강호에 비관적인 전망들이 하나 둘 쏟아지고 있으니.

만약 구룡선과 마인거를 사패와 구대문파도 막지 못한다면 결국 그들을 저지할 사람은 원주밖에 없다. 그런데 원주는 방금 구룡선과 마인거에 대한 간섭을 포기할 것임을 선언했다. 원주는 한번 내뱉은 말을 쉽게 되돌리는 사람이 아니다.

'만약을 생각해서라도 원주께 구룡선과 마인거의 출현을 말해 드렸어야 했는데……'

한고는 뒤늦은 후회를 했다.

물론 그는 처음부터 알려야 된다고 말했다. 맹호전의 멸망! 그것만 해도 큰 사건이다. 그러나 그 이전에 맹호전주 당예는 원주와 젊은 시절을 함께한 사람이다. 그 이유 때문이라도 알렸어야 했다. 하지만 국태열이 막았다. 사패 모두가 알리기를 원하지 않고 있다고 말했다.

지금 생각하면 신기한 일이다.

국태열은 절대 사패를 상전으로 생각하지 않았다. 오히려 그는 원주와 가까이 있으므로 자신이 사패보다 더 높은 자리에 있다고 생각하는 사람이었다. 사패가 알리지 말라고 해서 알리지 않을 자가 아니었다. 그리고 국태열은 자신이 많은 일을 하고 있다는 것을 원주에게 보여 주기 위해 강호의 작은 일도 미주알고주알 떠벌리는 자다. 구룡선, 마인거의 등장 같은 큰 사건을 이야기하지 않을 까닭이 없었다.

무슨 이유 때문에 사패가 구룡선, 마인거의 등장을 쉬쉬해 달라고 했는지 모른다. 어쨌든 사패가 국태열의 입을 막기 위해 손을 썼음은 분명한 듯했다.

"머저리 같은 놈!"

사태가 이 지경으로 흐르고 보니 한고는 국태열에 대한 울화가 치솟았다. 국태열 같은 자를 상관으로 모시고 있는 스스로가 한심하기도 했다.

그러나 이미 지난 일!

세상이 겁란에 휩싸여도 천화원의 안전은 어쨌든 믿었다. 하지만 강호에는 그의 혈육과 지인들이 부지기수다. 사패가 알아서 하겠다고 했으니 그들의 말대로 모든 것이 잘되기만을 바랄 따름이었다.

국태열은 천화원의 문을 지키기에는 딱 적합하다. 오랫동안 자신을 열심히 따르기는 했으나 그 이상의 일은 맡길 수 없는 자였다. 예령을 찾아오라고 보내기는 보냈다. 그러나 단원홍은 그에게 모든 일을 맡기지는 않았다. 다른 일도 아닌 예령을 찾는 일이었다.

단원홍에게는 국태열 못지않게 오랫동안 그를 따르는 몇 명의 수족이 있다. 어둠을 활보하는 자들, 무영인!

천화원에 발을 들인 이후로는 그들에게 한 번도 일을 맡긴 적이 없었다. 각자의 일에 충실하고 있는 그들을 십여 년 만에 불렀다. 천화원의 집사도 무영인 중 한 명이다. 집사를 통해 그들은 단원홍에게 연결되어 있었다.

예령의 소재와 배교도들의 종적을 찾으라고 명했다. 그리고 강호의 사정들도 알아 오게 했다.

예감이 좋지 않았다.

배교도들의 출현! 그들의 뒤에는 이상하게 끈적거리는 그 무엇인가가 있다. 파란을 부르는⋯⋯.

예령이 금옥을 떠난 일과 배교도들의 출현이 그들만의 일로 끝나지 않을 것이라는 것이 단원홍의 짐작이었다.

그의 예감은 맞았다.

먼저 무영인들은 강호의 소식을 알려 왔다.

곤륜파, 점창파, 맹호전의 괴멸! 당예의 죽음⋯ 그리고 구룡선, 마인거의 출현을 말해 주었다.

구룡선, 마인거!

단혈철각련이 연이어 난동을 부리지 않았으면 단원홍은 배교도들의 씨를 말려 버릴 생각을 가지고 있었다. 곽부의 단혈철각련과 마찬가지로, 비록 그런 의도는 없다고 할지라도 배교도들의 명맥을 유지하는 데 도움을 주기 위해 나타난 자들인지 모른다. 아니면 배교도들과 직접 관련이 있는 자들이거나.

구룡선, 마인거에 꼭 배교를 끌어들여 이야기해야 하느냐? 남들은 지나치게 배교를 의식한다고 말할지 모른다. 그 말이 맞을 것이다. 언제나 그는 배교와의 끈질긴 악연을 생각해 왔으므로. 잊을 만할 때 양백이라는 자가 나타났다. 오랜만에 대하는 외부인이 배교도일 줄 누가 알았으랴!

어차피 구룡선, 마인거는 사패와 구대문파가 맡겠다고 했으니 조사 정도 해 본다고 해서 나쁠 것은 없을 듯했다. 무영인들에게 구룡선과 마인거에 대해 조금 더 알아보도록 명했다.

그들의 발 빠름은 여전했다.

서탁에는 또 한 장의 서신이 놓여 있었다.

…밝혀진 바로 극양기공을 사용하고… 구룡선을 끄는 여인들은 모두 이족의 미인들이며… 마인거의 석상은 벽안인의 조상彫像으로… 대월을 사용…….

단원홍은 가만히 고개를 끄덕였다. 배교에 대해서는 보권을 읽었을 만큼 그도 아는 바가 많았다.

삼양장, 저 먼 열사의 땅에서 왔다는 배교의 뿌리.

짐작이 점점 들어맞는 기분이었다. 그는 벽에 걸린 검을 빼 들었다. 오랜 침묵을 깰 꽤 재미있는 일이 기다리고 있을 것 같았다. 그렇게 되기를 바랐다. 배교에 대해 풀지 못한 한들도 제법 있었으므로.

여전히 단원홍의 세계는 배교의 세계에 얽혀 있었다. 배교도만큼이나.

　

　"하핫!"
　"하!"
　투두두두두!
　백여 기쯤 되는 말이었다. 기마인들은 괴성을 지르며 질풍노도처럼 마을을 향해 달려오고 있었다.
　구룡선, 마인거의 등장!
　강호의 질서는 질그릇처럼 깨졌다. 그리고 그 틈을 타 산과 강, 들판을 암약하던 흑도의 무리들이 우후죽순처럼 들끓고 있었다. 관중에는 특히 마적들의 발호가 심했다.
　여가구呂家口. 여씨呂氏들만 모여 사는 백여 호의 촌락.
　그곳에도 마적의 무리들은 마수를 뻗치고 있었다. 특히 지금 여가구를 덮치는 마적들은 관중의 마적들 중 가장 악명이 높은 쾌쾌단快快團의 마적들이었다. 어린아이, 여자 가릴 것 없이 기분 내키는 대로 칼을 휘둘렀다. 학살극에 재미를 잃을 때쯤이면 데리고 놀다가 팔아 치울 만한 여자들과 재물을 싹 거둔 후, 방화로 마을을 초토화시키고 떠난다는 자들.
　쾌쾌단의 말발굽 소리가 지축을 울릴 때마다 여가구 촌장의 간은 쿵쿵 떨어졌다.
　"대, 대협! 차라리 도망가는 것이 낫지 않을까요?"
　촌장이 초조한 표정으로 물었다. 그의 앞에는 산뜻한 매화

문양이 새겨진 도복을 걸친 삼십 대 초반의 사내가 서 있었다. 화산파 장문인 이건의 사제, 장문천이었다.

"이미 늦었습니다. 말보다 빨리 달릴 자신이 있는 사람은 달아나라고 하십시오."

장문천이 말했다. 그는 어린 제자들과 함께 화산의 주위에서 강호행을 하고 있었다. 길을 가는 도중 우연히 쾌쾌단의 마수가 여가구로 뻗치는 것을 보고 한 팔의 힘을 돕기 위해 여가구에 온 터였다.

"저항을 하면 더욱 참혹하게 죽인다고 합니다. 차라리 손을 드는 것은……."

"여씨들의 기백은 하늘을 찌른다고 하던데 제가 소문을 잘못 들은 모양이군요. 백기를 들겠다면 드시오. 우리는 싸우겠소. 나야 별 싸울 마음이 없는데 아이들이 싸우겠다고 하는군요."

장문천은 눈짓으로 마을 입구를 가리켰다.

마을 입구에는 여가구의 장정들이 분주히 움직이며 말의 진입을 막기 위한 목책을 세우고 있었다. 그리고 그 뒤로는 일곱 명의 검사들이 어깨를 나란히 한 채 서 있었다.

장문천이 데리고 다니는 제자들이었다.

"저들이 과연 우리를 지켜 줄 수 있을까요?"

촌장은 염려를 풀지 않았다. 모양은 그럴듯했으나 검을 든 자들은 아직 약관에도 이르지 못한 애송이들뿐이었다.

"걱정이 되면 같이 싸우시오."

"우리가 어떻게……."

촌장은 황급히 손을 저었다.

장문천은 실소를 흘렸다. 뻔히 당할 줄 알면서도 싸우지 않겠다니. 칼을 든 자들과의 차이인 듯했다. 칼을 든 자들이라면 이왕 당할 것 싸우다가 죽겠다고 말할 것이다. 때리면 때리는 대로 당하면 당하는 대로 그렇게 순응하며 사는 것이 그들의 운명인 듯했다. 하긴 한 대 맞았다고 그 갚음을 위해 누구나 일어선다면 이 세계의 지반은 얼마나 허약하랴.

장문천은 팔짱을 꼈다.

투두두두두!

흙먼지는 자욱하고 마적들은 점점 여가구로 다가왔다. 여가구에 이른 그들은 마을에 가로놓인 높다란 목책을 보고 코웃음을 치며 말에서 내렸다. 목책을 치우기 위해 걸어오던 십여 명의 마적들은 마을 입구에 선 화산의 제자들을 발견했다.

쾌쾌단은 전혀 무지한 자들은 아니다. 매화 문양의 도복에서 화산파의 제자들임을 단박에 알아챘다. 그들은 또한 화산파를 겁낼 줄도 알았다. 목책을 치우려던 십여 명의 마적들은 크게 놀라며 후다닥 본진으로 돌아갔다.

웬만한 마적들이라면 상대의 머릿수와 나이에 관계없이 화산파라는 이름만으로도 다른 곳으로 말 머리를 돌렸을 것이다. 그러나 그날 쾌쾌단의 단주는 지나친 만용을 부리고 있었다. 구룡선, 마인거에 판판이 깨지는 구대문파를 우습게 본 탓도 있었지만 아무래도 그날 그에게는 죽음의 악신이 씌웠던 듯했다.

백여 명의 마적들은 일제히 말에서 내렸다. 쾌쾌단의 단주는 외치고 싶었다.

'나는 화산파 놈들까지 쓸어버렸어!'

그는 다른 마적들에게 그렇게 소리치기를 바라며 수하들과 함께 목책으로 슬금슬금 다가왔다.

화산파 제자들의 중앙에 선 호랑이 눈의 소년은 조충국趙充國이다. 그는 마적들이 다가오자 검을 빼 들며 소리쳤다.

"개화開花!"

조충국을 비롯한 일곱 명의 화산 제자들이 발 빠르게 움직였다. 그들은 날렵하게 움직이며 별 모양 같기도 하고 꽃잎 모양 같기도 한 진을 만들었다.

매화검진梅花劍陣!

소림의 나한진, 무당의 양의검진兩意劍陣과 함께 천하삼대 절진으로 꼽히는 바로 그 검진이었다. 때문에 아직 검진의 오의도 모르고 외형만 간신히 익힌 홍안의 소년들이 펼치고 있다고는 하나, 진세가 갖추어지자 견고함과 위맹함이 단번에 마적들의 기를 질리게 했다.

쾌쾌단의 수하들은 단주의 눈치를 살폈다.

"천방지축을 모르는 애송이들! 강호의 매운맛을 느끼게 해 주마! 쓸어버려!"

단주가 염왕도閻王刀를 들며 소리쳤다.

쾌쾌단의 수하들은 창칼을 번뜩이며 목책을 넘었다.

매화의 꽃술 부분에 있는 자가 매화검진의 변화를 주도하는 자다. 조충국이 그 자리에 있었다.

"풍화風花!"

그가 소리치자 매화검진이 원형을 그리며 천천히 움직였다. 마적들은 그 검진을 깨기 위해 달려들었다.

쨍! 쨍! 쨍!

창칼이 부딪치며 불꽃이 튀었다.

검진이 돌아가는 속도가 점점 빨라졌다.

"으악!"

"악!"

비명이 터지기 시작했다. 마적들의 비명이었다. 화산의 제자들은 더욱 기세를 올렸고 마적들은 주춤거렸다. 그들이 언제 이토록 현묘한 진법을 상대로 싸운 적이 있으랴!

"난화亂花!"

조충국은 기세를 놓치지 않고 검진의 변화 속도를 더욱 빨리했다. 꽃잎이 바람에 우수수 어지럽게 흩날리며 날아가듯 화산의 제자들이 갑자기 미친 말처럼 움직였다. 보기에는 산만해 보여도 그들이 나가고 들어옴에는 정연한 규칙이 있었다.

순식간에 십여 명의 마적들이 다시 목숨을 잃었다.

"이런, 사타구니에 털도 제대로 자라지 않은 놈들이!"

쾌쾌단의 단주는 노화를 터뜨렸다.

"비켜라!"

그가 염왕도를 앞세우고 달려 나왔다. 단주쯤 되는 자이니 뭔가 달라도 달랐다. 차륜전車輪戰의 묘함도 조금 아는 듯했다. 그는 소두목들을 몇 개의 길로 나눠 지정한 자들을 쉬지 않고 공격하게 했다. 그리고 자신 역시 한 무리의 수하들을 이끌고 가장 약해 보이는 화산 제자를 찾아 공격했다.

이번에는 화산 제자들이 쾌쾌단의 정연한 공격에 밀렸다. 특히 쾌쾌단의 단주가 공격하는 화산 제자는 진을 이탈할 정도로 휘청거렸다.

"폐화閉花!"

조충국은 매화검진을 두 팔 넓이로 좁히며 쾌쾌단 단주의 공격을 받아 비틀거리고 있는 화산 제자를 도왔다.

쾌쾌단의 차륜전은 계속되었다. 그러나 화산 제자들은 용케 버텨 내고 있었다.

"어떻소? 우리 아이들이 보기보다 잘 싸우고 있는 것 같지 않소?"

장문천은 미소를 머금으며 촌장을 바라보았다. 생각 밖에 제자들은 잘 싸워 주고 있었다. 이긴다고는 장담을 하지 못해도 절대 진이 부서지지 않을 것이라는 사실은 장담했다.

"만약 당신들이 이번 기회에 저들의 배후를 공격하면 마적들은 오갈 데 없이 무너지고 말 것이오."

장문천이 촌장에게 슬쩍 말했다.

"우리가 어찌……."

촌장은 여전히 내키지 않는 표정이었다.

장문천은 고개를 끄덕이며 웃었다.

그때였다.

"외지의 분들께서 이토록 우리를 위해 수고를 해 주시는데 우리는 뒷짐이나 지고 있다니, 참으로 염치없는 짓이라 생각하지 않소!"

어디에나 피 끓는 사람들은 한두 명씩 꼭 있는 법이다. 우락부락하게 생긴 중년 사내 한 명이 팔뚝을 들어 보이며 고함을 질렀다.

"맞는 말이오!"

나서는 자들은 역시 청년들이었다. 그들은 닥치는 대로 손에 잡히는 물건을 들더니 우르르 마적들을 향해 달려들었다.

장문천은 이쯤이면 됐다고 생각했다. 마적들을 상대로 나섰으니 여가구의 사람들은 다른 마적들을 상대로도 칼을 뽑을 것이 분명했다. 다음에는 그들의 피로 그들의 마을을 지키게 할망정 오늘만은 그들의 피를 면해 주고 싶었다.

장문천은 완보로 마적들을 향해 걸어갔다.

슥! 스슥! 천천히 걷는 걸음걸이였으나 그는 어느 틈에 마적들에게 달려드는 여가구의 청년들을 지나 쾌쾌단의 단주 곁에 달라붙고 있었다.

쾌쾌단의 단주는 갑자기 나타난 인영에 크게 놀라며 염왕도를 휘둘렀다.

장문천은 피할 생각도 않고 반가운 사람을 만난 듯이 쾌쾌단 단주의 어깨를 툭 쳤다. 염왕도를 치켜들던 쾌쾌단 단주의 안색이 흙빛으로 변했다.

"웩!"

그가 피를 쏟으며 나뒹굴었다.

툭 건드리는 것만으로 내부를 완전 박살 내 버리는 무서운 내가중수법內家重手法!

장문천은 산책을 하듯 한가로이 마적들 사이를 거닐며 마적들을 툭툭 건드렸다. 마적들이 곽란灌亂에 걸린 자처럼 발작을 하며 나뒹굴었다.

"으, 으, 으……."

쾌쾌단의 마적들이 공포에 질려 주춤주춤 물러났다. 그들은 급히 등을 돌렸다.

"산화散花!"

조충국이 고함을 질렀다.

화산의 제자들이 매화검진을 해체하며 시위를 벗어난 화살처럼 달아나는 마적들의 뒤를 쫓았다.

"커악!"

"칵!"

마적들의 비명이 여가구를 흔들었다.

"기분이 어떠냐?"

화산으로 돌아가며 장문천은 제자들에게 물었다.

"처음으로 사람을 죽였습니다. 기분이 좋지 않습니다."

"아닙니다! 저는 자부심을 느낍니다! 하나를 죽여 열을 살릴 수 있다면 바로 그것이 협행이 아닙니까!"

"저는 제 자신의 실력을 과신하고 있었던 듯합니다. 솔직히 검진을 쳐라 했을 때 사숙에게 불만을 가졌습니다. 마적들을 상대로 매화검진이라니요. 그러나 매화검진을 펼치지 않았다면 살아남지 못했을 것입니다. 저는 우물 안 개구리였습니다."

"검에는 정이 없습니다. 죽이지 않았다면 죽었을 것입

니다."

제자들이 한마디씩 내뱉었다.

장문천은 묵묵히 고개를 끄덕였다.

"그 모든 말이 맞다. 앞으로도 각자가 자신의 말을 기억하기 바란다."

"사숙, 형천炯天의 말과 제 말은 다른데 어찌 모두 옳다고 하십니까? 형천은 사람을 죽여 기분이 좋지 않다고 했고 저는 협행을 한 것 같아 기분이 좋다고 했습니다."

제자 한 명이 당돌한 표정으로 물었다.

"형천의 마음이 형천의 검을 결정지을 것이고 너의 마음이 너의 검을 결정지을 것이다. 모두 같은 검로를 걸어가라고 나는 말하지 않는다. 나는 너희들에게 각자의 마음을 각자의 검에 충실히 담으라고만 말할 뿐이다."

장문천이 담담하게 말했다. 자신의 말을 이해하는 제자도 있는 듯했고 이해하지 못하는 제자도 있는 듯했다. 누구나 자신이 담는 크기만큼 본다. 그리고 머릿속의 이해란 이해하지 못한 것보다 오히려 더 나쁜 경우도 있으므로 장문천은 부연敷衍을 불허했다.

"내가 묻겠다. 오늘의 싸움에서 가장 큰 공을 세운 사람은 누구인 듯하더냐?"

"조충국!"

제자들은 이구동성으로 검진을 지휘하던 제자를 가리켰다.

조충국은 얼굴을 붉혔다.

"충국은 훌륭했다. 시의 적절하게 검진을 잘 운용했다. 잔

머리를 잘 쓰는 자가 임기응변에 뛰어난 자가 아니다. 임기응변은 상황을 주도적으로 돌파할 수 있는 용감한 자가 아니라면 쉽게 할 수 없지. 그래서 충국은 훌륭하다. 그러나 나는 충국에게 최고의 점수는 주지 않는다."

"그럼, 누가……?"

제자들은 서로의 얼굴을 바라보았다.

"사숙, 저는 강석신姜石身이 가장 훌륭했다고 생각합니다. 그는 적들의 집중 공세를 받고서도 끝내 검진을 지켰습니다."

제자 한 명이 말했다.

강석신이라는 제자는 쾌쾌단의 단주로부터 집중적인 공격을 받아 목숨을 잃을 뻔했던 제자였다.

"석신도 훌륭했다. 석신이 용맹을 보여 주지 않는다면 검진은 깨어지고 말았을 것이다. 그러나 석신도 아니다."

"석신도 아니라면……?"

제자들은 도저히 모르겠다는 표정을 지었다.

"종관鍾寬, 이리 오너라. 나는 오늘 최고의 공은 종관에게 돌리고자 한다."

장문천은 성종관成鐘寬이라는 제자를 불렀다.

"종관에게 최고의 공을?"

"검진의 요체는 나의 목숨을 다른 동료들에게 맡기는 것이다. 자신을 먼저 생각하면 절대 검진은 제 위력을 발휘하지 못한다. 누가 나를 가장 많이 잊었느냐? 나는 종관의 검로에서 그것을 보았다."

장문천이 성종관이라는 제자의 어깨를 잡으며 말했다.

"아!"

제자들은 탄성을 터뜨리며 고개를 끄덕였다.

"나는 오늘 부탁하고자 한다. 천 년 화산의 위업은 어떻게 이루어졌는가? 나의 작은 그릇을 버렸기 때문이다. 너희들의 마음에 화산이라는 큰 그릇을 담도록 하라."

"알겠습니다!"

제자들은 산림이 떠나갈 정도로 고함을 질렀다.

장문천은 화산으로 발길을 옮겼다. 제자들이 우르르 그의 뒤를 따랐다. 제자들의 기분은 최고였다.

사숙 장문천!

사숙조, 사부조차 검이 천외의 경지에 이르렀음을 인정한 분이다. 그런 분을 모시고 검로를 말할 수 있으니…….

"사숙, 고백할 일이 있습니다. 사실 저는 오늘 적들에 맞서 무척 두려움을 느꼈습니다. 화산의 제자로서 부끄러울 따름입니다."

길을 가며 제자 한 명이 얼굴을 붉히며 말했다. 사숙은 검에 실린 마음까지 읽는 분이다. 자신의 마음도 충분히 읽었으리라 생각되자 고백하지 않을 수 없었다.

"부끄러워할 필요가 없다. 두려움은 자신을 돌이키는 큰 스승이다. 죽음의 두려움을 느끼지 못하는 자는 소, 돼지와 무엇이 다르겠느냐? 항상 검을 두려움과 조심으로 대해 너를 더 높은 자리로 앉히도록 하라."

장문천은 제자의 어깨를 어루만지며 독려했다.

"그럼 사숙께서도 두려움을 느낀 적이 있었겠군요?"

조충국이 물었다.

"물론. 공포와 두려움으로 오금이 저린 적이 있었다. 목숨을 건지고 나서 견딜 수 없는 수치를 느꼈지. 그 수치가 지금의 나를 키웠다."

"믿어지지 않습니다. 사숙을 공포에 떨게 한 그 무엇이 있었다니요."

"배교의 수괴, 명강량! 나는 그자의 얼굴이 아직도 잊혀지지 않는다. 나는 공포에 질려 칼을 뺄 생각도 못했지. 지금도 나는 스스로의 나태함을 발견할 때면 그때의 일을 떠올린다. 그렇게 생각하면 나에게는 무척 고마운 자라 할 수 있지. 검에 대한 큰 발심發心을 주었으니."

장문천은 쓸쓸한 표정으로 말했다.

"자, 서둘러 가자. 영호 사형께서 무척 기다리시겠다. 대회맹에 간 장문 사형께서 돌아오셨는지도 모른다. 여기서부터 화산까지 경신술로 달리겠다. 근기를 키우는 데는 육신을 곤고하게 만드는 것 이상 좋은 방법이 없다. 힘들다고 발길을 멈추는 놈은 용서하지 않겠다. 알겠느냐?"

"예!"

제자들이 고함을 질렀다.

"가자!"

장문천은 신형을 뽑았다. 제자들이 열을 지어 검을 철컥이며 그의 뒤를 따랐다.

대회맹에 갔던 장문 사형 이건은 이미 화산에 돌아와 있었다. 장문천은 사형 영호준과 함께 이건을 마주 대했다.

　"네가 운대봉에 오른 이유는 따로 있었을 것이다. 그런데 그 뜻을 접게 하고 제자들에게만 매이게 해서 미안하구나."

　이건이 말했다.

　"아닙니다. 화산으로부터 받은 몸, 돌려줄 수 있는 것은 모두 돌려주어야지요. 그리고 즐겁습니다. 청출어람을 보는 것만큼 더 큰 기쁨이 어디 있겠습니까."

　"호오, 사제가 흡족해하다니, 아이들의 기골이 그렇게 뛰어난가?"

　육사형 영호준이 물었다.

　"제각祭閣을 지킬 아이도 있고 문풍을 빛낼 아이도 있습니다. 물론 검으로 화산을 빛낼 아이도 있지요."

　"종사宗師의 기질을 말할 수 있는 아이는?"

　이건은 만면에 미소를 지으며 물었다.

　"있습니다. 장문 사형도 이미 보셔서 아시리라 생각합니다만……."

　"조충국!"

　영호준이 대신 말했다.

　"그렇습니다. 모두 철중쟁쟁이고 특히 조충국은 백미라 할 수 있지요."

　"그릇은 닦고 만들어야 그릇이지."

　이건은 섭선을 흔들었다.

　"장문 사형의 말씀이 옳습니다. 그 아이에 대해 많은 생각을 하고 있습니다."

"많은 생각이라… 하지만 시절이 어디……."

이건은 착잡한 표정을 지었다.

영호준과 장문천도 침묵을 지켰다.

"네가 오기 전에 영호준과 이미 이야기를 나누었다. 대회맹에서 구대문파의 힘을 모아 구룡선, 마인거를 치기로 했다. 나는 영호준을 보내려 하는데 네 생각은 어떠냐?"

"장문 사형 홀로 이 넓은 화산의 도량을 어떻게 이끌겠습니까? 원래 사부께서 영호 사형을 산문 밖으로 잘 보내지 않은 뜻은 영호 사형이야말로 보이지 않는 화산의 문틀까지 단단히 할 분이라는 것을 아셨기 때문입니다. 영호 사형이 가서는 안 됩니다. 제가 가겠습니다. 이런 곳에 쓰려고 배운 무공이 아니었습니까?"

"사제, 이번만은 양보하게. 나의 검도 가볍지 않다는 것을 보여 줄 기회를 주게나."

영호준이 말했다.

"도대체 내가 이곳에 남아야 하는 이유가 무엇입니까? 지파, 속가의 무문이 어디에 있는가도 모릅니다. 제각은 어떻게 살피며 청규가 어떤지도 모릅니다. 내가 화산에 남아 있어야 할 이유가 없습니다. 돌아가신 이사형도 오늘 같은 날을 위해 저를 운대봉에 보냈습니다."

장문천은 강경하게 자신이 떠날 것을 고집했다.

"모르는 것은 배우면 되네. 사제는 고집을 꺾어라!"

영호준도 목소리를 높였다.

"장문 사형, 영호 사형, 다시 묻겠습니다. 도대체 내가 이곳에 남아야 하는 이유가 무엇입니까?"

"알고 있을 테지, 사제를 남기려 하는 이유를. 곽부와의 일전 이후 우리 화산의 힘은 많이 약해졌다. 나는 정말 청출어람으로 화산이 빛나기를 바라네. 사제 아니면 누가 그 일을 하겠나."

이건이 어깨를 흔들며 낮은 소리로 말했다.

"하하하! 사형, 역시 그 때문이었군요. 감히 말하건대 사형들의 생각은 전혀 옳지 않습니다. 저를 키운 것은 누구입니까? 나를 키운 것은 대화산이었습니다. 아무리 뛰어난 스승이라 하더라도 천 년 화산이 가르치는 것만큼 가르치지 못합니다."

"좋은 스승은 천 년 화산의 위업을 보다 쉽게 물려줄 수 있네."

영호준의 말이었다.

"몇 가지만 말하겠습니다. 장문 사형, 영호 사형, 저는 구룡선, 마인거에 패하지 않을 자신이 있습니다. 설마 사형들께서는 저의 패배를 미리 점치고 있는 것은 아니겠지요?"

"그럴 리가… 만약을 생각하자는 것이지."

영호준은 장문천의 시선을 외면했다.

"그리고 천하에 화산의 진면목을 보여 주고 싶습니다. 하늘을 받치는 화산의 기둥이 전혀 좀먹지 않았음을. 사형들, 좋은 스승은 좋은 나무를 만드는 자양분이라는 것을 나도 인정합니다. 그러나 결국 자양분일 따름입니다. 스스로 자라는

나무가 결국 깊은 뿌리를 내립니다. 자양분조차 스스로 찾아
가는 나무…….”

“음.”

이건은 눈을 지그시 감았다.

“네가 그렇게 말할 줄 알았다. 따지고 보면 너를 보내지
않겠다는 것은 구대문파 간의 의리도 저버리는 처사. 구룡
선, 마인거를 상대하는 데 온 힘을 기울여야지. 막내 사제,
너의 말이 맞다. 날쌘 제자들을 가려 뽑아 의창에서 강호의
동도들과 합류하라.”

“장문 사형!”

영호준이 화를 내며 벌떡 일어났다.

“앉게.”

이건의 손짓에 영호준은 할 수 없이 분을 삭이며 좌정했다.

“이제 더 이상 다른 말은 하지 마라. 장문인으로서의 명이
다. 그 외 다른 말이 있느냐?”

영호준은 검미를 꿈틀댔다. 장문인인 대사형은 당연히 강
호의 의리를 먼저 생각할 것이다. 그러나 자신에게 우선하는
것은 화산의 이익이었다. 화산을 생각한다면 막내 사제보다
자신이 의창에 가야 했다. 하지만 대사형이 장문인의 명까지
들고 나오자 불만을 숨길 수밖에 없었다.

생각하면 막내 사제의 말대로 될지도 모를 일이다. 구룡
선, 마인거를 막내 사제가 앞장서 쳐부수는. 오히려 그렇게
될 가능성이 높았다. 막내 사제의 무공은 화산에서는 이미
논외이니 말이다. 그럼에도 자신이 나서겠다고 부득부득 우

긴 것은, 만에 하나라는 노파심 때문이었다.

"장문 사형, 이번 강호행에 조충국도 데려갔으면 합니다."

"충국을?"

"염려가 되실 줄 압니다. 그러나 큰일을 겪지 못하면 큰 인물이 되기 힘듭니다. 허락해 주십시오."

장문천의 청에 이건은 길게 생각도 않았다.

"사제의 뜻대로 하라."

새끼라도 호랑이라면 호랑이가 가는 길을 걸어야 한다. 설혹 중도에 험한 일을 당한다 할지라도.

"의창에 갈 제자들을 뽑은 후 조사전에 모이도록 하겠습니다. 분향을 할 때 장문 사형을 부르겠습니다."

장문천은 자리에서 일어났다.

"아! 단원홍이라는 자도 의창에 온다고 합니까?"

그가 문득 물었다.

"아마 오지 않을 것일세."

"그래요?"

장문천은 조금 실망한 표정이었다.

"구룡선, 마인거를 처치하고 나면 능운공작을 한번 찾아가 보게."

이건이 미소를 지으며 말했다. 사제의 마음을 모르는 바가 아니었다.

"장문 사형, 감사합니다."

장문천은 깊게 포권했다. 사실 그의 마음은 구룡선, 마인거보다 단원홍에 대한 호승지심으로 더욱 이글거리고 있었다.

그 깊은 산에는 여자가 산다네.
몸에는 풀잎의 의상을 걸치고
허리에는 덩굴의 띠.
다정한 눈빛과 사랑스러운 미소
온화한 성품에다 아름다운 자태
붉은 표범을 타고 아름다운 여우가 뒤를 따르네.

개나리를 수레 삼고
계수나무 깃발 달아
향기로운 난초로 수레를 싸고
두형초杜衡草의 향기를 내뿜으며
아름다운 꽃을 꺾어 임에게 보내고져…….

　예령은 노래를 흥얼거리며 땅에 떨어진 도토리를 줍고 있
었다. 하루 종일 개미에게 말을 붙이기도 하고 자라나는 화
초들을 바라보기도 하며 그 좁은 금옥의 생활도 지루해하지
않던 그녀였다. 하물며 드넓은 무산이야…….
　예령의 오감은 모든 것을 항상 새롭고 흥미롭게 받아들이
도록 만들어져 있는 듯했다.
　노래를 흥얼거리며 도토리를 찾던 예령은 허리를 폈다.

"다람쥐들아, 화를 내지 마. 너희들의 것을 가져가려 하는 것이 아니란다. 나중에 돌려줄게."

그녀의 주위에는 서너 마리의 다람쥐들이 폴짝거리며 뛰어다니고 있었다.

"어!"

다람쥐를 바라보던 예령의 눈빛이 이채로 반짝였다. 언제 날아왔는지 나뭇가지에 작은 새가 앉아 있었다.

배는 하얗고 등은 까만, 그녀가 처음 보는 새였다. 머리와 꼬리에는 두 가닥의 오색 깃이 길게 뻗어 있었다.

"야!"

예령은 탄성을 터뜨렸다. 나뭇가지를 총총거리는 모양이 너무 예쁘게 보였기 때문이다.

"이리 오너라."

그녀는 손을 내밀었다. 별 기대도 않았는데 작은 새는 기다렸다는 듯이 그녀의 손에 둥지를 틀듯 앉았다.

"이야!"

예령은 기뻐서 어쩔 줄 몰라 했다.

"너의 이름은 무엇이니?"

그러나 새가 말을 할 리 없었다. 새는 네가 내 이름을 지어보아라는 듯 말똥말똥 예령을 쳐다보기만 했다.

"음……."

예령은 생각에 잠겼다.

"좋아! 무척 재미있게 날아다니는 것을 보니 낙조樂鳥라 해야겠다. 낙조!"

그녀가 새를 불렀다. 오색조는 예령의 부름에 답이라도 하듯 뽀르르 팔을 타고 예령의 어깨에 앉았다.

"나를 따라가겠니? 파파와 신 아주머니에게 자랑해야겠다."

예령은 신바람을 내며 도화와 신화정이 있는 곳으로 달려갔다. 낙조는 예령의 움직임에도 동요 없이 점잖게 앉아 있었다. 예령이 수풀을 헤쳐 나갈 때였다. 갑자기 하늘이 여러 가지 고운 빛깔로 반짝였다.

낙조는 하늘로 치솟고 예령은 고개를 들었다.

"아!"

그녀는 다시 탄성을 터뜨렸다. 전신이 채색彩色으로 빛나는 새였다. 채색조彩色鳥는 예령의 머리 위를 천천히 선회했다. 하늘로 치솟은 낙조는 채색조 주위에서 재롱을 떨며 날개를 퍼덕였다.

예령은 채색조의 아름다움에 넋을 잃었다. 그 때문에 매한 마리가 채색조와 낙조를 노리는 것을 보지 못했다. 가끔 금수의 화려함은 자신에게 도움을 주기보다 포식하는 맹수에게 더 도움을 주는 경우가 있다. 채색조의 화려함은 먼 곳에서도 잘 띄어 매를 부른 듯했다.

"도망가!"

뒤늦게 매를 발견한 예령이 손을 입에 모으고 소리쳤다. 그러나 채색조는 도망치지 않았다. 채색조는 매를 마주 보며 날개를 폈고 낙조는 예령을 향해 뛰어들었다.

예령은 낙조를 소매에 숨기며 발을 동동 굴렀다. 채색조는 매의 상대가 되지 않을 게 뻔했다. 저 날카로운 부리, 부리부리한 눈. 휙! 마침내 매는 선회를 멈추고 채색조를 향해 쏜살같이 낙하했다.

그때였다.

휘익! 휘익!

마치 사람이 날카롭게 휘파람을 부는 소리와 같은 소리를 내며 또 한 마리의 새가 나타났다. 채색조보다 반절은 커 보이는 새였다. 까만 깃털에 날개와 몸통을 따라 흰 선이 뚜렷한 새였다.

흑백조黑白鳥가 나타나자 매와 싸우려던 채색조는 쉽게 예령의 어깨로 후퇴했다.

푸드득! 흑백조와 매가 발톱을 세우며 얽혔다. 승부는 한순간이었다. 흑백조는 자신보다 덩치가 몇 배 큰 매를 맞아 발톱으로 배를 가르고 부리로는 한 번에 날개를 꺾어 버렸다. 매가 팽이처럼 회전하며 땅으로 곤두박질했다.

휘익! 휙!

흑백조가 휘파람 소리를 내며 허공을 선회했다. 낙조는 예령의 소매에서 빠져나왔다. 그들이 같은 소리로 화답하며 하늘로 치솟았다. 흑백조는 하늘을 지켰고 채색조와 낙조는 예령의 주위를 날며 화려한 비행을 자랑했다.

예령은 새들의 군무에 취해 넋을 놓았다.

"앗! 너무 놀았구나."

겨울을 준비하는 무산의 해는 너무도 짧았다. 벌써 어둑어

둑해지고 있었다.

예령은 새들과 작별을 고하고 서둘러 목채로 발길을 돌렸다. 이야기도 하지 않고 몰래 빠져나온 터였다. 지금쯤 파파와 신 아주머니가 자신을 찾느라 정신없을 것이 분명했다.

"깊은 산에는 아이들만 잡아가는 귀신이 있다고 파파가 말했는데……."

도토리를 찾아 걷다 보니 생각보다 멀리 온 듯했다.

늑대의 울음도 들리고… 은근한 두려움이 들었다. 해가 꼴깍 넘어가기 전에 목채로 돌아가야 했다.

예령이 수풀 사이를 정신없이 헤쳐 갈 때였다.

"어!"

예령은 우뚝 발걸음을 멈추었다. 그녀는 놀라 주춤 뒷걸음질을 쳤다.

수풀 속에서 거한이 불쑥 얼굴을 들이밀고 있었다.

그는 누런 이를 드러내며 느닷없이 예령의 팔을 잡았다.

예령은 너무 놀라 비명도 지르지 못했다.

"누, 누구세요?"

그녀는 토끼처럼 눈을 뜨며 사내의 손에서 팔을 빼려 했다. 그러나 거한은 예령의 팔을 놓아주지 않았다.

"아가씨, 많이 찾았습니다."

거한이 씨익 웃으며 말했다. 거한은 혼자만이 아니었다. 곧이어 수풀 속에서 칼을 든 삼사십 명의 장한들이 더 모습을 드러냈다.

예령은 겁먹은 얼굴로 그들을 살폈다. 다행히 아이들을 잡아가는 산귀山鬼는 아닌 듯했다.

예령의 팔을 잡은 거한이 자신의 신분을 밝혔다.

"아가씨, 놀라지 마십시오. 저는 천화원에서 온 천위대주입니다. 원주의 명을 받고 아가씨를 모시러 왔습니다."

거한이 머리를 숙이며 말했다. 그는 바로 국태열이었다.

"천화원?"

"설마 원주를 모르시지는 않겠지요?"

"아! 백발 아저씨! 물론 알고 있지요. 단 아저씨를 말씀하시는 것이지요?"

예령은 도화로부터 백발 아저씨의 이름이 단원홍이며 천화원의 원주라는 사실을 들었다. 그녀는 단원홍에 대해서는 금옥의 파파와 할아버지 다음으로 좋은 감정을 가지고 있었기에 조금 안심은 되었다.

"아가씨를 모셔라!"

국태열이 수하들을 향해 소리쳤다. 천위대의 수하들이 예령을 잡았다.

"더러운 배교 놈들! 감히 천화원이 어디라고 그곳까지 와서 난동을 부려!"

국태열은 눈을 부라렸다.

"놈들의 목채를 철저히 포위하라! 한 놈도 도망가게 해서는 안된다!"

그가 소리쳤다.

천위대의 무사들이 사슴을 발견한 늑대처럼 뛰었다.

"감 아저씨……."

예령은 울먹이는 표정으로 감악을 바라보았다. 정말 이상한 일이었다. 왜 그녀의 주위에는 만나면 싸우겠다는 사람밖에 없는지. 앞으로 싸움을 일으키지 않게 하기 위해서라도 예령은 꼭꼭 숨어 있어야겠다고 생각했다.

감악은 차마 예령을 바라보지 못했다. 실수였다. 잠깐 긴장을 푼 것이 화근이었다.

'나 같은 놈이 무슨 호교신장……. 성녀를 지키는 일에 한눈을 파는 호교신장도 있었던가? 이렇게 어이없이 성녀를 적에게 뺏기다니.'

그는 간이 타는 초조함 속에 자신을 질책했다.

죄스러워하기는 신화정이 더했다. 그녀는 도화와 함께 예령을 가까이서 모셔야 할 책임이 있었다.

"죽일 놈들!"

국태열은 째지는 목소리를 내질렀다.

"목과 함께 천화원으로 갈 테냐? 몸뚱이는 여기 남겨 두고 목만 천화원으로 갈 테냐? 선택하라!"

그가 두 눈을 희번덕거렸다.

슥! 장탄과 고명상은 누가 먼저라 할 것 없이 칼을 뽑았다.

"성녀를 내려놓아라!"

그들이 한 소리 고함과 함께 국태열을 향해 달려들었다.

"이놈들 봐라!"

국태열은 자신의 칼을 손바닥으로 철컥 쳤다. 너 따위 것들은 칼도 필요 없다는 듯 그는 자신의 칼을 수하에게 던졌다. 그리고 어깨를 으쓱이며 장탄과 고명상을 맞았다.

파팟! 장탄과 고명상은 국태열의 좌우를 협공했다.

"흥!"

국태열은 코웃음을 쳤다. 그는 슬쩍 몸을 비틀며 주먹을 내질렀다. 바위 같은 국태열의 주먹이 바람을 갈랐다. 천화원의 무공 중 하나인 사자철권이었다.

원래 장탄과 고명상의 무공은 그들의 전대 명두인 추대괄이나 장호보다 못했고, 국태열의 무공은 사패 다음이라 해도 무방했다. 상대가 될 리 없었다.

감악이나 유공경, 신화정이 도와줄 틈도 없었다.

"으악!"

"악!"

장탄과 고명상이 피를 토하며 쓰러졌다.

"묶어라!"

국태열이 거드름을 피우며 명했다. 천위대의 수하들이 몸을 뒤척이고 있는 장탄과 고명상에게 우르르 달려들어 포승을 엮었다.

감악은 이를 악물었다. 누구도 국태열의 상대가 되지 않을 듯했다. 상대가 가능한 자는 도화라는 여자가 고작. 그러나 일이 틀어지도록 되어 있었는지 지금 도화라는 여자는 성녀를 찾아 목채를 나가고 없었다. 제때에 온다고 해도 원래 천화원의 가솔이었던 그녀가 배교를 위해 싸워 줄지는 의문이었다.

부끄러운 일이나 성녀의 신력에 한 번 더 기대를 걸고자 했다. 하지만 이번에는 그것도 어려울 것 같았다. 국태열은 한고라는 자로부터 이미 성녀의 신력에 대해 이야기를 들은 모양이었다. 성녀를 수하들에게 맡겨 놓고 절대 성녀를 바라보려 하지 않고 있었다.

어쩔 수 없었다. 싸우는 만큼 싸워 볼 도리밖에.

감악은 칼을 잡았다.

그때였다.

"어이, 어이! 명옹의 신력은 위대하기도 하도다! 어찌 이 깊은 무산 골짜기에 죽일 놈들이 있다는 것을 알았을까!"

걸쭉한 사내의 목소리였다. 노래를 부르고 있었다. 그와 동시에 쿵, 산림이 울리며 아름드리나무가 우르르 쓰러지는 소리가 들렸다.

"명옹의 신력은 위대하고 위대하다! 칼을 든 놈들은 모두 우리의 적! 죽이고 또 죽이리라!"

노래로 들려오는 걸쭉한 목소리가 점점 가까워졌다.

국태열은 안색을 찌푸렸다.

"세상에 미친놈들이 한둘은 아니군. 내가 어찌 이 깊은 무산 골짜기에서 미친놈을 만날 줄 알았으랴! 오두일吳頭一, 너는 아이들을 몇 명 데리고 가서 저놈의 입을 찢어 정신을 차리도록 해 주어라!"

그가 관자놀이가 불쑥한 수하를 향해 소리쳤다. 오두일이라는 자가 서너 명의 천위대 수하를 이끌고 목소리가 들리는 곳으로 달려갔다. 곧이어 비명이 무산을 뒤흔들었다.

"으악!"

"커억!"

국태열의 안색이 변했다. 서로 다른 목소리로 비명을 질러 가며 죽는 자를 그는 본 적이 없었다. 비명은 천위대의 수하들이 내지른 것이 분명했다.

"명옹의 신력은 위대하고 위대하다! 배고플 때 때맞추어 말랑말랑한 뇌수를 내려 주시니… 아니야, 아니다! 어흠, 험! 사실 뇌수는 별로 맛이 없지. 뭐니 뭐니 해도 팔딱팔딱 뛰는 간이 최고야. 어디 통통한 간은 없나. 헤헤헤!"

나무 사이로 불쑥 거한이 모습을 드러냈다. 국태열도 크다지만 불쑥 나타난 거한보다는 작았다. 충혈된 눈, 어깨에는 대월을 걸치고 한 손에는 네댓 개의 수급을 쥐고 있었다. 머리채를 붙잡힌 채 흔들거리고 있는 수급은 선명한 핏물을 뚝뚝 떨어뜨리고 있었다. 오두일을 비롯한 천위대 수하들의 목이었다.

능운공작의 친위대인 만큼 천위대원들의 자부심은 하늘을 찌른다. 웬만한 일에는 눈 하나 깜짝하지 않았다. 그러나 돌연 나타난 거한에 대해서는 간이 쿵 떨어지고 있었다. 유도幽都의 수문장이라는 토백土伯이 나타난 느낌이었다.

"누구냐?"

국태열은 흉광을 번쩍였다.

"나를 묻지 마라. 나를 묻지 마라. 나는 나의 이름을 오래전에 잊었다."

대월을 흔들며 터벅터벅 걸어오는 자는 두말할 필요 없이 전우삼이었다.

"쳐라!"

국태열이 수하들에게 전우삼을 공격하도록 명했다. 천위대 수하들이 삼면으로 달려들며 전우삼을 공격했다. 전우삼은 수급들을 허공에 던지며 무지막지하게 대월을 휘둘렀다.

퍽! 퍽! 퍽! 둔탁한 소리와 함께 피비린내가 훅 치솟았다. 도저히 상대가 되지 않았다.

"물러나라!"

국태열이 전우삼을 취해 가며 소리쳤다. 비록 성품은 개차반이라 하나 무재 하나는 단원홍도 인정해 주는 국태열이었다.

국태열의 검이 돌풍을 일으키며 전우삼을 쓸어 갔다. 천화원의 비전 절기 중 하나인 남해 청조각의 해선와가 오랜만에 강호에 선을 보이고 있었다.

"흐흥!"

전우삼은 제법 흥미 있다는 표정으로 혈안을 번쩍였다.

그가 대월과 함께 국태열의 검영 속에 신형을 던졌다.

쏴아! 나뭇잎이 선풍에 몸을 맡기며 천공으로 치솟았다. 무산의 나무들은 갑자기 불어오는 폭풍에 몸을 부대꼈고 서 있던 자들은 경기의 여파를 피해 다급히 물러났다.

쨍! 쨍! 쨍! 그림자는 백변百變으로 움직여 누가 누구인지를 분간할 수 없는 속에 칼 부딪치는 소리만 격렬했다.

천위대의 수하들은 손에 땀을 쥐었다. 승부가 쉽게 날 것 같지 않았다. 감악의 생각도 마찬가지였다. 그는 슬며시 주위를 살폈다. 모두 갑자기 출연한 거한에 정신을 쏟고 있었

다. 앞뒤 사정에 빠르기로는 자신보다 몇 배 나은 청기명사
역시 마찬가지였다. 그녀는 시선을 고정시킨 채 넋 나간 사
람처럼 서 있었다.

감악은 청기명사를 부를까 하다가 그만두었다. 둘 다 움직
이면 적들의 시선이 집중될 게 뻔했다. 그는 슬쩍 몸을 움직
였다. 혼란을 틈타 성녀를 구할 생각이었다.

하지만 그는 몇 걸음도 옮기지 못했다.

쾅! 하는 소리와 함께 난마처럼 얽혀 있던 인영이 갈라졌
다. 천위대 수하들의 안색이 일제히 흙빛으로 변했다. 입가에
피를 흘리며 물러나고 있는 자는 그들의 대주, 국태열이었다.

"으, 으……."

국태열은 신음을 흘렸다. 그는 도저히 자신의 패배를 믿지
못하겠다는 표정이었다. 검을 세우고 다시 일전을 벌이려 했
으나 손이 말을 듣지 않았다. 권장을 주고받을 때 손목 어디
의 근골이 상한 듯했다.

"헤헤헤, 신 나게 손발을 움직였더니 배가 미치도록 꿀꿀
거리는군. 배가 등에 붙어 버렸어. 어디, 어디……."

전우삼은 정말 국태열의 간을 빼 먹을 듯 손을 내밀었다.
국태열은 입가에 피를 줄줄 흘리며 뒷걸음질만 쳤다. 생전에
이런 괴물을 만나리라 생각이나 했으랴.

전우삼은 손을 가볍게 뒤집었다. 날카로운 바람 소리와 함
께 전우삼의 손이 국태열의 심장을 찍었다. 국태열은 죽을힘
을 다해 나귀가 구르는 수법으로 몸을 피했다. 간발의 차이
로 전우삼의 손은 국태열의 옷만 찢고 지나갔다. 그러나 다

음은 정말 목숨을 장담할 수 없었다.

"잘도 구르는군."

전우삼은 발을 들어 땅바닥을 뒹구는 국태열을 마치 사천왕이 마군을 짓누르듯 짓밟으려 했다. 국태열은 전우삼의 발을 피해 열심히 무산을 떼굴떼굴 굴렀다.

'아, 아……'

국태열의 눈빛이 점점 절망으로 흔들렸다. 짓밟혀 송충이처럼 진물을 내며 터져 버리는 것 외에는 다른 선택이 없을 듯했다. 전우삼은 발을 치켜들자 더 이상 뒹굴며 달아날 곳을 찾지 못한 국태열은 눈을 질끈 감았다. 아무도 그들 도와줄 생각을 못했다.

"헤헤헤, 생각을 바꾸었다. 잘근잘근 납작하게 밟아 육포로 만들어야지."

전우삼은 발을 번쩍 들었다. 그 순간!

"멈추세요!"

날카로운 고함이 전우삼의 행동을 막았다.

"뭐야?"

전우삼은 눈을 치켜떴다. 만약 어린 계집의 목소리가 아니었다면 그 누구도 전우삼의 발길질을 막지 못했을 것이다. 때 아닌 어린 계집의 목소리가 전우삼의 발길질을 멈추게 했다.

예령이었다.

"죽이지 마세요. 그분은 단 아저씨가 보낸 분이란 말이에요!"

그녀가 발을 구르며 소리쳤다.

"이런, 젠장! 솜털도 제대로 나지 않은 계집이 누구보고 이래라저래라 하느냐? 본좌는 누가 말리면 더 하고 싶어 하는 사람이지. 일단 이놈을 육포로 만들어 놓고… 한 점 나누어 줄 테니 더 이상 칭얼대지 마라. 육포 맛을 보고 나면 누구또 밟을 사람이 없나 하고 찾게 될걸."

"멈춰!"

예령은 악을 썼다.

"멈추세요. 명이에요!"

예령과 함께 또 한 명의 여자 목소리가 무산을 울렸다. 청기명사 신화정이었다.

"넌 또 웬 계집이냐? 명? 헤헤헤, 누구의 명? 이놈이 네년의 서방쯤… 어, 어, 어!"

신화정을 바라보던 전우삼이 한쪽 발을 든 채 주춤댔다. 그의 눈이 무산을 담은 듯 커지고 있었다.

"헤헤헤! 서, 서, 설마, 화, 화, 화정은 아니겠지. 헤헤헤, 헤헤…….."

전우삼은 안면 근육을 심하게 씰룩거렸다. 그 어떤 세월의 풍상도 그녀의 얼굴을 잊게 하지 못하리! 와사곡에서 눈물로 작별을 고했던 그녀!

신화정은 눈을 부릅떴다. 오랜 세월의 회한을 참기 위해서였다. 어찌 잊으리! 와사곡에서 속으로 눈물을 삼키며 보내기 싫었지만 보내야 했던 그대!

눈물을 참기 위해 눈을 부릅떴고 입술을 피가 나도록 깨물었다. 그러나 눈물은 절로 넘치고 있었다. 그녀의 부릅뜬 눈에 눈물이 주르르 흘렀다.

"성녀를 잊지는 않았겠지요? 명이에요. 성녀의 명. 물러나세요!"

그녀가 감정을 숨기며 냉랭하게 말했다.

"서, 성녀? 누가? 저 계집… 아니, 아니, 저 어린 아가씨… 화, 화정… 화정!"

전우삼은 예령과 신화정을 번갈아 바라보며 어쩔 줄 몰라 했다. 마치 복잡한 저잣거리에서 어머니의 손을 놓쳐 버린 아이와 같았다.

"아, 아!"

전우삼은 깊은 탄식을 토해 냈다. 성녀에게 오체투지로 인사를 드려야 했고 화정도 뼈가 으스러지도록 껴안아 주어야 했다. 하지만 어쩐 일인지 사지에 힘이 점점 빠졌다.

땡그랑! 손에서 대월이 떨어졌다.

"헤헤헤, 에헤헤헤!"

전우삼은 실성한 자처럼 히죽대며 나무에 몸을 기댔다.

"명옹, 명옹! 나와 보시오! 빨리! 이게 어떻게 된 일이지? 이게……."

그가 암천을 우러르며 중얼댔다.

"강량, 오랜만이에요. 주강의 꽃배 이야기를 해 드릴까요, 늙은 자라 이야기를 해 드릴까요?"

악약은 다가와 명강량의 팔에 어깨를 기댔다.

순간, 아름다운 이십여 세의 여인은 간데없고 작은 계집이 명강량의 앞에 서 있었다.

　대화로의 불은 창궁으로 치솟고 꽃잎은 휘날렸다.

　그 나무 아래 명강량은 서 있었다. 그리고 작은 계집은 저 곳에 서 있었다.

　'성녀라…….'

　가슴의 통증은 쉽게 가라앉지 않았다.

　한동안 시간의 역류 속에 허우적거린 듯했다.

　너무도 닮은 모습이었다. 대화로 앞에서 그을음을 날리며 불장난을 치던 그 작은 계집.

　하지만 여기는 무산이었고 떨어지는 것은 꽃잎이 아니라 낙엽이었다. 꿈에서 돌아오는 길은 언제나 멀고 험하다. 명강량은 상처로 지지직거리며 마음의 문을 닫았다. 거칠게 서둘러 닫느라 조금은 틈새가 생겼는지는 모를 일이다. 어쨌든 그의 눈빛은 깊이를 알 수 없는 무심함으로 되돌아가고 있었다.

　"화정, 화정… 도대체 이게……."

　전우삼은 여전히 허둥대고 있었다.

　"아란하."

　명강량은 아란하를 불렀다.

　구룡선과 팔룬거는 길이 좁아 무산의 산길을 오를 수 없었다. 전우삼과 아란하만이 그를 따르고 있었다.

　아란하는 명강량의 곁에 섰다.

　"옷깃을 잡아 다오."

이번에는 머리가 아니라 옷깃이었다. 아란하는 명강량의 뒤에 서서 너덜너덜한 금의의 주름을 폈다.

명강량은 목채가 있는 장방형의 분지로 나섰다.

"명옹!"

전우삼은 고함을 질렀다. 그리고 그는 잊었던 급한 일을 기억한 사람처럼 뛰었다. 부른 사람은 명강량이었는데 달려가는 곳은 딴 곳이었다. 명강량이 나타나자 그는 비로소 자신이 어디에 있어야 하는가를 깨달은 듯했다. 아직도 눈물을 흘리고 있는 화정의 곁이었다.

"아이고!"

전우삼은 화정을 끌어안으며 고함을 질렀고 다른 이들은 모두 시선을 명강량에게 모았다.

"며, 명옹……!"

감악의 눈동자가 붉어졌다. 틀림없었다. 전교영기와 신장도로 천하를 종횡하던 저 모습!

"명왕출세! 배교일세! 명옹광휘! 호남 명두 감악이 명옹을 뵙습니다!"

오랜만에 외치는 함성이었다. 감악은 격동에 찬 목소리로 부복했다. 죽었다던 명옹이 무산으로 오고 있다는 이야기는 어린 성녀로부터 들었다. 그러나 그 말이 사실인지 믿기 힘들어하던 명두들이다. 하지만 감악이 눈물을 흘리며 부복하는 것을 보면 명옹임이 확실한 모양이었다.

"섬서 명두 유공경이 명옹을 뵙습니다!"

유공경이 부복했다.

"사천 명두 장탄이 명옹을 뵙습니다!"

"강서 명두 고명상이 명옹을 뵙습니다!"

결박을 당해 몸을 움직이지 못하고 있는 장탄과 고명상은 목소리만으로 크게 인사했다.

신화정은 전우삼의 넓은 품에 파묻혀 눈물을 흘리고 있었다. 명옹의 출현을 듣자 그녀도 부복을 하기 위해 전우삼의 품에서 빠져나오려 했다. 그러나 전우삼은 그녀를 꽉 붙들고 놓아주지 않았다.

"가만있어! 가만있으라고! 나중에 인사하면 되잖아, 나중에! 아이고! 화정……."

전우삼은 화정의 얼굴에 자신의 볼을 비비며 닭똥 같은 같은 눈물을 뚝뚝 흘렸다. 오랜 해후로 모두 제정신이 아니었다. 아란하까지 눈물을 글썽였을 정도니.

하지만 정작 그 만남의 주역이라 할 수 있는 명강량은 냉랭했다. 그는 감악 등은 쳐다보지도 않고 있었다.

그리고 그 와중에 국태열은 재빨리 머리를 굴렸다. 어수선할 때 살길을 찾아야 했다.

'배교에 이런 놈들이 있었다니. 살아날 방법이 없다. 유일한 방법이 있다면…….'

국태열은 마지막 힘을 쥐어짰다. 그가 전력을 다해 개구리처럼 뛰었다. 명강량을 두려움 반 호기심 반으로 바라보고 있는 예령을 향해서였다.

국태열은 예령을 붙잡고 있던 수하들을 밀치며 예령의 목에 서슬 푸른 비수를 갖다 댔다. 그는 알고 있었다. 배교도들이 성녀로 모시는 여자를 얼마나 소중히 생각하는가를.

금옥의 아가씨를 인질로 잡았다는 소식이 원주의 귀에 들어가면 난리가 나겠지만 중요한 것은 이후가 아니라 지금이었다. 일단 살고 봐야 했다.

"하하하! 더러운 배교… 헛!"

국태열은 헛바람을 들이켰다. 흰 선이 번쩍하며 섬광보다 더 빠르게 그의 심장을 찔러 오고 있었다. 그는 다급히 몸을 비키려 했다. 그러나 흰 선은 너무도 빨랐다.

"아!"

그가 비명을 터뜨렸다. 그와 동시에 국태열의 뒤에 서 있던 두 명의 천위대 수하들도 비명을 터뜨렸다. 흰 선은 백사白蛇처럼 움직여 한꺼번에 세 명의 심장을 꿰뚫고 있었다.

"아, 아!"

예령은 놀라 조막손을 모았다.

슉, 하는 소리와 함께 흰 선이 꼬리를 감추고 사라졌다. 명강량의 팔에 찬 비구를 향해서였다. 흰 선은 천음검이었다.

퓨퓨퓨퓨퓨…….

국태열을 비롯한 두 명의 천위대원의 심장에서 피가 분수처럼 치솟았다.

명강량은 다시 한 번 천음검을 번뜩였다.

"으악!"

"악!"

천음검이 하얀 이를 번뜩이며 무자비하게 천위대 수하들을 도륙했다.

"멈추세요! 단 아저씨가 보낸 사람들이란 말이에요!"

예령은 공포에 질려 달아나는 천위대원 한 명을 몸으로 막았다. 그러나 작자의 몸도 영사처럼 움직이는 천음검에 찔려 나무에 쿵 처박혔다.

"멈춰요!"

예령은 악을 썼다.

명강량은 천음검을 거두었다. 그가 주먹을 불끈 쥐고 다리를 동동거리는 예령을 바라보았다. 예령도 애원하는 눈빛으로 명강량을 바라보았다. 명강량과 예령의 눈빛이 얽혔다.

그들은 서로를 마주 보며 한동안 침묵했다. 다른 사람에게는 짧은 시간인지 모르겠지만 그들에게는 영겁처럼 긴 시간이었다.

일순간 명강량을 바라보던 예령의 표정이 갑자기 해쓱해졌다. 그녀의 작은 어깨가 가늘게 떨렸다.

"아!"

예령은 짧은 신음을 터뜨렸다. 그녀는 황급히 명강량의 시선에서 자신의 시선을 뗐다.

이마와 콧등에 식은땀이 촉촉했다.

아란하가 예령의 곁으로 다가갔다.

"성녀라고 했지요? 전대 성녀를 꼭 닮았군요. 두려워 마세요. 이제 우리들이 지켜 드리겠습니다."

그녀는 예령을 어머니처럼 껴안았다.

예령은 아란하의 품에서 힐끔 명강량을 다시 보았다. 명강량은 뒷짐을 지고 암천을 바라보고 있었다. 아란하는 몰랐다. 예령이 두려워한 사람은 다른 누구도 아닌 어머니의 호교신장임을.

"화정, 화정… 나는 늙었는데 너는 예전과 똑같구나."

"명옹이시여! 왜 이제야 나타났습니까?"

만난 자들은 만남의 기쁨 속에 서로를 불렀다.

그 틈을 타 살아남은 천위대 수하들은 대살성이 다시 마수를 뻗치기 전에 죽을힘을 다해 달아났다.

명강량은 원래 자잘한 곳까지 칼을 뽑는 자가 아니다. 아란하는 달아나는 자에게 칼을 휘두르는 여자는 아니었고 전우삼은 화정과의 해후로 다른 정신이 없었다.

달아나는 천위대원으로서는 천만다행한 일이었다.

"성녀, 날씨가 찹니다."

아란하는 예령을 꼭 껴안고 산을 내려갔다. 아란하의 손을 잡고 가며 예령은 연방 명강량에게 시선을 던졌다.

명강량의 시선은 암천에 고정되어 있었다.

바람 부는 어둠 속에 달은 차가웠다.

우우우!

피 냄새를 맡은 늑대들이 발광을 하는 무산의 밤이었다.

그날 밤, 예령은 어머니를 불렀다. 꿈속의 은자, 어머니는 그녀의 부름에 대답했다.

"어머니, 나는 그분을 만났어요. 어머니는 모든 사람이 그 사람을 두려워하더라도 나는 두려워하지 말라고 하였잖아요. 두려워하지 않으려 했어요. 하지만 두려웠답니다. 마음의 뿌리가 닿지 않았어요. 전혀 마음을 느끼지 못했습니다. 어떻게 그런 마음이 있을 수 있을까요? 나는 그분이 두려워질 것 같습니다. 어떻게 하면 좋을까요?"

예령은 물었다.

"나의 귀여운 아기……."

어머니는 예령을 껴안았다. 그리고 그 말 외에는 다른 아무 말도 하지 않았다.

　

　

사천 분타의 괴멸로 인해 호북 분타주가 방주께 전합니다.

삼협三峽을 넘어 온 급전입니다.

모일에 무산에서 천화원의 천위대는 배교의 잔당들과 충돌을 했습니다. 배교도들을 소탕하려는 순간, 배교를 응원하는 두 명의 마물이 나타나 다시 싸움을 벌여야 했다고 합니다. 결과는 천위대주 국태열의 패사, 천위대원들은 대부분 죽음을 면치 못했다고 합니다.

살아남은 자가 경황없이 전하기를…….

구룡선과 마인거는 배교와 연관이 있다고 했습니다.

배교를 응원하던 두 명의 마물은 배교도들과 무척 가까워 보였고, 또한 배교도들은 그 두 마물 중 한 명에게 배교 수괴의 칭호인 명옹이라는 호칭까지 붙였다고 합니다. 또한 두 마물이 성녀라는 어린 계집을 대하는 태도가 예사롭지 않고, 더 놀라운 것은 그 두 마물과 배교도들이 어울려 돌아간 곳은 바로 근처에 대기하고 있던 구룡선, 마인거였다고 합니다.

구룡선과 마인거가 배교와 연관이 있다고 말한 이유입니다.

…살아남은 천위대원의 보고가 공포에 질려 워낙 횡설수설하고 먼발치에서 숨을 죽이며 본 일이라 자초지종을 상세히 알려 드리지 못함을 양해 바랍니다. 하나 앞뒤가 전혀 어긋남이 없어 신빙성이 없다고는…….

추측하건대 구룡선, 마인거가 사마외도들을 규합하는 과정에 배교도 끌어들이지 않았나 하는 것이 우리의 생각입니다. 그러나 배교도들이 두 마물 중 한 명에 대해 명옹이라 호칭한 것에 대해 심히 마음에 걸립니다. 공포에 질려 잘못 들었기 때문이 아니냐며 몇 번을 되물었으나 살아남은 천위대원은 그것만은 확실하다고 말했습니다.

또한 쥐 잡을 힘도 없는 하오문의 어린 마녀에 대해 두 마물이 상전처럼 조심스럽게 대했다는 것도 이해가 가지 않습니다. 천위대주 국태열까지 아이처럼 다룬 마물들입니다. 힘의 논리로 지위를 결정짓는 사마외도의 행동으로서는 도저히 상식 밖입니다. 배교와 구룡선, 마인거의 깊은 연분을 다시 생각하게 하는 대목입니다.

…지금 당장 자세한 사정을 알 길은 없고 삼협의 동도들과 함께 조사를 시작할 생각입니다. 조사가 이루어지는 대로 다시 보고드리겠습니다.

호북 분타에서 개봉 총타로 올라가는 개방의 칠결전이었다. 호북 분타주는 구룡선, 마인거와 배교의 연관을 조사한다고 했으나 그는 조사할 필요가 없었다.

왜냐하면 구룡선, 마인거는 자신들이 배교도임을 한 번도 숨기려 한 적이 없었기 때문이다. 굳이 목소리 높여 알리지 않았을 뿐.

이제 그들의 성녀까지 동승했으므로 숨기고자 해도 숨길 수 없는 처지였다. 성녀에 대한 의례儀禮는 그들, 배교도들만이 하는 것이었으므로.

마교 魔教

양백은 가슴에서 손을 떼고 어깨를 폈다.

타랍하는 손수건을 꺼내 양백에게 건넸다.

"왜 고집을 부리십니까? 마혈을 점하면 될 것을."

그는 안색을 찌푸렸다.

"하늘이 주신 고통일세. 피해서 쓰겠나."

양백이 이마에 땀을 닦으며 중얼거렸다. 고황으로 인해 불쑥불쑥 찾아오는 고통. 참기 힘든 고통이었다. 그러나 양백은 고통을 줄일 수 있는 마비산이나 점혈수법을 절대 사용하지 않고 있었다.

"보주는 참으로 이상한 사람입니다. 세월이 지나면 지난날의 과오도 추억으로 미화시키는 것이 사람인데……."

타랍하는 알고 있었다. 양백이 고통을 그대로 받고 있는 이유를. 양백은 배교가 어려울 때 천축으로 훌쩍 떠나 버린 일을 세월이 흐를수록 더욱 자책하고 있었다.

"젊었을 때는 몰랐다. 아니야. 몰랐던 것이 아니라 모른 척 지내려고 무척 노력을 했지. 상단을 이끌고 정신없이 천하를 주유했다. 그러나 지금은 그렇게 바쁜 일도 없고… 몸은 현세에 있으나 마음은 저곳에 가 있는 경우가 더 많고…….”

만추를 날려 보내는 싸늘한 바람이 양백의 머리칼을 쓸었다.

"배신을 그토록 가슴 아프게 느낀다는 것은 배신으로 잃게 된 뼈저린 그 무엇이 있다는 뜻인데… 보주께서는 배교와 명왕에 대해서는 별다른 집착을 보이시지 않은 줄 압니다. 무엇입니까, 잃어버린 뼈저린 그 무엇이?”

"나의 가장 즐거웠던 한때……. 타랍하, 나는 잊지 못한다. 분하에서 성녀를 모셨을 때의 즐거움을. 그 맑고 고운 눈빛, 술을 한잔 드시고는 목 높여 노래도 불렀지. 타랍하, 분하를 흐르던 그 배에는 세월이 흐를수록 더욱 선명해지는 순백의 깃발이 있었던 게야.”

"보주께서 그렇게 말씀하시니 성녀라는 분이 더욱 보고 싶군요. 도저히 볼 수 없음을 알지만.”

"모르는 일이다. 타랍하, 양백이라는 자는 필부다. 죽음을 두려워하지 않는 필부를 본 적이 있는가? 그럼에도 내가 죽음을 두려워하지 않는 것은 혹시 저세상에서는 성녀를 볼 수 있지 않을까 하는 마음에서지. 껄껄껄!”

양백의 웃음이 마른바람 속에 공허하게 흔들렸다.

"볼 수 있을 것입니다. 혹시 저 세상에서 성녀라는 분을 만나면 제 이야기도 좀 해 주십시오. 보주의 마음에 이렇게 깊은 흔적을 남길 수 있는 분이 있다니… 꼭 뵙고 싶습니다."

"그렇게 하마."

양백은 뱃전에서 등을 돌렸다.

"물소리가 거세군요."

타랍하는 양백의 등 뒤에 섰다.

"재접봉에 간 아이들은 위령비를 세우는 일을 끝냈는지 모르겠다."

"지금쯤 끝냈을 것입니다."

"이틀 후에 출발을 준비하라."

"알겠습니다."

타랍하는 머리를 숙였다. 머리를 숙이며 그는 기형도의 칼 잡이를 잡았다. 도신이 달빛에 반짝 빛을 뿌렸다.

순간, 쏴아! 하며 황하의 물결이 치솟았다. 물방울이 달빛에 비쳐 보석 같은 빛을 뿌리며 양백과 타랍하의 머리 위로 떨어졌다. 그와 동시에 도광이 차갑게 빛났다.

다섯 명의 암습자였다. 그들은 황하를 솟구치며 등을 돌린 채 있는 양백과 타랍하를 공격해 왔다.

양백은 고개를 돌렸다. 그보다 더 빨리 타랍하의 기형도가 빛을 뿌렸다. 타랍하는 이미 암습자들이 다가옴을 알고 있었다. 그 때문에 양백의 등 뒤를 지키고 섰던 것이다.

쨍! 쨍! 쨍!

기형도와 다섯 자루의 칼이 허공에서 거칠게 얽혔다.

체구는 작아도 타랍하의 힘은 상상을 초월했다. 암습자들은 비틀거리며 신형을 착지했다.

양백은 암습자들의 출현에 전혀 놀라지 않았다.

"찾아올 줄 알았다. 팽해만이 보낸 자겠지?"

그가 무심한 눈빛으로 물었다.

암습자들은 당연히 대답하지 않았다. 그들은 서로에게 눈짓을 보냈다. 팟! 그들이 다시 뱃전을 박찼다.

"승룡방주는 나를 안중에도 두지 않았군!"

타랍하가 냉랭하게 소리치며 그들을 맞서 갔다.

쨍! 쨍! 쨍!

타랍하의 기형도는 호랑이의 발톱보다 더 빨랐고 날카로웠다. 암습자들은 타랍하의 말대로 타랍하를 일개 보표 이상으로는 생각하지 않았다. 천하제일상단을 거느린 자의 보표이니 다른 보표들과는 조금 다르기는 하겠지만.

하지만 그 이상이었다. 암습자들은 몇 합을 버티지 못하고 손에서 칼을 잃어야 했다. 타랍하가 기형도의 요철을 이용 암습자들의 칼을 전부 동강 내 버린 것이다.

암습자들이 선수로 주춤주춤 물러났다. 그들은 싸움다운 싸움 한 번 못하고 패배를 시인해야 했다. 할 수 있는 일은 상대의 실력도 제대로 파악하지 않고 무턱대고 명을 내린 자에게 욕을 퍼붓는 것밖에 없었다.

타랍하는 기형도를 허리에 걸쳤다.

"달아날 자신이 있으면 달아나라."

그가 한쪽 발을 뱃전에 걸치며 말했다.

타랍하의 그 같은 행동은 암습자들을 더욱 위축되게 했다. 암습자들은 서로의 눈치만 살필 뿐 달아날 생각을 못했다.

"너희들은 살수가 아니다. 살수라면 실력의 여하를 불문하고 실패했을 경우 자결을 하든가 무조건 달아나는 것이 상식이다. 그들은 습관이 되도록 그렇게 훈련을 받지. 따라서 너희들은 승룡방의 무사들이다. 맞느냐?"

암습자들은 또다시 서로의 눈치만 살폈다.

"내가 묻는 말에는 대답하지 않아도 좋다. 하지만 보주의 물음에 대답하지 않을 경우……."

타랍하는 손가락으로 가볍게 뱃전의 나무판을 뜯었다.

"너희들의 머리통은 전부 이런 꼴이 될 것이다. 대답할 기회는 우측 놈부터 주겠다."

그가 뜯은 나무판을 솜처럼 쥐어짰다.

암습자들의 표정이 해쓱해졌다.

양백이 나섰다. 그는 묻거나 하지도 않았다.

"팽해만에게 가서 전하라. 싸움을 원한다면 싸워 주겠다고. 단지 오늘처럼 경망스럽게는 행동하지 말라고 해라. 황하 대상련의 힘은 그렇게 약하지 않으니까."

그가 조용한 목소리로 말했다.

이후의 일은 이후의 일이고, 양백이 의외로 순순히 자신들을 놓아줄 것 같아 보이자 암습자들은 안도의 한숨을 쉬었다. 그러나 타랍하가 다시 그들을 물고 늘어졌다. 추측이 백이면 백 다 맞는 법은 없으니…….

"너희들을 보낸 자는 학대통이겠지. 같이 대답하라. 입을 닫고 있는 놈은 죽는다. 말하라!"

타랍하는 기형도를 툭 치며 으름장을 놓았다.

"마, 맞습니다!"

암습자들은 입을 모았다. 타랍하는 암습자들을 향해 귀찮다는 듯 손을 저었다. 암습자들은 꽁지에 불붙은 쥐처럼 허겁지겁 황하의 물속으로 뛰어들었다.

"정말 싸울 생각이십니까?"

타랍하가 물었다.

"호상련護商聯은 이런 일을 대비하기 위해 준비된 자들이 아니었더냐."

양백이 씁쓸이 말했다. 호상련은 황하 대상련을 지키는 자경대다.

"호상련은 승룡방의 상대로 힘듭니다."

"알고 있다. 싸워서 이길 수 없지. 호상련은 세상을 시끄럽게 하기만 하면 제 역할을 다 하는 게야. 중원의 시선이 황하로 쏠린다면 팽해만은 견디기 힘들 것이다. 소란에 대한 책임을 질 자는 팽해만이 될 테니. 믿는다. 능운공작부터 팽해만을 제지하고 나설 것이다."

"그렇게 되겠군요. 관부도 나설 테고. 보주, 저는 어떻게 해야 합니까?"

"왜? 호상련과 어울려 팽해만과 싸우고 싶나?"

"오래전부터 사패의 무공에 대해서는 관심이 많았습니다."

"그만두어라. 이틀 후의 여행이나 준비하라. 사패와 싸울 기회는 앞으로 많다."

"알겠습니다."

타랍하는 아쉬움을 숨기며 머리를 숙였다.

"벌써 따뜻한 차가 그리운 계절이구나. 들어가자."

양백은 선실로 향했다.

그때였다.

양백과 타랍하는 동시에 시선을 돌렸다. 황하에 갑자기 장엄한 음률이 울려 퍼지고 있었다. 박판, 갈고, 비파, 강적⋯⋯. 여러 가지 악기들이 뒤섞여 들려오는 그 소리는 사람의 심혼을 한순간에 빼앗기 족했다.

그 때문에 양백과 타랍하는 동시에 고개를 돌린 것이다.

음률은 온갖 애상들을 다 떠올리게 하며 점점 양백이 탄 배를 향해 다가왔다. 양백은 음률에 마음을 완전히 뺏기지 않으려 노력하며 다가오는 배를 살폈다.

십여 명 정도를 태울 수 있는 작은 꽃배였다. 그러나 돛대는 세 개나 되었다.

선수에는 한 명의 노인과 중년의 일남일녀, 약관의 청년과 묘령의 여인, 춘정에 눈뜰 소녀와 치기 어린 얼굴의 소년이 서 있었다. 황하를 장엄한 음률로 수놓고 있는 자들은 그들이었다. 그들은 선수에 나란히 서서 각자의 악기를 연주하고 있었다.

노를 잡는 자들도 없었고 돛을 조절하는 자도 없었다. 꽃배는 절로 흘러 어느 틈에 양백의 배에 이물을 대고 있었다.

배가 부딪치는 순간, 음률은 뚝 사라졌다.

"저파룡은 어디 있느냐? 우리는 대해 용왕의 명을 받고 저파룡을 잡으러 왔다!"

중년인이 강적을 입에서 떼며 소리쳤다.

'저파룡……'

양백은 미간을 좁혔다. 오래전에 잊었던 이름이었다. 교도들이 아마 자신을 그렇게 불렀을 것이다.

"저파룡은 간을 내놓아라!"

강적을 든 중년인이 손을 내밀었다. 양백의 몸이 허공으로 솟구쳤다. 양백은 놀라 천근추로 저항했으나 별 소용이 없었다.

"앗!"

타랍하가 놀라 소리쳤다. 그는 음률에 빠져 두고 온 고향 생각을 하느라 그제야 정신을 차리고 있었다.

"웬 놈들이냐?"

타랍하는 고함을 지르며 양백을 데려가는 자에게 달려들었다. 곡나팔을 든 청년이 움직였다.

탕! 타랍하의 기형도와 청년의 곡나팔이 부딪치며 맑은 소리가 났다. 그와 동시에 타랍하는 창백한 안색으로 털썩 뱃전에 주저앉았다.

"히히히! 누가 네놈보고 나서라고 했느냐? 우리 사해의 교룡들은 용의 족속들의 간은 먹어도 네놈 같은 인간의 간은 맛이 없어 먹지 않는단 말이야!"

박판을 든 소년이 장난스럽게 박판을 두드리며 소리쳤다.

'이, 이런 자들이……!'

타랍하는 억지로 몸을 일으키려 했다. 그러나 몸이 말을 듣지 않았다. 세상에 이런 무공이 있는 줄은 꿈에도 생각 못 했다. 기형도와 곡나팔이 부딪친 순간, 타랍하의 내력은 연기처럼 소멸되고 없었다.

그사이 양백의 몸은 강적을 든 중년인의 손에 의해 꽃배로 옮겨 가 있었다.

"누구시오?"

양백은 물었다.

"방금 우리 아이가 이야기하지 않던가요? 우리는 세상의 희락喜樂을 찾아 세상의 모든 바다, 세상의 모든 하천을 천 년 동안 주유한 교룡들이에요."

필율을 든 중년 여인이 요염하게 웃으며 말했다.

"사해의 교룡이든 천 년을 주유했든 나를 찾아온 데는 이유가 있을 것이오. 무슨 이유로 나를 찾으셨소?"

"사람들은 저파룡의 뱃가죽에서 아름다운 소리가 난다는 것밖에 모르지. 간은 더 맛있는데!"

박판을 든 소년은 장난스럽게 웃었다. 그리고 소년은 손을 쑥 내밀었다.

양백은 가슴에 화끈한 통증을 느꼈다. 소년의 손이 그의 가슴에 푹 박혀 있었다.

"간이 어디 있나?"

소년은 양백의 가슴에 손을 박고 양백의 장기를 더듬었다.

"여기 있군!"

소년이 좋아라 하며 무엇인가를 쑥 끄집어냈다.

양백은 고통에 이를 악물었다.

"어, 이게 뭐야?"

소년은 자신의 손에 얹힌 물체를 보며 안색을 찌푸렸다. 소년이 양백의 가슴에서 꺼낸 것은 간이 아니라 고름이 줄줄 흐르는 부패한 덩어리였다.

"병이 든 놈이었군. 아무리 저파룡의 간이 맛있다지만 썩은 간을 먹을 수는 없지."

풍덩! 소년은 고름 덩어리를 황하의 물속에 던졌다.

양백은 자신의 가슴을 살폈다. 죽었어야 했는데 죽지 않고 살아 있으니 이상도 했다.

'아!'

그는 속으로 탄식을 터뜨렸다. 분명 소년의 손이 자신의 가슴을 뚫었는데 상처 하나 없었다. 그리고 곧이어 양백은 고황으로 항상 결리던 가슴의 통증이 씻은 듯 사라졌다는 것도 깨달았다. 설명하지 않아도 소년이 자신을 위해 무슨 일을 했는지 알아챘다.

"고맙소. 하지만 괜한 일을 하셨구려. 나는 오래 살 만한 일을 남겨 두지 않고 있소."

양백은 고소를 흘렸다.

"양 보주, 당신의 고황을 뿌리 뽑은 것은 당신을 위해서가 아니오. 당신은 오래 살아 해야 할 일이 있소. 그 일을 위해 당신의 고황을 없앴소."

갈고를 든 왜소한 노인이 잔잔한 목소리로 말했다.

"해야 할 일이라니요?"

"암왕의 출현은 들었소?"

"암왕의 출현이라니요? 저는 무지한 장사꾼에 불과합니다. 근자에는 몸조차 좋지 않아 도통… 암왕?"

무심결에 이야기하던 양백은 눈을 번쩍 떴다. 기억이 났다.

암왕! 명왕에 맞서 세상의 반, 어둠을 지배하고 있는 자!

"암왕이라 불러도 괜찮고 대마두, 대살성, 구룡선주… 뭐라고 불러도 괜찮소. 어쨌든 그가 나타났소."

"아! 강호에 대환란을 일으킨 자가 나타났다는 말씀이구려."

양백은 가슴을 쓸었다. 신이 벌이는 일은 어쩔 수 없지만 사람이 벌이는 일은 어떤 일이든 수습이 되는 법이다.

"맞았소. 세상에 대한 장난을 조금 심하게 치고 있는 자이외다."

갈고를 든 노인은 고개를 끄덕였다.

"불행한 일이군요. 우리 시대에 그런 자가 나타나다니. 그런데 그자와 내가 무슨 상관이 있기에 나를 찾았소? 보시다시피 나는 닭 목 비틀 힘도 없소."

"관계가 없다고 말할 수는 없지. 암왕은 한때 양 보주가 상전으로 모셨던 사람이니."

"내가 상전으로?"

양백은 기억을 더듬었다. 상전으로 모셨던 사람은 부지기수다. 첫 출발이 상인 중에서도 가장 작은 상인이었으니…….

"차차 알게 될 것이오. 나는 부탁받은 말을 전하려 왔소. 그분께서 부탁하시기를 암왕이 세상에 저지른 재해를 양 보주께서 갚을 수 있을 만큼 갚으라 하셨소. 죽은 생명이 돈으로 갚음이 되겠소이까만… 최대한 성의는 보여라 했습니다."

"금적보에 돈이야 많기는 많지요. 그런데 또 그분은 누구를 말함입니까?"

"성녀."

갈고를 든 노인이 무심하게 말했다.

'성녀?'

양백은 놀란 표정으로 갈고를 든 노인을 직시했다.

"내가 양 보주를 찾은 이유는 그 말을 전하기 위해서이다. 부탁하오."

"서, 성녀라니요? 성녀는 죽지 않았습니까? 죽기 전에 그 말을 남겼나요?"

양백이 허둥대며 물었다.

"무슨 말이 그렇게 많으냐? 성녀께서 말씀하신 일! 그대로 따르면 될 것을. 그리고 네가 죽음이 무엇인지 알기는 하느냐? 죽어 보지도 않은 놈이 죽음, 죽음, 떠들기는… 몇 살도 되지 않은 놈이……."

박판을 든 소년이 마치 어른처럼 양백을 나무랐다.

양백은 소년을 상대로 아옹거릴 정신이 없었다.

"성녀를 어디서 만났습니까? 성녀께서 언제 그런 부탁을 하던가요?"

"세상의 지락至樂을 찾아 헤매던 중 황하에서 만나 황하에서 부탁을 받았다. 이것 말고 한 가지 부탁을 더 받았지. 그 일까지 해결하고 나면 성의가 가상해서라도 성녀께서는 우리를 당신의 연못에 머물게 해 주실 것이다. 이제 지겨워, 이 세상을 떠도는 것도. 정말 이 세상은 좁아. 천 년 동안 놀고 나니 더 이상 다른 재미가 없잖아."

방향을 든 계집이 조잘댔다. 양백은 무엇이 어떻게 돌아가고 있는지 몰랐다. 그래서 처음부터 다시 묻기로 했다.

"당신들은 누구요?"

"몇 번이나 같은 말을 하게 하느냐! 우리는 세상의 희락을 찾아 세상의 모든 바다, 세상의 모든 하천을 천 년 동안 주유한 교룡들이라 하지 않았느냐!"

소년은 버럭 화를 냈다. 양백은 혼란스럽기도 하고 어이없기도 해 더 이상 다른 말이 나오지 않았다.

"양 보주, 우리는 성녀의 부탁을 분명 전했소. 이후의 일은 당신의 몫이니 알아서 하시오."

갈고를 든 노인은 시선을 돌렸다.

"노인!"

양백은 무슨 말인가 붙여 보기 위해 노인의 시선을 잡으려 했다. 그러나 그의 몸은 다시 허공으로 둥실 뜨고 있었다.

양백은 타랍하의 곁으로 돌아왔고 꽃배는 이물을 틀었다.

"노인! 노인!"

양백은 목 놓아 꽃배를 잡으려 했다. 그러나 꽃배는 유유히 항진했다.

술을 마주 대하여 노래하세.

인생은 그 얼마이런가.

비유컨대 아침 이슬.

뒤돌아보니 들리는 건 가없은 울음소리.

눈물을 뿌리며 홀로만 가네.

오로지 근심 풀 곳은 술뿐이로세.

이 몸 죽을 곳 알지도 못하거늘

어이 두 몸이 온전할 수 있으리.

바람에 돛을 맡기고 떠나가네.

꽃배는 올 때와 마찬가지로 음률만 남기고 황하 저편으로
사라져 갔다.

✦

"부르셨소?"

"부르셨습니까?"

전우삼과 감악은 머리를 숙이며 명강량의 앞에 섰다.

삼협의 험준한 지세를 빠져나온 지점에서 아란하는 배를
띄웠다. 배에 구룡선과 팔룡거를 싣고 항행하던 그들이 하룻
밤 유숙을 위해 닻을 내린 곳은 갈주패葛州패라는 장강 가운데
의 작은 섬이었다.

명강량은 전우삼과 감악을 한 번도 부른 적이 없었다. 때
문에 전우삼과 감악은 조금 긴장된 표정이었다.

선창을 바라보던 명강량은 의자를 돌렸다.

"감악, 양백은 살아 있느냐?"

그가 대뜸 물었다.

"살아 있습니다."

"그를 만난 적은?"

"없습니다. 교는 교를 떠난 자에 대해 더 이상 미련을 두지 않습니다. 솔직히 죄를 묻고 싶은 마음도 조금은 있었으나 그럴 형편도 못 되고… 다른 일도 바빠서 그렇게 잊은 듯 지냈습니다."

"감악, 양백에게 사람을 보내라. 황산 총단을 다시 세우고자 한다. 전대의 총단보다 배 이상 큰 총단을 만들라고 전하라."

"언제 그 말씀을 하시려나 하고 기다렸습니다. 감사합니다, 명옹."

성녀를 찾는 일과 함께 총단을 재건하는 일은 배교도들의 가장 큰 숙원이었다. 감악은 필요 이상으로 감격해하며 머리를 숙였다. 당연한 명임에도 불구하고.

"그런데 명옹, 양백은 오래전에 교와 결별을 선언한 자입니다. 과연 우리의 부탁을 받아 줄까요? 그리고 지금 총단을 세운다는 것도… 적들은 황산에 우리 교의 총단이 들어서는 것을 가만히 두고 보지 않을 것입니다."

생각하니 염려할 일도 있었다.

"나의 부탁이라고 하라. 그래도 들어주지 않는다면 그는 자신의 행동에 대한 대가를 받게 될 것이다. 총단에 대한 적들의 공세는 걱정하지 마라. 모두 없애 주겠다. 그리고 남은 적이 있다면… 우삼!"

명강량은 딴눈을 팔고 있는 전우삼을 불렀다.

전우삼은 급히 자세를 바로 했다.

"이후에 총단을 지키는 일은 너의 몫이다."

"당연한 말씀 아닙니까. 그런데 이후라니요?"

"네가 익힌 무공은 무엇이냐?"

명강량은 말을 돌렸다.

"이것저것 익혀 기억도 못하겠소. 전왕의 무공이라는 것은 대충 다 익혔소."

"개천양일진력은 없겠지."

"음, 음… 양일진력 아니오? 그것은 없는 것 같소."

"역혈대법으로 감악의 몸을 씻고 개천양일진력을 전수해 주겠다. 너는 감악에게 번천양장과 등천양광도법을 전수해 주어라."

"알았소. 헤헤헤, 이제 나도 두 명이나 제자를 두게 생겼군. 그나저나 역혈대법에는 별 효능이 다 있는 모양이군. 잠력을 끌어 올리는 것까지는 나도 알지만 개정대법開頂大法 같은 힘이 있는 줄은 정말 몰랐어."

전우삼은 어깨를 으쓱거렸다.

"화정이라는 여자에게 네 무공을 가르쳐 줌을 알고 있다. 그만두어라. 타할륜의 무공은 아무에게나 가르쳐 줄 수 있는 무공이 아니다. 주화입마를 부를 것이다."

"그, 그렇소? 그럼 진작 말했어야지! 하마터면 큰일 날 뻔했잖아!"

전우삼은 해쓱한 안색으로 고함을 질렀다.

"감악."

"말씀하십시오."

"아란하에게 이상한 물건을 맡겼더구나."

"이상한 물건이라니요."

"가져가라."

명강량은 손을 저었다. 선실 한편에서 한 자루의 칼과 깃발이 떠올라 감악의 손에 떨어졌다. 신장도와 전교영기였다.

"너의 물건이다. 내가 가질 이유는 없다."

"신장도와 전교영기가 왜 나의 물건입니까? 교에 두 명의 명옹이 있었던 역사는 없었던 줄 압니다."

"누가 명옹이란 말이냐?"

명강량의 눈빛이 무저갱으로 빛났다.

"명옹이 아니면 그럼 뭐지? 헤헤헤, 명옹께서는 대전왕이라는 호칭이 그렇게 좋소? 나는 전왕이라는 칭호보다 명두라는 칭호가 더 좋던데. 앞으로 나는 산서 명두요, 산서 명두! 예전에 주 명두가 맡긴 일이었소. 하지만 이제 와서 명두 운운하려니 채신머리가 없어서 말이야. 헤헤헤, 그래서 하지 않으려고 했는데 화정이 꼭 하라고 말했단 말이오!"

전우삼이 너스레를 떨었다.

감악은 명강량을 정면으로 쏘아보았다.

"많이 변한 줄은 느낌으로 알고 있습니다. 묻겠습니다, 굳이 호교신장의 자리를 내팽개치려는 이유를. 한 가지 더! 성녀와 초대 명옹에 대한 의례는 왜 지키지 않습니까? 보권을 찾는 것도 명왕을 부르는 것도 보지 못했습니다!"

감악의 눈빛도 명강량의 눈빛만큼 빛났다. 무공의 고하가 아무리 심해도 기골의 차이는 있었다. 궁금하기는 전우삼도 마찬가지였다. 그러나 그는 명강량의 눈빛에 질려 묻고 싶은 말을 비켜 갔는데 비해 감악은 정면으로 묻고 있었다.

"나의 실수는 세상을 불길로 휩쓸어 버리겠다는 생각이 앞서 아란하를 찾았다는 것이다. 아란하를 만나 대화룡은 얻었다. 그러나 대화룡의 위력만큼 나는 나의 힘을 반감시키는 짐도 얻었다. 그래서 너희들은 만날 생각도 않았다. 하지만 명왕은 기이한 우연으로 너희들을 만나게 해 주더군. 감악, 전우삼! 너희들은 알아야 한다. 자꾸만 늘어나는 나의 어깨의 짐을."

"우리가 짐이라는 말이요? 그건 너무 심한 말이지 않소!"

전우삼은 발끈했다.

"십여 년 동안 무엇을 생각하셨습니까? 무엇을 얻기 위해 그 먼 곳에서 이곳까지 왔습니까?"

감악의 눈빛은 점점 차가워지고 있었다. 무산에서 만난 이후 명옹은 의례는커녕 성녀에게 말 한마디 걸지 않고 있었다. 그 사실이 감악에게는 못으로 남아 있었던 터였다. 불경이 될 것 같아 참고 참았지만, 오늘 명옹이 자신을 찾지 않았다면 자신이 먼저 찾았을 것이다. 이유를 물어보고 따지기 위해.

방금 명옹이 황산 총단의 재건을 말하자 감악은 자신의 걱정이 기우임을 깨달았다. 명옹이 당연히 해야 할 말을 했는데 감격한 이유였다. 하지만 그 같은 기쁨도 잠시, 명옹은 그가 염려했던 이야기를 꺼내고 있었다. 이왕 터져 나온 말이다. 감악은 명옹의 생각의 뿌리를 밝힐 생각이었다.

"나는 그 깊고 깊은 어둠 속에서 단 한 가지만을 생각했다. 그 어둠을 나와 이곳에 이르기까지도 한 가지 생각뿐이다. 너희들을 만나 몇 가지 해야 할 일은 늘었지만."

"몇 가지 해야 할 일… 총단을 세우겠다는 것도 그 일 중의 하나이겠지요. 묻겠습니다. 설마 총단을 세우겠다는 이유가 옛정 때문은 아닌지요? 옛정 때문에… 해야 할 짐으로 느끼고 있지는 않습니까?"

감악은 자신의 느낌에 딱 들어맞는 이야기를 명옹이 자꾸하자 악에 받쳐 심장이 터질 지경이었다. 그는 터져 나오는 분노를 참느라 이를 악물고 이야기하고 있었다.

"네 말이 맞다. 나는 오래전에 명왕을 버렸다."

명강량은 쉽게 이야기했다. 그의 목소리가 메마르게 선실을 울렸다.

감악은 눈을 질끈 감았고 전우삼은 명강량과 감악을 번갈아 바라보며 자신의 귀를 의심했다.

"며, 명옹……."

전우삼은 무슨 말을 해야 할지 몰라 허둥댔다.

감악은 눈을 번쩍 떴다.

"명왕을 버린 호교신장은 있을 수 없겠지요. 신장도, 전교영기! 가져가겠습니다. 옛정 때문에 총단을 세워 주시겠다면 사양하겠습니다. 총단은 언젠가 우리 배교도들이 우리의 힘으로 세울 것입니다! 이교도의 도움은 원치 않습니다. 그리고 저 역시 역혈대법을 시전받지 않겠습니다. 아! 이곳을 곧 떠나는 것이 짐을 덜어 드리는 가장 좋은 방법이겠군요. 성녀께서 무사히 몸을 피할 장소만 찾는다면 곧 떠나겠습니다. 우리 코앞에 구파일방이 천라지망을 펼치고 있다고 합니다. 그곳만 넘기면 떠나도록 하겠습니다. 어둠 속에서 갈고닦은 생각 좋은 귀결이 있기를 바랍니다."

감악은 찬바람을 일으키며 등을 돌렸다.

"감악!"

명강량은 감악을 불렀다. 선실 문을 열던 감악은 발걸음을 멈추었다. 그는 명옹이 자신의 등을 다시 돌릴 수 있는 최소한의 말을 해 주기를 바랐다. 그러나…….

"화령주를 주겠다. 나는 화령주를 전대 성녀의 것으로만 알았다. 하지만 생각하니 화령주는 성녀의 손에서 성녀에게로 이어지는 것. 가져가라. 새로운 성녀에게 전해 주기 바란다."

명강량은 격공섭물로 화령주를 띄웠다. 감악은 화령주를 낚아챘다. 그가 거칠게 선실 문을 열었다.

"아이고! 감 명두, 왜 이러시오! 오랜만에 갑자기 빛을 쬐어 명옹은 제정신이 아니라고!"

전우삼은 감악의 손을 잡았다.

"이미 끝난 이야기입니다! 미친 자라면 우리가 명옹으로 모실 이유는 더욱 없소!"

감악은 전우삼의 손을 뿌리쳤다.

"아이고, 아이고! 명옹, 오늘 일은 없었던 것으로 하겠소. 나는 아무 말도 못 들었소, 아무 말도! 감 명두, 감 명두!"

전우삼이 감악을 붙잡기 위해 후다닥 뛰어나갔다.

명강량은 선창으로 의자를 돌렸다.

감악의 화난 표정이 마음에 걸렸다. 배교도들과의 만남은 언제나 이렇다. 어수선했다. 서둘러 갈 길을 가야겠다고 마음먹었다. 감악이 마음을 흔드는 것은 아무것도 아니다.

예령! 악약의 피를 이은 새로운 성녀.

볼 때마다 새로운 감정이 솟구쳤다. 그래서 그는 걱정해야 했다. 자신이 택한 길에서 주저앉아 버리는 것은 아닌지.

그럴 수는 없었다. 이 괴로운 불면의 날을 끝내고 싶었다. 그렇게 하기 위해서는 운악약이라는 여자의 몸에서 흐른 수억 배 이상의 피로 강호를 적셔야 한다. 그 일만이 악약을 잃은 스스로에게 할 수 있는 최소한의 위로였기 때문이다.

"좋지 않은 일이 있었습니까?"

예령의 머리를 곱게 땋으며 아란하는 물었다.

"감 아저씨가 찾아왔어요."

"특별한 말씀이 있었나 보군요."

"의창을 지난 후 그분과 헤어지자고 했어요."

"감 명두께서 대전왕과 헤어지자고 말했습니까?"

아란하는 깜짝 놀라 머리를 땋던 손을 멈추었다.

"오늘 그분과 기분 좋지 않는 말을 나눈 모양이에요. 감 아저씨는 화를 잘 내지 않는 분인데 무척 격분한 표정이었어요."

"무슨 이야기를 나누었다고 하던가요?"

"말씀을 하지 않으셨어요. 그냥 그분과는 같이 있어서는 안 된다고 말했을 뿐이에요. 그리고 조만간 호교신장의 자리를 이을 테니 인정을 해 달라고 했답니다."

"호교신장의 자리까지……."

아란하는 아미를 찌푸렸다.

"말씀은 하지 않았지만 저는 감 아저씨가 왜 그런 말을 했는지 알아요."

예령은 고개를 돌려 아란하를 바라보았다.

"감 명두는 선량한 사람입니다. 건드리지 않으면 절대 먼저 칼을 뽑을 사람이 아니더군요. 대전왕의 몸에 배인 피 냄새가 싫었을 것입니다. 저도 가끔 대전왕이 다른 산의 마물로 느껴질 때가 있답니다."

아란하는 한숨을 쉬었다.

"아란하는 그렇게 생각하고 계시군요. 그 이유도 맞을 거예요. 그분의 마음이 그러니."

"대전왕의 마음을 아십니까?"

"전혀… 두터운 장막 속에 가려져 있답니다. 그래서 무섭고 두려웠죠. 그런 마음을 가진 사람은 세상의 그 어떤 것에도 정을 붙이지 못합니다. 정해진 자신의 길만 보고 다른 곳에는 시선조차 두지 않으려고 하죠."

"그렇군요."

아란하는 씁쓸한 표정을 지었다. 그의 차가움은 그녀도 경험할 만큼 경험한 터였다.

"나는 기억해요. 그분을 만났을 때 감 아저씨가 얼마나 좋아했는가를. 웬만한 상처가 아니라면 결별을 선언하지 않으셨을 거예요. 아란하, 그분과 결별을 선언할 만큼 감 아저씨가 상처받을 일이 무엇이 있다고 생각하세요?"

"저는 감 명두라는 분에 대해 아직 잘 모릅니다."

"감 아저씨가 가장 아끼는 것이죠. 바로 우리들의 교. 그분은 아마 그랬을 거예요. 우리들의 교에도 미련을 붙이지 못한다고."

아란하는 입술을 깨물었다. 교에 대한 대전왕의 믿음이 의심받고 있다는 것은 주위의 수군거림으로 그녀도 알고 있었다. 왜 그런 이야기를 들어야 하는가. 안타까웠다. 감 명두가 결별을 선언할 정도면 나중에 누가 그의 주위에 남아 있으랴! 의심받을 행동을 하고 있는 대전왕에 대한 분노보다 고립을 자처하는 데에 더 가슴이 아팠다.

"아란하, 나는 화령주를 돌려받았어요."

예령은 소매에서 꺼지지 않는 교의 불, 화령주를 꺼냈다.

화령주의 묵빛이 선실을 채웠다.

"어머니가 그분에게 준 것이죠. 이제야 나에게 돌아왔어요. 화령주를 돌려받았으니 나도 그분의 물건을 돌려주어야 하는데……."

예령은 항상 소중히 간직하고 다니는 함에 눈길을 던졌다.

"저 함에 든 물건은 대전왕에게 갈 물건인가 보죠?"

"맞아요. 어머니가 주라고 했어요. 벌써 주어야 했는데 줄 기회가 생기지 않아요. 어머니가 애써 선물한 물건인데 받고 기뻐하지 않으면 정말 나는 그분에게 화가 날 것 같거든요."

"잘 생각하셨습니다. 언제나 저런 마음으로 계시지는 않을 거예요."

아란하는 명강량을 변호했다.

"성녀, 감 명두께서 떠나자고 했으니 떠나겠군요."

그녀는 조심스럽게 예령의 눈치를 살폈다.

"떠나지 않을 거예요. 모든 사람이 그분을 두려워해도 나만은 두려워하지 말라고 어머니가 말씀하셨거든요."

예령은 그날 밤의 꿈을 이야기했다. 아란하는 가만히 고개를 끄덕였다. 안심이 되었다. 대전왕의 마음을 붙잡기 위해서도 성녀는 떠나지 말아야 했다. 성녀가 대전왕의 마음을 변화시키고 있다는 흔적은 어디에서도 발견되고 있지 않지만, 마음을 바꿀 수 있는 사람이 있다면 그것은 오직 성녀뿐이라는 사실을 아란하는 확신하고 있었다.

"머리를 마저 땋도록 해요."

아란하는 예령의 긴 머리칼을 매만졌다.

"아란하, 아란하는 그분을 좋아하고 있군요."

자신의 머리를 맡기며 예령이 말했다.

아란하는 아무 말 않고 얼굴만 살짝 붉혔다.

"나는 지금의 그분을 진정으로 좋아할 사람이 있다고는 생각하지 못했어요. 감 아저씨도 따지고 보면 옛 추억과 교세 확장이라는 꿈 때문에 그분을 따르고 있을 뿐이죠."

"현재의 그분을 좋아할 사람이 있겠습니까?"

"아란하는 좋아하잖아요. 언제부터 좋아하게 되었어요?"

예령이 호기심으로 두 눈을 반짝이며 물었다.

아란하는 성녀 앞에 속일 말은 없다는 것을 알고 있었다. 그리고 누군가에게는 자신의 마음을 털어놓고 싶기도 했다.

"맞아요. 나는 그분을 좋아합니다. 오래전부터……. 하지만 그분의 마음은 전혀 딴 곳에 있답니다. 나는 안중에도 두고 있지 않죠."

아란하는 씁쓸한 미소를 지었다.

"꼭 그렇지만은 않을 걸요. 나는 아란하에게서 그분의 체향을 느꼈어요."

"체향을 느꼈다니요?"

"그분의 상념이죠. 아란하를 생각하는."

"정말 그럴까요?"

아란하의 마음이 후끈 달아올랐다.

"분명해요. 내가 감 아저씨에게 떠나지 않겠다고 말한 이유 중 하나죠. 마음이 전혀 없는 분은 아니에요. 아란하, 나는 매일 어머니께 염원한답니다. 그분의 마음을 돌려 달라고. 아란하도 그렇게 되기를 기도하기 바라요."

"물론입니다. 전대 성녀께서 그분과 우리를 지켜 주실 것입니다."

그렇게 되기를 간절히 염원하며 아란하는 예령을 껴안았다.

'우리는 어디로 가는가?'

행로를 묻기는 방환도 마찬가지였다.

'전왕은 포악해 보여도 본바탕은 순하고 단순한 사람이다.

중원 배교에 대한 한풀이가 끝나면 충분히 우리의 뜻대로 움직여 줄 사람이었다. 중원 배교의 호교신장은…….'

방환은 지난 기억들을 반추했다.

'아니다. 그는 아니다.'

그는 세차게 고개를 저었다.

'내가 중원의 호교신장에게 느낀 것은 단 하나뿐이다. 피의 복수! 다른 일은 생각도 않고 있다. 지파 간의 알력은 문제도 되지 않는다. 이미 대전왕과 성녀를 모시지 않는 것은 보았고. 명왕까지 믿고 있지 않을지도 모르지. 어디로 가고 있는가?'

방환은 보권을 지켜야 하는 노관이다. 지파도 달랐고 감악과 같은 옛정도 없었다. 전우삼처럼 장중掌中에 넣기를 꿈꾸지도 못했다. 중원 배교의 호교신장에 대한 특별한 애착이 있을 리 없었다. 그래서 명강량에 대해 보다 냉정하게 볼 수 있었다.

'이대로 두어서는 안 된다. 결정을 내려야 한다.'

방환은 주먹을 불끈 쥐었다. 여러 문제가 있었지만 그 무엇보다 중원 배교의 호교신장은 만인촌의 영향력이 전혀 미치지 않는 곳에 있다는 것이 문제였다. 방환은 한 가지 계획을 가지고 있었다. 사실 중원 배교의 호교신장이 가진 엄청난 힘을 본 순간 꿈틀거리고 있던 계획이었다.

'한 치의 실수도 용납해서는 안 된다. 자…….'

그는 손가락을 꼽으며 자신의 계획을 면밀히 재검토했다. 중원 배교의 호교신장은 절대 실수를 용납할 사람이 아니다.

실수는 자신의 죽음은 물론 만인촌의 몰락을 가져올 것이다.

'그렇지, 그것이 문제야.'

방환은 백미를 모았다. 중원 배교 호교신장의 마음, 도화라는 여자의 마음. 그의 계획에 가장 큰 변수였다.

성녀의 늙은 유모라는 도화의 마음을 잡을 자신은 어느 정도 있었다. 도화는 교도들과 함께 길을 가고 있으나 아직 교에 대해 어떤 관심도 표하지 않고 있었다. 특히 중원 배교의 호교신장에 대해서는 적개심까지 표출하는 것을 보았다. 몇 가지 말로 설득하면 별 무리 없이 자신의 계획에 동참하리라 믿었다.

'문제는 중원 배교 호교신장의 마음인데…….'

이것만은 정말 알 수 없었다. 중원 배교의 호교신장이 성녀에 대해 가지고 있는 마음이 어떤 것인지.

평소의 행동으로 보건대 성녀를 전혀 염두에 두고 있지 않음이 분명했다. 그런 마음을 가지고 있다면 정말 곤란하다.

'자, 자…….'

방환은 앞뒤를 주도면밀하게 재검토했다.

'그렇지! 결국 그는 나서지 않을 수 없을 것이다. 나서지 않는다는 것은 배교도임을 포기하는 것! 책임을 피해 갈 수 없다. 배교자나 이교도가 되는 것이지. 원래 우리는 그가 중원에서 어떤 일을 벌이든 관심이 없다. 우리가 원하는 것은 어떤 형태로든 그의 영향력이 우리 교에서 종식되는 것. 됐어!'

그는 결국 자신의 계획을 밀고 나갈 것을 결정지었다. 그러나 워낙 중대한 사안이라 방환은 다시 한 번 자신의 계획을 검토했다. 무리가 보이지 않았다.

'구대문파 놈들이 우글거리며 모여든다고 한다. 그때까지는 중원 배교의 호교신장이 날뛰도록 내버려 두자. 어차피 싸워야 할 적! 그가 처치해 주겠다고 하니…….'

계획을 실행에 옮길 날은 그 이후로 잡았다. 그러나 준비는 지금부터 해야 한다.

'먼저 쌍혼들에게 이야기를 해야겠다. 제거의 필요성에 급급해 무리한 생각을 하고 있는지도 모르니.'

계획을 몇 번이고 검토하고 확인해도 또다시 검토를 촉구하는 방환이었다. 방환은 쌍혼을 찾았다. 쌍혼이라면 두말 없이 자신의 계획에 쌍수를 들 것이 분명했다.

'어쩌면 중원의 배교도들이나 일지국의 배교도들도 나와 같은 생각을 가지고 있는지도 모르지.'

방환은 자신이 하는 일에 대한 정당성을 굳게 믿었다.

"이봐, 이봐! 그 가지는 손대지 말란 말이야! 눈이 있어, 없어? 멀쩡한 가지를…….'

팽해만은 눈을 흘겼다.

"그럼, 팽 랑이 다 하셔요. 그 칼은 꼭 사람의 목을 자를 때 쓰라고 있는 것은 아니잖아요!"

전지가위를 든 계집이 앙칼지게 소리쳤다.

"추악한 사람의 목이나 자르는 칼로 이 아름다운 나무의 가지를 자르라고? 연옥軟玉, 네년의 무식함은 그 끝을 알 수가 없구나."

짚을 나무에 두르며 팽해만은 이마를 좁혔다.

"어이, 이제 다 끝나 가나."

그는 손을 털며 자신의 장원을 둘러보았다. 소담스럽게 짜인 그의 화원은 월동 준비를 끝내고 있었다.

"자, 겨울 넘길 준비도 끝냈고… 이제 남은 일은 네년과 긴 겨울밤을 오순도순 보내는 것뿐이다."

팽해만은 전지가위를 손가락으로 빙글빙글 돌리고 있는 계집의 엉덩이를 툭 쳤다.

"흥, 긴 겨울밤 좋아하시네. 저번처럼 본가에 있는 큰언니가 오면 어떻게 해요. 아이들까지 주렁주렁 달고."

계집은 팽가에 있는 팽해만의 본부인을 떠올리며 입을 삐죽였다. 팽해만은 본부인 외에 세 명의 첩이 더 있었다. 모두 하북 본가에 있고 작년에 얻은 눈앞의 계집만이 승룡방에 머물고 있었다. 연옥이라는 계집으로 승룡방의 수족과 다를 바 없는 수룡표국 국주의 딸이다.

"이번에는 오지 못하도록 했다."

"오지 말라 했다고 오지 않는다고 하던가요."

"주위가 심상치 않다고 했지. 만약 오면 아이들을 호랑이굴에 데려오는 것으로 간주하겠다고 말했다. 감히 내 귀여운 아이들을 호랑이 굴에 가져다 바칠 생각은 하지 않겠지."

"어쨌든 큰언니는 아이 키우는 재미라도 있으니 어떻게 긴 밤을 넘기겠지만 둘째, 셋째 언니의 일이 걱정되네요."

계집은 짐짓 한숨을 쉬었다.

"급하면 다른 서방을 불러 불을 끄겠지."

"어머! 어떻게 그런 말을!"

계집은 놀란 척 입을 가렸다.

"무가의 남자들은 냄새나는 유생들과는 달라. 우리야 언제 저 먼 길을 갈지 모르는 자들이 아닌가. 살아 있는 동안은 여자에게 최대한 잘해 주려고 하지. 긴 밤을 눈물로 지새우게 한다는 것은 남자로서 할 짓이 아니다."

"우리 아버지도 칼밥을 먹는 사람이잖아요. 그런데 왜 우리 아버지는 어머니를 꼼짝 못하게 하죠?"

"빙부가 그런 사람이었나? 음… 생각하니 훌륭한 분이군. 언제 갈지 모르는 삶! 제 입만 생각하고 사는 것도 나쁘다고 말할 수는 없지. 따라서 특별히 너만은 꼼짝 못하게 해 주겠다."

팽해만은 계집의 머리를 이마로 쿵 박았다.

"아얏!"

계집은 눈물을 찔끔거렸다.

"좋다! 좋아!"

팽해만은 뒷짐을 지고 다시 자신의 화원을 둘러보았다.

"정말 이상한 일이야. 한때 유향경천문에서 당예라는 놈과 한솥밥을 먹은 적이 있었지. 놈의 취미가 화원을 가꾸는 일이었다. 그때는 계집 같다고 많이 놀렸는데, 이제 나의 취미가 이와 같다. 그놈은 칼을 휘두르는 데 정신이 없었고…….'"

당예를 생각하자 팽해만은 씁쓸한 마음을 숨길 수 없었다. 유향경천문에 있을 당시 당예는 자신이나 언상영, 남궁기에 비해 약한 편이었다. 그 약함을 숨기기 위해 당예는 악착같이 바동거렸다. 악착같은 자들은 원래 오래 사는 법이라 누구보다 당예가 오래 살 줄 알았다. 그러나 이제 강호에서 그의 얼굴은 더 이상 볼 수 없다.

그간 맹호전과의 사이가 어떻건, 학대통이 뭐라고 떠들건, 당예를 위해 무엇인가를 해 주어야 한다고는 생각했다. 하지만 쉽게 몸이 움직여 주지 않았다. 아무래도 당예에게 할애하는 마음보다 다른 곳에 할애하는 마음이 많은 듯했다.

말이 나아가지 않겠다니 어쩔 수 없는 일 아닌가!

"연옥아!"

팽해만은 계집의 목에 팔을 걸쳤다.

"너는 사람을 속단하지 마라. 보고 또 보아도 모르는 것이 사람인데 몇 번 본 것으로 어찌 그 사람을 이야기할 수 있겠느냐. 나 역시 마찬가지다. 나를 좋은 사람으로 믿고 있다가는 큰코다칠 것이야."

그는 손끝으로 계집의 코를 퉁겼다.

"아얏! 누가 팽 랑을 좋은 사람으로 생각한단 말이에요? 그런 생각은 처음부터 한 적이 없으니 안심하세요!"

계집은 코끝을 만지며 쇳소리를 냈다.

팽해만이 계집과 머리를 맞대고 시시껄렁한 수작들을 나누고 있을 때였다.

쨍! 쨍! 쨍!

"으악!"

"악!"

칼 부딪치는 소리와 비명이 담장을 넘어왔다.

"이거, 정말!"

팽해만의 안색이 일그러졌다.

"보자 보자 하니 끝없이 기어오르려고 하는군. 죽일 놈의 장사치들!"

그는 주먹을 불끈 쥐었다.

근자에 팽해만이 가장 골치 아파하는 일이 있다면 황하 대상련의 반발이었다. 그들은 자경대인 호상련을 동원, 심심찮게 도발을 해 오고 있었다. 일이 커지기 전에 진화를 하는 것이 중요하다고 생각하여 황하 대상련에 속한 장원 하나를 감쪽같이 불태워 버렸다. 그쯤하면 겁 많은 장사치들이 입을 조개처럼 다물리라 생각했는데 도발은 여전히 계속되고 있었다. 이제 승룡방의 문 앞까지 싸움을 걸어오다니…….

'주위의 이목을 생각해서 참을 만큼 참으려 했다!'

팽해만은 본때를 보여 주리라 마음먹으며 내당의 문을 거칠게 열었다.

"방주!"

창백한 안색으로 달려오는 자는 학대통이었다. 학대통은 거친 호흡을 삼키며 무엇인가를 말하려 했다.

팽해만은 이야기도 듣지 않고 거칠게 그를 지나쳤다.

칼 부딪치는 소리와 비명이 점점 가까워지고 있었다.

외당을 들어서던 팽해만은 발길을 우뚝 멈추었다. 그는 그곳에서 세 명의 무사들을 보았다. 세 명의 무사들은 우르르 달려드는 그의 수하들을 종이처럼 날리며 연무장을 지나 외당으로 들어오고 있었다.

"어!"

팽해만은 칼잡이에서 손을 뗐다.

황하 대상련의 자경대인 호상련은 아니었다.

장목생이 있었으면 이런 소란도 없었을 것이다. 불행히도 수하들은 그 유명한 숭무각주의 얼굴도 모르는 모양이었다.

두 명의 무사들을 대동한 채 연무장에서 소란을 피우는 자는 남궁기였다.

"물러나라!"

팽해만은 버럭 고함을 질렀다.

"으헤헤헤, 남궁기! 나의 친한 벗이여!"

팽해만은 남궁기를 내당으로 불러들이며 팔을 벌렸다.

"오랜만에 만났는데 좀 더 반갑게 인사를 하지 못하겠나? 반가운지 반갑지 않은지 전혀 구별이 가지 않는군."

"계집을 제외하고 내가 사람을 이토록 반갑게 맞아 본 적은 없어. 내 마누라의 눈 좀 봐. 자네를 너무 반갑게 맞으니 마치 옛날에 같이 남색을 나눈 자가 아닌가 하고 의심하잖아."

"찢어진 입이라 여전히 말은 잘하는군."

남궁기가 씩 웃었다.

"시비를 걸려고 작정을 하고 왔군. 내 수하들을 두들겨 패니 재미있던가?"

팽해만은 시시덕거리며 연방 입을 놀리고 있었으나 남궁기의 말대로 꺼리는 기색을 감추지 못하고 있었다.

"꿈틀거리는 재미 때문에 지렁이를 밟는 사람은 없다. 귀찮더군. 자네 만나는 일을 황상을 뵙는 일보다 더 어렵게 요구했다."

"헤헤헤, 미안. 여기저기 귀찮은 일로 찾아오는 자들이 많아서 말이야. 오랜만에 만났으니 술부터 한잔해야지?"

팽해만이 슬쩍 물었다.

"만나는 놈마다 술이군. 좋아!"

"또 누구를 만났는가? 숭무각에 틀어박혀 있다더니……."

"언상영. 찾아왔더군."

"그래서? 음……."

팽해만은 머리를 긁적였다. 자신이 한 일이야 자신이 더 잘 아는 일이고 아무래도 한소리 들을 일을 면치 못할 듯했다. 그렇게 생각하자 기분은 더 나빠졌다. 내가 왜 저놈에게 욕을 들어야 하는가! 남궁기에게는 그런 자격이 없다!

그렇게 말하고 싶었으나 마음뿐이고 팽해만은 여전히 메기 웃음을 잃지 않았다.

"아! 친구들과 같이 왔는데… 저분들이 묵을 만한 곳은 없는가?"

남궁기는 자신을 따라온 두 명의 중년인들을 가리켰다.

"자네의 친구라면 나의 친구가 아닌가. 같이 자리를 하지."

"아니! 저들은 사람을 만나는 것을 꺼리네. 따로 자리를 내주게. 나도 자네와 단둘이 해야 할 이야기가 있고."

"젠장! 술상을 두 곳이나 차리려면 돈이 많이 든단 말이야! 알았어! 학 선생, 저분들을 별채로 모셔 드리고 불편함이 없도록 대접해 드려!"

팽해만이 삐죽이 서 있는 학대통에게 고함을 질렀다. 학대통은 조심스럽게 남궁기를 따라온 두 사람을 인도했다.

"누구야?"

내당 후원의 정자로 향하며 팽해만이 물었다.

"이야기해도 모르는 사람들이다. 인창寅槍, 사곤巳棍이라 부르는 것만 알게."

"별스러운 별호를 가진 친구를 다 사귀었군."

팽해만은 신발을 벗고 정자에 올랐다. 내당의 시비들은 팽해만의 성격을 닮았는지 발 빠르게 술상을 준비했다.

잠깐 사이에 팽해만과 남궁기는 술잔을 나눌 수 있었다.

"무엇 하러 왔어?"

팽해만이 술잔을 쭉 들이키며 물었다.

"자네 노는 꼴을 보기 위해 왔지. 정말 대단한 분이시더군."

남궁기는 씩 웃었다.

"내가 대단하다고 생각되면 따라 하면 될 것 아냐!"

팽해만은 일단 한 번 목소리를 높였다. 좋은 기분이 아니니 엉뚱한 소리를 함부로 하지 말라는 경고였다. 그러나 어디 남궁기가 누구의 기분을 생각하는 자인가.

"언상영으로부터 들은 것보다 더 대단하더군. 이제 상인들을 상대로 시비를 걸고 있다면서? 굴이 회수淮水를 건너면

탱자가 된다는 이야기는 들었다. 하지만 하북의 맹호가 황하를 건너면 고양이가 된다는 말은 금시초문이야. 먹을 것이 그렇게 없던가? 상인들까지 집적거리게."

남궁기는 여유 만만한 미소로 잔을 들었다.

"포동포동한 돼지를 그냥 지나가는 호랑이는 없어."

팽해만은 히죽댔다.

"가금家禽을 노리는 호랑이는 제명대로 살지 못하지."

남궁기는 술잔을 비웠다.

팽해만의 두 눈이 찢어졌다.

"으헤헤헤, 으헤헤!"

그가 갑자기 미친 듯이 웃었다.

"남궁기, 생각해 보니 나는 돼지였어! 소면각저!"

그는 찢어진 눈을 빛냈다.

"맞아, 돼지! 뿔을 잃은……."

예전과 다르게 남궁기는 집요하게 팽해만을 몰아쳤다.

"내가 졌다! 남궁기, 무슨 말을 하고 싶어 왔지? 당예의 죽음, 구룡선과 마인거, 황하 대상련과의 시비에 대한 이야기라면 사양하겠다. 자네만 불혹을 앞두고 있지는 않아. 나도 생각은 있다!"

팽해만은 항복을 선언함과 동시에 남궁기와의 선도 그었다. 어릴 때야 논쟁이 재미있지만 나이가 들면 논쟁만큼 사람을 피곤하게 하는 일도 없다. 생각의 평행선을 확인하면 빨리 입을 닫는 것이 상책이라는 것을 남궁기도 알고 있을 것이다.

"돼지 머리에 많은 이야기도 주워 담고 있군. 생각을 묻기 위해 온 것은 아니다. 그 머리에서 나올 생각이야 뻔하지!"

한순간의 만남이지만 그도 팽해만의 아집을 느끼고 있었다. 언상영에게 들은 것보다 훨씬 좋지 않았다. 그럼에도 상책을 제쳐 두고 팽해만을 물고 늘어지는 이유는 슬슬 울화가 치밀어 오르고 있었기 때문이다.

"예전의 일을 생각했겠지. 유향경천문이 강호의 주도 세력으로 떠오르던. 그때 우리는 일부러 늦게 단혈철각련을 상대로 칼을 뽑았다. 구대문파의 힘이 소진되기를 기다린 게지. 이번에도 자네는 그때의 재미를 보려는 것이 아닌가?"

"헤헤헤, 잘 알고 있군. 굳이 앞장서겠다는데 내가 말릴 이유가 무엇이야? 나한테 협조를 구하는 아무런 연락도 오지 않았다고."

팽해만은 남궁기의 시선을 외면하며 잔을 들었다.

"협조가 와야 승룡방을 움직인다⋯⋯. 팽해만, 왜 강호 제 세력이 결국 구대문파의 위용을 능가하지 못하는가를 알고 있나? 어쨌든 그들은 강호에 위기가 닥치면 먼저 나서네. 힘의 소진을 감수하고서라도. 강호인들의 존경을 받지. 그 존경의 힘! 십시일반으로 도와주겠다는 강호인들의 그 힘이 있기 때문에 그들은 아무리 어려운 처지가 되어도 일어날 수 있다. 그것이 바로 정도라고 생각하지 않는가? 팽해만, 강호가 구절양장임은 너도 잘 알 것이다. 자네에게는 아무런 어려움이 없을 것 같은가? 자네에게 어려움이 닥치면 강호인들은 자네를 돕기보다 자네의 살을 뜯는 데 먼저 협조하고 나설 것일세."

"말이 너무 심하군."

팽해만의 입가에 비릿한 미소가 맺혔다.

"예전에는 이렇게 생각했지. 구대문파, 너희들이 강호의 주도 세력임을 자처했으니 당연히 먼저 싸워야 하는 것이 아니냐? 지금은 모두 우리 사패가 강호의 주도 세력이라고 한다. 그러나 움직이는 자가 없다. 누구는 협조를 기다리고, 누구는 한림閑林을 어슬렁거리다가 이제야 칼을 뽑았고. 구대문파는 벌써 의창에서 구룡선, 마인거와 일전을 준비하고 있다고 하던데."

"구대문파의 처세가 무척 부러운가? 그럼 그렇게 행동하게. 숭무각에서 배우는 것과 승룡방에서 배우는 것은 무척 다른 모양이군. 나는 이렇게 배웠다. 웃을 수 있는 자는 어떤 방법으로든 최후에 살아남는 자다! 제왕, 권신, 거부들의 처세를 한번 돌이켜 보게나."

팽해만의 미소가 더욱 짙어졌다.

"껄껄껄! 생각하는 것이 다르니 보는 것도 다른 모양이군. 알았어!"

남궁기는 자신의 무릎을 쳤다.

"더 이상 할 이야기는 없을 것 같고… 한두 가지만 이야기해 주겠네. 언상영이 말했어. 황하 대상련을 우습게보지 말라고. 나 역시 마찬가지 생각이야."

"으헤헤헤, 걱정해 주어서 고맙다. 다른 것은?"

"나는 자네가 이렇게 우습게 변한 이유를, 원주를 우습게 생각하고 있기 때문이라 생각한다."

"원주를 우습게 생각한 적은 없다!"

탁! 팽해만은 술잔을 탁자에 거칠게 놓았다.

"다행이군. 우습게 생각하지 않는다니. 원주는 무서운 분일세. 기억나는가? 배교를 처단할 때의 일을. 어느 날, 한순간 모든 것을 날려 버렸다. 우득용과의 의리, 죄 없는 배교도들을 처치한다는 죄책감, 모산파의 숱한 목숨, 우리들앞에 지키고 싶었던 당신의 체면… 그 모든 것을 폭풍으로 날려 버렸다. 무슨 이유 때문인지는 알고 있겠지. 원주의 기분! 당신의 기분이 한순간에 그 모든 것을 초토화시켰다. 조심하게. 원주의 기분을 상하지 않도록. 경고도 잘 주지 않는분이다."

술잔을 채우던 팽해만은 못으로 심장을 찔린 듯 움찔했다. 그가 멍한 눈빛으로 남궁기를 바라보았다.

"강호의 소문을 들으니 구룡선, 마인거는 언상영이 말해준 것보다 몇 배는 강해 보이더군. 솔직히 두렵다. 두렵기 때문에 네가 부럽기도 하고. 구룡선, 마인거의 위용이 그와 같은데 앉아서 잔머리나 굴리고 있는 자네가. 나라면 앞일에 대한 걱정 때문에 다른 생각을 전혀 하지 못했을 게야."

남궁기는 잔을 비운 후 자리에서 일어났다.

팽해만은 잡지 않았다.

"잘 가게."

그는 앉은 자세에서 손만 들었다.

남궁기는 말없이 내당을 나섰다. 내당의 문을 열던 그는 무슨 생각이 났는지 문득 발걸음을 멈추었다.

"아! 팽해만, 잊은 것이 있다. 언상영과 약속한 것이 있어. 자네를 위해 한 가지 해 주어야겠다고 한 일이 있거든. 그 일을 해도 괜찮겠는가?"

"나를 위하는 일인데 내가 막을 이유가 무엇인가? 이상한 짓만 하지 않는다면."

"알았어!"

남궁기는 뚜벅뚜벅 인창, 사곤이 있는 별채를 향해 걸어갔다. 팽해만은 서너 잔의 술을 더 들이켰다.

그때였다.

"으악!"

비명이 별채를 울렸다.

"남궁기!"

팽해만은 자리에서 벌떡 일어났다. 비명을 지르게 한 자와 비명을 지른 자는 보지 않아도 훤했다.

"생각하니 잘 있으라는 말도 못 했더군. 잘 있게."

담장 너머로 남궁기의 목소리가 들려왔다. 그리고 수급 하나도 따라서 담장을 넘어왔다. 학대통의 목이었다.

"개자식!"

와장창! 팽해만은 술상을 걷어차며 몸을 부들부들 떨었다.

🐾

"방주! 방주!"

봉두난발을 휘날리며 달려오는 자는 정 장로였다.

"무슨 일입니까?"

등중용은 안색부터 찌푸렸다. 정 장로가 들고 오는 칠결전을 본 것이다. 결전은 이제 보기만 해도 지긋지긋한 터였다.

"이것 보시오, 이것!"

칠결전은 장로들도 볼 수 있다. 정 장로가 허겁지겁 칠결전을 가리켰다. 등중용은 벌레 보듯 씁쓰름한 표정으로 칠결전을 살폈다. 칠결전을 읽던 그가 눈을 번쩍 떴다.

"정 장로, 맞는 말입니까? 구룡선, 마인거가 배교의 잔당들이라는 말이?"

믿어지지 않았다.

"나, 나도 도저히… 구, 구룡선과 마인거가 배교와 관련이 있다니… 방주, 맞습니까?"

정 장로가 오히려 물었다.

'배교, 배교…….'

등중용은 이 장로가 없다는 사실이 아쉬웠다. 의창에는 그가 직접 가려 했다. 그러나 이 장로, 상 장로는 당신들이 가야 한다며 부득부득 고집을 부렸다. 정 장로와 마 장로도 그렇게 하는 것이 옳다고 나서는 바람에 결국 의창에는 그들이 갔다. 그런데 하필이면 배교의 사정에 비교적 정통한 자가 이 장로였다. 이 장로를 부를 수도 없고.

"방주!"

부르는 자도 많았다. 허겁지겁 달려오는 자는 집법당주였다.

"방주! 구룡선, 마인거에 탄 자들은 배교도라 합니다! 강호에 소문이 쫙 퍼졌습니다!"

집법당주가 숨넘어가는 소리를 했다.

"충격적인 소식이었던가 보군요. 강호의 소문이 칠결전만큼 빠르니."

등중용은 쓴웃음을 지었다.

"칠결전이 도착했습니까? 그럼 소문이 틀림없겠군요. 어떻게 배교도들에게서 그런 힘이……?"

집법당주의 의문도 마찬가지였다.

배교라면 등중용도 조금 알고는 있었다. 이정인, 명강량 같은 특출한 마웅도 있었다. 그러나 그자들 말고는 하오문 이상의 평을 내린다는 것은 무리였다. 그 하오문도 십여 년 전의 대공세 때 사라져 버린 것으로 알려져 있었다.

"이런 말씀을 드리는 것은 무엇합니다만 구룡선, 마인거가 배교라니 조금 안심은 됩니다. 전대 방주의 지시로 우리 개방은 배교에 칼을 들이밀지 않았지요. 배교와 연분을 가졌던 방도들도 적지 않고."

집법당주가 말했다.

"그래서 지금도 싸우지 말자는 말입니까?"

"아니, 내 말은 그것은 아니고… 다른 산의 괴물들보다 배교도이어서 조금 안심이라는 이야기이지요. 구룡선, 마인거가 강호에 적신 피가 얼마입니까. 당연히 싸우기는 싸워야지요."

집법당주는 황급히 변명했다.

"미친놈!"

무엇인가를 골똘히 생각하던 정 장로가 일갈을 터뜨렸다.

"방주."

정 장로는 등중용을 불렀다. 어눌한 표정이 아니었다.

"늙으면 역시 죽어야 하오. 이제야 그들의 이름이 생각나는 것을 보니… 나백염왕! 탈명마효!"

정 장로는 안광을 빛냈다.

"나백, 탈명?"

등중용과 집법당주는 서로의 얼굴을 바라보았다.

"배교도들이오. 세상을 시산혈해로 만든. 잊고 있었어. 배교에는 세상을 뒤집을 힘이 있다는 것을. 나백과 탈명의 후인이 나타난 게야."

정 장로가 정신 나간 사람처럼 중얼거렸다.

순간, 등중용의 안색도 변했다.

─ 배교는 기억하기 싫을 정도의 개세마두를 출현시켰다. 그것도 한 명이 아니라 두 명이나. 그들은 칼로 배교천하를 꿈꾸며 세상을 시산혈해로 만들었지. …어떻게 하오문인 배교에서 그런 자들이 나타났는지는 아무도 모른다. 하지만 모두 하나의 사실은 알고 있지. 배교에 다시 그런 자가 나타날 수도 있다는 것. 강호인들이 배교를 하오문으로 취급하면서도 은근히 두려움을 가지는 이유다. 때문에 강호인들은 배교 척결 하면 칼부터 찾지.

'잊고 있었다.'

등중용은 사백조, 원상의 말을 떠올리고 있었다.

'이 장로, 상 장로가 위험하다!'

휙! 그는 지체 없이 신형을 뽑았다.

그의 앞에는 바람 소리를 내며 달리는 또 하나의 인형이 있었다. 정 장로였다. 정 장로도 같은 생각을 한 듯했다.

그들이 왔다. 그들이!

아홉 마리의 용을 돛으로 삼은 배와 여덟 개의 바퀴와 여덟 필의 말이 질주하는 마차를 타고.

열사의 땅에서 날아온 사악한 불길, 그 불길을 이어받은 나백과 탈명의 후예, 배교!

강호는 또 한 번 구룡선, 마인거로 크게 술렁였다. 나백과 탈명의 후예로 나타난 배교는 이미 하오문인 배교가 아니다. 그들에 대해서는 오래전부터 강호인들이 익숙하게 불렀던 이름이 따로 있었다.

마교魔敎!

마왕을 추종하는 인면수심의 살귀들.

바로 그들, 그들의 출현이었다.

전야 前夜

양백은 의자에 몸을 기댄 채 가만히 수염을 쓸었다. 며칠 동안 무척 바빴다.

팽해만은 사패라 이름 붙여질 만했다.

대상련의 공세에 무척 놀랐겠지만 양백 역시 팽해만의 공세에 놀라야 했다.

옥림장玉林莊의 괴멸!

한밤에 복면 괴한들이 저지른 짓이었다. 흉수는 아무런 흔적도 남겨 놓지 않았다. 그러나 옥림장을 폐허로 만든 자들이 승룡방임을 모르는 자들은 아무도 없었다.

팽해만의 무지막지한 공격에 대상련의 상인들은 당황했다. 싸움을 멈추어야 한다며 아우성을 쳤다. 미친 돼지의 칼날이 다음에는 자신에게 떨어질지 모르는 일이기 때문이다.

돈푼 뜯기는 일이 목숨을 잃는 일보다 나을 테니.

그러나 양백은 대상련 상인들의 긴급한 청을 일언지하에 거절했다. 계속 싸울 생각이었다.

황하 대상련의 자경대인 호상련의 대부분은 양백의 영향력 안에 있었다. 엄밀히 말해 호상련은 타랍하라는 보표장保鏢長이 이끄는 자신의 보표들과 같았다. 때문에 상인들은 어쩔 수 없이 싸움을 하지 않을 수 없었다.

산발적인 공방전이 벌어졌다. 대체로 패배는 호상련의 몫이었다. 양백은 개의치 않았다. 서로의 의중을 묻는 탐색의 시기에 불과했기 때문에.

양백은 그 탐색전이 제법 오래갈 줄 알았다. 그런데 무슨 일인지 승룡방이 공세를 딱 멈춘 것이다. 또 충격적인 새로운 일을 꾸미느라 주춤한 것인지, 적당한 선에서 타협을 시도하기 위해 칼을 내린 것인지, 알 수 없었다.

어쨌든 팽해만의 승룡방이 잠잠했기 때문에 양백도 오랜만에 망중한을 즐길 수 있었다. 원래는 위령비를 보기 위해 모산 근처의 재접봉에 내려가 있어야 했다. 하지만 사태가 너무 급박하게 돌아가 금적보를 비울 수 없었다.

양백은 의자에 앉아 줄곧 팽해만을 어떻게 상대할 것인가를 생각하고 있었다. 그의 생각 역시 팽해만과 다를 바 없었다. 세상의 이목을 확 집중시킬 충격적인 일을 꾸밀 것인가, 화해를 청할 것인가.

아무래도 마음은 전자 쪽으로 기울었다. 팽해만이 뜨끔하고 강호인들의 시선을 한 몸에 받을 수 있는 일.

생각 같아서는 승룡방의 문전으로 나아가고 싶었지만 호상련의 힘으로는 어림없는 일이었다. 역시 팽해만의 분신과도 같은 수룡표국을 치는 일이 가장 적당하리라.

타랍하에게 일을 맡길 생각이었다.

수룡표국이 무너진다면 팽해만도 그에 상응하는 조치를 취해 올 것이 틀림없었다. 오랫동안 정들었던 금적보가 불에 타는 꼴도 감수해야 할 것이다.

'감수하지.'

금적보에 특별한 미련은 없었다.

대상련의 동료 상인들은 묻는다. 너무 악착같이 승룡방을 물고 늘어지는 것이 아니냐. 이해득실을 항상 손금 위에 올리고 있는 그들로서는 당연한 물음이었다.

양백은 자신이 악착같음을 인정했다.

타랍하가 말했다. 보주는 지난날의 원한을 아직 잊지 않고 있군요. 유향경천문에 의해 불타 버렸던 배교…….

지난날의 분노가 남아 있었던가?

양백은 타랍하의 말을 시인했다. 평화롭던 시기에 호상련의 건설에 힘을 썼던 이유도 다름 아닌 배교 부흥의 그날을 생각해서였다. 교단이 재건되고 있다는 소식이 들리면 호상련을 교의 방패로 쓸 생각도 가지고 있었다.

'성녀.'

성녀를 떠올리는 양백의 가슴은 고황 들린 가슴처럼 아팠다. 양백은 황하에서의 일을 생각했다. 꿈같은 일이었다. 타랍하의 증언이 없고 가슴 결리던 통증이 깨끗이 사라지 않았다면 그는 정말 꿈으로 믿었을 것이다.

'꿈이 아닐 것이다. 성녀의 능력이면 교룡들도 부리고 남지. 나같이 추악한 자의 마음도 잡아 주신 분인데.'

전귀錢鬼에 불과하던 그가 대홍수 때를 비롯, 수많은 사람들을 구제하게 된 이유는 세월이 흐를수록 더욱 또렷하게 떠오르는 성녀의 눈빛 덕이었다.

어쨌든 감사했다.

성녀께서 잊지 않고 자신을 찾아 준 데 대해.

교를 위해 일할 날은 언제이런가? 망중한을 즐기는 지금, 주위로도 한번 눈길을 돌려 봐야겠다고 생각했다.

암왕이 어디쯤 왔는지.

양백은 의자에서 일어섰다.

그때였다.

"보주!"

타랍하가 방문을 열고 들어섰다.

"이상한 자가 나타나 꼭 보주를 뵙겠다고 하더군요. 안 된다고 하자 이것을 보여 주면 만나 줄 것이라 하며 물건 하나를 건네주었습니다. 팽해만은 워낙 음흉한 놈이라 제가 먼저 그 물건을 살폈습니다. 이상은 없는 물건입니다."

그는 철패를 내밀었다.

'명'이라 새겨진 녹슨 철패였다.

예전의 총관, 종현수는 밀실을 불태움으로써 배교의 모든 것을 가져갔다. 그러나 눈앞의 철패와 같은 물건만은 가져가지 못했다. 홍동에서 명옹을 보기로 했을 때 자신의 신분을 밝히기 위해 들고 갔기 때문이다.

녹슨 철패는 배교 명두들의 신물이었다. 뒷면을 자세히 보니 '섬서'라는 글자가 나왔다.

그를 찾아온 자는 섬서 명두인 듯했다.

악에 받친 교도들이 언젠가 한 번 금적보를 찾아오리라 생각했다. 그러나 결국 아무도 금적보를 찾지 않았다. 그래서 양백은 교의 뿌리가 완전 사라진 것이 아닌가라고도 생각했다.

십여 년 만에 처음 보는 교도.

여러 가지 복잡한 생각과 함께 아이처럼 가슴이 설레었다.

"서둘러 모셔라!"

양백이 두근거리는 가슴을 진정시키며 말했다.

단아한 자였다.

"섬서 명두 유공경이 말씀으로만 듣던 양 명두를 뵙습니다."

그가 포권으로 자신을 소개했다.

초로를 바라보는 단아한 중년인은 유공경이었다.

감 명두를 제외한 명두들을 모아 놓고 명옹께서 황산 총단의 재건을 명했다는 사실을 알린 사람은 산서 명두를 자처하는 전우삼이었다. 명두들은 크게 기뻐했다. 성녀께서 돌아왔으니 당연히 성녀의 거소는 마련되어야 했다. 적들의 침공이 걱정되었지만 구룡선, 팔륜거라는 든든한 힘도 이제 존재하는 터였다. 당장 금적보로 찾아가기로 결론이 났다.

유공경이 그 심부름을 맡을 자로 정해졌다. 유공경은 감 명두를 보내는 것이 나을 것이라 말했다. 그간의 자세한 사정도 이야기해야 하니. 그러나 전우삼은 한시가 급하다며 억지로 유공경의 등을 떠밀었다. 감 명두는 다른 맡은 일도 있다고 했다.

그렇게 금적보를 찾는 일은 유공경에게 맡겨졌고, 회의가 끝나자마자 갈주패에서 하남의 금적보까지 한달음에 달려온 터였다.

"명두라… 그렇게 불러 주니 고맙소."

양백은 쓸쓸한 미소를 감추지 못했다.

"진작 찾아뵈었어야 하는데… 아시다시피 모두 각자의 일에 바빴습니다."

유공경은 거듭 인사를 했다.

적의가 없어 보일 뿐 아니라 정말 같은 교도로서 반가움을 표시하는 듯했다. 때문에 양백의 송구함은 더했다. 왜 교를 떠났느냐고 화부터 냈다면 오히려 마음이 편했을 것이다.

"불쑥 찾아온 이유는 다름이 아니라… 어려운 부탁을 하고자 해서……."

유공경은 양백을 잔잔히 바라보며 말에 뜸을 들였다.

"지난 일에 대한 책임은 이미 질 마음이 되어 있습니다. 개의치 마시고 말씀하십시오."

"제가 어찌 책임을… 누가 누구에게 책임을 묻겠습니까? 그 시절의 풍파가 그랬던 것을. 내가 양 명두를 찾은 까닭은 명옹의 말씀이 계셨기 때문입니다."

"명옹?"

양백은 미간을 좁혔다.

"아! 그렇지, 그렇지. 십여 년이나 지난 세월, 호교신장의 자리를 계속 비워 두시지는 않았겠지요. 나의 교에 대한 기억이 이렇소. 항상 그때에 머물러 있소이다. 그래, 새로운 명옹께서 제게 하신 말씀이……."

"새로운 명옹이 아닙니다. 양 명두께서 모시던 그 명옹이 맞습니다. 나는 그분의 명을 받고 이곳에 왔습니다."

양백은 말을 잃었다. 황하에서는 교룡을 자처하는 자들로부터 화형을 당했다던 성녀의 전언을 받았고, 금적보에서는 참수를 당했다는 명옹의 명을 받으려 하고 있었다.

세월이 뒤집혀 흐르고 있는지…….

"죽은 줄 알고 계시겠지요. 참수를 당하지 않으셨습니다. 지금 장강에 배를 띄우고 계십니다."

유공경이 말했다.

"아아!"

양백은 깊은 탄식을 터뜨렸다. 반가움, 두려움. 온갖 감정들이 난마처럼 얽혀 가슴을 휘젓고 다녔다. 그는 감정의 기폭起爆을 억누르기 위해 머리를 숙였다.

"명옹께서는 내가 죽지 않고 살아 있음에 무척 화를 내었겠군요."

그가 회한에 찬 목소리로 말했다.

"다른 말씀은 없었습니다. 단지 명옹께서는 양 명두께서 황산에 총단을 재건해 주시기를 바라고 있을 따름입니다. 예전보다 더 큰 성전을."

"총단의 재건?"

양백은 고개를 퍼뜩 들었다.

"명옹께서는… 명옹께서는 이 추악한 늙은이를 잊지 않았을 뿐만 아니라… 총단 재건이라는 중임까지 맡겨 주셨구려."

그의 노안에 물기가 번졌다.

"명옹의 청을 받아 주시겠습니까?"

"물론이지요! 이르다 뿐입니까! 모든 일을 제쳐 두고 총단을 짓는 일에 매달리겠소! 이런 영광이 죽기 전에 주어지다니, 감읍할 따름입니다!"

양백은 격동으로 목소리를 높였다.

유공경은 가만히 양백의 주름진 얼굴을 바라보았다. 거짓 없는 마음이 느껴졌다.

'교에 대해 이토록 애착을 가지고 있는 분인데… 진작 찾지 못한 것이 한이군.'

그는 양백을 늦게 찾은 것을 후회했다. 누구나 몇 번은 교를 등질 때가 있다. 최소한 세 번은 용서해 주어야 한다는 전대 명두의 말이 떠올랐다.

"잘 좀 지어 주십시오. 성녀께서 머물 곳입니다."

"성녀?"

양백은 명옹이 살아 있다는 말을 들었을 때보다 더 놀라워했다.

"성녀께서도 몸을 보전하고 계십니까?"

그가 유공경의 손을 거칠게 잡으며 물었다. 얼마나 거칠게 잡았던지 만약 양백의 손이 둘이었다면 유공경의 손뼈는 부러지고 말았을 것이다.

유공경은 웃었다. 짐작이 맞았다. 양 명두가 성녀의 출현을 모를 것 같아 일부러 그런 말을 한 터였다.

"새로 오신 성녀입니다. 전대 성녀께서 천상제로 얻으신 어린 성녀이시지요. 동관에 쭉 발이 묶여 있었습니다. 얼마 전 우리가 모셔 왔습니다."

유공경은 특별히 '우리'를 강조했다. 성품이 물처럼 담백한 그도 성녀를 찾은 일만은 자랑을 감추지 않았다.

"아아… 그랬었군요."

양백은 고개를 끄덕였다. 새로운 성녀라는 말에 조금 맥이 빠지는 듯했으나 그는 곧 노안을 빛냈다.

"성녀께서도 오시고 명웅도 오시고… 이제 황산에 총단이 들어서는 일만 남았습니다. 빨리 황산에 총단이 들어서는 것을 보고 싶군요."

"아무렴! 견마지로를 다하겠소!"

양백은 주먹을 불끈 쥐었다.

원래 그가 기다리던 자는 암왕이었다. 그런데 지금 그의 앞에 나타난 사람은 반대로 성녀와 명웅이었다. 그는 성녀와 명웅의 출현에 흥분하여 잠시 꽃배가 실어 나른 전대 성녀의 부탁을 잊고 있었다.

짙은 물안개가 갈주패를 감쌌다.

한 치 앞도 보이지 않았다.

감악은 혼돈 속에서 침묵으로 서 있었다.

감악 일행은 갈주패에서 며칠을 머무르고 있었다. 중원의 심장으로 들어가는 길이니 성녀의 행렬이 누추해서는 안 된다는 것이 만인촌에서 왔다는 구루 노관, 방환의 주장이었다.

방환의 주장에 특별히 반대하는 자는 없었다. 총단도 없는 이 마당에 서둘러 갈 곳이 있는 것도 아니었다.

방환은 십위병, 삼십육호교사라는 자들을 중심으로 강호인들을 위압할 새로운 배를 만드는 데 심혈을 기울이고 있었다. 나머지 자들은 각자의 생각 속에 갈주패를 어슬렁거릴 뿐이었다.

갈주패에 움직이는 자들은 만인촌에서 온 교도들밖에 없는 듯했다. 방환도 바빴지만 쌍혼도 바빴다. 불사혼이라는 자는 연방 성녀 주위를 기웃거리며 도화라는 여인에게 성녀의 안부를 물었다. 불패혼이라는 자는 갈주패에 없다. 정파를 자처하는 강호 제 세력이 의창에 집결하고 있다는 소식을 듣고 동정을 염탐하러 먼저 길을 나서고 없었다.

누가 시키지도 않았다. 그러나 그들은 자발적으로 분주하게 움직이고 있었다.

감악은 만인촌에서 온 자들의 행동이 조금 신기하게도 보였다. 그들은 수가 많아도 명옹이나 전우삼의 기세에 질려 외톨박이처럼 구석진 곳을 어슬렁거렸다. 그런데 갑자기 주도적으로 일을 벌이고 있으니.

삼협을 넘으며 중원 배교나 일지국 여인들, 모두가 동색임을 느낀 듯했다. 좋은 일로 받아들여야 할 것 같았다.

만인촌에서 온 자들은 그렇게 생각을 정리한 것 같고… 문제는 감악, 자신이었다.

가슴이 답답했고 허리는 무거웠다.

가슴에는 전교영기가 있었고 허리에 걸린 칼은 신장도였다. 명옹과 싸운 후 홧김에 차 버린 것이 이제는 자존심 때문에라도 풀 수 없게 되었다.

자신이 신장도를 찬 데에 대해 말하는 자는 아무도 없었다. 단지 전우삼이 와서 '멋지군!' 하며 한마디 해 준 외에는.

그날 선실에서 만난 이후 감악은 아직 명옹을 보지 못했다. 부르지 않는 것을 보니 당신의 생각에 전혀 변함이 없는 모양이었다. 그 생각을 하자 또 울컥 울화가 치솟았다.

'황산 총단의 재건은 무슨!'

자신에게는 한마디 말도 않고 유 명두를 금적보에 보낸 전우삼에게까지 화가 났다. 전우삼은 여전히 명옹, 명옹 하며 교를 무시하는 그 배교자의 뒤를 졸졸 따르고 있었다.

ー이해를 해 주시오. 나는 조금 명옹의 기분을 알지. 주명두가 죽었을 때 나의 기분이 어땠을 줄 아시오? 명왕이고 뭐고 아무것도 보이지 않았소. 명왕을 찾기보다 나백과 탈명을 먼저 찾았지. 화정이 죽은 줄 알았을 때는 더했소. 생각해 보시오, 감 명두! 명옹은 다른 사람도 아닌 당신이 목숨으로 지켜야 할 성녀를 잃었소. 그 기분이 어떻겠소? 나는 이해를 하지. 암! 아무렴!

분명히 교와 성녀를 짐으로 안다는 말을 듣고도 명옹을 옹호하는 데 대해 힐난을 하려 하자 전우삼이 한 말이었다.

감악은 전우삼의 말이 전혀 일리가 없는 말은 아니라 생각했다. 그리고 명옹의 말을 액면으로만 받아들여 이해를 거부한 것도 아니다. 나름대로 이해하려고 무척 노력했다.

과거도 떠올려 보았다. 과거의 명옹은 어떠했는가? 교와 성녀에 대해서는 끝없는 헌신을, 적들에 대해서는 무쇠 같은 용력을. 옛일을 돌이키면 분명 하늘이 무너진다고 하더라도 변할 분은 아니었다.

'그래, 성녀를 잃은 충격이 컸겠지.'

생각으로는 이해가 되었다. 그러나 영원히 명옹은 교로 돌아오지 않을 것이라는 불길한 염려가 감악의 마음에는 여전히 존재했다.

'내가 이상한 사람인가?'

생각해 보니 명옹을 이상한 눈으로 보는 사람은 자신뿐인 듯했다. 만인촌, 일지국의 지파들은 누구 하나 명옹의 처신에 대해 입을 여는 자가 없었다. 명두들도 마찬가지였다.

─ 헤헤헤! 감 명두, 의창에 놈들이 우글우글 모여들고 있

다는데 지금 다른 생각을 할 때인가? 피해 갈 수 없는 싸움이
다. 승기를 잡지 못한다면 놈들은 계속 우리를 넘볼 게야. 조
금 지나친 말이라 생각은 되지만… 명옹이 우리 교를 믿지 않
으면 어떤가? 적과 싸워 준다는 사실만으로도 나는 만족이
야. 존경의 마음도 버리지 않을 것이다. 우리 교도도 아닌데
우리 일에 뛰어들어 도와주고 있는데 얼마나 고마운가. 감
명두, 편하게 생각하라. 명옹의 본바탕이 어디 가겠나.

　전우삼은 또한 그렇게 말했다.
　감악은 부러웠다. 그렇게 생각할 수 있는 전우삼이. 교의
에 너무 결백하다는 평을 들을지라도 자신은 그렇게 생각할
수 없었다. 아무리 생각해도 가슴속의 심화가 풀리지 않았
다. 결국 감악은 생각의 고삐를 놓았다.
　전우삼의 말이 맞는 듯했다.
　우선 의창에서 벌어질 적과의 일전을 준비하는 것이 더 급
선무다. 의창의 일전은 향후 배교의 운명을 결정지을 싸움이
될 것이다. 그리고 명옹의 일은… 답답했으나 조금 더 지켜
볼 도리밖에 없었다. 성녀께서도 그렇게 하라고 하셨으니.
　'호사다마라더니, 명옹이 저런 모습으로 나타날 줄은 꿈
에도 생각 못 했다. 성녀시여, 광명계에 계신 전대 성녀시여!
청정광명세계명존의 힘을 빌려 명옹을 올바른 길로 인도해
주소서!'
　감악은 큰 한숨을 들이쉬며 하늘을 향해 팔을 내밀었다.
　갈주패의 물안개가 감악의 손짓에 따라 흔들리며 조금씩

길을 보였다.

예령은 눈을 떴다.

"이야!"

그녀는 탄성을 터뜨렸다. 한 치 앞을 볼 수 없는 짙은 물안개가 선창에 가득했다. 동관에서도 물안개는 제법 보았다. 그러나 갈주패만큼 짙은 물안개는 처음이었다.

"음……."

예령은 선실을 왔다 갔다 하며 눈빛을 빛냈다.

"하하하!"

그녀가 장난스러운 얼굴로 웃었다. 물안개 속에 숨어 있다가 불쑥 나타나 사람을 놀래 주면 재미있을 것 같았다.

예령은 신바람을 내며 선실 문을 나섰다. 그녀의 좌우 선실에는 도화와 아란하가 있다.

"배 밖으로는 나가지 마십시오!"

도화의 거친 목소리가 들렸다.

"내가 모시겠습니다."

도화의 염려에 대답하는 자는 아란하였다.

"어험!"

도화는 헛기침을 했다. 아란하에 대한 그녀의 심기는 조금 불편한 편이었다. 어린 아가씨가 이제 자신보다 이족의 여인과 같이 있기를 더 좋아했기 때문이다. 나이가 있으니 그 섭섭함을 밖으로 나타낼 수는 없고. 도화는 어린 아가씨와 아란하라는 여자가 선실 밖으로 나가는 것을 지켜보고만 있었다.

"아란하, 내가 보여요?"

뱃전을 뽀르르 오르며 예령이 물었다.

"보이지 않습니다."

아란하가 웃으며 말했다. 모습은 보이지 않아도 발소리로 그녀는 예령이 어디에 있는지 알고 있었다.

"아란하, 나를 찾아보세요."

예령이 물안개 속으로 뛰었다.

"조심하십시오. 잘못하면 배에서 떨어집니다."

아란하도 뱃전에 올랐다.

"조심할 테니 조금 후에 찾으세요!"

예령은 손을 흔들었다.

"알았습니다."

아란하는 미소를 지었다. 예령의 장난이 그녀의 기억을 유년으로 되돌려 놓고 있었다. 그녀는 예령이 숨을 동안 물안개로 자욱한 장강의 수면에 시선을 고정시켰다.

예령은 발소리를 죽이며 걸었다. 물안개의 찬 감촉이 너무도 상쾌했다. 그녀는 새끼 고양이처럼 살금살금 이물을 향해 갔다. 몇 걸음을 더 옮겼을 때였다.

"어!"

예령은 흠칫 놀라며 발걸음을 멈추었다. 물안개 속에 돌연한 사람의 신형이 보였다. 불쑥 나타나 사람을 놀래 주려던 것이 그녀가 오히려 놀란 것이다.

"아!"

용두龍頭에 표표히 서 있는 자는 바로 어머니의 호교신장이었다. 예령은 숨을 죽인 채 그를 응시했다. 호교신장은 누가 자신을 보고 있는 줄 모르는지 용두에 서서 석상처럼 움직이지 않았다.

"아저씨."

예령은 두 손을 모으며 조심스럽게 그를 불렀다.

'아저씨.'

명강량의 귀에 예령의 목소리가 닿았다. 어린 성녀가 왔음을 모르고 있었던 것은 아니다. 자신을 보지 못한 척 지나가주기를 바랐다. 자신을 부르는 소리도 못 들은 척할까 생각했다. 그러나 몸은 벌써 어린 성녀를 향해 돌아서고 있었다.

명강량의 무저갱처럼 깊고 무심한 눈빛과 예령의 맑은 눈빛이 물안개를 사이에 두고 얽혔다.

그들은 서로를 마주 보며 침묵을 지켰다.

"성녀."

아란하가 예령의 뒤에 나타났다. 그녀도 명강량을 보았다.

성녀와 대전왕은 서로를 마주 보며 침묵하고 있었다. 아란하는 이 자리가 자신이 있어서는 안 될 곳이라는 것을 깨달았다. 그녀는 조용히 뒤로 물러났다.

예령은 어머니의 호교신장에게 무슨 말인가를 하고 싶었다. 그러나 떠오르는 말이 없었다.

그때였다.

푸드득! 파다다닥!

물안개 속으로 경쾌한 새의 날갯짓 소리가 들렸다.

"아!"

예령은 탄성을 터뜨렸다.

흑백조, 채색조, 낙조! 물안개 속을 비행하는 새들은 바로 그 새들이었다.

예령은 손을 내밀었다.

휘익! 휘익!

낙조가 반갑게 울며 예령의 손에 둥지를 틀었다.

"어!"

낙조를 쓰다듬던 예령이 고개를 갸웃했다.

물안개를 채홍색으로 빛내며 채색조가 날아간 곳은 호교 신장의 어깨였다.

흑백조는 여전히 물안개 속을 비행했다.

"아저씨, 아저씨는 그 새를 아시는가 보죠?"

예령이 흥분으로 눈빛을 빛내며 명강량을 향해 다가섰다.

명강량은 손을 내밀었다.

어깨에 앉아 있던 채색조도 명강량의 손에 둥지를 틀었다.

예령은 낙조가 앉아 있는 손을 채색조 앞으로 내밀었다.

예령의 손끝이 체온이 느껴질 거리까지 가깝게 명강량의 손끝에 접근했다. 채색조가 부리로 낙조의 깃털을 골라 주었다.

명강량의 심장은 크게 꿈틀댔다. 영원히 침묵할 것 같던 그의 입이 열렸다.

"이 새는 명조라는 새입니다. 성녀의 어머니께서 키우던 새입니다. 성녀의 손에 있는 새도 성조成鳥가 되면 채색 빛깔을 가질 것입니다."

그가 무뚝뚝하게 말했다.

"아, 아! 그렇군요. 어머니의 새."

예령은 다른 손으로 명조를 쓰다듬었다.

손과 손이 닿았다. 모든 피가 역류하며 명강량의 심장을 압박했다. 명조를 앉힌 손에 힘이 들어갔다.

흑백조는 두 눈을 번뜩이며 낮게 비상하고 명조는 푸드득 하늘로 치솟았다. 영문을 모르며 낙조도 따라서 비상했다.

명강량은 등을 돌렸다.

그 순간 예령은 명강량의 가슴에서 흘러내린 생각의 파편 하나를 주웠다.

"너무 슬퍼하지 마세요. 어머니는 지금 다른 세계에서 무척 행복해한답니다."

그녀가 안타까움으로 말했다.

명강량은 말이 없었다. 물안개가 그의 몸을 감쌌다.

명강량의 뒷모습을 보며 예령은 문득 생각했다. 지금이야말로 어머니가 전하라는 물건을 전해 줄 때임을.

예령은 후다닥 선실을 향해 뛰어갔다.

"아란하!"

명강량은 거칠게 아란하를 불렀다.

아란하가 다급히 다가왔다.

"배를 띄워라!"

"방 노관이라는 분이 새로운 배를 만들고 있습니다. 진수 進水를 하려면 아직 시간이……."

"필요 없다!"

명강량은 아란하의 간이 오그라질 정도의 분노를 터뜨렸다.

휙! 명강량은 신형을 날렸다. 그가 돛대 끝에 섰다.

아란하는 돛대 끝에서 붉은 기운이 번뜩이는 것을 보았다.

우르르! 쾅! 콰쾅!

방환을 비롯한 만인촌의 식솔들이 애써 만들던 배는 잠깐 사이에 난파선으로 변했다.

"무슨 일이오? 무슨 일?"

괴성에 놀란 전우삼이 허둥지둥 달려 나왔고 다른 자들도 뱃전으로 뛰쳐나왔다.

"대전왕께서 출전을 명했습니다."

아란하는 쓴웃음을 지으며 말했다.

"출전? 좋지! 그렇지 않아도 몸이 근질근질했다. 어이, 어이, 어이! 돛을 올려라!"

전우삼이 갈주패가 떠나갈 정도로 고함을 질렀다.

물안개 속에서 영문도 모른 채 교도들이 움직였다.

"아란하."

돛대 끝을 바라보며 예령이 다가왔다. 그녀의 손에는 언제나 애지중지하는 함이 들려 있었다.

"대전왕께서 기분이 좋지 않은 모양입니다. 선실로 들어가시지요."

아란하는 예령의 어깨를 안고 선실로 향했다.

"내가 그분의 기분을 상하게 했을까요?"

예령이 우울해하며 물었다.

"아닙니다. 마음이 없는 자는 화를 내지 않지요. 나는 대전왕이 마음이 없는 분인 줄 알았답니다. 그러나 오늘 저렇게 화를 내시는군요. 성녀께서 굳어 있던 그분의 마음에 그무엇인가를 불러온 모양입니다."

쓸쓸하게 미소 지으며 아란하가 말했다.

❦

파르르! 팟!

거센 강바람에 깃발은 찢어질 듯 휘날렸다. 오색으로 펄럭이는 깃발은 한둘이 아니었다.

투두두두두!

"이랴!"

"이랴!"

또 한 떼의 인마가 흙먼지를 일으키며 달려오고 있었다.

도검을 철컹이며 대를 지어 움직이는 무사들, 우렁찬 함성.

사해오악의 모든 문파들이 모여든 듯했다.

이런 장관은 조충국은 처음이었다. 가슴이 흥분으로 심하게 뛰었다.

의창에서 제법 떨어진 넓은 습지였다. 생사대전生死大戰의 결전 장소로 잡힌 곳! 의창의 성시를 끼고 싸우면 범인들이 놀랄 것을 우려, 이런 외진 장소가 정파 제 세력의 결집 장소가 된 것이다.

열을 지어 움직이는 무사들은 하나같이 안광이 형형했고 관자놀이가 불쑥했다. 만만히 볼 자는 아무도 없었다. 하지만 그들도 사숙 앞에서는 먼저 머리를 숙였다.

오랜 폐관 끝에 출관한 사숙을 그들이 어찌 알랴! 그들의 경의는 매화 문양의 도복, 화산파에 대한 경의였다. 사문에 대한 자긍심에 가슴이 뿌듯했다. 구대문파에 대한 자부심도 가슴을 채웠다.

"사숙, 사패가 강호의 주인인 척 떠들어도 결국 우리 구대문파에는 미치지 못하군요. 사패가 일전을 선언한 장소에도 이만한 강호 동도들이 모여들지 의문입니다."

조충국은 뿌듯한 마음을 숨기지 않았다.

"사패가 일전을 선언한 장소에는 당연히 이만한 문파들이 모여들지는 않지. 강호의 신의는 하루아침에 이루어지는 것이 아니다. 그 신의를 지키기 위해 사패보다 먼저 우리가 칼을 뽑았고."

장문천이 말했다.

"사숙, 정말 굉장합니다. 마교 놈들은 반드시 이곳에서 뼈를 묻고 말 것입니다."

조충국은 주위를 둘러보며 주먹을 불끈 쥐었다.

"장담하지 마라. 강호 제 문파들이 서둘러 사람을 보낸 이유가 무엇 때문인지 아느냐? 구대문파에게 일을 맡기기에는 상대가 너무 강하다는 것을 알았기 때문이지."

"마교 놈들이 그렇게 강합니까?"

"나백과 탈명! 배교도들은 삼백 년 만에 그들의 이름을 걸고 나타났다."

배교가 마교이고 마교가 배교다. 하지만 장문천은 여전히 배교라 부르고 조충국은 마교라 부르고 있었다. 대다수의 강호인들도 마교라 불렀다.

배교가 마교라 하더라도 어쩔 수 없이 배교라는 이름에는 하요문의 냄새가 난다. 때문에 생사대전에 어울리는 이름은 배교가 아니라 마교이어야 했다.

"나백과 탈명이라는 마두들이 그렇게 강했습니까?"

"강호사의 한 장을 혈사血史로 장식했지. 엄청난 힘이었다."

"그런가요?"

조충국의 안색이 무거워졌다.

"하지만 지금 장강을 항행하는 배교의 힘이 나백과 탈명의 힘 정도라면 별걱정 할 일은 없겠지."

"사숙! 사숙은 나백과 탈명이 출현한다고 해도 그들을 꺾을 자신이 있군요!"

조충국이 눈빛을 빛내며 소리쳤다.

장문천은 그 말에는 대답하지 않았다.

"나백과 탈명도 결국 우리를 비롯한 구대문파의 공격에 목숨을 내놓아야 했다. 그러나 이번에는 어떨지. 내가 생각하기에 이번에 오는 자들은 나백과 탈명보다 더 힘이 강한 것 같구나. 싸워 보아야 알겠지만……."

그가 정면을 응시하며 말했다.

그의 앞에는 휘장으로 둘러쳐진 천막이 있었다. 배교와의 일전을 위해 모여든 각 문파의 영수들이 모이는 곳이었다. 긴급히 그 천막으로 모이라 하는 것을 보니 갈주패의 배교도들이 드디어 움직임을 시작한 모양이었다. 갈주패에서 이곳까지의 거리는 하루면 충분하다.

'잘하면 오늘 중으로 장강은 실컷 피를 마시겠군.'

장문천은 검을 툭툭 두드리며 눈빛을 빛내고 있는 홍안의 제자, 조충국을 가만히 바라보았다.

"이제까지 네가 싸운 자들은 고작해야 파락호들뿐이다. 지금 싸우는 자들과 다르다."

장문천은 조충국의 어깨에 손을 얹었다.

"배교의 무리들을 상대로 쉽게 검을 뽑지 마라. 강호에서 한 번의 실수는 바로 죽음이다. 내가 너를 데려온 것은 안목을 넓혀 주기 위해서지 싸우라고 데려온 것은 아니다. 배교 도들을 처치하는 문제는 내가 맡을 것이다. 알겠느냐?"

그는 조충국의 어깨를 다독거렸다.

"사숙, 여기까지 왔는데 가만히 있으라니……."

"시끄럽다!"

장문천이 엄하게 소리쳤다.

"쓴맛을 보면 자신의 경솔함을 깨닫는다. 그러나 강호는 쓴맛을 죽음으로 다반사 요구하는 곳이라 이야기하지 않았느냐!"

"…알겠습니다."

조충국은 마지못한 표정으로 고개를 끄덕였다.

"밖에서 기다려라."

장문천은 조충국을 남겨 두고 천막 안으로 들어갔다. 천막 안으로 들어가며 그는 문득 생각했다. 조충국에게 한 말이 자신이 강호 초행에서 들은 삼사형 우제준의 말과 비슷하다는 것을.

강호의 피처럼 강호의 말도 돌고 도는 모양이었다.

장문천은 쓴웃음을 지었다.

상석에는 소림의 나한당주 혜명이 앉아 있었다. 나이와 명성이라는 관례에 따라 구파일방 연맹의 맹주는 혜명대사가 맡고 있었다.

혜명대사의 옆에는 무당의 양명자陽明子, 양일자陽逸子, 소림의 혜오慧悟, 혜철대사慧哲大師가 배석했다. 개방의 두 장로들도 보였다. 중간에는 군소방파의 문주들이 쭉 배석했다.

정각, 정진, 정명을 비롯한 정자배의 소림의 기라성 같은 무승들, 명광, 명오 등 무당 명자배의 도장들도 형형한 눈빛을 빛내고 있었다.

소림, 무당의 쟁쟁한 고수들을 바라보는 장문천의 입맛은 썼다. 그와 동렬의 속가제자 몇몇을 데려왔다면 머릿수는 비슷하게 채울 자신은 있었다. 그러나 소림, 무당에 비교하면 힘의 열세는 메우지 못했으리라. 아무래도 화산이 곽부와의 일전에서 입은 피해가 너무 큰 듯했다. 화산의 안뜰인 도림 새에서 일전이 벌어졌다 하니 당연한 귀결이겠지만.

"어서 오시오, 장 시주. 이쪽으로 오시오."

소림의 혜명이 장문천에게 상석을 권했다. 배분으로 따지면 장문천은 소림의 정자배 제자들이나 무당의 명자배 제자들과 함께 서야 했다. 그러나 장문천은 화산파의 이름을 건 자였기 때문에 상석으로 불렀다.

장문천은 소림의 혜철대사 곁에 자리를 잡았다.

"화산에는 더 이상 올 분은 없소?"

혜명대사가 물었다.

"없습니다."

장문천이 대답했다.

"자, 그럼 다 모인 듯하니… 구룡선, 마인거를 실은 배가 갈주패를 떠났다고 하오. 빠르면 하오, 늦어도 밤까지는 이곳에 도착할 것 같소."

역시 갈주패의 배교도들이 움직였다는 소식이었다.

"중앙에는 나한진을 놓겠소. 우측에는 양의검진, 좌측에는 매화검진, 여러 곳에서 오신 강호의 동도들 중 동에서 온 문파는 무당의 곁에, 서에서 온 문파는 화산의 곁에 배치하려 하오. 개방은 배후를 맡아 주셨으면 합니다. 어떻소?"

혜명대사가 좌중에게 의향을 물었다.

이것 또한 관례에 따른 진세였다. 이견이 있을 리 없었다.

"먼저 삼십육나한진三十六羅漢陣을 펼칠 테니 각기 자리를 잡아 주기 바라오."

나한진은 물론 양의검진, 매화검진도 숫자보다 그 진법을 움직이는 사람이 누구냐에 따라 위용이 결정된다. 백팔나한진百八羅漢陣이 아닌 삼십육나한진이라고는 하나 나한진을 펼치는 자들이 소림의 중추를 이루고 있는 정자배 무승들이기 때문에 그 위용은 보지 않아도 뻔했다. 양의검진을 이루는 자도 명자배라 나한진 못지않은 위용을 자랑할 것 같았다.

"각자의 자리를 잡기 전에 각별히 조심할 말을 일러 주겠소. 곤륜파도 잿더미가 되었고 맹호전 역시 마찬가지였소. 무슨 이유인가 했더니 침입자가 배교도였기 때문이오. 배교의 화마술이 어떻다는 것은 여러분들께서도 잘 아시리라 믿소. 나백과 탈명이 사용했던 겁화분을 기억해 주기 바라오. 지세를 잘 이용해서 마화에 대비해 주기 바라오. 다른 강호의 동도들에게도 필히 전해 주기 바랍니다."

"알겠습니다!"

군웅이 우렁차게 소리쳤다.

"자, 이제 한 가지 일이 남았는데……."

혜명대사는 말에 뜸을 들이며 천천히 천막에 모인 자의 면목을 살폈다. 소림, 무당의 젊은 용호龍虎들은 물론 군소방파의 문주, 명숙들까지 긴장했다. 연맹에서 맹주보다 더 중요한 일을 맡을 자가 결정되려는 순간이었기 때문이다.

적의 수괴를 상대할 자가 누구냐?

선임된 자에게는 구파일방 최고수의 상징이라고 할 수 있는 벽사검辟邪劍이 주어진다. 수백 년의 세월 속에서도 푸른 정기를 쉬지 않고 뿜어내는 정파 최고의 보검이.

혜명대사의 뒤에 있는 검가에 걸린 고색창연한 그 검이 바로 벽사검이었다. 탈명의 난 이후 소림이 쭉 보관해 온 물건이나 이번에 벽사검주辟邪劍主가 바뀌면 벽사검도 주인을 따라가야 한다. 때문에 벽사검주가 된다는 것은 개인의 영광일 뿐만 아니라 문도가 자신의 문파에 바칠 수 있는 가장 큰 영광이기도 했다.

모두 긴장으로 숨을 죽였다.

장문천의 생각은 문도들을 이끄는 데 바빠 벽사검에까지
미치지 못했다. 그러나 갑자기 벽사검이 거론되자 그 역시
마음이 동하지 않는 것은 아니었다.

　"누가 좋겠소?"

　혜명대사가 명숙들을 둘러보며 물었다.

　명숙들은 서로의 얼굴을 바라보았다. 그들은 시선을 혜명
대사 다음으로 명망이 높은 무당의 양명자에게 모았다. 양명
자가 모두를 대신해서 벽사검주를 명하라는 뜻이었다.

　양명자는 고개를 끄덕였다.

　"벽사검으로 마웅을 처치할 자는 이곳에서는 화산의 장 대
협밖에 없는 듯하오."

　그가 장문천을 지명했다. 군웅의 시선이 일제히 장문천에
게 쏠렸다. 질투와 부러움이 섞인 시선이었다.

　"허허허! 양명 도우의 생각은 우리 모두와 같소. 화산의
장 시주는 벽사검을 받으시오."

　혜명대사가 벽사검을 장문천에게 건넸다. 장문천은 담담
한 표정으로 벽사검을 받았다.

　입으로 떠들지 않아도 고인은 고인을 알아본다. 그러나 눈
이 있어도 보지 못하는 자가 있다. 문제는 안목이 바닥임을
알면 침묵하기라도 해야지, 어디서나 꼭 자신의 미천함을 표
시하는 자가 있다는 것이다.

　불행히도 그자는 무당의 명오였다. 그는 동년배인 화산의
장문천이 명숙들까지 제치며 벽사검을 받을 만한 자격이 있
다고는 생각하지 않았다. 당연히 자신이 가져야 할 물건이라

는 표정으로 벽사검을 취하는 태도도 마음에 들지 않았다. 사숙 양명자가 사형인 명광을 제치고 장문천이라는 자에게 벽사검을 내려라 한 이유는, 당신의 입으로 당신의 제자에게 벽사검을 내려라 하기가 쑥스러웠기 때문이라는 생각도 들었다.

명숙들이 보는 앞이라 함부로 경거망동은 못하고 한마디 불평은 내던졌다.

"무당에도 벽사검을 받을 자격이 있는 분은 있습니다."

명숙들과 군웅의 시선이 일제히 명오에게 쏠렸다. 그리고 그의 사숙인 양명자, 양일자에게도 쏠렸다.

양명자, 양일자의 얼굴이 잘 익은 감처럼 붉어졌다,

'오냐오냐하고만 키웠더니…….'

쾅! 양일자가 탁자를 쳤다.

"명오! 네놈이 장 대협의 일 합만 받아 낸다면 나는 네놈의 경거망동을 묻지 않겠다!"

그가 소리쳤다.

양일자의 말에 소림, 무당의 제자들, 군소방파와 문주들은 물론 명숙들의 눈빛까지 빛났다. 소림, 무당의 제자들은 명오와 마찬가지로 과연 장문천이 벽사검을 받을 만한 자격이 있는가를 보고 싶었고, 명숙들은 기도로써가 아닌 직접 실력을 확인하고 싶은 욕심이 있었다.

"사숙께서 그렇게 말씀하시니 저는 장 대협을 상대로 검을 뽑지 않을 수 없군요."

명오가 시무룩한 표정으로 말했다. 표정은 그랬으나 내심 바라던 일이라 명오는 쾌재를 부르고 있었다.

이제 모든 자들의 시선은 장문천에게 쏠렸다.

장문천은 벽사검을 오른손에 들었다. 그는 승부를 위해 천막 밖으로 걸어 나가는 듯했다. 그러나 그는 명오의 곁에 이르러 우뚝 발걸음을 멈추었다.

"괜찮겠습니까?"

장문천이 명오에게 물었다.

"물론이오."

명오는 웃으며 대답했다.

순간, 번쩍하며 푸른 섬광이 빛났다. 그 섬광을 본 자는 많지 않았다.

혜명, 혜오, 양명자, 양일자는 '아!' 하고 탄성을 터뜨렸다. 개방의 이 장로와 상 장로도 놀란 입을 다물지 못했다.

"좋군."

장문천은 벽사검을 툭툭 쳤다. 그가 천막 밖으로 걸어 나갔다. 명오는 주먹을 불끈 쥐며 승부를 위해 장문천의 뒤를 따랐다.

"어디를 가느냐?"

양일자가 분통을 터뜨렸다.

"사숙, 방금 비검을 해 보라고……."

"머저리 같은 놈! 눈은 어디다 두고 있는 게냐? 네놈의 소맷자락이나 보아라!"

양일자의 노화에 명오는 급히 자신의 소매를 살폈다. 멀쩡하던 소매 깃이 깨끗하게 잘려 발아래 떨어져 있었다.

"아!"

그제야 군웅도 탄성을 터뜨렸다.

"지렁이의 꼬리도 못 되는 놈이 시샘은 많아서!"

양일자의 분노가 쏟아졌다.

명오는 얼굴을 붉히며 고개를 푹 숙였다.

"그때 내가 말했지. 삼십 년 내에는 강호에 능운공작을 능가하는 자가 나오지 못하리라고. 잘못된 말이었다. 삼십 년이 아니라 능운공작이 살아 있는 한이라고 말하는 게 옳았어. 하지만 이제 그 말도 틀렸다고 말해야 할지 모르겠군. 장문천… 화산은 걸물을 키워 냈다."

혜명대사가 중얼거렸다.

"자, 자! 벽사검주의 위용이 보신 바와 같소. 배교쯤은 문제가 되지 않으리다! 그들이 곧 들이닥친다고 하니 맹주께서 말씀하신 대로 서둘러 움직입시다!"

개방의 이 장로가 자리에서 일어나며 소리쳤다.

"맞는 말이오. 준비를 해 주시오."

혜명대사도 자리에서 일어났다.

파르르! 팟!

깃발은 세차게 펄럭이고 군웅은 바쁘게 움직였다.

장강에서 불어오는 바람에는 벌써 피비린내가 느껴졌다.

책으로 가득한 서재였다. 동창東窓에는 잘 가꾼 난이 서너 뿌리 놓여 있었다.

예광은 찻잔을 잡았다. 그가 다향을 음미하며 찻잔을 기울일 때였다. 서재의 문이 열렸다.

유건을 쓴 청수한 중년인이었다. 단심원주 언상영.

예광은 배교의 가장 큰 적 가운데 하나라 할 수 있는 단심원에서 한가롭게 차를 들이켜고 있었던 것이다.

"나를 찾으셨습니까?"

"그렇소. 내가 바로 원주를 찾았소."

"돌사자를 날려 버린 분이라 해서 안면이 있으리라 생각했는데 처음 뵙는 분이군요."

언상영은 미소를 지으며 자리에 앉았다.

"수호석守護石을 날려 버린 데에 대해서는 미안하게 생각하오. 그런 소란을 일으키지 않으면 원주를 만나기 무척 힘들 것 같았소."

"돌이 있는 한 돌사자야 또 만들면 되는 일이고… 먼저 존성대명을 물어보아도 되겠습니까?"

"원주께서는 사람에 대한 의심이 너무도 없군요. 지금 나의 내력을 물어 어쩌겠다는 것이오?"

팟! 예광은 갑자기 장영을 뿌렸다. 붉은 장영이 언상영의 안면을 향해 쾌속하게 뻗어 갔다.

그러나 언상영은 눈 하나 깜짝하지 않았다.

예광은 언상영의 눈앞에서 장력을 멈추었다.

"명불허전이오. 껄껄껄!"

예광은 어깨를 흔들며 웃었다.

"하하하! 놀랐습니다."

언상영도 따라서 웃었다. 그가 의자를 흔들었다.

순간, 핑! 핑! 하는 소리와 함께 암기가 새카맣게 예광의 전신을 덮었다. 예광은 꼼짝할 수 없었다.

타닥! 탁! 탁!

그의 주변에 온갖 암기가 꽂혔다.

"다른 재미있는 것도 있지요. 새로운 세계를 구경하고 싶다면 말씀하십시오."

"됐소! 아무도 진주언가의 기관토목 솜씨를 경험하고 싶지는 않을 것이오."

예광은 본전도 못 건진 기분이라 쓴맛을 다셨다.

"존성대명을 밝히기 싫습니까?"

"밝히는 것이 서로의 믿음을 위해 낫겠지. 나는 불패혼 예광이라 하오."

"손바람이 매서웠습니다. 문로 또한 물어도 되겠습니까?"

"방금 보시지 않았소?"

"글쎄요. 어디서 많이 본 듯은 한데…….."

"삼양장을 빨리 펼치면 그렇게 되오."

"삼양장?"

언상영은 눈살을 찌푸렸다.

"맞소. 나는 배교도이외다. 배교 중에서도 팔륜거를 따르던 교도였지. 쌍혼이 바로 나의 지위외다. 위로 노관과 전왕만이 존재하니 그렇게 낮은 신분은 아니오. 원주와 협상할 지위는 된다고 생각하오."

언상영은 팔짱을 끼고 천장으로 시선을 던졌다. 조금 마음을 가다듬을 필요가 있는 듯했다.

"오기 힘든 걸음을 하셨군요. 그런데 방금 협상을 말씀하셨습니까?"

그가 예광을 바라보며 물었다.

"싸우기 위해서라면 내가 이곳에 올 필요가 없지!"

"배교와 협상이라… 고금에 마교와 협상을 벌였다는 자가 있다는 말을 들은 적은 없는 듯한데. 살기 위해 목숨을 구걸했던 자를 제외하면 말이오."

"최초의 사람으로 기록되는 것도 나쁘지는 않을 것이오. 당신들에게 해가 되는 일도 아니니."

"그럼, 어디 들어는 보겠습니다. 서로 좋은 일이 있다면 당연히 그 길을 따르는 것이 순리가 아니겠소."

언상영은 어깨를 폈다.

"한 사람의 목숨을 주겠소."

"누구?"

"구룡선주!"

"대가는?"

"없소!"

거래의 전부였다. 자, 이제 이 거래가 타당한가를 생각해야 했다. 대가라도 바랐으면 그런 일이라고 생각했으련만 대가도 바라지 않겠다는데……. 이런 거래는 언제나 위험이 도사리고 있다. 좀 더 신중해야 한다고 언상영은 생각했다.

"구룡선과 마인거의 사이가 별반 좋지 않은 모양이군요."

쉽게 생각할 수 있는 것은 적들의 내분이다. 한 산에 두 마리의 호랑이가 버티고 있는 것은 정사正邪를 불문하고 괴로운 일이다. 배교도가 아닌 마인거의 수족임을 특별히 강조하기도 했으니.

예광은 그 말에는 대답하지 않고 다른 질문을 던졌다.

"구룡선주와 당신들이 마인거주라 부르는 분 중 누가 배교의 수뇌인 것 같소?"

"당연히 마옹이 수괴이겠지요."

"수괴라는 말은 협상을 하는 자리에는 어울리지 않는 말인 것 같소. 노관께서 나를 보낼 때 특별히 성질을 죽이라고 말씀하셨소. 나의 울컥하는 성격을 아셨기 때문이오. 마인거라는 말도 마음에 걸리오. 팔룬거라 불러 주시오."

"그런가요? 조심을 하겠습니다."

언상영은 사람 좋게 웃었다.

"어쨌든 맞았소. 중원 배교의 호교신장이 우리를 이끄는 분이오. 구룡선주가 바로 그분이오."

"아! 그렇군요."

언상영은 고개를 끄덕였다. 자신의 짐작은 어김없었다. 배교의 주도권을 가진 구룡선주, 그 주도권을 뺏으려는 마인거주.

'그들의 알력이 눈앞의 예광이라는 자가 나를 찾아오게 된 이유겠지.'

사파 놈들이 큰 싸움을 눈앞에 두고 자멸로 어이없이 무너지는 또 하나의 꼴을 볼 듯했다.

'음, 그렇게 생각하니 우리도 문제는 있군. 구대문파와 힘을 모아 배교를 무너뜨려야 할 이 시점에 내부의 주도권 다툼에 대비, 뒷짐만 지고 있으니…… . 배교도들과 같은 생각을 한다. 내가 바로 사파인가?'

딴생각을 할 정도로 언상영의 마음은 느긋하게 풀어지고 있었다. 배교도들의 아귀다툼을 지켜보며 필요에 따라서는 구룡선주에게도 손짓을 하리라는 계산까지 했다. 뿐만 아니라 배교도들의 내분을 강호에서 자신의 위치를 공고히 하는데 어떻게 이용할 것인가까지 생각은 미쳤다. 그러나…… .

"원래 우리 배교는 당신들이 아는 것과 달리 모두 한 색깔은 아니오. 상세한 이야기를 하자면 길고, 구룡선과 팔륜거가 한 뿌리지만 각기 가지가 다르다는 것만 아시오. 문제는 팔륜거의 전왕께서 우리의 의사와 무관하게 구룡선주에게 우리의 모든 것을 바쳐 버렸다는 것이오."

'마인거주가 구룡선주의 충복?'

언상영은 미간을 좁혔다. 자신의 예측이 어이없이 빗나가고 있었다.

"이제 보니 당신들은 반대파도 아닌 상전까지 거역하는 역도들이었군요."

그가 빈정대는 투로 말했다.

"자세한 사정은 말할 수 없다고 했소! 굳이 우리 내부의 사정이 궁금하다면 원주가 직접 알아보시오! 우리 배교는 무엇을 숨기거나 하지 않으니. 어쨌든 나는 구룡선주를 없애는 일을 상의하러 왔소!"

예광이 냉랭하게 소리쳤다.

"좋습니다. 구룡선주를 없애는 일만 상의하기로 하지요. 나에게 바라는 일이 무엇입니까?"

배교의 복잡한 사정이야 그들의 사정이고 언상영은 그들이 주겠다는 선물을 챙기는 데 우선하기로 했다.

"구룡선주를 없애 주는 것!"

"농담이 심하십니다. 당연히 우리는 구룡선주를 없애려 하고 있지요. 의창에 구대문파가 모인 것도 그 때문이 아닙니까?"

"많은 피를 흘리지 않고 쉽게 처치할 수 있는 방법을 가르쳐 주겠다는 것이오. 함정을 만드시오. 원주께서는 기관토목에 조예가 있다고 하니 구룡선주를 처치할 함정 정도는 만들 수 있을 것이오."

"좋은 이야기이지만 구룡선주가 함정을 찾아다니는 자는 아니잖소."

"갈 수밖에 없을 것이오. 중원의 배교도들이 가장 중요하게 생각하는 자가 누구인지 아시오?"

"마옹! 아니, 호교신장!"

"틀렸소. 성녀외다, 성녀. 성녀를 당신들 손에 넘기겠소. 성녀를 넘겨주면 구룡선주에게 성녀를 찾아가라고 전하시오. 구룡선주는 성녀를 찾기 위해 도산검림도 마다 않고 반드시 올 것이오."

예광은 안광을 빛냈다.

언상영은 턱을 매만졌다. 성녀, 배교도들이 반신半神으로 떠받드는 여자. 명왕 다음으로 소중히 여김도 알고 있었다.

"나는 성녀의 대가 피로써 이어짐으로 아오. 성녀의 대는 전대로 끝난 것이 아니었습니까?"

"모르고 있었소? 어린 성녀를 키운 곳은 바로 천화원이오."

"천화원?"

언상영은 예광의 실없는 농담에 눈살을 찌푸렸다.

"믿어지지 않는 모양이군. 천화원에 안면 있는 사람이 있을 테니 알아보도록 하시오. 금옥이 어떤 곳이었는가를. 이런 이야기까지 꾸밀 만큼 한가하지 않소."

"알겠소. 당신의 말을 믿겠습니다."

궁금함이 많았으나 언상영은 예광의 말을 믿기로 했다. 그의 말대로 의문점은 알아보면 되었다.

이제 예광이라는 자가 제의한 계획을 검토할 차례였다.

'성녀라는 계집을 통해 구룡선주를 함정으로 유인한다. 전혀 실현 불가능한 이야기는 아니겠군.'

언상영은 쉽게 예광의 계획에 고개를 끄덕였다. 일이 계획대로 진행되지 않는다고 해서 손해 볼 일도 없을 듯했다.

"배교도들은 명왕 다음으로 성녀를 중히 여기는 것으로 아는데… 당신들은 그렇지 않은 모양이군요."

협상을 매듭짓기 전에 언상영은 또 한 번 변죽을 울렸다.

"우리 교도 모두 한 색깔은 아니라고 방금 이야기했던 것으로 아오. 팔륜거를 따르는 자들은 성녀의 존재를 크게 생각하지 않소."

"죄송합니다. 잊었습니다. 그 계집, 아니 성녀를 우리 손에 넘겨줄 자신은 있습니까?"

"자신이 없었다면 이곳까지 오지도 않았소. 협상을 승낙할 것인가만 말해 주시오."

"협상의 승낙……."

언상영은 손끝으로 탁자를 툭툭 쳤다.

"거부하겠소!"

그가 눈빛을 달리하며 팔짱을 꼈다.

예광의 표정이 굳었다.

"이유는?"

"당신들은 구대문파나 우리 사패를 너무 얕보는 것 같소. 우리가 어린 계집을 납치해서 함정으로 적과 싸울 정도로 졸렬해 보이던가요?"

"껄껄껄! 껄껄껄껄!"

예광은 서재가 무너질 정도로 웃었다.

"의창의 일전을 지켜보시오. 원주의 물음에 대한 나의 답이오. 한 가지 더 덧붙인다면, 우리가 구룡선주를 제거하려는 이유는 꼭 색깔이 달라서만은 아니오. 구룡선주는 사람이 아니외다. 같은 교도들의 등골까지 오싹하게 하는 엄청난 힘! 기회가 닿으면 그 힘을 느껴 보시오. 기분이 어떤지."

그는 자리에서 벌떡 일어났다.

"성녀를 데려갈 일시와 장소는 추후 통보하겠소. 오든 말든 원주 마음대로 하시오."

그가 바람 소리를 내며 서재를 나섰다.

언상영은 생각에 잠긴 채 예광을 배웅했다.

혈류 血流

좌악! 좌악!

배는 춘풍처럼 건들거리며 천천히 나아갔다.

삼협의 험준한 지세를 빠져나왔을 때부터 높고 낮은 구릉들은 사라지고 강안을 따라 끝 간 데 없는 넓은 수면만이 눈에 가득했다. 물살도 잔잔했다.

배는 의창을 지나고 있었다.

구대문파를 비롯한 정파 제 세력이 결전을 준비하고 있다는 곳이 코앞이었다.

"눈을 부릅뜨고 좌우를 철저히 살펴라!"

전우삼은 고함을 질렀다. 뱃전에는 사방위, 십위병, 삼십육호교사가 철통같은 자세로 서 있었다.

"제법 모여들었다지. 헤헤헤, 이번에는 정말 실컷 피 맛을 보겠군."

전우삼은 어깨를 으쓱였다.

"수뇌들만 처치하면 기가 꺾여 도주할 거예요. 그 이상 피를 보지 말도록 하세요."

전우삼의 뒤에는 신화정이 서 있었다.

"화정, 무슨 말이야? 설마 너의 아버지와 주 명두, 산서의 우리 교도들이 어떻게 죽었는가를 잊은 것은 아니겠지? 받은 만큼 되돌려 주겠어!"

"우리는 명왕을 모시는 자들이에요. 그들과 같을 수는 없잖아요."

"보라고. 지금 우리가 가진 힘이 바로 명왕의 뜻이다. 명왕께서 우리에게 힘을 준 이유는 바로 놈들을 쓸어버리게 하기 위해서가 아니었던가?"

"사람을 죽이라고 명왕께서 힘을 주셨다고요?"

신화정은 아미를 찌푸렸다.

"이봐, 이봐! 잘 들어. 천 년 우리 교의 역사가 우리에게 가르쳐 준 것은 죽이지 않는다면 죽는다는 것이야. 그리고 화정, 싸움을 앞두고 있는데 나에게 시비를 걸어서 어쩌겠다는 게야! 그렇지 않아도 명옹 때문에 머리가 아파 죽겠는데."

"명옹… 역시 그분에게는 문제가 있군요."

신화정이라고 해서 감악이 느끼고 있는 바를 못 느낄 리 없었다. 단지 말을 꺼낼 처지가 아니라 입을 다물고 있을 뿐.

"화정, 누구나 명왕으로부터 받은 각자의 생각이 있는 게야. 우리 교도들은 그 생각대로 행동한다. 나의 칼에 묻은 피, 명옹의 칼에 묻은 피를 탓하지 마라."

"그래서 전 랑은 틀렸어요. 보권과 성녀가 다른 이유 때문에 있는 줄 아세요. 명왕의 이름을 빌려 제멋대로 생각하는 것을 막기 위해서라고요. 성녀께서는 많은 피를 흘리는 것을 원하지 않으세요."

"헤헤헤, 화정! 간밤에 무서리가 내렸을 게다. 어이, 춥다. 추우니까 빨리 들어가라고. 놈들도 곧 나타날 게야."

전우삼은 딴소리를 했다. 모든 일에 신화정에게 고분고분한 그였지만 적들을 상대로 싸우는 일에는 절대 양보가 없었다.

"어쨌든 나는 당신의 그 칼이 얼마나 많은 피를 묻히는가 지켜볼 거예요."

"많은 피를 묻히겠다면?"

"전 랑에 대해 여러 생각을 하게 되겠지요. 조심하세요. 나는 성녀를 지키러 가야겠어요."

신화정은 예령이 있는 선실로 들어갔다. 그녀와 아란하, 아란하의 월영궁 문도들은 예령을 지킬 책임을 지고 있었다.

"젠장! 이래서 모두 여자는 귀찮다고 말하는 모양이군."

전우삼은 대월로 뱃전을 쿵 찍었다.

"화정, 나는 아무리 화를 삭이려 해도 삭여지지가 않아. 주 명두의 죽음 말이야. 명옹도 그렇지 않소? 성녀의 죽음이 잘 잊히지 않지요?"

그가 상판上板에 홀로 앉아 있는 명강량을 바라보며 중얼댔다. 그의 눈에는 명강량의 모습이 팔룬거에 세워진 초대 명옹의 석상과 똑같아 보였다.

"어디 보자. 몇 놈의 머리통을 깨뜨릴 수 있겠나?"

그는 대월의 날을 살폈다.

그때였다.

"전 명두!"

망루에 있던 장 명두가 급히 그를 불렀다.

"무슨 일이오?"

"앞을 보시오! 놈들은 수전을 벌이려는 모양이오!"

"뭐야, 수전! 물에서 싸우는 것은 별로 재미없는데… 구대 문파 놈들도 마찬가지일 줄 알았더니."

전우삼은 급히 선수로 뛰어갔다.

장강을 거스르며 백여 척의 배가 다가오고 있었다.

"이런, 이런! 좋은 방법이 없나? 아!"

전우삼은 대화룡이 생각났다. 그는 대화룡으로 선단을 쓸어버릴 생각을 했다. 물길 위라 피할 곳도 없을 것이다.

"볼만하겠군."

그가 히죽 웃었다.

배는 점점 선단과 가까워졌다.

전우삼은 이쯤에서 명옹에게 대화룡의 사용을 허가받아야겠다고 생각했다. 그가 명강량을 향해 가려 할 때였다.

"전 명두, 이상하오!"

망루의 장탄이 소리쳤다.

"무엇이 이상하단 말이오?"

획! 전우삼은 망루를 향해 신형을 뽑았다.

"어, 어!"

망루에서 전방을 주시하던 전우삼의 눈빛이 이채로 번뜩였다. 그의 눈은 장탄보다 몇 배는 밝다. 장탄보다 더 자세히 다가오는 선단을 바라볼 수 있었다.

"뭐야?"

선단은 독전기로 울긋불긋했다.

독전기에 적힌 글들은 전우삼 등에게 너무도 친근한 '배교 일세!', '배교천하!', '명옹군림!' 같은 글들이었다.

"장 명두, 숨겨 둔 교세가 있었소?"

전우삼이 물었다.

장탄은 고개를 저었다.

"구대문파의 위계僞計는 아닐까요? 위계를 꾸밀 자들은 아닌데… 행색도 이상하고."

전우삼과 장탄이 의아해 할 때였다.

빠른 배 한 척을 내보내며 선단은 항행을 멈추었다.

쾌선은 돛을 신기로 부리며 전우삼이 탄 배로 다가왔다.

"가 보시오."

장탄이 말했다.

전우삼은 선수로 신형을 뽑았다.

쾌선은 방향을 틀며 전우삼이 탄 배와 이물을 나란히 했다.

"우리는 장강의 준걸들입니다! 배교의 높은 기치를 흠모하여 추악한 위선자들을 처치하는 데 조족지혈이나 보탤까 해서 찾아왔습니다! 받아 주십시오!"

쾌선의 작자가 소리쳤다.

"장강의 준걸? 으헤헤헤, 헤헤헤!"

전우삼은 배를 잡고 웃었다.

"네놈들은 장강의 수적들이구나?"

그가 도끼눈을 뜨며 물었다.

"수적은, 수적은… 우리는 장강의… 장강의 녹림호걸들입니다!"

쾌선에 탄 자가 얼굴을 붉히며 말했다.

"수적이든 호걸이든 녹림도든 알았다. 가 보아라!"

전우삼은 손을 저었다.

쾌선에 탄 자는 읍을 한 후 재빨리 선단으로 돌아갔다.

"화정, 이것 봐! 힘이 있으니 별놈들이 다 아부하려 들잖아. 하지만 수적들을 한패로 받아들이는 것은 조금 그렇긴 한데… 얼굴을 보아하니 아무 말도 않겠고, 고 명두에게 물어봐야겠군. 고 명두!"

전우삼은 명강량을 슬쩍 한 번 바라본 후 고명상을 불렀다.

고명상이 다가왔다. 감악처럼 별로 밝은 표정이 아니었다.

"장강 수채의 잔당들이 합류를 요구했습니다. 어떻게 할까요?"

"수적들 눈에는 우리가 동색으로 보였던 모양이군요."

고명상은 쓴웃음을 흘렸다.

"이번 싸움이 향후 저들의 생사를 결정할 중요한 싸움임을 알았겠지요. 만약 우리가 패한다면 구대문파의 칼이 다음에는 저들로 향할 테니. 그래서 합류 운운했을 겁니다."

"어떻게 했으면 좋겠소? 명왕께서 수적들과 어울리라고

는 하지 않은 듯한데… 도움을 준다고 해도 정말 놈들의 말대로 조족지혈의 힘뿐이오."

"내버려 두십시오. 물러가라고 해도 물러날 자들이 아닙니다. 어떻게든 이번 일전을 승리로 이끌려고 하겠지요. 생사가 달린 문제이니. 승리로 이끌지 못한다고 하더라도 최대한의 피해는 입히려 할 것입니다. 정파를 자처하는 자들의 목을 베는 만큼 자신들이 바쳐야 하는 목의 수도 줄어들 테니까요."

고명상은 침울한 표정으로 말했다. 구대문파와의 일전에 달려온 사파인들은 저들만이 아닐 것이다. 그렇게 된다면 결국 배교의 의도와는 상관없이 의창의 일전은 정사대전으로 이야기될 것이다. 고명상은 그 사실이 기분 나빴다. 서둘러 이 싸움이 끝나고 황산에 정착했으면 했다. 싸움은 육신보다 마음을 더 지치게 한다. 지옥의 화탕 속에 있는 기분이었다.

'명왕이시여!'

승리와 상관없이 싸움이 커지면서 점점 더 불안감이 더해지는 고명상이었다.

"알았소!"

전우삼은 발로 뱃전을 쿵 굴렀다.

기세등등한 자는 전우삼밖에 없는 듯했다. 감 명두는 어디 있는지 보이지도 않았다. 고명상은 제자리로 돌아갔다.

배가 다가오자 선단은 좌우로 길을 열었다.

"배교천하!"

"명옹군림!"

어디서 들었는지 수적들은 배교의 함성을 지르며 꽃을 던졌다. 폭죽도 펑펑 터졌다.

장문천은 속가제자인 철담鐵膽 강순일康純一에게 제자들과 매화검진을 맡겼다.

"사숙!"

조충국은 벽사검을 허리에 차는 장문천을 가슴 뿌듯하게 지켜보고 있었다.

"여기서 기다려라. 절대 경거망동하지 마라. 장문 사형도 나도 네게 거는 기대가 적지 않다."

엄하게 나무라기만 하던 제자였으나 오늘 장문천은 따뜻한 한마디의 말도 해 주었다.

"알겠습니다, 사숙!"

조충국은 장문천의 말에 하늘을 날 것 같았다.

"사형, 부탁합니다."

장문천은 속가제자 강순일에게 머리를 숙였다.

"조심하십시오."

강순일이 포권했다.

장문천은 화산 제자들을 뒤로하고 혜명, 혜오, 혜철, 양명자, 양일자, 개방의 상 장로가 서 있는 전부前部로 나아갔다.

파르르! 파팟!

바람은 깃발을 찢을 듯 매서웠다. 무서리가 내렸고 만추는 종말을 고한 듯했다.

백여 척의 배가 정파의 군소방파가 포진한 좌우로 갈라지며 미리 대기하고 있던 사파인들과 합류를 시도했다. 구대문파를 돕기 위해 온 정파 제 세력도 만만치 않았지만 산과 들, 강에서 모인 사파의 제 세력도 만만치 않았다. 단혈철각련의 패퇴 이후 어둠 속을 횡행하던 모든 세력이 다 모인 듯했다.

생사결전의 장이라는 말이 딱 어울릴 것 같았다.

장문천은 중앙으로 시선을 돌렸다.

한 척의 배가 유유히 강안으로 다가왔다. 뱃전에 위맹하게 도열한 무사들. 구룡선, 마인거도 보였다.

배가 강안에 닿기도 전에 한 무리의 인영이 배에서 뛰어내렸다. 그들은 강물을 첨벙이며 갈대밭에 발을 들였다.

갈대밭에 선 자들은 대월을 든 팔 척 장한의 지시에 따라 일제히 칼을 뽑으며 반원형으로 진을 구축했다.

배가 강안에 쉽게 닻을 내릴 수 있도록 호위하는 자세였다.

장문천은 대월을 든 팔 척 대한이 누구인지 알았다.

마인거주!

점창파의 생존자가 전한 용모파기와 같았다.

먼저 배에서 뛰어내려 호위를 자처한 것을 보면 역시 강호의 소문대로 구룡선주의 지위가 마인거주의 지위보다 높은 듯했다. 점창파, 아미파도 무너뜨린 마인거주. 그 마인거주를 수하로 부리는 구룡선주의 능력은 도대체 얼마나 되는지 궁금했다.

'곧 확인이 되겠지.'

장문천은 긴장을 숨기지 않고 있는 명숙들 곁에 섰다.

배는 점점 다가오고 그는 배 위의 배, 구룡선에 앉은 구룡선주의 얼굴에 시선을 던졌다.

장문천은 눈을 몇 번 깜빡였다.

의외로 잊을 수 없는 얼굴이 그곳에 있었다. 분하에서 무사가 가질 수 있는 온갖 굴욕스러운 감정을 가르쳐 준 사내.

구룡선주는 죽었다던 마용이었다.

장문천을 발끝으로 흙을 몇 번 찼다. 별 놀라움도 없었다. 그 이상의 기담괴사奇談怪事도 강호에는 많다.

'무슨 사연이 있었겠지.'

잘됐다고 생각했다. 잘하면 그날 분하에서 겪었던 모든 수치스러운 감정을 씻을 수 있을 것도 같았다.

쨍! 쨍! 쨍!

"으악!"

"악!"

벌써 칼 부딪치는 소리와 비명이 들렸다.

선기를 잡으려는 사파인들과 정파의 제 군소방파들이 누렇게 말라붙은 갈대를 짓밟으며 도검을 번뜩였다.

코끝에 닿는 바람에는 벌써 피비린내가 가득했다.

타다다다닥!

"으하하하! 캬캬캬!"

배는 강안에 이르고 미리 갈대밭에 대기하고 있던 전우삼은 홀로 전부로 달려왔다.

파파팟! 달리는 것만으로 길이 만들어지고 갈대는 허공으로 치솟았다. 엄청난 기세였다.

명숙들의 안색이 변했다. 챙! 소림의 고승들은 선장禪杖을 들었고 무당의 명숙들도 검을 뽑았다.

"내가 맡겠소!"

소림의 혜철대사가 나섰다. 그는 누가 막을 틈도 없이 신형을 날렸다. 허공에서 찬란한 만다라화曼茶羅華가 피었다.

"아!"

혜명, 혜오는 탄성을 터뜨렸다. 오랫동안 소림에서 보지 못했던 무공이었다. 혜명은 혜철의 성취에 놀랐고 혜오는 자신의 무공이 혜철보다 못함을 깨달았다.

대윤회겁륜장大輪廻劫輪杖! 그 무공을 계지원戒持院의 원주인 사제, 혜철이 펼치고 있었다.

선장이 장엄한 기세로 전우삼의 머리 위로 떨어졌다.

"흥!"

전우삼은 코웃음을 쳤다. 그는 등천양광도법을 부법으로 전환하여 대윤회겁륜장에 맞섰다.

우웅! 웅! 웅! 강풍이 불며 장강의 물결이 치솟았다. 허공으로 치솟은 물줄기가 수막을 이루며 촉촉이 떨어졌다.

장문천은 미간을 좁혔다.

혜철대사의 실력도 놀라웠고 전우삼의 실력도 놀라웠다. 그러나 승부는 곧 한쪽으로 기울 것 같았다.

무당의 양일자도 같은 생각을 했다.

전우삼이 붉은 장영을 번뜩이는 순간, 양일자의 검은 뇌전으로 전우삼을 덮쳤다.

쾅, 하는 소리와 함께 혜철은 피를 뿌리며 물러서고 전우삼은 양일자의 공격에 연이어 맞섰다.

"헤헤헤, 돌중들! 말코 도장들! 한꺼번에 덤벼라!"

전우삼은 광소를 터뜨리며 번천양장으로 양일자를 몰아갔다. 양일자는 혜철보다 못했다. 현기를 자랑하는 무당의 태극혜검太極慧劍이 제대로 빛조차 발휘하지 못하고 있었다. 혜철대사는 기혈을 다스릴 틈도 없이 위기에 빠진 양일자를 돕기 위해 신형을 뽑았고, 혜오대사와 양명자 역시 체면 불구하고 전우삼에 대한 협공에 나서야 했다.

대운회겁륜장에 태극혜검, 더해서 대력금강장大力金剛掌에 대라검법大羅劍法!

구대문파의 비전 절기들이 동시에 빛을 발했다.

"하핫!"

전우삼은 물러남 없이 구대문파 명숙들의 공격을 그대로 받았다. 석양에 비친 수막이 채홍색 무지개로 그들을 덮고 찢겨진 갈대가 사납게 휘날렸다.

공전절후의 대결이었다.

싸움은 좌우에서도 치열했다.

챙! 챙! 챙!

"으악!"

"악!"

정파의 제 군소방파와 사파인들은 아비규환으로 뒤섞여 아수라장을 이루고 있었다. 복부를 관통한 칼을 잡고 애처롭게 비명을 터뜨리는 자, 날아간 팔에 망연자실하는 자, 적의 수급을 움켜쥐고 득의양양해하는 자……. 팔다리가 날고 피가 분수처럼 치솟았다. 습지는 이미 피로 질퍽했고 피를 듬뿍 먹은 갈대는 부는 바람을 따라 귀기스럽게 흔들렸다.

그에 비하면 구대문파와 배교가 어우러진 중앙은 싸우는 것 같지도 않았다. 들리는 것은 도검과 권장에 바람이 세차게 갈라지는 소리와 전우삼의 광소뿐!

소림, 무당, 화산 제자들 표정은 딱딱하게 굳어 있었다. 혜오, 혜철, 양명자, 양일자. 네 명의 명숙도 상대가 되지 않아 개방의 장로까지 나서고 있는 판국이니 분위기가 침울할 수밖에 없었다.

"으헤헤헤! 크하하하!"

전우삼은 연방 광소를 터뜨리며 혈장血掌과 대월을 난무했다. 광소가 울릴 때마다 협공을 하는 명숙들은 쩔쩔맸고 구대문파의 제자들은 오금을 저렸다. 마교로 불리며 다시 나타난 배교의 실력은 상상 이상이었다.

장문천은 벽사검을 구룡선주를 향해 뻗어야 하나 마인거주를 향해 뻗어야 하나로 망설였고, 혜명대사는 나한진을 발동해야 하느냐로 망설였다. 전우삼은 여전히 개세무비蓋世無比의 무공으로 구대문파의 명숙들을 몰아치고…….

그때였다.

"전왕!"

방환이 다급하게 전우삼을 불렀다.

"뭐야?"

전우삼은 구대문파의 명숙들을 크게 휘몰아친 후 고개를 돌렸다.

"저기! 빨리!"

방환은 배를 가리켰다.

훅! 훅! 훅!

짙은 유황 냄새와 함께 대화룡에서 검은 연기가 피어오르고 있었다.

"헤헤헤, 미치겠군! 뭐 하는 거야? 피해!"

전우삼은 장강으로 신형을 날렸다. 그를 비롯한 만인촌의 수족들은 장강의 수심으로 첨벙첨벙 뛰어들었다.

구대문파의 명숙들은 전우삼이 갑자기 칼을 거둔 이유를 몰랐다. 조금만 더 몰아쳤으면 낭패를 면하기 어려웠기 때문이다.

훅! 훅! 훅!

이상한 소리는 점점 커졌고 유황 냄새도 짙어졌다.

혜명대사는 눈을 번쩍 떴다.

"마화! 피하시오!"

그가 사자후로 소리쳤다.

장강은 혜명의 고함으로 쩌렁했다.

정사를 불문하고 불이라는 소리에 대해서는 모두 촉각을 곤두세우고 있었다. 곤륜, 맹호전의 참변은 강호에 이미 소문이 자자했다.

사파인들은 조금 허둥대는 듯했다. 같은 편인 그들에게까지 마화를 분출할지 몰랐기 때문이다. 그러나 그것은 그들의 생각이고… 대화룡의 비늘은 이미 붉어질 대로 붉어졌고 입은 불씨를 달고 있었다.

모든 자들이 살길을 찾아 뛰었다.

화르르르르.

천지를 불태우는 불길이 강안을 휩쓸었다.

모든 것이 검었다. 어스름이 그 검은 참상들을 더해 주었다.

불길은 아직도 여기저기 이글거리고 있고, 시신, 옷, 갈대, 병장기를 태운 메케한 냄새는 장강을 부는 바람을 따라 흔들리며 숨 막히는 악취를 풍겼다.

"으으……."

잿더미 속에서 신음이 들렸다.

쨍! 쨍!

"으악!"

칼 부딪치는 소리와 비명도 산발적으로 터졌다.

우선적으로 불길을 피하는 데 바빠 정파인들이 파 놓은 토굴 속에 몸을 숨긴 사파인들이 정파인들의 칼날 아래 지르는 비명이었다.

"끄으……."

"으……."

칼 부딪치는 소리, 비명은 곧 그치고 신음은 점점 더했다.

화마는 엄청났다. 토굴 속에 몸을 숨긴 자들도 내력이 약한 자들은 화기로부터 몸을 지킬 수 없었다.

잿더미 속에 하나 둘 정파인들이 모습을 드러냈다. 구대문파의 제자들은 진용을 구축해 갔으나 나머지 군소방파의 문도들은 싸울 생각을 않고 비칠비칠 물러서고 있었다.

장강에 머리만 동동 띄우고 있는 사파인들도 마찬가지였

다. 불길을 뿜은 구룡선에 한소리 할 법은 하련만 찍소리도 못하고 있었다. 그저 구룡선을 공포의 눈으로 바라보고만 있을 따름이었다. 그들 역시 싸울 생각을 않고 있기는 마찬가지였다.

"젠장!"

첨벙! 첨벙! 전우삼은 대월에 물을 뚝뚝 떨어뜨리며 강에서 걸어 나왔다.

방환, 도예, 사방위, 십위병, 삼십육호교사가 그를 뒤따랐다. 안색이 질려 있기는 그들도 다른 자들과 별다를 바 없었다.

아란하는 한숨을 내쉬었다. 그녀는 성녀에게 눈길을 돌렸다. 예령은 입을 꽉 다물고 명강량을 뚫어지게 바라보고 있었다.

도화라는 여자가 원망스러웠다. 이런 장면을 보여 주려고 성녀를 뱃전에 데려왔던가? 물론 성녀가 가자고 해서 왔겠지만 막을 수도 있었을 것이다.

감악, 장탄, 고명상, 신화정……

중원 배교의 수뇌들도 입을 꽉 다물고 있었다. 소문으로만 들었지 이런 참극을 직접 보지는 못했으리라. 충격이 클 것이라 생각했다. 처음엔 그녀도 무척 놀랐으니.

아란하는 다시 한숨을 쉬며 예령의 곁에 무릎을 꿇었다.

"성녀, 바람이 찹니다. 선실로 들어가시지요."

그녀가 바람에 펄럭이는 예령의 옷깃을 바로잡으며 말했다. 예령의 시선은 여전히 명강량에게 고정되어 있었다.

"나의 몸에 손을 대지 마세요! 나는 들어가지 않겠어요!"

예령이 날카롭게 말했다.

아란하는 놀라 예령의 몸에서 급히 손을 뗐다.

신화정이 다가왔다.

"성녀, 명옹이 조금 심하기는 해도 저들도 우리에게 그 이상의 짓을 했답니다."

명강량에 대해 좋지 않은 감정이 증폭되고는 있어도 그녀는 일단 명강량을 두둔했다.

"비키세요!"

예령은 신화정의 말도 듣지 않았다.

"비켜라!"

도화라는 여자가 따라서 소리쳤다.

아란하와 신화정은 물러서지 않을 수 없었다. 강안으로 시선을 돌렸다. 전우삼이 대월을 흔들며 천천히 적들을 향해 걸어가는 것이 보였다.

신화정은 눈을 질끈 감았다. 이 참혹한 살육극 속에서도 전우삼은 더 이상의 피를 원하고 있는 것이 분명했다. 건들 거리는 그의 어깨와 광소가 그 사실을 증명하고 있었다.

침묵이었다. 갑자기 던져진 침묵.

마인거주도, 마인거주를 상대하기 위해 다시 움직이는 명숙들도 그 무거운 침묵을 깨뜨리지 못하고 있었다.

장문천은 그 침묵 속에 벽사검을 빼 들었다.

팟! 그의 신형이 한 줄기 연기로 화했다.

"어!"

전우삼은 갑자기 불어 닥치는 경기의 폭풍에 놀라 급히 대월을 들었다.

대월과 벽사검이 바람을 일으키며 얽혔다.

쨍! 쨍! 쨍! 쨍! 쨍!

군웅은 번쩍번쩍하는 섬광과 귀청을 찢는 병장기 부딪치는 소리만 들을 뿐이었다.

천지를 난타하며 찰나지간에 얽힌 장문천과 전우삼은 또한 찰나지간에 서로를 격했다.

장문천을 바라보는 전우삼의 눈빛에는 장난기가 사라지고 없었다. 광소도 터뜨리지 않았다. 팔뚝에서 피가 주르르 흐르며 대월을 타고 뚝뚝 떨어졌다.

장문천은 자신의 가슴 앞자락을 바라보았다. 멋진 바람구멍이 나 있었다.

전우삼은 부상을 입었다. 장문천은 말짱했다. 그러나 장문천의 검이 스쳐 간 곳은 고작 팔뚝이었고, 전우삼의 대월은 상처를 입히지 못했다고는 하나 심장 부근을 스치고 지나갔다. 우열을 판가름하기는 이른 듯했다.

승부를 다시 가려야 할 것이다.

전우삼은 공력을 극성까지 끌어올렸다. 기파는 냉랭하게 흘러 구대문파 명숙들의 심장까지 움칠하게 했고 장포는 터질 듯이 팽팽하게 부풀어 올랐다. 전우삼의 전신은 불덩이처럼 붉어져 갔다. 양일진력이 제 위력을 발휘하고 있었다.

장문천도 벽사검을 들었다. 은은한 자줏빛 광채가 검 끝을 시작으로 전신에서 석양처럼 피어올랐다. 양일진력에 맞설 화산의 자하신공!

구대문파의 명숙들은 가슴을 쓸었다.

화산의 전대 장문인, 숭양진인도 태청강기는 익혔어도 자하신공은 익히지 못했다. 소림의 반야대능력般若大能力, 무당의 대라강기大羅罡氣에 필적한다는 자하신공이라면 능히 마인 거주를 처치할 수 있을 것이라 생각했다.

문제는 성취인데…….

장문천의 유유자적한 태도가 명숙들을 안심하게 했다. 사위를 압도하는 은은한 기파가 또한 명숙들을 안심하게 했다.

승리할 것이다. 명숙들은 손에 땀을 쥐었다.

기세로 볼 때 먼저 움직일 것이라 생각한 사람은 전우삼이었다. 그러나 의외로 장문천이 먼저 움직였다.

"앗!"

전우삼과 구대문파의 명숙들은 동시에 놀란 탄성을 터뜨렸다.

장문천은 전우삼을 내버려 둔 채 구룡선, 마인거를 실은 배를 향해 섬전으로 움직이고 있었다.

"크악!"

"악!"

길을 막고 있던 삼십육호교사 중 몇 명이 비명을 터뜨리는 순간, 장문천은 이미 등평도수로 배를 육박하고 있었다.

장문천은 용주약랑龍珠躍浪으로 멋지게 배 위로 뛰어오르며 혈조를 타고 삼십육호교사의 피가 아직도 주르르 흐르는 벽사검을 뻗었다.

쐐액! 벽사검이 자줏빛 광채를 싣고 명강량을 쇄도했다.

쩡! 배가 암초에 부딪힌 듯 쿵 흔들리며 명강량과 장문천은 상판에서 검을 겨룬 채 서로를 마주 보며 섰다. 벽사검은 천음검에 가로막혀 더 이상 나아가지 못하고 있었다.

팟! 장문천은 검을 회수하며 명강량과의 거리를 이 장으로 벌렸다.

"죽일 놈!"

상대를 어이없이 놓친 전우삼은 분통을 터뜨렸다. 그는 자신이 장문천을 상대하기 위해 배로 돌아가려 했다. 그러나 구대문파의 명숙들이 그의 진로를 막았다.

"마인거주는 우리들의 칼을 받아라!"

혜오, 혜철, 양명자, 양일자, 상 장로가 전우삼에게 달려들었다. 상대의 강함을 보았기 때문에 후미를 지키던 이 장로까지 가세했다.

"무당, 화산의 제자들은 진을 발동하라!"

혜명대사가 소리쳤다.

양의검진, 매화검진이 발동되었다.

"무당, 화산의 제자들은 저들을 쳐라!"

혜명이 방환 등을 가리켰다. 양의검진, 매화검진이 진세를 이동하며 방환 등을 육박해 갔다.

"소림의 제자들은 나를 따르라!"

혜명은 직접 나한진을 이끌고 전우삼을 취했다. 열 명의 명숙들이 달려들어도 눈앞의 마인거주를 감당하기 쉽지 않다는 것을 깨달은 것이다.

침묵하던 장강이 갑자기 발소리로 어수선해졌다. 하지만 장문천의 눈과 귀는 그 모든 것으로부터 멀어져 있었다.

장문천은 벽사검을 가장 뻗기에 좋은 위치로 놓았다.

명강량도 천음검을 가장 다루기 편한 길이로 조절했다.

벽사검에서 자줏빛 광채가 찬란하게 피어올랐고 천음검은 윙윙거리며 울었다. 벽사검이 원형을 그리며 흘렀다. 꼬리를 그리며 흐르는 벽사검은 마치 유성과 같았다.

명강량은 군림보君臨步를 흩트리지 않았다. 천지를 휩쓰는 강풍이 불고 격랑이 일어도 그의 자세는 요지부동일 듯했다.

자줏빛 광채가 증폭되며 벽사검에서 두 자 길이의 푸른 섬광이 치솟았다. 검강劍罡!

벽사검의 검 끝에 맺힌 검강이 눈에 띄지도 않을 정도의 가벼운 진동을 일으켰다. 그리고 그 진동은 점점 커졌다.

장문천은 움직였다. 벽사검이 광채를 뿌리며 풍랑을 불러왔다.

웅웅웅!

천음검도 따라서 움직이며 울었다.

그 순간, 장문천의 검은 수천 개의 검영을 섬전으로 그리고 있었다. 검영은 강풍 속에 서로 몸을 부대끼며 제멋대로 흔들리는 죽림을 만들었다.

쏴아!

벽사검의 검영이 명강량을 덮쳤다.

명강량은 죽의 장막에 고립무원으로 갇혀 버린 듯했다. 그의 몸을 휩쓸며 날아오는 푸른 대나무 잎은 하나하나가 모두 벽사검의 검 끝에 맺힌 강기였다.

타탕! 탕!

천음검에서 음률이 일었다. 벽사검이 몇 번 천음검을 휘감고 지나간 모양이었다.

타당! 탕! 타당!

벽사검은 천음검을 원래의 천음관으로 만들며 경쾌한 무곡舞曲을 연주하게 했다.

제법 시간이 흐른 듯해도 장강의 잔물결이 한 번 이물에 부딪쳐 오는 시간보다 더 짧은 시간이었다.

명강량이 움직였다.

쐐액! 천음검이 뇌성으로 벽사검의 바람 가르는 소리를 덮었다. 그리고 한순간, 백광이 번쩍하며 하늘을 정확히 양분했다.

삭! 잘 벼린 낫으로 풀을 한 줌 베는 듯한 소리가 났다.

장문천의 눈은 여전히 의지로 이글거리고 그의 벽사검은 석파천경石破天驚으로 빛났다.

그러나 상판에는 싸워야 할 상대가 보이지 않았다. 명강량이 없었다. 장문천은 상대를 찾았다. 명강량은 유령처럼 움직이며 강안으로 나아가고 있었다.

장문천의 눈빛이 흔들렸다.

퓨퓨퓨…….

심장에서 피 분수가 치솟았다. 승부의 결과였다. 절대고수들의 승부는 단발의 승부가 대부분이기 때문에 일초지적밖에 되지 못했다고는 말할 수 없다. 실력의 차이는 천음검을 직접 받아 본 장문천만이 알 뿐이었다.

목구멍에서 한 덩이의 피가 울컥 치솟았다.

"으, 으, 으……."

장문천은 눈을 부릅뜨고 다리에 힘을 모았다.

심장에서 흐르는 피가 점점 줄어들었다. 죽음이 한순간에 찾아오고 있었다. 장문천의 고개가 서서히 꺾였다. 그리고 그는 더 이상 움직이지 않았다.

철컹! 손에서 벽사검이 떨어졌다.

바람은 매서웠고 배를 흔드는 장강의 파랑도 만만치 않았다. 그러나 그 어떤 것도 장문천의 육신을 쓰러뜨리지 못했다. 장문천이 남긴 최후의 자존심이었다.

"사숙!"

조충국은 눈물을 뿌렸다. 모든 화산 제자들의 마음이 그와 같았다. 눈앞의 적을 상대하는 데 바빴으나 명강량과 장문천의 일전에 모두 신경을 곤두세우고 있었다.

구대문파 제자들은 맥이 탁 풀어지는 기분이었다.

구룡선주의 무공은 천외천이었다. 사실 명강량 스스로도 자신의 무위가 어느 정도인지 몰랐다.

투풍혈아표에 부상을 입은 것은 당예를 얕잡아 본 탓도 있지만 투풍혈아표의 위용이 너무 뛰어났기 때문.

그 투풍혈아표조차도 경미한 부상밖에 입히지 못했다.

"크악!"

"으악!"

무적을 자랑하던 나한진이 무너지고 있었다.

전우삼을 겨우 상대하던 그들이었다. 명강량까지 가세하자 구대문파의 제자들은 비 맞은 흙벽처럼 허물어졌다.

"사숙을 살려 내라!"

조충국은 눈물을 흘리며 명강량에게 달려들었다. 장문천이 염려로 했던 많은 말들은 전혀 그의 머릿속에 없었다. 그의 하늘을 무너뜨린 철천지원수에 대한 분노뿐이었다.

검은 무정하고 무정하다.

명강량의 검은 그 검들 중에서도 더욱 무정하고 무정하다. 천음검 앞에 있는 소년이 화산파의 다음을 이을, 화산파를 빛낼 촉망받는 소년임을 가리지 않았다.

눈물로 범벅된 고운 홍안 소년의 목이 허공으로 치솟았다.

조충국의 목이었다.

조충국은 자신의 감정을 수습하지 못한 그 한 번의 실수로 결국 목숨을 잃어야 했다. 그의 죽음이 전혀 값없는 것으로 화산에 기록되지는 않으리라.

어린 나이에 생사를 도외시하고 싸웠던 용감한 제자로 기억은 되겠지. 그러나 어쨌든 그는 죽었다.

예령은 보고 있었다. 그 고운 소년의 목이 떼구르르 피에 물든 진흙 밭 속으로 구르는 것을.

그녀는 입술을 악다물었다.

"들어가요!"

그녀가 냉랭하게 말했다. 그녀는 휙 선실로 들어갔다.

"으악!"

"악!"

"헉!"

비명이 그녀의 뒤를 따랐다.

장문천, 혜명을 잃은 구대문파의 제자들이 소, 돼지처럼 도축당하며 내지르는 비명이었다.

장강의 물결은 알지 못한다. 그가 삼켰던 피를.

그 배를 실어 나르는 장강의 물결에도 피의 흔적이라고는 찾을 길 없었다.

의창에서의 대승리!

노래를 부르고 춤을 추련만 승리를 자축하는 자는 전우삼 단 한 명뿐이었다. 모두 무거운 침묵을 지켰다.

때문에 홀로 좋아라 날뛰던 전우삼도 흥을 잃었다. 신화정이 머무는 선실로 갔다. 그러나 신화정은 선실 문을 굳게 잠그고 전우삼을 맞지 않았다.

전우삼은 만인촌의 식솔들을 상대로 괜한 시비를 걸다 제 풀에 지쳐 선실에 틀어박혔다.

무거운 침묵은 계속되었다.

그날 밤 불사혼 도예는 도화를 찾았다.

"보았을 것이오. 중원 배교의 호교신장은 사람이 아니오. 그는 삼황오해를 피로 물들이고 결국 우리 교까지 없애고 말 것이오. 그를 처치해야 하오!"

그동안 도화에게 많은 바람을 넣어 왔다. 이 말을 하기 위해서였다.

"나는 보았다, 그 살인마들을! 원주들의 말이 맞았다. 배교를 좋게 생각한 내가 잘못이었어. 배교는 마교다! 나는 배가 강안에 닿는 그 순간에 어린 아가씨와 함께 이곳을 떠날 것이다!"

흉악무도한 자들에게 존대를 하는 자는 없다. 도화는 이제까지와 달리 도예에게 반말을 썼다.

"모두 그런 것은 아니오. 이미 보셨지 않소. 중원 배교의 호교신장을 제외하고 누가 피를 원하던가요. 싸움을 걸지 않으면 싸우지 않는다는 것은 우리 배교의 오랜 철칙이요."

"마인거주라는 자에게도 그 소리를 하라!"

도화는 흥분을 가라앉히지 않았다.

"전왕의 잘못도 인정하오. 잘못을 저지르고 있는 이유는 중원 배교의 호교신장이 나쁜 길로 인도하기 때문이오."

전우삼의 잘못도 명강량에게 넘겼다. 물론 도화 앞이라 잘못 운운하지만 도예는 잘못이 있다고는 생각하지 않았다. 중원 배교 호교신장의 손속이 조금 과하다는 것만 느꼈을 뿐.

"나는 어린 아가씨를 데리고 떠날 것이다!"

도화는 같은 소리를 반복했다.

"성녀는 교를 버리지 않았소. 교를 버렸다면 벌써 이곳을 떠났을 것이오. 보지 않았습니까. 성녀의 발길을 막을 자는 이곳에 아무도 없소. 성녀가 가는 길이 그들이 따라야 할 길이기 때문이오. 단 한 사람만을 제외하면. 이것도 생각해 보시오. 성녀를 데려간다고 하셨소? 도화, 당신에게 성녀를 지킬 능력이 있는가 모르겠소. 맞소! 우리는 마교외다. 그리고 성녀는… 구룡선주, 마인거주 다음으로 강호인들이 죽이고 싶어 하는 마녀!"

"망발을 함부로 지껄이지 마라!"

도화는 노화를 터뜨렸다.

"화를 낸다고 사실이 감추어지는 것은 아니오. 지금까지 우리가 벌인 일이 있기 때문에 성녀께서는 전대 성녀보다 더 험한 길을 걸어야 할 것이오."

"원주께서 아가씨를 지켜 주시고 저 대살성들을 없앨 것이다!"

"정말 능운공작이 중원 배교의 호교신장을 이길 것이라 생각하오?"

도예가 눈을 게슴츠레하게 뜨며 물었다.

"물론!"

"좋소, 좋아. 이길 수 있다고 합시다. 이기는 것은 이기는 것이지만 지켜 주는 것은… 천하인의 존경을 받고 있는 천화원 원주께서 이제껏 마녀의 씨를 키워 왔고 지금 또한 마녀를 지키려 한다. 강호인들이 원주를 어떻게 생각할지 모르겠소."

도화는 그 말에는 말문이 막혔다.

"새삼스러운 말을 또 하려 하오. 강호인들은 절대 피의 대가를 잊지 않지. 곤륜, 종남, 맹호전, 그리고 의창……. 그들이 천화원의 문전에 몰려와서 무엇이라고 할 것 같소?"

"천하의 그 누구도 우리 원주에게 시비를 걸 사람은 없다!"

도화는 억지소리를 했다. 도예의 말은 사실이다. 시비를 걸지 않을 리 없었다.

"나의 말대로 하시오. 도화, 중원 배교 호교신장을 더 쉽게 처치할 수 있는 자는 천화원의 원주라는 것을 내가 몰라서 단심원주에게 일을 맡기려는지 아시오? 나 역시 성녀를 위하는 마음에 내린 최대한의 결정이오. 단심원주가 중원 배교의 호교신장을 처치하고 나면 우리 배교도 원래의 자리로 돌아갈 것이오. 그때가 되어야 최소한 천화원의 원주도 성녀를 위해 한마디 할 수 있는 말이 생길 것이오. 지금 시비에 뛰어들면 그는 나중에 정말 성녀를 위해야 할 때 강호인들에게 할 말이 없을 것이오. 능운공작도 배교도라는 소리나 듣지 않으려는지……."

말은 그와 같았으나 도예가 예령을 능운공작에게 맡기지 않으려는 이유는 따로 있었다. 만인촌의 중원 활보에 최대 난관은 역시 능운공작이다. 따라서 능운공작에 대해서는 상세한 조사가 이미 끝난 터다. 도예가 알기로 능운공작은 인질, 함정 운운으로 절대 적을 상대하지 않을 자였다.

중원 배교 호교신장을 처치하는 데 애초부터 능운공작이 계획에서 제외된 이유였다.

전왕과 중원 배교의 호교신장, 능운공작의 무공을 비교하면 어떨까? 중원 배교 호교신장의 상대는 아무도 없다. 그는 다른 세계의 마물로 생각해야 옳고 문제는 전왕과 능운공작의 우열이다.

승부를 낙관하기는 솔직히 힘들다.

중원 배교의 호교신장이 능운공작을 처치해 주면 전왕의

앞에 걸리는 것은 아무것도 없을 것이다. 그럼에도 도예 등이 호교신장이 능운공작을 처치하기 전에 그를 함정에 유인, 처치하려는 이유는 따로 있었다.

역시 능운공작을 처치할 자는 전왕이 되어야 한다. 천하제일인을 쓰러뜨린 자이어야 그만한 영광도 받을 수 있다. 만인촌, 전왕의 힘을 강호인들의 가슴에 명확히 각인시키기 위해서 능운공작은 반드시 전왕의 몫이 되어야 했다.

그만한 성과를 얻기 위해서는 전왕이 능운공작을 상대하는 어느 정도의 위험은 감수해야 하리라. 물론 위험은 위험이고 전왕이 진다는 생각은 추호도 없었기에 가능한 생각이었다.

"음."

도화는 어금니를 깨물었다.

강호인들로부터 어린 아가씨가 받을 수난, 그 어린 아가씨를 지키기 위해 원주가 뛰어들었을 경우 천화원에 일게 될 소요가 그녀의 눈에 선했다. 그렇게 될 가능성도 전혀 없지만, 만일 어린 아가씨가 지금 당장 배교로부터 발을 뺀다고 하더라도 강호인들의 책임을 피할 길 없을 듯했다.

동관에서 배교도를 따라가게 했던 자신의 처사가 후회되었다. 이전처럼 잠행만 할 줄 알았지 배교도들이 미친개처럼 날뛸 줄을 어찌 알았으랴.

"도화, 잘 생각해 주십시오. 성녀를 구하고 우리 배교를 구하고 능운공작을 구하고 천하를 구하는 일입니다. 성녀를 인질로 삼는다는 생각은 절대 하지 마십시오. 단심원주는 능

운공작의 수하가 아니오? 성녀를 능운공작에게 맡기는 것과
같소. 이제 나는 나의 말을 모두 했소이다. 시간이 없소. 서
둘러 결정을 내려 주시기 바랍니다."

도예가 말했다. 그는 도화에게 포권한 후 등을 돌렸다.

도화는 눈을 질끈 감았다. 생각이 난마처럼 얽혀 어떤 결
정을 내려야 할지 그녀는 몰랐다. 울화만 치솟았다. 어린 아
가씨를 이 지경으로 빠뜨린 배교, 특히 강호인들이 구룡선주
로 부르는 대살성에 대해. 평소의 성격으로 보건대 그렇게
이가 갈리는 자라면 당장 칼을 빼 들고 심장을 난도질해야 옳
았다.

그러나 구룡선주의 얼굴을 떠올리면 다른 자들과 같이 먼
저 머리칼이 곤두서고 몸이 얼어 버리는 그녀였다. 저런 마
물을 내린 하늘이 원망스러울 따름이었다.

저기 먼 못가에 두루미 우니
그 소리 하늘 높이 울려 퍼지고
기슭에 나와서 노니는 고기
때로는 연못 깊이 숨기도 하네.
즐거울사 저기 저 동산 속에는
한 그루 박달나무 솟아 있어도
닥나무만 그 밑에 자라난다고.
다른 산의 못생긴 돌멩이라도

숫돌 삼아 구슬은 갈음직함을!

"아하! 타산지석他山之石이 이런 말이었구나."

팽해만은 읽고 있던 책을 덮었다.

"타산지석이 그런 말이 아니면 무슨 말인 줄 알았어요?"

이불 속을 뒹굴며 연옥이 물었다.

"다른 산의 돌이 나와 무슨 상관이 있으랴! 나는 타산지석은 무용지물無用之物을 말함인 줄 알았다."

"훌륭하시군요."

연옥이 빈정댔다.

"그런데 왜 갑자기 책을 들고 난리여요?"

"고래古來로 무인은 무식하다는 평을 나는 깨고자 한다. 화원을 가꾸고 글을 읽고… 앞으로 강호인들은 문무겸전 하면 나의 이름을 떠올릴 것이다."

팽해만이 '어험' 했다.

"어디 보자. 어디… 오! 시경詩經 소아小雅의 <학명鶴鳴>이라는 시였군. 이것은 외어 두어야겠다. 반드시 써먹을 곳이 있을 것이다. 저기 먼 못가에 두루미 우니, 그 소리 들판가득 울려 퍼지고… 그런데 연옥, 방이 왜 이리 추우냐?"

그가 책을 덮으며 안색을 찌푸렸다.

"춥다니요? 등이 구워질 판인데."

"너는 춥지 않다고? 어이, 벌써 늙었나? 춥다, 추워!"

팽해만은 몸을 으스스 떨었다.

"이제 겨울의 문턱인데 벌써 춥다면 어떡해요?"

"글쎄 말이다. 이거, 이거… 책을 읽으면 원래 이렇게 추워지는가?"

팽해만은 화로를 끌어당겼다.

그때였다.

"문주!"

그를 부르는 자는 외당당주 장목생이었다.

"무슨 일이냐?"

"단심원주께서 찾아오셨습니다!"

"뭐, 언상영이? 빨리 모셔라!"

그가 소리쳤다.

그는 벌떡 일어나 후닥닥 의관을 걸쳤다.

남궁기를 맞을 때와는 사뭇 달랐다. 언상영을 눈이 빠지게 기다려야 할 일이 있는 듯했다.

팽해만은 머리를 긁적였다.

"나도 소식은 들었어."

"어떻게 할 참인가?"

언상영은 빈 잔을 놓았다.

"어떻게 하긴. 의창의 일을 타산지석으로 삼아야지."

팽해만은 화과자를 아작 씹었다.

"타산지석 운운할 때가 아니야. 바로 우리 발등에 떨어진 불일세. 내가 좋아서 자네를 찾은 줄 아는가?"

언상영이 곱지 않은 시선을 보냈다.

"글쎄, 이거 정말 큰일이기는 한데……."

팽해만은 손을 비볐다. 불안하지 않을 리 없었다. 마음의 안정을 취하기 위해 책을 읽어도 뼈에 찬바람이 이는 것을 막을 길 없었다.

"무당산으로 가는 모양이야. 무당이 무너지고 나면 그다음 차례는 자네 아니면 소림이 될걸."

"남궁기가 어떻게 하지 않을까? 데리고 다니는 이상한 놈들도 제법 한 수 하게 보이던데."

"남궁기도 힘들다. 장문천이라는 자도 당했다고 하더군."

"장문천?"

"화산파 장문인, 이건의 사제일세. 자하신공을 익혔고 검강을 자유자재로 구사했다고 하더군. 하지만 그도 구룡선주의 칼에 목숨을 잃었다고 한다."

"그, 그래? 화산파는 대단한 자를 제자로 두고 있었군. 그런데 그, 그자도 죽었단 말이지. 으, 왜 이렇게 춥지? 남궁기를 불러와야 하지 않을까?"

"남궁기를 불러오다니? 무슨 이유로? 이제야 같이 싸울 마음이 생긴 것은 아니겠지."

"언상영, 과거를 묻지 마라. 나의 총명한 이지를 흐리게 했던 놈의 목은 이미 남궁기가 가져갔다."

"남궁기는 가져가야 할 목을 잘못 골랐군. 상종 못할 자 중의 하나는 자신의 잘못을 수하에게 덮어씌우는 자지."

"과거를 묻지 말라니깐! 자네는 자신 있게 자네의 과거를 말할 수 있는가?"

팽해문은 눈을 치켜떴다.

"미안하네. 냉정을 찾으려 해도 심사가 이상하게 꼬이는군."

"남궁기나 불러!"

팽해만이 못마땅한 표정으로 말했다.

"남궁기가 부른다고 올 자인가? 그는 우리들과 달라. 의창의 일전을 들었다면 그의 검 끝은 호승지심으로 더욱 빛나고 있을 게야."

"으헤헤, 나는 예전부터 그놈이 바보인 줄 알았다! 떼를 지어 싸워도 이길까 말까 한 판인데 혼자 잘난 척하기는……."

"그럼 이제 이야기는 다했군."

"무슨?"

"내가 자네를 찾을 이유가 따로 있었겠나. 떼를 지어 싸우자고 찾아왔지."

"으헤헤, 당연한 말씀!"

팽해만은 메기입을 씰룩댔다.

"아! 연수로 놈을 상대하기 전에 원주를 한번 찾아뵙는 것은 어떻겠나?"

그가 문득 생각난다는 듯이 물었다.

"무슨 염치로? 기대하지 말게. 천화원의 천위대주 국태열이 죽었다. 원주의 이목을 흐리게 할 자는 이제 없다. 강호의 소식을 모두 알고 있겠지. 그럼에도 천화원의 문은 열릴 생각을 않고 있네. 화가 무척 났거나 어떤 일에도 강호에 발을 들이지 않겠다는 당신과의 약속을 지키고 있는지 모르지."

"그래서 간청을 해 보자는 것 아닌가. 본가의 힘까지 끌어 낸다고 해도 솔직히 구룡선, 마인거를 상대하기가……."

"왜 자신이 없는가?"

"누가 자신이 없다고 하던가! 그만큼 힘든 상대라 이 이야기지!"

"원주에게 도움을 청할 생각은 버리게! 나올 마음이 있었다면 우리가 청하기 전에 나왔을 것이다."

"젠장! 무슨 생각을 하고 있는지… 강호가 피로 질퍽한데 그놈의 칼 한번 빼는 일이 그렇게 어렵나? 잘난 체를 너무 심하게 하는군!"

팽해만은 미간을 좁혔다.

"원주의 일은 더 이상 거론하지 말게. 어떻게 싸울 것인가에 대해서나 생각하지."

"어떻게 싸우긴! 죽이 되든 밥이 되든 개떼처럼 어울려 싸워야지. 설마 구룡선주나 마인거주를 상대로 일대일 비겁을 하자는 것은 아니겠지? 그렇게 하겠다면 나는 장문천이라는 자를 타산지석으로 삼아 사양하겠다."

"일전에 한 명의 배교도가 나를 찾아왔다."

"뭐? 배교도? 발도 넓군."

팽해만은 눈을 둥그렇게 떴다.

"그자가 구룡선주를 함정으로 끌어들일 수 있는 인질을 한 명 주겠다더군. 그들이 성녀라 부르는 여자. 그 여자를 말이야."

"잉? 그게 무슨 소리야?"

"자세한 이야기는 천천히 하고, 구룡선주를 잡는 일일세. 단 한 번의 기회다. 절대 달아날 수 없는 그물을 만들어야 해. 자네도 힘을 보태 주게."

"힘을 보태는 일이야 당연한 일이고… 배교 놈들이 자중지란에 빠졌나? 성녀가 인질이라는 말은 또 뭐야?"

팽해만은 당장의 궁금함을 참지 못했다.

"자중지란이 맞다. 인질이 성녀라는 말도 맞고. 천화원에 확인을 해 보았다. 어린 계집이 쭉 금옥이라는 곳에 갇혀 있었다고 하더군. 배교도들이 얼마 전에 찾아와 그 어린 계집을 데려갔다고 한다. 화형을 당했다던 전대 성녀라는 계집이 어떻게 핏줄을 이었고 그 핏덩이가 어떻게 해서 천화원에서 자라게 되었는지는 잘 모르겠지만."

"그 어린 계집이 성녀란 말인가? 음… 일이 그렇게 된 것이군."

팽해만은 찢어진 눈을 빛냈다.

"일이 그렇게 되다니?"

"모산에서의 일을 기억하나? 마옹을 잡기 위해 기진奇陣이 베풀어진 그 작은 봉오리를 둘러싸고 있던 때의 일을."

"기억하지. 지금도 그 절진을 친 자가 누구인지 궁금하다. 솔직히 그 진이 절로 풀어지지 않았다면 족히 십여 일은 고민했을 게야. 하늘이 낳은 재능을 가진 자가 틀림없다."

"진을 이야기하려는 것이 아니고, 원주께서 절진에 뛰어들고 자네는 진을 파해할 방법을 고민하느라 꼬박 밤을 새운 그날 새벽이었지. 원주께서 갑자기 나타났다."

"새벽에?"

"새벽이 맞아. 반나절을 꼬박 멍청히 있었으니 자네는 오후에 원주가 나타난 줄 알았겠지만."

"왜 이야기하지 않았나?"

"분위기가 심상치 않았어. 왠지 주위를 시끄럽게 하지 말아야 한다는 생각을 했다. 우스운 것은 그날 새벽에 원주는 어린아이처럼 한 여인의 손에 끌리다시피 왔거든."

"여인?"

"얼굴이 기억나지 않아. 세월이 지나서가 아니라 그때도 얼굴을 보면서도 얼굴을 그리지 못했어. 뭐랄까⋯ 어쨌든 이상하게 심혼을 꼼짝 못하게 하는 여자였지."

"그런 여자인데 나는 왜 기억에 없을까?"

"원주는 반나절을 멍하니 앉아 있은 후에야 정신을 차렸어. 잠깐 사이에 흰머리가 희끗희끗했지. 원주의 곁에는 그 여자가 가만히 서 있었다. 원주는 그 여자를 바라본 후 다시 푹 고개를 숙였다. 그러고는, 팽해만 자네 거기 쭉 있었나, 하며 묻더군. 나는 그렇다고 대답했지. 원주께서 명했다. 곁의 여자를 아무도 모르게 천화원으로 데려가라고. 여인이 천화원의 위치를 안다고 했다. 그래서 그날 나는 서둘러 길을 떠났지."

"그런 일이 있었나? 나는 자네가 다른 일로 바쁜 줄 알았지. 그래, 갑자기 그 여자의 이야기를 꺼내는 이유는?"

"자네가 성녀라는 계집의 이야기를 끄집어냈기 때문이다. 지금 생각하니 그 여자가 성녀였던 것 같다. 천화원으로 가는 도중에도 시시껄렁한 농담 한마디 던지지 못했다. 음…
설명할 수 없는 기분에 사로잡혀 있었어. 마력을 가진 여자
가 아니라면 나를 그렇게 얼어붙게 할 여자는 없지!"

"전대 성녀는 화형에 처했지 않았는가?"

"누가? 자네가? 내가? 아니면 남궁기? 당예?"

"……."

"우리 원주는 직접 여자를 화형에 처할 정도로 고매하시
지. 그렇지 않은가?"

"음."

언상영은 수염을 쓸었다.

"이제 분명해졌어. 원주께서는 성녀라는 그 여자에게 푹
빠진 게야. 보자마자! 충분히 그 정도로… 아마 아름다웠을
거야. 그래서 모두에게 죽였다고 해 놓고 정작 천화원에 그
여자와 살림을 차린 게다. 지금 이야기하는 어린 계집은 그
렇게 태어났고."

"분명한가?"

"이야기의 앞뒤가 그렇잖아!"

"껄껄껄! 자네다운 생각이군. 만약 말일세. 그 어린 계집
이 원주의 딸이라면 원주는 왜 가만히 있는가?"

"천 일 이상 가는 사랑은 고금에 보기 드물지. 애정이 식
으니 그 찌꺼기도 보기 싫어진 게다. 그리고 마녀의 딸이 아
닌가."

"쯧쯧, 자네가 아들딸을 키우는 아비가 맞는지 의심이 가
는군. 마누라에 대한 사랑은 모르겠으나 자식에 대한 사랑이

천 일 간다는 이야기는 나는 듣지 못했다. "

"부모의 자식에 대한 감정이 헌신과 사랑밖에 없다는 것은 착각이야. 사기史記를 보니 왕자를 잡아먹은 왕도 많더라고. "

"찢어진 입을 나불거리는 것을 보니 이제 여유가 조금 생기는 모양이군. 그만 지껄이게. 원주의 딸임을 밝혀서 어쩌겠다는 말인가? 어린 계집이 원주의 딸임이 밝혀지면 곤란한 일만 생길 뿐이고. 원주의 딸을 인질로 삼겠다고 할 수는 없지 않는가. "

언상영이 눈살을 찌푸리며 말했다.

"으헤헤, 그렇군. 나는 아무 말도 하지 않았다. 그런데 궁금한 점이 너무 많아. "

"궁금한 점은 천천히 이야기하겠다고 말하지 않았는가. "

"나도 몇 가지는 알아야지! 믿을 만한 놈인가? 놈들의 술책에 말려드는 것이 아닌지 모르겠다. "

앞뒤 없이 일을 벌일 언상영이 아니라는 것은 알고 있었지만 일이 일인지라 팽해만은 묻지 않을 수 없었다.

"술책에 말려들어 잃을 것이 무엇인가? "

"쓸데없는 일로 손발이 바빠지잖아. "

"손발은 나만 바쁘면 된다. 필요할 때 자네를 부르겠다. 입이나 굳게 닫고 있게. "

"배교 놈이 언제 그 어린 계집을 넘겨준다고 하던가? "

"곧 소식이 올 게야. 나는 천라지망을 만드는 데 바쁠 것 같고… 자네가 데려오겠나? "

"으헤헤, 좋지! "

팽해만은 오랜만에 호쾌하게 소리쳤다.

🜚

무당파 장문인 양진자의 목이 마인거주의 대월에 떨어지고 무당산은 화염에 휩싸이던 그날.

도화는 결심했다.

이 악마들과 더 이상 같이 있을 수 없다고.

여러 가지 방법을 모색했다.

가장 좋은 방법은 어린 아가씨를 데리고 아무도 모르는 곳에 숨어 세상이 조용해지기를 기다리는 것이었다. 그러나 그녀는 자신이 없었다. 저 악마들의 눈, 강호인들의 눈으로부터 어린 아가씨를 숨기고 지킬 자신이.

역시 마왕은 사라져야 했다. 다급한 마음으로 도예를 만났다.

도예는 그녀의 결단을 치하했다. 그리고 단심원주를 만날 장소와 일시를 가르쳐 주었다.

도예는 기회를 엿보며 기다렸다.

마군들이 우글거리는 그 배를 떠날 날을.

초설 初雪

등중용은 보았다.

강안에 널려 있던 수많은 시신들. 요행히 살아남은 자는 그에게 전했다. 우리는 마교의 상대도 되지 않았다고.

동관에 이르러 등중용은 들었다. 소림과 함께 태산북두로 강호를 이끌어 오던 무당파가 쓰러졌다는 소식을.

'그 엄청난 배교의 힘 앞에 나는 왜 그토록 유유자적했는가?'

등중용은 좀 더 신중하지 못했던 자신을 질책하고 질책했다.

아마 강호의 평 때문이었으리라. 하오문!

알게 모르게 쌓였던 배교에 대한 경멸이 배교를 치는 데 최대한의 힘을 기울이지 못하도록 가로막았던 것이다.

그만하면 개방은 최선을 다했다. 더 이상 개방에서 배교를 상대로 어떤 일을 할 수 있었겠느냐라고 말한다면 그는 지금 대답할 것이다.

나는 능운공작을 찾지 않았다. 그에게 무릎을 꿇고서라도 협조를 구해야 했는데 구하지 않았다. 구대문파의 장문인들은 나이나 체면 때문에 할 수 없었을 일이라도 나는 할 수 있었다.

등중용이 자신을 자책하는 이유의 전부였다. 이 장로, 상 장로, 많은 개방 제자들의 시신이 눈앞에 어른거리자 그의 심장은 터질 듯했다.

동관을 오르는 발걸음이 빨라졌다. 이미 지나간 일, 더 이상의 피해만은 막아야 했다.

등중용은 취팔선과천醉八仙過天으로 단숨에 천화원에 이르렀다.

"멈추시오!"

천화원으로 불쑥 들어서려는 그를 천위대의 무사들이 막았다. 그들은 위압적인 표정으로 등중용을 둘러쌌다.

"원주께 전해 주시오. 거지들의 방주가 원주를 뵙고자 하오!"

등중용이 조급한 마음을 숨기며 말했다.

"아!"

천위대원들은 머리를 숙이며 황급히 물러났다. 다른 것은 몰라도 개방의 방주가 구결을 매며 젊은 사람이라는 것은 그들도 알고 있었다.

"잠깐만 기다리십시오."

수하 한 명이 발 빠르게 움직였다.

잠깐이라 하더니 제법 시간이 흘렀다. 일다경은 지났을 것이다. 은빛 복장의 사내가 다가왔다. 천위대 부대주, 한고였다.

"등 방주, 어서 오십시오."

한고는 겸손히 머리를 숙였다.

"원주를 뵙고자 하오."

"알고 있습니다. 원주께 방주가 오셨다는 말을 전했습니다. 그런데……."

"그런데?"

"급한 일이 있어 만나지 못함을 양해해 달라고 했습니다."

"급한 일? 무슨 급한 일이 있단 말이오?"

등중용은 목소리를 높였다.

"원주께서 하시는 일을 제가 어찌 알겠습니까. 저 역시 방주를 뵙게 해 드리려고 무척 노력은 했습니다. 진정입니다. 환란 속에 놓인 강호에는 제 친척과 지인도 있습니다. 몇 명은 벌써 목숨을 잃었을지도 모르지요."

한고는 등중용이 온 사정을 알고 있었다. 원주가 천화원의 문을 열고 강호에 나서기를 바랐기에 꼭 개방 방주를 대면시켜 주려 했다. 그러나 원주는 한번 내린 축객령을 번복하지 않았다.

"원주는 무슨 일을 하고 있소?"

"정자에서 연못을 바라보시며… 생각에 잠겨 있습니다."

한고가 우물쭈물 대답했다.

"연못을 보며 생각? 비키시오!"

등중용은 억지로 천화원으로 들어가려 했다.

"죄송합니다."

한고가 길을 막았다.

등중용은 서너 걸음 물러나 한고를 차갑게 바라보았다.

"결례를 용서하시오."

그가 용두봉을 들었다.

순간, 웅! 하며 용두봉이 바람을 일으켰다.

한고는 놀라 다급히 칼을 빼 들었다. 용두봉의 그림자가
이미 코앞으로 다가오고 있었다. 그가 쾌도난마로 칼을 번쩍
였다.

탕! 탕! 탕!

용두봉은 강철보다 단단했다. 칼에 부딪치고도 용두봉은
흠집 하나 나지 않았다. 뿐만 아니라 한고는 손목이 떨어져
나가는 충격을 받고 주춤 뒷걸음질을 쳐야 했다.

개방의 방주를 근래의 유일한 신성이라 하는 데에는 이유
가 있었다.

등중용이 타구십팔초打狗十八招 중 구급도장狗急跳墻으로 뛰
어들며 사각난붕四脚亂崩을 취해 가자 한고의 손발이 어지럽
게 흔들렸다.

천위대의 수하들이 놀라 칼을 뽑을 때는 이미 한고는 용두
봉의 그늘에 가려 형체를 잃은 후였다.

"핫!"

등중용은 한소리 외침과 함께 용두봉을 멈추었다.

바람 소리도 가라앉고 흙먼지도 가라앉았다.

한고는 쓴웃음을 지었다. 용두봉이 차갑게 자신의 심장을 짓누르고 있었다.

"방주, 대단하십니다. 이만한 실력을 갖추셨는데 굳이 원주를 찾는 이유는 무엇입니까?"

비아냥거림이 아닌 진정으로 하는 말이었다. 사패와 견주어도 질 것 같지가 않았다.

"천화원의 담장은 역시 높소. 구룡선주, 마인거주의 무공을 본 강호인이라면 그런 소리는 하지 않을 것이오. 한꺼번에 나백과 탈명이 나타난다면 얼마나 놀라운 일이겠소. 그것도 구룡선주보다 무공이 약하다고 알려진 마인거주가 나백 이상의 무공을 지닌 채로."

등중용은 용두봉을 회수했다. 그가 휙, 천화원으로 들어갔다.

천위대의 수하들이 우르르 따라갔다.

"그만두어라!"

한고가 신경질적으로 소리쳤다.

수하들은 발걸음을 멈추었다.

"방주, 원주로부터 좋은 결과를 얻기 바라오. 하지만 원주의 고집을 꺾을 수 있을는지……."

한고는 한숨을 쉬었다.

단원홍은 정자에 앉아 홀로 술을 마시고 있었다.

등중용은 성큼성큼 정자에 올라 그를 마주 보며 털썩 앉았다.

"원주께서는 내가 올 줄 알고 있었던 모양이오. 술을 준비해 둔 것을 보면."

그는 권하지도 않은 술을 병째 들이켰다.

"커! 좋군. 이런 술맛 때문에 강호의 일을 잊은 것인가?"

구구절절 긴말이 필요 없었다. 등중용은 자신의 의중을 바로 밝혔다.

"맛이 좋다니 다행입니다."

단원홍은 비로소 등중용을 향해 시선을 돌렸다.

등중용은 가슴이 철렁했다.

단원홍의 안색은 창백했고 눈빛은 공허했다. 무척 지쳐 보이는 표정이었다. 사정도 모르고 섣불리 무례를 저지른 것은 아닌가 걱정이 앞섰다.

"나는 내기를 하고 있었소. 누가 가장 먼저 천화원으로 오르는가? 등 방주나 팽해만, 둘 중 한 명이 될 것이라 생각했소. 아무래도 등 방주 쪽으로 마음이 기울더니 역시 등 방주가 가장 먼저 천화원에 올랐군요. 내 예측이 맞아떨어진 것을 보면 아직 나의 판단력은 그렇게 무딘 편은 아닌 것 같소."

단원홍이 미소를 지으며 말했다.

"내, 내가 올 줄 알았단 말이오?"

한바탕 승강이를 벌일 줄 알았는데 의외로 단원홍이 부드럽게 나오자 오히려 등중용이 찔끔했다.

"술을 한 잔 받으시겠습니까?"

단원홍이 자신의 잔을 내밀었다.

등중용은 얼떨결에 잔을 받아 술잔을 비웠다.

단원홍은 등중용으로부터 잔을 받아 말없이 비웠다. 한 잔, 두 잔.

마음이 급한 쪽은 등중용이었다. 결국 그는 급한 마음을 참지 못하고 입을 열었다.

"원주, 강호가 어떻다는 것은 원주께서도 잘 아실 것이오. 지금의 어려움을 수습할 분은 원주밖에 없소."

"배교도들이 의외로 강한 모양이군요."

"구파일방으로는 막기 힘드오. 우리 힘으로 막을 수 있었다면 원주를 찾지도 않았을 것이오."

"사패는?"

"그들에 대해서는 묻지 마시오! 알아서 하겠지!"

등중용은 사패에 대한 악감정을 숨기지 않았다.

"사패가 강호의 주인으로 행세한 지가 한 십 년은 되지요? 아무래도 그들의 그릇은 강산이 한 번 바뀔 정도의 시간밖에 담을 수 없나 봅니다."

"꼭 사패만을 탓할 마음은 없소. 잘못은 우리에게도 있으니."

등중용은 꿀꺽 술을 들이켜고 단원홍은 고개를 끄덕였다.

단원홍의 시선이 다시 연못으로 향했다.

등중용은 답답했다. 말이 이어질 만하면 끊어지고 있었다.

"말씀해 주십시오, 원주! 언제 검을 뽑으시겠소?"

"누구를 상대로?"

단원홍이 물었다.

등중용의 안색이 굳어졌다.

"원주, 지금 나를 희롱하는 것입니까?"

"아! 미안합니다. 내가 잠시 딴생각을……."

단원홍이 연못에 시선을 고정시킨 채 말했다.

등중용의 속은 다시 부글부글 끓었다. 그는 입에 술병을 처박았다.

"배교도들을 상대해 주시기를 바라고 계시지요? 나의 일입니다. 나의 일이니 해결을 보아야지요."

"정말입니까?"

등중용은 반색을 했다.

"서둘러 주십시오! 원주의 빠른 한 걸음이 강호의 수많은 목숨을 구합니다!"

"서두르고 싶은 마음은 나도 있소. 하지만 쉽게 결정을 내릴 수 없는 일이 나의 발걸음을 잡고 있군요."

"결정을 내릴 수 없는 일이라니?"

"나는 두 여자에게 두 번을 속았소. 한 여자는 죽어 버렸기 때문에 책임을 물을 생각은 없소. 그러나 한 여자는……."

단원홍은 눈살을 찌푸렸다.

"그게 무슨……?"

"사람들은 내가 심사숙고해서 행동하는 줄 알지만 나는 무척 즉흥적인 사람이오. 미리 깊게 생각하지 않으면 그때 내가 어떤 행동을 할지 나 자신도 알 수 없소. 죽여 버린 후 뼈저리게 후회하는 일은 없어야 할 것 아니오."

"원주, 저는 원주가 무슨 말을 하는지 도저히……."

"예령을 이야기하고 있소. 내가 그 아이를 다시 만나는 그 순간에 그 아이가 배교를 위해 또다시 떠나겠다고 하면 나는 어떻게 해야 하나 생각 중이오."

등중용은 입을 닫았다. 느낌이 이상했다. 평상심을 가진 사람의 말과 행동이 아니었다.

"등 방주, 염려 말고 가시오. 분명 내 일이라고 했소. 조만간 강호를 엿보리다."

"원주, 나는 원주의 그 말씀을… 원주 그 말씀을 굳게 믿습니다."

등중용은 마른침을 삼켰다.

"그들은 지금 황산으로 가고 있소. 황산에 그들의 총단을 다시 세우려 하지."

"정말입니까?"

"하하하! 나를 너무 바보로 생각하지 마시오. 들을 것은 다 듣고 있습니다."

단원홍의 웃음이 공허하게 천화원을 울렸다.

"바보로 생각하는 것이 아니라… 그럼 나는 원주만 믿습니다."

등중용은 머리를 숙였다. 그리고 그는 자리에서 벌떡 일어났다. 갑자기 단원홍이 자신의 말을 번복할 것 같았기 때문이다. 그는 단원홍에게 읍한 후 서둘러 정자를 내려가려 했다.

"등 방주."

단원홍이 그의 바쁜 발걸음을 잡았다.

등중용은 내키지 않는 표정으로 고개를 돌렸다.

"등 방주, 훌륭하오. 원상 노선배를 쓸데없이 남의 일에나 끼어드는 사람으로 알았는데, 사람을 보는 놀라운 안목도 있었구려. 앞으로 강호는 등 방주의 손발에 좌지우지될 것 같습니다."

"한 치 앞을 보기가 힘듭니다. 구름 잡는 소리같이 들리는군요. 어쨌든 과찬의 말씀 고맙게 듣겠습니다. 그럼… 강호에서 뵙겠습니다."

등중용은 총총히 정자를 걸어 내려왔다.

천화원을 나서며 그는 힐끔 단원홍에게 시선을 던졌다. 단원홍은 차가운 바람 속에 여전히 홀로 술잔을 기울이고 있었다.

'무슨 깊은 사연이 있기에…….'

절세거인의 풍모는 보이지 않았고 청승맞기까지 했다.

"어떻게 되었습니까?"

한고가 다급히 달려오며 물었다.

그때였다.

펑, 하는 소리와 함께 천화원 전체가 흔들렸다.

등중용은 퍼뜩 고개를 돌렸다.

연못의 물이 천 장으로 치솟으며 장대비로 쏟아지고 있었다.

"가끔 있는 일이니 놀라지 마십시오. 원주의 심기가 좋지 않은 듯합니다."

한고가 씁쓸한 표정으로 말했다.

등중용은 다시 불안했다. 갑자기 오늘 자신이 한 말을 기억이나 할지도 의심이 갔다. 그래서 그는 더욱 발걸음을 서둘렀다. 능운공작에게 모든 일을 맡겨 둘 수 없는 처지였다. 구파일방의 마지막 힘을 총집결할 생각이었다.

'황산에 총단을 세운다고 했지.'

계획은 정해졌다. 그들이 각 문파를 피로 물들이고 잿더미로 만들었듯이 그들의 황산 총단 역시 그렇게 만들리라 등중용은 다짐했다.

"파파, 어디로 가는 거예요?"

예령은 자신이 너무 멀리까지 왔다는 것을 깨달았다.

"저놈들과 같이 있어서는 안 됩니다. 그곳은 마굴입니다, 마굴!"

도화가 거칠게 말했다.

"그럼 우리는 다른 곳으로 가는 것인가요?"

"맞습니다. 조금만 더 가면 우리를 기다리는 자가 있을 것입니다."

"파파, 나는 가면 안 돼요. 그분의 마음을 돌릴 사람은 나밖에 없는 걸요. 아란하도 그렇게 말했고 신 아주머니도 그렇게 말했어요."

"그분이라니 누구를 말하는 것입니까?"

"파파가 구룡선주라 부르는 사람."

예령이 조심스럽게 말했다. 도화가 구룡선주에 대해서는 이름도 듣기 싫어함을 알기 때문이었다.

"구룡선주의 마음을 돌릴 수 있다고요? 아가씨를 붙잡아두기 위한 그 여자들의 더러운 수작일 뿐입니다. 그 마인의 마음은 부처가 와도 돌리지 못합니다. 지장보살도 용서하지 않을 천하의 악인입니다. 이제껏 보고도 그런 소리를 하다니……."

도화는 생각만 해도 끔찍하다는 듯 험하게 인상을 찌푸렸다.

"아니에요. 분명 마음을 돌릴 수 있을 거예요. 그렇지 않으면 어머니가 그분을 두려워하지 말라고 하셨을 리 없잖아요."

"어머니? 큰아가씨가 어디 있다고 그런 소리를 하십니까? 아가씨의 마음이 착해 그런 꿈을 꾼 것뿐입니다."

"아니에요!"

예령이 화를 냈다.

"아가씨, 아가씨는 누구의 편입니까? 생각해 보십시오. 천하에 누가 가장 아가씨를 아끼는가를. 원주와 나, 천노! 바로 우리들이 아닙니까. 아가씨가 내 말을 듣지 않고 자꾸 배교도들의 말에 귀를 기울인다면 나는 무척 섭섭해할 것입니다."

도화는 울컥하는 마음에 눈시울까지 붉혔다.

예령의 마음은 여리고 착하다. 도화의 말에 그녀의 마음은 약해졌다.

"미안해요, 파파."

그녀는 도화의 손을 잡았다.

"다 아가씨를 위하는 일입니다. 잠시 한 곳에 들렀다가 바로 천화원으로 갑시다. 원주도 천노도 아가씨를 무척 기다리고 있을 것입니다."

"단 아저씨를 만나러 가는 길이군요."

예령은 좋아했다.

"그렇습니다."

"단 아저씨는 만나고 싶어요. 그런데 아란하에게 잠시 어디 갔다가 올 것이라고 말하고 오면 안 될까요?"

"이 길은 영원히 배교와 헤어지는 길입니다. 다시 만나지 않을 자들, 작별을 고해서 어쩌겠다는 말입니까?"

"파파."

예령은 우뚝 발걸음을 멈추었다.

"내가 잠시 착각을 했습니다. 배교도 나쁘지 않은 곳이라고. 하지만 나는 보았습니다. 나쁜 곳은 역시 나쁜 곳이었음을."

"누가 나빴다는 말이에요? 아란하, 신 아주머니, 감 아저씨… 모두 좋은 분이었잖아요."

"그들이 비록 좋은 사람이라고 하더라도 마두의 수하인 이상 마졸일 뿐입니다. 배교는 마교입니다!"

"파파!"

예령은 고함을 질렀다.

"더 이상 우리 어머니의 교, 우리 어머니의 어머니의 교를 모독하면 파파와 함께 가지 않겠어요!"

그녀는 얼굴까지 붉히며 화를 냈다.

도화는 당황했다. 예령이 저렇게 화를 내는 것은 이제까지 보지 못했다.

"어머니의 교를 모독하겠다는 것이 아니고… 지금 배교를 지키는 자들이 그렇다는 이야기입니다."

그녀는 허둥대며 말을 돌렸다.

"약속해 주세요. 단 아저씨를 보고 나면 다시 교로 돌려보내 주겠다고."

예령이 주먹을 불끈 쥐며 말했다.

"아가씨……."

도화는 허망한 눈빛으로 하늘을 우러렀다. 정말 이 일만은 어쩔 수 없는 듯했다.

"알았습니다. 아가씨를 돌려보내 드리겠습니다. 세상이 조용해지면 말이지요."

그녀가 씁쓸히 말했다.

"아가씨, 업히십시오."

그녀는 예령을 등에 업었다. 배교와 천화원 아가씨들의 질긴 인연이 생각나자 배교의 추적자가 등 뒤까지 따라오는 것 같았다. 그녀는 예령을 등에 업고 신형을 날렸다.

"아이고, 아이고! 누가 데려오는가 했더니 바로 도화였구려!"

팽해만이 호들갑을 떨며 도화를 맞았다.

"이 어린 아가씨가 바로 그… 그… 성녀라는 분이시오?"

그가 도화의 등에서 내리는 예령을 가리키며 물었다.

"맞소."

도화가 남자처럼 무뚝뚝하게 말했다. 기분이 좋지 않았다. 하필이면 마중 나온 자가 승룡방주라니. 몇 번 안면이 있었다. 그때마다 이상하게 꺼림칙한 기분을 느꼈던 자였다.

"자, 자! 여기서 이럴 것이 아니고… 마차를 탑시다."

팽해만은 예령과 도화를 마차로 떠밀었다.

"가자!"

그가 어자에게 출발을 명했다.

네댓 명 기마인의 호위 속에 마차가 출발했다.

'원주의 딸이라면 조금 닮은 구석이 있으련만 전혀 닮은 곳이라고는 없군. 언상영의 말이 맞는 것 같구나. 그렇지. 아무리 내친 딸이라도 관심을 가지지 않을 아비는 없지. 그리고 숨기고 싶은 딸이었다면 그렇게 가까운 곳에 금옥까지 설치하며 별스럽게 두지는 않았을 게다. 누구에게 맡겼으면 맡겼지. 그나저나 참 귀엽게 생겼구나. 가만있자. 제 어미를 닮았나?'

어자의 곁에 앉은 팽해만은 마차 안을 힐끔거렸다.

'이런 젠장! 기억할 수가 있어야지. 모르겠다. 닮은 것 같기도 하고…… 어쨌든 원주의 딸이 아니라도 조심스럽게 대해야겠지. 도화라는 계집이 저렇게 애지중지하는 것을 보면 분명 천화원과 연관은 있다.'

그는 '어험' 하며 입을 열었다.

"아가씨를 모시게 되어서 영광입니다. 대부인과 무척 닮았군요."

"제 어머니를 아시나요?"

예령이 반갑게 물었다.

"물론입니다. 알다마다요. 먼 곳에 있던 분을 천화원까지 모신 사람이 바로 나지요."

"그래요?"

예령은 도화를 바라보았다.

도화는 눈을 감은 채 아무 말도 않았다. 승룡방주가 큰아가씨를 데려온 것은 사실이니까.

"아주 아름다운 분이셨습니다. 아가씨도 대부인을 닮아서 무척 아름답군요."

"고마워요."

예령은 방긋 웃었다.

"구룡선주, 마인거주 같은 악인들 틈에 고생이 많으셨을 것입니다. 배교 놈들은 아주 추악한 놈들이지요. 예전에 원주께서 그들에게 한 번 불벼락을 내린 적이 있습니다. 그런데 워낙 잡초 같은 놈들이라……."

팽해만도 도화와 같은 실수를 하고 있었다. 그러나 예령은 팽해만에게는 배교에 대해 가타부타 하지 않았다. 마음의 벽이 높은 자는 한두 마디의 말로 교에 대해 이야기할 수 없다. 단원홍에 대해서만 물었다.

"단 아저씨가 우리 교에 불벼락을? 무슨 말이에요?"

"으헤헤, 모르고 계셨던 모양이군요. 십여 년 전 원주는 배교도들의 씨를 말리려 했지요. 원주의 칼에…….”

“팽 방주, 그만두시오!”

도화가 거칠게 소리쳤다.

“무슨 숨길 일이 있다고 그렇게 고함을 치시오. 강호인들이 다 아는 사실인데.”

팽해만은 히죽 웃었다.

“어쨌든 이번에는 배교의 뿌리를 완전 뽑고 말 것이오. 무슨 수를 써서라도. 으헤헤!”

“단 아저씨도 그런 생각을 하고 있을까요?”

예령이 창백한 안색으로 물었다.

“당연히 그런 생각을 하고 있을 것입니다. 원주께서는 배교도라면 치를 떠는 분이시지요. 십여 년 전 모산에서 그 난리를 부린 것만 봐도 알 수 있습니다.”

“단 아저씨가 원래 그런 분이었군요.”

예령은 상심에 빠졌다. 천화원의 백발 아저씨와 적이 된다는 사실은 전혀 생각해 보지 못했던 터였다.

‘만약 단 아저씨가 감 아저씨나 아란하를 상대로 칼을 뽑는다면?’

생각만 해도 아찔했다. 누구의 편을 들어야 할지도 몰랐다. 싸우지 않기만을 바랄 뿐.

팽해만은 예령의 생각을 읽고 있는 듯했다.

“배교 놈들의 힘이 제법입니다. 원주께서 배교도들과 싸울 때 아가씨는 당연히 원주의 편을 드시겠지요?”

예령은 대답할 수 없었다.

도화의 인상은 점점 험악해졌다. 그녀의 눈에는 팽해만이 아가씨와 원주를 이간질하는 것으로 보였다. 한 소리 하려 했으나 그녀는 입을 꽉 다물고 말았다. 전혀 사실무근의 말은 아니었기에 아가씨가 알 필요도 있다고 생각했다. 원주를 위하는 마음에 배교와 손을 끊을 가능성도 배제할 수 없었다. 그렇게 된다면 정말 그녀가 바라는 일이고.

　"원주의 편을 드시리라 믿습니다. 그렇다면 당연히 우리 일도 도와야지요. 우리는 원주의 수족 같은 자들입니다. 우리를 돕는 일이 바로 원주를 돕는 일이지요."

　"무슨 일을 도우라는 거예요?"

　예령이 맥 빠진 표정으로 물었다. 교는 그녀에게 너무도 많은 난관을 부여하고 있었다.

　"음… 찾아보면 많을 겁니다. 그들은 아가씨를 성녀, 성녀 하며 아가씨를 이용하고자 합니다. 우리는 그들의 의중을 반대로 이용할 수도 있지요. 으헤헤!"

　팽해만은 메기입을 씰룩거렸다. 자신이 돌이켜도 기가 막힌 생각인 듯했다. 어디 처치할 자가 구룡선주뿐인가. 마인 거주, 나머지 배교도들도 줄줄이 처치할 수 있을 것 같았다. 성녀라면 목을 매는 자들이 배교도임을 그는 알고 있었다.

　그는 히죽거리며 고개를 돌렸다. 자신의 손에 배교도들이 평정되는 즐거운 꿈을 꾸고 있었다.

　예령은 팽해만이 한 마지막 말이 무슨 뜻인지 알지 못했다. 그녀는 도화에게 시선을 돌렸다. 도화는 잔뜩 찌푸린 얼굴로 무엇인가를 생각하고 있었다.

도화는 불안했다. 시간이 흐를수록 그 불안감은 점점 더했다.

　칼끝에 항상 목숨을 저울질해야 하는 강호인들! 자신의 목숨이든 상대의 목숨이든 항상 목숨을 상대로 놀아야 하는 그들의 흉포함과 비열함은 상상할 수 없을 정도라고 들었다. 천화원을 벗어나 본 적이 별로 없었다. 그래서 그녀는 너무 쉽게 도예의 말을 듣고 사패에 몸을 맡기려 하지 않았나 불안했다.

　팽해만이라는 자의 저 느물거리는 태도, 마지막 말도 마음에 걸렸다. 자신의 이익을 위해서는 어린 아가씨를 제멋대로 이용하려 들 것 같았다.

　'당연히 아가씨의 안위는 안중에도 없겠지. 왜 나는 천화원을 찾을 생각을 하지 않았을까. 원주라면 어떤 어려움이 있더라도 아가씨를 지켜 줄 수 있는 분인데.'

　도화는 자신의 경망스러움을 자책했다.

　마차는 달리고 달렸다. 그리고 하룻밤 숙박을 위해 객잔에 머물렀을 때 도화는 자신의 불안을 더 이상 참지 못했다.

　팽해만을 떠나 천화원으로 가야겠다고 마음을 굳혔다.

　"방주!"

　팽해만이 묵고 있는 객방을 두드렸다.

　"들어오시오."

　팽해만은 읽고 있던 책을 덮으며 도화를 맞았다.

　"무슨 일입니까?"

　그가 제법 의젓한 투로 물었다.

"방주, 쭉 생각을 했습니다. 아가씨를 지금 가는 곳이 아니라 천화원으로 데려가겠소."

"잉? 그게 무슨 말이오?"

팽해만은 찢어진 눈을 치켜떴다.

"그 악마 같은 구룡선주 놈에게 질려 내 머리가 이상해졌던 모양이오. 아가씨를 놈을 유인하는 미끼로 쓰려 하다니. 원주께서 알았다면 내 목이 백 개라도 남아나지 못했을 거요."

도화는 미리 단원홍을 들먹였다.

"미끼라니 그 무슨 말씀을……. 구룡선주, 마인거주가 어떤 놈이오? 놈을 처치하는 일에는 집구석의 부지깽이라도 일어나야 할 판입니다. 당연히 아가씨와 도화, 당신도 놈을 처치하는 일에 나서야지. 원주께서도 바라는 일이오."

"아닙니다! 원주께서 바라지 않을 것입니다! 강호의 일은 강호인들이 알아서 하시오! 아무것도 모르는 아가씨를 강호의 험난함 속에 끌어들일 수 없소!"

"도화……."

팽해만은 도끼눈을 떴다.

"으헤헤, 지금까지 배교 놈들에게 죽은 강호인들이 몇 명이나 되는 줄 아시오? 피 냄새가 천지를 진동하고 있소. 그런데 강호의 험난함 운운이라니!"

"우리 아가씨의 책임이 아니라고 했소!"

"뭐? 당신 아가씨가 책임질 일이 없다고? 강호인들에게 물어보라고. 책임질 일이 없는가. 구룡선주, 마인거주 다음으로 찢어 죽이고 싶어 하는 자가 있다면 바로 당신의 아가씨란 말이야! 마녀!"

팽해만은 반말을 시작했다.

"어떻게 그런 말을! 팽 방주, 방주께서도 우리 아가씨를 마녀라 생각하오? 마녀이기 때문에 작금의 환란을 책임져야 한다고 생각하오?"

도화는 눈을 부릅떴다.

"으헤헤, 당신의 아가씨에게 모든 책임을 떠넘기고자 했다면 지금처럼 고분고분하게 대하지도 않았지. 최선을 다해 좋은 쪽으로 보려고 노력하는 중이라고. 도화, 당신은 그 사실을 알아야 해."

"결국 아가씨에게 책임이 있다는 말이군요. 나는 가겠소!"

도화는 객방을 나서려 했다.

"가만있어!"

팽해만이 거칠게 도화의 팔을 잡았다.

"으헤헤! 도화, 도화……. 정말 이러면 곤란하다고. 구룡선주를 처치할 절호의 기회잖아. 구룡선주가 어떤 놈인 줄 알아? 우리 모두를 죽음으로 몰고 갈 놈이란 말이야."

그가 숨을 씨근덕대며 말했다.

도화는 팽해만의 손을 뿌리치려 했다. 팽해만의 생각을 확인한 이상 더욱 이곳에 있을 수 없었다. 그러나 팽해만은 도화의 팔을 놓아주지 않았다.

"도화, 자, 잘 들어. 다, 다시 말하겠다. 구, 구룡선주를 죽이지 않으면 우, 우리가 죽는다고. 깊이 생각해, 깊이."

팽해만은 흥분으로 말을 더듬거리며 흉광을 빛냈다.

"팽 방주를 위해 우리 아가씨를 험지險地에 두라고! 나는 그렇게는 못하겠어요!"

도화가 쇳소리를 냈다.

팽해만의 안색이 창백해졌다.

"으헤헤, 헤헤헤헤!"

그가 히죽댔다. 분노가 화산처럼 울컥울컥 치밀어 오르고 있었다. 결국 그는 자신의 분노를 참지 못했다. 머릿속이 하얗게 변하며 앞뒤를 생각할 수 없었다.

"원주의 체면을 생각해서 오냐오냐했더니! 이 미천한 계집년이 감히!"

주먹이 날았다.

도화는 팽해만이 주먹까지 날릴 줄은 생각지 못했었다. 그러나 그녀 역시 한가락의 실력은 있었다. 그녀는 팽해만의 주먹을 피하며 금나수로 팔을 움켜쥔 팽해만의 손을 털려 했다.

간발의 차이로 주먹이 도화의 안면을 스쳐 갔다.

"가랑이를 찢어 죽일 년!"

팽해만의 눈동자가 충혈되었다.

그가 객방을 뛰쳐나가려는 도화에게 비호처럼 달려들었다.

도화는 등 뒤에서 불어오는 싸늘한 경기에 급히 신형을 비틀며 장권을 뻗었다.

좁은 방에 찬바람이 일며 팽해만과 도화는 평생의 원수처럼 장권을 주고받았다. 하지만 승부는 오래가지 못했다. 실

력의 차이도 있었지만 칼바람 속을 뛰어다닌 팽해만의 산타散
打를 상대로 도화는 역부족이었다.

"아!"

도화는 짧은 비명을 질렀다. 팽해만의 주먹이 복부에 꽂혀
있었다. 도화는 비틀댔다. 팽해만은 기회를 놓치지 않고 소
낙비 같은 주먹을 날렸다.

도화의 전신이 멍들어 갔다. 그녀의 몸이 서서히 기울었다.

"내가 잘 생각하라고 했지! 으헤헤, 지금 네년과 장난을
치기 위해 내가 이곳에 있는 것은 아니다! 내 목숨, 우리 아
이들, 내가 일군 기업은 개똥이 아니라고! 그깟 마녀의 핏줄!
만 개의 목숨과도 바꾸지 않을 것들이란 말이야! 그런데 그
까짓 일도 못하겠다고!"

팽해만은 쓰러지는 도화를 짓밟았다.

"구룡선, 마인거가 나타난 후 제대로 잠 한 번 자지 못했
다! 이제 서광이 보이나 했더니 미친 소리를 지껄이고 있어!
시비에 불과한 주제에! 네년의 목숨이야말로 개똥이다!"

그는 도화를 초주검이 되도록 두들겨 팼다.

도화가 완전 축 늘어진 후에야 팽해만은 주먹질을 멈추
었다.

"잉?"

호흡을 가다듬던 그는 정신을 잃고 쓰러져 있는 도화를 보
며 딴사람인 듯 안색을 찌푸렸다.

"아이고, 이런!"

그가 자신의 이마를 쳤다.

"화초를 가꾸고 글줄이나 읽으면 그놈의 성깔이 어디 갈 줄 알았더니. 뿔난 돼지라는 소리를 듣지 않으려면 아직 멀었구나. 으헤헤, 그러나 모두 나의 잘못만은 아니다. 왜 영웅의 본색을 드러내게 만들어."

그는 쓰러져 있는 도화를 발로 툭 찼다.

"그나저나 큰일인데. 이 계집을 이렇게 만들어 놓았으니, 원주의 책망을 피하기 힘들 것 같구나."

팽해만은 비로소 자신의 앞뒤 없는 행동을 후회했다.

"어쩔 수 없군. 적당한 기회에 네년은 살인멸구다. 구룡선주가 죽인 자가 어디 한두 명이라야 말이지. 네년 하나쯤 더 죽였다고 해서 의심하는 자는 아무도 없을 것이다. 힘!"

그가 헛기침을 하며 어깨를 으쓱했다.

예령은 깊게 이불을 뒤집어쓰고 잠을 청하려 하고 있었다. 그러나 잠이 쉽게 오지 않았다.

창밖을 부는 바람은 거세고 객방 안도 추웠다.

예령은 감고 있던 눈을 떴다. 억지로 잠을 청하기를 포기하고 창가에 앉았다.

소옥을 나온 후 몇 달간의 일들이 주마등처럼 스쳐 갔다. 가슴이 답답했다. 소옥 밖의 세상은 더 많은 좋은 일들이 기다리고 있을 줄 알았는데 전혀 아니었다.

가장 큰 걱정은 어머니의 호교신장의 마음이었다. 그 무정한 마음을 돌릴 수 있게 해 달라고 어머니께 간절히 기도했다. 그러나 이상하게 어머니는 그날 이후 한 번도 꿈속에서 모습을 보이지 않고 있었다.

예령은 지치고 힘들기 때문에 꼭 어머니가 보고 싶었다. 그래서 오늘 밤엔 꼭 꿈속에 나타나 달라고 염원했다.

단 아저씨의 일도 걱정이었다. 그녀의 머릿속에는 어머니의 호교신장과 단 아저씨가 칼을 뽑아 들고 서로를 노려보고 있는 장면이 너무도 선했다.

예령이 좋아하는 사람은 물론 단원홍이다.

'어머니는 당신의 호교신장을 더 좋아하시겠지.'

그 누구도 상처받지 말았으면 했다.

'싸우지 않을 거야. 내가 간절히 원한다면.'

예령은 다시 조막손을 모았다.

그때였다.

톡! 톡! 톡! 톡톡톡톡!

무엇인가가 창을 두들겼다.

예령은 창문을 열었다.

찬바람과 함께 새 한 마리가 파다닥 들어왔다.

"낙조!"

예령은 기뻐하며 벌떡 일어났다.

낙조는 예령의 어깨를 이리저리 뛰어다니다가 추위에 지쳤던지 그녀의 품속으로 뽀르르 몸을 숨겼다.

"혼자 왔니?"

예령은 창밖으로 고개를 빼고 암천을 살폈다. 흑백조와 호교신장이 명조라 이야기했던 채색조는 보이지 않았다.

휘익! 휘익!

예령은 그들의 울음소리로 흑백조와 명조를 불렀다. 그러나 흑백조와 명조는 한참이 지나도 모습을 드러내지 않았다.

"이상하네?"

그녀는 고개를 갸웃했다.

밤중에 낙조를 홀로 두고 멀리까지 다닐 어미 새가 아니었다.

예령은 낙조를 가만히 바라보았다. 자세히 보니 깃털도 어수선했고 몰골이 말이 아니었다.

"음……."

그녀는 생각에 잠겼다.

아란하의 말이 떠올랐다.

─ 성녀, 모든 것은 때가 되면 떠나야 합니다. 떠남의 아픔을 겪지 못하면 성숙할 수 없지요.

갑자기 그런 말을 했다. 그리고 다시 물었을 때 아란하는 자신이 한 말을 기억하지 못했다.

아란하가 무슨 뜻으로 그 말을 이야기했건 예령은 맞는 말이라 생각했다.

"낙조, 너도 성조가 되기 위해 부모의 곁을 떠났구나."

예령은 품속에서 머리를 꾸벅이고 있는 낙조를 쓰다듬었다.

"그랬구나."

낙조를 보며 그녀는 고개를 끄덕였다. 무척 기다려도 어머니가 꿈속에 나타나지 않는 이유를 알 것 같았다.

"어머니는 이제 내가 홀로 모든 문제를 풀어 나가기를 바라고 계신 것이야."

예령은 하늘을 우러렀다. 다시는 꿈에 어머니가 나타나지 않으리라. 그렇게 생각하니 슬펐다. 하지만 그녀는 곧 기운을 되찾았다. 떠난다는 것은 성숙을 위한 단계일 뿐 영원한 이별이란 없다는 것을 알고 있었기 때문이다.

훈훈한 바람이 불었다.

"어!"

예령은 퍼뜩 고개를 들었다.

천공에서 하얀 꽃씨들이 흩날리고 있었다. 눈이었다. 올해 처음으로 보는 눈.

"야!"

그녀는 환하게 웃으며 팔을 벌렸다. 예령의 품속을 뒤척거리던 낙조도 눈이 신기했던지 그녀의 어깨로 폴짝 뛰어나왔다. 눈발이 점점 굵어지며 예령의 세계를 은백색으로 덮어갔다.

첫눈치고는 제법 많은 눈이었다. 벌써 며칠째 천공을 은빛으로 수놓고 있었다.

명강량은 구룡선에 앉아 내리는 눈발에 몸을 맡기고 있었다.

손등과 얼굴에 닿는 차가운 감촉.

그 촉감들은 이상하게 이미 오래전에 파묻힌 그의 기억들을 하나하나 되살리고 있었다.

'사부…….'

사부는 말이 없는 사람이었다. 고작 들은 말이야 보권에 실렸던 말이나 흐교신장의 책무, 무공 수련에 꼭 필요한 말들뿐이었다. 그 외는 '그렇지.', '그렇게 하는 게야.'라며 미소만 지었다.

가슴이 훈훈했다.

주 명두, 여 명두도 생각났다. 자신을 염려하며 꼭 손을 잡아 주던 그들. 그들의 체온도 떨어지는 눈의 촉감 속에 살아났다. 아! 황 명두, 황 명두는… 그때 이미 백 살이 넘었는데 살아 있을지. 사천 명두 추대괄의 호탕한 웃음도 귓가에 짜랑했고 호북 명두 노기준의 청수한 모습도 떠올랐다.

장호, 오삼립, 그리고…….

명강량은 눈을 지그시 감았다.

그립구나. 그리워! 풍마 속에 사라진 그들.

이제는 모두 없다.

명강량은 자신을 살폈다.

낡고 낡은 금의. 오랜 세월이 흐른 듯했다.

비로소 명강량은 세월의 부침을 느끼고 있었다.

가슴이 저려 왔다. 왜 잊고 있었을까?

순간, 명강량은 불에 덴 듯 화끈한 통증을 느꼈다.

갑자기 사부의 노한 모습이 떠올랐다.

'강량! 그 일도 못했단 말이냐, 그 일도! 너의 목숨으로

지켜라 했던 그 일도!'

명강량은 얼굴을 찌푸렸다. 천천히 고개를 숙였다.

'헉!' 그는 헛바람을 토한 후에야 고개를 들었다.

눈은 쉬지 않고 펄펄 날리고 있었다.

명강량의 눈빛은 침잠되었다.

모두를 잊게 하고 자신을 잊게 한 그 아픈 기억만은 악몽처럼 계속되고 있었다. 그러나 근자에는 오늘처럼 가끔 옛일이 기억나기도 했다. 세월의 부침은 모든 것을 퇴색하게 하는가? 그 악몽 같은 기억마저?

'예령이라 했지.'

어린 성녀의 영상이 마음속에 점점 커져 가는 것은 어쩔 수가 없었다.

옛사람을 기억하는 것만큼, 짧은 순간이었지만 어린 성녀를 기억하는 일도 가슴이 훈훈했다. 부정하려 해도 부정할 수 없는 감정이었다.

'그래, 가 주지.'

명강량은 고개를 끄덕였다. 그는 자리에서 일어나려 했다.

그때였다.

눈발을 헤치며 서너 명의 사람들이 나루터에 모습을 드러냈다. 어린 성녀를 찾아 떠났던 감악, 장탄, 고명상이었다.

그들의 어깨는 축 늘어져 있었다.

당연히 어린 성녀를 찾지 못했겠지.

명강량은 그들을 외면하며 먼 곳으로 시선을 돌렸다.

감악과 장탄, 고명상은 지친 얼굴로 배에 올랐다. 몰골들이 말이 아니었다. 며칠 동안 끼니도 잊은 채 죽을힘을 다해 찾아다녔을 것이 분명했다.

명강량은 또다시 옛일이 생각났다. 분하에서 악약을 잃었을 때. 감악도 지금 같은 마음이리라.

"성녀께서 돌아오셨소?"

감악이 마른 목소리로 물었다.

명강량은 대답하지 않았다.

쿵! 뱃전에 발을 들이며 감악은 험악하게 명강량을 노려보았다. 당장이라도 피를 보아야 속이 풀릴 것 같은 기세였다.

"감 명두, 결국 찾지 못했군요."

아란하와 함께 선실에서 나오며 신화정은 발을 굴렀다.

"전 명두는 어디에 있어요?"

아란하가 물었다.

"도화라는 여자가 성녀를 천화원으로 데려가지 않았을까 해서 그 길을 막고 있소. 전 명두의 걸음이 워낙 빠르고 방 노관, 쌍혼, 사방위, 십위병까지 동원되었으니 천화원으로 갔다면 반드시 찾을 수 있을 것이오."

고명상이 말했다.

"도화라는 여자가 성녀를 데려갔다면 천화원으로 가지 않았을 확률이 높아요. 뻔한 추적로를 택했을 리 없잖아요. 명두들은 이제 배에서 조금 쉬셔요. 신 명전과 내가 성녀를 찾아보겠어요."

아란하가 나섰다.

"젠장! 어째서 이런 일이……!"

쾅! 감악이 그답지 않게 흥분하며 뱃전을 걷어찼다.

"좋겠습니다! 짐 같은 성녀가 사라져서! 그래서 그렇게 편안히 앉아 계시군요!"

감악이 갈라지는 소리를 내질렀다. 그는 휙, 신형을 뽑았다. 행여 성녀가 돌아왔을까 해서 배로 돌아왔다가 없음을 알자 다시 찾으려 나서는 모양이었다. 장탄과 고명상도 묵묵히 감악을 따라 신형을 뽑았다.

아란하는 눈발 속에 사라지는 감악과 구룡선에 냉랭히 앉아 있는 명강량을 번갈아 바라보며 한숨을 쉬었다.

명강량은 손바닥을 펼쳤다.

그의 손에는 방금 비표에 묶여 날아온 쪽지 한 장이 있었다.

　구룡선주, 그대의 성녀를 찾고 싶다면 호아산虎牙山 낭림狼林으로 오라!

누가 보냈는지도 적혀 있지 않았다. 비표를 날린 자를 붙잡아 알아보려 하다가 그만두었다. 비밀을 지키고 싶은 자라면 비밀을 아는 자에게 일을 시킬 리 없었다.

명강량은 진력眞力을 일으켜 쪽지를 재로 날렸다.

"신 명전, 가요."

더 이상 참지 못하고 아란하도 신화정과 함께 성녀를 찾으려 했다.

"아란하."

명강량이 그녀를 불렀다.

아란하는 조금 원망 섞인 눈빛으로 명강량을 바라보았다. 다른 일은 몰라도 성녀의 일에 나 몰라라 하는 것은 참을 수가 없었다. 어린 성녀에게 무척 정이 든 아란하였다.

"구룡선을 지켜라."

휙! 명강량이 비조처럼 날았다. 명강량의 말이 아란하의 귓가에 닿았을 때 이미 그의 모습은 보이지 않았다.

"명옹께서 드디어 성녀를 찾아 나서시려는 모양이군요!"

신화정이 눈빛을 빛냈다.

"다행이에요. 다행……."

아란하는 괜히 눈시울을 붉혔다.

"대전왕의 이목은 그 누구도 피하지 못해요. 반드시 성녀를 찾아오실 거예요."

그녀는 염원하듯 두 손을 모았다.

🍂

은세계가 쭉 펼쳐져 있었다.

명강량은 천천히 그 길을 걸었다. 바쁜 걸음이 아니었다. 그러나 그가 한 걸음을 내디딜 때마다 주위의 풍물은 쏜살같이 휙휙 스쳐 갔다.

그가 반나절을 걸었을 때였다.

그는 한 무리의 사람들과 마주쳤다.

명강량과 그들은 누구라 할 것 없이 발걸음을 우뚝 멈추었다. 명강량은 천음관을 매만졌고 그들은 각자의 병기를 매만졌다.

그들 모두는 기도로 서로를 읽고 있었다.

명강량은 귀찮은 일이 벌어지리라는 것을 예감했다.

장검을 든 호리호리한 중년 사내가 불쑥 한 걸음을 나섰다.

"나는 이렇게 들었다! 낡은 금의를 입고 오른손에 비구를 찬 자가 바로 구룡선주라고!"

그가 외쳤다.

슥! 스슥! 삭!

그의 말이 떨어지자마자 뒤에 서 있던 네 명의 사내가 각자의 병기를 뽑아 들며 명강량을 압박했다.

"나는 사패 중 숭무각주 남궁기라 한다. 자검이 바로 나이고 옆으로 축도丑刀, 인창, 사곤, 신괴申拐가 이분들의 이름이다. 나의 좋은 벗들이지."

명강량을 가로막은 자는 바로 남궁기와 그의 친구들인 십이지우들이었다. 남궁기는 명가의 후예답게 대악인으로 알려진 명강량에게도 강호의 예법에 따라 먼저 자신들의 신분을 밝혔다.

남궁기는 구룡선, 마인거를 실은 배가 나루터에 정박해 있다는 소식을 듣고 급히 그곳으로 가는 중이었다. 그런데 운이 좋았던 탓인지 그곳까지 힘들게 가지 않고 바로 명강량을 만나게 된 것이다.

축도라 이름 불린 자는 파풍도를, 인창은 차갑게 빛나는 소화창을, 사곤은 낭아곤, 신괴는 끝과 끝이 툭 튀어나온 철괴철괴鐵拐를 들고 있었다.

명강량은 그들에게서 장문천의 냄새를 맡았다. 투기로 키워 온 무사 특유의 냄새. 장문천과 조금 다른 점이 있다면 악착같음이 보이지 않는다는 것. 담백했다.

그 때문일까. 남궁기라는 자를 제외하고 장문천에 버금갈 만한 상대는 보이지 않았다. 남궁기라는 자도 장문천을 능가하기는 어려울 듯했다.

"구룡선주는 들어라! 우리는 그대의 악행이 어떻든 간에 그대가 가진 초인적인 무공에는 경의를 표한다. 그러나 무공에 대한 경의에 앞서 우리는 그대를 꺾어 강호의 혼란에 종지부를 찍어야 할 의무가 있다. 때문에 여러 명이 합공을 하는데 대해 양해를 바란다!"

남궁기가 안광을 빛내며 소리쳤다. 넘을 수 없는 벽이라는 느낌은 기도를 접한 순간 더 강해지고 있었다. 하지만 그는 여유로 자신의 자존심을 굽히지 않았다.

슥! 남궁기는 검을 빼 들었다.

사삭! 삭! 네 명의 십이지우들이 발 빠르게 움직였다. 천근의 힘을 다리에 싣고도 눈에 발자국이 남지 않으니 각기 초상비草上飛나 답설무흔踏雪無痕의 경지는 오래전에 넘은 듯했다. 움직임은 산만했으나 그들은 서로의 투로에 전혀 방해가 되지 않는 장소를 차지하며 명강량을 에워쌌다. 오랫동안 합공술을 익힌 자들 같았다.

명강량은 자신을 에워싸고 병장기를 번뜩이는 자들을 바라보며 천음관을 매만졌다.

그가 숨을 들이켰다.

순간, 팟! 인창이 소화창을 연이어 찔러 왔다. 달아나는 빛조차 꿰뚫을 정도로 빨랐다. 양가창식揚家槍式과 함께 창법으로는 강호 일절로 통하는 회마창법回馬槍法이었다.

장병기長兵器에는 단병短兵이 어울린다.

신괴가 철괴로 선풍을 일으키며 달려들었다.

명강량은 어깨를 가볍게 흔들었다.

팟! 그의 신형이 갑자기 사라졌다가 하늘에서 뚝 떨어진 듯 축도의 앞에 나타났다.

축도는 자신의 절예 섬전삼도閃電三刀로 급히 대항했다. 이번에는 사곤이 제미오행곤齊眉五行棍이라는 자신의 절예를 발휘, 축도를 응원했다.

파파팟! 명강량은 진기를 주입한 소매를 깃발처럼 흔들었다. 소매에 세찬 바람이 일었다.

쩡! 쩡! 축도의 파풍도와 사곤의 낭아곤이 명강량의 소맷자락에 부딪쳐 한천寒天을 울리며 튕겨 났다.

축도와 사곤은 비틀비틀 물러났다. 파풍도를 쥔 축도의 손에서 피가 주르르 흘렀다. 소매에 부딪쳤는데도 손아귀가 찢어지는 것을 면치 못했다. 비교적 내력이 약한 사곤은 더했다. 그는 피를 토하고 물러나며 수치스럽게도 낭아곤을 떨어뜨리고 말았다.

남궁기의 검미가 꿈틀했다.

쐐액! 그의 검이 푸른 섬광을 일으키며 천지를 양단했다. 광풍이 일며 나무가 뿌리째 흔들리고 쌓인 눈과 흙먼지, 돌이 자욱하게 날았다. 검이 움직이며 내는 소리만 하더라도 웬만한 자들은 심장이 파열될 듯했다.

명강량의 손도 남궁기 못지않게 빠르게 움직였다.

타탕! 갑자기 광풍을 잠재우는 맑은 소리가 났다. 천음검은 남궁기의 검을 너무도 쉽게 가로막고 있었다.

휙! 명강량은 천음검을 회수하며 그들과 이 장여를 격했다.

"나는 너희들의 무공을 모두 접해 보았다! 너희들은 나의 상대가 아니다!"

명강량의 냉랭한 목소리가 남궁기 등의 귓전을 때렸다.

남궁기를 비롯한 십이지우들의 안색이 굳어졌다. 각 방면에 일가견을 자랑하는 그들이었다. 이기지는 못해도 제법 강호사에 이름을 남길 만한 명승부는 연출할 줄 알았다. 하지만 전혀 구룡선주의 상대가 아니었다.

"껄껄껄! 껄껄껄껄!"

땅이 쩌렁 울리도록 웃는 자는 남궁기였다.

"구룡선주! 아직 승부를 장담하기에는 이르다!"

그가 냉랭하게 소리쳤다. 눈에서는 살광이 번뜩였다. 오랜 수련으로 감추어졌던 야성이 갑자기 폭발한 모양이었다.

명강량의 일갈은 남궁기에게는 견딜 수 없는 조롱이었다.

우웅! 남궁기의 검이 용음龍吟을 울리며 벼락처럼 번뜩였다. 쏴아! 푸른 섬광이 만경멸종萬徑滅踪으로 떨어지며 그물로 명강량을 덮었다.

남궁가의 무예, 단원홍으로부터 물려받은 청조각의 무예, 그간의 수련의 성과를 더해 만들어 낸 남궁기의 모든 정화가 그 한 초식에 담겨 있었다.

작열하는 섬광은 모든 것을 없애고도 남았다.

명강량의 눈빛도 갑자기 무저갱으로 가라앉았다. 이제와는 달리 주체 못할 살의가 폭출되고 있었다.

살의는 그 상대의 살의를 부른다. 남궁기의 살검이 명강량의 살의를 불렀을까.

어쨌든 그 순간, 명강량은 사패 이전의 이름인 유향경천문을 문득 기억해 내고 있었다.

명강량은 섬광 속에 몸을 가볍게 비틀었다.

천음검이 백광으로 아래에서 위로 사선으로 치솟았다.

섬광이 교차했다. 그리고…….

촤악! 고였던 빗방울이 한꺼번에 땅바닥에 털썩 떨어지는 소리가 났다.

떨어진 것은 애검과 함께 비스듬하게 조각난 남궁기의 육신이었다. 더운 피가 콸콸 쏟아지며 눈을 녹였다.

명강량은 또한 떠올리고 있었다. 눈밭 속에서 육신을 모두 늑대들에게 뜯긴 주 명두의 한 서린 얼굴을.

명강량의 입가에 비릿한 미소가 담겼다. 그의 시선이 축도, 인창, 사곤, 신괴에게 닿았다.

십이지우들은 본능적으로 몸을 움칠했다.

남궁기의 죽음을 애도할 틈도 없었다.

그들은 섬전으로 쏘아 오는 천음검에 대항해야 했다. 그러나 명강량의 천음검에 맞서 도, 창, 곤, 괴를 날렸다고 생각한 그 순간은 몸뚱이의 도움 없이 머리 홀로 생각한 유일한

그 순간이었다. 목을 잃은 십이지우의 몸뚱이가 피 분수를
쏟으며 털썩털썩 쓰러졌다.

'성녀여, 어린 성녀여! 나를 무정하다고 말하지 마라. 나
의 검을 울게 만드는 자들은 언제나 그들이었다.'

천음검은 아무 일 없었다는 듯이 천음관 속으로 사라졌고
명강량도 아무 일 없었다는 듯 그 자리를 떠났다.

우우우!

추위와 굶주림에 지친 늑대들만이 피 냄새에 환장을 하며
모여들고 있었다. 늑대들이 알아줄지 모를 일이다. 그들이
탐하려는 시신 중의 한 구가 그 이름도 찬란한 숭무각주 남궁
기임을. 명강량이 아니었다면 비록 검하의 고혼이 될망정 제
법 그럴듯한 최후를 맞았을 그였다.

낭림 狼林

"도대체⋯⋯."

양백은 눈살을 찌푸렸다.

황산에는 연화봉, 광명정, 천도봉의 세 봉우리가 있다. 총단이 들어서는 광명정 아래는 인산인해였다.

교의 총단이 들어섬을 축하해 주는 사람이 많다는 것은 고마운 일이다. 그러나 양백이 눈살을 찌푸린 것은 총단 주위에 몰려든 자들이 대부분 흑도의 무리들이었기 때문이다.

그들은 대낮에도 술을 마시고 다녔고 심심하면 저희들끼리 칼부림으로 황산을 피로 물들였다.

신성해야 할 총단 주변은 복마전이나 다름없었다.

배교는 원래 강호인들에게 사파, 사교로 낙인찍힌 곳이다. 하지만 사파라 해도 사파인들을 가까이 한 적도, 사파인들이 가까이 온 적도 없었다.

당연히 교는 사파인들을 가까이 하지 않았고 사파인들은 교에 기대 봐야 잃을 것은 있어도 얻을 것은 없었기 때문에 멀리했다. 그런데 사파인들이 총단 주변으로 우수마발牛溲馬勃로 모여들고 있었다.

"저들은 모두 되지도 않는 꿈을 꾸고 있는 자들입니다. 배교일세의 꿈을 사파천하로 착각하는 자들이지요."

양백의 곁에는 유공경이 서 있었다. 그는 양백을 도와 황산 총단 건설에 매진 중이었다.

"내가 이해할 수 없는 것은 저자들이 왜 착각을 하고 있는가 하는 것이오. 강호의 흉흉한 소문이 사실인가 보지요? 명옹께서 십여 년 전 배교 척결에 나섰던 모든 자들을 죽이려 한다는. 정파를 자처하는 자들을 모두 죽이겠다고 하니 저들이 세상이 바뀌는 꿈에 부풀어 총단 주변을 얼쩡거리는 것이 아니오."

"명옹이 하시는 일입니다. 우리는 어쩔 수 없는 일이라 생각하고 있습니다."

"어쩔 수 없는 일이라. 한때 천하가 우리 교를 죽이려 했다고 이제 우리 교가 천하를 죽이려 한다……."

"피는 피를 찾아 돌고 돈다는 이야기를 알고 있습니다. 그리고 보권에서 피의 값을 피로 치르라고 말하지 않음도. 하지만 그 누가 명옹의 뜻을 꺾을 수 있겠습니까? 뜻을 꺾는다고 해도 이미 늦었습니다. 명옹께서는 너무도 많은 원한을 등에 졌습니다."

"명옹께서 무척 화가 나셨던 모양이군요. 화가 나면 정말 무서운 분이기는 하지요."

양백은 고개를 끄덕이며 떨어져 나간 자신의 한쪽 팔에 시선을 던졌다.

"어쨌든 큰일입니다. 우리 교는 영원히 세상과 화해할 방법이 없는 듯합니다. 하늘이 우리를 위해 새로운 길을 열어 주지 않는 한."

유공경도 안색을 찌푸렸다.

"찾아봅시다. 길이 없다면 만들어야지요."

양백은 등을 돌렸다. 그의 시야에 웅장한 전각들이 들어왔다. 몇 채의 전각은 마무리에 한창이었고 또 몇 채의 전각은 바쁘게 기와가 올라가고 있었다.

총단에 들어설 가장 큰 네 채의 건물 중 명왕전明王殿, 청정원淸淨院, 대성전은 이미 공사가 끝났고 이제 호교전護敎殿과 작은 몇 채의 전각들만 건설하면 되었다.

첨탑으로 지어진 대화로도 웅장한 위용을 자랑했다.

앞일이야 어쨌든 황산에 들어서는 총단을 보면 유공경의 마음은 더없이 흡족했다. 저기 첨탑 끝의 대화로에 불이 활활 타오르면 세상 모든 근심이 사라질 것 같았다.

"성녀께서 오시기 전까지 낙성식을 할 모든 준비를 끝내야 하는데… 성녀께서 어디쯤 오고 있다고 합니까?"

양백이 물었다.

"무당에서 소요가 있었다고 하더이다. 무당산에서 내려와 지금쯤 장강에 배를 띄우고 있겠지요. 늦지는 않을 것입니다.”

“그냥 오시면 될 일을 왜 또 무당산까지 찾아가셨누.”

양백은 다시 미간을 좁혔다.

“양 명두, 명옹께서 오시면 한 말씀 해 주십시오. 늦은 감은 있지만 그분의 살행殺行을 막을 분은 양 명두뿐인 듯합니다.”

“나는 아니오. 나는…….”

양백은 고개를 저었다.

“그럼 지켜보고만 있자는 말씀입니까?”

명옹의 이야기만 나오면 답답했다.

“전대 성녀께서 당신의 호교신장을 저대로 두지는…….”

양백은 입을 닫았다. 그는 눈살을 찌푸린 채 생각에 잠겼다.

“유 명두, 지금 강호에서 이는 혈란의 진원지는 어디인 듯하오?”

그가 문득 물었다.

“명옹이라고 말하기 싫지만 명옹이라고 말하지 않을 수 없군요. 어쨌든 그분의 출현으로 강호에 피바람이 몰아치기 시작했으니.”

유공경은 쓴맛을 다셨다.

“아하! 아, 그렇군요!”

양백은 마치 큰 깨달음을 얻은 듯 고개를 끄덕였다.

“유 명두, 나는 잊고 있었던 일이 있소.”

“무슨 일을?”

"전대 성녀께서 교룡을 자처하는 자들을 통해 나에게 전한 부탁을 잊고 있었단 말이오. 암왕이라 해도 괜찮고 대마두, 대살성, 구룡선주, 구룡선주… 왜 내가 그 말을……."

양백은 안광을 빛냈다.

"도대체 무슨 말씀인지?"

유공경이 의아해 했다.

"그렇지, 그렇지! 전대 성녀가 어떤 분인데… 당연히 길은 만들어 놓았겠지!"

양백은 무릎을 쳤다.

유공경은 멍하니 양백의 흥분한 얼굴만 바라보았다.

"유 명두, 낙성식 때 대제전大祭典을 열어야 하지 않겠소?"

"당연한 말씀입니다."

"아주 큰 제전을 엽시다. 천하의 모든 자들도 초대하고……."

"사파인들이야 부르면 오겠지만 다른 자들은 올까요? 설혹 그들이 온다고 하더라도 좋은 의도로 오지는 않을 것입니다."

유공경의 걱정은 당연했다. 명웅과 전 명두가 불태운 전각들이 한둘인가. 그들도 총단을 잿더미로 만들기 위해 이를 갈고 있을 것임이 뻔했다.

"인연의 구름이 지평선을 덮고, 알려지지 않은 운명의 그림자가 영혼에 드리도다!"

양백은 보권의 한 구절을 읊었다.

"걱정 마시오. 한두 가지 나쁜 일이 있을지라도 그보다 더 좋은 일이 우리를 기다리고 있을 것이오. 우리들은 우리들의 교에 최대한의 경배만 바칩시다."

그가 성큼성큼 산문을 향해 걸어갔다. 전대 성녀에 대한 그의 믿음은 절대적이었다. 그를 끝내 교에 붙들어 둔 것도 명왕보다 성녀였다.

총단 건설, 아무리 피를 뿌리고 다녀도 명옹이 암왕일 리 없다고 생각했다. 그 때문에 잠시 교룡들로부터 들은 전대 성녀의 전언을 깜박했다.

"어디를 가십니까?"

유공경이 물었다.

"타랍하게 시킬 일이 있소. 천하에 우리 배교의 재건을 기념하는 대제전에 참가해 줄 것을 요청하는 초청장을 띄우라 할 것이오. 그리고 명옹께서 얼마나 강호를 분탕질했는가도 알아보아야 하고."

양백은 바쁘게 움직였다.

❦

호아산은 형문산荊門山을 마주 보고 있는 산이다. 크다고는 할 수 없으나 이름 그대로 산세는 험했다. 특히 늑대들이 자주 출몰한다는 낭림은 기암괴석과 절애로 이루어져 산을 평지처럼 뛰어다니는 자들도 쉽게 오르기 힘들어 하는 곳이다.

명강량은 낭림의 곡구谷口에 서서 정상을 우러렀다.

곡구에서 조금 떨어진 곳에 칼을 든 무사들이 쭉 도열해 있었고 산허리는 안개로 자욱했다. 안개가 걷힌 산 정상 부근에는 장방형의 평지가 있었고 그 위로 깎아지른 계단에 자리한 한 채의 목채가 있었다.

그 목채 앞에는 두 명의 중년인과 도화, 어린 성녀가 있었다.

명강량의 눈이 아무리 밝다고 하나 그 먼 곳의 사람 표정까지는 읽을 수 없다. 그러나 그는 생각했다.

'겁에 질려 있겠지.'

명강량은 계곡을 올랐다.

계곡의 양옆으로 포진한 무사들이 급하게 움직였다.

핑! 핑! 핑!

쇠뇌와 화살, 비표가 소낙비처럼 쏟아졌다.

명강량은 단혈철수丹血鐵袖로 소매를 휘둘렀다.

쇠뇌와 화살, 비표가 거센 바람에 허공으로 흩어졌다.

명강량은 쏟아지는 암기를 소매로 날리며 그를 공격하는 무사들을 향해 점점 다가섰다. 그를 공격하는 자들은 팽해만의 승룡방 수하들이었다.

팽해만의 수하들이 동요의 기색을 보였다. 빗발치듯 쏟아붓는 강전과 쇠뇌를 마치 종잇조각처럼 날려 버리고 있는 구룡선주의 무위에 기가 질린 것이다.

명강량은 단혈철수로 암기를 날리며 천음관에서 천음검을 뽑았다.

하얗게 뻗어 나오는 연검!

팽해만의 수하들은 그 연검의 무자비함을 한두 차례 들은 것이 아니었다. 먼저 매를 맞은 자는 공포를 느낄 틈도 없었기 때문에 나았다.

수하들의 안색이 창백하게 질렸다. 등을 돌리고 싶었으나 계곡 좌우 능선에는 내당당주와 외당당주가 각각 포진하여 등을 돌리는 자의 목을 칠 준비를 하고 있었다.

죽기로 암기를 날릴 수밖에 없었다.

사삭! 삭! 천음검이 흰 선으로 날았다.

"크악!"

"악!"

비명이 터지며 피비린내가 확 치솟았다.

천음검을 휘두르며 명강량은 신형을 솟구쳤다. 붉은 장영이 천음검을 따라 귀기스럽게 떠다녔다.

쾌쾅! 쾅!

명강량의 검과 장은 살아 있는 물건과 살아 있지 않은 물건을 가리지 않았다. 나무와 바위, 조각난 육편들이 천 장으로 치솟으며 혈우와 함께 흩날렸다.

"젠장!"

목채에서 아래를 내려다보며 팽해만은 침을 뱉었다.

"왜 내 수하들에게 저 일을 맡긴 게야! 단심원에도 밥만 축내는 놈은 많잖아!"

그가 눈을 부라렸다.

"우리 수하들은 자네 수하들만큼 구룡선주를 즐겁게 할 비명을 지르지 못해. 자, 자! 그렇지! 그렇게 피 맛을 듬뿍 보라고. 조금 더, 조금 더……."

언상영은 안광을 빛냈다.

그가 한천을 우러렀다. 낭림의 바람은 언제나 마음에 드는 바람이다. 때문에 구룡선주를 이곳으로 초대했다.

"그만두세요!"

예령은 발을 굴렀다.

"으헤헤! 아가씨, 정말 그만두고 싶은 사람은 나요. 제발, 제발 구룡선주에게 말해 주시오. 이제 그만두고 어디 깊은 동굴에서 영면永眠의 잠이나 자라고. 저, 저, 저것 좀 봐! 아이고!"

팽해만은 핏덩이로 쓰러지는 수하들을 바라보며 발을 굴렀다.

쾅! 쾅! 곡구는 명강량의 손길에 초토화되고 있었다. 쓰러지는 수하들로 말라붙은 계곡에 핏물이 흐를 정도였다.

"왔다! 팽해만, 신호를 보내!"

언상영이 소리쳤다.

명강량은 계곡을 제법 진입해 오고 있었다.

"알았어!"

팽해만이 깃발을 번쩍 들었다.

능선에 선 그의 수하들이 바쁘게 움직였다.

우당탕탕탕! 능선으로부터 건초 더미에 불을 가득 실은 화차火車가 쏟아졌다.

건조한 날씨에 마른나무, 바람은 세차게 산 위로 불고, 화차는 삽시간에 낭림을 불길에 휩싸이게 했다.

명강량은 등 뒤에서 일어나 빠른 속도로 덮쳐 오는 불길에 눈 한 번 주지 않았다.

어느 정도 자신을 상대할 준비는 해 두었으리라 생각했다. 그러나 고작해야 화공.

불길을 피해 가기란 어렵지 않으나 어린 성녀 때문에 그는 적들의 공세를 그대로 받기로 했다. 불길을 뛰쳐나가 난극亂 劇을 벌이면 저들이 어린 성녀를 데리고 도주할 것 같았기 때문이다. 추적할 거리를 조금 더 좁혀야 했다. 그 전까지는 자신을 이길 수 있다는 희망을 적들에게 줄 생각이었다.

명강량은 자신을 따르는 화마와 일정한 거리를 유지하며 어린 성녀와의 거리를 좁혀 갔다.

하지만 그 같은 생각은 언상영을 너무 얕본 생각이었다.

갑자기 전면에서 불길이 확 치솟았다. 푸른 불꽃을 일으키며 타는 불길은 엄청나게 뜨거웠다. 바람을 따라 뒤를 타오르는 불길도 마찬가지였다. 푸른 불길을 일으키며 무시무시한 불길과 함께 자욱한 연기를 피웠다.

불길은 삽시간에 성채로 그를 에워싸며 타올랐다.

머리가 어지러웠고 숨이 막혔다. 명강량이 서 있는 사방으로 천화분 같은 화기와 맹독이 미리 던져져 있었던 듯했다.

팟! 파팟! 명강량은 천음검을 휘두르고 소매 바람을 일으켰다. 하지만 불길은 전혀 기세를 죽이지 않고 그를 압박했다.

"으헤헤, 꼴좋다! 세상모르고 까불면 그런 꼴을 당하는 게야!"

팽해만은 메기입을 찢어져라 벌리며 웃었다. 활로를 찾기 위해 좌우로 분주하게 움직이는 모습이 영락없이 불길에 갇힌 산짐승의 모습이었다.

"죽은 자네 수하들의 넋이 조금 위로가 되려나……. 자네 수하들로 하여금 되지도 않은 암기를 날리라 한 이유는 바로 그 때문이었지. 구룡선주, 오만과 방심은 언제나 금물이다!"

언상영은 여유 만만한 표정으로 섭선을 흔들었다.

"그런데 저건 무엇이기에 저런 지독한 불길을 일으키는 게야? 화기가 여기까지 느껴지잖아."

"화기가 배교의 전유물일 수만은 없지. 겁화분보다 못해도 제법 곤욕을 치를 것이야."

"잘했다! 잘했어!"

팽해만은 손뼉을 쳤다.

"아, 아……."

예령은 당장이라도 눈물을 떨어뜨릴 것 같았다. 불길과 연기가 호교신장을 완전 에워싸 이제 모습을 찾을 길 없었다.

"장목생에게 지시해서 놈에게 지옥의 유황불을 좀 더 선사하라고 해."

"알았어!"

팽해만은 다른 깃발을 들었다.

능선에 있던 승룡방의 내, 외당 무사들이 불길로 접근하며 주머니를 던졌다. 언상영이 미리 나누어 준 것들이었다.

주머니가 불길에 닿자 불길은 더욱 광화狂火를 피웠다. 쇠도 녹이고 남을 열이었다.

"가만, 가만! 언상영, 놈이 두더지처럼 땅속으로 숨어 버리면 어떻게 하지? 원래 지둔술地遁術 같은 잡술이 배교 놈들이 자랑하던 무공이잖아!"

팽해만은 놀란 표정으로 언상영을 바라보았다.

언상영은 섭선만 살랑 흔들었다.

"낭림은 구룡선주를 처치하라고 하늘이 우리에게 준 산이다. 낭림의 지반은 온석溫石으로 깔려 있어. 땅 밑으로 숨고자 하면 숨으라지. 그을음 없이 깨끗하게 구워질 것이다."

"이럴 수가, 이럴 수가! 언상영, 나는 네가 존경스러워. 오늘 엉덩이를 깨끗이 씻고 기다려 주마."

팽해만은 정말 감탄한 표정으로 언상영을 바라보았다.

그때였다.

훅! 훅! 후훅!

더운 바람이 휘몰아쳤다. 산 아래에서 부는 바람이 아니라 불길 속에서 부는 바람이었다. 불길 중심에서 소용돌이가 일며 불길이 따라서 치솟고 있었다. 그와 동시에 불덩이가 획획 날기 시작했다. 한두 개가 아니었다. 수십, 수백 개의 불덩이가 유성처럼 동시에 날았다.

"으악!"

"악!"

불길 주위로 접근했던 팽해만의 수하들이 불길에 휩싸이며 비명을 질렀다.

명강량의 천음검이 화룡처럼 불길 속을 꿈틀거리고 있었다. 천음검은 불길이 붙은 땅거죽을 천 갈래 만 갈래로 난자하여 밖으로 퉁겨 내었다.

천음검의 움직임이 너무도 빨라 명강량의 앞을 가로막는 불길은 더 이상 진입을 못했다.

우르르르. 명강량의 소매에서 광풍이 일었다. 광풍은 그때까지도 저항하던 불길을 잠재우며 길을 만들었다.

파파팟! 명강량은 그 길을 걸으며 천음검을 휘둘렀다.

"크악!"

"악!"

접근을 시도했던 팽해만의 수하들이 비명을 지르며 쓰러졌다. 이제 불길이 그들을 휩쓸고 있었다.

명강량은 불길을 뒤로하고 나오며 호흡을 가다듬었다. 가슴이 뜨끔거리는 것을 보면 호신강기로 몸을 보호해도 화기가 그의 내부를 제법 상하게 한 듯했다.

명강량은 목채가 있는 곳을 향해 고개를 들었다.

팽해만은 '앗! 뜨거!' 하며 몸을 움찔했고 언상영은 이마에 주름살을 그렸다.

"사람이 아니군."

언상영의 평이었다.

"괜찮을까?"

팽해만이 언상영의 소매를 당기며 물었다.

"보고만 있어!"

언상영은 짜증스럽게 소리쳤다. 고심해서 준비한 화계가 실패로 돌아간 데에 대해 조금 기분이 나쁜 듯했다.

"아저씨! 돌아가세요!"

예령은 목소리를 높였다.

그 순간, 명강량은 산허리의 자욱한 안개 속에 발을 들이고 있었다.

갑자기 풍물이 달라졌다.

험산 절애, 웅장한 전각, 그 사이에 쭉 뻗은 길. 그 모든 것들이 운무 속에 뿌옇게 흔들리고 있었다.

'누군가 했더니 언상영이었군.'

명강량은 눈앞의 장면이 기진의 조화의 의해 만들어진 허상이라는 것을 금방 깨달았다. 허상이라고 해서 모두 허상은 아닐 테고, 미혼진迷魂陣 속에는 당연히 목숨을 위협하는 온갖 사문死門이 설치되어 있을 것이다.

이상한 냄새도 났다. 명강량에겐 낯설지 않은 냄새였다.

'시독屍毒.'

시독이 움직였다. 바람의 흐름을 따라서가 아니었다. 느리게, 느리게…….

훅! 시독이 그를 덮쳐 왔다. 명강량은 반사적으로 천음검을 뺐다. 팍! 천음검에 느껴지는 감촉이 이상했다.

획! 지독한 냄새와 함께 강한 힘이 그의 옆구리를 쓸어 왔다. 명강량은 다시 천음검을 뿌리며 시선을 모았다.

쩍! 천음검이 손아귀에 이상한 감촉을 주며 자신을 육박하던 물체를 비스듬히 쪼갰다. 안개 속에 쓰러지는 물체가 보였다.

사람이었다. 목이 없는 사람. 그러나 사람이 아니었다.

강시였다. 오랜 전부터 언가의 특산으로 알려진 것! 그러나 근자에는 강시를 좀처럼 제조하지 않았다. 언가의 위신이 흐려지는 것을 우려해서였다.

그러나 언상영은 강시를 부활시켰다.

구십구사령대!

천하 제패를 위해 아끼고 아껴 두었던 것을 구룡선주를 처치하기 위해 사용하고 있었다.

진법도 낯설고 강시도 낯설다. 진법 속에 움직이는 강시는 더욱 낯설었다. 강시들이 지금처럼 나를 죽여 달라고 눈앞에 바로 나타나지는 않을 것이 분명했다.

언상영의 자존심이 느껴졌다.

미혼진 안에 강시들도 있으니 잘해 보라는.

'어떻게 할 것인가?'

명강량은 미혼진의 입구에 서 망설였다. 그러나 그에게는 다른 선택의 여지가 없었다. 어린 성녀가 기다리고 있었다.

퍽! 조각난 강시의 몸이 터졌다. 지독한 냄새와 함께 육편들이 쏟아졌다. 푸시시……. 강시의 육편이 땅을 변색시키고 녹으며 검은 연무를 피웠다. 신기하게도 검은 연기는 곧 사람의 형체를 이루더니 미혼진 속으로 쏜살같이 빨려 들어갔다.

명강량도 곧바로 미혼진 속으로 뛰어들었다.

미혼진에 몸을 담은 명강량의 선택은 다른 것이 있을 리 없었다. 천음검을 세웠다.

보이는 모든 것을 없애 버리는 것!

기문둔갑이 지형에 가장 크게 의존함은 악약으로부터 이미 들었다. 명강량은 그 지형 자체를 상전벽해로 만들 생각이었다.

예전에 단원홍이 제접봉에서 썼던 바로 그 수법이었다.

"어떻게 찾았어요?"

질주하며 신화정이 물었다.

"화정, 나의 눈은 매처럼 영민하고 귀는 토끼처럼 재빠르다. 코는 피 냄새를 찾는 늑대보다 몇 배 민감하지. 머리는 여우보다 더 영악하고. 헤헤헤! 누가 나의 이목을 속일 수 있겠어!"

전우삼이 기고만장 소리쳤다.

"호아산이라고 했나요?"

초조한 안색으로 아란하가 다시 물었다.

"분명합니다!"

"성녀를 데려간 자들이 도화라는 여자만이 아니라고 했지요?"

"몇 명 더 있었다고 하는데… 분명한 것은 단가 놈의 짓은 아닌 것 같소. 그놈의 짓이라면 천화원으로 데려갔지 왜 호아산으로 데려갔겠소?"

"능운공작이 아니라면 역시 사패……."

"아마 맞을 것이오. 헤헤헤! 이놈들, 찾아가서 죽이는 수고를 덜어 줘서 고맙다!"

전우삼은 흉광을 쏟았다.

"자신들의 영채를 택하지 않고 호아산을 택했다는 것은 호아산에 함정을 만들어 두었다는 뜻이 아닐까요?"

"함정! 그까짓 놈들이 함정을 설치해 봐야…….."

전우삼은 '쳇!' 했다.

"아니에요. 사패를 우습게보면 안 돼요. 강호의 주인 행세를 하던 자들입니다."

아란하는 아미를 찌푸렸다.

"아란하의 말이 맞아요. 조심을 해야 해요."

신화정도 걱정을 숨기지 않았다.

"대전왕을 기다리는 것이 어떨까요? 구룡선도 지금 없잖아요."

아란하가 말했다.

구룡선, 팔룬거는 방환과 하라사에 의해 뱃길로 내려오고 있었다. 구룡선, 팔룬거를 움직일 만큼 가야 할 길이 한가하지 않았기 때문이다.

"명옹이 어디 있다고 명옹을 기다린단 말이오! 한시가 급하오! 놈들이 성녀를 당장 어떻게 할지도 모르는 판인데!"

감악이 소리쳤다. 쇳소리를 내는 것을 보니 무척 마음이 조급한 모양이었다.

"성녀를 찾고 계시잖아요. 적의 종적이 호아산으로 향했다면 멀리 떨어진 곳에 있지 않을 거예요."

"성녀를 찾고 있는지 어떻게 알아서! 뒷짐이나 지고 있던 자인데! 어디서 사람 죽일 궁리나 하고 있을지 모르지."

감악은 분노를 감추지 않았다.

감악의 말에 아란하도 울컥했다.

"대전왕께서 가만히 계신 것은 전 명두께서 충분히 성녀를 찾을 수 있다고 생각했기 때문이에요! 지금 성녀를 찾았잖아요!"

"흥! 어지간히 두둔을 하는군! 그런 억지 두둔까지 해 주면 당신이 대전왕, 대전왕 하는 자가 일지국에 무엇을 주겠다고 하더이까?"

감악은 뒤틀린 심사를 풀지 않았다. 갑자기 배교에 불어닥친 피바람, 너무도 변해 버린 명옹, 흔들리는 교의 진로, 그 와중에 유일한 위로였던 성녀의 실종……

성녀를 찾는다고 식음도 전폐했고 잠도 제대로 자지 못했다. 아무리 냉철한 감악이라고 해도 감정이 조절될 리 없었다. 명강량이 분하에서 악악을 잃고 그랬던 것처럼 세상에 대한 증오와 분노만이 그의 가슴을 채우고 있을 뿐이었다.

"감 명두, 말조심하세요!"

아란하의 눈빛이 차갑게 식었다.

"누가 누구에게 말조심하라고 할 필요도 없어! 일지국은 일지국으로, 만인촌은 만인촌으로, 이교도는 이교도의 자리로 가면 그만이다! 성녀는 예전처럼……"

"이거 왜 이래!"

전우삼이 황소 고함으로 감악을 말을 끊었다.

"적들을 코앞에 둔 상황에서 꼭 이렇게 싸워야 되겠어? 우라질! 가면 갈수록 어째 더 힘들어! 점창, 아미파의 놈들과 싸우는 것보다……"

그가 도끼눈을 부라렸다.

"맞아요. 그만 하세요. 성녀를 구하는 일이 먼저잖아요.

그리고 아란하, 감 명두의 말이 전혀 틀렸다고는 생각하지 마세요. 불행히도 우리는 성녀를 찾는 도중 명옹이 성녀를 찾고 있다는 흔적 또한 찾지 못했잖아요. 그리고 전 랑이 성녀가 있는 곳을 찾았는데 명옹이 찾지 못했을 리는 없어요."

"잉? 무슨 말을 그렇게 해! 명옹은 나보다 무공이 조금 뛰어날 뿐 머리는 나쁘다고. 내가 먼저 찾을 수 있는 일이지, 뭘 그래."

전우삼은 눈을 흘겼다.

아란하는 더 이상 말을 하지 않았다. 속이 쓰렸다. 신화정마저 저렇게 생각하다니. 성녀를 이미 찾은 대전왕이 홀로 호아산으로 갔을지 누가 아는가? 전 명두 역시 성녀를 구하기 위해 홀로 호아산을 가던 중이 아니었던가. 우연히 만나서 지금 같이 길을 가고 있긴 하지만.

대전왕에 대한 불신의 벽은 점점 커지고 있었다. 어떤 말을 하더라도 대전왕을 신뢰하지 않을 듯했다.

감악의 마음은 이미 대전왕으로부터 떠났고 이제 신화정이 떠나려 하고 있었다. 사실 감악의 마음이 떠나는 순간, 중원 배교도들의 마음도 대전왕 곁을 떠난 것인지 몰랐다.

감악! 예전에는 대전왕이었을지 몰라도 지금은 그가 중원 배교의 정신적 지주다. 생사고락을 같이하며 중원 배교의 명맥을 이만큼 이어 왔다. 그런 그의 마음이 대전왕 곁을 떠난 이상 나머지 교도들의 마음이 떠나는 것도 시간문제였다.

만인촌에서 온 교도들은 처음부터 대전왕을 저어했다.

남은 자들은 자신과 성녀 그리고 전 명두.

전 명두는 보기보다 마음이 약한 사람이다. 결국 아끼는 그녀의 뜻을 따를 수밖에 없는 사람이라는 것을 아란하는 알고 있었다.

자신은 끝까지 남아 있을 듯했다.

그렇다면 성녀는?

대전왕 곁에 남아 있어 주리라 믿었다. 모두가 그를 두려워하고 싫어하더라도.

'성녀, 무사하시기를……'

아란하는 입술을 깨물었다.

"어이! 도대체 발걸음이 왜 그렇게 느려? 아란하, 당신은 화정을 업고 나는 감 명두를 업고 가는 게 어때?"

전우삼이 말했다. 마음이 급하기는 그도 다른 사람과 다를 바 없었다.

감악과 신화정은 얼굴을 붉혔다. 그리고 그들은 동시에 아란하를 바라보았다. 그들은 아란하의 무공이 별 대수롭지 않은 줄 알고 있었다. 그러나 전우삼이 저렇게 말할 정도면 대단한 무공을 가지고 있음이 확실했다.

감악과 신화정은 자신들의 안목 없음에 다시 얼굴을 붉혔다. 사실 아란하의 무공은 방환과 쌍혼이 합세해도 당하지 못했을 정도다. 무공 서열을 따진다면 명강량, 전우삼 다음에 그녀였다. 강호를 통틀어도 몇 손가락 안에 들어갈 고수. 남궁기를 제외한 사패와 실력을 겨룰 만했다.

말은 그렇게 했으나 전우삼은 감악의 체면 때문에 업지는 않았다.

"어, 어! 저게 뭐야?"

선두를 달려가던 그가 발걸음을 멈추었다.

아란하도 급히 발걸음을 멈추었다.

검은 연기가 하늘을 가리고 있었다.

"호아산이야. 무슨 일이지?"

"서둘러요! 불길이 움직이는 방향이 달라요. 자연발화가 아니에요!"

아란하는 더 이상 감악과 신화정에게 발맞추어 주지 않았다. 그녀가 신형을 바람처럼 뽑았다. 그녀의 신법은 전우삼의 말을 확인해 주고 남았다. 삽시간에 그녀의 그림자는 보이지 않았다.

"나도 먼저 가겠어!"

전우삼도 급히 아란하의 뒤를 따랐다.

쿵! 쿵! 쿵!

호아산을 울리는 소리는 계속해서 들려오고 있었다.

"도대체 무슨 일이 벌어지고 있는 게야?"

참다못한 팽해만은 언상영에게 물었다. 안개 속이라 무슨 일이 일어나는지 알 수가 없었다.

구룡선주가 안개 속으로 들어간 지 한 시진 가까운 시간이 흐르고 있었다.

"지독한 자군. 소리가 들리는 방향을 보아 진법에 대해서는 문외한인 듯한데… 웬만한 자라도 일각 내에 심력이 고갈되어 주저앉고 말 것을 아직도 움직이고 있다니."

언상영은 고개를 절레절레 저었다.

"도대체 저 안에 무엇이 있어?"

팽해만이 소리쳤다.

"복마삼십육미혼진伏魔三十六迷魂陣! 그리고 구십구사령대! 구룡선주를 잡기 위해 서른여섯 개의 관문을 설치해 두었다. 구십구사령대가 관문 사이에서 놈을 노리고 있고. 생문을 찾을 생각은 않고 닥치는 대로 관문을 부수고 있는 모양이군."

"진법은 원래 내 취향은 아니고, 구십구사령대라는 것은 뭐야?"

"안개가 걷히면 보게 될 것이다."

"지금 말해 줘, 지금! 궁금증을 한 시진이나 참았어! 놀라운 일이라 생각하지 않아?"

팽해만은 아이처럼 언상영을 졸랐다.

"강시! 오랜만에 우리 일문의 비법을 부활시켰지. 원래 철마鐵馬와 어울리게 하려던 것이었다. 그런데 산중이라 철마 대신 진법과 어울리게 했지."

"고작 강시? 아이들 장난감 같은 그런 물건으로 구룡선주를 상대하려 했어?"

팽해만이 가소롭다는 표정으로 혀를 끌끌 찼다. 강시가 아무리 단단해도 정강으로 만든 검도 무처럼 자르는 구룡선주의 연검을 당할 것인가, 강시가 아무리 힘이 세어도 역발산기개세를 자랑하는 구룡선주의 힘에 비할 것인가.

팽해만이 생각하기에 강시라서 좋은 점은 죽음을 두려워하지 않는다는 것뿐이었다.

사실 강시는 이, 삼류고수나 간이 작은 여자에게는 그럴듯한 무기가 되어도 일류고수의 반열에 든 자들에게는 별다른 위협이 될 수 없었다. 제조법에 따라 강시의 위용이 조금 다르다는 이야기는 있지만……

물론 언상영에게는 특별한 제조법이 있었다.

"연혼대법聯魂大法으로 강시들의 힘을 서로 연결시켜 두었다. 쓰러진 강시의 힘이 다른 강시에게 넘어가도록 해 두었지. 아흔아홉 번째의 강시는 원주의 상대로도 그렇게 호락호락하지 않을 것이다."

"놀랍군! 놀라워! 언 선생, 나는 당신에게 졌어!"

팽해만은 손을 들었다.

쿵! 쿵! 쿵!

그사이에도 호아산을 흔드는 굉음은 계속해서 들려왔다.

언상영은 조금 불안했다. 지축을 울리는 소리가 점점 가까워지고 있다는 느낌 때문이었다. 그러나 파해법 없이 복마삼십육미혼진을 무너뜨릴 자가 있다고는 생각하지 않았다.

언상영이 그렇게 생각한 그 순간, 명강량은 또 하나의 관문을 무너뜨리고 있었다. 언상영에게는 관문이지만 미혼진에 현혹된 명강량에는 용담호혈이던 바로 그 관문이었다.

명강량은 관문을 넘으며 미혼진을 만든 자의 재주를 인정했다. 광정을 얻어 끝없는 내력을 자랑하는 그도 피곤함을 느끼고 있었다.

미혼진 속에서 불쑥불쑥 튀어나오는 강시들의 힘도 점점 강해지고 있었다.

훅! 시독이 밀려왔다. 지독했다.

호신강기로 몸을 지키고 있었다. 그럼에도 살갗의 부드러운 털들이 녹아내렸다.

인광에 뒤덮인 또 한 마리의 강시가 나타났다.

'마지막 놈인가?'

명강량은 느낌으로 귀화를 뿜어내고 있는 강시가 최후의 강시임을 알아챘다.

웅! 강시가 그를 덮쳤다.

명강량은 천음검을 연이어 세 번 펼쳤다.

퍼퍽! 퍽! 강시의 몸에 천음검이 작렬했다. 강시의 몸에 굵은 검흔이 그어졌다. 그러나 베이지는 않았다. 앞에 상대했던 몇몇의 강시들도 마찬가지였다.

그는 달려드는 강시에게 장력을 뿌렸다.

명강량의 어깨는 흔들 했고 강시는 우당탕하며 무엇인가를 부수며 쓰러졌다.

강시가 벌떡 일어나 두 팔을 뻗고 다시 달려들었다.

명강량의 두 눈에 한광이 빛났다. 그는 달려드는 강시의 주먹을 두 손으로 움켜쥐었다.

강시는 명강량을 밀어붙이려 했다. 그러나 힘이라면 명강량도 만만치 않았다.

명강량은 강시를 누르며 개천양일진력을 삼성 더 끌어올렸다. 그의 장심이 불덩이로 타올랐다.

강시의 몸이 흔들렸다.

츠츠츠츠. 독무가 피어오르며 강시의 몸이 타들어 갔다.

개천양일진력이 강시의 몸을 관통, 발부터 잿더미로 만들고 있었다. 결국 강시는 지독한 시독만 남기고 형체도 없이 사라졌다.

명강량은 창백한 안색으로 강시가 쓰러지며 무너뜨린 돌벽에 발을 들였다.

이마에 땀이 맺혔다. 강호에 나와 이토록 힘든 싸움은 처음이었다. 기력을 조절해야 했으나 그럴 여유가 없었다. 그는 마군들이 우글거리는 허상 속으로 다시 발을 들였다.

쿵! 쿵! 쿵!

진동은 더욱 확실하게 느껴졌다.

'이게 아닌데……'

언상영의 불안은 증폭되고 있었다.

"아저씨를 이길 사람은 아무도 없어요! 빨리 잘못을 빌어요! 아저씨가 더 화내기 전에!"

예령이 진정으로 한 말이었다.

"입 닥쳐! 조그만 계집이 뭘 안다고!"

팽해만이 충혈된 눈으로 소리쳤다. 전신의 털이 곤두설 정도로 그도 긴장하고 있었다.

도화는 피가 나도록 입술을 깨물었다. 오늘처럼 자신이 천박하고 비천해 보일 때가 없었다. 죽고만 싶었다. 그러나 예령 때문에 그렇게 할 수가 없었다.

'원주께서 너희들의 죄를 응징할 것이다!'

그녀는 이를 갈았다.

"정말 기분이 개떡 같군. 언상영, 설마 저 식인귀, 대살성, 대마성, 흉적, 악마, 발정난 데다 미치기까지 한 개가 너, 너의 복마, 복마삼십육… 무엇인가 하는 것을 부수고 나오지는 않겠지?"

팽해만은 혀가 탔다. 그의 시선은 언상영에 매달려 있었지만 언상영의 시선은 딴 곳에 가 있었다.

"저들은 누구인가?"

언상영이 가라앉은 목소리로 물었다.

불길 앞에 발걸음을 우뚝 멈춘 자들.

일남 일녀였다. 그들은 무모하다시피 불길 속에 뛰어들어 좌충우돌했다.

불붙은 나무 삭정이가 날고 불씨는 하늘을 치솟았다. 놀랍게도 그들은 손발을 맞춰 한순간에 광화를 진정시켜 갔다.

불길이 잦아들 때였다. 두 명의 인영이 더 낭림을 오르고 있었다. 그들이 합류했을 때는 불길도 잦고 시야를 가리는 검은 연기도 줄어들었다,

예령의 시선에도 그들이 잡혔다. 보이는 것은 형체뿐이었지만 그녀는 그들의 동작에서 그들이 누구인지 알아챘다.

예령의 표정이 밝아졌다.

"아란하!"

그녀의 목소리가 한천을 맑게 울렸다.

전우삼, 아란하, 감악, 신화정은 퍼뜩 고개를 들었다.

성녀였다.

그들은 두말 않고 신형을 뽑았다.

질풍처럼 질주하며 아란하는 눈물을 글썽였다. 그녀의 곁에는 전 명두, 감 명두도 있었고 신화정도 있었다. 그러나 성녀가 불러 준 사람은 그녀였다. 이런 긴박한 순간에도 아란하는 그 사실이 눈물이 날 정도로 기뻤다.

전우삼, 아란하, 감악, 신화정은 정신없이 산허리를 오르고 언상영, 팽해만은 의외의 자들에 주춤거렸다.

그때였다.

쾅! 낭림을 송두리째 흔드는 굉음과 함께 안개가 썰물처럼 사라졌다. 그 속에 한 사람의 신형이 나타났다.

전우삼을 비롯한 언상영, 팽해만의 몸이 일제히 굳었다.

명강량!

"아저씨!"

예령은 뛸 듯이 좋아했다.

명강량은 옷깃을 여미고 머리칼을 쓰다듬었다. 그가 어깨를 폈다.

언상영과 팽해만은 거친 호흡을 삼켰다.

"언상영! 이미 틀린 일이다! 빨리 이곳을 떠나자!"

팽해만이 고함을 지르며 예령을 붙잡았다.

"후후후! 정말 사람이 아니군. 복마삼십육미혼진까지 무너뜨리다니……."

언상영은 넋 나간 사람처럼 중얼거렸다.

"빨리 가자고!"

팽해만이 언상영의 소매를 끌었다.

"놓아! 아직 끝난 것은 아니다!"

언상영은 소매를 털며 그의 곁에 놓아둔 철궁을 들었다. 그는 화전을 철궁에 매겼다.

"이것까지 견뎌 내면 나의 목숨을 주지!"

그가 광망을 번뜩였다.

쉭! 화전이 날았다. 화전이 날아가는 곳은 명강량이 천천히 발을 들이고 있는 장방형의 분지였다.

팽해만은 언상영이 제정신이 아니라고 생각했다. 화전은 구룡선주를 한참 비켜나 땅에 꽂히고 있었기 때문이다. 그러나 폭음이 그의 생각을 끊었다.

쾅! 쾅! 쾅!

화전이 떨어진 곳을 시작으로 장방형의 분지에 폭음과 함께 불기둥이 치솟았다.

매설해 둔 폭약이 연이어 터지며 하늘과 땅을 뒤집었다. 수천 기의 기마가 달려가며 일으키는 듯한 흙먼지와 돌가루가 하늘을 가리며 치솟고 열풍도 휘몰아쳤다.

전우삼, 아란하, 감악, 신화정의 간은 뚝 떨어졌고 언상영, 팽해만은 주먹을 불끈 쥐었다.

낭림에 부는 바람은 여전했다.

흙먼지, 돌가루가 가라앉고 푸른 연무도 걷혔다. 분지의 물상들이 하나 둘 살아났다.

벌집같이 구멍이 숭숭 뚫린 그곳에는 여전히 한 사람이 서 있었다. 머리는 봉두난발이었고 옷은 구멍이 숭숭했다. 얼굴도 화기에 상해 엉망이었다. 피까지 줄줄 흘렀다. 한쪽 발목 아래로 있어야 할 발이 없었다. 그곳에서 흐르는 피였다.

비록 모습은 많이 변했으나 그는 여전히 명옹, 구룡선주, 명강량의 모습으로 서 있었다.

정적이 흘렀다. 그 정적에 호응하듯 천음관에서 천음검이 소리 없이 흘러 지면에 박혔다.

천음검이 휘청 휘었다.

"언상영, 달아나!"

팽해만은 예령을 붙잡고 달아나기 위해 등을 돌렸다.

"어딜!"

도화가 팽해만을 가로막았다.

"비켜라! 늙은 계집!"

촌각이 급한 팽해만의 유엽도가 도화를 쓸어 갔다.

언상영은 등을 돌리지 않았다. 그는 섭선을 들었다. 명강량에게 대항하기 위해서였다.

명강량은 천음검의 반탄력으로 잘린 한쪽 발을 대신하며 쏜살같이 날아오고 있었다.

파팟! 팟! 팽해만의 유엽도가 도화를 오갈 데 없이 몰아치고 있는 순간이었다.

언상영은 가슴을 폈다. 아무 한 일 없이 목숨을 꺾는다는 것은 너무 허망했다. 구룡선주, 수족들 몇몇의 목은 가져가야 자신의 이름값은 되리라. 그래서 한소리 외쳤다.

"너희들의 성녀를 우리에게 인도한 자는 바로 도화라는 저 계집과 방환, 쌍혼……."

팟! 허공에서 천음검이 번뜩였다. 천음검이 스쳐 가며 언상영의 말을 자르고 심장까지 잘랐다.

퓨퓨퓨. 심장에서 쏟아지는 피 분수를 보며 언상영은 미간을 좁혔다.

"악!"

예령이 비명을 질렀다.

예령의 비명과 함께 언상영은 스르르 쓰러졌다. 그리고 도화 역시 눈빛이 풀어지고 있었다. 예령의 비명은 팽해만의 칼이 도화의 심장을 무참히 찔렀기 때문이다.

"아가씨, 부디……."

도화는 입에서 울컥 피를 토하며 예령을 껴안으려는 듯 팔을 벌렸다. 그러나 한 걸음도 걷지 못하고 쓰러졌다.

"파파! 앙! 앙! 앙!"

예령은 아이처럼 눈물을 뚝뚝 떨어뜨리며 크게 울었다.

"시끄러워!"

팽해만은 고함을 지르며 거칠게 예령의 목에 팔을 감았다. 도화의 피가 주르르 흐르는 유엽도도 목에 갖다 댔다. 도화로 인해 달아날 시간을 놓쳐 버린 그였다.

"성녀!"

전우삼 등이 발을 구르며 달려왔다.

"모두 멈춰! 멈추지 않으면… 으헤헤헤, 이 계집을 죽여 버리겠다!"

팽해만은 고함을 지르며 예령을 거칠게 흔들었다.

전우삼 등의 몸이 석상처럼 굳었다.

"구룡선주, 어디 또 덤벼 보시지. 나의 칼은 네 연검보다 빠르지는 못해도 최소한 이 어린 계집의 목 정도는 충분히 벨 수 있을걸. 덤벼 보시지! 덤벼 보라고! 으헤헤헤!"

팽해만이 어깨를 으쓱하며 말했다. 겉으로는 여유 있는 척해도 예령을 잡은 그의 손은 심하게 떨리고 있었다.

"앙! 앙! 앙!"

도화의 죽음에 상심한 예령은 자신의 목숨이 타인의 손에 맡겨져 있다는 사실도 잊고 울기만 했다.

"파파!"

예령은 도화에게 가려고 했다. 그때 예령은 자신이 팽해만의 손에 잡혀 있다는 것을 알아챘다.

"놓아! 놓아 달란 말이야!"

예령이 눈물을 뚝뚝 떨어뜨리며 몸을 비틀었다.

"으헤헤, 시끄러운 계집이군!"

팽해만은 한광을 번뜩였다. 예령의 몸이 갑자기 축 늘어졌다. 수혈을 점한 듯했다.

"구룡선주! 자, 자… 이제 그만 물러나 주실까! 나는 정말 자네가 싫어! 미치도록 싫다고!"

팽해만은 악을 썼다.

명강량은 고개를 들었다. 무심한 눈빛이 팽해만의 심장을 찔렀다.

팽해만의 목을 가져갈 몇 번의 기회는 있었다. 미혼진, 강시, 수천 근의 폭약. 피도 적잖게 흘렸다.

피곤했다.

'호흡을 가다듬어야 하는데…….'

명강량은 심결을 외며 들끓는 기혈을 가라앉히고 있었다.

광정을 얻었다고 해도 육신의 한계를 느껴야 하는 사람은 사람인 모양이었다.

"뭐 하는 게야? 이 계집을 죽이고 싶어!"

팽해만의 유엽도는 당장 예령의 목에서 피를 볼 듯했다.

"물러나세요!"

아란하가 고함을 질렀다.

"추잡한 놈이군. 일단 물러납시다. 저놈이 가 봐야 어디까지 가겠어!"

전우삼은 퉤 침을 뱉었다.

감악과 신화정도 '명옹!'을 외쳤다.

그러나 명강량은 그들의 말을 무시했다.

천음관을 들어 팽해만의 얼굴에 맞추었다.

"뭐 하는 게야!"

팽해만의 얼굴이 해쓱해졌고 전우삼 등의 표정도 마찬가지였다. 추잡한 짓거리를 벌이고 있었지만 그래도 상대는 사패의 하나인 승룡방주 팽해만이다. 예령의 목숨을 가져가지 못할 그가 아니었다.

명강량은 주위의 걱정에 자신에 고집을 꺾은 듯했다. 천천히 팔을 내렸다.

팽해만은 안도의 한숨을 쉬었다.

순간, 천음관에서 천음검이 빛을 발했다. 명강량의 전력이 담겼으니 천음검의 빠르기는 말 그대로 뇌전이었다.

삭! 잘 벼린 낫으로 풀을 베는 듯한 소리가 들리는 순간 팽해만의 찢어진 눈은 황소 눈처럼 커졌다. 천음검이 그의 미간 사이에서 하얀빛을 발하고 있었다.

팽해만은 몸을 움찔했다.

땡그랑! 유엽도가 떨어졌다.

명강량은 팽해만 곁으로 다가섰다. 그는 팽해만의 팔에서 예령을 뺏었다.

콰당! 기다렸다는 듯이 팽해만은 거칠게 땅바닥을 뒹굴었다.

명강량은 천음검으로 한쪽 발을 대신하며 한 손으로 예령이 편하도록 안았다.

호흡이 느껴졌다.

이상한 감동이 물결치며 가슴이 뭉클했다.

'예령이라고 했지. 예령… 우리 교의 귀여운 딸……'

명강량은 예령의 눈물 젖은 볼을 곱게 쓰다듬어 주고 싶은 충동을 느꼈다.

"아이고!"

전우삼이 달려왔고 아란하가 달려왔다.

"미친… 성녀께서 놈의 칼에 당했으면 어떻게 할 뻔했소?"

감악은 명강량의 멱살을 잡고 흔들기라도 할 듯했다.

"나도 아찔했어. 하지만 성녀는 무사하잖아. 뭐 이런 개자식이 다 있어! 사패라 해서 조금 다를 줄 알았더니! 저잣거리의 파락호보다 못한 놈이잖아!"

퍽! 전우삼이 팽해만의 시신을 걷어찼다.

"이리 주세요."

아란하가 팔을 내밀었다.

명강량은 예령을 아란하의 품으로 넘겼다. 그는 머리칼을 쓰다듬었다.

　예령 주위로 우르르 몰려드는 전우삼 등을 뒤로하며 명강량은 산을 내려갔다.

　명강량의 걸음걸이가 이상하고, 그것이 한쪽 발이 없기 때문이라는 것을 아란하가 안 때는 그때였다. 얼굴을 비롯한 전신에도 제법 많은 부상을 입었음도 기억했다.

　아란하는 이를 악물었다. 한마디 위로의 말도 못 했다. 지금 하고 싶었지만 쓸쓸한 그의 뒷모습은 이미 시야에서 사라지고 없었다.

　아파하는 아란하의 마음과 달리 명강량은 기분이 좋았다. 산 아래 이른 그는 천음검으로 너덜너덜한 자신의 발목을 깨끗이 잘랐다. 그리고 부목을 대 그런대로 쓸 만한 의족을 만들었다.

　의족을 만드는 동안에도 명강량은 기분이 좋았다. 어린 성녀를 안았던 촉감이 내내 그를 들뜨게 하고 있었다.

　명강량은 자리에서 일어나 의족이 중심을 맞추었는가를 확인했다. 그는 발을 구르며 하늘을 우러렀다.

　"성녀여, 나는 아무래도 이 일만은 해야 할 것 같다."

　그가 악약에게 속삭였다.

　그의 세계는 파국뿐이었다. 그 세계에 아란하, 전우삼, 감악, 결정적으로 어린 성녀가 자리 잡았다. 어떤 일이 될지 모르지만 교를 위해서 무슨 일은 해야 할 것 같았다.

　명강량은 자신을 살폈다. 몰골이 엉망이었다. 오랜만에

몸을 씻을 생각을 했다.

　구룡선, 팔륜거를 실은 배는 기세 좋게 흘렀다.
　명강량은 구룡선에 앉아 있었다. 달라진 것은 아무것도 없는 듯했다. 의족과 폭약으로 인한 얼굴의 흉터를 제외하면.
　배를 타고 가며 명강량은 문득 언상영의 말을 떠올렸다.
　"아란하. 우삼과 방환, 쌍혼이라는 자를 불러라."
　그가 명했다.
　위로해야 할 때 위로의 말을 놓쳐 아직까지 명강량에 대해 가슴 아파하고 있던 아란하는 선실로 걸어갔다.
　"무슨 일이오?"
　전우삼이 갑판을 쿵쿵거리며 걸어왔다.
　방환과 쌍혼도 머리를 조아리며 섰다. 지은 죄가 있었기 때문에 그들의 안색은 창백했다. 언상영, 팽해만, 도화, 모두 죽었다. 죽은 자는 말하지 못한다. 죽기 전에 입을 나불거리지는 않았으리라는 것이 그들의 생각이었다.
　"우리를 부른 것을 보니 소림을 칠 생각이시군요? 헤헤헤, 돌중 놈들! 나는 진작부터 놈들을 상대하고 싶었소! 까까머리에 대월을 꽂는 맛은 별다르겠지!"
　전우삼은 대월을 기세 좋게 흔들었다.
　명강량은 다른 말을 했다.
　"우삼의 입장을 생각해서 선택의 기회를 주겠다."
　방환 등은 퍼뜩 고개를 들었다. 그리고 푹 고개를 숙였다. 비밀이 지켜지기를 바란 것은 그들의 바람일 뿐이었다.

"나의 입장? 선택의 기회를 주겠다니 무슨 말이오?"

전우삼은 고개를 갸우뚱거렸다.

방환이 고개를 들었다.

"만인촌만 앞세웠던 나의 잘못을 인정하오. 하지만 명왕과 대전왕을 도외시했던 당신의 잘못도 인정하기 바라오. 능운공작과 소림을 제외하면 이제 중원은 평정될 만큼 평정되었소. 그들은 전왕께서도 해결할 수 있는 자들이오. 당신이할 일은 있어도 당신이 교를 위해 할 일은 없소. 지난 옛정을돌이켜 교에 조금이라도 도움을 줄 생각을 한다면… 사라져주시오. 나는 그 일이 중원 배교의 호교신장께서 우리 교를위해 할 수 있는 최대한의 일이라 생각하오."

그가 낮은 목소리로 말했다. 그리고 그는 고개를 돌려 전우삼을 바라보았다.

"전왕이시여, 잊지 마십시오. 우리 만인촌, 만인부의 오랜 숙원을… 광명계에서 뵙겠습니다."

그가 전우삼에게 깊이 머리를 숙였다.

"도대체 무슨 이야기를 하는 게야?"

전우삼은 꽥 고함을 질렀다.

순간, 퍽! 하는 소리와 함께 뇌수가 튀었다. 방환이 자신의 손으로 천령개를 찍은 것이다.

"전왕이시여. 잊지 마십시오. 우리 만인촌, 만인부의 오랜 숙원을!"

쌍혼이 방환과 같은 소리로 우렁차게 소리쳤다.

퍽! 퍽! 전우삼이 제지할 틈도 없이 쌍혼도 자신들의 천령개를 찍었다.

전우삼은 말을 잃었다. 거칠게 다루었지만 세월의 정이라는 것이 있다. 마음의 움직임이 없을 리 없었다.

"어떻게 된 일이오?"

그가 마른 목소리로 물었다.

"낭림!"

명강량이 냉랭하게 말했다.

'낭림…….'

전우삼의 안색이 일그러졌다. 뚱해 보여도 전혀 눈치가 없지는 않았다.

"왜 그런 짓을 했어? 젠장맞을 늙은이들!"

그가 와락 고함을 질렀다.

"물고기 밥이 되는 것만 해도 고맙게 생각해!"

그는 방환과 쌍혼의 시신을 물속에 내던졌다.

쾅! 그가 거칠게 선실로 들어갔다. 마음이 편하지 않음이 분명했다.

사방위, 십위병, 삼십육호교사들이 모여들었다. 뱃전을 지키고 있었으므로 그들은 처음부터 끝까지 모든 일을 지켜보고 있었다. 그들은 방환, 쌍혼이 던져진 장강의 물결과 명강량을 번갈아 바라보며 고개를 숙였다. 몇 명은 남아 갑판의 뇌수를 닦았고 나머지는 제자리로 돌아갔다.

"아란하, 성녀는 무엇을 하고 있느냐?"

명강량이 물었다.

아란하는 퍼뜩 고개를 들었다. 기억하기로 대전왕이 성녀의 안부를 물은 적은 처음인 듯했다.

"선실에서 나오지 않고 있습니다. 도화라는 여자의 죽음에 무척 상심이 크신 모양입니다."

"아란하, 어린 성녀께서 너를 무척 좋아하더구나."

"다행히 싫어하지는 않습니다."

아란하는 얼굴을 붉혔다.

"가서 위로해 드려라."

명강량은 시선을 멀리 했다.

"알겠습니다. 그런데 지금 가는 길은 어디입니까?"

"황산! 황산이 보고 싶다. 양 명두가 대화로는 만들었는지 모르겠구나."

명강량은 태사의에 깊게 몸을 기댔다.

삭풍은 돛을 찢을 듯 펄럭였고 배는 쉬지 않고 흘렀다.

🜨

천화원의 겨울은 쓸쓸하고 쓸쓸했다.

단원홍은 삭풍 속에 흰 머리칼을 날리고 있었다. 쓸쓸했으나 참으로 갈 곳이 없었다.

천화원을 정적으로 소일하는 데 예령의 역할이 제법 컸던 듯했다. 그때는 갈 곳이 없다고 생각해 본 적은 없었기 때문이다. 금옥이 있었으므로.

왜 그 사실을 몰랐느냐고 단원홍은 물었다. 그의 세월이 대답해 주었다.

"한고."

연못가에는 한고가 서 있었다. 그가 단원홍의 부름을 받고 달려왔다.

"천노를 데려오너라."

단원홍이 명했다.

한고가 칼을 철컥이며 금옥으로 달려갔다.

잠시 후 천노가 한고와 함께 나타났다.

천노를 인도한 한고는 연못가로 물러나려 했다.

"너도 이리 오너라."

단원홍이 그를 붙잡았다.

천노와 한고는 단원홍의 등 뒤에 섰다.

"천노, 나는 모든 것을 옛날 그대로 돌려놓고 싶소."

"원주의 뜻대로 하십시오."

천노가 말했다.

"한고, 천위대를 해체하겠다."

"무슨 말씀이십니까? 천위대를 해체하겠다니요?"

한고는 펄쩍 뛰었다.

"돌아가신 사부와 사매도, 또 나와 천노도 천화원이 예전처럼 한가롭기를 바라고 있다. 천노, 집사에게 말해 한고를 비롯한 천위대의 아이들에게 그동안 수고한 대가를 치러 주라 하시오. 집사, 자신의 몫도 챙기라 하시오. 그도 길을 떠나야 할 테니."

"알았습니다."

천노는 머리를 숙였다.

"한고, 그동안 수고했다. 다른 말은 말도록 해라. 가기 전에 천위대가 머물던 곳을 깨끗이 없애라. 다음 해에 천노가 그 자리에 나무를 심을 수 있도록. 지금 일을 시작하라. 그리고 국태열의 일은 정말 안되었다. 가는 길이 비슷하다면 그의 집에 네가 대신 조의를 표해 주기 바란다."

단원홍의 결심은 요지부동인 듯했다.

"알겠습니다."

한고는 어쩔 수 없이 명을 받았다. 그가 단원홍에게 읍을 한 후 천위대의 숙소를 정리하기 위해 정자를 내려갔다.

"어떻소?"

단원홍이 물었다.

"바라던 일입니다. 천화원은 사람이 많을수록 쓸쓸해지는 이상한 곳이지요. 전대 원주와 큰아가씨가 있을 때에는 한가로워도 숲 전체가 꽉 찼었습니다."

"그랬지. 천노, 나는 금옥도 없앴으면 하오만……."

"어린 아가씨가 묵을 곳이 없습니다."

천노는 노안을 찌푸렸다.

"천화원의 주인은 따지고 보면 내가 아니라 예령이오. 오랫동안 사매의 방이 비어 있었지."

"아가씨를 천화원으로 받아들이기로 결심하셨군요. 잘하셨습니다. 금옥은 이제 없애야지요!"

천노가 격양된 음성으로 말했다.

"문제는 내가 아니라 언제나 이곳의 아가씨들 아니었소? 천화원을 떠난 사람은 항상 그들이었소. 그러니 너무 기대는 하지 마시오. 예령이 이곳으로 오지 않는다고 할 수도 있으니."

단원홍은 쓸쓸한 미소를 흘렸다.

"오지 않겠다면 어떻게 하시겠습니까?"

"많은 생각을 해 보았습니다. 예령을 자신의 길로 가게 내버려 두자! 아니다. 천화원은 자신을 배신한 여자를 더 이상 용서해서는 안 된다!"

"배신이라는 말은 너무 심한 말이군요."

천노는 일전에 금옥에서 한 단원홍의 말이 자꾸 떠오르고 있었다. 예령을 죽일 수도 있다는.

"천노, 당신의 말이 맞소. 배신이라니 당치도 않은 말이지! 하지만 나의 마음에 왜 자꾸 그런 옹졸한 생각이 들까요? 털어지지가 않습니다."

단원홍은 한숨을 쉬었다.

"이해합니다. 아가씨들은 원주의 모든 것이었으니까요. 자신에게 배신당한 것만큼 괴로운 일도 없을 것입니다. 하지만… 생각하니 아가씨들의 일은 사람이 꾸민 일이 아닙니다. 설령 어린 아가씨가 돌아오지 않겠다고 하더라도 이해를 하시기 바랍니다."

천노도 한숨을 쉬었다.

"배교! 신의 일… 우습게도 나의 운명은 그것을 너무 우습게 느끼고 있소."

"그래서 어떻게 하시겠습니까? 최악의 경우에…….."

천노가 염려스러운 얼굴로 물었다.

"오랫동안 생각했소. 하지만 결국 결론을 내릴 수 없었소. 세상에는 이지로 판단할 수 없는 일이 있는 듯하오. 그때 가서 나의 감정이 모든 것을 결정할 것이오."

"좋은 결정을 내려 주시기 바랍니다. 이 늙은 것과 도화의 기분도 헤아려 주셔서."

천노는 눈을 감았다.

쏴아! 삭풍이 천화원의 나무들을 거칠게 휩쓸고 지나갔다.

단원홍은 며칠 동안 숫돌에 장검만 갈았다.

사부의 손때가 묻은 검!

검신에는 백년감일소百年堪一笑라는 글이 적혀 있었다. 한바탕 웃음에 지나지 않는 백년 세월을 그는 갈고 갈았다.

백년감일소가 새겨진 사부의 검은 천하제일명장으로 알려진 조화옹이 심혈을 기울여 만든 몇 안 되는 작품 중 하나다. 부탁을 받고 만든 검이 아니라 사부가 마음에 들어 혼신을 다해 만든 검이었다.

때문에 세월이 흘렀다고 해도 날이 무뎌지고 녹이 슬었을 리는 없었다. 그러나 단원홍은 며칠 동안 숫돌에 백년감일소를 갈고 갈았다.

오랫동안 상대다운 상대를 만나지 못했다. 이제야 비로소 상대다운 상대가 나타났다.

구룡선주! 예령이 사라지고 배교가 부활하며 나타난 자.

소문이 아니라도 쉬운 상대가 아닐 것이라는 느낌은 들었다.

운명적으로 싸워야 할 상대!

예기銳氣를 키워야 했다.

검이 아니라 자신의 마음.

숫돌이 닳도록 갈던 단원홍은 장검을 들었다. 검을 정면으로 세우고 칼날을 눈에 맞추었다.

칼날을 타고 이어진 하얀 선만이 그의 눈에 들어왔다.

단원홍은 자리에서 일어나 검을 허리에 찼다.

그는 황하가 한눈에 들어오는 위치 좋은 곳에 올랐다.

장검을 빼 들었다.

그는 황금신공으로 내력을 끌어 올리며 황하의 굽이치는 물결을 향해 천천히, 천천히 검을 휘둘렀다.

외인이 보기에는 무척 가벼운 동작이었다. 그러나 단원홍의 이마에는 땀이 주르르 흘렀다.

장검을 예닐곱 번 휘두르는 잠깐 사이에 그의 전신은 장대비를 맞은 것처럼 흠뻑 젖었다.

땀구멍을 통해 주독을 비롯한 온갖 노폐물들이 빠져나갔다.

몸이 가벼웠다.

그리고 열 번째 검을 휘두르는 순간, 단원홍은 황하의 물결을 바라보며 고개를 끄덕였다.

검을 검집에 꽂고 허리에 찼다. 그는 여유 있게 산과 강이 어우러진 동관의 정취를 감상하며 천화원으로 돌아왔다.

따뜻한 물에 몸을 씻고 새 옷을 꺼내 입었다.

그는 차를 마시며 천노를 기다렸다.

흙 묻은 손을 털며 천노가 들어왔다.

"오늘 아침 한고가 작별을 고하러 왔더이다. 천위대는 모두 떠났소?"

"떠났습니다. 떠난 자리를 잠시 손보고 있던 중이었습니다."

"집사는?"

"그도 떠났습니다. 나무를 심고 꽃이 필 때면 천화원은 옛날의 그 모습으로 돌아올 것입니다."

"천노, 수고를 해 주시오. 나는 잠시 어디를 좀 갔다 와야 하겠소."

"조심해서 다녀오십시오. 한 부대주가 떠나며 원주께 특별히 전해 주라 했습니다."

"조심해야지요. 그럼……."

단원홍은 자리에서 일어나 검을 허리에 찼다.

참으로 오랜만의 강호행이었다.

破門
파문

　수천 길의 거봉준령들이 구름을 뚫고 서 있었다. 능선에는 눈으로 하얬다. 운해雲海, 송해松海, 석해石海…….

　주사천硃砂泉에서 마신 샘물 또한 일품이었다.

　황산 광명정을 오르는 각자의 감회는 남달랐다.

　전우삼, 감악 등은 말로만 듣던 성지에 발을 들이고 있어 숙연함으로 압도되어 있었다. 아란하는 황산의 절경에 마음을 뺏기고 있었다. 도화의 죽음 이후 내내 상심에 빠져 있던 예령 또한 황산의 아름다움에 매료된 듯했다.

　가장 감회가 특별한 사람은 명강량이리라.

　길에서 떠돈 그인지라 고향이 없다. 때문에 그의 고향은 황산이었다. 연화봉, 광명정, 천도봉…….

　사부의 무공을 익히며 가 보지 않은 곳이 없었다. 무엇보다 황산은 악약을 처음 만난 장소였다.

겉으로는 냉랭한 표정을 바꾸지 않고 있었지만 마음은 온갖 회상에 시달리고 있었다.

길이 조금 가팔라졌다.

그들은 총단이 자리한 광명정으로 오르고 있었다.

한때 강호에 흉명을 떨치던 구룡선과 마인거는 해체되고 없었다. 산길을 오르기에 적당하지 않아 아홉 마리의 대화룡과 초대 명옹 타할륜의 석상만 남기고 불태웠다. 대화룡과 석상은 삼십육호교사와 십위병이 운반하고 있었다.

총단은 광명정 중턱의 넓은 분지에 자리하고 있다.

그들이 분지를 굽어보는 곳에 이르렀을 때였다.

천여 명에 가까운 한 무리의 작자들이 왁자지껄 움직이고 있었다. 십여 명의 무사들도 칼을 철컥거리며 달려왔다. 그 무사들의 선두에는 섬서 명두 유공경과 타랍하가 서 있었다.

"마중이 늦었습니다."

유공경은 예령과 명강량에게 차례로 머리를 숙였다.

"양 명두는 성녀와 명옹을 맞을 준비를 하느라고 바빠 제가 대신 마중을 나왔습니다."

그가 말했다.

"거기 나처럼 까만 작은 친구는 누구요?"

전우삼이 물었다.

"타랍하라는 분입니다. 양 명두의 보표입니다. 총단을 건설할 동안 적들의 침입을 막아 준 분이시지요."

"한 수 하게 생겼군. 아란하, 당신의 십초지적 정도는 되겠어.”

전우삼이 아란하를 보며 말했다.

타랍하는 자존심이 상했다. 당장 승부를 가려 보자고 말하고 싶었으나 양백의 체면 때문에 참았다.

“저기 저 친구들은?”

전우삼이 늑대의 출현에 놀라 멀찍이 귀를 세우고 있는 토끼처럼 자신들을 바라보고 있는 천여 명의 작자들을 가리켰다.

“사파인들입니다.”

“사파? 놈들이 왜 이곳에? 아! 그러고 보니 의창에서도 저런 놈들이 우글거렸잖아. 명옹께서 깨끗이 태워 버렸지만.”

“원래 저들이야 강자 앞에 붙어 어떻게든 떨어진 고기 한 조각을 얻어먹으려 하는 자들이지요. 근자에는 청성, 공동파가 서북으로부터 사파 척결에 나서고 있어 황산을 숨을 그늘로도 택한 모양입니다.”

유공경이 씁쓸한 표정으로 말했다.

“아니! 저런 쳐 죽일 놈들을 봤나! 감히 여기가 어디라고 저따위 것들이…….”

전우삼은 대월을 번뜩 들었다.

“명옹도 저들이 보기 싫지요? 명옹, 먼저 올라가시오. 놈들을 깨끗이 처리하고 올라가겠소.”

그가 어깨를 으쓱하며 말했다.

“그냥 내버려 두시지요. 총단의 낙성落成을 코앞에 두었는데 피를 보는 일도 좋지 않을 일이고.”

유공경이 말렸다.

"아, 아! 그렇지. 경사스러운 일을 앞두고 저따위 놈들의 피를 볼 수는 없지. 최소한 돌중이나 말코 도장의 피 정도는 되어야지. 내가 알아서 하겠소."

전우삼은 우보로 떼거지로 몰린 사파인들을 향해 다가갔다. 직접 얼굴을 본 자는 적어도 이제 명강량과 전우삼의 얼굴은 용모파기로 제법 알려져 있었다.

사파인들은 자신들을 향해 어슬렁거리며 걸어오는 자가 마인거주임을 눈치 챘다.

같은 사파인까지 불구덩이에 넣어 버린 구룡선주, 마인거주의 잔혹성은 이미 알려져 있었다. 그래도 모인 이유는 흑산이나 녹림을 쥐처럼 오손거리다가 정파인들의 손에 개죽음을 당하는 것보다 대마두의 아래에서 큰소리 한번 쳐 보고 죽는 것이 나았기 때문이다. 그리고 원래 사파 거두들의 인심은 그와 같아 면역도 되어 있었다. 사파의 거두들은 무공이 높을수록 잔인했다. 재수 없이 그 잔인함의 희생물이 되지 않기를 바랄 따름이었다. 때문에 그들은 최대한 마인거주의 비위를 맞추려고 입을 모아 연호하려 했다.

하지만 전우삼은 그들이 연호할 틈을 주지 않았다. 그는 순식간에 사파인들 속을 뛰어들며 굶주린 호랑이처럼 날뛰었다.

"아이쿠!"

"아얏!"

전우삼은 눈앞에 걸리는 자들을 닥치는 대로 두들겨 패고 팔다리를 꺾었다.

사파인들이 모인 곳은 삽시간에 난장을 이루었다. 방환 등의 죽음으로 가뜩이나 기분이 좋지 않던 전우삼이다.

전우삼은 황산에 모인 사파인들을 상대로 실컷 분풀이를 하고 있었다.

"아이고!"

"으악!"

눈두덩이를 움켜쥐는 자, 부러진 팔을 덜렁거리며 비명을 지르는 자, 머리채를 잡힌 채 바동거리는 자……

전우삼의 모습은 아침에는 악귀 삼천 마리, 저녁에는 삼백 마리를 먹어 치운다는 척곽尺郭, 탄사귀呑邪鬼의 모습과 같았고 마졸들을 무참히 짓밟는 사천왕의 모습과 같았다.

전우삼의 무공을 처음 보는 타랍하로서는 혀를 내두르지 않을 수 없었다. 황산에 모인 사파인들은 전혀 무공을 모르는 자들은 아니었다. 그럼에도 전우삼은 천여 명이나 되는 자들에게 각기 한주먹씩은 선사하고 있었다.

사파인들이 흙먼지를 일으키며 줄행랑을 치기 시작했다. 다리가 부러진 자들은 몸통으로 구르며 달아났다. 그래도 그만하기 다행이었다. 만약 전우삼이 대월을 휘둘렀다면 살아서 돌아갈 자들은 많지 않았을 것이다.

"우리 교를 사파라 모독하는 놈들도 찢어 죽이고 싶지만 동색인 줄 착각하는 놈들도 기분 나쁘다고. 재수 좋은 줄 알아라!"

전우삼이 씩씩거리며 합류했을 때 명강량 일행은 총단에

발을 디디고 있었다.

"아!"

무생문無生門에 선 그들은 탄성을 터뜨렸다.

본전인 명왕전을 축으로 뒤에 산자락을 끼고 은밀하게 앉아 있는 전각이 성녀가 머무는 청정원, 좌측으로는 초대 명옹을 모시는 대성전, 우측으로는 호교신장이 집무를 보는 호교전, 청정원 옆에는 첨탑에 대화로가 높이 설치되어 있었다. 그리고 그 전각들을 둘러싼 수십 채의 크고 작은 전각들.

십여 년 동안 바라고 바라던 곳!

총단이었다. 그들의 총단.

일행은 감동으로 몸을 부르르 떨었다.

신화정은 눈물까지 흘렸다.

"마음에 드시는지 모르겠습니다."

화려한 금의를 입은 외팔 노인이 다가왔다. 양백이었다.

감악, 장탄 등의 양백에 대한 감정은 비교적 좋은 편은 아니다. 그러나 그가 이룩해 놓은 공사를 본 순간 적잖게 마음이 풀리고 있었다.

양백은 명강량의 앞에 섰다.

"명옹, 오랜만입니다."

그가 깊게 머리를 숙였다.

명강량은 양백의 허연 머리칼과 초췌한 얼굴을 보았다. 분하에서 북을 치고 노래를 부르던 건장한 체구의 중년인은 어디로 갔는가.

"수고하셨습니다."

그 한마디가 십여 년 만에 만난 인사의 전부였다.

　명강량은 그를 지나쳐 진공문眞空門을 마주 보며 섰다. 그는 한창 마무리에 분주한 전각들과 총단을 둘러싼 풍광에만 눈길을 두었다.

　양백은 고개를 들었다.

　"성녀께서는 어디 있습니까?"

　"여기 계셔요."

　아란하가 예령의 손을 끌었다.

　예령과 눈길이 마주친 양백은 충격으로 몸을 떨었다.

　"꼭 닮았군요. 꼭⋯⋯."

　그가 넋 나간 사람처럼 중얼거렸다. 어깨에 앉은 새까지 똑같았다.

　"성녀시여! 오랫동안 기다렸습니다."

　그가 떨리는 목소리로 오체투지했다.

　　자유로운 새들아!

　　왼쪽으로 날고 싶거든 왼쪽으로 날고

　　오른쪽으로 날고 싶거든 오른쪽으로 날렴.

　　높이 날고 싶거든 높이 날고

　　낮게 날고 싶거든 낮게 날아라.

　　그물에 걸려

　　스스로 죽음을 찾지는 말아라.

　명강량은 무너진 흙벽에 몸을 기대고 예령의 노래를 듣고 있었다.

양백이 준비한 화려한 성찬을 두고 오랜만에 성회聖會가 열렸다. 축사의 주문을 외웠고 유공경이 노관을 자처, 보권의 한 구절도 읽은 듯했다. 그리고 지금은 춤을 추고 노래를 부르며 어울리는 시간.

예령, 양백, 전우삼, 감악, 아란하, 신화정, 유공경, 장탄, 고명상, 사방위, 십위병, 삼십육호교사까지.

모두 흥겹게 춤을 추고 있었다. 저 먼 서국으로부터 이어진 노래와 춤만은 중원 배교도, 일지국도, 만인촌도 다르지 않은 모양이었다. 성녀의 노래까지 더해지자 그들은 모처럼의 성회에 한마음으로 움직였다.

명강량은 마른 나뭇가지를 씹었다. 악약과 함께 참석했던 고현의 밀회가 생각났다. 그 발랄하던 몸짓. 머릿속에 그려지는 악약의 춤사위가 경쾌할수록 명강량의 가슴은 애잔함으로 시달렸다. 그리고 문득 예령의 춤사위가 보고 싶어졌다. 흙벽을 빠져나와 슬며시 예령의 춤을 엿보고 싶었다. 그러나 명강량은 충동을 억눌렀다.

그는 다시 흙벽에 길게 몸을 기댔다. 편안했다. 너무도 오랜만에 찾아온 휴식이었다.

명강량이 나뭇가지를 씹으며 겨울 은한을 살필 때였다.

발소리가 들렸다.

"여기 계시리라 생각했습니다."

누군가가 토담 사이로 얼굴을 들이밀었다. 양백이었다.

"대화로 터였지요. 보기 흉해 없애 버릴까 하다가 그래도 옛사람의 손때가 생각나 그냥 두었습니다."

명강량이 몸을 기대고 있는 곳은 예전 대화로 자리였다.

그는 몸을 일으켜 좌정했다.

양백은 허물어진 토담에 자리를 잡았다.

"왜 성회에는 참석을 하지 않으셨습니까?"

명강량은 입가에 미소만 지었다.

"어린 성녀의 춤 솜씨가 어떻던가요?"

그가 말을 돌렸다.

"보면 볼수록 성녀가 생각납니다. 춤 솜씨까지. 하마터면 북채를 잡고 내가 저파룡이다 외칠 뻔했습니다. 허허허!"

양백이 노안에 주름살을 그리며 웃었다.

명강량도 양백도 그들만의 자리에서는 악약의 자리 앞에 전대前代를 붙이지 않았다. 마음의 공감이 있는 듯했다.

"양 명두의 북 치는 실력을 기억하는 사람이 없는가 봅니다. 있었다면 당연히 북채를 맡겼을 텐데."

"듣고 싶습니까?"

"양 명두의 북소리에 감탄할 만한 귀가 나에게는 없습니다. 어린 성녀에게 지음知音을 구하도록 해 보시지요. 성녀를 닮았다면 소리를 잡아내는 귀 또한 남다를 것입니다."

"알겠습니다. 언제 기회가 닿으면 어린 성녀를 위해 또 한 번 난장을 부려 보지요."

양백의 노안에 미소가 번져 갔다.

"낙성식에 맞추어 대제전을 열기로 했습니다. 총단의 중건을 듣고 숨어 있던 교도들도 많이 모여들리라 믿습니다.

대제전을 크게 할 생각입니다. 여러 곳에 초대장도 보냈습니다. 구파일방까지도. 마음이 급해 혼자 벌인 일입니다. 괜찮겠지요?"

"교의 일에 대해서는 나는 모릅니다. 감악과 이야기하십시오. 나는 이미 호교신장이 아닙니다. 낮에 보니 호교전은 완성된 듯하더군요. 감악이 머물도록 해 주십시오."

"두 명의 호교신장이라… 이전에는 이런 일이 없었지요. 그러나 전례라는 것은 원래 깨어지기 위해 있는 것. 그렇게 하도록 하겠습니다. 감 명두와 어린 성녀께서 승낙을 하시면."

양백은 의외로 쉽게 명강량의 말을 수긍했다.

"두 명의 호교신장이 아니라 한 명의 호교신장입니다. 나는 이미 호교신장이 아니라고 말했습니다. 어느 것 하나 호교신장의 책무를 지킨 것이 없지요."

명강량은 쓸쓸하게 웃었다.

양백은 고개를 끄덕였다. 모든 것을 알고 있는 듯했다.

긴 이야기를 하지 않아도 될 것 같아 명강량은 편안했다. 옛사람은 이래서 좋은가 보다.

"강호의 소문을 들었습니다. 구룡선주… 구룡선주라 부르더군요. 대제전일은 신성한 날입니다. 그날만은 칼을 뽑지 않으리라 믿고 초대장을 보냈습니다."

양백이 쓸쓸한 미소를 지으며 말했다. 명옹에 대한 안팎의 소문이 워낙 흉흉해 혹시나 하는 마음에 결국 꺼낸 말이었다.

"그들이 먼저 칼을 뽑지 않으면……."

명강량 역시 입가에 쓸쓸한 미소를 담았다.

"많이 변한 줄 알았습니다. 많이 변했다고들 하고. 그런데 내가 보기에는 변하지 않은 것 같군요."

"껄껄껄! 근자에 나의 혼이 두 쪽으로 갈라져 버렸습니다. 지금과 다른 한쪽을 본다면 강호의 소문이 틀리지 않음을 알 것입니다. 천음관도 아직 노래보다 피를 보기를 더 원하고."

"혼이 두 쪽으로 나누어지다니 기이한 일이군요. 그런 기이한 일을 이룰 분은 작금에는 어린 성녀밖에 없겠지요?"

양백의 물음에 명강량은 씨익 웃었다. 양백은 그것까지 알고 있었다. 명강량은 문득 양백의 여유로운 얼굴에서 광명신장을 떠올렸다. 본 적은 없지만 광명신장의 얼굴이 저러하리라 생각했다. 그래서 그는 물었다.

"양 명두, 나의 일은 끝을 맺어 가오. 그 끝 후에 나는 어떻게 해야 할 것 같소?"

"명옹의 일, 미천한 내가 어찌 알겠습니까? 다만 저는 명옹께서 더 이상의 일을 벌이지 않기만을 바랄 따름입니다. 만약 명옹께서 더 일을 벌인다면 성녀께서 부탁한 일을 처리하는 데 상당한 어려움을 겪게 될 것입니다. 저는 소림 방장까지 지인으로 두고 있습니다."

"소림 방장을 지인으로……. 좋은 벗을 두셨군요. 양 명두, 나의 일은 나의 일, 양 명두의 일은 양 명두의 일로 해 두시오."

"어쩔 수 없군요. 저로서는 더 이상 드릴 말씀이 없습니다. 성녀께서 무슨 말씀은 없으시던가요?"

"……."

"나에게는 말씀을 남겨 주셨습니다. 아마 명옹에게도 무슨 말씀을 남겨 주셨을 것입니다."

"양 명두는 아직도 성녀의 꿈을 꾸고 계신가 보군요?"

명강량의 목소리가 갑자기 차가워졌다.

"꿈? 꿈일지도 모르지요. 지금 이곳이… 아! 총단이 마음에 들던가요?"

"좋소. 나의 대에 이런 총단을 볼 수 있다는 것은 행운이오."

"허허허! 다행입니다."

양백은 기분 좋게 웃었다.

"대화로가 너무 높더군요."

한마디는 보탰다.

"아! 우리의 불을 멀리까지 보이게 하기 위해……."

"멀리 밝히는 것은 하늘의 불로도 충분하지 않을까요? 가까이 밝고 따뜻하게 비출 수 있는 불이 나는 좋습니다. 예전에 대화로의 불을 내가 지폈지요."

"알고 있습니다."

양백이 정색을 했다. 현담玄談을 듣는 기분이었다.

"꺼지지 않게 불을 지피는 일은 쉬운 일이 아니었습니다. 여기 낮은 대화로에서도. 첨탑 위에 솟은 대화로에 불을 지펴야 할 자는 무척 고생을 할 것 같군요."

"몰랐습니다. 이 늙은이의 생각이 어두워… 대화로를 다시 손보게 하겠습니다."

"이왕 지은 것 내버려 두십시오. 이 폐허나 없애 주십시오."

명강량은 양백에게 지금 그가 있는 예전 대화로의 유적을 없애라고 명했다. 그리고 그는 흙벽에 다시 몸을 기댔다. 없애라고 한 바로 그 대화로였다. 폐허에 몸을 기댄 그의 시선은 한천에 고정되었고 입도 굳게 닫혔다.

양백은 읍을 하며 물러났다.

"새 것을 위해 낡은 것은 모두 사라져 주어야 한다. 그렇지 않소, 성녀?"

명강량은 악약에게 말했다.

문제는 어떻게 사라지느냐 하는 것이다. 양백이 부러웠다. 양백의 일은 정해 주었으면서 왜 자신의 일은 정해 주지 않았을까. 유성이 길게 꼬리를 그리며 흘렀다.

"아란하, 아란하, 자요?"

어둠 속에서 예령이 조심스럽게 물었다.

"잠이 오지 않는군요. 항상 험한 곳에서 잠을 자다가 이런 좋은 곳에 누워 있으니 잠이 오지 않는 모양입니다."

아란하가 말했다.

"나도 잠이 오지 않아요."

"왜요? 성녀께서도 잠자리가 너무 편해 불편합니까?"

"아니에요. 흥분이 가라앉지 않아요. 우리 교는 항상 어렵고 힘든 일만 있는 줄 알았는데 그렇게 재미있는 일도 있었어요."

"성회가 끝나고 가무를 즐긴 일을 말씀하시는군요."

"맞아요!"

예령이 눈빛을 빛냈다.

"우리 교는 언제나 어려웠지요. 그런 즐거움마저 없었다면 모두 지쳐 쓰러지고 말았을 거예요."

"아란하도 재미있었나요?"

"물론입니다. 저도 오랜만에 유쾌한 기분으로 즐겨 잠이 잘 오지 않습니다."

"그분을 왜 부르지 않으셨어요? 나는 그분과 아란하가 손을 잡고 춤을 추는 것을 무척 보고 싶었는데."

"대전왕은 가무를 싫어하시는 모양이에요. 그리고… 다리도 불편하시잖아요."

아란하가 얼굴을 붉히며 말했다.

"아! 나는 깜빡했어요. 나 때문에 발을 잃었다는 것을 잊고 있었어요. 파파의 죽음 때문에 다른 생각을 할 수 없었어요."

예령이 미안해 했다.

"괜찮습니다. 괜히 해 본 말이에요. 대전왕같이 무공이 고강한 분은 한쪽 다리가 없다고 하더라도 불편을 느끼지 않아요."

"그렇지만……."

몸을 희생하며 자신을 구해 준 사람에 대한 고마움을 까맣게 잊고 있었다는 사실에 예령은 자책했다. 고맙다는 말 한마디 하지 않았다.

"성녀, 괜찮아요. 나를 부른 것은 흥이 채 가시지 않았기 때문이죠? 어때요? 나와 같이 조금 더 놀다 오지 않겠어요?"

아란하가 자리에서 일어나며 물었다.

"정말?"

예령은 놀러 가자는 말에 금방 우울을 잊었다. 그녀는 은근히 아란하가 그 말을 해 주기를 바라고 있었다.

"하지만 지금은 너무 늦었잖아요. 여기는 산이고."

"여기 황산은 사시사철 유객으로 들끓는 곳이랍니다. 주변에 몇 곳은 항상 불야성을 이루고 있지요. 오면서 내가 봐 둔 곳이 있습니다."

"그럼 우리 빨리 가요."

예령은 벌떡 일어나 옷을 걸쳤다.

아란하도 의장을 갖추었다.

"출발할까요?"

그녀는 예령을 껴안았다.

무슨 일이 있을 것이라는 것을 눈치 챈 낙조가 먼저 파다닥 날개를 떨었다. 아란하와 예령은 낙조를 딸리며 바람처럼 산을 내려갔다. 타랍하의 수하들이 밤을 지키고 있었으나 아무도 아란하의 그림자를 보지 못했다.

황산 주변의 낙빈樂貧이라는 불야성에 이른 그녀들은 여기저기를 기웃거리며 신 나게 먹고 신나게 놀았다. 예령은 투호投壺로 몇 푼을 잃었고 아란하는 저포樗蒲로 몇 푼을 땄다. 예령이 투호에 다시 도전해 간신히 본전을 했다. 그러나 세 번째 도전에서는 많은 돈을 잃었다. 던지는 화살을 중간에서 낙조가 모두 물어 왔기 때문이다. 아란하는 예령의 권유로 쌍륙을 시작했다. 그녀는 수북할 정도의 은자를 땄다.

돈과 여자를 한꺼번에 노린 파락호들의 집적거림도 있었다. 아란하는 그들이 한 달 동안 꼼짝 못하고 누워 있도록 만들어 주었다.

예령의 부추김으로 주위의 이목을 살피며 같이 술도 한잔했다. 가장 취한 자는 멋모르고 부리를 갖다 댄 낙조였다. 낙조는 예령의 어깨에서 비틀거리다 결국 소매 속에서 잠들었다.

세상이 낙락하게 지치도록 놀았을 때쯤 예령과 아란하는 황산으로 발길을 돌렸다.

황산으로 가며 예령은 문득 아란하의 발길을 멈추었다.

불이 꺼진 포목점 앞이었다.

"아란하, 그분의 옷은 너무 낡았어요. 이제 불에 타 구멍도 숭숭 났고."

"정말 그렇군요. 우리는 대전왕이 사람임을 잊고 사는 날들이 더 많은 것 같군요."

아란하는 쓸쓸한 미소를 흘렸다.

"옷을 지어 드리고 싶어요. 하지만 내가 만든 옷은 입지 않을 거예요. 처음 만났을 때부터 그 옷만 입고 있었던 걸요."

"옷도 만들 줄 아십니까?"

"알아요. 파파에게 배웠어요."

"그럼 만들어 드리십시오. 성녀께서 만들어 주신 옷이라면 틀림없이 기쁘게 입을 것입니다."

말을 마치자마자 아란하는 포목점의 담장을 넘었다. 그녀는 굳게 닫힌 포목점의 열쇠를 악력으로 부수고 들어가 가장 화려한 옷감을 골랐다. 그리고 은자를 놓은 후 밖으로 나왔다.

"여기 있습니다. 천천히 만들어 보셔요. 저도 곁에서 지켜보며 옷 만드는 법을 배우겠습니다."

아란하는 예령을 껴안고 다시 황산으로 신형을 날렸다.

"성녀께서는 대전왕을 좋아하시나 보죠?"

산길을 질주하며 아란하가 물었다.

"솔직히… 좋아하지는 않아요. 화가 나고 두려울 때가 더 많습니다. 하지만 좋아하려고 노력한답니다."

"그렇군요."

아란하는 조금 실망한 표정을 지었다.

"좋아하는 만큼 좋아지겠죠. 나는 그렇게 믿고 있어요."

"그렇게 될 거예요."

아란하가 웃었다.

예령과 아란하는 도둑고양이처럼 총단을 빠져나갔다가 도둑고양이처럼 살며시 돌아와 기회가 닿으면 다시 놀러가기를 약속하며 침상에 누웠다.

황산 광명정에 새벽이 밝아 올 때였다.

❦

"호아산에서 심장이 잘린 단심원주의 시신이 발견되었습니다. 그 곁에는 승룡방주가 미간이 뚫린 채 죽어 있었다고 하더군요. 숭무각주가… 숭무각주 역시 뼛조각만을 남긴 채 죽었다고 합니다. 신분을 밝히는 패가 없었다면 숭무각주의 죽음은 영원한 의혹으로 남았을 것입니다. 모두 구룡선주의 작품입니다.”

등중용이 칠결전에서 읽은 내용들을 맥 빠진 목소리로 보고했다.

“아미타불!”

소림 방장 혜각은 불호를 외웠다.

“일세를 풍미하던 사패도 결국 모두 한 줌의 흙이 되고 말았구려.”

공동 장문인 현청도장은 하늘을 우러렀다.

“진작 힘을 합쳤어야 하는데… 그까짓 강호의 주인이라는 명함이 무엇이 그렇게 중요하다고……. ”

청성 장문인 일진도장은 뒤늦은 후회를 했다.

“숭무각주의 죽음은 정말 아깝군요.”

화산 장문인 이건은 자신의 솔직한 심정을 피력했다.

등중용을 비롯한 남은 구파일방의 장문인들은 제자들을 인솔, 소호巢湖 칠리하七里河에 모여 있었다.

의창의 패전 이후 구룡선, 마인거가 황산으로 향함을 보고 급히 등중용이 집결을 요구한 것이다.

마지막 힘을 모아 사생결단을 낼 생각이었다.

소호에 모인 이유는 황산에 가깝고 행여 구룡선주가 소림을 공격할지 모르기 때문에 길도 막아야 했다. 소림마저 불타면 구파일방의 결속을 다질 상징이 없어지기 때문에 그것만은 어떻게든 저지해야 했다.

"저들의 초대는 어떻게 하실 생각이십니까?"

등중용이 각파에 전달된 배교의 초대장에 대해 물었다.

"흔히 사용하는 마교의 수법입니다. 초대 운운하여 강호인들을 모아 놓고 몰살시키려는 수작이지요. 당연히 초대를 거부해야 합니다. 그리고 마교 놈들의 제전에 왜 우리가 가야 합니까? 우리 제자들을 잘 죽였다고 축하라도 해 주어야 합니까?"

화산 장문인 이건이 한광을 빛냈다. 아끼던 사제 장문천의 죽음. 심장이 부글부글 끓고 있을 것이다.

"화산 장문인의 말씀에 동감합니다. 초대에 응하는 것이 아니라 나는 그들의 제전일을 오히려 피로 적셨으면 하는 마음입니다! 하지만 아무리 마교 놈들의 제전이라고 하나 우르르 몰려가 난장을 벌이면 저잣거리의 파락호들같이 보일 터이고… 놈들의 제전이 끝난 후 적당한 날을 골라 놈들의 총단으로 몰려갔으면 합니다!"

등중용이 소리쳤다. 두 명의 장로와 숱한 제자들을 잃은 등중용의 심정도 이건과 별반 다를 바 없었다.

"그렇게 합시다."

"나도 등 방주의 의견에 동의하오."

일진도장과 현청도장이 각기 등중용의 의견에 찬성을 표했다. 의사가 집결된 듯했다. 좌중들은 소림 방장 혜각에 시선을 돌렸다.

이제 혜각의 한마디면 구파일방의 명운을 건 마지막 한판 승부가 광명정에서 벌어지게 되어 있었다.

"아미타불! 한 가지 들려 줄 이야기가 있습니다."

혜각은 쉽게 '가피!'를 외치지 않았다.

"지금 배교의 총단을 짓고 있는 자가 누구인지 아십니까?"

혜각의 물음에 좌중들은 서로의 얼굴만 바라보았다. 그 누구도 배교의 총단을 누가 짓느니 하는 일에 신경 쓸 여력은 없었다.

"나 역시 황산 광명정을 최후의 결전 장소로 생각했소이다. 그래서 몇 명의 나한들을 황산 주변에 풀어 저들의 동향을 알아보도록 했소. 그런데 나한들로부터 의외의 소식이 전해져 왔소. 배교의 총단을 짓고 있는 자가 양 보주라 하더이다."

"양 보주? 하남 금적보의 보주, 양백!"

좌중들이 이구동성으로 '양백'을 외쳤다. 그들은 모두 양백을 알고 있었다. 변경의 일진도장과 현청도장까지 양백을 아는 이유는 그만큼 양백의 고결한 인품이 소문나 있었기 때문이다. 그리고 특히 현청도장은 하서주랑河西走廊을 따라 상단을 이끌고 가던 양백의 방문을 받아 담소까지 나눈 적이 있었다.

개방이 양백에게 신세 진 일은 말할 것도 없었다.

"어떻게 그런 일이……."

모두 아연해했다.

"아마 배교 놈들이 양 보주를 위협해서 그 같은 일을 맡겼을 것이오!"

등중용이 소리쳤다.

"위협을 당해서? 내가 아는 양 보주는 위협에 굴할 그런 사람이 아니오. 목에 칼이 들어왔으면 들어왔지. 근자에 승룡방의 무도한 행위를 참지 못해 칼을 든 것만 보아도 알 수 있소."

좌중들은 혜각의 말에 동감했다. 그럼 무엇 때문에 양백이 배교의 총단의 짓는 일에 나섰단 말인가? 도저히 이해할 수 없는 일이었다.

혜각이 그 의문에 답했다.

"양 보주는 배교도외다. 그가 배교도이니 총단을 짓는 일에 나설 당연한 이유가 있지요."

"양 보주가 배교도?"

좌중들은 다시 놀랐다.

"나한들의 보고를 받고 얼마 지나지 않아 또 한 통의 초대장이 날아왔소. 이번에는 소림에 온 초대장이 아니라 나에게 온 초대장이었소. 내용은 이와 같소. 혜각, 내가 대역사大役事를 했는데 구경하러 오지 않겠소? 구경할 수 있는 영광은 아무에게나 주어지는 것이 아니오. 배교도를 친구로 둔 자에게만 가능하지. 혜각, 진심으로 그대를 모시고 싶소. 이와 같이 쓰여 있었소. 아! 알려 드릴 일이 있소. 양 보주는 나의 지기외다."

좌중들은 말을 잃었다.

"배교도들의 음험함은 역시 그 깊이를 알 길 없군요. 십여 년 동안 철저히 선자善者의 가면을 쓰고 있었다니. 구룡선주,

마인거주의 출현으로 더 이상 진면목을 숨길 필요가 없으니 이제 가면을 벗어 던진 것이군요."

이건이 눈살을 찌푸렸다.

"양 보주가 위선자라… 거짓이든 어쨌든 십여 년 동안 그가 벌인 선행은 없어지지 않겠지요?"

혜각이 물었다.

"아직 그렇다고 장담하기는 이르지 않습니까? 결과를 봐야 하지요. 어떤 수작을 벌이기 위해 그 같은 일을 했는지!"

등중용의 마음도 이건과 비슷했다.

"아미타불! 그래서 결과를 보기 전에 나는 양 보주를 나쁘다고 하지 않을 참이오. 그리고 내 눈과 귀를 믿고 싶은 마음도 있소. 위선자, 위악자도 구별하지 못하고 친구로 두는 내가 무슨 염치로 정사 운운할 수 있겠소. 허허허!"

혜각은 너털웃음을 터뜨렸다.

"음……"

이건과 등중용은 동시에 무안함으로 미간을 좁혔다. 생각하니 자신들의 말은 혜각의 혜안을 철저히 무시한 말이었다.

"양 보주의 일은 개인의 일이니 사정은 천천히 알아보기로 하고, 일단 황산 진격의 결정부터 내립시다. 모두 이견은 없으시지요?"

일진도장이 좌중에게 물었다.

이견이 나올 리 없었다.

"길일을 잡아 봅시다. 멀리 계신 현청도우께서 날짜를 잡는 것이 좋겠군요."

일진도장은 먼 곳의 제자들을 불러야 하는 현청도장의 입장을 고려했다.

현청도장은 고개를 끄덕였다.

"아미타불! 같이 할 이야기는 끝났는가 봅니다. 그럼 내 개인적이 이야기를 하고자 하오. 나는 대제전에 참가할 생각입니다."

혜각이 말했다.

"안 됩니다! 놈들이 무슨 술수를 쓸지 어찌 알겠습니까?"

등중용이 강하게 반대했다.

"친구의 초대를 받았소. 가지 않음은 예의가 아닌 것 같소."

"대사, 지금은 중요한 시기입니다. 사사로운 정을 이야기할 때가 아닙니다."

이건도 말렸다.

"나는 양 보주를 믿소. 특별히 나에게 초대장을 보낸 이유는 할 이야기가 있기 때문일 것이오. 더 이상 말리지 마시오. 그리고 황산에는 숱한 강호인들이 모여들 것입니다. 작금의 상황에서 배교의 눈 밖에 나는 일은 바로 죽음일 테니 어쩔 수 없어서라도 황산을 오를 것이오. 그때 그들이 구파일방이 하나도 없음을 보고 무슨 생각을 하겠소. 혹시 구파일방이 겁을 먹어 이곳에 오지 않았다고 생각하지는 않을지……. 보이는 것은 배교의 깃발! 이제는 배교천하가 되었구나라고도 생각할 것이오. 강호인들이 그런 생각을 가진다면 정말 큰일이오. 누군가는 의연하게 그 자리를 지켜야 하오. 그래야만 강호인들의 의기가 꺾임을 막을 수 있을 것이오. 그 자리에서 피를 뿌린다고 하더라도. 솔직히 물어보겠습니다. 배교와의 마지막 승부에 우리가 이길 것 같소?"

혈기에 넘치는 등중용마저 '이길 수 있소!' 라고 외치지 못했다. 의창의 일전에서 승부의 명암은 이미 갈라져 있었다. 마지막 희망은 사패와 연수를 하는 것이었다. 그러나 이제 그들은 없다.

"말하기 힘든 질문을 던져 죄송하외다. 하지만 현실을 비켜만 가려 하면 일은 점점 어려워지오. 나는 이렇게 생각하오. 강호에 사파천하, 마도일세魔道一世는 한두 번이 아니었소. 그러나 결국 사필귀정으로 끝났지. 그런 결과가 나올 수 있었던 것은 끝까지 의연함과 의기를 잃지 않았기 때문은 아니었소? 당장의 목숨, 당장의 승부에 연연하지 맙시다. 희망이 없는 것은 아니오. 의창의 이야기를 들었소. 비록 패하기는 했지만 화산은 십 년 만에 장문천이라는 거인을 키웠더군요. 십 년… 각고의 십 년이면 그 이상의 거인도 키울 수 있을 것이오. 구룡선주를 이길 수 있는. 아미타불!"

혜각은 염주를 돌리며 낮은 목소리로 불호를 외웠다.

좌중들은 깊은 한숨을 쉬었다. 혜각의 말은 그들의 가슴 깊이 담겨 있던 불안을 어느 정도 씻어 주고 있었다.

"대사라면 구파일방을 대표할 자격도 있소. 배교의 제전에 구파일방의 깃발을 당당히 걸어 주시오. 나도 가고 싶지만… 만약을 대비, 뒤를 챙겨야 할 자도 있어야 하지 않겠소."

현청도장은 결국 승인했다. 일진도장도 고개를 끄덕였고 이건은 말이 없었다.

"대사만 보낼 수 없소! 나도 가겠습니다!"

등중용이 갑자기 따라가겠다고 나섰다.

"등 방주는 참으시오."

혜각이 만류했다.

"대사는 보냈는데 젊은 내가 가만히 있다면 강호인들이 나뿐만 아니라 개방까지 욕할 것입니다. 그리고 대사 혼자보다 둘이 가는 것이 강호인들이 보기에도 좋지 않겠습니까?"

등중용은 자신의 고집을 꺾을 생각이 없는 듯했다.

좌중들은 난감해했다. 누구는 가고 누구는 가지 말라고 할 수 없는 처지였다.

"등 방주의 뜻이 그렇다면 막지는 않겠소. 하지만 더 이상 가겠다고 나선다면 곤란합니다. 나 혼자 뒷일을 감당하기에는 너무 벅차오. 허허허!"

현청도장이 수염을 쓸며 웃었다. 다분히 이건을 의식한 말이었다.

"강호의 연륜으로 보건대 앞으로 강호는 등 방주의 영도력에 크게 의지할 것 같습니다. 험한 장소에서 강호인들 앞에 등 방주의 의연한 모습을 미리 보여 주는 것도 좋겠지요."

이건은 그렇게 말할 수밖에 없었다.

"그럼 우리는 칠리하에서 도화桃花가 떠 내려오는가를 보며 물놀이나 하고 있겠습니다."

일진도장이 자리를 정리했다.

명강량은 대화로의 폐허 속에 며칠 동안 가만히 누워 있었다. 꼼짝하지 않았다. 찾아오는 사람도 없었다. 양 명두가 한 번씩 들러 먹을 것을 가져다주고 갔을 뿐이었다.

　양 명두는 당분간 폐허가 된 대화로를 없앨 뜻이 없는 듯했다. 다행한 일이라 생각했다. 이만큼 편안한 장소도 다시 구하기 힘들리라.

　폐허가 된 옛 대화로 주변은 조용했지만 황산은 그렇지 않은 것 같았다. 명강량의 밝은 귀는 웅성거리는 사람들의 목소리와 어지러운 발소리를 모두 듣고 있었다. 총단의 대제전에 맞추어 적지 않은 자들이 모여드는 듯했다.

　오후부터 바람이 갑자기 차가워지기 시작했다. 하늘도 잿빛으로 흐렸다. 한바탕 눈이 쏟아지려는가.

　산중의 겨울, 잿빛 하늘.

　폐허가 된 대화로 주위에 일찍 어스름이 내렸다. 명강량은 낡은 성벽의 뱀처럼 또 하루를 그렇게 보내려 하고 있었다.

　양백도 왔다 갔으므로 더 이상 올 사람도 없었다. 그런데 발소리가 들렸다. 인영 하나가 그림자를 드리며 수줍은 표정으로 명강량의 앞에 모습을 나타냈다.

　'우리 교의 귀여운 딸…….'

　예령이었다. 그리고 그녀의 뒤에는 아란하와 신화정이 서 있었다. 명강량은 자신에게 쏟아지는 그들의 시선을 외면했다. 하늘은 점점 어두워져 가고 있었다.

예령은 명강량의 냉랭한 태도에 무슨 말을 먼저 꺼내야 할지 망설였다.

"춥지 않으세요?"

간신히 꺼낸 말이었다. 그러나 명강량의 대꾸가 없었다. 뒤에 서 있던 아란하와 신화정이 더 안타까워했다.

"발은 더 이상 아프지 않아요?"

예령이 다시 물었다.

"만약 묻지 않았다면 나는 내가 발을 다쳤는지도 몰랐을 것이오. 이제야 생각나는군. 나는 발을 다쳤지."

명강량의 무심한 목소리가 폐허를 울렸다.

"그곳이 좋은 모양이지요?"

"……."

"음… 나, 나는……."

명강량은 도저히 말을 걸 여지를 만들어 주지 않고 있었다. 예령은 무엇인가를 들고 우물쭈물했다.

"대전왕, 성녀께서 직접 옷을 만들었습니다. 지금 입고 있는 옷이 너무 흉하다고 생각하지 않으십니까?"

참다못한 아란하가 예령의 이야기를 대신했다.

"이 옷인데 맞을지 모르겠어요."

예령은 들고 있던 옷을 펼쳤다. 화려한 금의였다.

"이 옷을 만드느라 성녀께서는 며칠 밤을 고생했어요."

아란하가 말했다.

명강량의 시선이 예령과 금의를 쫓았다. 지금 입고 있는 옷은 오래도 입었다. 악약이 분하에서 선물해 준 옷이니. 갑자기 심장이 울렁거리고 콧등이 찡했다. 그러나 명강량은 급히 자신의 마음을 수습했다.

"받으세요."

예령이 다가와 명강량의 곁에 옷을 놓았다.

명강량은 옷을 들었다.

푸시시. 옷 한 벌이 재가 되는 것은 금방이었다.

예령은 흠칫했고 아란하와 신화정의 안색은 하얘졌다.

충격을 더 받은 사람은 아무래도 예령일 것이다. 그러나 예령은 아란하와 신화정보다 빨리 충격에서 벗어났다.

"마음에 들지 않았어요? 다시 만들어 드리겠어요."

"어린 성녀여, 마음에 없는 말로 자신을 속이지 마라. 그리고 나는 이 옷이면 족하오. 내가 성녀로부터 선물을 받을 이유도 없다."

명강량은 반말을 섞어 가며 예령의 말을 깨끗이 잘랐다.

"알았어요. 싫다면……. 한 가지 물어볼 말이 있어요."

예령은 입술을 깨물며 말을 돌렸다. 지금 꼭 물어보아야 할 말 같았다.

"나는 이제 자야 할 시간이오. 긴 이야기에는 대답하지 않을 것이오."

"길게 이야기하지 않을 거예요. 단원홍이라는 분에 대해서 알아요?"

"단원홍? 물론 기억하고 있소."

명강량의 눈빛이 차갑게 식었다.

"단 아저씨는, 단 아저씨는 나를 키워 준 분이에요. 나는

740 암왕 2

그분을 좋아해요."

"단원홍이라는 놈은 예전에 무척 많은 나의 친구들의 목숨을 뺏어 간 것으로 알고 있소."

"아저씨도 이제 그만큼 뺏어 갔잖아요."

예령은 잘못을 빌듯 손을 모았다.

명강량의 전신에서 갑자기 짙은 살기가 폭사했다. 아란하와 신화정의 몸에 소름이 돋을 정도의 살기였다.

"내가 죽인 자는 내가 죽인 자고 그가 죽인 자는 그가 죽인 자다! 내가 죽인 대가는 내가 받을 것이고 그가 죽인 대가는 그가 받을 것이다! 어린 성녀, 단원홍이라는 자는 그대 어머니의 목숨까지 가져갔다. 무엇을 이야기하려 하는가?"

그가 폭풍처럼 소리쳤다.

그러나 예령은 물러나지 않았다.

"아니에요! 어머니가 돌아가신 것은 저 때문이었어요. 난산으로 돌아가셨다고 파파가 말했어요! 단 아저씨가 어머니를 죽였다면 내가 어떻게 천화원에서 자랄 수 있었겠어요?"

"어떤 이유 때문인지 나는 묻지 않겠소. 어떤 이유라도 결과는 마찬가지일 테니. 나는 단원홍이라는 놈을 죽이려 합니다."

명강량은 목소리를 낮추었다.

"안 돼요!"

이번에는 예령이 소리쳤다.

"어린 성녀여! 그대는 나에게 자신의 이야기를 강요하지 마라. 나 역시 그대에게 나의 이야기를 강요하지 않겠다. 모두 각자의 길이 있다. 그리고 나는 단원홍이라는 자를 조금 알지. 하늘이 정한 그의 태생의 비밀은 배교도들을 죽이는 데 있다. 나의 태생의 비밀은 그자를 죽이는 데 있고. 어린 성녀여, 나는 마치 그대의 말이 단원홍 앞에 나의 목을 주라는 말로 들리는구나."

"거짓말! 전 명두는 아저씨를 이길 수 있는 사람은 아무도 없다고 했어요!"

"그렇소? 그렇다면 그는 나의 칼에 죽을 것입니다!"

"결국 싸움을 하시겠다는 말이군요."

예령의 표정이 싸늘해졌다.

명강량의 가슴에 울컥 불덩이가 치솟았다.

"아란하."

그가 거친 호흡을 삼키며 아란하를 불렀다. 가슴속이 이글이글 불타고 있었다. 왜 어린 성녀는 단원홍이라는 자를 감싸고도는가.

'어이없게도 나는 질투를 하고 있구나. 질투를…….'

필요 이상 분노하고 있고, 그 이유를 알고도 그의 분노는 더욱 타올랐다.

"누가 적을 두둔하는 자를 이곳에 데려오라고 했느냐?"

명강량의 목소리가 한천을 살벌하게 울렸다.

아란하는 흠칫했다. 명강량의 두 눈에 이글거리는 광화.

"죽일 계집!"

명강량은 짧은 고함과 함께 소매를 휘둘렀다.

"악!"

아란하가 비명을 질렀다. 흙벽이 우르르 날아가 아란하를 난타했다. 아란하의 전신은 흙먼지로 뒤덮였고 이마에는 피가 주르르 흘렀다.

"성녀……."

신화정이 명강량의 광기에 놀라 예령을 몸으로 감쌌다.

예령은 두려움 없이 명강량을 직시했다.

"단 아저씨를 죽인다면 나는 당신을 좋아하지 않을 거예요. 비록 어머니의 말씀이 있었어도. 그리고 계속 그렇게 행동한다면 누구나 당신을 싫어할 거예요."

예령이 나이답지 않은 무심한 어투로 말했다. 호칭은 이제 아저씨가 아니라 당신이었다.

"어린 성녀여, 그대는 더 이상 나의 앞에 나타나지 마라. 나는 이제껏 나의 적을 옹호하는 자를 용서해 본 적이 없다."

명강량의 목소리 역시 삭풍처럼 차가웠다.

"알았어요. 되도록 당신 앞에 모습을 보이지 않도록 노력하겠어요. 아란하, 괜찮아요?"

예령은 등을 돌려 아란하를 부축했다.

아란하의 눈빛이 흔들렸다. 자신의 상처는 아무것도 아니었다. 순간적으로 일어난 대전왕과 성녀 사이의 간극間隙. 아득한 절망감에 그녀는 머리를 푹 숙였다.

명강량은 사라져 가는 예령과 아란하, 신화정의 발소리를 들으며 폐허에 몸을 기댔다. 어린 성녀에 대해 깊어지는 자신의 마음은 이제 어쩔 수 없는 일이었다. 하지만 어린 성녀가 자신을 좋아하는 일은 절대 없어야 했다.

"가장 주고받지 말아야 할 물건은 바로 정이다. 다정이 한이지."

그가 하늘을 보며 중얼거렸다.

"명옹께서 너무 심한 말을 하셨군. 혹시 그곳이 귀신이 출몰하는 흉가가 된 것이 아닐까? 나는 귀신이 들어 머리가 돌아 버린 사람을 제법 보았다고."

전우삼은 그렇게 말했다.

"문제군. 문제야. 왜 점점 심해지실까? 그런 분이 아니었는데."

양백은 뒷짐을 지며 한숨을 쉬었다. 그 외의 자들은 모두 침묵했다.

성녀가 아란하, 신화정과 함께 명옹을 만나러 간 것은 모두 알고 있는 사실이었다. 교도들의 눈은 항상 어린 성녀에게 쏠려 있으니.

폐허가 된 대화로에서 명옹을 만나고 온 성녀의 표정이 좋아 보이지 않았다. 아란하라는 여자는 피까지 흘리고.

그래서 전우삼과 감악, 장탄은 신화정을 닦달했다. 대화로에서 무슨 일이 있었냐고.

원래 명옹에 대한 감정도 있었고 전우삼 등이 하도 닦달을 하기에 폐허가 된 대화로에서 일어난 일을 말하고 말았다.

─ 어린 성녀여, 그대는 더 이상 나의 앞에 나타나지 마라.

명옹은 성녀에게 그렇게 말했다고 한다.

충격이 아닐 수 없었다. 예법의 문제가 아니라 성녀의 존재를 완전 무시하는 말이었다.

그중 가장 충격을 받았던 사람은 감악이었다. 감악은 의사당에 고개를 숙이고 앉아 몇 시진을 생각에 골몰했다.

야효夜梟의 울음소리가 사나왔다.

삼경을 넘긴 시간이었다.

감악은 조용히 자리에서 일어났다. 자신에게 묻고 물었다. 혹시 감정으로 일을 처리하는 것이 아니냐고. 그래서 몇 시진을 마음을 가다듬으려 앉아 있었던 것이다.

확신했다. 감정은 아니라고.

오히려 오래전에 처리해야 했을 일이었다.

감악은 의사당을 나서 천천히 걸었다. 대제전일까지는 아직 시일이 조금 남았다. 그러나 적지 않은 군소방파들이 총단 주위에 진을 치고 있었다. 일찍 오지 않으면 큰일이라도 날 것 같이 생각하는 자들이 분명했다.

"쓰레기 같은 것들!"

제일 빨리 온 자들 중에는 하토문도 있었다. 십여 년 전 형산파와 함께 지긋지긋하게 교를 공격하던 자들이었다. 그러나 한편으로 또한 이해가 되었다. 힘의 저울추를 따라 생존을 모색해야 하는 어쩔 수 없는 군소방파의 설움.

그렇게 생각하면 명옹은 적지 않게 교를 위해 일한 듯도 했다. 반드시 싸워야 할 적도 있었고.

'아니다!'

감악은 자신의 생각에 세차게 고개를 저었다. 한 가지의 잘못도 없고 백 가지의 좋은 일을 했다고 하더라도 명왕과 성녀를 부정하는 자는 교도가 아니다. 좋은 친구가 될 뿐.

감악은 발걸음을 빨리했다. 그가 발길을 머문 곳은 폐허가 된 대화로 앞이었다.

달빛이 흙벽에 누워 죽은 듯이 있는 자의 모습을 비췄다.

"감악입니다."

"……."

"내일 청정원에 들를 생각입니다. 성녀께 드릴 말씀이 있습니다. 정식으로 호교신장의 인준을 받을 생각입니다. 호교신장 없이 대제전을 치를 수도 없는 일 아닙니까?"

감악의 목소리가 낮게 폐허를 울렸다.

"신장도와 전교영기를 넘겨주셨으니 내가 호교신장이 되는 데 대해 다른 말씀은 없을 줄 압니다. 명옹, 호교신장이 되면 두 가지 책무를 등에 지고 다녀야 함을 압니다. 교를 수호하고 성녀를 지키는… 나는 성녀에게 인준을 받는 대로 그 두 가지 일을 할 생각입니다."

그의 목소리가 조금 거칠어졌다.

"우리 내부의 일부터… 명왕과 성녀에게 무례한 자를 배교자背敎者가 아니라 할 사람은 없겠지요. 명옹, 나의 첫 일은 명옹의 이름을 우리 교의 이름에서 지우는 일이 될 것입니다. 파문!"

파문.

교도로서 죽음의 선고였다. 하지만 명강량은 여전히 움직이지 않았다. 정말 죽은 자처럼 보일 정도였다.

"대제전일에 강호인들 앞에 선포할 생각입니다. 파문을 대외에 선포하는 일에 대해서는 양해를 바랍니다. 우리 배교에 대한 강호인들의 오해를 조금이라도 불식할까 해서입니다. 이해해 주시리라 믿습니다."

감악의 목소리는 다시 냉정을 찾고 있었다.

"파문을 당한 자는 교단 근처에 머무를 수 없음도 알 것입니다. 대제전일까지는 있도록 해 드리겠습니다. 자정을 넘기기 전에 떠나 주십시오. 떠나지 않는다면… 우리가 떠나도록 하겠습니다. 이제 내가 할 이야기는 끝났습니다. 혹시 하실 말씀이 있습니까?"

명강량은 여전히 침묵했다.

"다음에 만날 때는 뭐라 불러야 할지 정말 난감합니다. 전대 명옹이라 부르자니 파문을 당한 자에게는 어울리지 않는 것 같군요. 예전처럼 호형호제하자니 꼭 거짓말을 하는 기분입니다. 어쨌든 그때가 되면 부를 칭호야 있겠지요. 명옹, 편히 주무십시오."

감악은 자세를 바로 하고 옷깃을 여몄다.

"명옹출세! 배교일세! 명옹광휘!"

그가 오체투지했다.

몸을 일으키는 순간 감악은 갑자기 머리가 띵했다. 마치 쇠망치로 맞은 기분이었다. 울컥 감정이 격해지며 눈물도 솟았다. 냉정을 잃을 일은 전혀 없으리라 생각했는데……

그는 입술을 피가 나도록 깨물었다. 자꾸 머리가 아득하고 눈시울이 붉어졌다. 어떻게 일이 이 지경까지 되었을까? 그 환란 속에서도 명왕을 원망하지 않았는데 이 순간만큼은 명옹을 저렇게 만든 명왕을 원망했다.

당장이라도 눈물을 떨어뜨릴 것 같아 급히 등을 돌렸다. 그는 서둘러 발걸음을 옮겼다. 마음을 진정시키기 위해 큰 숨을 들이쉬었다. 그러나 결국 감악은 눈물을 감추지 못했다.

명옹, 명강량!

그 이름이 가져다주는 온갖 세월의 기억들.

미치고 미칠 지경이었다. 눈물이 주르르 흘렀다. 보는 사람이 없다면 통곡이라도 했을 것이다.

밤새도록 잠을 뒤척였다. 새벽에 잠시 눈을 붙인 듯한데 어수선한 꿈이라 피로가 더했다.

감악은 부스스한 몰골로 일어나 계곡을 찾았다. 두꺼운 얼음을 깨고 그는 계곡물에 몸을 담갔다.

그리고 청정원을 찾았다.

"들어오세요."

예령이 그를 맞았다.

감악은 오체투지로 예를 올렸다.

자리에서 일어나며 그는 머리에 붕대를 감은 아란하라는 여자를 보았다. 유난히 명옹을 감싸던 여자다. 반대라도 한다면 꺼내기 싫지만 그녀의 자격까지 문제 삼을 각오도 했다. 이상하게 지금 하나로 뭉쳐 있지만 따지고 들면 그녀는 중원 배교와는 별 상관이 없는 일지국 출신이다.

"아침부터 무슨 일이에요?"

예령이 물었다.

"일전에 내가 호교신장이라고 하셨지요? 호교신장이 맞다면 정식으로 인준을 바랍니다."

"감 아저씨가 호교신장이 맞아요. 인준이라니요? 어떻게 하는 건가요?"

"원래 호교신장을 뽑는 법은 다음과 같습니다. 당대 명옹께서 후계자를 지정합니다. 그리고 대전을 열어 후계자의 자질이 있는가를 명두들에게 묻지요. 명두들이 인정을 하면 당대 명옹께서 후계자를 데리고 성녀를 뵈러 갑니다. 성녀께서 후계자를 보면 명옹이 될 수 있는 자격이 주어지지요. 저는 이미 명옹으로부터 전교영기와 신장도를 받았습니다. 그리고 명두들도 내가 호교신장이 되는 데에 대해 이견이 없는 줄로 압니다. 이제 성녀께서 내가 호교신장임을 재확인해 주셨으니 나는 호교신장이 맞는가 봅니다."

"아하! 원래 호교신장을 뽑는 일은 그렇게 복잡하군요. 그런데 갑자기 호교신장임을 확인하려는 이유가 무엇이지요?"

"성녀시여. 호교신장은 교권教權을 가진 자입니다. 성녀를 지키고 교법을 지키는 자이지요. 아주 큰 권한을 가지고 있습니다."

"알고 있어요."

"성녀께서 호교신장이라 말해 주었는데도 그동안 여러 가지 일로 책무를 다하지 못했습니다. 이제 정식으로 호교신장임을 밝혀 책무를 다하고자 합니다."

"그렇게 하도록 해요."

예령은 열정을 다해 호교신장의 책무를 이야기하는 감악이 이상스럽기까지 했다.

"어제 명웅을 만났습니다. 호교신장으로서 나는 그에게 파문을 명했습니다."

"파문?"

예령은 깜짝 놀라 했다.

아란하는 입술을 깨물며 등을 돌렸다. 올 것이 온 것이다.

"그는 우리 교의 모든 것을 부정하는 자입니다. 제 권한으로 처리할 수 있는 일이나 굳이 성녀께 말씀드리는 것은 성녀께서 놀랄까 걱정해서입니다."

"꼭 그렇게 해야만 하나요?"

"어쩔 수 없는 일이었습니다. 나 역시 명웅을 파문……."

감악은 더 이상 말을 못 했다. 감정이 다시 복받쳤다. 그도 자신의 감정이 이 같을 줄은 몰랐을 것이다.

"…이해해 주십시오."

그가 떨리는 목소리로 말했다.

"그럼……."

그는 급히 등을 돌렸다. 그가 청정원을 서둘러 걸어 나갔다.

청정원에 침묵이 흘렀다.

예령이 창가에 서서 입술만 깨물고 있는 아란하를 껴안았다.

기로 岐路

"어떻게 된 일인가?"

"무엇이? 허허허! 보는 바와 같지."

"왜 나에게 배교도라는 사실을 이야기하지 않았나?"

"사실 한동안 배교도가 아니었네. 배교도였다고 하더라도 이야기했을까 자신이 없기는 하지만."

"나를 너무 옹졸한 사람으로 보았군. 아미타불! 어느 곳에도 사람은 있고 사람은 없지."

"우리 교를 사람이 많은 쪽으로 봐 주게나. 나중에 한번 만나서 이야기를 좀 나누었으면 하는데……."

"아미타불! 원하신다면……."

혜각은 고개를 끄덕였다.

"옆에 계신 늠름한 분은 개방의 분인 모양이군."

양백이 등중용에게 눈길을 두었다.

등중용은 양백을 어떻게 대해야 할지 난처했다. 양백이 이룬 그간의 업적을 배교도이기 때문에라는 한마디 말로 모두 무시할 수 없는 처지였다. 그렇다고 강호인들이 보는 앞에서 배교도에게 먼저 인사를 건넬 수 없는 처지고.

양백이 그의 곤란함을 먼저 알아챘다.

"양백이라 하오."

그가 먼저 공손히 포권했다.

"개방의 용두방주, 등중용이라 합니다."

등중용은 좀 거만한 자세로 양백의 인사를 받았다.

"혜각, 나중에 보세. 일이 바빠서… 곧 대제전이 시작될 것일세."

양백은 혜각에게 손을 든 후 총총히 제단으로 걸어갔다.

배교의 총단이 있는 황산 광명정에는 천여 명의 군웅이 구름처럼 몰려 있었다. 딱딱한 표정으로 광명정에 앉아 있는 군웅은 의아함을 금치 못했다. 명망 높은 금적보의 보주가 배교의 교도였다는 사실이 믿어지지 않았고 배교도를 상대로 정담을 나누는 혜각대사 또한 이해가 되지 않았다.

그러나 기인이 왜 기인이겠는가. 원래 예측 못 할 일을 벌여 기인인 것이다. 그들은 곧 관심을 배교의 대제전에 쏟았다.

둥! 둥! 둥!

북소리가 길게 울렸다.

배교의 대제전을 알리는 북소리였다.

북소리는 명강량의 귀에도 선명했다.

북이 울릴 때마다 가슴이 쿵쿵 울렸다.

서둘러 떠나라는 고함과도 같이 들렸다.

명강량은 자리에서 일어났다. 그는 옷에 묻은 흙을 털며 주위를 쭉 둘러보았다. 자신의 세계는 보고 있는 곳이 전부인 것 같았다. 그러나 이곳도 곧 떠나야 했다.

'잘하고 있구나, 감악.'

명강량은 머리를 곱게 쓰다듬었다.

자, 이제 떠나야 할 때가 온 것이다.

어린 성녀를 한 번 더 보았으면 했다. 하지만 그럴 기회는 없을 것이다. 성녀는 군웅 앞에 모습을 보이지 않을 테니.

감악의 당당한 모습과 대화로에 불이 오르는 것을 보는 것만으로 만족해야 할 것 같았다. 아란하를 한번 만났으면 하는 마음도 있었다. 그러나 보지 않는 것이 좋을 듯했다.

군웅은 많았으나 총단의 재건을 축하하는 제전은 조용히 진행되고 있었다.

노관이 보권의 한 구절을 읽고 대화로에 불을 지핀다. 그리고 찾아온 군웅에게 감악이 호교신장으로 인사하며 사례를 할 것이다. 그 자리에서 파문이 이야기될 듯싶었다.

삭풍은 여전히 거셌고 시간은 조금씩 흘렀다.

시간이 조금 빨리 갔으면 했다. 앉아 있자니 자꾸 어린 성녀의 얼굴이 떠올랐다.

청정원에 찾아가고 싶은 욕심이 점점 커졌다. 파문을 당한 이후는 영원히 보지 못할 듯했다.

하지만 어떻게 찾아갈 것인가. 숨어서 볼 수도 없고. 찾아 가서 딱히 할 말도 없을 듯했다. 보아야 미련만 남을 것이다.

그리고 지금 자신이 마지막으로 교를 위해 하려는 일과도 아귀가 맞지 않는다. 구룡선주는 끝까지 구룡선주다워야 할 것이다. 어쭙잖게 행동하면 그들의 마음에 부담만 될 뿐이 다. 감악의 눈물도 보지 않았는가.

'자, 이제 이곳의 일은 끝을 보자.'

명강량은 자리에서 일어났다.

그때였다.

명강량은 발걸음을 멈추고 촉각을 세웠다. 그의 안색이 냉 랭하게 굳었다. 그는 느끼고 있었다. 엄청난 기파를.

누군가가 맹렬한 기세로 달려오고 있었다.

그와 싸운 자 중에 제법 실력을 인정해 줄 만한 자가 있다 면 장문천과 남궁기뿐이다. 장문천이 남궁기보다 조금 강하 긴 강했다. 전우삼에는 미치지 못하지만.

따라서 장문천과 남궁기도 자신의 실력에는 훨씬 미치지 못했다. 그러나 지금 다가오는 자는 달랐다. 최소한 전우삼 의 상대로는 충분할 듯했다.

'왔군.'

명강량은 턱을 매만졌다.

강호에 그만한 실력을 가진 자는 단 한 명밖에 없다.

능운공작 단원홍!

찾아가려 했는데 그가 먼저 찾아오고 있었다.

명강량은 천음관을 매만졌다. 폐허를 걸어 나가며 그는 문득 떠올렸다. 단원홍을 죽이지 말라던 어린 성녀의 말을.

그러나 무시했다.

단원홍은 꼭 죽여야 할 자였다. 단원홍도 알 것이다. 배교를 없애지 않으면 자신의 존재가 없어짐을.

대제전은 순조롭게 진행되고 있었다. 특별히 군웅의 관심을 끌 만한 일이라면 의외로 배교의 호교신장이 구룡선주나 마인거주가 아니라는 사실이었다.

한눈에 사람의 호감을 살 만한 삼십 대 중반의 사내였다.

감악.

자신으로 군웅의 관심을 끈 그는 또 한마디의 말로 군웅의 관심을 끌었다.

구룡선주의 파문!

듣기에 따라서는 엄청난 말일 수도 있었다. 감악이 그 같은 발언을 한 후 군웅은 한동안 웅성거리기도 했다. 그러나 곧 군웅은 그 말에 관심을 잃었다. 오히려 표정이 더 딱딱하게 굳었다.

배교, 마교가 어떤 수작을 부리려 하는구나 하는 것이 대다수의 생각이었다. 말의 진의는 생각하지 않고 피 냄새부터 맡았다. 어쩔 수 없는 일이었다. 구룡선주라는 그 이름 자체가 피 냄새이니.

어쨌든 그 사실을 제외하고 군웅이 관심을 가질 만한 일들은 없었다.

대제전은 막바지로 향하고 있었다.

감악을 비롯한 배교의 명두들은 한천에 쏟아지는 빛을 모아 채화採火를 하고 있었다. 겨울이라 채화가 쉽지 않았다. 일각쯤 흘렀을 때 마른나무에 불이 확 피어올랐다.

감악을 비롯한 명두들은 불붙은 관솔을 하나씩 들었다. 첨탑에 솟은 대화로에 불을 지피기 위해 그들은 열을 지어 첨탑을 향했다.

그때였다.

쿵! 갑자기 첨탑이 크게 흔들렸다.

군왕들은 황산에 화산이라도 폭발하는 줄 알았다. 그러나 흔들리는 곳은 대화로가 설치된 첨탑밖에 없었다.

쿵! 쿵! 쿵!

지축을 울리는 소리와 함께 첨탑에 금이 갔다. 그리고 첨탑은 한순간에 우르르 무너졌다.

명두들도 군웅도 의외의 사태에 영문을 몰라 했다.

"흐흥! 꼴좋군. 당연히 하늘이 가만히 있지 않았겠지!"

등중용은 쾌재를 불렀다. 콧방귀를 뀌며 고소해하던 그가 무엇을 보았는지 벌떡 일어났다.

"아미타불!"

혜각도 불호를 외웠다.

흙먼지가 가라앉으며 한 사람의 모습이 드러났다. 화려한 금의, 고색창연한 장검, 이마에 영웅건을 두른 자였다.

"느, 느, 능운공작!"

누군가가 소리쳤다.

첨탑을 박살 내며 나타난 자는 단원홍이었다.

"능운공작이다!"

군웅은 환호를 터뜨렸다. 그들은 일제히 박수를 치며 자리에서 일어났다.

"마교 놈들을 쳐부수자!"

"마귀들의 전당을 불 지르자!"

몇몇 군웅은 배교와의 일전을 목소리 높였다.

능원공작의 출현! 영원히 침묵 속에 있을 줄 알았던 단원홍의 출현으로 군웅은 흥분으로 술렁였다. 능운공작도 나섰고 군웅의 수도 배교에 비해 압도적으로 많았다. 그러나 고함은 꽥꽥 질렀지만 누구 하나 먼저 칼을 빼 드는 자들은 없었다. 한 치 앞을 누가 내다볼 수 있을 것인가.

마교에는 야차와 같은 구룡선주와 마인거주가 있다. 파문 때문인지 구룡선주는 쭉 모습을 보이지 않고 있지만.

섣불리 칼을 빼다가 자신은 물론 일문까지 깨끗이 몰살당할 위험을 생각하지 않을 수 없었다.

군웅은 누가 먼저 칼을 빼 들지 않나 시선을 희번덕거리며 단원홍에게 시선을 모았다.

"죽일 놈!"

전우삼의 눈이 찢어졌다. 그가 대월을 치켜들고 단원홍에게 달려들었다.

단원홍은 칼자루를 잡았다.

쐐액! 검신이 하얗게 빛나며 경기의 폭풍이 휘몰아쳤다. 그의 검이 일도양단으로 전우삼을 쏘아 갔다.

"허억!"

전우삼은 급히 신형을 비틀었다. 팟! 간발의 차로 그의 소매가 동강 났다.

전우삼은 눈을 크게 떴다. 그를 물러나게 할 자가 있으리라고는 생각도 않았다. 그가 진력을 끌어올렸다. 이제까지와는 다른 진지한 자세였다.

단원홍은 검을 길게 지면으로 늘어뜨리고 있었다. 언제 검을 뽑았냐는 듯한 태도였다.

휙! 전우삼이 다시 쇄도해 갔다.

단원홍은 손목을 꺾어 장검을 움직였다. 뇌전으로 번뜩이던 장검이 갑자기 느리게 흘렀다. 전우삼의 대월도 느리게 움직이는 것은 마찬가지였다.

그들은 약속이나 한 듯 갓 입문한 제자가 투로를 배우듯 천천히 대월과 장검을 움직이고 있었다.

그러나 군웅은 엄청난 경기의 압박을 느끼며 뒷걸음질을 쳐야 했다. 내력이 약한 자는 웩, 하며 한 모금의 피를 토해 냈다. 흙먼지도 구름처럼 일었다.

눈의 착각이었다. 대월과 장검이 너무 빨리 움직이기 때문에 아예 정지해 있는 듯한.

쨍! 쨍! 쨍! 쨍! 쨍!

급박하게 터져 나오는 칼 부딪치는 소리가 그 사실을 증명했다. 수십, 수백 번 동시에 터져 나오는 칼 부딪치는 소리에 군웅은 귀청을 잡아야 했다.

흙먼지는 점점 거세게 일어 잠깐 사이에 단원홍과 전우삼의 모습을 잃게 했다.

그것 또한 눈 깜짝할 정도로 짧은 시간이었다.

쩡! 거센 칼 부딪치는 소리에 배교의 전각들이 우르르 흔들리며 군웅 중 내력이 약한 자는 결국 피를 뿜으며 쓰러졌다.

폭풍 속에 흔들리던 흙먼지가 잠잠했다. 광명정에 부는 거센 삭풍이 흙먼지를 날렸다.

단원홍과 전우삼은 서로를 격하고 서 있었다.

단원홍의 자세는 처음과 같았다. 검신을 지면으로 길게 늘어뜨린…… . 안색은 조금 창백했으나 외관의 흐트러짐은 일체 보이지 않았다.

반면에 전우삼의 모습은 보기가 좋지 않았다. 그의 옷은 너덜너덜한 걸레와 같았다. 그리고 몇 군데 혈구도 보였다.

한 차례의 격전에서 승부의 우열은 선명하게 난 듯했다. 그러나 그것은 군웅의 생각.

절세고수들의 승부에 있어 미세한 실력의 차이는 바로 죽음이다. 풀잎으로 나무를 꿰뚫고 나뭇가지로 바위를 뚫는 그들이다. 그럼에도 경미한 상처밖에 입히지 못했다는 것은 승부가 백중지세였다는 뜻!

하지만 보는 자들은 달랐다.

"전 랑…… ."

신화정은 손에 땀을 쥐었다.

그녀를 비롯한 배교도들은 긴장했고 군웅은 의기양양 기세를 올렸다.

"헤헤헤, 제법이군."

전우삼은 안광을 빛내며 대월을 잡았다. 그가 씨익 웃으며 대월에 진력을 실었다. 대월이 붉게 물들며 이내 쇳물로 뚝뚝 흘러내렸다. 대월이 그의 손에서 사라졌다.

　역시 대월은 검보다 현묘함에서 훨씬 떨어졌다. 요혈은 막을 수 있었으나 팔방풍우八方風雨로 절묘하게 파고드는 단원홍의 화려한 공세를 모두 막기에는 역부족이었다. 오히려 장권이 나을 것 같아 그는 대월을 버린 것이다.

　단원홍은 칼배로 자신의 정강이를 툭툭 쳤다.

　"예령은 어디 있느냐?"

　그가 무심한 목소리로 물었다.

　"예령? 미친놈! 사람을 찾으려면 관아로 가라!"

　전우삼의 눈동자와 장심이 동시에 붉게 물들었다.

　단원홍의 무심한 눈빛도 점점 깊어졌다. 폭풍 같은 기파와 함께 살기가 폭사하며 광명정을 삽시간에 얼음 굴로 만들었다.

　"예령은 어디 있느냐?"

　단원홍은 세상이 떠나갈 정도의 노호를 터뜨렸다.

　황산이 쩌렁 울렸다.

　군웅은 놀라 화들짝 자신의 칼을 잡았다. 그들에게 단원홍의 일갈은 너희들은 왜 칼을 뽑지 않느냐는 질책으로 들렸다. 왜 그런 생각이 들었는지는 자신들만이 알 일이지만.

　"가자!"

　누군가가 고함을 지르며 칼을 뽑자 나머지 자들도 일제히 칼을 빼 들었다. 쥐 떼들의 반란이 시작되려 하고 있었다.

일은 전혀 예상치 못했던 방향으로 급박하게 돌아갔다. 등중용은 용두봉을 들었다. 군웅이 나서는 마당인데 가만히 있을 수는 없었다.

혜각이 가만히 그의 팔을 잡았다.

"등 방주, 일이 생각한 대로 돌아가고 있소이다. 광명정 초입에 가 보시오. 우리 구파일방의 정예들이 모여 있을 것이오. 서둘러 그들을 데려오시오!"

"무슨 말입니까? 그들은 칠리하에 있지 않습니까?"

"긴 이야기를 할 시간이 없소. 나는 능운공작이 오리라는 것을 알고 그들을 그곳으로 오도록 급히 서신을 보냈소. 등 방주의 빠른 발이 절실하게 필요하외다!"

혜각은 고승의 체면도 잊고 다급하게 말했다.

등중용은 혜각의 보채는 말에 다른 생각을 할 수 없었다. 혜각대사의 혜지를 의심하기도 그렇고.

"조심하십시오! 금방 다녀오겠습니다!"

휙! 등중용은 바람처럼 신형을 날렸다.

광명정을 쏜살같이 내려가는 등중용을 보며 혜각은 미간을 좁혔다. 군웅의 눈과 귀는 이렇게 어두운가.

혜각은 느끼고 있었다. 미증유未曾有의 기파를 토해 내며 대망처럼 천천히 전각들 사이를 빠져나오는 기물奇物이 있다는 것을.

불행히도 능운공작이 그 기물을 이길 수 있다는 장담이 서지 않았다. 그래서 본의 아니게 등중용에게 거짓말을 했다. 그 기물은 출현과 동시에 닥치는 대로 사람을 포식할 테니.

누구의 말대로 등중용은 십여 년 후의 강호를 맡길 만했다. 나중의 일이야 알 수 없는 일이고 살릴 수 있는 방도가 있다면 살려야 했다.

혜각은 선장을 들고 광명관光明館이라는 전각 뒤에서 서서히 걸어 나오는 인영에 시선을 맞추었다.

군웅과 배교도들은 난장으로 얽히려 하고 있었다.

예령은 청정원의 창에 턱을 괴고 대화로에 불이 오르기만을 기다리고 있었다. 그러나 불은 오르지 않고 첨탑은 사상누각처럼 우르르 쓰러졌다.

아란하가 다급히 예령의 곁으로 다가왔다. 그녀는 변고를 직감했다. 밖으로 뛰쳐나가 적의 존재를 확인하고 싶었으나 성녀를 지켜야 하기 때문에 그럴 수 없었다.

칼 부딪치는 소리가 요란했다.

소리만으로 아란하는 상상 못할 적이 나타났음을 짐작했다. 촉각을 곤두세웠다.

황산을 뒤흔드는 고함은 그때 터졌다.

─예령은 어디 있느냐?

예령은 퍼뜩 고개를 들었다.

"단 아저씨예요! 단 아저씨가 찾아왔어요!"

그녀는 청정원을 뛰쳐나가려 했다.

"위험합니다!"

아란하가 그녀를 잡았다.

"아란하, 빨리 손을 놓으세요. 나는 나가야 해요."

예령이 차가운 목소리로 말했다.

아란하는 예령의 눈빛에 흠칫했다.

"어머니의 호교신장이 오고 있어요. 단 아저씨를 죽이려……."

예령은 입술을 깨물었다.

아란하는 왠지 모르게 맥이 탁 풀렸다.

예령을 잡은 손에 힘이 빠졌다.

쾅! 또 한 번 우레가 광명정을 뒤흔들었다.

막 배교도들과 얽히려던 군웅은 놀란 토끼처럼 시선을 돌렸다.

우르르.

배교 수난의 날이었다. 광명관이라 적힌 배교의 전각 하나가 맥없이 쓰러지고 있었다.

그리고 흙먼지 속에서 표표히 신형 하나가 나타났다.

감악 등은 입술을 질끈 깨물었고 군웅의 안색은 하얗게 질렸다.

'왜 생각하지 못했을까? 구룡선주가 있다는 것을.'

군웅은 앞뒤 없이 칼을 빼 든 자신들의 행동을 후회했다. 쥐 떼들은 흔들렸다.

"후후."

명강량은 좌우를 둘러보며 실소를 흘렸다.

"핫하하! 하하하하!"

그가 광소를 터뜨렸다.

"으으……."

"아악!"

"아!"

군웅은 고통에 찬 표정으로 머리를 감싸 쥐었다. 내력이 약한 자는 칠공에서 피를 흘리고 쓰러지며 전신을 바동거렸다. 마소魔笑였다.

"아아아!"

혜각이 사자후로 저항했다. 그러나 명강량의 광소 앞에서 혜각의 외침은 폭포수의 굉음에 저항하는 나뭇잎 떨어지는 소리에 불과했다.

삽시간에 백여 명이 눈을 까뒤집었다.

휙! 찬바람이 스쳐 갔다.

비명도 없었다. 목 없이 서 있는 몇 명의 동료들을 발견하고 비로소 군웅은 대살성이 자신들의 곁을 지나갔다는 것을 알아챘다.

"으으……."

군웅은 신음을 토하며 비틀비틀 물러났다. 몇 명은 다리가 얼어붙은 듯 꼼짝 못한 채 오줌을 지렸다.

따라랑! 따랑!

명강량은 천음검을 가볍게 흔들며 얇은 쇠판이 울리는 소리를 냈다. 그는 처참한 표정으로 서 있는 감악 등을 여유 있게 지나쳐 단원홍 앞으로 다가갔다.

"이놈은 나의 차지입니다!"

번천양장을 번뜩이려던 전우삼이 소리쳤다.

명강량의 눈빛이 새하얗게 빛났다. 며칠을 굶주리다가 피 냄새를 맡은 식인호食人虎의 눈빛보다 더했다.

전우삼은 주춤거리며 물러났다. 비키지 않으면 명옹의 칼이 먼저 자신을 노리리라는 것을 알았다.

명강량은 단원홍을 마주 대하고 섰다.

단원홍은 검미를 좁혔다. 동정호의 일전 때 사매를 업고 달아나던 바로 그자였다.

마옹 명강량!

그러나 단원홍 역시 장문천처럼 별달리 놀라워하지 않았다.

'사매가 또 재미있는 장난을 쳤군.'

그 느낌 이상은 없었다. 그리고 강호의 소문보다 마옹의 실력이 더 뛰어나다는 정도.

단원홍은 검을 들었다. 그러나 검을 든 순간, 그는 견딜 수 없는 살기를 느꼈다.

머리가 아득했다. 너무 흥분했기 때문에 심결까지 외워야 했다. 심결이 그의 흥분을 천천히 가라앉혔다. 그는 살의만은 장검에 남겨 두고 다른 것은 잊었다.

머릿속에 동관을 굽이치는 황하가 흘렀다. 황하는 커다란 이무기, 억만 년 묵은 대망大蟒이다. 천화원을 나서기 전 그는 동관에서 십 합 만에 그 대망을 잘랐다.

보아하니 눈앞의 대망은 그보다 더 크고 더 사납게 보였다. 십 합을 허용하지도 않을 듯했다.

단 일 합.

웅! 웅! 웅!

백년감일소가 황금빛 서리를 뿜어내며 울고 있었다.

우웅! 웅!

그 소리는 용음으로 점점 길어지고 거칠어졌다.

우르르! 전각이 흔들리고 세찬 바람이 흙먼지를 일으키며 배교의 총단을 뒤덮었다. 그러나 단원홍과 명강량이 선 자리 주변으로는 티끌 하나 침입하지 못했다.

황금색 빛 무리는 점점 농도를 더해 단원홍을 덮었다.

명강량도 개천양일진력을 끌어올리고 있었다.

그는 붉은 빛 무리 속에서 자신 외에 또 하나의 자신을 내놓고 있었다.

'양신陽神!'

혜각은 눈을 질끈 감았다.

불가佛家가 천산을 넘어 중원에 들어오며 천축의 것만으로 남지 않았듯이 배교 역시 천산을 넘어오며 서국의 것으로만 남지 않았다. 특히 연기법鍊氣法은.

옥심금화, 오기조원, 삼화취정, 적사귀신, 천화란주… 그 현란한 용어들의 실현을 혜각은 이곳에서 볼 줄 몰랐다.

그리고 혜각은 또 한 가지를 확인하고 있었다.

반선半仙 중에는 요기로 사람을 해하며 만세萬世를 누리는 자가 있다고 한다. 반선에 이를 정도면 엄청난 수행을 했을 것이다. 그런데 헛된 욕심이 남아 있다니.

혜각은 그래서 요사스러운 반선들의 존재를 믿지 않았다. 그러나 지금 그는 직접 보고 있었다.

구룡선주! 양신을 토해 내고 있는 자는 바로 그였다.

역시 진리는 천지간의 만물을 관통하기 때문에 진리인가 보다. 깨치지 못한 자는 그 수련의 공이 아무리 높다고 하더라도 결국 깨치지 못한 자일뿐이다!

정正이 높으며 마魔도 높다!

그래서 혜각은 언뜻 깨달았다. 사람의 마음이 얼마나 무서운 물건인가를.

웅! 웅! 웅!

엄청난 경기의 폭풍은 계속 휘몰아치고 있었다.

군웅은 계속해서 뒷걸음질을 쳤다.

그들은 뒷걸음질을 치며 혈불血佛과 금불金佛의 개세일전蓋世一戰을 눈이 빠져라 보고 있었다.

붉은 광채에 쌓여 있는 명강량은 혈불이었고 황금빛 원광圓光에 쌓여 있는 자는 단원홍이었다.

그들이 찾은 진리는 혜각과 조금 달랐다.

사필귀정! 단원홍이 이길 것이라 확신했다.

그러나 쥐 떼처럼 서성거리는 그들을 위해 정正이 반드시 찾아올 것인지.

츠츠츠츠……

빛 무리가 움직였다.

공전절후의 대결이 벌어지려는 일촉즉발의 순간이었다.

"아저씨!"

날카로운 소녀의 목소리가 시간조차 정지시킨 침묵을 깼다.

예령이었다.

"멈추세요! 아저씨!"

그녀는 소리쳤다.

그러나 명강량과 단원홍은 예령의 외침에 미동도 보이지 않았다. 끝은 보아야 할 사이라는 것을 그들은 서로 알고 있었다.

웅웅웅!

단원홍은 장검을 수직으로 그었고 명강량은 쌍장을 내밀었다. 그들의 움직임은 단원홍이 전우삼과 싸울 때보다 더 느렸다. 너무 빨라서 느리게 보이는 것이 아니라 시간조차 멈출 만한 내력이 담겨 있었기 때문에 느렸다.

붉은 광채와 황금빛 광채는 점차 그 빛을 더해 갔다.

단원홍의 검이 명강량의 심장으로 육박하고 있었다. 그러나 명강량은 검에는 신경도 쓰지 않았다.

단원홍은 찰나지간에 눈을 깜박했다.

뚜둑! 후두둑!

검에 미세한 균열이 일며 장검이 가루로 날렸다. 그리고 한순간에 붉은 광채가 황금색 광채를 압도했다.

군웅은 빛이 너무 강해 눈을 가렸다.

"아저씨!"

예령은 목이 찢어져라 다시 고함을 질렀다.

쏴아! 붉은 광채가 황금색 광채를 가르며 기세 좋게 밀려갔다.

퍽! 둔중한 소리가 모든 것을 끊었다. 소리는 작았으나 흔들림은 전각을 휘청 기울게 할 정도였다.

빛 무리는 일순간에 사라졌다.

"아아!"

군웅은 절망했다.

"흐흐흐, 하하하하!"

터져 나오는 광소.

능운공작은 잠을 청하는 사람처럼 단정하게 누워 있었다. 핏자국도 없었고 눈도 맑게 뜬 상태였다. 그러나 그는 누워 있고 대살성은 광소를 터뜨리고 있었다.

'아아! 이제야 모든 것이 끝났는가?'

단원홍의 눈에 한천이 들어왔다. 호신강기가 잠깐의 생명은 붙여 주었으나 오래가지 못할 듯했다. 의식을 놓으면 다른 세계가 그를 맞을 것이다.

'길고 긴 세월이었다.'

그의 의식이 점점 흐려졌다. 그는 의식을 놓으려 했다. 그러나 문득 잊고 있었던 것이 생각났다.

"아저씨!"

예령이 달려오고 있었다.

'그렇지. 오오! 나의 귀여운 아기…….'

잊고 있었던 것은 예령이었다.

단원홍은 허공중으로 흩어지려는 자신의 의식을 굳게 잡았다. 얼굴은 제대로 한번 보아야 할 것 아닌가.

"아저씨……."

예령은 눈물을 흘리며 단원홍의 품에 얼굴을 파묻었다.

명강량의 입가에 기인한 미소가 번졌다.

"흐흐흐, 하하하하!"

그의 광소가 다시 터졌다.

휙! 명강량은 신형을 날렸다.

콰쾅! 쾅! 쾅!

폭음 같은 소리가 황산을 메아리쳤다.

일진각一眞閣이 박살 나고 수심각守心閣이 박살 났다.

감악과 장탄은 물론 전우삼의 눈빛에도 한광이 흘렀다. 애써 지은 총단. 기왓장이 날 때면 살이 저미는 듯했고 기둥이 부러질 때는 뼈가 부러지는 듯했다.

감악은 신장도를 몇 번이고 들썩였고 전우삼도 주먹을 불끈 쥐었다.

"미쳐도 보통 미친 것이 아니군! 귀신이 들어도 더러운 귀신이 들었어!"

전우삼은 결국 한 소리 내뱉고 말았다. 하지만 차마 주먹은 들지 못했다. 죽음이 두려워서가 아니었다. 전각은 다시 지으면 되지만 사람의 마음에 한번 금이 가면 다시 치유되기는 힘들다. 이미 금이 갔는지 모르지만 그것을 확인까지 하기 싫은 전우삼의 마음이었다.

배교도들은 이를 악물고 명강량의 난행亂行을 지켜보고 있었고 군웅은 살기에 놀라 뒷걸음질을 치며 의아해했다.

구룡선주는 배교도가 아니었는가? 왜 그는 미친 듯이 자신의 전당을 부수고 있지?

궁금증은 나중에 풀어야 할 것 같았다.

'그렇구나. 놈은 파문을 당한 복수를 하려는구나.'

그 와중에 그 같이 생각하는 자도 있었지만 그 역시 등을 돌리기는 마찬가지였다.

광마처럼 전각을 부수던 구룡선주가 뇌성 같은 고함을 지르며 달려들고 있었다.

"나를 막는 자는 누구라도 죽는다! 배교도라 하더라도! 으하하하!"

그가 비조처럼 군웅을 덮쳤다.

혜각은 선장을 불끈 쥐었다. 당랑거철이라는 것을 알지만 그는 항마복마장降魔伏魔杖을 펼쳤다.

생각대로 명강량은 너무도 쉽게 그의 일 장을 비켜나며 붉은 장영을 뿌렸다.

'끝이구나.'

혜각은 눈을 감았다.

"크악!"

"악!"

비명이 터졌다.

혜각은 눈을 번쩍 떴다. 명강량의 장은 그를 비켜나 달아나는 군웅의 등을 가격하고 있었다.

'왜?'

혜각은 물었다. 그러나 그 역시 생각할 시간은 많지 않았다. 어쨌든 대마두의 학살을 막아야 했다.

그는 다시 몸을 날렸다.

"으악!"

"악!"

비명은 계속 터졌다.

혜각은 명강량을 바쁘게 쫓았으나 명강량의 섬전 같은 움직임에 땀만 흘리고 있었다.

달아나는 자, 쫓는 자!

배교의 총단은 아수라장이었다.

예령과 단원홍은 그 한가운데에 있었다. 이제 그들에게 주위에서 벌어지고 있는 일들은 너무 멀었다.

"아저씨……."

예령의 눈물이 단원홍의 가슴을 적셨다.

'울고 있구나. 우리 아기…….'

단원홍은 가슴이 아팠다. 머리를 쓰다듬고 껴안아 주고 싶었으나 팔이 움직이지 않았다. 억지로 웃음을 보이려 했으나 입술도 말을 들어 주지 않았다.

그래서 그는 결국 눈동자로 모든 이야기를 했다. 예령을 안아 주고 쓰다듬어 주고 위로해 주고.

정말 알 수 없었다. 왜 이렇게 귀여운 아이를 죽일 생각까지 했는지.

"아저씨… 엉! 엉! 엉!"

예령의 눈물은 강을 이루었다.

단원홍의 가슴은 속까지 질펀하게 젖었다.

'우리 아기, 우리 아기…….'

만족했다. 더 이상 바랄 것이 없었다.

진심으로 자신을 위해 울어 주는 한 사람이 있다는 것!

'자, 예령, 이제 가야겠다. 네 어미가 말했지. 영원한 이

별은 없다고. 잠깐 다른 곳에서 너를 지켜보고 있겠다.'

눈까풀이 무거웠다. 단원홍은 먼 길을 떠날 채비를 서둘렀다. 순간, 단원홍은 흠칫 정신을 차렸다.

"크하하하! 으하하!"

광란으로 질주하는 저자!

어쩌면, 어쩌면 세상의 종말을 위해 태어난 저자가 예령의 목숨까지 가져갈지 모른다는 생각이 들었다.

보라! 이 피 냄새!

예령이 자신을 위해 앙증맞게 내지를 주먹도 진정 저자는 복수의 칼이라 생각할 수 있을 것이다.

생각할 수 있는 것이 아니라 그렇게 할 자였다. 사매를 농간했던 저 악인이라면 그렇게 하고도 남았다.

맹렬한 적개심과 함께 조급함이 그의 가슴을 태웠다.

어떻게 할 것인가, 어떻게 할 것인가?

'아!'

단원홍은 탄성을 터뜨렸다. 기억났다. 왜 그 기억을 하지 못했을까? 꿈에도 떠올리기 싫어 머릿속 깊이 파묻어 버렸던 기억이기 때문에 잊고 있었을 것이다.

'그랬었지, 그랬어.'

생각하니 예령이 떠나간 사실에 대해 죽이고 싶도록 배반감에 몸을 떤 이유는 배교 때문이 아닌 듯했다. 바로 그 기억! 그 기억 때문이었다. 그 기억 때문에 마옹을 상대로 검을 든 순간 자신까지 붕괴시킬 듯한 살의에 시달렸다.

죽음과 함께 묻어 버리려던 치 떨리는 기억이었다. 하지만 그는 그 기억을 이제 누구에게 말해야 했다. 그 기억을 가장 밝히기 싫은 자에게. 예령을 위해…….

단원홍은 전신의 긴장을 풀었다. 그리고 예령에게 쏟고 있던 그의 모든 힘을 모았다.

다행히 작자는 그를 향해 뚜벅뚜벅 다가오고 있었다.

천음검에 묻어 있던 한 방울의 피가 뚝 떨어졌다.

명강량은 자신은 원래 어눌한 자라 연희에는 재질이 없다고 생각했다. 그런데 의외로 그의 몸과 천음검은 썩 연희를 잘 이끌어 가고 있었다.

지난밤 내내 생각했다. 떠나기 전에 교를 위해 무엇을 해줄 것인가? 감악의 소원이 제일 다급한 듯했다. 구룡선주는 배교의 이단자이고 살귀에 불과한 자라는 것.

그래서 전각을 부수고 천음검에는 피를 듬뿍 묻혔다.

악약이 보았으면 자신의 연기를 칭찬하리라.

하지만 다시 생각하니 자신이 썩 연기를 잘한 이유는 연희가 아니었기 때문인 것 같았다.

이단자가 아니고 살귀가 아닌가?

아무래도 맞는 듯했다.

그러나 연희든 사실이든 무엇이든 어쨌든 상관없었다.

그는 이제 어린 성녀를 위해 한 가지의 일을 더할 생각이었다. 짧은 기간 좋지 못한 모습만 보였지만 마음 착한 어린 성녀가 어쩌면 자신을 마음에 티끌만큼이라도 담고 있을지 모른다고 생각했다.

그 티끌까지 없앨 생각이었다. 자신에 대한 기억을 깨끗이 지우도록.

명강량은 천음검을 들었다.

팟! 천음검이 날아간 그 순간 명강량의 귀에도 무엇인가가 날아왔다.

단원홍의 전음입밀이었다.

－재접봉의 일을 생각하라! 예령은 너의⋯⋯.

단원홍의 전음은 그곳에서 끊겼다.

무정한 천음검이 단원홍의 심장을 깨끗이 꿰뚫은 것이다.

천음검이 단원홍의 피를 떨어뜨리며 천음관 속으로 사라졌다.

기이하게 심장이 꿰뚫리자 비로소 단원홍은 웃었다. 그리고 팔을 들어 예령을 감쌌다.

잠깐, 아주 잠깐.

단원홍은 입가에 미소를 지은 채 움직이지 않았다.

명강량은 문득 그가 부러웠다. 단원홍의 모습은 죽은 자의 모습이 아니라 좋은 꿈을 꾸고 있는 듯한 자의 모습이었다.

예령의 울음소리가 들리지 않았다.

예령은 단원홍의 가슴에 귀를 대고 소리 없는 눈물을 흘리고 있었다. 그 울음은 오래가지 않았다.

죽은 자의 시신은 체온이 식기 전에 곱게 펴 주어야 한다. 잘못하면 입관을 위해 망자의 굳어 버린 몸과 팔을 바로 하려다가 육신을 훼손할 수도 있으니.

예령이 그것까지 알까마는 그녀는 머리칼 한 올까지 단정히 단원홍의 시신을 수습했다.

그리고 자리에서 일어났다.

예령의 큰 눈동자가 명강량의 눈동자에 닿았다.

"악마!"

예령은 와락 고함을 지르며 명강량에게 달려들었다.

그녀의 작은 손이 명강량을 난타했다.

명강량은 가만히 맞고만 있었다.

'그 작자가 무슨 말을……?'

단원홍이 던진 말에 골몰했다. 어린 성녀가 어떻다는 말인가? 어감이 심상치 않았다.

"악마! 악마!"

예령은 명강량을 난타하며 다시 눈물을 주르르 흘렸다.

감악이 다가왔다. 그는 예령의 손을 잡았다.

"놓으세요!"

예령이 감악의 손을 거칠게 뿌리쳤다.

"앙! 앙! 앙!"

그녀는 눈물을 흘리며 등을 돌렸다.

단원홍의 시신은 미소로 여전히 제자리를 지키고 있었다.

"엉! 엉!"

예령은 단원홍의 시신에 은빛 가루를 뿌렸다. 그리고 수인手印을 맺듯 손을 모으고 몇 번 단원홍의 시신 위를 쓰다듬었다. 단원홍의 시신에서 불길이 확 치솟았다.

단원홍의 시신은 삽시간에 재로 변했다.

"앙! 앙! 단 아저씨…….."

예령은 팔을 벌렸다.

바람이 불었다. 바람이 재로 남은 망자의 잔해를 사해팔황으로 흩날렸다.

"엉! 엉! 엉!"

예령이 눈물을 떨어뜨리며 광명정을 내려갔다.

감악은 충혈된 눈으로 명강량을 거세게 쏘아본 후 급히 예령의 뒤를 따랐다.

신화정이 따랐고 장탄이 따랐고 고명상이 따랐고 유공경이 따랐다. 명강량이 떠나기로 한 총단을 그들이 하나 둘 떠나고 있었다.

의외로 가장 망설이리라 생각하던 아란하는 감악에 앞서 예령을 따라가고 있었다.

전우삼이 다가왔다.

"나도 가야겠소. 다른 이유는 나중에 따져 보아야 할 것 같고… 지금 떠나는 이유는 성녀를 지키기 위해서요. 어린 성녀를 노리는 개떼들이 한둘이어야 말이지. 십위병은 잔일을 시키기 위해 내가 데려가겠소. 사방위와 삼십육호교사는 총단을 지키기 위해 남겨 두겠소."

그가 퉁명스럽게 말했다.

전우삼도 떠나갔다.

휘잉! 횡!

모여든 군웅은 이미 뿔뿔이 흩어졌고 사람이 줄어든 만큼 삭풍이 거세게 모여들었다.

명강량은 모두가 떠난 후에도 한동안 그 자리에 석상처럼 서 움직이지 않았다.

❦

떠난 자는 돌아오지 않고 떠나야 할 자는 남아 있었다.

흩날리는 눈발 속에 광명정을 지키고 있는 거대한 전각들.

주인 없는 전각들은 으스스함을 풍겼다.

명강량은 며칠 전의 그 자리에 여전히 누워 있었다. 이 상태로 죽는다면 틀림없이 창귀僞鬼가 될 것이 뻔했다.

파문이란 어떤 것인가? 막상 당하고 보니 뿌리를 잃은 것과 같았다. 모든 것이 둥둥 떠다녔다.

사박! 사박!

귀에 익은 눈 밟는 소리였다. 양백. 무슨 이유인지 그는 떠나지 않고 있었다.

곡기를 끊은 지 오래인데도 음식을 꼬박꼬박 날라다 주고 있었다. 하지만 지금 오는 것은 이상했다. 끼니를 챙길 때가 아직 아니었다.

"눈이 많이 옵니다."

양백이 손을 들며 말했다.

"어제 유 명두와 십위병 몇 명이 왔습니다. 어린 성녀의 부탁을 받고 왔다는군요. 청정원에 놓아둔 물건을 찾으러 왔답니다. 화령주와 보화로 장식된 단검을 찾아갔습니다. 그리고 명옹께는 이 물건을 전해 주라고 하더군요."

그가 예령이 항상 들고 다니던 함을 명강량의 발치에 놓았다.

"어린 성녀께서 그 물건은 원래 명옹의 물건이었다고 합니다. 성녀께서 주라고 한 물건이라 하더군요. 줄 기회를 찾았으나 결국 찾지 못하고 이제야 전하게 되었다고 합니다."

명강량은 악약이 남긴 물건이라는 말에도 반응을 보이지 않았다. 그러나 양백은 알고 있었다. 명옹의 마음이 온통 함에 가 있을 것임을.

"어린 성녀께서는 잘 계신다고 합니다. 겨울을 보내기에 좋은 곳을 찾았다고 하더군요. 걱정하지 말라고 유 명두가 말했습니다. 그리고 유 명두는 명옹께 인사를 드리지 못하고 떠남을 죄송하다고 전하라 하더이다. 감 명두, 아니 이제 호교신장이 되었지요. 당금 호교신장께서 절대 전대 명옹을 찾지 말라는 명을 내렸다고 합니다. 전교영기로 내린 명이니 따를 수밖에 없다고 말했습니다."

양백이 씁쓸한 표정으로 말했다.

명강량은 마침내 입을 열었다.

"양 명두도 떠나시오. 그대도 교도… 전교영기를 거역한 자는 책임을 면할 수 없소."

"나는 교법보다 성녀의 말씀을 더 중요하게 생각하는 사람입니다. 일전에 말씀드린 적이 있지요. 저는 성녀로부터 받은 명이 있습니다."

"죽은 자를 위해 산 자의 삶을 구속하려 들지 마시오."

"내가 보기에 죽은 자에 더 구속당하는 사람은 명옹 같습니다. 허허허!"

양백이 사람 좋게 웃었다.

"때로는 죽은 자가 산 자의 삶에 더 영향력을 미칠 때가 있지요. 죽은 자는 항상 좋은 것만 기억하게 하니… 아! 그리고 나는 성녀가 죽었다고 생각해 본 적이 없습니다."

그가 허리를 펴며 말했다.

"양 명두의 말이 옳을지도 모르겠소."

명강량은 눈발이 거세게 휘날리는 허공을 응시했다. 그는 양 명두가 점점 자신이 상상하던 광명신장의 모습과 닮아 간다고 생각했다.

'광명신장은 어떻게 광명신장이 될까?'

듣기에 광명신장은 이름이 없다고 했다. 그저 광명신장은 광명신장일 뿐이다. 얼굴도 중요하지 않고 개인적인 생각도 없다. 전대 광명신장으로부터 심득心得과 교의 비밀을 얻은 후 얼굴만 빼고 전대 광명신장과 전혀 다르지 않은 모습으로 그 자리를 지킨다고 한다. 때문에 광명신장의 생명은 영원불멸로 성녀들에게 비춰진다고 했다.

풍상에 시달린 바위처럼 묵묵한 모습.

광명신장의 높고 높은 덕을 모르지만 만약 차기 광명신장이 될 자가 있다면 그는 양백 이상의 사람은 없으리라 생각했다. 양백은 온갖 세상의 풍파를 다 겪은 후 비로소 자신의 얼굴을 찾았으니.

"마음을 편하게 가지십시오. 나고 죽는 것이 하늘의 이치라면 그 이치만큼의 몫은 하늘에 책임을 물어야 하지 않겠습니까. 편히 쉬십시오."

양백은 포권을 한 후 눈발 속으로 걸어갔다.

명강량은 한동안 천공을 휘날리는 눈을 응시했다. 그리고 그는 격공섭물로 어린 성녀가 보낸 함을 취했다.

명강량은 함을 가슴에 놓고 호흡을 골랐다. 느껴졌다. 어린 성녀의 체취. 가슴이 애잔한 파도로 일렁였다.

그는 함을 열었다.

또 다른 체취가 그의 숨을 막히게 했다. 너무도 반갑게 그를 반기는 체취였다. 목을 껴안고 매달리는 듯한 느낌을 받았다.

악약의 체취였다.

명강량은 함 속에 든 물건을 꺼냈다.

목이 꽉 메었다.

비천쌍마! 악약의 부탁을 받고 거친 손길로 자신이 다듬어 만든 그 비천쌍마였다.

악약의 독촉에 미처 한쪽 날개를 완성조차 하지 못하고 넘겨주었다. 그런데 이제 한쪽 날개도 다듬어져 있었다. 악약이 손을 댄 듯했다.

명강량은 감회에 시달리며 비천쌍마를 꽉 쥐었다. 갑자기 비천쌍마가 그의 머릿속을 질주했다.

온갖 영상들이 뒤죽박죽 살아났다. 악약과의 날들이 스쳐 갔고 재접봉, 재접봉에서…….

'허헉!'

명강량은 헛바람을 토하며 비천쌍마에 급히 손을 뗐다.

'말도 안 되는……!'

그는 입술을 깨물었다.

십여 년 전 모산에서 일어난 일들을 가만히 되돌렸다.

'재접봉에서…….'

당연한 일로 기억이 없었다. 모산에서 단원홍에게 일 장을 맞은 후 의식을 잃었으니. 단원홍을 떠올리자 그는 단원홍이 죽기 전에 남긴 말도 생각났다.

— 재접봉의 일을 생각하라! 예령은 너의…….

'예령, 어린 성녀는 나의 무엇이란 말인가?'

비천쌍마가 불러온 기억과 뒤섞여 그의 머릿속은 혼란으로 더했다.

명강량은 비천쌍마를 함에 도로 넣었다.

아무래도 재접봉에는 한번 다녀와야 할 것 같았다.

폐허에서 일어났다.

명강량의 신형이 눈발 속을 움직였다.

황산에는 눈이 그칠 날이 없었다. 그러나 강남에서 눈을 보기는 흔치 않다.

명강량은 강남의 겨울을 걸어 모산에 이르렀다. 그리고 재접봉을 올랐다.

양백이 세운 악약의 위령비가 보였다.

위령비를 지나 정상으로 향했다. 정상으로 향하는 와중에 그는 작은 동부 하나를 발견했다.

그의 발길은 자신도 모르게 그 동부로 향했다.

동부에 발을 들인 그 순간이었다.

비천쌍마가 언뜻언뜻 보여주던 모든 영상들이 질서정연하게 되살아나 그를 덮쳤다.

재접봉에서, 재접봉에서…….

그들만의 축제가 기억 속으로 되살아났고 어린 성녀의 탄생의 비밀도 알았다.

명강량은 전신을 사시나무처럼 떨었다. 자신의 감정을 어떻게 표현해야 할지 몰랐다. 그런 엄청난 일이 있었어야 좋았는지 없었어야 좋았는지도 몰랐다.

신성을 능욕한 자!

두려웠다. 한편으로는 견딜 수 없는 벅찬 희열도 느꼈다.

동부에서 뜬눈으로 꼬박 하루를 묵었다.

그리고 그는 황산으로 발길을 돌렸다.

안락국으로 걸어갈 때와 마찬가지로 그는 실혼인과 같은 모습이었다. 멍하니 발길을 옮겼다.

황산에 내리는 눈은 여전했다.

폐허가 된 대화로를 찾았다. 그리고 그는 지친 듯 털썩 몸을 눕혔다. 며칠을 뒹굴었다.

그리고…….

어느 순간, 그의 입가에 미소가 떠오르고 눈에는 눈물이 맺혔다. 본마음을 찾은 것이다.

'원하던 일이었어. 잘된 거야.'

악약과 신성으로 결합하기보다는 사람으로 결합하기를 쭉

바라 왔었다. 비록 의식 밖에 이루어진 결합이지만 악야의 마음 역시 그의 마음과 같았다는 것을 동부에서 확인했기에 기뻤다.

'촌각의 지락至樂 때문에 만 년을 얼음 굴에 있다고 한들 어떠하리. 나는 만 년 동안 그 얼음 굴에서 촌각의 지락을 생각하며 기뻐할 것이다.'

신성을 모독한 죄로 도산검림에 놓여진다고 하더라도 후회는 하지 않을 것 같았다.

명강량은 함을 열었다.

비천쌍마가 그를 반겼다.

자신과 악야의 길고 긴 이야기는 끝이 난 듯했다.

그럼 남은 일은…….

양백을 불렀다.

낙조는 뚫어지게 양백을 응시하고 있었다.

"정말이에요?"

예령이 물었다.

"물론입니다. 성녀들에게만 내려오는 비법이지요. 다른 자는 비법을 안다고 하더라도 효과가 없습니다. 성녀의 신령스러운 힘과 성녀의 성스러운 피만이 효과를 볼 수 있습니다."

"이상하네. 나는 그런 비법이 있다는 것을 어머니로부터 듣지 못했는데."

예령은 고개를 갸웃했다.

낙조도 따라서 고개를 갸웃했다.

"경황이 없었을 것입니다. 비법을 전해 줄 만큼. 다행스럽게 내가 옛 청정원의 터에서 그 비법을 발견하지 못했다면 영원히 어둠 속에 묻혔겠지요."

예령이 고개를 갸웃거리는 모습이 무척 재미있어 보였던지 낙조는 다시 고개를 갸웃했다.

"그런가?"

예령은 여전히 반신반의했다. 경황이라는 말은 자신과 어머니를 이야기하는 말로는 전혀 어울리지 않았다.

"어린 성녀시여. 믿어야 합니다. 믿지 않는다면 수천 명의 목숨이 사라지게 됩니다."

양백은 지그시 눈을 감았다.

"알았어요. 믿겠어요. 양 할아버지가 나에게 거짓말을 할 이유가 없잖아요."

예령이 말했다.

"할아버지? 껄껄껄! 고맙습니다. 이 늙은 것을 그렇게 친근하게 불러 주시어. 어린 성녀시여, 이제 모든 것은 잘될 것입니다. 마음을 놓고 기다리십시오."

"정말 그렇게 되었으면 좋겠어요. 그런데 양 할아버지, 그… 그는 어떻게 지내요?"

예령이 명강량에 대해 물었다. 조금 심술궂은 표정이었다.

"옛 대화로 터에 파묻혀 나올 생각을 하지 않고 있습니다. 곧 떠나겠지요. 남은 구파일방을 시작으로 하나하나 강호를 멸화滅火에 빠뜨릴 것입니다."

"그렇게 하고도 남을 사람이에요. 감 아저씨에게 이야기해서 곧 조치를 취하도록 하겠습니다."

예령은 아미를 찌푸렸다.

"좋은 날 내가 연락을 드리겠습니다. 그럼……."

양백은 머리를 숙였다.

그는 예령이 머무는 목채를 빠져나왔다.

새야, 새야, 어리석은 새야

콩밭에는 왜 내려 앉았니

어리석게 굴다가 그물에 걸렸구나.

어린 성녀의 흥얼거리는 노래가 등 뒤로 들렸다.

양백의 앞에는 백설에 덮인 수십 개의 봉우리들이 우아한 자태로 서 있었다. 전대 성녀가 태어나고 전전대 성녀가 뼈를 묻은 곳. 황산과 같이 안휘성에 자리 잡은 구화산이었다.

"무슨 말씀을 드린 거예요?"

목채를 나오는 양백에게 아란하가 다급히 물었다. 목채 밖에는 아란하뿐만 아니라 감악, 전우삼도 서 있었다.

"허허허! 내가 어린 성녀와 나누는 말을 못 들었다고 하지는 않으시겠지요? 들은 그대로외다."

"이해할 수 없는 부분이 너무 많아요."

"아란하라고 했지요. 아란하, 이해할 수 없다면 그냥 덮어두시오. 누구도 이 일이 꼬치꼬치 밝혀지기를 원치 않는다오. 어차피 상처는 감수해야 할 일이니."

양백은 희미한 웃음을 지었다.

"나는 또 둘러봐야 할 곳이 있습니다. 바빠서 이만……."

그가 휘적 구화산을 내려갔다.

"이봐! 이봐! 양 명두!"

전우삼이 다급히 그를 불렀다.

그러나 양백은 발걸음을 멈추지 않았다.

전우삼은 그를 붙잡기 위해 신형을 날리려 했다

감악이 그의 팔을 잡았다.

"양 명두로부터 더 이상 들을 말은 없을 것이오. 조금 더 생각해 봅시다."

그가 미간을 좁히며 말했다.

"도대체 저자는 무슨 일을 꾸미려 하는 거야?"

전우삼이 눈을 치켜뜨며 물었다.

감악과 아란하는 아무 말도 않았다. 그들은 약속이나 한 듯 휭허케 자신의 거소로 돌아갔다.

"무슨 일을 그따위로 하겠다는 거야!"

팟! 전우삼은 장도를 번뜩였다. 단원홍과의 일전 이후 병기의 중요성을 새삼 깨닫고 마련한 장도였다.

장도는 아름드리나무를 단숨에 잘랐다.

우르르르! 콰쾅!

아름드리나무가 꿍음을 내며 쓰러졌다.

"흥! 웃기는 이야기를 다 듣겠군! 비법? 누구는 초대 명웅의 무공을 익히지 않은 줄 알아!"

전우삼은 와락 고함을 질렀다.

생각할수록 화가 나고 울화가 치솟았다.

"정말 귀신이 들어도 단단히 들었군! 양 명두, 그 주책맞은 늙은이는 또 왜 그 난리야!"

콰쾅! 쾅!

전우삼의 장도에 애꿎은 나무들만 잇달아 쓰러졌다.

그런 일을 염두에 두고 있었기 때문에 이제껏 그같이 행동했을지도 모른다는 생각이 들자 조롱당하는 느낌도 들었다.

"그냥 넘어갈 수 있는 일이잖아! 강호의 놈들도 모두 우리에게 그렇게 했어! 왜 우리만 죽을죄를 지은 자처럼 책임을 지려 드는 게야! 헤헹, 혼자서 잘난 척을 할 생각을 하셨구먼. 내가 내버려 두는가 봐라!"

그는 고함을 지르며 구화산의 나무들을 다 쓰러뜨릴 듯 날뛰었다.

쾅! 콰쾅! 쾅!

전우삼이 발악적으로 나무를 쓰러뜨릴 때마다 감악의 가슴은 쿵쿵 뛰었다.

매질을 당하는 기분이었다.

'내가 잘못하고 있는 것인가?'

감악은 물었다. 그러나 그는 이내 고개를 저었다. 이제 그는 호교신장이다. 감정을 앞세워 일을 그르칠 수 없었다.

예정된 순서대로 모든 것이 진행되고 있을 뿐이다.

양 명두도 그 사실을 알기 때문에 험한 일을 자처했을 것이다. 그의 말이 맞다. 어차피 감수해야 할 상처다. 지켜보는 것만이 자신이 할 수 있는 최선의 선택인 듯했다. 미안한 일이 있다면… 잠깐 동안이라도 그를 의심한 것!

잘못을 빌 기회는 마련해야 하겠다고 생각했다.

잠깐 동안 목채에 앉아 있던 감악은 밖으로 나왔다. 그는 웃옷을 벗고 도끼를 잡았다.

잡일에 정신을 팔지 않으면 자칫 감정에 호소당해 판을 깨 버릴지도 모른다고 생각했다.

팟! 그는 도끼를 힘차게 내리꽂았다.

쾅! 콰쾅!

아란하는 견딜 수 없었다. 귀를 막았다. 그러나 전우삼이 나무를 난도질하는 소리는 귀를 막았는데도 더 크게 들렸다.

그녀는 귀에서 손을 뗐다.

전신에 맥이 쭉 풀렸다.

모르는 자는 없었다. 대전왕이 어떤 길을 갈 것인가를.

감악, 전우삼, 그녀까지.

그런데 왜 아무도 성녀를 찾아가지 않는가?

이미 오래전에 막연하게 예감을 했고 근자에 그 예감대로 일이 진행될 것이라는 확신을 가지고 있었기 때문에 모두 침묵하고 있는 것인가?

아마 그 말이 맞을 듯했다.

누천년 쌓인 배교의 한!

대전왕은 그것을 풀었다. 그러나 문제는 그 이후다.

강호에 뿌린 피를 어떻게 수습할 것인가?

각자는 오랫동안 고심했을 것이다.

대안이 없었다. 대안이 있었다면 그 길을 갔을 것이다. 대전왕 역시 어떤 대안도 보여 주지 않았다.

감악은 화를 냈고 교도들은 불안해했다. 해법을 찾아 주어야 할 대전왕은 밑도 끝도 없이 오히려 더 달리고 있었으므로.

그래서 감악이 내린 선택은 파문이었다. 하지만 파문이 눈 가리고 아웅 하는 이상의 것으로 강호인에게 보이지 않으리라는 것은 모두 아는 사실이었다.

그런데 이제 대전왕이 해법을 냈다.

아란하는 참으로 기막힌 발상이라 생각했다. 성녀를 끌어들이는 일만은 마음에 걸렸지만.

그러나 그만큼 효과도 클 것이다.

그렇게 대전왕은 자신을 비롯한 여러 사람의 침묵의 동의 속에 자신을 정리하려 하고 있었다.

누구도 말리지 못할 것이고 미안한 이야기지만 누구도 말리려 하지 않을 것이다. 교의 미래가 걸려 있고 무엇보다 성녀의 안위가 걸려 있기에.

대전왕의 운명은 이제 정해진 것이었다.

'그럼 나는?'

아란하의 괴로움은 그것이었다. 십여 년의 기다림이 너무도 허망했다.

그녀는 한동안 넋 나간 사람처럼 창밖만 응시했다. 그리고 부스스한 머리칼을 쓰다듬었다.

대전왕을 만나 보고 싶었다. 만나면 십여 년 세월에 대해 어떻게 보상해 줄 것인가를 항의할 생각이었다. 그러나 그녀는 만날 생각을 억눌렀다. 대전왕의 마음에 불편한 짐을 남기기 싫었다.

그녀는 자리에서 일어났다.

성녀의 목채로 향했다.

아무 소리나 지껄여야 밤을 넘길 것 같았다.

"잘 왔네."

혜각은 평소와 같은 얼굴로 양백을 맞았다.

"황산의 일전을 준비하고 있겠지?"

양백 역시 마찬가지였다.

생사를 걸고 싸움을 준비하는 사이 같지가 않았다.

"허허허! 싸움을 말리고 싶은가? 나도 싸우기는 싫네. 구룡선주라는 자는 너무 강하단 말일세. 나는 깨치지 못한 자라 아직 목숨에 대한 애착이 많다네."

혜각이 웃으며 말했다.

"구룡선주… 그를 이길 사람은 아무도 없을 것일세. 누천 년 쌓인 우리 교도들의 한이 암왕을 불렀지. 자네가 구룡선주라 부르는 그는 바로 암왕의 현신이자 암왕의 피를 받은 자일세. 누가 그를 꺾을 수 있겠나?"

"암왕이라니?"

"명왕에 맞서 세상의 반인 어둠을 지배하는 자!"

"양백, 나는 자네 말이 조금 공허하게 들린다네."

"그럼 편한 대로 생각하게. 우리 교의 이단, 암가의 후예 정도로."

"암가의 후예라… 배교에도 이단이 있었나 보군."

"이단이 별것이고 정사의 차이가 별것인가? 마음 하나의 차이로 나눠지는 것인데… 허허허!"

양백은 웃었다.

"양 보주는 너무 가볍게 말하지 마시오! 마음 하나의 차이라 별것이 아니라니. 그 마음 하나의 차이가 수천 명의 목숨을 뺏어 갔소!"

등중용이 소리쳤다.

양백을 만나고 있는 자는 혜각뿐만 아니었다. 현청, 일진, 이건, 등중용도 함께 자리를 하고 있었다.

"내 말이 그렇게 들렸다면 용서하시오. 등 방주, 마음 한 번 돌리면 피안彼岸이라는 이 친구 개조開祖의 말로 대신하겠소. 허허허!"

양백은 세존을 들먹이며 험한 분위기가 연출되려는 것을 급히 막았다.

"그래, 나를 찾은 이유는 무엇인가?"

혜각은 친구를 위해 급히 말을 본론으로 돌렸다.

"싸움을 멈추고자 하네."

"뭣?"

등중용을 비롯한 장문인들은 양백의 의외의 제안에 놀라 서로의 얼굴을 바라보았다. 사실 사파 척결의 함성을 높이 지르고 있기는 하지만 칼자루를 쥔 쪽은 누가 뭐라도 배교였다. 싸움을 더 걱정하는 쪽도 그들.

능운공작의 죽음 이후 의기는 더욱 꺾인 상태였다.

"지금까지의 일만 잊어 준다면 아무런 조건 없이 물러가겠네. 하오문이라 불러도 괜찮고 마교라 불러도 괜찮고. 눈에 띄는 것이 보기 싫다면 황산 총단을 폐쇄하고 원래 우리에게 익숙한 자리로 돌아가겠네."

칼자루를 쥔 자가 제시하는 조건으로서는 놀라운 조건이었다.

장문인들은 생각에 잠겼다. 군소방파들로부터 줄줄이 충성의 서약을 받고 강호의 패자가 되기 일보 직전인 배교였다. 그런데 그들이 유리걸식流離乞食 운운하다니.

"그 조건을 받아들일 수 없소! 또한 다른 조건도! 우리는 어떤 경우라도 배교와의 싸움을 멈추지 않을 것이오!"

이건이 냉랭하게 말했다. 열세라 싸움을 멈추고 싶은 마음이 전혀 없는 것은 아니었다. 그러나 명분이 없었다. 이대로 싸움을 멈춘다면 강호인들은 모두 배교의 실력에 굴복했기 때문이라고 말할 것이다. 배교가 건재하므로 그들이 내건 사파 척결의 기치도 건재해야 하는데 돌연 깃발을 내리게 됨으로.

그리고 죽은 사형제들의 복수도 해야 했다. 실컷 두들겨 맞고 난 후 청하는 화해에 웃는 자만큼 바보가 또 어디 있을까.

"조금 여유를 두고 생각해 봅시다. 그런데 양 보주, 갑자기 조건까지 달고 화해를 청하려는 이유가 무엇인가?"

혜각이 물었다.

"믿지 않을지 모르지만 원래 우리는 싸움을 원하지 않았네. 전대 명옹, 아니 구룡선주라 이야기하는 것이 더 편하겠군. 구룡선주의 출현으로 모든 것이 달라진 게야. 암가에 대해 방금 말한 적이 있지. 죽은 줄 알았던 구룡선주, 그가 우리 교의 전설로 남아 있던 암가의 무공을 익히고 돌아왔다. 혜각, 십여 년 전의 일을 기억하나?"

"유향경천문에 의해 주도되었던 배교 타파를 위한 싸움 말인가?"

"알고 있군. 그 싸움이 벌어진 이유는?"

"질문이라고 하시오! 십여 년 전에는 배교가 사파가 아닌 줄 알았소? 물론 그때는 마교가 아니라 하오문으로 줄곧 불렸지!"

등중용은 비아냥거렸다.

"등 방주, 내가 보기에 개방은 조금 기회적인 방파인 것 같소. 사파를 타파하는 성전에 개방은 그때 왜 나서지 않았소? 물론 우리 교도들은 그 일에 감사하지만……."

"흥! 마교라면 몰라도 하오문을 상대하는 데 우리까지 나설 이유는 없었지!"

말은 그렇게 했으나 등중용은 조금 켕기는 바가 있었다. 사숙, 사숙조 중에는 배교도와 친분을 가진 자가 적지 않음을 그는 알고 있었다. 그가 따랐던 사백조만 하더라도 배교를 사파라 단정 짓지는 않았다.

"허허허! 하오문을 처치하는 일에 개방은 나서지 않는데 구대문파는 체면 없이 나섰군요. 어쨌든 사파이니 아니니

는 더 이상 이야기하고 싶지 않소. 사파라 불러도 괜찮다고
했으니. 나는 잠시 십여 년 전에 유향경천문의 주도 아래 이
루어졌던 우리 교에 대한 공세에 대해 이야기하고자 하오.
우득용이라는 자를 아시오?"

양백이 희미하게 웃으며 물었다.

"이미 죽은 그 미친한 늙은이 이름은 왜 꺼내는 것이오!"

등중용은 양백의 말에 무안함을 감추기 위해 일부러 고함
을 질렀다.

"이 나라를 몇십 년간 좌지우지한 자이외다. 물론 기억하
시겠지요. 그럼 풍도란 자는?"

"알고 있소이다."

이건이 말했다.

"조금 이상한 작자들이었지. 어느 날 한순간에 멸문의 길
을 걸었지만. 양 보주, 당신들이 한 일이 아니오? 왜 배교도
들이 모산파를 노렸을까 하는 궁금증은 아직도 있소."

일진도장의 말이었다.

"우리가 모산파를 없애려 한 것은 사실이오. 그러나 우리
는 모산파를 없애지 못했소. 모산파를 잿더미로 만든 것은
유향경천문이오."

"그런 일이……."

혜각을 비롯한 장문인들은 믿지 못하겠다는 표정이었다.

"그런데 우득용, 모산파, 풍도의 이야기는 왜 꺼내시오?"

침묵을 지키고 있던 현청도장이 물었다.

"지금부터 내가 하려는 말을 믿고 믿지 않고는 전적으로

장문인들의 몫이외다. 사실을 확인하려면 확인할 수 있을 것이오. 강호에 영원한 비밀은 없으니. 그때 입을 굳게 다물라고 명을 받은 자들도 세월의 흐름 속에 입을 열 수도 있을 테고, 당시 모산파의 문도들 중 요행히 살아 있는 자도 찾아보면 찾을 수 있을 것이오. 그에게도 물어보시오."

양백은 자신의 말에 대해 제기될 의문에 미리 못을 박았다.

"십여 년 전 유향경천문의 주도 아래 자행되었던, 우리가 보기에는 분명 그러하네. 당시 자행되었던 우리 교에 대한 공격은 구전지단이라는 불사의 약을 원한 우득용과 그 약을 만들던 풍도와 모산파, 그 약을 만드는 데 꼭 필요한 우리 교의 꺼지지 않는 불 화령주를 탈취하기 위한 유향경천문, 유향경천문에 멋모르고 부화뇌동한 구대문파와 군소방파가 저지른 일일세!"

줄곧 화색和色으로 앉아 있던 양백의 안색이 달라졌다. 부화뇌동이라 말할 때는 한광까지 번뜩였다.

그 기세에 눌려 부화뇌동이라는 말에 반발하려던 이건과 등중용은 입을 닫았다.

"모산파의 전각을 중건할 때의 일이었지. 삼모군의 비법이 적힌 녹각이 나왔다."

양백은 그 말을 시작으로 십여 년 전에 벌어졌던 강호의 비사를 쭉 이야기하기 시작했다.

양백의 입에서 숨겨진 이야기들이 하나씩 들추어질 때마다 혜각을 비롯한 장문인들의 안색은 점점 굳어졌다. 어처구니없는 일이었다. '아니다!' 라고 고함을 지르고 싶은 것이 그들의 마음이었다.

양백의 말이 맞다면 자신들은 무엇인가? 그 더러운 작자들의 농간에 씻을 수 없는 희롱을 당한 꼴이었다.

"…결국 그렇게 모산에서 우리 교는 전멸을 당하다시피 했다네. 유향경천문이 왜 모산파까지 없애야 했는지는 아직 모른다. 삼모군의 녹각을 둘러싼 우득용과 모산파의 갈등이 있었지 않았나 하는 것이 우리들 생각이지만……."

양백은 그 말을 끝으로 십여 년 전의 긴 이야기를 끝냈다.

"아미타불!"

혜각은 탄식 섞인 불호를 외웠고 다른 장문인들은 침묵했다.

"혜각, 나는 자네가 나를 실없는 이야기나 지어낼 사람으로 보지 않으리라 믿네. 모두 사실일세. 그 어처구니없는 일로 우리 교는 엄청난 고통을 겪었네. 비겁하게 그 고통을 피해 나는 장사를 구실로 천축으로 떠났을 정도였다네. 그 때문에 얼마 전까지 우리 교의 이단은 바로 나였지."

양백은 한숨을 쉬었다.

장문인들의 침묵은 계속되었다. 그들의 마음은 복잡했다. 이유야 어쨌든 결국 사파를 처치한 일이니 잘한 일이었다고 자위하기도 했고 양백의 말을 부정하려고도 애썼다. 그러나 꺼림칙한 기분을 지우지는 못했다. 사파가 사파라 하더라도 풍파를 일으키지 않은 한 아직 죽일 자는 아니다. 가만히 있던 자에게 칼을 들이미는 짓은 강호의 예법에도 맞지 않는 일이었고 세상의 이치에도 합당한 일이 아니었다.

그럼 그 일로 죽은 자들은…….

책임을 모면할 말들이 궁색했다.

양백이 그 순간, 바로 그들의 아픈 곳을 찔렀다.

"명옹, 아니 자네가 구룡선주라 부르는 그분은 바로 그때의 명옹이셨다. 우리 교의 호교신장! 기분이 어땠을 것 같은가? 여기 계신 분들에게 물어보는 것이 낫겠군. 구룡선주에게 사형제와 제자를 잃은 기분이 어떠셨소?"

양백의 물음에 이건과 등중용은 본능적으로 한광을 번쩍였다. 양백에 대한 살의도 숨기지 않고 드러냈다. 혜각, 일진, 청정도장은 각자의 표정으로 생각에 잠겨 있었다.

"아마 모두 내가 먼저 죽었더라면, 하는 마음일 것이오. 우리 명옹의 마음도 그러했다오. 가슴의 한은 커져 갔지. 그리고 그 와중에 결국 성녀까지 죽었소. 그대들이 마녀라 부르는 우리들의 성녀. 기억해 주시오. 비록 그대들이 마녀라 부르더라도 우리 배교도들에게 성녀는 하늘, 땅보다 더 중한 사람이었다는 것을."

양백의 노안이 흐려졌다. 짙은 무심함이 그를 감쌌다.

혜각은 알았다. 양백이 무척 격양되어 있음을. 양백은 자신의 감정을 숨길 때 무심함으로 곧잘 치장했다.

"성녀의 죽음을 들은 명옹의 기분은 명옹만이 알겠지. 명옹이야말로 성녀를 지킬 책임을 부여받은 자이니. 그즈음 강호에는 명옹이 죽었다는 소문이 들려온 모양이오. 그러나 명옹은 죽지 않았소. 바로 그때 명옹은 성녀를 죽인, 교도들을 죽인 한을 풀고자 암왕을 찾고 있었소."

양백은 구룡선주라 부르겠다는 약속을 깨고 명강량을 명옹이라 부르고 있었다. 누가 뭐라도 양백에게 명옹은 명옹이지 구룡선주가 아니었다.

"암왕, 암가의 무공을 얻었소. 그리고 돌아왔소. 중원으로 돌아오며 그는 무슨 생각을 했겠소? 파멸. 모두 죽이겠다는 마음밖에 없었소. 그는 복수를 위해 자신의 영혼을 암왕에게 바쳤던 것이오. 나는 자신 있게 말하리다. 명옹을 이길 사람은 아무도 없음을. 눈이 있는 사람은 보았을 것이오. 혜각, 능운공작이 명옹의 상대가 되었다고 생각하나?"

양백의 물음에 장문인들의 시선은 일제히 혜각에게 쏠렸다.

구룡선주의 무위를 직접 본 사람은 혜각이 유일했다. 그들은 혜각이 양백의 말에 고개를 젓기를 바랐다. 하지만 아니었다.

"양 보주, 자네는 우리를 위협할 생각으로 왔는가?"

혜각의 말이었다.

장문인들은 눈을 질끈 감았다. 금적보주의 말이 틀림없는 듯했다. 다시 걱정이 구름처럼 밀려왔다.

"위협할 생각으로 오지 않았네. 그런 생각으로 왔다면 조건 운운하지도 않았을 것이다."

"결국 십여 년 전에 너희도 난동을 저질렀으니 이제 지금 우리가 벌인 난동도 잊어 달라, 이 말인가?"

혜각이 미간을 좁히며 물었다. 그 조건에 대해서는 그도 이건과 같은 입장이었다. 그 조건에 찬성한다는 것은 이제까지 구파일방이 쌓아 온 명예를 내놓는 것과 같았다.

"공평한 일이지! 하지만 싸움을 멈추려 하겠나?"

혜각 못지않게 양백도 미간을 좁히며 소리쳤다.

"당연한 일이다! 우리는 싸울 것이다!"

등중용이 소리쳤다.

서로 언동이 점점 거칠어지고 있었다. 이제 더 이상 할 말은 없을 듯했다.

"허허허! 허허허허."

양백이 돌연 너털웃음을 터뜨렸다.

장문인들은 안색을 찌푸렸다.

"등 방주, 나는 그대에게 싸움을 할 것인가를 묻지 않았소. 미안한 말이지만 여기 계신 분들이 창검을 드는 데에 대해서는 나는 전혀 걱정을 하지 않는다오. 자신 있는 분은 가서 싸우시오. 명옹의 한 합 이상을 받아 낼 사람이 있다면 나의 목을 주겠소. 다녀오시오. 내 목을 여기 두고 있을 테니. 허허허!"

양백은 자신의 목을 쓰다듬으며 웃었다.

이건과 등중용은 입술을 깨물었다. 그들은 당장 광명정으로 달려가려 했다.

일진과 현청이 그들을 잡았다.

"싸우겠다느니 싸우지 않겠다느니 하는 말은 그대들이 할 말이 아닌 것 같소. 허허허!"

양백의 조롱은 지독했다. 촌로와 같이 어수룩한 모습의 양백이었다. 그러나 그가 분노로 입을 열자 촌철살인이 따로 없었다.

이건과 등중용의 얼굴은 붉으락푸르락했다. 이 자리가 자신들의 소굴이라도 체면만 아니라면 당장 양백의 목을 비틀어 주고 싶은 것이 그들의 마음이었다.

"양 보주, 격장지계를 쓰지 않아도 여기 모인 분들은 자네의 말을 알아들을 사람일세. 조용히 이야기함세. 아미타불! 장문인들께서도 앉아 주시오."

혜각이 평색을 찾으며 말했다.

이건과 등중용은 비로소 자신들이 양백의 화술에 말려들고 있음을 깨달았다. 상대의 마음을 뺏기 위한 첫 번째 술수는 상대의 평정심을 잃게 하는 것이다.

'하긴 맨주먹으로 천하제일거부가 된 자이니…….'

이건과 등중용은 씁쓸한 마음으로 자리에 앉았다.

"결례를 용서하시오. 마음에 분노가 꽉 차 있다면 아무 이야기도 되지 않소. 그 울분을 밖으로 조금 터뜨려야 이야기가 될 것 같아 실례되는 말을 했습니다."

양백의 표정은 조금 전과는 달리 사람 좋은 얼굴 그대로였다.

이건과 등중용은 한숨을 쉬지 않을 수 없었다.

"명옹이 싸우려 한다는 것은 사실이오. 그는 끝없이 피를 원하고 있소. 마성이 그의 이지까지 없애려 합니다. 나중에 그는 살인 병기로만 남을 것 같소. 지금도 저와 같은데… 두려운 일이지요."

이제 장문인들이 할 말은 없었다.

"싸우지 않으려는 자는 바로 우리입니다. 우리라 하는 이유는 새로 선임된 명옹께서 그분을 파문에 처했기 때문입니다. 전대 명옹… 따지고 보면 이제 우리와 상관이 없는 분입니다."

장문인들은 혜각의 말을 통해 이미 그 사실은 듣고 있었다.

"솔직히 처음에는 나쁘지 않았소. 통쾌했습니다. 우리라고 해서 간과 쓸개가 없는 것은 아니니. 그러나 이제 우리도 지쳤소. 산과 들에 넘치는 피. 명옹께서 더 이상 피를 뿌리지 말기를 바랐지요. 하지만 이미 마성에 혼을 반쯤 뺏겨 버린 명옹께서는 우리의 청을 듣지 않았소. 그 때문에 성녀께서는 그분을 파문에 처하고 새로운 명옹을 임명하신 게요."

양백은 교의 내부 사정까지 이야기했다.

"양 보주, 구룡선주를 파문에 처했다고 배교에 대한 우리의 원한이 없어진다고는 생각하지 않으시겠지요? 구룡선주는 이제 당신들과 상관없으니 당신들을 잊어 달라고 온 것입니까?"

일진도장이 물었다.

"그런 말을 하실 줄 알았소. 우리는 십여 년 전의 누구처럼 책임을 져야 할 일도 사파니까라는 한마디 말로 책임을 모면하려는 자들과 다르오. 책임을 지겠소. 앞서 이야기한 그 조건을 받아들이지 않겠다고 하더라도 책임을 지겠소. 우리는 배교도이니까."

양백은 다시 한 번 구대문파에 대한 통렬한 일침을 가했다. 이번에 한 말은 정말 감정 섞인 말이었다.

왜, 왜, 왜 우리가 이런 일을 해야 하는가? 저들은, 저들은 자신들의 잘못에 대해 눈 하나 깜빡하지 않고 있는데?

양백은 울컥하는 감정에 자리를 뜨고 싶었다. 그러나… 그러나 이 길 말고 강호의 평화는 영원히 없을 듯했다.

"우리들의 성녀께서는 암가의 피를 봉인할 힘을 가지고 계시오. 원양대진력금마대법元陽大眞力禁魔大法! 새해가 시작되는 이번 춘절春節에 성녀께서는 명옹의 마력을 봉인하실 것입니다. 명옹도 한때는 누구보다 교를 아꼈던 사람. 성녀께서 눈물로 내린 결정이오. 구경하러 오실 분은 오시오. 어차피 싸우기로 결정한 것, 그날을 우리와의 일전의 날로 택해도 무방하오."

양백은 씁쓸한 표정을 지으며 자리에서 일어났다.

"나는 이만 가겠소. 그리고 혜각, 이왕이면 춘절에 보세. 나는 자네에게 내가 거짓말을 하지 않았다는 것을 보여 주고 싶네. 앞서 말한 대로 일전의 날로 택해도 무방하고. 어떤 일이 있더라도 그날 성녀께서는 암왕의 후예를 봉인할 것일세."

그가 등을 돌렸다.

혜각을 비롯한 장문인들은 양백이 나가는 것을 지켜보고만 있었다. 참괴한 패배감이 그들을 감쌌다. 의창의 패배를 들었을 때보다 더 지독한 패배감이었다.

"아!"

객방을 나서려던 양백이 문득 발걸음을 멈추었다.

"나백염왕! 탈명마효! 구룡선주! 다음에는 또 누구이겠소? 암가의 피는 끊이지 않을 것이오. 배교도들이 어떤 이유로 명왕을 버리고 암왕을 찾는 한. 암왕을 찾을 이유를 만들어 주지 않기를 바라오. 가까이 그대들이 마인거주라 부르는 자도 있소. 성녀께서 마음을 잡았으나 언제 마성을 폭발시킬 지는 아무도 모르지. 배교를 치려 할 때는 꼭 그 사실을 기억 해 주기 바라오. 또 하나… 이번처럼 암왕의 후예를 책임질 자신이 없다면 우리들의 성녀를 핍박이나 마시오. 성녀의 피 가 끊긴다면 그 누가 암왕의 힘을 봉인할 수 있겠소. 기억하 고 기억해 주시오. 아무쪼록 검문의 평화를 바랍니다. 세상 에는 이런 자가 있으면 저런 자도 있을 수 있지 않겠소. 그리 고 나에게는 생색을 낼 만한 약간의 재물이 있소. 사람의 목 숨이 어디 재물로 보상되겠소만 그 외의 것은 최대한 신경을 쓰겠소."

문득 발걸음을 멈추고 한 말치고는 무척 길었다.

양백이 가장 하고 싶었던 말이었다. 성녀에 대한 이야기는 명강량이 가장 하고 싶었던 이야기고.

양백의 발소리가 멀어져 갔다.

장문인들은 양백이 떠난 후에도 한동안 침묵했다.

침묵을 깨뜨린 자는 현청도장이었다.

"대사, 어떻게 할 생각이오?"

그가 쉰 듯한 목소리로 물었다.

"아미타불! 가 봅시다. 가 봅시다. 그 친구의 말대로 일전 을 벌이든 구경을 하든."

혜각은 혼잣말처럼 중얼거렸다.

며칠간 눈발이 보이지 않더니 다시 눈이 내리기 시작했다.

그 눈발을 헤치며 누군가가 다가왔다.

감악과 전우삼이었다.

"팔자 좋군!"

전우삼은 오자마자 도끼눈으로 소리쳤다.

쾅! 그가 장도로 흙벽을 우르르 무너뜨렸다.

"나오시오! 나는 당신과 꼭 한판 붙어 보고 싶었소! 내가 당신을 꺾고 수괴가 된다면 모든 것이 달라지겠지!"

전우삼은 분을 참지 못하고 씩씩댔다.

명강량은 전우삼의 말대로 자리에서 일어났다.

그들은 눈발을 맞으며 너른 공터에 섰다.

"원양대진력금마대법? 웃기고 있군! 내가 익힌 무공은 암왕의 무공이 아닌 줄 알아! 받아라!"

전우삼은 앞뒤 가리지 않고 장도를 번뜩였다.

명강량의 천음검도 빛을 뿌렸다.

쨍! 쨍! 쨍!

눈발은 천공을 제멋대로 휘날리고 도검에 부딪힌 삭풍은 갈 길을 찾지 못해 허둥댔다.

명강량과 전우삼은 용호龍虎로 어우러지며 정말 서로를 죽일 듯 격렬하게 싸웠다.

감악은 멍하니 구경만 하고 있을 뿐이었다.

싸움은 한 시진이나 계속되었다.

전우삼은 자신의 모든 절예를 쏟아 붓고 있었다. 그러나 그는 결국 명강량의 상대가 아니었다.

그가 갑자기 장도를 뚝 멈추었다.

숨을 씨근덕거렸다.

"뭐야! 도대체 무엇을 하겠다는 거야! 모두 쓸어버리면 될 것을!"

전우삼이 꽥 고함을 질렀다. 그는 울화를 풀 길 없어 어쩔 줄 몰라 했다.

"우삼, 찾아올 줄 알았다. 네게는 더 이상의 일, 교와 어린 성녀를 혹시 있을 놈들의 공세로부터 지켜야 하는 일이 있지만 나에게는 이제 더 이상의 일이 없다. 괜찮은 선택이었다고 생각한다. 다른 이야기는 하지 마라."

"시끄러워! 들리지 않는다고!"

전우삼은 신경질적으로 흙을 발로 찼다.

명강량의 시선이 감악에게로 향했다.

감악은 계속 무슨 말인가를 꺼내려 노력하고 있었다. 그러나 입 밖으로 말이 나오지 않고 있었다.

"감악, 그동안 정말 수고 많았다. 너를 보면 나도 사람 보는 안목은 제법 있구나라는 생각이 든다. 십여 년 전 무산에서 너에게 전교영기와 신장도를 넘길 생각을 했으니. 하하하!"

명강량의 웃음이 맑게 울렸다.

"옛일을… 옛일을… 자꾸 기억나게 하지 마십시오."

감악은 푹 고개를 숙였다.

"보아라. 세월의 흐름이 그와 같다. 그때는 살을 저미는 고통뿐이었지. 그러나 지금 그때를 생각하면 아련한 추억이다. 지금 이 자리도 먼 훗날 보면 마찬가지일 것이야."

"전 명두도 나도 잘 찾아보면 다른 선택을 찾을 수도 있을 것이라 생각하고 있습니다. 꼭 그 방법을 고집해야겠습니까?"

"내가 찾기가 싫다. 견딜 수 없이 지루했다. 이제야 조금 평안을 찾았어. 하하하, 그렇게 보이지 않느냐?"

"……."

"감악, 우리 교의 호교신장이여. 나의 파문은 아직 유효한가?"

명강량이 문득 물었다.

감악은 어떻게 대답을 해야 할지 몰랐다.

"죄송합니다. 저는 명옹의 마음을 잠시 의심……."

명강량은 감악의 말을 잘랐다.

"아니다. 너의 결정은 정당했다. 네가 그렇게 결정하지 않았다면 나는 호교신장으로서 너의 자질을 의심했을 것이다. 그리고 나도 한때 호교신장이었기 때문에 호교신장의 명에 대해 잘 알지. 파문을 번복할 수 없을 것이다. 그래서 나는 배교로부터 받은 것, 배교에 돌려주고자 한다. 개천양일진력을 돌려주겠다. 역혈대법으로 네 몸을 씻을 것이다. 비록 전우삼이 있다고는 하나 결국 호교신장으로서의 일은 호교신장이 해야 한다. 나처럼 성녀도 지키지 못하는 누추한 호교신장이 되지 말았으면 하는 바람이다. 받겠느냐?"

"배교의 것! 돌려받겠습니다!"

감악이 입술을 질끈 깨물며 말했다.

"좋아, 좋아! 아주 기분이 좋군. 우삼, 어떠냐? 대화룡을 안주 삼아 술 한잔하는 것이."

"미친 지랄도 골라서 하고 있군! 명옹이야 파문당한 자이니 술 운운해도 괜찮지만 나는 안 된단 말이야! 감악이 없는 틈을 타 살짝 가겠어. 대화룡이나 노릇노릇하게 구워 놓으라고. 으… 정말 기분이 뭐 같아서 술 생각이 간절하군. 이해할 수 없어. 우리가 왜 그 개새끼들 때문에 이러고 있어야 하지?"

전우삼은 충혈된 눈으로 하늘을 우러렀다.

황산에는 유난히 눈이 많이 내리고 있었다.

"아란하."

예령은 자신의 머리를 땋고 있는 아란하를 불렀다.

"표정이 내내 어두워 보여요. 그분의 일 때문이죠?"

아란하는 흠칫 손길을 멈추었다.

"아닙니다. 근래에 몸이 좋지 않아서……."

그녀는 황급히 변명했다.

"거짓말하지 말아요. 속일 수 없는 걸요. 아란하, 나는 괴로워요. 아란하가 그런 표정으로 있는 것이. 단 아저씨를 생각하면 화가 나지만 아란하를 생각하면… 나는 원양대진력 금마대법인가 하는 것을 시전하지 않을 용의도 있어요. 세상의 일은 모르잖아요. 그분의 마음을 돌릴 또 다른 방법이 있을지.”

“안 됩니다! 설혹 내가 그런 마음을 가지고 있다고 하더라도 그의 마성을 봉인해야 합니다! 수천 명의 목숨이 걸려 있는 일이에요!”

아란하가 거세게 소리쳤다.

“다른 일이 아닙니다. 마성을 봉인하는 일입니다. 마성을 봉인하면 오히려 좋지요. 앞으로 다루기도 편할 테니. 성녀, 거친 남자는 처음에는 좋아 보여도 나중에는 짐만 될 뿐입니다.”

그녀는 밝게 보이려고 노력했다.

“음, 그런가요? 그런데 아란하, 근자에 기분이 이상한 사람은 정말 나예요. 내 주위에 이상한 일들이 일어나고 있는 것 같기는 한데 그 일이 무슨 일인지 도통 보이지 않아요. 이런 일은 없었는데…….”

“천화원을 떠나 갑자기 너무 많은 일을 겪었기 때문일 것입니다.”

아란하가 뜨끔한 마음을 감추며 말했다.

“누군가 나의 마음을 가리는 금제를 펼쳐 놓은 것 같아요.”

“누가 감히 성녀의 마음을 가릴 수 있겠습니까? 기분이 그런 것이겠지요.”

“어머니…….”

“전대 성녀?”

“그냥 그렇다는 거예요. 아! 아란하, 저녁에 놀러 가지 않겠어요? 춘절이 코앞이라 저잣거리에 구경할 것도 많을 거예요."

예령이 눈빛을 빛내며 말했다.

춘절이 코앞이었다.

성녀를 비롯한 모두는 언젠가 함께 신 나게 논 적이 있는 낙빈에 머물고 있었다. 내일이면 총단에 올라야 한다. 전대 명옹의 마성을 제압하기 위해.

가슴이 저렸다.

"그렇게 하기로 해요. 이번에는 신 명전도 함께."

아란하는 내색을 꾹 참으며 말했다.

"신 아주머니도 함께? 좋아요! 낙조, 이번에는 방해를 하면 안 돼!"

예령은 좋아라 하며 낙조의 부리를 손가락으로 툭 쳤다. 화가 난 낙조가 날개를 퍼덕이며 천방지축으로 날았다.

아란하는 예령, 신화정과 함께 밤거리를 한참 배회하다가 돌아왔다. 잠이 올 리 없었다.

대전왕에게 봉인해야 할 마성이 있었으면 했다. 그러나 불행히도 대전왕은 원양대진력금마대법으로 봉인해야 할 마성을 가지고 있지 않았다.

마성을 봉인하지 않는다면 무엇을 봉인한단 말인가? 대전왕이 대계를 위해 내놓을 자신의 물건은 하나밖에 없었다.

아란하는 입술을 잘근잘근 깨물었다.

가슴이 터져 나갈 듯했다.

결국 그녀는 잠자리에서 벌떡 일어났다.

만나지 않고서는 견딜 수 없었다.

그녀는 낙빈을 빠져나와 황산 총단을 향해 미친 듯이 달렸다. 그리고 가쁜 숨을 허덕이며 발길을 멈춘 곳은 폐허.

명강량은 그 앞에 서 있었다.

아란하가 올 줄을 알고 있었던 것 같았다.

다른 말은 하지 않았다. 가쁜 숨을 몰아쉬는 그녀를 껴안으며 깊은 입맞춤을 해 주었다.

그 이후에도 말은 필요 없었다.

그날 명강량의 모든 마음은 아란하를 위해 준비되어 있었다. 천음관이 오랜만에 깊고 투박한 음률로 밤하늘을 수놓기도 했다.

"춘절을 지났기 때문인가? 날씨가 너무 다르군."

일진도장은 하늘을 우러렀다.

너무도 맑고 투명했다.

"좋은 날이구나."

그는 광명정을 올려다 본 후 뒤로 시선을 돌렸다.

펄럭이는 깃발, 굳은 표정으로 광명정을 오르는 수백 명의 무사들.

구파일방만이 아니었다.

천화원 천위대의 부대주 한고가 이끌고 온 무사들, 주인의 복수를 위해 분연히 칼을 든 사패의 수하들, 그리고 무엇보다 눈길을 끄는 자들은 후미에서 묵묵히 걸어오는 일곱 명의 무사들이었다.

숭무각주 남궁기의 친구들이라고 자신을 소개한 자들.

편鞭, 극戟, 필筆, 당鐺…….

각양각색의 무기를 들고 있었다.

'특별한 일이 일어나지 않는 한 싸움을 피하기는 어렵겠군.'

일진도장은 미간을 좁혔다.

그들의 냉랭한 기도로 보건대 싸움을 포기하지 않을 듯했다. 한고의 천위대 무사들이나 사패의 수하들도 복수심에 눈이 뒤집힌 상태라 그냥 물러날 것 같지 않았다.

숫자는 많아도 세 부족을 느끼면서 올라온 자들이다. 이미 목숨은 내놓았다는 뜻.

'어떤 일이 벌어져도 구룡선주의 마성을 봉인하겠다고 했는데……. 거짓말을 하는 것 같지는 않았다. 배교에서 구룡선주를 봉인했는데도 저들이 싸움을 하겠다고 하면… 난처한 일이 벌어지겠군.'

일진도장은 한숨을 쉬었다. 그러나 난처함에 앞서 어쨌든 배교도들이 구룡선주의 마성을 봉인해 주었으면 했다.

능운공작도 상대가 되지 않았던 자, 구룡선주!

지금도 마성으로 점점 강해지고 있다고 하니 이것저것 생각할 처지도 아니었다.

무생문을 바라보고 올라가는 그의 발걸음이 무거웠다.

사방위, 삼십육호교사들이 감악 일행을 맞았다.

"조금 늦었군요. 구파일방을 비롯한 자들은 벌써 올라와 있습니다."

그들 뒤에 있던 양백이 나섰다.

"명옹께서는?"

전우삼이 거칠게 물었다. 그는 이 이상한 일을 계획하고 벌인 자를 양백이라 생각하고 있었다. 자연히 그를 보는 눈길도 곱지 않았다. 지금이라도 판을 깨어 버릴까로 망설였다.

하지만 명강량이 술자리에서 경거망동을 하지 못하도록 엄하게 한 이야기가 있어 이러지도 저러지도 못하고 발만 굴렀다.

"아직 나오지 않고 있습니다."

"우리들이 왔다고 이야기하지 마시오! 그곳이 그렇게 좋다면 계속 처박혀 있으라지!"

전우삼이 꽥 고함을 질렀다.

아란하가 나섰다.

"나오라고 하세요. 대전왕은 자신이 저지른 일에 대한 대가를 받아야 합니다."

그녀가 담담하게 말했다. 하루 전과 달리 어쩐지 표정도 여유로워 보였다.

"대가는 무슨 대가!"

전우삼은 분통을 터뜨렸다.

"전 명두."

아란하가 그를 불렀다.

아란하의 시선과 전우삼의 시선이 얽혔다. 전우삼은 갑자기 변한 아란하의 차가운 시선에 놀라 흠칫했다.

"감정은 전 명두에게만 있고 다른 사람에게는 없는 걸로 착각하지 마세요! 이미 시작된 일입니다!"

그녀는 전우삼의 마음에 찬물을 끼얹었다.

"흐흥, 그래! 잘해 보라지."

전우삼은 조금 무안한 표정으로 시선을 휙 돌렸다.

아란하는 다시 안색을 바꾸었다. 그녀는 입가에 부드러운 미소를 담았다.

"성녀, 책임이 커요. 성녀 외에는 아무도 할 수 없는 일입니다."

그녀가 긴장으로 서 있는 예령을 다독거렸다.

왠지 조급하고 초조해 보이던 아란하가 여유로 충만하다는 것을 느낀 사람은 감악뿐만이 아니었다.

아란하의 여유는 다른 사람들의 마음에 자리한 무거운 짐을 더는 데 조금의 도움은 되고 있었다.

"자, 올라갑시다."

양백이 손을 저었다. 그들은 구파일방을 비롯한 무사들 이상의 무거운 발걸음으로 총단에 올랐다.

광명정에 투명한 햇살이 연방 쏟아졌다.

바람은 조금 거셌다.

펄럭이는 깃발, 구파일방을 비롯한 제 세력은 동편에 쭉 열을 지어 있었다.

감악을 비롯한 배교도들은 서편.

전우삼을 선두로 사방위, 십위병, 삼십육호교사가 수백 명의 적들을 눈앞에 두고 전혀 위축되는 기색 없이 당당히 서 있었다. 해가 중천을 지났을 때 광명정에 발을 디뎠다. 이제 해는 제법 기운 상태였다.

침묵은 계속되었다.

그들은 기다렸다. 명강량의 출현을.

옛 대화로 터에는 없었다. 대화로 터도 사라지고 없었다. 명강량이 날려 버린 것이 분명했다.

해는 연방 기울고 동편에서 작은 웅성거림이 일었다. 구룡선주가 이곳에 없는 것이 아니냐는 의문이었다.

눈앞의 자들을 처치하고 마지막으로 구룡선주를 처치하자는 목소리도 커졌다. 그러나 구파일방의 장문인들이 꼼짝 않았다.

그 와중에 낙조落照가 내리고 그들은 소요 속에 더욱 웅성거렸다. 그때였다.

"앗!"

누군가가 고함을 질렀다.

광명정 정상이었다.

한 인영이 기우는 해를 등지고 천천히 내려오고 있었다. 석양에 전신을 붉게 물들인 자였다.

"구룡선주……."

동편의 자들은 이를 깨물었고 서편의 자들은 눈을 질끈 감았다. 명강량이었다.

그는 홀로 초제를 지내고 내려오는 길이었다.

총단에 선 자들은 누구랄 것 없이 산을 내려오는 명강량의 일거수일투족에 관심을 집중시켰다.

명강량의 걸음걸이는 느려 보였어도 순식간에 총단에 발을 들이고 있었다.

그는 구파일방을 비롯한 무사들을 바라보고 섰다.

사이한 입가의 미소, 뱀의 눈처럼 차갑게 번들거리는 눈빛, 잔양殘陽 속이라 괴기스러움은 더했다.

살기가 구름처럼 피어오르며 그들을 감쌌다.

"너희들은 누구냐? 누가 나의 허락도 없이 나의 땅에 발을 디뎠느냐?"

유부를 울리는 듯한 음산한 목소리가 중인의 귀를 때렸다.

'헉!'

구파일방을 비롯한 동편의 자들은 자신도 모르게 흠칫했다. 싸울 결심을 하고 올라왔으나 막상 구룡선주를 보자 공포가 앞서는 그들이었다.

그런 그들을 비웃기라도 하듯 명강량은 쥐를 눈앞에 둔 뱀처럼 스르르 그들을 향해 다가갔다.

사삭! 삭! 삭!

바람을 가르는 경미한 소리와 함께 후미에 있던 몇몇 자들이 움직였다. 바로 숭무각주의 친구라 밝혔던 일곱 명의 무사들이었다.

팟! 그들은 각자의 병장기를 번뜩이며 명강량을 향해 경쾌하게 날아올랐다.

찬탄이 절로 터져 나오는 멋진 동작이었다. 기파도 중인의 숨을 막히게 할 정도로 엄청났다. 동편의 자들은 우리가 왜 저런 자들을 몰랐을까 하는 기색이 역력했다.

파파팟! 일곱 자루의 서로 다른 병기가 허공을 가르며 명강량의 전신을 노리며 비산했다.

명강량의 장심은 어느 틈에 붉은빛으로 물들어 있었다. 붉은 장영이 허공을 번뜩였다.

퍽! 퍽! 퍽!

둔중한 육타음이 중인의 귓가에 울렸다.

"으으……."

악다문 입 사이로 신음이 절로 흘러나왔다.

기세 좋게 구룡선주를 육박하던 일곱 명의 무사들은 허공에서 자신들의 피로 찬란한 꽃을 피우며 한 줌의 핏물로 주르르 내려앉고 있었다.

투지가 졸지에 싹 사라져 버린 자들도 태반은 가까웠다.

"살아서 나의 땅을 내려가는 자는 없으리."

스르르르.

비구에서 하얀 물체가 석양에 비쳐 붉은빛을 받으며 빠져나왔다. 대망의 혓바닥 같은 연검이었다.

혜각을 비롯한 장문인들은 그 순간 일제히 양백을 향해 시선을 던졌다. 양백의 시선은 아란하로 향했다.

아란하는 눈을 감았다. 더 이상 별로 보고 싶은 장면이 아니었다.

"성녀, 이제 나서야 할 때입니다. 금마대법으로 저주받은 마성을 봉인하고 저들의 목숨을 구해 주십시오."

그녀는 잡고 있던 예령의 어깨를 놓으며 입술을 피가 나도록 깨물었다.

예령은 고개를 끄덕였다.

그녀는 또박또박한 걸음으로 명강량을 향해 다가갔다.

"멈추세요!"

그녀가 소리쳤다.

명강량은 예령을 바라보며 등을 돌렸다.

"암왕의 피를 받은 자! 당신의 힘을 봉인하겠어요!"

예령은 소매에서 무엇인가를 꺼내 번쩍 들었다.

묵빛 구슬, 화령주였다.

석양에 비친 화령주가 채홍색 빛을 뿜으며 찬란하게 빛났다.

"핫하하! 하하하하!"

명강량은 광소를 터뜨렸다.

동편의 자들에게는 귀를 막아야 할 마소였지만 서편의 자들은 아니었다.

백년감일소百年堪一笑!

단원홍의 검신에 새겨진 바로 그 글 같은 웃음이었다.

아란하는 고개를 들지 않았다. 양백은 깊은 한숨을 쉬었고 감악은 그가 충심으로 따르던 자의 마지막 모습을 지켜보기 위해 눈을 부릅떴다. 전우삼은 화산처럼 폭발하는 분노를 참기 위해 주먹을 으스러져라 쥐었다.

명강량의 전신에서 붉은 운무가 폭풍처럼 일어나고 있었다. 그 운무는 자신을 가리고 예령을 가렸다.

　붉은 운무 속에 두 사람이 있었고 군웅은 그 속에서 무슨 일이 일어나고 있는지 전혀 확인할 수 없었다.

　그 둘의 일은 그 둘만이 알 뿐이었다.

　초조함 속에서 귀추를 기다릴 도리밖에 없었다. 그 기다림은 생각보다 짧아 잠깐이었다.

　명강량과 예령은 붉은 운무 속에 서로를 마주 보고 있었다.

　예령은 화령주를 두 손에 들고 원양대진력금마대법의 구결을 외었다. 그리고 그녀는 화령주를 힘껏 던졌다.

　예령의 힘은 화령주가 명강량의 가슴에 간신히 닿을 정도로 약했다. 그러나 화령주는 유성처럼 스르르 흐르며 명강량의 심장을 향해 다가가고 있었다.

　예령은 화령주를 던진 후 명강량을 응시했다.

　'어!'

　그녀는 이상했다.

　자신을 바라보고 있는 자의 눈빛.

　너무도 따뜻하고 포근했다. 안고 있는 듯한 촉감이 느껴질 정도의 눈빛이었다.

　입가에는 잔잔한 미소까지 떠올리고 있었다.

　결국 명강량은 예령에 대한 자신의 본마음을 끝까지 숨길 수 없었던 듯했다.

　꼭 불러 보고 싶은 말도 있었다. 그러나 그는 참았다.

'이게 아닌데……'

예령은 무엇인가 잘못되었다고 생각했다.

그 순간, 화령주가 명강량의 심장에 부드럽게 닿았다.

명강량은 자신의 눈동자에 예령을 꽉 담았다.

피가 한꺼번에 미친 듯이 거꾸로 흘렀다. 역혈대법이었다.

퍽, 하는 내부의 울림과 함께 그의 몸이 흔들렸다.

"악!"

예령은 비명을 질렀다.

쫙!

명강량의 입에서 피가 구천을 찌를 듯 치솟아 오르고 있었다. 몸속의 피란 피는 모두 밖으로 쏟아지는 듯했다.

핏줄기가 그치고 그의 몸이 기울었다.

쿵! 그가 가지런한 자세로 누웠다.

암천暗天…….

아니었다.

누군가가 오고 있었다.

눈에 익은 얼굴, 너무도 친숙한 체향, 귀에 익은 목소리.

"강량, 오랜만이에요."

악약이 뒷짐을 진 채 그를 내려다보며 말했다.

"오랜만이오. 그동안 어떻게 지냈소?"

명강량은 부스스 몸을 일으켰다.

"조금 바빴어요. 당신이 있을 곳을 꾸미느라."

"내가 있을 곳? 그런 곳도 있소?"

"하하하! 저 세상보다 이 세상이 훨씬 넓고 넓다는 것을 모르는 모양이군요. 사람들은 두 개의 문이나 세 개의 문밖에 없는 줄 알고 있지만."

"나도 그렇게 생각했소. 그래서 흑암黑暗에 누울 준비를 했지."

명강량은 씨익 웃었다.

"비천쌍마는 준비했나요?"

"다행히 가지고 있소."

"그럼 당신과 나, 우리들의 세계로 가 보실까요? 당신 때문에 늦어졌다고 교룡들이 난리예요."

악약이 손을 내밀었다.

"예령은?"

"그 아이는 나보다 몇 배 뛰어난 아이예요. 우리가 걱정하지 않아도 돼요."

"알았소."

명강량은 악약의 손을 잡았다.

"이게 아닌데… 이게 아닌데……."

예령은 물러나고 양백과 감악, 전우삼, 아란하 등은 술 취한 자처럼 비틀거리며 다가왔다.

양백 등은 명강량의 시신 주위에 쭉 둘러섰고 아란하는 예령을 껴안았다.

"성녀의 잘못이 아닙니다. 성녀의 잘못이……. 이미 그의 마성이 골수까지 파고들어……."

아란하는 결국 더 이상의 말을 하지 못했다.

어깨를 떨며 예령을 꼭 껴안고만 있을 뿐이었다.

혜각을 비롯한 구파일방의 장문인들이 다가왔다. 그들은 양백 등의 뒤에 쭉 섰다.

주위에 뿌려진 흥건한 피, 핏기 없는 창백한 얼굴, 배교도들의 허탈한 표정.

더 이상 죽음을 의심할 여지가 없었다.

어둠과 함께 무거운 정적이 그들의 어깨를 짓눌렀다.

구룡선주의 죽음!

영원히 죽지 않을 자 같았다. 그래서 죽음을 확인한 후에도 한동안 구룡선주의 죽음이 현실로 받아들여지지 않았었다.

"아미타불! 부디 내세에는 좋은 인연을 맺기를……."

비로소 혜각은 합장을 한 후 등을 돌렸다.

일진도장과 현청도장, 이건, 등중용도 따라서 등을 돌렸다.

그들은 실성한 사람처럼 구룡선주의 곁에 서 있는 배교도들을 뒤로하고 자신들의 자리로 돌아왔다.

"죽었습니까? 혹시 귀식대법 같은 것으로 죽음을 위장하지는 않았던가요?"

한고가 급히 달려 나오며 물었다.

"죽었소! 저만큼 피를 뿌렸는데 무슨 재주로 살 수 있단 말이오!"

등중용이 신경질적으로 소리쳤다. 그는 자신이 화를 내는 이유를 몰랐다. 대악적 구룡선주가 죽었으니 춤을 추어도 모자랄 판인데.

"죽었어. 그는 죽었어."

한고는 주먹을 불끈 쥐었다.

그의 목소리는 낮았으나 중인의 귀를 질풍으로 강타했다.

중인의 얼굴이 흥분으로 달아올랐다. 그 흥분은 곧 배교에 대한 맹렬한 적개심으로 이어졌다.

구룡선주의 죽음이 힘없는 자의 감정을 한순간에 힘 있는 자의 감정으로 바꾸어 놓은 것이다.

"죽이자!"

"배교 놈들을 처단하라!"

"마전魔殿을 불태워라!"

중인은 악을 쓰며 배교도들을 향해 달려들었다.

장문인들이 막으려 했으나 그들은 광란으로 흥분하며 배교도들을 육박했다. 어쩔 수 없었다. 자신의 제자들이나 단속해야 했다.

중인은 기세등등하게 몰려갔다. 그러나 그들은 구룡선주의 죽음이라는 엄청난 사건에 흥분해 잠깐 잊은 사람이 있었다.

마인거주! 그들이 그렇게 부르던 자!

실혼인처럼 멍하니 명강량의 시신을 바라보고 있던 전우삼은 주위의 소란에 고개를 들었다.

그의 충혈된 눈이 달려드는 자들에게 고정되었다.

"헤헤헤! 으헤헤헤! 으하하하!"

전우삼은 황산이 무너질 정도의 광소를 터뜨렸다.

"개새끼들! 쥐 떼보다 못한 것들이!"

그는 장도를 빼 들고 폭풍으로 달렸다.

"크악!"

"칵!"

"으악!"

추풍낙엽이었다. 아무도 막을 자가 없었다.

잠깐 사이 잘린 목과 팔이 여기저기 나뒹굴고 피가 땅을 적셨다.

감악은 무슨 생각인지 비틀거리며 어디론가 걸어가고 있었고 명두들은 여전히 멍하니 서 있었다. 양백은 허망한 눈빛으로 하늘만 쳐다보고.

여자들은 약하지 않다. 남자들보다 강하다. 아란하와 신화정이 그것을 보여 주고 있었다.

"신 명전!"

아란하가 신화정을 불렀다.

이심전심인지 신화정은 입술을 깨물며 고개를 끄덕였다.

"유 명두, 고 명두, 장 명두…….”

그녀는 명두들을 불렀다.

"여기까지 왔는데 모든 일을 허사로 만들 수 없어요. 전 명두를 말려야 합니다.”

그녀가 전우삼을 가리키며 말했다.

전우삼은 연방 '개새끼들!'을 외치며 적들을 도륙하고 있었다. 죽일 자를 찾아 가만히 서 있는 구파일방에도 달려들 기세였다.

명두들은 비로소 정신을 차리고 고개를 끄덕였다.

신화정과 함께 그들은 전우삼을 말리기 위해 달려갔다.

감악이 비틀거리며 간 곳은 서북쪽 양지바른 곳에 자리한 등광전騰光殿 지붕 위였다.

그는 두 손을 모으고 목이 찢어져라 소리쳤다.

"강량! 강량! 강량!"

서북쪽을 바라보며 죽은 자의 이름을 외치는 것을 초혼招魂이라 하는데 배교에는 없는 상례喪禮다. 그럼에도 감악이 명강량을 부르고 있는 것은 그런 식으로라도 이름을 부르지 않으면 가슴이 터져 나가 견딜 수 없었기 때문이다.

"놔! 놓으란 말이야!"

전우삼은 신화정과 명두들을 몸에서 떼어 내기 위해 발버둥을 쳤고 감악은 목 놓아 연방 명강량의 이름을 외쳤다.

예령은 어깨를 들썩이는 아란하의 품 안에서 명강량의 눈빛과 그 미소의 의미를 생각하고 있었다.

구파일방의 장문인들과 제자들은 침묵하고, 싸움을 외치며 달려들었다가 혼쭐난 자들은 주춤주춤 뒷걸음질을 치고.

그런 때였다.

갑자기 황산에 음률이 쫙 울려 퍼졌다.

모든 자들의 동작을 일시에 멈추게 하는 장중한 음률이었다.

갈고, 강적, 필율, 나팔, 방향, 박판……

각자의 악기를 잡은 남녀노소가 울긋불긋한 한 대의 상여를 메고 유수처럼 다가오고 있었다.

양백의 눈빛이 빛났다.

황하의 꽃배에서 본 바로 그자들이었다.

그들은 삽시간에 예령의 앞에 이르렀다.

갈고를 든 늙은이가 예령 앞에 섰다.

"새로운 성녀시여, 우리는 전대 성녀의 명을 받고 왔습니다. 여기서 저 문턱까지 저분을 데려가기 위해."

그가 예령에게 말했다.

그사이 나머지 자들은 이미 명강량의 시신을 상여에 싣고 있었다. 아란하가 그들의 행동을 저지하려 했으나 어떻게 된 일인지 몸을 움직일 수가 없었다.

"새로운 성녀시여, 우리들은 새 성녀와도 멋진 음률로 노래하며 며칠을 즐기고 싶습니다. 그러나 워낙 바빠… 늙은 자라가 그 연못의 좋은 자리를 먼저 차지할까 걱정됩니다. 그래서 저희들은 이만…….."

갈고를 든 늙은이는 깊게 머리를 숙였다.

"할아버지, 빨리 가요!"

박판을 든 소년도 그를 재촉했다.

갈고를 든 늙은이가 상여 앞에 섰다.

각양각색의 악기를 든 자들이 상여를 들었다.

"그대들은 누구세요?"

예령이 물었다.

"우리들은 사해의 교룡들입니다. 세상의 지락을 찾아 천하를 떠돌던 중 성녀를 만났습니다. 성녀를 만나고 나니 이놈의 세상이 너무 좁고 너무 재미없는 곳이라는 것을 깨달았지요. 그래서 서둘러 이곳을 떠나려는 중입니다."

갈고를 든 늙은이가 말했다.

"가자!"

그가 손을 저었다.

상여를 든 자들이 때를 맞춰 일제히 음률을 터뜨렸다. 그리고 그들은 올 때와 마찬가지로 어둠 속에 빨려 들어가듯 멀어져 갔다. 군웅은 그들이 한 점으로 사라질 때까지 멍하니 지켜보고만 있었다.

상여도 사라지고 음률도 사라졌다.

잠깐의 침묵 끝에 모든 자들은 다시 아수라장으로 움직였다.

감악은 여전히 '강량!'을 외치고 전우삼은 발버둥 치고 아란하는 울고 신화정과 명두들은 매달리고 적들은 달아나고……

조금 전의 일을 기억하는 사람은 예령뿐인 듯했다.

예령은 고개를 갸웃거리며 상여가 사라진 곳을 보고 있었다.

"어?"

그녀의 눈이 커졌다.

"아란하."

예령은 어깨를 들썩이며 눈물을 참으려 애쓰는 아란하를 불렀다. 아란하가 눈물을 감추며 고개를 들었다.

"아란하, 보이지 않으세요?"

예령은 손가락으로 하늘을 가리켰다.

아란하의 시선이 예령의 손끝을 따라갔다. 그러나 보이는 것은 눈물로 인해 뿌옇게 보이는 하늘뿐이었다.

아란하는 고개를 저었다.

그녀는 예령이 보고 있는 것을 보지 못하는 모양이었다.

하늘을 질주하는 비천쌍마! 일곱 마리의 교룡들이 꿈틀대며 그 주위를 따라가고 있었다.

비천쌍마는 순식간에 예령의 머리 위로 날아왔다. 그리고 그녀의 주위를 몇 번 맴돌았다.

"아!"

예령은 탄성을 터뜨렸다.

비천쌍마를 탄 자들을 본 것이다.

너무도 눈에 익은 사람들이었다. 그들은 예령을 감싸듯 팔을 벌렸다. 그리고 한 줄기 빛으로 점점 멀어져 갔다.

그 순간 예령은 모든 것을 알아 버렸다.

그들과 자신의 비밀스러운 이야기를.

예령은 돈오頓悟로 한순간에 모든 진리를 꿰뚫어 버린 고승처럼 모든 것을 알아 버렸다.

그들과 그들을 둘러싼 모든 자들의 이야기와 그들이 하고자 했던 모든 이야기들을.

예령은 기쁨에 들떠 환하게 웃었다.

눈물이 주르르 흐르고 있었다.

벅차게 치솟는 희열을 참지 못해 흘리는 눈물이었다.

광명신장이여. 나는 알았다.

명왕을 찾아 신전을 세우던 그들의 마음을, 명왕을 찾다가 지쳐 암왕을 부르던 그들의 마음을.

나는 알았다.

암왕으로 남아 어머니를 향한 꿈을 지키려던 우리 아버지의 마음을, 암왕의 꿈속에 명왕의 빛으로 남아 아버지의 영혼을 지키려던 우리 어머니의 마음을.

나는 알았다. 나는 알았다.

명왕을 부르고 암왕을 부르고 명왕을 봉인하고 암왕을 봉인하는 그 높고 높은 곳에 걸린 사람들의 마음을.

나는 기억할 것이다. 그 모든 마음을!

"우리 교의 귀여운 딸, 어린 성녀여! 그대는 우리 교의 천년 영화의 비밀을 알아 버렸구나. 축하한다. 축하한다."

바위처럼 묵묵하게 앉아 있던 광명신장의 입가에 미소가 번졌다. 그리고 그는 점점 미소 띤 바위로 굳어 갔다.

예언이 필요치 않았으므로 천 년 정도의 세월은 바위로 자리를 지켜도 무방했다.

광명정에서의 그날 이후 나는 배교도들을 본 적이 없다. 어느 순간 증발한 것처럼 그들은 사라지고 말았다.

높은 산의 밀교처럼 심심상인의 묘법으로만 그들의 교의를 전해 가는지 아니면 깊고 깊은 어둠 속에서 또 다른 음모를 꾸미고 있는지 정말 알 수 없는 일이다.

물론 배교도의 출현을 들을 때는 있다. 그러나 나는 배교의 이름을 걸고 나타난 그들이 보권의 한 구절을 읊조리는 것도 들은 적이 없다. 예전 구룡선주의 위용을 탐내 그 권위에 힘입고자 하는 자들의 수작 이상은 아니었다.

사라져 버린 그때 그 배교도들은 무엇을 하고 있을까?

가끔 그들의 뒷이야기가 궁금해질 때는 있다.

묻지 않아도 아마 언젠가는 그들은 자신들의 뒷이야기를 하기 위해 강호에 나타나리라.

그때가 언제인가?

나의 대는 아니었으면 한다.

암왕의 후예가 아닌 명왕의 후예로 나타나더라도.

내가 지금 서 있는 이곳을 흔들 그 어떤 것의 출현도 원하지 않기 때문이다.

사백조의 말이 맞다.

좋은 날은 세상이 조금 따분하게 느껴지는 그날이 가장 좋은 날이다.

完